Die das Licht nicht sehen

Saskia Epler
Stefan Epler

Die das Licht nicht sehen

Roman

Impressum
Texte: © 2023 Copyright by Sublime Publications
Umschlag: © 2023 Copyright by Sublime Publications
                          & Suvivilja Epler

Verantwortlich
für den Inhalt:

Stefan Epler
c/o Block Services
Stuttgarter Str. 106
70736 Fellbach
hallo@diedaslichtnichtsehen.com
www.diedaslichtnichtsehen.com

Deine Zufriedenheit ist unser Ziel!

Liebe Leserin, lieber Leser,

zunächst möchten wir uns herzlich bei Dir dafür bedanken, dass Du dieses Buch erworben hast. Diese Geschichte ist für uns ein Herzensprojekt und wir freuen uns sehr, dass wir sie mit Dir teilen dürfen.

Wir möchten, dass dieses Buch für Dich zu einem einzigartigen und inspirierenden Leseerlebnis wird. Deine Meinung liegt uns ganz besonders am Herzen!

Daher freuen wir uns über Dein Feedback zu unserem Buch! Hast Du Anmerkungen? Kritik? Bitte lass es uns wissen. Deine Rückmeldung ist wertvoll für uns, damit wir in Zukunft noch bessere Bücher für Dich machen können.

Schreibe uns gerne: hallo@diedaslichtnichtsehen.com

Nun wünschen wir Dir viel Freude mit diesem Buch!

Saskia und Stefan
Dein Team von Sublime Publications

Contentwarnung

Die Handlung dieser Geschichte enthält Beschreibungen sowie Andeutungen rituellen Missbrauchs, Suizids, Inzest sowie Darstellungen von familiärer, physischer, psychischer und sexualisierter Gewalt gegenüber Erwachsenen und Kindern. Einige Leserinnen und Leser können dies beunruhigend finden. Bitte sei achtsam im Umgang mit diesen Themen und nimm Rücksicht auf Deine persönliche Disposition.

Wenn Du mehr darüber erfahren möchtest, ob Du diese Geschichte trotz dieser Warnung lesen kannst, lies unsere Gedanken dazu unter www.diedaslichtnichtsehen.com/contentwarnung.

»Solange Unbewusstes nicht bewusst gemacht wird, lenkt es Dein Leben und Du nennst es Schicksal.«
Carl-Gustav Jung

Teil 1

Die Vorsehung

I

Ein neues Leben

Rennes, Frankreich, 2013

Wie kannst Du mir das antun?

Die Frage prangte vorwurfsvoll auf dem Display.

Warum hast Du mich mit diesen Irren allein gelassen?

Die junge Frau blickte für einen Moment wie erstarrt auf ihr Telefon, dann drückte sie die Nachrichten weg. Schweren Herzens richtete sie ihre Augen aus dem kleinen Fenster.

»Fliegen Sie zum ersten Mal in die USA, Mademoiselle?« Ihr Sitznachbar, ein freundlicher Mann um die fünfzig, beobachtete sie mit einer Mischung aus Mitgefühl und Besorgnis. Offensichtlich spürte er, dass sie sich unwohl fühlte. Also tat sie das, was sie immer tat – sie fasste sich und lächelte gekonnt.

»Ja, es ist das erste Mal, dass ich Europa verlasse.«

»Ach je, Sie werden sich über die kulturellen Unterschiede noch wundern. Mindestens darüber. Ich nehme an, ihr Englisch ist adäquat?«

Die junge Frau wechselte fließend die Sprache. »Das will ich hoffen. Es muss für ein Studium ausreichen.« Ihr Humor war bemüht und hörbar fragil. Es war vermutlich leicht zu spüren, dass ihr nicht nach Konversation zumute war. Ihr Gesprächspartner lächelte höflich.

»Ich möchte Sie gar nicht lange belästigen. Es ist nur so – Sie machen einen aufgeregten Eindruck, wenn ich so offen sein darf. Und da wir nun einige Stunden miteinander verbringen werden, wollte ich signalisieren, dass ich gerne für ein Gespräch zur Verfügung stehe. Aber jetzt werde ich mich zurückhalten.«

»Das ist sehr freundlich, Monsieur.« Sie lächelte ihn noch einen Moment an und machte dann von seinem Angebot, vorerst nicht mehr zu sprechen, dankbar Gebrauch. Ihre Gedanken glitten nach Hause, an den Ort, an dem sie aufgewachsen war. Sie sah vor ihrem inneren Auge zuerst ihr Zimmer und dann den großen Flur vor dem Foyer. Aus irgendeinem Grund musste sie plötzlich daran denken, wie sie einmal mitten in der Nacht ihre große Schwester Mahault im großen Flur getroffen hatte. Sie war zum Ausgehen hergerichtet in einem eleganten Kleid mit Mantel.

»Es ist drei Uhr nachts«, hatte Espérance gesagt. Sie war damals zwölf oder dreizehn gewesen. Mahault hatte nur gelächelt, ein wenig milde, ein wenig streng. Dann hatte sie gesagt: »Du weißt doch, dass so etwas vorkommen kann, Es.«

Draußen vor der Tür hatten die Leute gewartet, die sie abholten. Espérance hatte ihr hinterhergeblickt, als sie in die Limousine stieg.

Dieser Spitzname, die Abkürzung ihres Namens auf 'Es' hatte ihrer Mutter stets missfallen. Es war ein Zeichen von Rebellion, mit einem Hauch Verschworenheit, wenn Mahault sie bei diesem Namen nannte. Die perfekte Mahault.

Eine Lautsprecherdurchsage riss sie aus ihren Gedanken. Sie informierte die Passagiere über den aktuellen Status der Flugvorbereitungen. Espérance wählte gerade eine Playlist aus, die sie zu Beginn der Reise hören wollte, als eine weitere Textnachricht oben auf dem Bildschirm erschien. Sie schluckte, doch konnte sie nichts dagegen tun, sie sog die Worte unwillkürlich auf.

Sie schaut mich schon den ganzen Tag lang immer wieder an. Da geht etwas vor sich und ich weiß nicht was. Onkel Richard kommt in zwei Tagen.

Espérance hatte das Gefühl, als würde das Gerät immer heißer. Sie drückte erneut die Nachricht weg, atmete konzentriert ruhig ein und setzte ihre Kopfhörer auf. Sofort waren die Außenwelt und der Trubel des anstehenden Langstreckenflugs angenehm weit weg. Bis ihr Mobiltelefon brummte und ein neues Banner erschien.

Ich weiß genau, dass sie sich jetzt ganz auf mich konzentrieren werden. Mahault haben sie ja schon völlig für sich eingespannt. Antworte mir bitte endlich!

Der Text wurde von keinen Emojis begleitet. Nicht nur bei Avelian ein Zeichen, wie ernst die Worte gemeint waren. Espérance begann eine Nachricht zu tippen und hielt dann inne. Von ihrer linken Seite her hatte sie das Gefühl, die Wärme eines menschlichen Blickes auf ihrer Wange zu spüren. Sie schaute verstohlen hinüber und sah das leicht zerknautschte, angenehme Gesicht des freundlichen Landsmannes. Er lächelte verstehend.

»Es ist ein Abschied, nicht wahr, Mademoiselle?«

Sie nickte langsam und ihr wurde bewusst, dass schon seit einer Weile leise Tränen über ihre Wangen liefen und ihr Make-up verschmierten.

»Ein Neuanfang«, erwiderte sie leise. »Es ist ein Neuanfang.«

Eine weitere Durchsage kündigte nun den Start des Fluges an und das Flugzeug begann auf die Startbahn zu rollen. Erleichtert nahm sie zur Kenntnis, dass Mobilgeräte bei dieser Fluglinie während des Starts und der Landung in den Flugmodus versetzt werden mussten. Sie schob den kleinen Regler nach rechts und spürte, wie eine Last von ihren Schultern fiel.

Bald darauf durchbrach das Flugzeug die Wolkendecke und Espérance genoss den Blick auf den klaren, blauen Himmel darüber. Sie flog nicht allzu oft und so hatte dieser Moment für sie etwas Sakrales. Es kam ihr altmodisch vor, doch sie fühlte sich dadurch mit Gott verbunden, auf diese besondere Art, wie es nur ein spiritueller, ein gläubiger Mensch empfinden kann. Nicht, weil sie dadurch dem Himmel näher war - denn ganz sicher verortete sie Gott nicht. Sondern, weil sie einen Abstand zu ihrem eigenen Leben gewann und sich auf eine angenehme Art klein fühlte.

Nach einigen Minuten nahm sie ihr Buch aus dem Reisegepäck und schlug die erste Seite auf. *The Beautiful and the Damned* – ein Klassiker von F. Scott Fitzgerald und damit ihr Versuch, ihren bisherigen Mangel an amerikanischer Literatur aufzuholen. Ihr Mobiltelefon blieb im Flugmodus.

†

Dana erinnerte sich noch gut an dieses Gefühl. Sie hatte es jedes Mal gehabt, wenn sie als Kind auf eine neue Schule gekommen war – in einem Moment gehörte man noch zu den Ältesten, dann klammerte man sich an seinen Schultaschengurt und stapfte mit großen Augen verunsichert durch eine neue Welt. Der einzige Unterschied war in diesem Fall, dass seit der Highschool kaum noch jemand gewachsen war. Sie fühlte sich also nur in ihrem Kopf klein und unbedeutend – und nicht auch noch physisch. Sie seufzte und verdrehte die Augen. Dann versuchte sie sich wieder auf die Worte des Tutors zu konzentrieren, während links und rechts von ihr geflüstert und gelacht wurde. In diesem Moment spürte sie einen Blick auf sich und schaute sich desorientiert um.

»Entschuldigung, aber du fühlst dich auch irgendwie falsch hier, oder?« Die Stimme gehörte einer jungen Frau neben ihr, die ebenso wie Dana der Einführungsveranstaltung lauschte. Sie schaute die Unbekannte einen Moment paralysiert an. Dann nickte sie. Ihre unerwartete Verbündete beugte sich vor und flüsterte: »Ich war noch nie zuvor in Amerika.« Erst jetzt war über dem allgemeinen Gemurmel und der um Aufmerksamkeit kämpfenden Stimme des Tutors der leichte Akzent zu hören, mit dem sie sprach. War sie Französin? Dana stellte sich für einen Moment vor, an diesem Tag, statt an einer amerikanischen Universität ihr Studium in Paris zu beginnen, und schauderte.

»Wow, das ist aber mutig von dir, zum Studium herzuziehen. Kommst du aus Frankreich?«, flüsterte sie zurück und sah ihre Kommilitonin nicken. Die Situation ihrer Gesprächspartnerin gab ihr Kraft für ein aufmunterndes Lächeln. Die Französin beobachtete sie aus bemerkenswert aufmerksamen, grauen Augen. Im Grunde genommen war es nicht schwer zu erkennen, dass sie fremd war – ihre Kleidung war dezenter und gleichzeitig eleganter als die der meisten anderen und ihr Gesicht hatte etwas Ungewohntes, ohne wirklich fremdartig zu sein. Auch die Tatsache, dass sie ihre dunklen Haare zu einer fast strengen Hochsteckfrisur trug, ließ sie zumindest vage hervorstechen unter den lässigen Pferdeschwänzen, verspielten Locken und modernen Kurzhaarfrisuren der anderen Studentinnen um sie herum.

»Wenn Sie mir bitte Ihre Aufmerksamkeit widmen würden...« Die Stimme des Tutors riss Dana aus den Gedanken. »Sehen Sie nun bitte in ihr Welcome Package. Dort finden Sie auch einen Informationszettel zu ihrer Unterkunft. Wenn Sie Mitglied im Wohnungsprogramm für Erstsemester sind, finden Sie dort den Namen Ihrer Residence Hall. Bitte stellen Sie sich beim entsprechenden Raum an, um Ihre Unterlagen zu erhalten.«

Dana blickte sich nach der passenden Anmeldung für ihre Unterkunft um. Sie war unsicher genug gewesen, um alle Unterlagen mehrmals durchzulesen – also wusste sie bereits, dass sie im Jameson-Mead-Haus untergebracht war. Allerdings wurde die Zuteilung der Zimmer wohl erst bei der endgültigen Anmeldung vorgenommen. Als sie sich im allgemeinen Gedränge auf dem Flur so freundlich wie möglich in die richtige Richtung schob, bemerkte sie, wie sich ihre flüchtige Bekanntschaft ebenfalls in Richtung des gleichen Raumes bewegte. Schließlich standen sie direkt hintereinander und Dana wandte sich um: »Auch Jameson Mead, wie?«

Sie warteten nicht sehr lange, nutzten jedoch die Gelegenheit, um sich miteinander bekannt zu machen. Der Name ihrer Kommilitonin war Espérance Lerot, und sie stammte aus der Bretagne. Sie war ebenfalls für Medizin eingeschrieben.

Als Dana aufgerufen wurde, begrüßte sie in einem kleinen Büro ein blonder und ziemlich gutaussehender Tutor mit einem strahlenden Lächeln. »Willkommen an der Brown, Dana! Mein Name ist Zachary. Du hast bei der Residence Hall einen ziemlichen Glücksgriff hingelegt. Na ja, das sage ich eigentlich jedem.« Er zwinkerte mit einem Auge und ihr wurde ein wenig warm. »Ich hab' mein erstes Jahr selbst da verbracht. Gute Partys.« Während er mit ihr sprach, nahm er eine kleine Mappe aus seinem Schreibtisch und reichte ihr einen Vordruck sowie einen kleinen Bund mit zwei Schlüsseln. »Wenn du hier bitte quittieren würdest, dass du die Schlüssel bekommen hast.« Schnell heftete er einen Durchschlag des Übergabeprotokolls an ihre Unterlagen und reichte ihr alles über den Tisch. »Der zweite Platz in deinem Raum ist noch nicht belegt. Du wirst deine Zimmernachbarin also eventuell etwas später kennenlernen.«

Als sie den Raum verließ, tauschte sie einen kurzen Blick mit ihrer neuen französischen Bekanntschaft und lächelte ihr zu.

†

Espérances Augen wanderten scheu und stumm aus dem Fenster, während sie darauf wartete, aufgerufen zu werden. Sie sog alle Eindrücke in sich auf: Das beruhigende Grün der Grasflächen, die sich sanft im sommerlichen Wind wiegenden Bäume und die Steine der Wege, die sie noch vor wenigen Minuten unter ihren Füßen gespürt hatte. In ihrer Manteltasche wog das Telefon schwer. Sie ignorierte die Nachrichten immer noch stoisch und spürte dabei die Wut und den

Schmerz hinter ihnen. Ihr Kopf hatte entschieden. Ihr Herz machte in solchen Augenblicken auf sich aufmerksam, es klopfte schnell gegen die Rippen. Irgendwann konnte sie nicht mehr anders und zerrte das Gerät schnaubend aus der Tasche. Sie starrte auf den kleinen Bildschirm und sah dann ihren Fingern beim Tippen zu.

Bitte hör auf, mir zu schreiben. Das hier war nicht meine Entscheidung, also richte Deine Wut nicht gegen mich. Du irrst, wenn Du glaubst, ich hätte die Antworten, die Du suchst. Und ich glaube, es ist gut so, wie es nun ist - auch Du solltest wissen, dass uns das hier nicht unbedingt schadet. Nichts geschieht ohne Grund.

Doch anstatt auf *Senden* zu tippen, löschte ihr Daumen die Worte wieder. Das Telefon glitt zurück in den Mantel und sie blickte auf den Flur vor sich. Sie wartete stumm, bis jemand ihren Namen rief, und betrat den Anmeldungsraum.

»Herzlich willkommen an der Brown«, begrüßte sie ein blonder Tutor mit einem offenen Lächeln. Sie mühte sich, ihre düsteren Gedanken beiseitezuwischen, und lenkte ihre Aufmerksamkeit auf ihn. Nachdem er sich als Zachary vorgestellt und einen Blick in ihre Anmeldungsunterlagen geworfen hatte, bat er sie Platz zu nehmen.

»Für Studierende aus dem Ausland ist die ganze Prozedur ein wenig aufwändiger.« Er stand auf, ging um ihren Stuhl herum, und wendete das kleine Schild, das an der Tür hing. Espérance erinnerte sich, dass dort *Jameson Mead* gestanden hatte. Vermutlich stand auf der Rückseite etwas wie *Geschlossen* oder *Bin in wenigen Minuten zurück*. Die Anmeldung schien in ihrem Fall wirklich mehr Zeit in Anspruch zu nehmen. Sie folgte ihm mit ihrem Blick, als er wieder vor ihr Platz nahm. Als er ihre Aufmerksamkeit bemerkte, lächelte er ihr zu. Irgendwie hatte sie das Gefühl, dass diese Mimik einen Moment zu spät auf seinem Gesicht erschien. Wie bei einer Person, die gedanklich mit etwas anderem beschäftigt war und sich erst konzentrieren musste.

»Das ist alles keine große Sache. Es dauert einfach ein wenig länger, Espérance. Spreche ich den Namen richtig aus?«

Sie schüttelte den Kopf. »Nein. Aber das ist nicht schlimm. Es spricht sich eher *Esperons*, nicht *Esperrance*. Es ist sehr höflich von dir, nachzufragen, danke.«

Seine Augen wanderten über ihr Gesicht und sie fragte sich, ob sie dies taten, weil er sie attraktiv fand. Es war ihr nicht wichtig, ob dies der Fall war – sie wollte gerne verstehen, wie er sie wahrnahm. Etwas an seinen Blicken war anders, als sie es in dieser Situation erwartet hätte und das verunsicherte sie.

»In Ordnung, *Esperons*« – er imitierte ihre Aussprache überdeutlich – »ich bräuchte bitte deinen Reisepass und dein Visum.«

In den nächsten Minuten tippte er einige Daten in sein Notebook und fertigte dann Scans beider Dokumente an, ehe er sie ihr wieder aushändigte und sie an zwei Stellen um eine Unterschrift bat.

»Das hätten wir. Jetzt kommt der besonders angenehme Teil: Ich muss dir noch kurz Blut abnehmen.«

Espérance, die gerade in ihre Handtasche geschaut hatte, blickte auf. »Blut abnehmen? Warum ist das denn nötig?«

Zachary lächelte kurz und nickte. »Das ist eine neue Vorschrift zur Bekämpfung von Pandemien. Aber keine Sorge, ich bin dazu ausgebildet. Es wird bestimmt nicht weh tun. Nur ein kleiner Piks.« Während er sprach, holte er eine verschweißte Plastiktüte aus der Schublade hervor und schenkte ihr ein breites Lächeln.

†

In ihrer Kindheit und Jugend war Dana Torme stets eine äußerst talentierte Schülerin gewesen. Doch sie hatte gewusst, Talent und Fleiß allein würden nicht ausreichen, um ihr alle Türen zu öffnen. Ihre Eltern waren vermutlich das, was man als einfache und hart arbeitende Leute bezeichnen konnte. Wie viele Menschen aus der amerikanischen Mittelschicht hatten Adam und Christina Torme die letzten zwei Jahrzehnte nicht gerade als rasanten wirtschaftlichen Aufstieg erlebt. Unter normalen Umständen hätte Danas bescheidener Collegefond kaum für ein Studium und ein Leben an der Brown University ausgereicht. Deswegen hatte sie schon in der Highschool viel Zeit und Energie investiert, um sich auf ihre Zukunft vorzubereiten. Zwei Jahre lang hatte sie Programme und Stipendien studiert, Dokumente, Empfehlungen und Kontakte gesammelt und schließlich ziemlich ausführliche Bewerbungen an insgesamt 14 Universitäten geschickt. Brown hatte definitiv zu ihren Wunsch-Kandidaten gehört. Sie konnte sich noch genau an das Zittern ihrer Hand erinnern, während sie die E-Mail mit ihren Unterlagen und dem Aufnahmetest losgeschickt hatte.

Als sie die Tür zu ihrem Zimmer öffnete, atmete sie einmal ruhig ein und aus. Dana fühlte sich fremd und deplatziert. Wie jemand, der sich heimlich an einen Ort geschlichen hatte, an den sie nicht gehörte. Sie hatte erwartet, dass die Ankunft an einer Ivy-League-Universität sie verunsichern würde. Es gefiel ihr nicht, dass ihr bereits das Wohnheim Bauchschmerzen bereitete.

»Da wären wir also«, sagte sie leise in den Raum und hob den alten Trolley auf das Bett am Fenster. Sie hatte ihn von ihrer Mutter bekommen, die ihn seit Jahren nicht mehr benötigte. Das Kunstleder war abgestoßen, und die Rollen waren laut und liefen nur vor und zurück. Die Gepäckstücke der anderen Anreisenden glitten elegant in alle Richtungen und waren mit glänzendem Kunststoff oder gemustertem Textil überzogen.

Nachdenklich setzte sie sich für einen Moment auf das Bett – ihr Bett – und blickte aus dem Fenster. Die Blätter der imposanten Bäume im Park der Universität bewegten sich sacht im Wind. Dana zerrte gerade an dem störrischen Reißverschluss ihres Gepäcks, als es an der Tür klopfte.

»Herein«, sagte sie nach einer kurzen Pause und wandte sich um. Das Gesicht der jungen Frau auf dem Flur hellte sich sofort auf, als sie sich erkannten.

»Dana?«, fragte Espérance erstaunt. »Ist das dein Zimmer?«

Die beiden staunten nicht schlecht, nach ihrer zufälligen Begegnung in der Warteschlange nun Zimmernachbarinnen zu sein. Sie glichen ihre Unterlagen ab, und als sich die seltsame Koinzidenz bestätigte, freuten sich beide, ihr Zimmer nicht mit einer völlig unbekannten Person zu teilen.

In den nächsten Tagen sprachen sie viel miteinander, um sich gegenseitig kennenzulernen. Dana erfuhr, dass Espérance die Tochter eines UN-Botschafters war und dass sie aus einer beklemmend wohlhabenden Familie stammte. Sie hatte nach ihrem Schulabschluss bereits für eine Weile für eine NGO gearbeitet und einige Semester an einer Privatuniversität studiert. Nach dieser Phase, die sie mit ein wenig Ironie als „Selbstfindung" bezeichnete, wollte sie sich nun dem international renommierten Medizinstudium an der Brown widmen. Als Dana sie fragte, warum sie sich denn jetzt noch einmal umentschieden hatte, blickte Espérance sie für einen Moment irritiert an. Dann antwortete sie: „Ich glaube, ich habe mich gar nicht umentschieden. Irgendwie fühlte es sich einfach … richtig an. Als würde mir eine innere Stimme sagen, dass ich jetzt diesen Weg gehen soll. Verstehst du, was ich meine?" Ein scheues Lachen begleitete diese Worte, und Dana nickte, auch wenn das nicht die Wahrheit war. Sie war noch nie von einer inneren Stimme auf einen neuen Weg geschickt worden.

Die Französin war in all diesen Gesprächen auf beinahe einschüchternde Art ruhig und bedacht, dabei aber durchgehend freundlich und interessiert. Sie bot zugleich eine irritierend perfekte Fassade und dahinter etwas zerbrechlich Berührendes, sodass man kaum umhinkam, sie zumindest sympathisch zu finden.

Die Tutoren und Mentoren hielten amerikanische Studenten dazu an, internationale Kommilitonen offen in das Campusleben zu integrieren. Dana merkte schnell, dass sie von ihrer europäischen Zimmernachbarin durch diese campuskulturelle Vorgabe stark profitierte. Espérance wurde zu allen möglichen Aktivitäten eingeladen, und zu gerne begleitete sie ihre neue Freundin. Es gab keine vergleichbaren Aufrufe zur Integration von verirrten Mittelschichtsstudentinnen, weshalb sie sich als eine Mischung aus Fremdenführerin und Vertraute für Espérance installierte. Da beide neu an der Brown waren, gelang dies sehr gut, und sie verbrachten auch abseits der gemeinsamen Kurse viel Zeit miteinander.

Bei einer der Gelegenheiten, in denen Dana zur Mittagszeit durch eine andere Kursbelegung allein in der Mensa namens Sharpe Refectory saß, wurde sie plötzlich aus ihrer Lektüre gerissen. »Jameson Mead!«, rief jemand leise direkt neben ihrem Tisch. Zu Danas Überraschung - und ein wenig zu ihrem Erschrecken – war es der Tutor, welcher die Schlüsselübergabe für die Unterkunft übernommen hatte. Dana blickte ungefähr dreimal zwischen seinem Gesicht und ihrem Buch hin und her, bis sie reagieren konnte.

Im Gegensatz zu ihr schien er geradezu perfekt in dieses Umfeld zu passen. Sein Poloshirt allein kostete vermutlich so viel wie Danas gesamtes Outfit. Fehlt nur noch, dass er Lacrosse spielt und mit seinen Teamkollegen im Vorbeigehen abklatscht, ging es ihr durch den Kopf. Er strahlte sie mit einem Lächeln an, das vielleicht noch nicht eine Million Dollar wert war – es aber möglicherweise irgendwann einmal sein würde.

»Du erkennst alle Leute, denen du die Schlüssel gegeben hast?« Sie nickte anerkennend. »Das ist ziemlich beeindruckend.«

»Na, du erkennst mich ja wohl auch.« Er lachte und schien für einen Moment zu überlegen, wie er ihr trotz des Tabletts die Hand entgegenstrecken konnte. Schließlich kam er zu dem Schluss, dass dies nicht möglich sei, und zuckte mit den Schultern. »Ich bin Zachary Adams. Freut mich, dich wiederzusehen, Dana … Torme?«

Nun war sie endgültig baff und lächelte offen zurück. »Ja, das stimmt! Du hast wohl ein gutes Namensgedächtnis, Zachary.«

»Bitte, nenn mich einfach Zack. Alle machen das.« Er blickte hinunter auf sein Essen und dann wieder zu ihr. »Darf ich mich vielleicht setzen? Hier ist es ziemlich voll und …«

Dana schob schnell ihr Buch beiseite. »Oh verdammt, jetzt komme ich mir egoistisch vor, allein hier zu sitzen. Na klar. Ich bin ja eigentlich auch schon fertig.«

Wie sich herausstellte, studierte Zack ebenfalls Medizin und hatte sich in diesem Jahr zum ersten Mal bei der Einführung der Erstsemester engagiert. Er bestand darauf, eigentlich kein gutes Namensgedächtnis zu haben. »Ich kann mir auch nicht so richtig erklären, warum ich dich sofort wiedererkannt habe«, meinte er. Dabei warf er ihr erneut eines seiner bezaubernden Lächeln zu, die ihre Wirkung nicht verfehlten.

Ja, er war gutaussehend, doch das war gar nicht sein ganzes Geheimnis. Irgendwie schaffte er es – zumindest bei ihr – so zugewandt und interessiert zu wirken, dass sie gar nicht anders konnte, als sich zu ihm hingezogen zu fühlen. Also redeten sie und erzählten ein wenig über sich. Zack war der älteste Sohn einer erfolgreichen Unternehmerfamilie aus Rhode Island sowie Mitglied im Footballteam der Brown Bears. Als Dana ihre deutlich weniger spektakuläre Familiengeschichte erzählte, lächelte er anerkennend. »Na, das ist ja wirklich beeindruckend«, sagte er und seine Augen strahlten sie an. »Dann hast du dir deinen Weg hierhin also hart erarbeitet und ich bin nur der privilegierte Junge. Jetzt fühle ich mich ein bisschen minderwertig.«

Dana musste lachen. »*Du* fühlst dich minderwertig? Das ist ja wohl ein Witz.« Der strahlende Blick aus seinen blauen Augen machte es ihr leicht, die Konversation trotz des sensiblen Themas nicht verletzend zu finden. Bevor er sich nach der gemeinsamen Mittagspause verabschiedete, bat er sie um ihre Telefonnummer.

Als er sie nach einigen Textnachrichten drei Tage später in eine Bar einlud, zögerte Dana im ersten Moment. »Ich fühle mich geschmeichelt, wirklich. Aber ich verstehe nicht so ganz, was du von mir willst, Superstar. Du bist vier Semester weiter und kennst dich hier schon aus. Du kannst ja wohl kaum von mir abschreiben wollen, oder?«

Er blickte sie für einen Moment verdutzt an.

»Na ja, also ums Abschreiben geht es mir wirklich nicht, ich … würde einfach gerne mit dir ausgehen. Das ist alles.« Als er dann den Kopf neigte und lächelte, wurde ihr wieder warm. »Ist das ein Ja oder ein Nein?«

Dana horchte kurz in sich hinein, vertrieb ihre Verunsicherung und sagte zu.

Die vage Verbindung, die sie schnell miteinander aufbauten, entwickelte sich zu einem Flirt und dieser mündete in einer Beziehung. Zack lud sie zum Essen ein, ging mit ihr ins Kino und nach einer Zeitspanne irgendwo zwischen angemessen und drängend küssten sie sich, ehe Dana sich von ihm verabschiedete und in ihr Wohnheimzimmer ging.

Trotz dieser aufregenden Veränderungen entwickelte sie – zusammengeschweißt durch eine für beide neue, aufregende Welt – auch zu Espérance ein immer vertrauteres Verhältnis. Es half sicherlich, dass Dana durch ihre kanadische Verwandtschaft sogar dann und wann einige ihrer eingerosteten Französischkenntnisse hervorkramen konnte. Obwohl sie aus vollkommen unterschiedlichen Elternhäusern kamen, hatten sie zudem vieles miteinander gemein: Beide waren sehr zielorientiert, waren es gewohnt, Erfolg zu haben und hatten in Bezug auf die Bedeutung von Romantik und Sozialleben eine vergleichsweise nüchterne Vorstellung. Dana hatte gebüffelt, während viele ihrer Highschool-Freundinnen allzu begeistert von Dates und heiß ersehnten Verlobungsringen erzählt hatten. Und obwohl, oder gerade weil Espérance weit davon entfernt war, mit irgendjemandem über etwas wie ein mögliches Liebesleben zu sprechen, konnte Dana ahnen, was für einen geringen Stellenwert dieses Thema in ihrem Leben zu haben schien.

Espérance berichtete im Laufe der Zeit auch über sich: Sie erwähnte ein früheres Studium auf einem abgeschiedenen Elite-Internat, teilte einige wenige Informationen über ihre drei Geschwister mit und erzählte, wie sehr sie Spaziergänge in der Natur liebte. Manches Mal kehrte sich ihr Blick dabei nach innen und sie verfiel für Augenblicke in ein Schweigen. Diese Innenschau schien ihr ein gewisses Unbehagen zu bereiten - zumindest schüttelte sie meist kurz den Kopf und beförderte sich dadurch rasch wieder in die Gegenwart. Dana war sich irgendwann sicher: Etwas schien ihre neue Freundin umzutreiben.

✝

Eines Nachmittags saßen sie zusammen in ihrem Zimmer und lernten.

»Ich frage mich, wer hier die Fenster putzt.« Dana wies mit dem Kinn auf die Mischung aus regentropfenförmigem Kalk und einem streifigen Schmierfilm, welche durch die Sonnenstrahlen besonders zur Geltung kam. Espérance hob langsam den Kopf von ihrem Buch.

»Ich hoffe, es ist nicht unsere Aufgabe. Um ehrlich zu sein, wüsste ich nicht, wie man das macht.« Dana lachte kurz auf und nickte dann.

»Laut meiner Mutter gehört das Putzen nicht so sehr zu meinen Talenten. Ihr habt sicher Angestellte, oder?«

Espérance wirkte beschämt, als sie stumm nickte. Dana überlegte gerade, wie sie die Situation durch eine lockere Bemerkung retten konnte, als es an der Tür klopfte. Gleich darauf meldete eine männliche Stimme: »Espérance Lerot? Du hast Post.«

Sie nahm von einem Kommilitonen ein Paket entgegen und setzte sich damit auf das Bett. Statt es zu öffnen, legte sie ihre Hände darauf und verfiel in Gedanken.

»Alles okay? Es?« Dana setzte sich neben sie und las den Absender. »Von deiner Mutter, hm? Willst du es nicht öffnen? Soll ich eine Schere holen?« Als sie keine Antwort bekam, stand Dana auf und kam mit einem kleinen Taschenmesser zurück. Immer noch geistesabwesend zog Espérance nun ihre Hände zurück und sah zu, wie Dana das Paket öffnete.

»Na, auspacken musst du es schon selbst, oder nicht?« Dana legte das Messer weg und blickte ihre Freundin an, welche sich jetzt langsam in Bewegung setzte, um eine Lage Luftpolsterfolie zu entfernen. Das darunter liegende Seidenpapier legte sie ebenfalls neben sich. Sie machte einen Laut wie ein erleichtertes »Ah« als sie eine Schachtel Süßigkeiten hervorholte.

»Magst du gefüllte Kekse?«, fragte Espérance und reichte ihr das bunte Päckchen, das Dana irritiert und reflexhaft an sich nahm. »Magst du denn keine?« wollte sie wissen, was Espérance kopfschüttelnd verneinte. Etwas ratlos legte Dana die Kekspackung auf den Schreibtisch.

»Oh! Das hier ist für dich.« Nun überreichte Espérance ihr etwas recht Großes, das in ein mit Rosen bedrucktes Papier eingewickelt war. Oben war eine Karte befestigt, die Dana ablöste und las. Der Text war in einer eleganten, beeindruckend femininen Handschrift auf Englisch verfasst.

»Deine Mutter schreibt, dass ich das vielleicht brauchen kann, wenn du und ich einmal ausgehen wollen ...« Rasch packte sie das Präsent aus und entfaltete es dann. »Ich fasse es ja nicht! Wieso schenkt mir deine Mutter ein so schönes Kleid? Das ist ja unglaublich. Ich weiß gar nicht, was ich sagen soll. Du hast deiner Mutter also von mir erzählt?«

Espérance lächelte. »Klar habe ich ihr von dir erzählt, weil du mir wichtig bist.«

Dana hielt inne und drückte das Kleid an sich. »Oh, du bist mir auch wichtig, Es. Ich werde deiner Mutter nachher schreiben und mich bedanken. Das ist so ein großzügiges Geschenk - ich meine, wir beide kennen uns ja noch nicht so lange. Ach, ich freu' mich so!«

Espérance legte die flache, runde Plastikdose ab, die sie gerade aus dem Karton hervorgeholt hatte. Sie schien etwas wie Schokoladensauce zu enthalten. Ein von Hand beschriftetes Etikett verriet, dass es sich beim Inhalt um *Profiteroles maison* handelte. Dana wurde durch Espérances Stimme aus der gedanklichen Frage gerissen, wie dieses Dessert wohl schmeckte.

»Ich … hatte nie viele Freundinnen. Daher weiß meine Mutter wohl, dass du mir wichtig sein musst, wenn ich von dir erzähle.« Etwas in der Stimme ihrer Freundin alarmierte Dana und wandte sich ihr zu. Leider schien Espérance nichts weiter zu diesem Thema sagen zu wollen. Also überwand Dana ihr Bauchgefühl und fragte nach.

»Hm, du bist eher ruhig und zurückgezogen, liegt es daran? Suchst du nicht so sehr die Gesellschaft anderer?«

»Ich weiß nicht recht. Es hat sich vielleicht einfach nicht anders ergeben?« Als sie nun wieder in Gedanken abzudriften begann, hakte Dana erneut ein.

»Hast du denn in Frankreich keine Freundin?« Espérance Blick schien in eine unbestimmte Ferne zu gleiten, während sie leise antwortete. »Nein, nicht mehr.«

Sehr behutsam tastete Dana sich vor. »Was … ist passiert, Es?« Jetzt klang Espérance als träume sie, ihre Stimme war zu einem Flüstern abgeebbt. »Sie ist verschwunden.«

»Verschwunden? Deine Freundin ist verschwunden?« Sie schüttelte den Kopf und rieb kurz die Hände über ihr Gesicht, dann blickte sie Dana an. »Ja, meine Freundin, meine einzige. Es ist schon eine Weile her. Wir waren Teenager.« Schockiert setzte Dana sich auf ihr gegenüberliegendes Bett. »Wie ist sie verschwunden? Ist sie von zu Hause weggelaufen?«

»Nein. Sie war einfach weg. Spurlos verschwunden. Niemand hat sie je wieder gesehen.« Für einen Augenblick entglitt Espérances Blick noch einmal, dann schien sie sich innerlich zu straffen, nahm die Vorratsdose auf den Schoß und schraubte den Deckel ab. Sie hob den Behälter dann an ihre Nase und atmete ein. »Möchtest du mal probieren, Dana?«, fragte sie dann und zeigte ein Lächeln.

†

Es war mitten in der Nacht, als Dana zum ersten Mal selbst mit der undurchsichtigen Vergangenheit ihrer Mitbewohnerin in Berührung kam. Sie schlug die Augen auf und blickte sich in der Dunkelheit um. Das Wohnheim war leise, da es ein Wochentag war. Sogar die eingefleischten Partyleute gaben dienstags und mittwochs meist Ruhe. Es war ungefähr halb drei, wie sie mit einem kurzen Blick auf ihr Telefon feststellte. In der ungewohnten Stille konnte Dana ein Flüstern hören. Einzelne Wörter waren für sie nicht zu verstehen. Also fragte sie leise: »Espérance?«

Eine Antwort blieb aus. Sie blickte vorsichtig zum Bett ihrer Zimmernachbarin. Ihr fuhr ein Schreck durch die Knochen. Anstatt im Bett zu liegen oder zu sitzen, kniete Espérance im dunklen Zimmer auf dem Boden und schien zu … beten? Dana war auf der Stelle hellwach. Sie überlegte kurz, ob sie ihre Zimmergenossin in dieser Situation ansprechen durfte. Natürlich wollte sie ihre Religionsausübung respektieren, zumal Espérance, wie sie selbst, Christin war und der Ritus, am Bett kniend zu beten, ihr bekannt vorkam – wenngleich er auf sie irritierend altmodisch wirkte. Dennoch fand sie, eine Ankündigung eines solchen Brauches wäre angemessen gewesen. Also entschied sie sich, Espérance noch einmal leise anzusprechen. Als erneut eine Reaktion ausblieb, glitt sie aus dem Bett und näherte sich der Knienden vorsichtig. Dabei sagte sie noch einmal ihren Namen. Espérance reagierte noch immer nicht.

Vielleicht befand sie sich in einer Art Trancezustand? Mittlerweile war Dana so nah, dass sie die geflüsterten Worte hören konnte. Es schien sich nicht um Englisch oder Französisch zu handeln. Die Sprache klang fremd, so als ob sie Gemeinsamkeiten mit europäischen Ausprägungen hätte. Dana fand, am ehesten ähnelte es einer arabischen Sprache. Eine französische Christin, die mitten in der Nacht auf Arabisch betet? Sie wischte ihre ersten, paranoiden Gedanken beiseite und legte Espérance eine Hand auf die Schulter, während sie sie noch einmal ansprach. Sofort drehte Espérance den Kopf und blickte sie an.

»Was ist denn los, Dana?« Ihre Hände, die sich zum Gebet gefaltet vor ihrem Körper befunden hatten, öffneten sich. »Warum ist es so dunkel hier?«

»Ich dachte, das kannst du mir sagen«, antwortete Dana zögerlich. »Ich glaube, du hast … gebetet. Mitten in der Nacht. Zumindest sah es so aus.«

Espérance stand auf und setzte sich auf das Bett. Sie sah nicht müde aus, doch ihr Gesichtsausdruck war verwirrt. Ihre Finger bewegten sich langsam, so als würde sie nach etwas Unsichtbarem tasten.

»Ich kann mich nicht erinnern, mich zum Beten hingekniet zu haben. Es tut mir leid, wenn ich dich damit gestört habe.«

Dana ging vor ihr in die Hocke. Ihre Augen hatten sich mittlerweile an die Dunkelheit gewöhnt, sodass das Licht im Fenster ausreichte, um das Gesicht ihrer Zimmergenossin gut erkennen zu können.

»Es geht nicht darum, ob du mich gestört hast. Ich meine, es ist ganz schön schräg, hier mitten in der Nacht zu beten und sich dann nicht daran zu erinnern. Ich will nur wissen, ob alles in Ordnung ist mit dir?«

Espérance legte ihre Hände auf die Knie und setzte sich aufrecht hin. »Ich habe seit meiner Kindheit manchmal Gedächtnislücken. *Aussetzer*, das sagen wir zu Hause dazu. Ich bekomme ein Medikament dagegen und es ist länger nicht mehr aufgetreten. Aber vielleicht liegt es an der neuen Umgebung hier.«

»Und machst du öfter seltsame Sachen, wenn du solche Aussetzer hast? Also beten oder in Zungen sprechen oder so?«

Die Französin blickte sie kurz an, dann griff sie in die Schublade ihres kleinen Nachttisches und holte ein braunes Fläschchen hervor. Ehe sie antwortete, träufelte sie eine kleine Menge einer dunklen Flüssigkeit auf den Löffel, den sie ebenfalls hervorgeholt hatte, und schob sich diesen in den Mund.

»Was meinst du mit *in Zungen sprechen*?«

Dana ärgerte sich über sich selbst. Ihr erster Gedanke, als sie die seltsamen, arabisch klingenden Worte gehört hatte, war *Terrorismus* gewesen. Sie wusste, dass Fox News und klischeeüberladene Fernsehserien in den etwas mehr als zehn Jahren seit 9/11 eine Durchschnittsxenophobie in vielen Amerikanern gezüchtet hatten. Sich selbst auf diese Weise dazu zählen zu müssen, missfiel ihr.

»Du hast in einer Sprache gebetet, die ich nicht kannte. Ich bin mir sehr sicher, dass es kein Französisch war und auch kein Latein. Es klang fremder. Wenn ich raten müsste, würde ich sagen, es klang nach … Arabisch?«

Espérance schüttelte verwirrt den Kopf. »Ich spreche keine arabische Sprache. Könnte es vielleicht Italienisch oder Spanisch gewesen sein? Oder Deutsch? Auch wenn es mich jetzt nicht unbedingt beruhigen würde, wenn ich in einer dieser Sprachen *schlafbeten* würde.«

Das nüchterne und ohne Humor vorgebrachte Wortspiel brachte Dana zu einem kurzen, befreienden Lachen. »*Schlafbeten*, das ist nicht schlecht. Ist dir das denn schon öfter passiert?« Sie überging die Frage nach der Sprache für den Moment.

»Meine Mutter sagt, diese Aussetzer sind wie Schlafwandeln. Mich hat nur selten jemand direkt dabei beobachtet. Ich habe keine Ahnung, was ich in der Vergangenheit vielleicht gemacht habe oder auch nicht. Aber komplexeres Verhalten ist beim Somnambulismus nicht so ungewöhnlich, wie man zuerst denkt. Ich habe mich darüber informiert. Manche Menschen versuchen sich anzuziehen oder ein Essen zuzubereiten. Dagegen ist Beten vergleichsweise einfach.«

Sie berichtete, dass es in ihrer Kindheit manchmal Spuren von nächtlicher Aktivität gegeben hatte, an die sie sich jedoch nie erinnern konnte. Oft hatte sie diese Aussetzer auch nur für Albträume gehalten. Die Ärzte, die sie untersucht hatten, konnten einen neurologischen Ursprung dieser Erlebnisse ausschließen. Also hatte man ihr irgendwann Medikamente gegeben, und seit sie diese nahm, war eigentlich alles in Ordnung. »Bis heute«, sagte sie langsam. »Ach, das alles ist schon so lange her, dass ich mich nicht sehr gut daran erinnern kann. Ich war noch ein Kind.«

✝

»Deine französische Freundin ist ein wenig seltsam, oder?« meinte Zack eines Abends grinsend, als die beiden auf einer abgelegenen Bank im Park der Universität saßen, von wo aus man einen perfekten Blick auf eine der angelegten Wasserflächen hatte.

»Was meinst du denn damit? Und wie kommst du *jetzt* auf Es?«

»Ich musste nur gerade an sie denken, als du die Macaronen ausgepackt hast oder wie die Dinger heißen.«

»*Macarons*. Und du solltest lieber dankbar sein, dass ich dir davon etwas abgebe. Die sind nämlich großartig. Sie stammen aus einem der großzügigen Carepakete von Espérances Mutter. Da ist immer auch etwas für mich dabei, was ich sehr nett finde.«

Zack musterte den Mandel-Gebäck-Traum mit dem misstrauischen Blick eines eitlen Sportlers. »Die sehen wirklich gut aus«, meinte er dann jedoch und griff zu. Einen Moment später erklärte er mit vollem Mund: »Deshalb musste ich an deine Mitbewohnerin denken. Sie ist nett, aber auch echt komisch irgendwie.«

»Sie ist ein wirklich guter Mensch und sie ist mir wichtig. Falls du irgendwas gegen sie sagen willst, überleg's dir lieber zweimal.«

»Überhaupt nicht«, antwortete Zack, noch immer kauend. »Ich finde sie faszinierend.« Er zögerte. »Auf eine für dich vollkommen unbedenkliche Art.«

»Gerade noch die Kurve gekriegt, Mister.« Sie knuffte ihn in die Seite.

»Ich meine, sie wirkt irgendwie wie ein scheues, seltenes Tier. Wie ein Reh oder so. Weißt du nicht vielleicht etwas mehr über sie? Ich meine, womöglich braucht sie Unterstützung. Und dann könntest du ihr helfen.«

Dana fragte sich für einen Moment, ob es sie wütend machen müsste, wie Zack über ihre Freundin sprach. Sie blickte für einen Moment wortlos auf den See vor ihnen und antwortete dann: »Ich glaube, sie hat Probleme. Da stimmt etwas nicht mit ihr, aber sie will nicht darüber reden. Deswegen möchte ich das jetzt mit dir auch nicht weiter vertiefen. Aus Respekt ihr gegenüber.«

Drei Tage später platzte Dana aufgeregt ins gemeinsame Zimmer und riss Espérance aus dem Buch, in das sie gerade vertieft gewesen war. »Es – ich muss mit dir reden!«

Espérance blickte auf. Es dauerte einen Moment länger als üblich, bis sie Dana anlächelte.

»Was gibt es denn, Dana?«

»Ich möchte dich um einen Gefallen bitten. Beziehungsweise, wir wollen das. Zack und ich.«

»Einen Gefallen?« Espérance legte den Kopf schräg.

»Du weißt, dass Zack diesen Freund hat, Gabe. Die beiden sind gemeinsam an die Brown gekommen.«

Ein kurzes Nicken als Bestätigung.

»Gabe hat sich seit ein paar Monaten irgendwie verändert. Er ist sehr zurückgezogen und irgendwie … niedergeschlagen. Zack hat das Gefühl, er kommt kaum noch zu ihm durch. Es ist mehr als nur eine nachdenkliche Phase oder so.«

»Das klingt ein wenig nach einer Depression, finde ich. Das ist eine ernstzunehmende Erkrankung. Er sollte einen Arzt oder Therapeuten aufsuchen. So etwas kann sich chronifizieren.«

Auch wenn Espérance perfektes Englisch mit einem nur leichten französischen Akzent sprach, formulierte sie diese Worte sehr bedacht und langsam. Als ob sie ein wenig Mühe habe, ihre Gedanken und ihr Wissen aus dem Studium zu sortieren.

»Ja, das weiß ich natürlich. Aber Zack meint, das würde Gabe nie im Leben wollen. Und vielleicht irrt er ja auch und macht sich zu viele Sorgen um ihn. Er hat mich jedenfalls angesprochen und wir haben überlegt, was wir tun können, um seinem Freund zu helfen. Und da kommst du ins Spiel.« Sie lächelte aufmunternd, als sie Verwirrung im Gesicht ihrer Freundin lesen konnte.

26

»Ich denke zwar darüber nach, mich später auf Psychiatrie zu spezialisieren, aber wir haben gerade erst mit dem Studium angefangen, Dana.« Es folgte ein unsicheres Lächeln.

»Das meine ich auch nicht!« Dana lachte leise. »Ich meine dich, so als Mensch, ähm, genauer gesagt als Frau. Vielleicht würde es ihn auf andere Gedanken bringen, jemanden kennenzulernen.«

Espérance klappte nun ihr Buch endgültig zu und drehte sich noch ein wenig mehr in Danas Richtung. »Wollt ihr uns etwa verkuppeln, Dana? Das fände ich ein wenig … altmodisch. Und ganz sicher keine passende Behandlung für eine mögliche Depression.«

»Verkuppeln? Ach Quatsch, wir gehen einfach zu viert aus, ihr redet ein wenig, und dann schauen wir. Das ist alles. Kein Verkuppeln, nur ein netter Abend. Und natürlich soll das keine Behandlung sein. Wir wollen einfach wissen, ob Gabe sich noch amüsieren kann und da wäre es sicher blöd, zu dritt auszugehen. Daher dachten wir an dich. Und so könntest du auch etwas erleben. Zack sucht bestimmt ein richtig gutes Restaurant aus.«

Es dauerte eine Weile, bis Espérance zögerlich nickte.

II

Auf der Jagd

»Musst du kotzen?« Matts Blick war mitleidig und skeptisch. Der erfahrene Polizist sah selbst ein wenig bleich aus. Doch er schien den Anblick leichter zu verarbeiten als July.

»Nein«, brachte sie hervor und strich sich mit der flachen Hand über das Brustbein. »Mir geht es gut.«

Die Ankunft der Gerichtsmedizinerin riss beide aus den Gedanken. Dr. Chloe Sabatina nickte ihnen im Vorbeigehen kurz zu und hob dann das schwarz-gelbe Band, mit dem sie den Tatort gesichert hatten. Es dauerte einen Moment, bis July sich sicher genug auf den Beinen fühlte, um ihr zu folgen. Sie war die Erste am Tatort gewesen und hatte dementsprechend am meisten gesehen. Auch wenn sie keinen Wunsch hatte, zu der Toten zurückzukehren, ließ sie sich von ihrem Pflichtgefühl leiten. Dr. Sabatina war bereits leichtfüßig den Abhang hinuntergelaufen und blickte stirnrunzelnd, als July zu ihr aufschloss.

»Officer Wilbur, richtig?«, fragte sie. July nickte.

»Ja, Ma´am«, entgegnete sie.

»Wie lange sind Sie gleich beim PPD?«

»Im zweiten Jahr, Ma'am.«

Sabatina grinste schief. Ihre Augen blieben trotz des abgehärteten Ausdrucks traurig. »Das hier ist hässlich. Wirklich hässlich.«

July nickte und zwang ihren Blick an der Gerichtsmedizinerin vorbei. Erneut spürte sie Übelkeit in sich aufsteigen.

Die Gestalt – der Körper – der zwischen den Bäumen auf dem Boden lag, war übel zugerichtet. Mehrere Büschel mit langen, blonden Haaren lagen verstreut auf dem Boden. An einigen von ihnen klebte Blut. Man konnte am Hinterkopf der Frau die Stellen sehen, wo sie abgerissen worden waren.

Körper und Kleidung waren in keinem besseren Zustand. Die Frau hatte Sportkleidung getragen, Leggins und ein Sweatshirt, doch mehrere Risse legten ihren Körper darunter frei. Statt ihrer hellen Haut war dort jedoch nur Blut und rohes Fleisch zu sehen.

»Was für ein Tier war das Ihrer Meinung nach?«, fragte July an Dr. Sabatina gerichtet. Die Gerichtsmedizinerin ging auf ein Knie runter und sah sich die Verletzungen genauer an.

»Schwer zu sagen«, murmelte sie. »Die zerfetzte Kleidung deutet auf einen Bären hin. Doch die Verletzungen sind zu klein. Ich habe zwar keine Ahnung, wie das sein könnte – aber auf den ersten Blick würde ich am ehesten auf einen Primaten tippen. Haben wir schon gecheckt, ob irgendwo Tiere entlaufen sind?«

»Zoos und Tierparks in der Gegend haben nichts gemeldet«, antwortete July. »Was denken Sie, wie lange ist sie schon tot?«

Dr. Sabatina blickte prüfend auf die Leiche und drehte einen Arm, um sich eine der wenigen unverletzten Stellen genauer anzusehen.

»Weniger als zwölf Stunden. Genauer werden wir das erst später sagen können.«

Ein Knacken in ihrem Funkgerät zog Julys Aufmerksamkeit auf sich.

»Die Hundestaffel ist da«, sagte Matt. »Kann ich sie runterschicken?«

Dr. Sabatina schüttelte kurz den Kopf, als July sie fragend anblickte. »Noch nicht. Die bringen hier alles durcheinander. Sollen loslegen, wenn wir fertig sind.«

July nickte und neigte den Kopf, um in ihr Funkgerät zu sprechen. »Noch nicht. Der Doc braucht erst die Spurensicherung. Du kannst so lange schon mal das Briefing übernehmen.«

Sie sah mehrere Personen mit Schutzausrüstung den kleinen Abhang herunterkommen. Eine von ihnen ging auf Dr. Sabatina zu und ließ sich ins Bild setzen. Die anderen verteilten sich über die kleine Lichtung und begannen mit ihrer Arbeit.

July ließ ihren Blick über die Bäume gleiten. Sie erinnerte sich an das Gefühl in ihrem Bauch, als sie den Abhang hinuntergestiegen war. Die Frau aus der Zentrale hatte Bisswunden und schwere Verletzungen erwähnt. Man brauchte keinen besonderen Instinkt, um in so einer Situation etwas Übles zu erwarten. Doch Officer July Wilbur hatte in ihrer Karriere beim East Providence Police Department bisher keine Erfahrungen mit Verletzungen oder Todesfällen durch Tiere gemacht. Die primitive Wucht des Anblicks hatte sie trotz der Vorahnung schockiert.

Die junge Frau hatte wie ein irritierend bunter Fleck im Unterholz gelegen, mit ihrer schockfarbenen Sportkleidung und dem roten Blut. Die leuchtenden Farben hatten so deplatziert gewirkt in dieser kleinen Oase der Natur. Dieser Eindruck war mit jedem Schritt, den July sich näherte, intensiver geworden.

Sie erinnerte sich an die zerfetzte Kleidung, die brutalen Wunden, die verschmierten und gebrochenen Fingernägel und die blutigen Hände. Die Frau hatte um ihr Leben gekämpft, und es hatte ihr nichts genützt. Ein Überfall durch ein wildes Tier, mitten in einer Großstadt. Das war doch nicht nur bedrückend, das war irgendwie so … falsch.

Matt rief sie wieder nach oben, nachdem alle Spezialisten mit der Arbeit begonnen hatten. Sie war nicht böse darum. Was immer er für sie zu tun hatte, es konnte eigentlich nur besser sein, als sich länger an diesem Ort aufzuhalten.

Die Tote konnte ohne größere Schwierigkeiten identifiziert werden, da ein wildes Tier natürlich keine Brieftasche stahl. Ihr Name war Allison Shiffrin, sie war vor Kurzem nach Providence gezogen, da sie im letzten Semester ein Studium an der Brown University begonnen hatte. Ihre Familie stammte aus Chicago. Nicht ungewöhnlich, dass junge Menschen zum Studium herzogen, dachte July. Als Mitglied der Ivy League verfügte die Brown über einen ausgezeichneten Ruf und dadurch eine Anziehungskraft, die viel weiter reichte als nur an die Ostküste.

»Ich gebe dem PD in Chicago Bescheid«, meinte Matt, als sie die Informationen mit ihm teilte, die sie über das Computersystem des Dienstwagens bekommen hatte. »Jemand muss die Eltern informieren.«

July ertappte sich dabei, über diese Umstände erleichtert zu sein. Bei einer Familie aus Providence hätten möglicherweise Matt und sie diese Aufgabe übernehmen müssen. Sie war noch nicht oft in die Prozedur einer Todesbenachrichtigung involviert gewesen. Der Gedanke, verzweifelten Eltern vermitteln zu müssen, dass ihre Tochter von einem wilden Tier angefallen und totgebissen worden war, ließ sie schaudern.

»Ich bin nicht böse darum, dass wir es nicht sind«, meinte Matt. »Aber sie werden herkommen, um ihre Tochter zu identifizieren.«

»Klar«, sagte July, obwohl ihr dies noch nicht wirklich bewusst gewesen war.

Sie begaben sich für den Rest des Vormittags auf Streife. Da der Überfall augenscheinlich durch ein Tier verursacht worden war, gab es keine Straßensperren. Stattdessen durchkämmten Kollegen von der Hundestaffel sowie Animal Control die Gegend und mehrere Streifenwagen hielten sich in Bereitschaft. Über ihnen kreiste ein Helikopter.

Bis Mittag stellten die Teams zwei streunende Hunde und einen Waschbären. Keines der Tiere war übermäßig aggressiv oder wies Spuren eines Angriffs auf einen Menschen auf. Die Polizeihunde – nach Matts Einschätzung ihre beste Chance, das wildgewordene Tier schnell aufzuspüren – hatten bereits nach kurzer Zeit in einer Seitenstraße die Spur verloren. Gegen zwölf kamen neue Informationen aus der Zentrale. July rief die Benachrichtigung sofort auf dem Bordcomputer auf.

»Es gibt was Neues im Fall Shiffrin«, sagte sie. Als sich das Fenster mit dem Update öffnete, schluckte sie. »Sie wurde nicht von einem Tier angegriffen. Die Bissspuren stammen von einem Menschen.«

Matt blickte zu ihr. »Wirklich? Das … kann ich mir kaum vorstellen.«

July scrollte sich durch die weiteren Details des Berichts.

»Das Ergebnis der Autopsie ist eindeutig. Ungewöhnlich tiefe und schwerwiegende menschliche Bisswunden.« Sie spürte, wie ihr Magen rebellierte, und sprach nicht weiter. Matt fuhr den Wagen rechts ran und hielt an.

»Mach im Notfall die Tür auf«, meinte er trocken. »Zeig mal her.«

July blickte aus dem Fenster und atmete langsam, um die Übelkeit zu verdrängen. Bilder schossen ihr durch den Kopf. Sie sah einen Mann, der plötzlich hinter einem Baum hervorsprang und Allison Shiffrin packte. Sie schrie, doch statt ihr den Mund zuzuhalten, bis er ihr wie ein Werwolf in die Kehle. July öffnete die Beifahrertür und atmete schwer.

»Trink einen Schluck Wasser«, sagte Matt.

»Geht schon«, sagte sie und richtete sich körperlich und psychisch mit einiger Mühe wieder auf. Dann konzentrierte sie ihren Blick auf den Bildschirm des CAD-Systems.

»Sieht so aus, als hätte Sabatina nicht nur die Bissspuren identifiziert. Der Typ ist in der Datenbank. Wir haben einen Fahndungsaufruf.«

»Raus damit«, sagte Matt angespannt.

»Ryan Decker, Masterstudent an der Brown. Die gemeldete Adresse ist in Blackstone, Slater Avenue.«

»Nicht weit von hier.« Matt nahm das Funkgerät. »Zentrale, hier Echo 12. Wir übernehmen die 11-23-1 in Blackstone.«

Er warf July einen kurzen Seitenblick zu, dann beschleunigte er und steuerte den Wagen schwungvoll in die nächste Straße.

†

Ein Räuspern ließ July aufschrecken. Sie war gerade in den Kofferraum gebeugt und packte die Ausrüstung des Tages zusammen.

»Officer Wilbur?«

Sie wandte sich um und erblickte einen Mann in Chinos, der ein schwarzes Hemd mit einem grauen Sakko trug. Vermutlich ein Detective, dachte sie. Doch sein Gesicht kam ihr nicht bekannt vor.

»Owen Bradbury, FBI. Der Sergeant sagte mir, sie waren die erste Beamtin am Tatort bei diesem Decker-Fall.«

»Das ist korrekt, Sir«, antwortete sie. Für einen Moment überlegte sie, was sie mit dem Gewehr tun sollte, das sie gerade aus dem Wagen geholt hatte. Dann wandte sie sich kurz um und legte es zurück in die Halterung.

»Dr. Sabatina kann Ihnen vermutlich mehr erzählen als ich, Agent Bradbury. Ich habe praktisch nur den Tatort gesichert.«

»Kommen Sie, ich gebe Ihnen einen Drink aus. Dann sehen wir, inwieweit Sie mir weiterhelfen können.« Bradbury setzte ein freundliches Lächeln auf. Er sah nett aus und behandelte sie mit Respekt – alles andere als eine Selbstverständlichkeit, wenn sich das FBI irgendwo einmischte. Insbesondere gegenüber einem so unerfahrenen Officer wie ihr.

»Ich habe noch ein bisschen was zu tun«, sagte sie und warf einen Blick über ihre Schulter in den Kofferraum. »Sagen wir in einer halben Stunde?«

»Ich warte draußen«, antwortete Bradbury und tippte sich wie ein Cowboy an die Schläfe.

Nachdem sie die Ausrüstung des Tages abgeliefert und verstaut hatte, machte sie sich auf den Weg in die Umkleide. Ehe sie durch die Tür ging, hörte sie eine Stimme durch den Gang.

»Officer Wilbur, auf ein Wort!«

July wandte sich um und ihre Augen weiteten sich. Sie hatte die Stimme richtig erkannt. Es war Captain Cole, der sie da ansprach.

»Natürlich, Sir.« Sie straffte sich ein wenig und folgte dem Captain mit steifen Schritten. Captain Cole war der höchste Beamte des East PPD, den sie jemals zu Gesicht bekommen hatte. Man erzählte sich, dass er über ausgezeichnete Verbindungen zum Bürgermeister und zum Bezirksstaatsanwalt verfügte. So jemand kümmerte sich normalerweise nicht um Officers im zweiten Jahr. Es sei denn, es gab irgendwelche Probleme.

»Setzen Sie sich«, sagte er, nachdem er selbst um seinen imposanten, modernen Schreibtisch herumgegangen war. Cole ging sicher auf die Fünfzig zu, war aber noch gut in Form. Mit seinen militärisch kurzen, pechschwarzen Haaren strahlte er eine kompromisslose Strenge aus, selbst wenn er freundlich war. July schluckte und versuchte, sich nicht anmerken zu lassen, wie eingeschüchtert sie war.

»Gibt es ein Problem, Sir?« Sie bemühte sich, nicht zu kleinlaut zu klingen. Auch wenn sie nicht glaubte, sich etwas vorzuwerfen zu haben.

»Delegato meint, Sie machen einen ziemlich guten Job«, sagte der Captain und blickte dabei anerkennend.

»Das freut mich zu hören, Sir«, antwortete July.

»Sie sind auch mit diesem Fall heute sehr gut umgegangen.«

»Ich habe versucht, meinen Job zu machen und mich nicht zu übergeben, Sir.«

Das Lächeln hellte das strenge Gesicht des Captains ein wenig auf.

»Scheint Ihnen beides gelungen zu sein«, fuhr er dann fort. Ohne weitere Überleitung kam er zur Sache: »Ich wollte mit Ihnen sprechen wegen dieses FBI-Agenten, der sich jetzt eingeschaltet hat. Owen Bradbury. War er schon bei Ihnen?«

July nickte.

»Ja, Sir. Ich bin eigentlich in zehn Minuten mit ihm für ein informelles Gespräch verabredet.«

»Verstehe«, sagte Cole und senkte dabei ein wenig seine Stimme. »Das ist völlig in Ordnung. Sprechen Sie ruhig mit ihm. Ich möchte jedoch, dass Sie mich persönlich über die Entwicklungen auf dem Laufenden halten.«

Was für Entwicklungen meinte der Captain denn? Sie erwartete, ein paar Fragen zu beantworten und dann den Dingen ihren Lauf zu lassen. Als kleiner Officer war sie meistens nach den ersten Ermittlungsschritten raus. Diese Arbeit übernahmen die großen Fische – Detectives oder eben FBI-Agenten.

»Ich bin mir nicht sicher, wie viel Ihnen das bringen wird, Sir«, sagte sie und versuchte ihre Gedanken schnell zu ordnen. »Aber ich werde natürlich gerne alles in meinen Bericht aufnehmen.«

»Danke, Officer Wilbur«, antwortete der Captain. »Dann machen Sie sich mal auf den Weg zu Ihrem informellen Treffen. Nur eine Sache noch: Ich erwarte diese Informationen in einem persönlichen Bericht. Nicht über den offiziellen Weg. Ist das ein Problem für Sie, Officer?«

July zögerte nur einen Moment, ehe sie antwortete. »Natürlich nicht, Sir. Ich lasse Ihnen alles, was ich erfahre, direkt zukommen.«

Sie war noch in Gedanken, als sie einige Minuten zu spät in die große Eingangshalle kam. Owen Bradbury hatte sich im Gegensatz zu ihr nicht umgezogen. Doch er hatte sein Sportsakko abgelegt und die Ärmel seines Hemdes hochgekrempelt.

»Viel zu tun, Officer Wilbur?«, fragte er. July lächelte entschuldigend.

»Der ganze Kram, den jeder hasst, wird immer auf die Dienstjüngsten abgewälzt. Das kann schon mal länger dauern.«

Bradbury verdrehte die Augen und warf sich sein Sakko über die Schulter. »Kommen Sie, sagen Sie mir, wo man hier etwas trinken und reden kann.«

Eine halbe Stunde später saßen sie im Field House Pub vor einem Bier. Wie üblich war die Musik gerade ein wenig zu laut, so dass July ihnen eine Ecke gesucht hatte, die von den Lautsprechern weniger gut erreicht wurde.

»Das Apartment war ein totaler Reinfall«, erzählte sie und spielte dabei mit ihren Fingern am Bierdeckel. »Decker war natürlich nicht da und wir haben auch keine Hinweise auf seinen Aufenthaltsort gefunden. Wobei ich von dieser Spur ohnehin nicht überzeugt bin. Ist das nicht ein irrsinniger Gedanke ist, dass ein Student so durchdreht und irgendjemanden anfällt wie ein Wolf?«

»Decker ist Student an der Brown, richtig?« fragte Bradbury. Er ging auf ihren Kommentar zu den Ermittlungen gar nicht ein. July wunderte sich für einen Moment, warum ein FBI-Agent seine Hausaufgaben nicht gemacht hatte. Doch vermutlich waren es solche Leute einfach gewohnt, sich ins Bild setzen zu lassen.

»Masterstudent, irgendwas mit International Business. Sein Apartment sieht jetzt schon aus wie von einem CEO«, bestätigte sie. »Scheiße teuer, ich glaube, allein die Küche kostet so viel wie mein Jahresgehalt.«

»Wissen wir, woher ein Student so viel Geld hat?« fragte Bradbury.

»Ivy League, Ostküstenelite, so was in der Art. Seine Eltern sind früh gestorben, haben ihm jedoch einen Haufen Geld hinterlassen. Wir sind noch nicht ganz durch mit seinen Finanzen.«

July nahm einen Schluck von ihrem Lager und leckte sich über die Oberlippe. Bradbury wirkte nett und kollegial interessiert. Doch dieses seltsame, konspirative Treffen mit dem Captain machte sie misstrauisch.

»Wollten Sie nur mit mir sprechen, um mich über Decker auszufragen? Ist der Typ wirklich unsere einzige Spur?«

Sie sah einen anerkennenden Ausdruck über Bradburys Gesicht huschen. Der Agent tippte mit dem Zeigefinger auf den Rand seines Bierglases, dann beugte er sich nach vorn.

»Bei dieser Gelegenheit – wollen Sie vielleicht Owen zu mir sagen? Wir sind ja immerhin nach Feierabend hier. Quasi privat.«

»Gern, Owen. Ich bin July.« Sie warfen sich das sympathische und dennoch etwas hilflose Lächeln von Menschen zu, die sich ihre Vornamen nannten, obwohl sie diese bereits kannten.

»Eigentlich interessiert mich mehr dein unangenehmer Fund heute Morgen, July.« Eine kurze Pause. »Also, wenn es dir nicht zu viel ausmacht, ich würde gern mehr darüber hören, wie du die Leiche gefunden hast.«

July nickte und zögerte einen Moment. Dann begann sie zu erzählen.

»Wir bekamen die Meldung über einen Tipp aus dem Sabin Park. Ein Spaziergänger sagte, er hätte dort eine Leiche entdeckt. Die Angaben waren nicht sehr präzise, also teilten mein Partner und ich uns auf und suchten. Nach einer Weile entdeckte ich relativ frische Spuren, die in einen der kleinen Wälder im Park führten. Der Sabin Park ist kein Problemgebiet und ziemlich gut gepflegt. Wenn da der Rasen beschädigt ist, fällt das auf.«

Owen nickte. »Wie sahen die Spuren aus, die du gesehen hast? Der Rasen war aufgetreten?«

»Na ja, es hätte auch von einem Ballspiel kommen können oder so. Wenn man sich auf Rasen sehr schnell abstößt oder die Richtung beim Laufen wechselt, reißt ja manchmal die Oberfläche auf und es gibt diese Trittspuren, wo man die Erde sieht. Ich fand, es sah an dieser Stelle, direkt neben dem Weg, seltsam aus, und habe mir die Spuren genauer angesehen. Dann ist mir dieses Wäldchen aufgefallen. Der Anrufer hatte erwähnt, dass die Leiche zwischen Bäumen lag.«

Owens Blick war erstaunlich konzentriert und aufmerksam. Irgendetwas daran passte nicht zu einer freundlich-kollegialen Konversation. July machte eine kurze Pause, in der sie den Blick erwiderte, bis Owen den Faden aufgriff.

»Ist dir etwas aufgefallen, als du dich dem Wald genähert hast?«

»Du meinst, ob ich von außen schon etwas sehen konnte? Nein, die Spuren brachen irgendwann ab. Sah alles so ruhig aus wie der Rest des Parks.«

Owen nahm noch einen Schluck und strich mit der Hand über die glatte Oberfläche ihres kleinen Tisches. »Ich meinte eher … ungewöhnliche Wahrnehmungen. Ist dir irgendetwas durch den Kopf gegangen? Hast du ein komisches Gefühl gehabt?«

July versuchte noch, diese Fragen einzuordnen, als sich ihr Telefon durch zwei kurze Vibrationsimpulse bemerkbar machte. Sie zog es aus der Tasche und blickte auf den Bildschirm. Eine Nachricht von Matt.

Tim von der Nachtschicht schrieb mir gerade. Sie haben einen Lagerraum identifiziert, den Decker vor ein paar Monaten gemietet hat. Nehmen sich den jetzt vor.

July entschuldigte sich kurz bei Owen und ging vor die Tür. Es dauerte nicht lange, bis Matt ihren Anruf annahm.

»Warum schreibst du mir das?« fragte sie in neutralem Tonfall. Sie tauschten sich eng aus, doch außerhalb der Schicht versuchten sie, Abstand zur Arbeit zu wahren.

»Du bist durcheinander. Machst dir Sorgen. Das kann ich verstehen. Ich dachte mir, es tut dir gut, wenn du hörst, dass es in diesem Fall vorangeht.«

»Tut es auch. Ich bin jetzt trotzdem wieder aufgewühlt.«

»Wo bist du gerade?« Aus dem Telefon hörte July Teller klappern und Stimmen im Hintergrund. Bestimmt dirigierte Amanda gerade die Kinder beim Abräumen des Tisches nach dem Abendessen.

»Privates Gespräch. Erzähle ich dir morgen. Wo ist diese Lagerhalle?«

»Auf dem Mond«, antwortete Matt trocken. »Wenn ich dir die Adresse sage, fährst du nachher noch hin. Vielleicht hätte ich dich doch in Ruhe lassen sollen.«

»Hättest du nicht. Ich werde diese Scheiße heute ohnehin nicht mehr los. Aber wenn du mir das erzählst, kannst du mich jetzt auch nicht sitzen lassen.«

Matt seufzte und nannte ihr ein nahegelegenes Gewerbegebiet. »Ich kann hier nicht weg«, sagte er und sie hörte, wie er die Stimme ein wenig senkte. Vermutlich war seine Familie nicht gut darauf zu sprechen, wenn sich seine Gedanken zu lange um die Arbeit drehten. »Halt dich bloß da raus. Lass die Nachtschicht ihre Arbeit machen. Wir kümmern uns morgen darum, etwas mit den Ergebnissen anzufangen.«

»Klar, Boss«, sagte sie. In der Leitung hörte sie einen spitzen Schrei. Matt lachte und rief: »Na warte!« Dann sagte er schnell und an sie gewandt: »Ich muss auflegen, Jules. Wir sehen uns morgen.«

Nachdem sie ihr Telefon eingesteckt hatte, blies sie die Wangen auf und pustete langsam Luft aus. Dann ging sie zurück in die Bar. Owen saß drinnen und nippte an seinem Bier.

»Was Privates?« fragte er. July zögerte.

»Sie untersuchen gerade eine Lagerhalle, die Decker vor einigen Monaten gemietet hat. Vielleicht gibt es dort ein paar neue Spuren.«

Owen legte den Kopf schräg und blickte sie aufmerksam an. Sein Blick hatte etwas sehr Sympathisches, fand sie. Auch wenn sie beim PPD gelernt hatte, dass man FBI-Agenten, die sich in Fälle einmischten, nicht zu leichtfertig trauen sollte.

»Und jetzt willst du da hin«, stellte er fest.

»Ich hab' da nichts verloren«, murmelte sie. »Ist ja nicht so, als wäre ich Detective oder so.«

»Du vielleicht nicht«, sagte er und grinste. »Komm, wir sehen uns das mal an.«

Die Lagerhalle war leicht zu identifizieren. Fast alle anderen Gebäude in dem Gebiet waren leer um diese Zeit. Nur auf dem Parkplatz vor Deckers Objekt standen drei Polizeifahrzeuge und eine silberne Limousine. Ein junger Officer beäugte July und Owen misstrauisch, als sie parkten und ausstiegen.

»Bradbury, FBI«, sagte Owen geübt und zeigte seinen Ausweis. »Das hier ist July Wilbur vom PPD. Sie agiert als meine lokale Kontaktperson.«

July hatte den Kollegen irgendwann schon einmal gesehen, konnte sich jedoch nicht an seinen Namen erinnern. Er starrte misstrauisch auf den Ausweis und wies dann seine Kollegen an, den Detective herauszuschicken. Offensichtlich wollte er den unerwarteten Besuch lieber von jemandem mit mehr Autorität klären lassen.

Eine Frau Ende dreißig näherte sich wenige Minuten später zielstrebig. Sie hatte schwarze Locken und sah ziemlich streng aus. July erinnerte sich, schon einmal in einem Fall mit ihr zusammengearbeitet zu haben.

»Detective Angela Walsh, PPD. Mir war nicht klar, dass sich das FBI für unseren Fall interessiert, Agent Bradbury.« Ihre schmalen Augen hefteten sich für einen Moment misstrauisch auf July.

»Keine Sorge, ich bin nur an kollegialem Austausch interessiert«, sagte Owen und lächelte. Er konnte ziemlich gut lächeln, fand July. »Ich sammle Informationen in einigen speziellen Fällen.«

Walsh war offensichtlich von seinem Charme wenig beeindruckt. »Spezielle Fälle? Geht das auch etwas weniger mysteriös?«

»Leider nein«, sagte Owen entschuldigend. »Hören Sie, ich mische mich in nichts ein. Ich würde mich nur gerne ein wenig umschauen und mir einen Eindruck machen. Keine Sorge, ich zerbreche schon kein Porzellan.«

Die Ermittlerin wandte sich ab und telefonierte kurz. Als sie sich wieder näherte, sagte sie nur: »Folgen Sie mir.«

July beschloss, dass sie sich am besten einfach in ihre Rolle einfügte und nichts sagte. Sonst würden nur Fragen aufkommen, warum Bradbury gerade sie als Kontaktperson angefordert hatte und ob sie überhaupt für diese Aufgabe qualifiziert war. Was offiziell natürlich nicht der Fall war.

»Wir wissen bisher nicht, wofür Decker diese Halle verwendet hat«, sagte Walsh, während sie ein Rolltor durchquerten. Bei der Halle handelte es sich um einen separat gelegenen Lagerraum auf einem eigenen Grundstück – keines dieser modernen Self-Storage-Angebote, die in günstigen Gebieten wie Unkraut aus der Erde sprossen. July durchmaß den großen, weitgehend leeren Raum mit ihrem Blick. Er war vielleicht zehn Meter breit und zwölf oder fünfzehn Meter lang. Hinten führte eine Treppe zu einem erhöht liegenden, separaten Büroraum. Rechts neben dem Eingang standen drei oder vier Metallcontainer mit Türen, die alle geöffnet waren. Mehrere Kollegen der Nachtschicht sowie der Spurensicherung suchten die Halle mit Taschenlampen und Fotoapparaten ab. Die Beleuchtung war nicht eingeschaltet – vielleicht hatte Decker die Stromrechnung nicht bezahlt.

»Was haben Sie denn schon gefunden?« fragte Owen, nachdem er sich ebenfalls einen Eindruck verschafft hatte. Walsh führte sie zu einem Klapptisch, auf dem eine ganze Reihe von kleinen und großen, beschrifteten Plastikbeuteln aufgereiht war. July ließ ihren Blick kurz über die Beweisstücke huschen – die üblichen Haare, Stofffetzen und Plastikfetzen, die man in so einer Halle erwarten konnte. Größere oder auffälligere Beweisstücke fehlten weitgehend – entweder hatte es sie nie gegeben, oder man hatte hier vor Kurzem sauber gemacht.

»Was ist das hier?« fragte Bradbury und deutete auf einen Beutel ganz an der linken Seite des Tisches. Walsh blickte kurz auf ihr Telefon, ehe sie antwortete.

»Das lassen wir mit Priorität ins Labor bringen. Sieht aus wie ein Fläschchen mit Nasentropfen oder so, ein wenig altmodisch. Das Etikett ist abgekratzt und vom Inhalt kann man kaum noch etwas erkennen.«

»Darf ich?« fragte Owen und hob den Beutel mit den geübten, vorsichtigen Fingern eines erfahrenen Ermittlers an. July versuchte, etwas in seinem Gesicht zu lesen, doch es gelang ihr nicht.

»Haben Sie eine Vermutung, Detective Walsh?«

»Es gibt eine neue Droge, von der die Leute manchmal hart durchdrehen. Noch nichts Großes oder Bekanntes. Hab gehört, dass in Florida jemand einen Mann angefallen und versucht hat, sein Gesicht zu essen. Na ja, nicht nur versucht.«

July wurde mit einem Mal flau im Magen. Sie bemerkte, wie Owen sie anblickte und ihr dann für eine Sekunde die Hand auf die Schulter legte. Detective Walsh schaute konsterniert, dann konnte man das Verstehen in ihren Augen erkennen.

»Officer Wilbur«, sagte sie. »Sie haben das Opfer gefunden, richtig?«

»Ja, Ma'am«, antwortete July. Die Ermittlerin schenkte ihr ein kurzes, anerkennendes Nicken, dann wandte sie sich wieder Owen zu.

»Haben Sie davon gehört?« fragte sie.

»Badesalz«, sagte Owen langsam.

Walsh nickte. »Davon passt jedoch nicht genug in so ein kleines Fläschchen. Man muss relativ viel von diesem Zeug nehmen, soweit ich weiß.«

»Die ersten Staaten ändern gerade ihre Gesetzgebung und verbieten die Substanzen, die den Rausch verursachen, in normalem Badesalz. Nicht auszuschließen, dass jemand eine neue, stärkere Variante dieses Zeugs herstellt.«

»Genau das wollen wir prüfen«, bestätigte Walsh.

Sie hörten ein hohles, metallisches Klopfen irgendwo aus der Halle. Dann rief jemand nach der Ermittlerin, die sich daraufhin entschuldigte. Während July ihr nachblickte, untersuchte Owen neugierig die unterschiedlichen kleinen Beweistütchen.

Plötzlich hatte July das Gefühl, im Augenwinkel eine Bewegung zu sehen. Sie folgte dem vagen Eindruck mit ihrem Blick. Dort, wo eben noch die Betonwand im Schatten der Halle gelegen hatte, bewegte sich eine Gestalt. Sie sah aus wie ein seltsam gebückt laufender Mann, der versuchte in der Dunkelheit zu bleiben. Er bewegte sich auf die Treppe zu, die in den Büroraum oberhalb der Halle führte.

»Stehenbleiben!« rief July und griff mit einer raschen Bewegung nach ihrer Pistole. Doch sie war nicht im Dienst und unbewaffnet. Die Gestalt huschte weiter, ohne auf sie zu reagieren.

»Hier drüben!« rief July und sah, wie zwei der Officers ihre Taschenlampen in die Richtung bewegten, in die sie deutete. Die Halle war zu groß, so dass die Gestalt von diffusem Licht erhellt wurde statt von einem scharfen Kegel. July konnte trotzdem einen Mann in zerrissener, dreckiger Kleidung erkennen. Sein Gesicht war mit einer braunroten Flüssigkeit verschmiert und seine Augen wirkten weit aufgerissen.

»Verdächtiger ist in der Lagerhalle und versucht zu fliehen«, meldete ein Officer und zog seine Dienstwaffe. »Bleiben Sie stehen oder ich schieße!«

Der Unbekannte nahm von der Drohung gar keine Notiz. Stattdessen stürmte er auf die Treppe zu und begann mit einer irrsinnigen Geschwindigkeit nach oben zu laufen.

Zwei Schüsse donnerten durch die Halle. July war fast sicher, dass mindestens einer davon ein Treffer war. Sie glaubte, eine kurze Erschütterung im Körper des Fliehenden wahrgenommen zu haben. Doch dieser schien – wenn er denn wirklich getroffen worden war – keine Notiz davon zu nehmen.

»July! Komm mit!«, rief Owen und rannte auf das Haupttor zu. Sie stutzte einen Moment, dann lief sie ihm hinterher.

Owen und sie umrundeten das Gebäude. Der Grund dafür wurde ihr schnell klar – drinnen wurde der Mann nun von mehreren Polizisten verfolgt. Wenn er überhaupt noch eine Fluchtmöglichkeit hatte, dann durch das Fenster. Und dort würden sie ihn stellen können.

Owen hatte im Gegensatz zu ihr eine Waffe dabei. July bemerkte sie, als er im Laufen sein Sportsakko auszog und es sich um seinen linken Arm wickelte. Er sah ein wenig aus wie ein Hundetrainer, fand sie.

Sie erreichten das hintere Ende des Grundstücks. Ein hoher Drahtzaun umgab das Gebäude in drei Metern Entfernung und würde den Flüchtigen stoppen, wenn er es wirklich aus dem Fenster schaffte. July maß die Entfernung zwischen dem Fenster und dem Boden. Für einen Sprung war es zu tief – doch wenn man sich aus dem Fenster hängen und dann zu Boden fallen ließ, dürfte die Verletzungsgefahr nicht sehr groß sein.

Von drinnen war ein Schrei und dann ein lauter, dumpfer Knall zu hören. Ein hässliches Krachen folgte. Dann hörte sie einen Ruf: »Officer am Boden! Wir haben einen Verletzten!«

»Verflucht«, zischte Owen und presste sich unterhalb des Fensters an die Wand – in vielleicht einem Meter Abstand zu der Stelle, wo sich der Flüchtige möglicherweise herunterlassen würde.

Ein weiterer Knall und ein helles Scheppern folgte. July riss die Augen auf, als ein Metallschrank durch das Fenster krachte und mit einigem Schwung vor den Zaun donnerte. Das Ding war so schwer, dass es den dicken Draht zerfetzte und ein Loch in die Absperrung riss.

Noch während sie versuchte, die Situation zu verstehen, kam noch etwas aus dem Fenster geflogen. Doch diesmal war es kein Möbelstück.

Der Mann, der eben noch die Treppe nach oben geeilt war, hechtete kopfüber durch das zerborstene Fenster. Für einen Moment dachte July, er würde wirklich fliegen – es hatte etwas völlig Unwirkliches, wie er kopfüber mit einer irrsinnigen Geschwindigkeit durch die Luft raste. Doch dann zog die Schwerkraft ihn nach unten und er begann sich in der Luft abzurollen. Den Bewegungen fehlte jegliche Eleganz - er streckte die Arme aus, zog die Beine an und landete mehrere Meter hinter dem Zaun auf dem Boden. Owen hob seine Waffe und rief ihn an. Doch der Mann reagierte gar nicht. Er kam auf die Beine, schüttelte für einen Moment seinen Arm, dann rannte er los, als sei nichts geschehen. Als wäre er nicht gerade sechs Meter weit aus einem Fenster gesprungen.

Owen feuerte ihm mehrere Schüsse hinterher, dann blickte er nach oben zum Fenster. Dort forderte gerade ein Officer per Funk Luftunterstützung an.

»Scheiße, was war das denn?« flüsterte July. Ehe Owen ihr antworten konnte, zogen die näherkommenden Sirenen eines Krankenwagens ihre Aufmerksamkeit auf sich.

III

Das Haus im Wald

»Ich hatte keine Ahnung, dass du dich mit so etwas auskennst.« Hugues' Tonfall war zugleich angespannt und anerkennend.

»Hab ziemlich viel darüber gelesen«, kam die knappe Antwort. Zwei Gestalten kauerten in der Dunkelheit vor einem altmodischen Sicherungskasten. Die beiden jungen Männer befanden sich irgendwo an der Grenze zwischen Adoleszenz und Erwachsenenalter. Sie trugen dunkle Sportkleidung mit Kapuzen und Handschuhe. Die Gurte kleiner Schultertaschen verliefen quer über ihre Oberkörper.

Avelian stieß einen Pfiff aus, nachdem er mit einer Radiozange einen Draht durchgekniffen hatte. »Schön ruhig heute Nacht.«

Sein Begleiter blickte sich paranoid um, was ihm jedoch nur einen grinsenden Klaps auf die Schulter einbrachte. »Ich habe wirklich *sehr* viel darüber gelesen. Das ist jetzt alles aus. Wir können uns die Fenster vornehmen.«

Die beiden Gestalten waren in der Dunkelheit kaum wahrzunehmen, als sie den Raum verließen und wieder die Kellertreppe hinaufstiegen. Vor ihnen lag der gepflasterte Hinterhof eines mehrere hundert Jahre alten Gebäudes, der nur schwach vom Mondlicht beschienen wurde. Die drei oder vier Scheinwerfer, die sie noch vor einigen Minuten auf dem Weg in den Keller kurz angeleuchtet hatten, waren nun tot.

Avelian ging zielstrebig auf eines der Erdgeschossfenster zu, die hinter einem geschlossenen, hölzernen Laden verborgen waren. Mit seiner Brechstange schob er den Fallriegel nach oben und konnte so problemlos zum eigentlichen Fenster vordringen. Dieses war besser gesichert, doch keineswegs eine Festung. Die beiden hatten in den letzten Wochen in einigen Anläufen die meisten Sicherheitsvorkehrungen erkundet und verfügten so über ein recht gutes Bild von dem, was sie nun erwartete.

Avelian wollte gerade die Brechstange ansetzen, als sein Freund ihm eine Hand auf den Arm legte. »Bist du sicher, dass wir das tun sollten? Die Idee erscheint mir immer noch ein wenig fragwürdig.«

Ein entwaffnendes Lächeln war die Antwort. Hugues wurde ein wenig warm und er fühlte sich etwas ruhiger, doch brodelte immer noch die Angst in ihm.

»Mein lieber Freund«, flüsterte Avelian vertraulich. »Ich war mir noch nie so sicher bei etwas. Aber ich sehe, dass du Zweifel hast. Wenn du möchtest, lass mich allein weitermachen.« Er blickte seinem Gegenüber tief in die Augen. Hugues sah ein paar der auffälligen blonden Locken unter der Kapuze hervorlugen. Ehe er antworten konnte, fuhr Avelian fort: »Ich verlange nur einen feierlichen Schwur von dir, dass du mich nicht verraten wirst. Du entscheidest, ob auf die Bibel oder auf dein Blut.«

»Ich kann doch wegen dieser Sache hier nicht auf die Bibel schwören!« empörte Hugues sich im Flüsterton. »Aber egal, ich bleibe ohnehin bei dir. Kein Grund für einen Blutschwur.«

Die beiden blickten sich kurz in die Augen und tauschten ein geheimes Handzeichen aus. Dann setzte Avelian erneut die Brechstange an das alte Fenster.

†

In den Tagen vor der großen Feier vibrierte das Haus La Forêt unter den Vorbereitungen. Das Personal mühte sich unter den scheinbar allsehenden Augen der Hausherrin ab und jeden Tag kamen neue Dienstleister hinzu – Cateringköche, Dekorateurinnen, Gärtner und Reinigungskräfte jeder Art.

La Forêt war beeindruckend und weitläufig, doch zumeist deutlich weniger frequentiert. Seit bestimmt fünf Jahrzehnten gab es im Haus nicht mehr genug Personal, das sich um die Organisation solcher Großveranstaltungen hätte kümmern können. Dementsprechend musste die Hausherrin – sollte alles richtig gemacht werden – selbst die Organisation übernehmen.

Avelian verwunderte es keineswegs, dass die Hausmädchen und Reinigungskräfte, die ihm begegneten, angespannt und teilweise geradezu ängstlich wirkten. Der größte Teil von ihnen arbeitete für ein externes Dienstleistungsunternehmen, das seine Mutter beauftragt hatte. Doch seine Familie verfügte über genug Einfluss, um jeden lokalen Unternehmer und damit auch dessen Angestellte schnell zu einem gefügigen Befehlsempfänger zu machen.

Er beobachtete eine junge Frau in grüner Arbeitsuniform, die einen Wagen mit einem Dutzend Blumenarrangements durch den breiten Flur schob. Als sie in den Salon einbog, um diese zu präsentieren, verdrehte er die Augen.

Maman dreht jetzt komplett durch, tippte er in sein Telefon. Ich muss hier raus. Was machst Du heute?

Ein sausendes Geräusch bestätigte das Versenden der Nachricht und er steuerte die Kellertreppe an. Wenn es eine Chance geben sollte, die nächsten Tage zu überstehen, so musste er sich von der bel étage fernhalten, so viel war sicher. Er öffnete die doppelflügelige Tür, die in das Souterrain führte. Die Stimme seiner Mutter ließ ihn in der Bewegung erstarren.

»Avèl!«, rief sie durch den Flur und er wandte sich langsam um. Revelyn Lerot war eine beeindruckende Erscheinung, eine elegante Schönheit, die zu stur war, um sich ihr Alter wirklich ansehen zu lassen. Sie kam mit bedachten Schritten auf ihn zu und lächelte ihn freundlich an. »Ich weiß, du hast nicht viel Sinn für unsere Feier, mein Sohn, doch unter den Gästen sind einige sehr einflussreiche Menschen, die bedeutungsvoll für deine Zukunft sein könnten. Es wäre gut, wenn du dich von deiner besten Seite zeigst, oder nein, – wenn du dich von einer Seite zeigst, die nicht so sehr *du ist*.« Sie blickte ihm tief in die Augen und ihr Lächeln war der Zuckerguss auf einem vergifteten Tortenstück.

»Ich habe schon verstanden, dass ich dich nicht blamieren soll, Maman«, erwiderte er. Ehe er fortfahren konnte, fiel sie ihm ins Wort.

»Ich möchte nicht, dass du mich nur nicht blamierst, Avèl.« Ihre Stimme war sanft und dennoch hatte sie diesen Unterton, der ihn wie einen kleinen Jungen parat stehen ließ. »Ich möchte, dass du unsere Gäste von dir *überzeugst.*«

Ich bin ja nicht mal selbst von mir überzeugt, dachte er bitter. »Was meinst du damit? Soll ich etwas auf meiner Blockflöte vorspielen oder einen Tanz einstudieren?«, erwiderte er sarkastisch.

»Das ist genau die Seite, dich ich nicht sehen will, mon titou«, erwiderte sie mit einem frostigen Lächeln und zauberte ein kleines Heft hervor, das ihm zuvor nicht aufgefallen war. »Ich möchte, dass du dir das hier genau durchliest und dich dafür interessierst. Das wird dir eine gute Gelegenheit geben, mit einigen wichtigen Personen ins Gespräch zu kommen.«

Sie lächelte ihn aufmunternd und bestimmend an – eine Kombination, die er niemals an jemand anderem gesehen hatte. Dann gab sie ihm einen kurzen Kuss und eilte wieder an die Arbeit.

Die glänzende Broschüre, die sie ihm gegeben hatte, fühlte sich kühl an. Auf der Vorderseite war ein großes, altes Kloster auf einer Klippe abgebildet. Der Himmel darüber war strahlend blau und im Sonnenschein sah alles nach einem romantischen Ausflugsort aus. Darunter stand in großen, weißen Buchstaben:

BERSOLET. Bildung aus Tradition.

Die inneren Seiten der Broschüre zeigten fröhliche junge Menschen in Schuluniformen vor alten Mauern und priesen das außergewöhnliche Curriculum der katholischen Privatuniversität an. Avelian blätterte einmal durch die Seiten und steckte das Informationsheft dann schnell ein. Er kannte den Namen Bersolet bereits sehr gut. Auch wenn er nicht viel über diesen Ort wusste, so war er doch sicher, dass sich der Unterricht dort auf andere Art gestaltete, als diese glänzende Broschüre es zu verkaufen versuchte.

†

Für die Feierlichkeiten zu Nicolas Lerots 60. Geburtstag wurde die Zufahrt zum Anwesen aufwändig geschmückt. Silberne Laternen flankierten im Abstand von einigen Metern die Zufahrt. Die Lichter leuchteten in feuriger Anmutung orange, jedoch konnte später am Abend die Farbe gewechselt werden, um eine andere Atmosphäre zu erzeugen. Auf der großen Einfahrt vor dem Haus standen Scheinwerfer bereit, um das imposante Gebäude selbst zu illuminieren. Hinter jeder verschlossenen Tür verbarg sich eine Kompanie junger Servicekräfte mit silbernen Tabletts voller fliegender Buffethappen und Kristallgläser.

Revelyn Lerot inspizierte am späten Nachmittag ihre Truppen, um sich danach für ihren großen Auftritt zurückzuziehen. Avelian saß derweil schlecht gelaunt auf einer frisch polierten Holzfensterbank im ersten Stock und starrte hinab auf die Kieseinfahrt. Früher am Tag war er mit Hugues auf einer halsbrecherischen Radtour gewesen und hatte sich einen Haufen Kratzer an den Armen und im Gesicht zugezogen, die seine Mutter pikiert, aber ohne Kommentar zur Kenntnis genommen hatte. So gerne er seinen engsten Freund bei sich gehabt hätte, Hugues' Familie war in diesen Kreisen nicht gesellschaftsfähig, und so musste er den Abend weitgehend ohne Verbündete verbringen. Er starrte gerade brütend auf sein Smartphone, als sein Bruder hereinkam.

Nazaire Lerot war groß und wirkte ein wenig düster. Wie alle Mitglieder der Familie war er schlank, doch während die schmale Figur Avelian etwas Sportliches und Dynamisches verlieh, erschien Nazaire eher hager und irgendwie zerbrechlich. Er trug bereits den dekretierten Smoking, hatte die Fliege jedoch noch nicht gebunden. Die Enden hingen lose herab. Als er Avelian sah, setzte er ein gewinnendes Lächeln auf.

»Hey, kleiner Bruder!«

Die Augenbrauen des blonden jungen Mannes auf der Fensterbank schoben sich enger zusammen.

»Ah, du hast dich schon bereit gemacht für Mamans großen Tag.«

Nazaire ignorierte den sarkastischen Ausdruck – es war deutlich mehr als ein Unterton – und setzte sich neben Avelian. Dann sagte er:

»Ich mache mir doch auch nichts aus diesem Zirkus. Niemand macht sich etwas daraus – ich glaube, nicht einmal Papa selbst. Und es ist *sein* Zirkus heute Abend.« Ein Blick aus dem Fenster, ein kaum hörbarer Seufzer. »Viele Menschen würden sagen, dass wir großes Glück haben, in eine Familie wie diese hineingeboren zu sein. Ich bin davon oft genauso angekotzt wie du, aber wir dürfen nicht ignorieren, dass wir wirklich viele Privilegien haben. Es ist keine Schande, sich dessen bewusst zu sein. Bisweilen darf man sich das vergegenwärtigen und manchmal kann man ein bisschen dankbar sein. Trotz allem.«

Avelian spie die Luft seines letzten Atemzuges aus, sagte aber nichts.

»Weißt du, was wir für diesen Abend brauchen? Wir brauchen Wein. Viel Wein.« Nazaire erhob sich und klopfte seinem Bruder motivierend auf den Oberschenkel. »Zieh dich um und wir suchen uns was.«

Er konnte schon lange nicht mehr zählen, wie viele Hände er geschüttelt, wie viele Wangen er geküsst und wie oft man ihn als »richtigen jungen Mann« bezeichnet hatte. Ungefähr 120 Gäste waren zwischen sieben und acht Uhr abends gekommen, zumeist in luxuriösen Limousinen, die dann vom jeweiligen Chauffeur oder dem Park-Service rasch entfernt worden waren. Avelian kannte nicht alle Gäste – er hatte das Gefühl, nicht einmal Maman kannte alle – doch einige davon sah er regelmäßig. Auch, wenn er sich gern als schlecht gelaunter Tunichtgut inszenierte, hatte ihn diese Familie zu einer Maschine gemacht, die auf sozialen Anlässen reibungslos funktionierte.

Ab elf Uhr wurden einige weitere Gäste erwartet, die zuvor auf einer anderen Veranstaltung unabkömmlich waren. Darunter auch sein Onkel Richard, welcher einfach gar nicht sein Onkel war.

Onkel Richard.

Er war der einzige Mann, bei dem Maman ein wenig die Contenance und Überlegenheit einer Grande Dame verlor, und das machte ihn gleichzeitig faszinierend und erschreckend.

Avelian zog sich für eine knappe Stunde zurück und mischte sich gegen zehn wieder unter die Leute. Er war relativ sicher, dass diese kleine Abwesenheit unbemerkt geblieben war. Um wieder ein wenig in Fahrt zu kommen, sprach er im Garten mit einigen Leuten und scherzte über die bevorstehenden Lebensentscheidungen, die bald auf ihn zukämen. Dabei beantwortete er die Fragen der Gäste im mittleren Alter mit einer Andeutung auf die Privatschule Bersolet und beobachtete die Reaktion genau. Relativ wenigen schien der Name überhaupt ein Begriff zu sein. Der Flyer hatte ihm verraten, dass man dort einen universitären Abschluss erlangen konnte. Wenn man sich als Klosterschüler eignete. Und wusste, was man studieren wollte. Hatte Maman ihm diese Entscheidung womöglich bereits abgenommen? Hatte er überhaupt eine Wahl?

Als er sich an einem der im Garten aufgestellten Bar-Zelte einen Daiquiri bestellte, spürte er plötzlich eine leise Berührung an der Schulter. Er wandte sich um und bemerkte eine Frau direkt neben sich an der Bar, welche ihn mit erstaunlich blauen Augen ansah.

»Bersolet, hm?« meinte sie und lächelte ihn an. Die auffälligen Augen funkelten. Sie war älter als er, vielleicht um die dreißig. Avelian beobachtete sie interessiert.

»Soll ein ganz toller Laden sein«, meinte er grinsend und nahm das Glas mit seinem hellen Cocktail in Empfang. Seine spontane Bekanntschaft bestellte sich einen Gin Tonic.

»Ganz sicher eine Eliteschmiede, genau wie es sich für diese Kreise gehört.« Sie ließ kurz ihren Blick schweifen und fixierte ihn dann wieder mit ihren Augen.

»Ich bin übrigens Avelian …« begann er.

»Lerot«, ergänzte sie. »Freut mich. Mein Name ist Mathilde. Ich kenne hier nicht so viele Leute, aber ich weiß, wer du bist.«

»Ich bin prominent«, feixte er und stieß mit ihr an.

»Mehr als das«, antwortete Mathilde süffisant.

Sie unternahmen einen kurzen Spaziergang durch den Park. Avelian fühlte sich durch die Aufmerksamkeit geschmeichelt. Er hatte in den letzten Jahren manchmal den Eindruck gehabt, dass er auf Mädchen und später dann auch auf junge Frauen anziehend wirkte, doch irgendwie hatte er mit dieser Erkenntnis niemals etwas anfangen können. In dem Moment, in dem man vielleicht einen Kuss oder auch nur eine Berührung ausgetauscht hätte, war er immer *blockiert* gewesen. Sein Freund Hugues hielt ihm gerne vor, dass er selbstbewusst und so gar nicht schüchtern wirke. Avelian wiederum fühlte sich keineswegs so verwegen, wie sein Freund es ihm unterstellte. Irgendwie war es ihm nie gelungen, in etwas wie einen natürlichen Ablauf bei diesen Dingen zu gelangen. Wann immer ihm jemand hätte näherkommen können, hatte er sich verunsichert zurückgezogen.

Er war von der Begegnung mit Mathilde überrascht, doch nicht eingeschüchtert. Vollkommen geheuer war ihm ihre unerwartet offene Art allerdings nicht.

»Ziehst du Alternativen zu Bersolet in Betracht?«, fragte sie während des Spaziergangs. Sie gingen an einer hohen Hecke vorbei, die den Westteil des Parks vom Rest der Anlage trennte.

»Bist du Anwerberin von Harvard oder so?«

Sie lachte. »Die schicken bestimmt niemanden nach Frankreich. Außerdem spielst du viel zu schlecht Football, habe ich gehört.«

»Ich spiele allerdings ziemlich gut Fußball«, konterte Avelian. »Aber das interessiert die wahrscheinlich nicht. Also, woher kommt dein Interesse an Bersolet? Warst du selbst da?«

Mathilde musterte ihn eine Weile eindringlich und kam dann sehr ruhig einen Schritt näher. Avelian wurde heiß. Sie strich mit einer Hand über seinen Rücken und ließ sie für einen Moment knapp über seinem Hintern ruhen. Da sie relativ groß war, musste sie sich nur leicht vorbeugen, um ihm ins Ohr zu flüstern.

»Ich weiß, ich habe mit diesem Thema angefangen. Aber ich denke, wir könnten etwas Schöneres tun, als über Schulen zu reden …«

Avelian war völlig klar, dass sie ihn von seiner Frage ablenken wollte. Er stimmte ihr dennoch atemlos zu.

Ungefähr eine Stunde später blickte er Mathilde hinterher, als sie sich nackt aus seinem Bett erhob. Beide waren außer Atem und verschwitzt, er etwas mehr als sie. Er beobachtete ihren hellen, unbekleideten Körper mit einem Hauch sakraler Faszination. Als sie im Bad verschwunden war, rollte er sich auf den Rücken, streckte sich, atmete seufzend aus und hielt dann inne. Mit einem Mal hatte er das Gefühl, dass jemand ihn beobachtete. Jemand, der hinter ihm stand, direkt an seinem Bett. Eine kalte, unbekannte Präsenz.

Er wandte sich um. Der Vorhang wehte leicht in der sommerlichen Abendluft.

»Du warst gestern Nacht am Saint Gabriel«, sagte Mathilde plötzlich mit ruhiger Stimme. Sie stand in der Tür des Badezimmers, nun wieder mit ihrer Unterwäsche bekleidet. Avelian starrte sie an.

»Saint was?«

Er hatte das Gefühl, dass das Zimmer einige Grad kälter wurde. Als sei ein geisterhafter Windhauch hindurchgefahren. Hinter sich – er blickte gerade mit großen Augen zu Mathilde – spürte er wieder diese Präsenz.

»Saint Gabriel«, sagte sie ruhig. »Du weißt genau, wovon ich spreche.«

Sie kam näher und er konnte sich nicht entscheiden, ob das bedrohlich oder sexy wirkte. Vermutlich beides.

»Ich habe keine Ahnung, wovon du …« begann er, doch seine Worte wurden von einer ziemlich heftigen Ohrfeige unterbrochen.

»Lüg mich nicht an!« herrschte sie ihn an. Avelian hielt sich unwillkürlich die pochende Wange und kam sich einen Moment wie ein Kind vor. Dann sprangen seine psychischen Abwehrreflexe an.

»Was fällt dir eigentlich ein!« Er stand auf und baute sich auf. Sie war groß für eine Frau und er eher nur durchschnittlich für einen Mann, trotzdem gab ihm das einen Vorteil von einigen Zentimetern.

Mathilde beeindruckte dies jedoch nicht. Ohne dass er so richtig mitbekam wie, beförderte sie ihn aufs Bett und verdrehte ihm schmerzhaft den Arm auf den Rücken. Dabei saß sie mit einem Bein halb auf ihm und er wunderte sich, wie geschickt und stark sie war.

»Lass mich los«, keuchte er, was Mathilde jedoch nur beantwortete, indem sie seinen Arm noch etwas höher schob.

»Hörst du auf, mich für dumm zu verkaufen?«, flüsterte sie nah an seinem Ohr. Vom Kopfende des Bettes her fühlte er sich noch immer beobachtet. Doch jetzt konnte er nicht einmal seinen Kopf drehen, da Mathilde ihn fest auf die Matratze presste.

»O… okay«, antwortete er dumpf. »Saint Gabriel, ist klar. Das Museum.«

»So ist es brav«, antwortete Mathilde und ließ ihn los. Er rollte sich auf den Rücken und wollte sich aufsetzen, aber sie hielt ihn an den Haaren fest und setzte sich auf ihn. Erschrocken fiel ihm auf, dass er noch immer komplett nackt war. Zwar überrascht und schockiert ob ihrer Handgreiflichkeiten, doch offensichtlich nicht überrascht und schockiert genug. Sie schien seine körperliche Reaktion zu spüren, hielt kurz inne, sagte jedoch nichts.

»Können wir uns jetzt vernünftig unterhalten?«

Avelian keuchte. »Wenn das deine Vorstellung von einem vernünftigen Gespräch ist …«

Er fühlte, wie sich eine Hand auf seine Schulter legte – eine kühle, nein, kalte Hand. Als er nun seinen Kopf zur Seite drehte, war da nichts.

Mathilde packte ihn am Hals und richtete seinen Blick wieder auf sich. Sie war nicht übermäßig brutal, ging aber sehr geübt und zielgerichtet vor.

»Bist du so eine Art Attentäterin?« presste er hervor. Sie lachte und ihre Augen funkelten.

»Das wäre wohl ziemlich schlecht für dich«, erwiderte sie. »Ich bin eher eine … Ermittlerin.«

»Na klar, eine von den gefürchteten Museums-Ermittlerinnen. Wer kennt die nicht?« ging es ihm durch den Kopf. Zu seinem Erstaunen sagte er jedoch etwas ganz anderes.

»Wir haben uns nur umgesehen«, keuchte er. Mathilde beobachtete ihn aufmerksam.

»Wir … ich bin zwar eingebrochen, aber ich habe nichts gemacht.«

»Wir?«

»Ich.«

»Du und dein Freund Hugues, nicht wahr?«

»Ich war allein!«

»Was habt ihr dort gesucht?« Ihr Griff um seinen Hals verstärkte sich ein wenig.

»Gar nichts!« Er machte noch einen Anlauf sich aufzubäumen, doch trotz ihres schlanken Körpers hatte sie keine Mühe, ihn im Griff zu halten. Er stöhnte wütend, als er fortfuhr. »Es war eine blöde Idee, eine Mutprobe! Ich wollte irgendwas mitnehmen, aber dann haben wir es doch gelassen, weil es ja eine Kirche ist.«

Mathilde lockerte ihren Griff ein wenig. »Und was habt ihr gesucht? Warum habt ihr euch genau Saint Gabriel ausgesucht?«

»Da sind doch diese Treffen. Meine Mutter ist dauernd dort, mit diesen Leuten. Es war nur eine blöde Idee!«

Plötzlich wandte Mathilde ihren Blick von ihm ab. Stattdessen fixierte sie das Kopfende seines Bettes – den Bereich, aus dem Avelian sich beobachtet gefühlt hatte. Sie schwieg und blieb für einen Moment ganz ruhig, dann nickte sie. Die Hand, die er immer noch auf seiner Schulter spürte, wurde wärmer. Dann breitete sich dieses Gefühl in seinem ganzen Körper aus.

Avelian erwachte am nächsten Morgen quer in seinem Bett, nackt auf dem Bauch liegend. Er war zugedeckt, doch sein linkes Bein hing zum Boden herab und fühlte sich kalt an. Sein Kopf brummte und er hatte den Nachgeschmack von zu viel Wein und Daiquiris im Mund.

Leise stöhnend richtete er sich auf und blickte an seinem Körper hinunter. Ein starker Druck in seiner Körpermitte machte ihn darauf aufmerksam, dass er dringend zur Toilette musste. Während er durch das Zimmer schlurfte, stöhnte er leise und fasste sich an den Kopf. Was war denn das für eine Nacht gewesen?

Nachdenklich blickte er sich über die Schulter. Das Bett fixierte die dunkle Ecke vor dem Schrank und ihm wurde ein wenig kalt. Hatte er gestern Nacht wirklich mit einer wildfremden Frau geschlafen? Hatte Mathilde ihn wirklich ausgefragt? Oder war das ein komischer Albtraum gewesen?

Als er im Bad ankam, fand er einen Kussmund aus rotem Lippenstift an seinem Spiegel. Er schluckte schwer und setzte sich auf die Toilette.

IV

Ein amerikanischer Traum

Am kommenden Mittwoch holten Zachary Adams und Gabriel Stark die Freundinnen um 19.30 Uhr am Campus ab. Die beiden jungen Männer wohnten nicht auf dem Gelände der Universität, sondern in der Stadt. Alle Vier hatten sich für einen feierlichen, jedoch nicht übertrieben festlichen Abend herausgeputzt. Die Männer trugen Sportsakkos und Chinos zu Lederschuhen und Hemden, die Frauen lange und schlichte, elegante Kleider. Danas Kleid war jenes, das Espérances Mutter ihr geschickt hatte.

»Wow, einfach wow!« meinte Zack mit ehrlicher Begeisterung und bewunderte zuerst Dana und dann mit angemessen höflicher Distanz auch ihre Freundin. »Ihr seht großartig aus!«

»Danke, Zachary«, erwiderte Espérance freundlich und musterte dann interessiert dessen Freund. »Freut mich sehr, dich kennenzulernen, Gabriel.«

»Ich habe schon viel von dir gehört, Espérance«, erwiderte dieser ruhig. »Ich freue mich ebenfalls.«

Zack und Gabe öffneten ihren Begleiterinnen die Wagentüren und die Frauen stiegen ein. Dana saß mit ihrem Freund vorn, während Espérance sich im Fond mit Gabriel unterhielt.

Dana beobachtete die beiden neugierig. Auch sie hatte Gabe noch nicht persönlich kennengelernt. Er war seinem Freund gleichzeitig ähnlich und auch wieder nicht. Beide waren gepflegt und nach klassischen amerikanischen Maßstäben gutaussehend. Zack mit seinen hellen blonden Haaren war immer energiegeladen, während der schwarzhaarige Gabe eher zurückhaltend wirkte. Sie wäre jedoch nie auf die Idee gekommen, dass er möglicherweise depressiv war. Sagte man allerdings nicht, dass gerade dies das Heimtückische an dieser Krankheit war?

Die Männer hatten das Hemenway's Seafood Restaurant für das gemeinsame Dinner ausgewählt - eines der bekanntesten Häuser im Universitätsviertel von Providence. Dana hatte es auf einem Bewertungsportal ausfindig gemacht und fühlte sich geschmeichelt von der Auswahl, denn Hemenway's hatte offensichtlich Renommee und war kostspielig. Deutlich zu kostspielig für die Familie Torme, so dass sie gleichzeitig beeindruckt und eingeschüchtert war. In ihren Augen war es sehr offensichtlich, dass sich die anderen geübt in einem solchen Umfeld bewegten, während sie sich immer wieder an den Online-Ratgeber für edle Restaurants erinnern musste, den sie in den letzten Tagen gelesen hatte.

»Du brauchst wirklich nicht unsicher zu sein, Dana«, flüsterte Espérance ihr noch einmal zu, als sie zu ihrem Tisch geführt wurden. »Mach einfach das, was ich mache, und niemand wird etwas bemerken.«

Zack bestellte den Wein und prahlte ein wenig damit, wie schwer es doch sei, im Hemenway's so kurzfristig einen Tisch zu bekommen. Gabriel schüttelte den Kopf und lächelte. »Bitte blamiere uns doch nicht mit deiner Angeberei, Zack«, sagte er entschuldigend an die Damen gerichtet und flüsterte dann gespielt vertraulich: »Seine Footballkumpels drehen immer völlig durch, wenn es etwas anderes gibt als Chicken-Wings. Er ist das nicht gewohnt.«

Dana musste lachen und Zack stimmte ein. »Tut mir leid, wenn ich hier den privilegierten College-Blödmann gebe, aber es ist wirklich total schwer …«

»Ja, wir sind alle so froh, dass dein Vater den Besitzer kennt, Zack«, schnitt ihm Gabriel das Wort ab.

Sie tauschten sich zuerst über ihre gemeinsamen Erfahrungen an der Brown aus und tratschten über Dozenten und das Jameson-Mead-Haus, ehe die Gespräche persönlicher wurden. Gabriel und Espérance schienen sich angeregt zu unterhalten. Dana hörte mit, wie er deutsch-französische Vorfahren in seiner Familie erwähnte, derentwegen er Kurse in beiden Sprachen belegt hatte - leider mit bisher mäßigem Erfolg. Er kauderwelschte ein wenig auf Französisch und brachte dadurch beide Frauen schnell zum Lachen.

Das Essen war großartig. Zack folgte zu jedem Gang der Weinempfehlung – es war schwer auszumachen, ob aus Vertrauen oder eigener Unwissenheit – und nach knapp zwei Stunden war Dana zumindest leicht angetrunken. Espérance lachte gerade über einen von Gabriels Scherzen, als etwas ihre Aufmerksamkeit auf sich zu ziehen schien. Sie tastete nach ihrer Handtasche und holte ihr Telefon hervor. Dana hätte erwartet, dass sie sich nun höflich entschuldigen und dazu lächeln würde. Doch sie sah nur, wie sich die Augen ihrer Freundin weiteten, diese dann aufstand und eilig den Tisch verließ. Nach ihrer Rückkehr – nur wenige Minuten später – erfolgten dann die Entschuldigung und das Lächeln. Dana schob ihre Brauen zusammen und plante, Espérance später auf diese Situation anzusprechen.

Nachdem sie die Rechnung beglichen hatten, riefen sie sich zwei Fahrer für den Weg nach Hause. Vor der Tür trennten sich die beiden Pärchen kurz voneinander und verabschiedeten sich ein wenig persönlicher. Dana lugte über Zacks Schulter, um zu sehen, wie gut die gemeinsam arrangierte Verbindung eingeschlagen hatte. Gabriel verhielt sich sehr höflich und es war offenkundig, dass die beiden sich sympathisch waren. Am Ende notierte Espérance etwas in einem kleinen Buch, das Gabriel aus seinem Sakko hervorgeholt hatte.

Nach einer recht stillen Heimfahrt ließen sich Espérance und Dana im Wohnheim auf ihre Betten fallen. Dana wand sich ein wenig, bis sie schließlich fragte: »Hast du vorhin unangenehme Nachrichten bekommen? Ich meine, weil du so plötzlich mit deinem Handy verschwunden warst ...«

Eine Antwort zu geben, schien Espérance schwer zu fallen. Sie rieb kurz ihre Fingerknöchel und blickte langsam auf. »Ach, es ist nichts weiter«, antwortete sie ausweichend. Dana wollte sich trotz ihres schweren Kopfes nicht in die Irre führen lassen. »So sah es aber nicht aus. Ein nerviger Ex? Stalkt er dich oder so?« Espérance erhob sich und begann wortlos, ihr Kleid auszuziehen. Dana runzelte die Stirn.

»Willst du mir nicht antworten? Findest du mich indiskret oder nerve ich dich?« Ohne sich umzudrehen, beförderte Espérance das Kleidungsstück auf einen Bügel und hängte es in den schmalen Schrank. Schließlich sagte sie langsam: »Es ist einer meiner beiden Brüder. Er fühlt sich zu Hause nicht wohl.« Nun kam auch Dana aus ihrer liegenden Position hoch. »Er fühlt sich nicht wohl? In eurem Zuhause? Was ist denn mit ihm?« Sie hätte lieber eine andere, eine direktere Frage gestellt, doch Espérances Miene verdunkelte sich bereits bei dieser vorsichtigen Neugier. Entsprechend knapp fiel ihre Reaktion aus. Sie winkte ab, setzte ein vorgeblich leichtfertiges Lächeln auf und sagte:

»Postpubertärer Zustand.«

†

Obwohl es Sonntag war, erwachte Dana früh. Im Jameson-Mead-Haus wurde es niemals wirklich ruhig. Jedenfalls nicht so ruhig, wie sie es von zuhause gewohnt war. Sie teilte sich mit Espérance das Zimmer gegenüber einem der Baderäume. Dies war zwar bequem, doch schon nach der kurzen Zeit, in der sie nun hier lebte, hatte Dana das Gefühl, sämtliche Mitbewohner an den Geräuschen ihrer Schritte identifizieren zu können.

Gerade fiel wieder einmal die Tür zu und jemand flüsterte. Dana verdrehte die Augen und setzte sich auf, um zu ihrer Mitbewohnerin zu blicken. Espérance hatte einen noch leichteren Schlaf als sie und saß wahrscheinlich bereits wieder lesend auf dem Bett.

Statt diesem üblichen Bild, das sie in den ersten Wochen morgens oft zu sehen bekommen hatte, lag die Französin ziemlich verdreht im Bett und hatte ihre dünne Decke beinahe vollkommen um ihren Körper geschlungen. Eines ihrer Beine hing seitlich herunter. Sie sah eher bewusstlos als schlafend aus, fand Dana.

Draußen fiel irgendein Gegenstand mit einem dumpfen Poltern zu Boden und jemand fluchte. Einen Moment später ergoss sich eine blaue Flüssigkeit unter der Tür und ein seltsamer, chemischer Geruch füllte den Raum. Dana, die gerade noch ihre regungslose Zimmergenossin beobachtet hatte, fuhr herum und riss die Tür auf.

Sofort schaute eine kleine, braunhaarige Gestalt in kurzen Hosen und T-Shirt zerknirscht zu ihr nach oben. »Sorry«, meinte der Student, den sie zuvor schon ein oder zweimal im Jameson-Mead gesehen hatte. Er hieß Josh oder so. »Ich wische es auf.« Neben ihm auf dem Boden befand sich eine halbleere Flasche eines knallblauen Sportgetränks, die offensichtlich beim Sturz auf den Boden gerissen war.

Dana musste grinsen. Auf einem Studentenblog über das Keeney Quadrangle hatte sie gelesen, dass an den Wochenenden morgens auf dem Flur häufig Gatorade und Aspirin ausgetauscht wurden. Offensichtlich war dies für den Typen vor ihrer Tür nicht so gut gelaufen.

»Kein Problem«, sagte sie nur und holte ein paar Blätter Küchenrolle, die sie im Zimmer aufbewahrte.

Josh oder so nahm die Hilfestellung dankbar entgegen und beförderte einen Klumpen weiß-blaues Saugpapier in den Mülleimer, den Dana ihm entgegenstreckte.

»Danke, und sorry, wenn ich dich geweckt habe. Ich bin übrigens Joss.« Er stand auf, wischte sich die klebrigen Hände ungelenk an seinen Shorts ab und entschied sich dann scheinbar, sie Dana nicht entgegenzustrecken. Sie lächelte freundlich.

»Keine Sorge, das hast du nicht. Alles in Ordnung.«

Sie bemerkte, wie Joss' Augen kurz zu Espérances Bett huschten. Reflexmäßig überprüfte sie, ob er dort vielleicht etwas zu sehen bekam, was nicht für seine Augen bestimmt war, doch ihre Zimmergenossin lag noch immer regungslos da und war nach wie vor in ihre Decke gewickelt.

»Deine Freundin scheint es ja wild getrieben zu haben«, meinte er dann grinsend. Ihre anfängliche Sympathie Joss gegenüber verflüchtigte sich schlagartig. Sie drückte ihm den Mülleimer in die Hand.

»Das stinkt. Geh ihn bitte ausleeren und dann stell ihn vor die Tür. Einen schönen Sonntag noch.«

Als Joss verschwunden war, schaute sie nachdenklich zu Espérance.

Es war beinahe Mittag, als ihre Zimmergenossin schließlich erwachte. Mit der Zeit war Dana nervös geworden, da es so gar nicht zu Espérances sonstigen Gewohnheiten passte, so lange und vor allem so tief zu schlafen. Nicht einmal der Gatorade-Vorfall hatte sie aufgeweckt.

Zuerst hörte Dana ein vages Murmeln, dann bemerkte sie, wie Espérance sich zu bewegen begann. Sie drehte sich aus der Decke heraus und gab ein leises Stöhnen von sich. Während Dana – auch wenn sie sich sehr indiskret vorkam – sie dabei beobachtete, hörte sie weiter das leise Murmeln. Es war ein einzelnes, französisches Wort, das sie immer und immer wieder wiederholte: *»Sublime«*. Schließlich sog sie mit einem lauten Keuchen Luft ein und blickte sich, noch immer auf der Seite liegend, um.

Dana brauchte einen Moment, um zu reagieren, ehe sie fragte: »Alles in Ordnung, Es?«

Statt einer Antwort schien Espérance sich mit den Fingern in die Matratze graben zu wollen. Ihre Augen wanderten unruhig umher und sie hatte sichtlich Mühe, sich zu orientieren. Schließlich stützte sie sich im Bett auf, doch sank sie sofort wieder in sich zusammen. Irgendwie sahen ihre Bewegungen nicht aus wie die eines Menschen, der zu viel getrunken oder zu wenig geschlafen hatte. Eher wie jemand, der von einem Auto angefahren oder verprügelt worden war. Auch wenn sie äußerlich völlig unverletzt wirkte.

Beinahe noch erstaunlicher als der seltsam anmutende Zustand war die Antwort, die Espérance ihr sichtlich bemüht entgegenbrachte: »Es ist alles in Ordnung. Ich habe nur schlecht geschlafen.«

Trotz ihres Misstrauens hatte Dana vorerst keine andere Wahl als zu akzeptieren, dass Espérance nicht über den Sonntagmorgen reden wollte. Noch am Vortag war sie gleichzeitig ein wenig stolz und überrascht gewesen, dass ihr Plan so gut aufgegangen war. Espérance und Gabriel hatten in den letzten Tagen viel Zeit miteinander verbracht. Samstag hatte Espérance zugesagt, Gabriel treffen zu wollen. Dana hatte natürlich nicht damit gerechnet, dass Espérance gleich die Nacht bei Gabriel verbringen würde. Aber sie hatte auch nicht erwartet, sie im Wohnheim in einem so desolaten Zustand vorzufinden.

Ihre Versuche, etwas über den Abend zu erfahren, blockte Espérance sehr deutlich ab. Auch der unangenehmen Frage, welche Dana irgendwann unwillkürlich in den Sinn kam – ob man ihrer Freundin eventuell etwas in den Drink getan hatte – wich die Französin aus.

»Gabriel meinte, sie habe gewirkt, als ob sie etwas ausbrüten würde«, meinte Zack, als sie ihn am Nachmittag anrief. Dana musste trotz ihrer Besorgnis lachen.

»Ausbrüten? Was soll das denn heißen?«

»Na eine Erkältung oder so etwas. Sagt man das bei dir zu Hause nicht so?«

Sie gluckste kurz und beruhigte sich dann. »Nein, das sagt man bestimmt nirgendwo so, du Vogel.« Während einer kurzen Sprechpause bemühte sie sich zu erinnern, ob ihr Espérance gestern wirklich bereits kränklich vorgekommen war. Sie war sich relativ sicher, diesen Eindruck nicht gehabt zu haben. Als Zack auf dieser Beobachtung bestand und auch Espérance dies später bestätigte, ließ sie sich schließlich auf diese Version ein. Zumindest vorerst.

Dana beobachtete diese beunruhigenden Zustände mehrmals in den kommenden Wochen. Während der gewöhnlichen Lernzeiten schien mit Espérance alles in Ordnung zu sein – sie war fleißig, diszipliniert und freundlich. Sie lernten gemeinsam und gingen mittags ins Ratty zum Essen. *Ratty* war der inoffizielle Name des Sharpe Refectory. Den eigentlichen Namen las man nur und hörte ihn nie, wie Dana mittlerweile herausgefunden hatte.

Abends trafen sie sich einzeln, mit Lerngruppen oder manchmal mit ihren Freunden. Nur wenn Espérance samstagabends mit Gabe ausging, wirkte sie am nächsten Morgen seltsam erschöpft und irgendwie verwirrt. Da dies keineswegs jede Woche vorkam, fiel es Dana leicht, ihre Sorgen als vermutlich übertrieben und unbegründet einzuordnen. Espérance kam schließlich aus einem erzkatholischen Elternhaus und war diesem vermutlich zum ersten Mal längere Zeit entflohen – war es da ein Wunder, dass sie ein wenig über die Stränge schlug? Und war nicht vieles, was sie zusammen mit Gabriel erlebte, am Ende ein ganz normales Studentenleben? Doch irgendwie konnte sie nicht den Eindruck vermeiden, dass etwas an diesem Verhalten falsch war. Nicht auf eine moralische Art – auch wenn Dana natürlich klare Vorstellungen in dieser Hinsicht vermittelt worden waren – sondern weil dies ihrer neuen Freundin zwei so völlig unterschiedliche Gesichter verlieh.

»Ich mache mir langsam Sorgen um Espérance«, wandte sie sich daher an einem ruhigen Abend erneut an Zack, der verwundert von seinem Tablet aufblickte. Die beiden saßen in seiner Wohnung und hatten gelesen, ehe sie später am Abend gemeinsam essen gehen wollten.

»Sorgen?« meinte er und legte den flachen Computer beiseite. »Stimmt irgendetwas nicht?«

»Natürlich stimmt etwas nicht!« echauffierte sich Dana. »Dein Freund hat keinen guten Einfluss auf Espérance! Sie nehmen Drogen oder trinken zu viel oder so etwas!«

Zack schenkte ihr ein schiefes Lächeln. Er sah auf bemerkenswerte Weise gleichzeitig besorgt und amüsiert aus. »Gabe nimmt keine Drogen. Er ist ganz sicher kein schlechter Einfluss für deine Freundin.«

»Es kann ja wohl kaum von Es ausgehen. Sie kennt hier niemanden und ist eher ruhig. Sie ist auch sehr katholisch. Vielleicht kennt sie ihre Grenzen nicht, weil sie es nicht gewohnt ist, diese auszutesten. Ich mache mir Sorgen, weil sie sehr ehrgeizig ist und sich daher mehr auf ihr Studium konzentrieren sollte. Weißt du eigentlich, wo die beiden hingehen? Hat Gabe ein Lieblingsrestaurant oder so etwas?«

Er schüttelte langsam den Kopf. Dann seufzte er und verdrehte leicht die Augen. »In Ordnung. Ich rede mit ihm. Hast du denn schon mit Espérance gesprochen? Was sagt sie denn dazu?«

Dana fühlte sich getroffen von dieser Frage, die schließlich sehr naheliegend war. Irgendetwas hatte sie davon abgehalten, das Thema bisher erneut anzusprechen. Sicher auch die Tatsache, dass diese seltsamen Eskapaden nicht so häufig vorkamen und Es ansonsten so wirkte wie immer. Und natürlich ihre eigene Angst, nur ein kleines verirrtes Landei zu sein, das in Providence fehl am Platz war. Nach diesem Gespräch beschloss sie dennoch, den nächsten verkaterten Morgen von Espérance in jedem Fall zum Anlass zu nehmen, um das Gespräch zu suchen.

†

Bereits am darauffolgenden Sonntag sah sie sich gezwungen, sich an ihren eigenen Beschluss zu halten. Espérance war am Samstagabend mit Gabriel zusammen gewesen und die komplette Nacht nicht zu ihrem gemeinsamen Zimmer zurückgekehrt. Als Dana morgens kurz unterwegs war, um sich Frühstück zu organisieren, fand sie ihre Zimmergenossin nach ihrer Rückkehr in ihrem Bett vor. Sie blickte besorgt auf Espérance, die auf eine körperlich schwer fassbare Art ausgemergelt wirkte. Die Französin lag erneut auf dem Bett und schien tief zu schlafen, allerdings ruhiger, als es beispielsweise jemand tat, der einfach nur über die Maßen betrunken war. Sie atmete hörbar, aber leise statt schwer.

Am späten Nachmittag nutzte Dana die Gelegenheit, den letzten Abend anzusprechen. »Hast du schon etwas gegessen, Es?« eröffnete sie. Espérance sagte nichts und schüttelte nur den Kopf. Sie saß auf ihrem Schreibtischstuhl und sah etwas erholt aus, jedoch immer noch alles andere als fit.

»Sollen wir uns was holen?«

»Danke, ich habe keinen Hunger«, kam die tonlose Antwort. Dana blickte sie einen Moment lang an und setzte sich dann neben sie aufs Bett.

»Ich mache mir langsam ein wenig Sorgen um dich«, meinte sie. Espérance blickte sie verwundert an.

»Weil ich zu wenig esse? Ich habe keine Essstörung, falls du das glauben solltest …« Ihre Augen funkelten, ganz leicht, was Dana ein wenig beruhigte.

»Du bist meistens sehr erschöpft, wenn du mit Gabe ausgehst. Das geht schon seit ein paar Wochen so. Und du bist nicht einfach nur müde, zumindest wirkst du nicht so. Du bist mehr als müde. Ich meine, ihr seid verliebt, aber …«

Espérance hob den Blick. »Verliebt?« fragte sie konsterniert und Dana wurde in ihrem Redefluss gestoppt.

»Ja, oder etwa nicht?«

»Ich bin nicht verliebt in Gabriel.«

»Dann mache ich mir noch mehr Sorgen. Was treibt ihr denn dann, das dich so erschöpft?«

Espérance lächelte nun. Dana freute sich, dass sie während dieses Gesprächs stetig regenerierter wirkte. Sie war in einem besseren Zustand, als sie befürchtet hatte. Besser nachzuvollziehen wurde ihr Verhalten durch diese neuen Informationen aber nicht.

»Gabriel findet im Glauben Halt und Sicherheit. Genau wie ich. Das verbindet uns. Und für mich ist es angenehm, weit weg von zu Hause etwas Vertrautes zu finden.«

Danas eigene Religiosität hangelte sich an einer Handvoll Traditionen und vorgegebenen Denkstrukturen entlang. Sie hatte ein paar Ideen von dem, was die Existenz eines Gottes für die Menschheit bedeuten konnte und sie gehörte zu jenen, denen ein Stoßgebet einfiel, wenn sie etwas verloren hatte oder sich - was fast nie vorkam - verzweifelt fühlte. Sie wusste nicht, was es bedeutete, im Glauben *verwurzelt* zu sein. Ihn als Stütze oder wahre Orientierung zu empfinden. Espérance schien da etwas zu empfinden, das sie nicht nachvollziehen konnte, jedoch respektierte oder gar bewunderte.

»Oh, das wusste ich nicht«, sagte sie knapp, während ihr diese Gedanken durch den Kopf gingen. Espérance lächelte.

»Für dich ist das vielleicht ungewohnt oder seltsam. Und vielleicht ist es ja auch ein bisschen altmodisch. Aber ich fühle mich hier wirklich fremd und immer wieder verunsichert. Du hilfst mir sehr, Dana. Weil du da bist und mich zu verstehen versuchst. Und einfach, weil wir Freundinnen geworden sind. Aber der Glaube ist etwas, das ohne Worte existieren kann. Da gibt es kaum Barrieren.«

Sie war sich nicht sicher gewesen, wie sich dieses Gespräch entwickeln würde. Aber mit dieser Richtung hatte sie auf keinen Fall gerechnet. Vielleicht damit, dass Espérance eingestehen würde, ein wenig zu verliebt zu sein. Oder sogar, dass sie in gefährliche Drogeneskapaden geraten sei. Auf diese Informationen rund um den Glauben ihrer Freundin wusste sie kaum zu reagieren.

»Also, dann verstehe ich es aber immer noch nicht«, brachte sie nachdenklich hervor.

Espérance legte den Kopf leicht schräg. »Was verstehst du nicht?«

Ehe Dana jedoch antworten konnte, meinte sie: »Weißt du was? Jetzt habe ich doch Hunger. Wollen wir Croques essen gehen? Ich lade dich ein.«

Dana blickte sie ob dieser schnellen Überleitung einen Moment verwundert an, dann nickte sie hilflos und ergab sich an dieser harsch gesetzten Grenze. Zumindest fürs Erste.

†

Das erste Interventionsgespräch war somit gründlich erfolglos gewesen und der nächste Austausch mit Zack nicht wirklich fruchtbarer. Er berichtete ihr, dass Gabe nur Andeutungen gemacht hatte.

»Ich denke, sie haben Sex, sehr viel Sex«, sagte er grinsend. Doch als er Danas versteinerten Gesichtsausdruck sah, fügte er schnell an:

»Er hat jedenfalls abgestritten, irgendwas mit Drogen zu tun zu haben. Gabe meint, er will sich doch nicht die Zukunft versauen.«

Dana erinnerte sich daran, wie schnell Espérance an jedem Sonntag wieder auf die Beine gekommen war. Montags war sie ganz normal, völlig unauffällig für Außenstehende. Zack konnte die Dringlichkeit ihrer Beobachtung daher kaum nachvollziehen.

»Ich sehe das Problem nicht. Solange deine Freundin zufrieden ist, ihre Leistungen in Ordnung sind und sie sich nicht über irgendein Fehlverhalten von Gabe beklagt, ist doch alles okay. Du musst dir keine Sorgen machen. Deine Freundin wirkt doch nun wirklich wie jemand, der die Dinge im Griff hat. Sie ist sehr ruhig und reif. Glaubst du wirklich, dass sie etwas Unüberlegtes tut? Ich meine, sie kommt aus einem Land, das wir nur aus ein paar Filmen und über einige Klischees kennen. Da wirkt vielleicht manches seltsam auf dich. Das ist doch ganz normal, wenn jemand fremd ist. Ich finde es gut, dass du sie so im Blick hast. Aber ich bin mir sicher, sie kann auf sich aufpassen.«

»Ich mache mir wahrscheinlich völlig umsonst Sorgen. Und ich sollte ihr auch vertrauen, denke ich«, lenkte Dana ein. Doch in Wirklichkeit war sie überzeugt davon, dass etwas nicht stimmte. Nur konnte sie sich dies nicht erklären, nicht in Worte fassen. Alles, das Zack gesagt hatte, war richtig. Und dennoch blieb da etwas in ihr zurück. Ein leises Rumoren in ihrem Inneren. Eine gewisse Anspannung in ihrer Brust. Etwas, das sie am ehesten als Bauchgefühl beschrieben hätte. Ja, der Verstand schien mit Zacks Worten zur Ruhe gebracht zu sein, aber da blieb ein mieses Gefühl zurück, dem sie nach gründlichen Überlegungen nachgehen wollte. Also fasste sie einen Plan.

V

Begegnungen

Der Rausch des eigentlichen Festes war vorüber, doch La Forêt blieb auch in den nächsten Tagen belebt. In den Gästezimmern hatten ausreichend Personen Platz, um dem Haus den Anschein eines kleinen Hotels zu geben. Und die zahlreichen Dienstleister, die Revelyn Lerot gebucht hatte, sorgten sehr professionell für die Gäste, die noch einige Tage blieben oder die überhaupt erst später kamen.

Avelian kannte viele Gesichter vom Sehen, doch verspürte er nur wenig Bedürfnis, die Besucher näher kennenzulernen. Allerdings hielt er die Augen nach Mathilde auf. Die Nacht mit ihr fühlte sich in der Erinnerung verwirrend und rauschhaft an – wie irgendetwas zwischen einem Traum und einem Albtraum. Ein sehr anregender und gleichzeitig irgendwie verstörender Albtraum. Doch vorerst wurden seine Bemühungen, mehr über sie zu erfahren, im Keim erstickt, da sie sich nicht über den Weg liefen.

Am Mittwoch nach dem Fest suchte ihn morgens die Hausherrin auf. Revelyn Lerot war wie selbstverständlich in einem langen, schlichten und doch gleichzeitig sehr eleganten Kleid zurechtgemacht. Sie war sichtlich aufgeregt – was selten der Fall war – als sie ihm mitteilte, dass sein Onkel Richard an diesem Abend anreisen würde.

Als Avelian jünger gewesen war, vielleicht sieben oder acht, hatte er einmal wissen wollen, warum Richard eigentlich sein Onkel war. Sein Name war weder Lerot wie der seiner Mutter, noch Saint Laurent wie der seines Vaters. Avelian fand die Frage bis heute berechtigt. Revelyn und auch sein Vater Nicholas hatten sich immer nur darauf berufen, dass Richard sein Pate sei. Sein Patenonkel.

Könnte auch mein Pate bei der Mafia sein, dachte Avelian mittlerweile spöttisch.

»Und er will mich vermutlich sehen, ja?« presste er nach der Ankündigung des Besuchs hervor. »Ich treffe mich heute aber mit Hugues.«

Revelyn sah ihn für einen Moment gutmütig an. »Natürlich will er dich sehen, Avèl«, meinte sie dann. »Aber nicht unbedingt heute Abend. Triff dich ruhig mit deinem Freund.« Sie wandte sich zum Gehen um und sagte dann beiläufig: »Aber ich erwarte, dass du morgen Abend zu Hause bist, mon titou.«

✝

Léa blickte regungslos aus dem Fenster, als der hellblau lackierte Van die geschwungene Straße hinaufglitt. Sie konnte nicht gerade behaupten, dass ihr Leben sich in den letzten Monaten gut entwickelt hatte. Erst hatte sie dieser Bastard Lucas betrogen, dann war ihre Mutter erkrankt. Oder vielmehr: es hatte sich gezeigt, dass ihre Abgeschlagenheit und die dauernden Erkältungen in Wirklichkeit Symptome einer chronischen Hepatitis waren. Maman hatte in dieser Zeit ihren Job verloren. Für Léa war die Schule zu kurz gekommen und jetzt hatte sie alles hinschmeißen und sich eine Arbeit suchen müssen. Irgendeine Arbeit.

Léa und ihre Mutter waren sich stets sehr nah gewesen, »wie Pech und Schwefel« hatte Maman das immer genannt. Doch irgendwann war Camille Giry von den Sünden ihrer Vergangenheit eingeholt worden, und nun musste auch die Tochter den Preis dafür zahlen.

Und das hier ist Teil dieses Preises, dachte Léa und blickte auf den Saum ihres hellblauen Uniformkleids. Ihre Sitznachbarin, eine dunkelhäutige junge Frau Mitte zwanzig, stieß sie an und deutete mit großen Augen auf das beeindruckende Bauwerk, das sich in der Morgensonne vor ihnen erhob. Léa blickte auf, und auch wenn sie sich vorgenommen hatte, diszipliniert und unbeeindruckt zu sein, fühlte sie sich unwillkürlich an eine Kamerafahrt in einer Serie erinnert. Vielleicht eine Krimiserie im Milieu der Oberschicht oder so etwas.

Das Haus, welches sich zwischen den sich erweiternden Bäumen erhob, war alt und von einer bedrückenden Noblesse. Bruchsteingraue Mauern erhoben sich zehn Meter in die Höhe und wurden überall von großen weißen Fenstern unterbrochen. Die Dachschindeln waren an der rechten Seite des Hauses tiefgrau, links hingegen herrschte ein beinahe mittelalterliches Burgdach mit angedeuteten Schießscharten vor. Das Erdgeschoss war an vielen Stellen mit altem Efeu bewachsen.

»Dass da wirklich jemand wohnt«, flüsterte Léas Kollegin leise. Die beiden hatten sich erst an diesem Morgen kennengelernt.

»Was für ein Überfluss«, meinte Léa nur. Wenn ich weiter zur Schule gehe, werfen sie uns aus der Wohnung und diese Menschen hier leben in einem Märchenschloss.

Der Van glitt von der Zufahrtsstraße auf einen Kiesweg und wurde auf dem knirschenden Untergrund langsamer.

»Obacht, Mesdemoiselles«, postulierte die Vorarbeiterin Louanne vom Beifahrersitz. »Der erste Eindruck ist entscheidend und Madame Lerot ist sehr anspruchsvoll. Keine von euch sagt etwas, wenn sie nicht angesprochen wird. Ihr lächelt höflich und wartet, bis ich euch Anweisungen erteile. Verstanden?«

»Ja, Madame«, antworteten die jungen Frauen leise und beinahe im Chor.

Der Reinigungstrupp wurde in drei Gruppen zu je zwei Personen aufgeteilt. Dies geschah anhand der Position in der Reihe, in der sie sich aufgestellt hatten, so dass Léa ihre Sitznachbarin Karima zugeteilt wurde. Gemeinsam wurden die beiden angewiesen, den Ostflügel im Erdgeschoss einer vorschriftsgemäßen Reinigung zu unterziehen.

Der Kontakt zu den Verantwortlichen im Haus war kurz und professionell. Bei der dramatischen Ankündigung der Vorarbeiterin hatte Léa fast befürchtet, sie müsste wie in Downton Abbey unter dem Blick der Madame Lerot strammstehen. Doch natürlich nahm sich die stinkreiche Hausherrin eines solchen Palastes nicht die Zeit, einen kleinen Reinigungstrupp unter die Lupe zu nehmen. So waren Karima und sie bald auf sich allein gestellt und Léa überließ die Führung ohne zu zögern ihrer erfahrenen Kollegin, die ihr zuerst die Reinigung der Möbeloberflächen zuteilte, während sie selbst die Zimmerpflanzen aufpolierte.

»Du musst immer oben anfangen«, hatte Karima ihr erklärt. »Der Staub fällt nach unten und du machst dir sonst doppelte Arbeit.«

Léa steckte sich einen Kopfhörer ins linke Ohr und schaltete sich auf ihrem Smartphone Musik an, um ein wenig mehr Schwung bei der Arbeit zu empfinden. Karima fand dies offensichtlich seltsam, sagte jedoch nichts. Man konnte sich vorstellen, dass der beflissene Dienstleistungsgeist ihrer Reinigungsfirma etwas gegen diese Aufmunterung hatte, doch gab es keine offizielle Vorschrift dagegen. Aus Léas einzelnem Ohrhörer spielte *Formidable*. Vielleicht würde man sie zurechtweisen, wenn sich die Herrschaften beschwerten oder so, aber das war ihr in diesem Moment egal.

Sie kam in einen guten Flow bei der Arbeit und konnte sogar die beeindruckende Atmosphäre des Hauses ein wenig genießen. Dann und wann tauschte sie sich kurz mit Karima aus, um sich zu versichern, dass ihre Arbeitsergebnisse in Ordnung waren, und ließ sich noch den einen oder anderen Tipp geben. Nach rund zwei Stunden war sie mit den Oberflächen im Ostflügel fertig und sah bereits, dass Karima den Staubsauger bereitmachte. »Räum du doch bitte die Böden frei«, meinte sie. »Wir legen jetzt richtig los.«

Léa verrückte vorsichtig einige der größtenteils antiken Kleinmöbel, um dem großen Sauger möglichst freie Bewegungen zu ermöglichen. Sie hatte gerade einen kleinen Tisch aus poliertem Holz in der Hand, als sie jemanden hinter sich sprechen hörte.

»Ihr könnt hier jetzt keinen Lärm machen.«

Die Stimme war leise, freundlich und melodisch, was der etwas harschen Anweisung die Schärfe nahm. Léa fuhr dennoch erschrocken herum und hielt den kleinen Tisch schützend vor sich. Sie war völlig in Gedanken gewesen und hatte den jungen Mann, der jetzt in der großen doppelflügeligen Tür stand, nicht kommen hören.

»Aber wir müssen hier saubermachen!« Ihre Antwort kam reflexartig und sie kam sich vor wie die neue, begriffsstutzige Dienerin in einem Historienschinken.

Der überraschende Besucher schenkte ihr ein ausdrucksstarkes Lächeln. Er war etwa in ihrem Alter, um die zwanzig, und trug eine dunkle Jeans und ein rot-weiß gestreiftes Shirt. Sein Gesicht wurde umrahmt von ungebändigten, blonden Locken. Mit seinen leuchtend blauen Augen sah er ein wenig aus wie ein Engel im Polohemd.

»Um diese Zeit hat meine Mutter ihre Lesestunde«, meinte er, während nur einer seiner Mundwinkel nach oben wanderte. »Sie flippt aus, wenn ihr jetzt hier saugt.«

Mittlerweile war Karima zur Verstärkung gekommen, doch hatte sie bis jetzt noch nichts gesagt.

»Sie kann ganz schön nervig sein.« Der junge Mann zwinkerte den beiden Zimmermädchen zu. »Ihr solltet am besten bis ein Uhr etwas Leises machen. Dann ist sie wieder woanders.«

»Vielen Dank für den Hinweis, Monsieur Lerot«, sagte Léa leise.

»Ach bitte, Monsieur Lerot ist mein Vater«, antwortete der junge Mann mit einem ironischen Grinsen. »Ich bin Avelian.«

Nachdem er sich von den beiden jungen Frauen in den blauen Uniformen verabschiedet hatte, schlenderte Avelian beschwingt in Richtung des Haupteinganges. In der Vergangenheit hatte er oft miterlebt, wie seine Mutter das Personal und auch externe Dienstleister für unverständliche Nichtigkeiten mit einer Art heiligem Zorn zur Schnecke gemacht hatte. Zwar glaubte er nicht, dass ihr das wirklich Freude bereitete, doch wenigstens Teile von ihr schienen dieses Spektakel zu genießen. Als bräuchte sie manchmal eine Abfuhr für einen seltsamen, unerklärlichen Druck in ihrem Leben. Daher freute er sich, ihr wenigstens im Kleinen dieses Ventil genommen zu haben.

In der Garage angekommen schwang er sich in seinen Wagen – einen signalroten Lotus Elise Cabrio – und rauschte mit einem theatralischen Motorheulen in jenen Wald, der dem Haus seinen Namen verliehen hatte.

Etwas mehr als eine Stunde später lag Avelian zusammen mit seinem Freund Hugues an einem rauen Strand in der Nähe von Avranches. Das Wetter war blendend und weil sie sich eine Ecke gesucht hatten, die sich schlecht zum Sonnenbaden eignete, waren die beiden allein.

»Du musst aufhören, deine Familie zu verachten und dir gleichzeitig Cabrios und Weltreisen von ihr schenken zu lassen, Avèl«, meinte Hugues, während sie mit hinter dem Kopf verschränkten Armen in den Himmel starrten. »Das ist ein ziemlich blödes Reicher-Junge-Klischee.«

Die beiden kannten sich seit der Grundschule und vertrauten sich beinahe blind. Avelian verstand manchmal selbst nicht, warum ihre Freundschaft funktionierte. Sie waren so anders, stammten aus zwei völlig unterschiedlichen Welten. Für einen Moment sagte niemand etwas.

»Mein ganzes Leben ist ein blödes Reicher-Junge-Klischee.« Avelians Antwort riss Hugues scheinbar aus den Gedanken und er wartete einen Moment, ehe er fortfuhr. »Aber du verstehst etwas grundsätzlich falsch – ich verachte nur meine Mutter, nicht meine ganze Familie. Und vielleicht Mahault.«

»Was hat Mahault dir denn getan? Ich fand sie immer sehr nett.«

»Weil sie auch nett zu kleinen, süßen Jungs ist. Weil das eben zu ihrem blöden Reiche-Mädchen-Klischee gehört.« Er schlug Hugues mit der flachen Hand auf die Schulter und lachte. Doch der blieb ernst.

»Du brauchst einen Plan. Ein Ziel. Was willst du jetzt machen? Deine Affinität für das süße Luxusleben ist eine miese Basis für die kleine Rebellion, die du hier abziehst. Wenn Mami dir mal den Geldhahn zudreht, bist du ganz schnell Kellner oder tanzt irgendwo an der Stange.«

»Na, da kennt sich aber jemand aus.« Avelians Tonfall alterierte zwischen verspielt und giftig. Sein Freund grinste, weil er einen Nerv getroffen hatte.

»Für jemanden wie mich« – Hugues klopfte sich auf seinen flachen Bauch – »ist das eine veritable Karriereoption. Du würdest dich aber vielleicht auch ganz gut machen. So als hübsches Goldlöckchen ist man sicher auch ein Magnet für den einen oder anderen.«

Avelian wehrte sich nicht. Er erwiderte nichts, sondern blickte in den Himmel und schwieg.

Gegen Abend fuhren sie zurück nach Vitré und dort in die Altstadt. Avelian wollte noch nicht nach Hause und überzeugte Hugues auszugehen. Vitré war nicht unbedingt für seine Partyszene bekannt, doch hatte die Stadt einen Ruf in Kunst und Geschichte, weshalb es eine recht elaborierte Gastronomie gab. Die beiden jungen Männer suchten sich eine nette Bar, in der man draußen sitzen konnte, und genehmigten sich ein paar Drinks. Sie einigten sich schnell darauf, dass Avelian das Taxi zahlte und dafür bei Hugues übernachten würde.

»Ich bin mir aber ziemlich sicher, dass das nicht eurem üblichen Standard entsprechen wird, euer Hochwohlgeboren«, feixte Hugues gerade, als Avelian hinter ihm ein bekanntes Gesicht entdeckte. Statt sich auf die Frotzelei einzulassen, winkte er in Richtung einer Person hinter Hugues. Dieser wandte sich um und sah eine junge Frau, die Avelian sichtlich konsterniert anblickte und offensichtlich nicht recht wusste, ob und wie sie auf das Winken reagieren sollte. Schließlich kam sie jedoch an den Tisch und blieb mit hängenden Armen vor ihnen stehen.

»Na, du hast ja mal wieder deinen gesamten Charme rausgeholt«, grinste Hugues. »Möchtest du mich deiner Freundin nicht vielleicht vorstellen?«

Beim Wort *Freundin* zuckte die Unbekannte fast zusammen, als habe sie eine Ohrfeige bekommen. Avelian trat seinem Freund unter dem Tisch vor das Schienbein.

»Nun ja, das kann ich nicht, weil wir uns gar nicht kennen. Also schon, aber eben nicht wirklich.«

»Wir haben uns heute Morgen kennengelernt, als ich seinen Ostflügel geputzt habe«, sagte nun die Unbekannte erklärend. »Es war echt nett, dass du uns gewarnt hast.«

»Das ist gar nicht mein Ostflügel!« Avelian war empört und gleichzeitig gelöst und angeregt durch den starken Cidre, den er bereits halb geleert hatte.

Hugues grinste. »Mit Avelian auszugehen ist immer ein bisschen Klassenkampf«, sagte er dann in Richtung seiner neuen Bekanntschaft. »Ich bin übrigens Hugues. Freut mich, dich kennenzulernen.«

»Mich ebenfalls. Ich bin Léa.«

Sie blickten sich an und lächelten. Léa hatte kastanienbraune Haare, war etwa im Alter der beiden Freunde und trug ein geblümtes Sommerkleid. Doch auch wenn sie jung und an einem schönen Abend in einer Bar war, lag in ihrem Blick eine Schwere. Sie schien Hugues sofort zu gefallen. Nach kurzem Zögern nahm sie – möglicherweise ermutigt von seiner bodenständigen Art – die Einladung an und setzte sich zu den beiden.

Im Verlauf des Abends wollte Hugues in Erfahrung bringen, ob Avelian ein Auge auf Léa geworfen hatte. Als sie sich kurz entschuldigte, sprach er die Frage direkt aus. Avelian schüttelte grinsend den Kopf. »Sie ist sehr nett, oder? Aber nein, das war reiner Zufall, ich wollte nur vermeiden, dass Maman sie fertigmacht. Ich will nichts von ihr.« Er gab seinem Freund einen aufmunternden Klaps auf den Rücken.

Hugues setzte sich nach ihrer Rückkehr ein wenig näher zu Léa und die beiden unterhielten sich angeregt, jedoch ohne Avelian direkt auszuschließen. Dennoch hielt der sich ein wenig zurück und las ein paar Nachrichten in seinem Handy. Er hörte, wie sie über ihre Familien sprachen, ihre Jobs und ihre Pläne. Hugues war eines von drei Kindern, machte gerade eine Lehre in einer KFZ-Werkstatt und träumte davon, einen Laden für Custom Bikes aufzumachen. Léa war das Einzelkind einer alleinerziehenden Mutter, die durch eine Krankheit unter chronischer Erschöpfung und vermutlich auch Depression litt und dadurch ihren Job verloren hatte. Da die Versicherungskasse noch nicht zahlte, hatte Léa die Schule vorzeitig beenden müssen, um sich einen Job zu suchen, damit sie nicht ihrer Wohnung flogen. Genau bei diesem Job hatte Avelian sie heute kennengelernt.

»Eigentlich wollte ich einen Tee trinken und ein wenig lesen. Aber ich freue mich über den seltsamen Zufall, durch den wir uns kennengelernt haben«, meinte sie schließlich und blickte dabei Hugues an.

Kurz vor zehn musste sie sich verabschieden und Hugues umarmte sie etwas länger als notwendig. Als sie über den Platz vor der Bar in die Abenddämmerung verschwand, schaute er ihr hinterher.

»Ich hatte schon Angst, dass ich doch noch auf der Parkbank übernachten muss, so wie du rangegangen bist«, meinte Avelian grinsend.

»Bin ich das?« Hugues wirkte ehrlich verunsichert. Er machte vielleicht manchmal auf cool, aber aufdringlich sein wollte er sicher nicht.

»Quatsch«, meinte Avelian und lachte. »Aber …« Er hielt seine Hände mit ausgestreckten Fingern nebeneinander und machte mit seinem Mund knisternde Geräusche, die wie elektrische Spannung klingen sollten.

†

Am nächsten Morgen war Hugues bereits aus dem Haus, als Avelian aufstand. Es war kurz nach acht. Außer ihm und Madame Garcia war niemand mehr zu Hause. Hugues' Mutter begrüßte ihn freundlich.

»Bonjour, Avèl«, sagte sie und nahm die altmodische Glaskanne aus der Kaffeemaschine. Ohne ihn zu fragen, goss sie eine große Tasse ein und füllte danach ihre eigene nach.

»Bonjour, Madame Garcia«, sagte er und bedankte sich höflich.

»Setz dich doch, Junge.« Das Lächeln der Mutter seines Freundes war offen und freundlich. »Wir haben uns ja ewig nicht mehr gesehen.«

»Ich war … unterwegs«, sagte Avelian ein wenig beschämt. In Wirklichkeit hatte er eine ziemlich lange Reise hinter sich. Er hatte Hugues sogar einladen wollen, doch dessen Vater hatte sich so eine Großzügigkeit verboten.

»Ich weiß«, sagte Madame Garcia lächelnd. Ihre braunen Augen schienen geradewegs durch die störrische Fassade hindurchzublicken, mit der er sich so gerne umgab. »Wie geht es denn jetzt für dich weiter? Hugues meinte, dein Bac war ziemlich gut?«

»Nicht nach Meinung meiner Mutter«, antwortete Avelian gequält. »Sie nimmt es mir übel, dass ich ihrer Meinung nach nicht hart genug gelernt habe.«

Madame Garcia nahm einen Schluck Kaffee. »Du bist nur einmal jung, und diese Zeit ist viel zu schnell vorbei. Jemand wie du hat es doch gar nicht nötig, die allerbesten Noten zu haben.«

Er blickte sie getroffen an, doch ihre Augen machten klar, dass ihre Worte nicht böse gemeint waren.

»Wenn Maman das doch nur auch so sehen würde«, sagte er gequält.

Sie unterhielten sich noch ein wenig, dann machte er sich auf den Weg zum Parkplatz in der Altstadt, auf dem er gestern Abend seinen Wagen gelassen hatte. Im Haus von Hugues' Familie hatte er in einem zehn Jahre alten, knarrenden Bett geschlafen und war warmherzig empfangen worden. Jetzt stieg er in seinen teuren Sportwagen und fuhr in sein riesiges, kaltes Zuhause.

Als der Waldweg sich langsam öffnete, sah er bereits die Entourage, die am vergangenen Abend angereist war. Onkel Richard kam stets mit mindestens zwei, eher drei Limousinen und brachte ein halbes Dutzend Begleiter mit. Zwei der persönlichen Assistenten seines Onkels, ein Mann und eine Frau, standen gerade neben dem Haupteingang und unterhielten sich. Beide trugen dunkle, elegante Businesskleidung, die Frau ein Etuikleid mit dezentem Schmuck, der Mann einen Anzug mit schwarzer Krawatte. Als der Wagen sich knirschend näherte, blickten sie von ihren Mobiltelefonen auf und begrüßten Avelian reserviert, aber freundlich.

Zu diesen Leuten hatte er erst seit einigen Jahren überhaupt eine Meinung entwickelt. Vorher waren sie einfach immer da gewesen, wenn Richard zu Besuch war. Mittlerweile kam er sich vor wie der Provinzcop in einem Thriller, dessen Kompetenzen einfach das FBI übernahm. Sie drangen in sein Revier ein und machten ihm sein Zuhause streitig.

Im Foyer angekommen richtete man ihm aus, dass seine Mutter ihn gerne sehen würde. Der Tag wird ja immer besser, dachte er für sich, als er den voluminösen, dunklen Flur des Ostflügels entlang schlenderte. Alles glänzte wie in einem Einrichtungsratgeber aus dem 17. Jahrhundert. Er wollte die Hausherrin zwar warten lassen, wagte es jedoch nicht und machte ihr daher prompt seine Aufwartung.

»Du bringst dich jetzt erst einmal in Ordnung, Avèl«, sagte Revelyn, während sie ihn von Kopf bis Fuß betrachtete. »Ruh dich am besten ein wenig aus, damit du heute für das Dinner vorbereitet bist. Richard möchte dich danach allein sprechen.« Ihre Augen funkelten verschwörerisch. »Ein Gespräch unter Männern.«

VI

Badesalz

Detective Angela Walsh sah übernächtigt aus. July kam sich ein wenig mies vor, da sie selbst noch ein paar Stunden Schlaf gefunden hatte vor dem Beginn ihrer Schicht, während die Ermittlerin offensichtlich den Rest der Nacht im Einsatz gewesen war und nun noch das Briefing übernahm.

»Heute Nacht kam es im Rahmen von Ermittlungsarbeiten zu einer schwerwiegenden Auseinandersetzung zwischen einem Verdächtigen und Officer Jack Resende«, erklärte Walsh. Sie stand am Kopfende des Meetingraums und blickte ernst in die Runde der knapp zwanzig Officers, die sie aufmerksam beobachteten.

»Resende ist aktuell nach einer Operation an der Wirbelsäule ohne Bewusstsein. Die Ärzte können noch nicht sagen, ob er bleibende Folgen davontragen wird.«

Mehrere junge Polizisten aus dem Team drückten durch entsetzte Laute ihre Anteilnahme aus. July bemerkte, wie ihr Partner Matt schwieg, doch seine Kiefermuskeln spannten sich an.

»Der Verdächtige ist auf der Flucht und extrem gefährlich. Nach unseren Informationen ist er unbewaffnet, doch unter dem Einfluss einer Droge, die ihn unempfindlich für Schmerzen macht und seine körperliche Kraft vervielfacht. Wir wissen nicht, um was für eine Substanz es sich handelt. Daher wissen wir auch nicht, wie lange diese Wirkung anhält oder ob er Zugriff auf weitere Dosen hat. In der aktuellen Situation gehen Sie davon aus, dass er extrem gefährlich ist. Mutmaßlich ist er für einen tödlichen kannibalistischen Angriff auf eine junge Frau im Sabin Park verantwortlich, der vor 24 bis 36 Stunden stattgefunden hat. Ihn zu finden, hat heute für uns alle höchste Priorität.«

Walsh tippte auf eine kleine Fernbedienung und ein Bild von Ryan Decker erschien. Es sah aus, als wäre es seinem Social-Media-Profil entnommen. Auf dem Bild lachte er und hatte zu beiden Seiten eine junge Frau im Arm. Vor den Dreien waren mehrere bunte Drinks zu sehen.

»Dieses Bild ist ungefähr sechs Wochen alt«, fuhr Walsh fort. »Aktuell sieht Decker jedoch so aus …« Ein weiterer Klick, und sie rief ein anderes Foto in weit schlechterer Qualität auf den Schirm. July erkannte die Lagerhalle, in der sie Decker gestern Nacht getroffen hatten. Einer der Beamten der Spurensicherung hatte scheinbar die Gelegenheit für einen Schnappschuss genutzt. Als die Kollegen Decker in diesem Zustand erblickten, ging ein schwaches Raunen durch den Meetingraum. July war ebenfalls schockiert. Sie erhielt in diesem Moment zum ersten Mal einen ausführlichen Eindruck vom aktuellen Zustand des Verdächtigen. Er sah aus wie ein tollwütiges Tier – verschmiert, dreckig, blutig. Der Gedanke, dass er jemanden angefallen hatte, wirkte plötzlich ziemlich greifbar.

»Wir wissen nicht, ob er sich seitdem eine Verkleidung besorgt oder sich in einen menschenwürdigeren Zustand gebracht hat. Bei unserem Treffen stand er sehr stark unter dem Einfluss dieser Droge und schien eher nicht zu planvollem Handeln imstande zu sein. Dies kann sich jedoch ändern, wenn das Mittel nicht mehr wirkt.« Sie bemerkte eine Hand in der Gruppe und blickte die Person auffordernd an.

»Was wissen wir über diese Droge, Detective?« fragte einer der dienstälteren Kollegen.

»Dazu würde ich einen Kollegen um ein Briefing bitten, der uns in diesem Fall unterstützen wird. Agent Bradbury, wenn Sie so freundlich wären?«

July bemerkte erst jetzt, dass Owen nach ihr in den Raum gekommen war und scheinbar seit einigen Minuten in der letzten Reihe wartete. Er ging zwischen den beiden Tischreihen hindurch nach vorn und stellte sich neben Walsh.

»Vielen Dank, Detective Walsh. Mein Name ist Owen Bradbury und ich arbeite für das Büro für Nationale Sicherheit des FBI. Ich bin hier, um die Hintergründe dieses Vorfalls besser zu verstehen und einschätzen zu können.«

»Büro für Nationale Sicherheit?« fragte jemand aus dem Publikum. »Ist das ein Terroranschlag?«

»Ich bin an dieser Stelle leider nicht befugt, eine Einschätzung im Namen meines Büros abzugeben«, antwortete Owen. »Was ich Ihnen jedoch sagen kann: Ich bin sehr daran interessiert, in diesen Ermittlungen meinen Beitrag zu leisten, damit wir diese Gefahr so schnell wie möglich in den Griff bekommen.«

Er machte eine kurze Pause und blickte auf den Bildschirm hinter sich, wo das Standbild eines Videos erschien. Eine Textmarkierung oben rechts auf dem Bild identifizierte es als die Aufnahme einer Überwachungskamera. Der Bildausschnitt zeigte die Rückwand eines Gebäudes sowie auf der gegenüberliegenden Seite einen Drahtzaun.

»Das hier hat das Sicherheitssystem des Nachbargrundstücks gestern Nacht aufgezeichnet«, kommentierte Owen und startete das Video.

Für einige Sekunden geschah nichts auf dem Bild. Dann war am Zaun eine vage Bewegung zu sehen. Im nächsten Moment flog ein Metallschrank in den Zaun und zerfetzte den schweren Sicherheitsdraht mühelos. Da das Video keinen Ton hatte, wirkte die Szene absurd und jemand aus dem Publikum lachte nervös.

Sekunden später flog plötzlich eine Gestalt ins Bild und krachte mehr oder weniger bäuchlings auf den Boden. Ohne zu zögern, sprang sie auf, schüttelte kurz ihren rechten Arm und rannte davon. Beim Laufen wurde sie noch einmal kurz erschüttert. Vermutlich der Zeitpunkt, als Owen geschossen – und getroffen – hatte, dachte July.

Owen ließ das Video kurz wirken, dann holte er die Skizze eines Grundstücks auf den Schirm.

»Das hier« – bei diesen Worten deutete er mit dem kleinen, in die Fernbedienung eingebauten Laserpointer auf ein Gebäude links auf dem Plan – »ist das Gebäude, das Ryan Decker vor sechs Monaten gemietet hat und wo wir ihn gestern gestellt haben. Auf der anderen Seite« – der rote Punkt wanderte nach rechts – »ist das Gebäude, dessen Videomaterial wir uns gerade angesehen haben.« Ein Klick auf der Fernbedienung, und einige Hilfslinien erschienen auf dem Plan. Eine davon markierte die Entfernung zwischen den beiden Grundrissen in Rot und zeigte die Entfernung zwischen ihnen: sechs Meter.

»Wir wissen durch Berichte der beteiligten Beamten sowie durch die Aufzeichnung, dass Decker einen 50 Kilo schweren Metallschrank drei Meter weit aus dem Fenster geworfen hat und danach aus dem Stand bis auf das Nachbargrundstück gesprungen ist.« Owen machte eine Pause und ließ diese Worte kurz wirken. »Dabei wurde er von zwei Schüssen getroffen und floh am Ende so schnell, dass wir die direkte Verfolgung nach kurzer Zeit aufgeben mussten.«

Detective Walsh schaltete sich kurz ein. »Wir haben die Gegend abgeriegelt. Doch Sie kennen das Problem ja – wenn jemand zu Fuß flieht, kann er eventuell durch unser Netz schlüpfen. Es ist möglich, dass Decker sich irgendwo in einem Umkreis von zwei Kilometern versteckt – aber auch, dass er das Gebiet verlassen konnte. Wie beim ursprünglichen Tatort hatten die Hunde Schwierigkeiten, ihm zu folgen.«

Owen wartete, bis Walsh ihren Einwurf beendete, und ergriff wieder das Wort.

»Womit haben wir es hier zu tun? Wir wissen es nicht. Aber ich kann Ihnen sagen, dass solche Vorfälle traurigerweise nicht so ungewöhnlich sind, wie sie Ihnen vielleicht auf den ersten Blick erscheinen.«

Er rief ein weiteres Bild eines jungen Mannes auf, der mit starrem Blick in die Kamera schaute. Er hatte kurze, schwarze Haare und einen Bart, der sein Gesicht umgab.

»Das hier ist Rudy Eugene – der Miami-Kannibale. Am 26. Mai 2012 zog er sich nach einer Autopanne nackt aus und attackierte einen Obdachlosen unter einer nahegelegenen Brücke. Dabei begann er, das Gesicht seines Opfers zu essen. Nachdem ein Augenzeuge 911 gerufen hatte, versuchte ein Officer ihn aufzuhalten. Er schoss mehrmals beinahe ohne Wirkung auf Eugene. Erst der fünfte Treffer schaltete den Mann aus.«

Owen rief ein weiteres Polizeibild eines Mannes im mittleren Alter auf. »Mark Thompson aus Alum Creek, West Virginia. Im Mai 2011 gab es einen Notruf von seinem Nachbarn. Dieser behauptete, Mark hätte seine Ziege getötet. Die Kollegen fanden Mark Thompson in seinem Schlafzimmer, wo alles voller Blut war. Die Ziege lag dort geschlachtet neben einem pornografischen Foto. Später fand man heraus, dass der Mann das Blut der Ziege getrunken hatte.«

Ein weiteres Bild, diesmal das Polizeifoto eines Mannes mit zurückweichendem Haar und einem energischen Kiefer.

»Eric Scott aus Milton, Florida. Im Februar 2012 klopfte er bei seinen Nachbarn an die Tür und bat sie, 911 anzurufen, da er medizinische Hilfe benötige. Als die Beamten an seinem Haus ankamen, warf er eine Taschenlampe nach ihnen und flehte sie an, ihn zu erschießen. Nachdem sie ihn festgenommen hatten, biss er in das Dach ihres Fahrzeugs. Später forderte er auch die Krankenhausangestellten auf, ihn zu töten.«

Owen legte die Fernbedienung auf das Pult und stützte sich mit beiden Händen ab.

»Was haben diese Fälle miteinander gemeinsam? Alle Verdächtigen standen mutmaßlich unter dem Einfluss von Badesalz. Sie haben größere Mengen bestimmter Marken von Badezusätzen konsumiert, deren Inhaltsstoffe einen halluzinogenen Rausch hervorrufen können. Warum sage ich mutmaßlich? Weil es in all diesen Fällen eine Unbekannte gibt. Alpha-Pyrrolidinopentiophenone« – Owen nahm sich Zeit, den Begriff Silbe für Silbe auszusprechen – »sind gut in Blut und Urin nachweisbar. Doch auch wenn man diese Fälle am Ende unter der Annahme geschlossen hat, dass die Täter durch eine neuartige Droge eine Geisteskrankheit entwickelt haben, konnte man ihnen nie Drogenkonsum nachweisen.«

Ein junger Officer hob die Hand und begann dann sofort zu sprechen. »Was hat das mit unserem Fall zu tun, Sir? Wir wissen doch scheinbar nicht, ob Decker Drogen konsumiert hat oder nicht.«

Statt Owen antwortete Detective Walsh. »Wir wissen viel zu wenig über die Hintergründe dieses Falls. Doch ich wollte, dass Sie auf die Konfrontation mit dem Verdächtigen vorbereitet sind. Agent Bradbury hat bereits mehrere vergleichbare Fälle in anderen Staaten untersucht. Seine Erfahrungen können uns dabei helfen, diesen Fall schnell und sicher zum Abschluss zu bringen.«

Owen nickte Walsh dankend zu und sprach weiter. »Wir haben nicht viel Zeit, und ich will Sie so schnell wie möglich Ihre Arbeit machen lassen. Daher sehen sie diese Fälle und die Vorkommnisse der gestrigen Nacht vor allem als Warnung: in welchem Zustand wir Decker auch immer vorfinden mögen - er ist auch unbewaffnet extrem gefährlich und mit beschränkter Gewalt nur schwer zu stoppen.«

Walsh ergriff wieder das Wort. »Nach dem Vorfall in der Nachtschicht habe ich hier einen Befehl des Captains. Er autorisiert den sofortigen und uneingeschränkten Einsatz von tödlicher Gewalt gegen Ryan Decker.«

Julys Augen weiteten sich und sie blickte zu Matt. Er sah nicht weniger überrascht aus als sie. War das das Ergebnis ihres gestrigen, kurzen Berichtes an den Captain? Unmöglich – eine solche Entscheidung konnte er nur nach Konsultation mit Walsh oder Bradbury treffen.

»Ja, Corporal Delegato?« July fiel erst jetzt auf, dass Matt die Hand gehoben hatte und nun von Walsh aufgerufen wurde.

»Bei allem Respekt, Ma'am, überschreiten wir damit nicht eine Grenze?«

Detective Walsh zögerte und tauschte einen Seitenblick mit Owen aus, ehe sie diese Frage beantwortete.

»Sie können davon ausgehen, dass den Verantwortlichen die schwerwiegenden Implikationen dieses Befehls bekannt sind. Ich verstehe den Befehl so: Wir sollen diese Gefahr so schnell und so konsequent ausschalten wie möglich – damit wir hier nicht bald landesweite Schlagzeilen haben über einen frei herumlaufenden Kannibalen, der mit Schränken wirft. Um dies zu ermöglichen, hat der Captain auch den Einsatz schwerer Waffen und Schutzkleidung genehmigt.« Eine kurze Pause, dann fügte sie an: »Jetzt machen Sie sich an die Arbeit. Sie finden den aktuellen Verlauf der Ermittlungen in den Unterlagen. Officer Wilbur, für Sie habe ich einen Spezialauftrag. Delegato, Sie fahren heute mit dem Sergeant.«

Es dauerte nicht lange, bis das gesamte Team sich auf die üblichen Prozeduren zur Ausgabe der Ausrüstung verteilt hatte. Aus dem Augenwinkel sah July die ersten jungen Kollegen schwere Schutzwesten und Sturmgewehre zu ihren Einsatzfahrzeugen tragen.

»Agent Bradbury hat darum gebeten, dass Sie ihn heute begleiten«, eröffnete Walsh. Owen grinste.

»Sie sind ja schließlich meine lokale Kontaktperson.«

»Natürlich, das mache ich gern, Sir«, antwortete July, nachdem sie ihre Überraschung sortiert hatte. »Darf ich fragen, was Sie sich von meiner Unterstützung versprechen?«

»Sie haben Einblicke aus erster Hand in diesen Fall. Ich halte Sie für sehr qualifiziert, mir in dieser Sache weiterzuhelfen. Und Sie sind gebürtig aus Providence, oder?«

»Aus Elmwood, Sir. Meine Familie ist in dritter Generation im Dienst des PPD.«

Owen nickte anerkennend und schaute dann zu Walsh. »Sehen Sie? Jemand Besseren kann ich mir doch kaum wünschen.«

July holte ebenfalls die besondere Ausrüstung ab und belud den Wagen, der ihnen für den heutigen Einsatz zugeteilt worden war. Nachdem Owen auf dem Beifahrersitz Platz genommen hatte, fragte sie: »Wir fahren heute vermutlich nicht auf Streife, oder?«

»Wir haben ein paar besondere Spuren, die wir verfolgen wollen, July. Fahr erst einmal Richtung Attleboro – ich erkläre dir alles auf dem Weg.«

✝

Der Glatzkopf, der ihnen öffnete, war irgendwie gruselig, fand July. Ben Vermont – so hatte er sich vorgestellt – war groß, und seine aufrechte Haltung hatte etwas Militärisches. Und doch empfand July wenig von der Verbundenheit und

Sympathie, die sie in ihrer Familie früh für andere Arten des Dienstes an der Gemeinschaft gelernt hatte. Dazu war Vermonts Blick irgendwie zu kalt, seine Augen zu starr.

Nachdem Owen seinen Ausweis vorgezeigt und das Offizielle geklärt hatte, wandte er sich direkt mit seinem Anliegen an den Mann.

»Wir ermitteln in einem dringlichen und zeitkritischen Fall, Sir«, erklärte er freundlich. »Es gibt Grund zur Annahme, dass unser Hauptverdächtiger Verbindungen zu Ihrer Gemeinde unterhält. Ich würde gerne den Gemeindevorstand sprechen.«

»Mister Vanderbeck ist den ganzen Tag in einem Termin«, entgegnete Vermont wortkarg. Owen zog eine Braue hoch und warf einen Seitenblick auf July.

»Ich spiele wirklich ungern die FBI-Karte, Mister Vermont. Doch in Anbetracht der Situation muss ich Sie darauf hinweisen, dass es sich um eine Angelegenheit der öffentlichen Sicherheit handelt. Ich bin mir sicher, Mister Vanderbeck wird die Gelegenheit finden, uns in dieser Sache zu unterstützen.«

Vermont legte mit steifer Miene seinen Kopf einen Hauch schräg. Er sah konsterniert und irgendwie abgelenkt aus, fand July. Sie kannte diesen Blick von Menschen, die durch eine schwere psychische Belastung vorübergehend nicht in der Lage waren, sich auf ein Gespräch oder eine Befragung zu konzentrieren. Nur wirkte Vermont dabei nicht nervös oder angespannt.

»Ich frage nach«, sagte er, drehte sich um und schloss die Tür. Owen schürzte die Lippen.

»Etwas weniger herzlich, als ich es bei einem Assistenzprediger erwartet hätte«, sagte er. Seine Augen suchten das Gemeindehaus und die Kirche ab, die sich auf dem großzügigen Grundstück mitten im Vorort Attleboro erhoben.

»Und du denkst, dass der Prediger uns weiterhelfen kann?« fragte July nach einer kurzen Pause.

»Deckers Bewegungsprofil führte in den letzten Monaten erstaunlich oft an diesen Ort. Nur in den letzten zwei Wochen nicht mehr. Vielleicht hat Mister Vanderbeck ja mitbekommen, wie eines seiner Schäfchen vom Weg abgekommen ist und Badesalz genascht hat.«

Sie hörten Schritte im Haus, dann schwang die Tür nach innen auf. Vermont war nicht zu sehen, doch er sagte: »Kommen Sie rein.« Scheinbar stand er hinter dem schweren Holzflügel des Eingangs.

Er führte sie durch einen Flur zu einer seitlichen, massiven Holztür, hinter der eine Kellertreppe lag. Als Owen und July kurz irritiert stehenblieben, sagte Vermont: »Das Arbeitszimmer ist im Untergeschoss.«

Er ließ den beiden Besuchern den Vortritt und schloss die Tür hinter ihnen, während sie die Treppe hinabstiegen. July blickte sich kurz über die Schulter und bemerkte, wie er auf einem Codefeld neben der Tür eine Zahlenkombination eintippte. Ganz schöne Sicherheitsvorkehrungen für ein Gemeindehaus, dachte sie und spannte sich an. Vielleicht lag Owen mit seiner Vermutung ja auf eine unangenehme Art richtig. Vielleicht wusste dieser Vanderbeck mehr, als ihnen lieb war.

»Dritte Tür rechts«, kommentierte Vermont hinter ihnen. »Warten Sie dort, ich schließe Ihnen auf.«

Auch neben dem Zugang zum Arbeitszimmer befand sich ein Codeschloss.

»Sie nehmen es sehr genau mit der Sicherheit hier«, kommentierte Owen.

»Ja«, sagte Vermont nur und tippte auf das Schloss, vorsichtig darauf bedacht, den Besuchern keinen Blick auf die Kombination zu erlauben. Nachdem das Schloss ein elektronisches Piepen von sich gegeben hatte, öffnete er die Tür, trat ein und hielt sie für Owen und July auf.

»Guten Tag, Miss Wilbur, Mister Bradbury.« Eine tiefe, klare Stimme begrüßte sie aus dem Arbeitszimmer.

Cornelius Vanderbeck hatte ein schmales Gesicht und energische, ausdrucksstarke Augen. Er mochte Mitte vierzig oder ein wenig älter sein, doch das war schwer einzuschätzen, da er irgendwie müde aussah. Allerdings saß er so aufrecht und lächelte so klar, dass July sich direkt fragte, wie sie eigentlich auf diese Idee gekommen war.

»Vielen Dank, dass Sie sich Zeit nehmen, Mister Vanderbeck«, sagte Owen und nahm nach einer kurzen Geste des Gastgebers auf einem der Sessel Platz, die in einer Ecke des großen Raumes um einen kleinen, runden Tisch standen. July zögerte einen Moment und setzte sich dann neben ihn.

»Du kannst uns jetzt allein lassen, Benjamin«, sagte Vanderbeck an seinen Assistenten gewandt. July hörte keine Antwort, sondern nur, wie sich die Tür kurz darauf hinter ihnen schloss.

»Nun, Agent Bradbury, wie kann ich Ihnen helfen?« fragte Vanderbeck und beugte sich ein wenig nach vorn. Jetzt sah er gar nicht mehr müde aus, fand July. Eher hellwach und aufmerksam. Außerdem sah er deutlich jünger aus, als sie zuerst gedacht hatte. War das Licht im Raum irgendwie verändert?

July fiel auf, dass es im Arbeitszimmer keine Fenster gab. Eine ungewöhnliche Entscheidung, ein Büro im Keller einzurichten. War das Gemeindehaus so klein, dass man keine andere Möglichkeit finden konnte?

»Wir ermitteln in einem außergewöhnlichen Mordfall.« Owens Stimme riss sie aus den Gedanken. »Sagt Ihnen der Name Ryan Decker etwas?«

Vanderbeck schien einen Moment nachzudenken, dann nickte er. »Ein junger Mann aus unserer Gemeinde. Er kam für eine Weile sehr regelmäßig zum Gottesdienst. Doch ich denke, ich habe ihn seit ein paar Wochen nicht mehr gesehen. Ist ihm etwas zugestoßen?«

Etwas an der Art, wie der Prediger sprach, irritierte July. Seine Worte und sein Ausdruck drückten Besorgnis aus, doch seine Augen blieben regungslos. Als wäre er ein Schauspieler, der eine Szene zum wiederholten Mal spielte. Sein Blick wanderte zu ihr und July wunderte sich, warum sie ihm gegenüber so misstrauisch war.

»Er ist der Hauptverdächtige in dem Fall, in dem wir ermitteln. Wir vermuten, dass er unter dem Einfluss einer neuartigen Designerdroge steht, die ihn äußerst gewalttätig und gefährlich macht. Ist Ihnen etwas über seinen Umgang bekannt? Jeder Hinweis auf seinen Aufenthaltsort oder die Herkunft dieser Droge könnte helfen, Leben zu retten.«

Vanderbeck dachte einen Moment nach. »Ich kenne Ryan nicht sehr gut, befürchte ich. Vor einiger Zeit habe ich kurz auf einer Gemeindeveranstaltung mit ihm gesprochen. Er schien ein netter, junger Mann zu sein. Wenn er wirklich solche Drogen nehmen sollte, fände ich das erschütternd.«

»Wurde er Ihnen vorgestellt?« fragte Owen. »Jeder Hinweis auf sein Umfeld könnte hilfreich sein.«

»Er wurde durch einen Aushang an der Universität auf uns aufmerksam. Wir stellen immer diese Frage, wenn jemand zum ersten Mal zu uns kommt. Daher kann ich mich an diese Information gut erinnern.«

»War er in Begleitung? Hatte er Freunde? Oder hat er sich mit Mitgliedern ihrer Gemeinde angefreundet?«

Vanderbeck blickte nachdenklich, dann schüttelte er langsam den Kopf. »Das ist natürlich sehr wahrscheinlich, doch ich fürchte, ich weiß nichts darüber.« Er schwieg und ein Lächeln machte sich auf seinem Gesicht breit. »Junge Leute haben verschiedene Gründe, warum sie in unsere Gemeinde kommen. Natürlich sind viele auf der Suche nach Verbindungen zu Menschen, die ähnlich denken und fühlen wie sie. Doch wir kümmern uns nur um die Veranstaltungen, die für alle sind. Welche Freundschaften sich aus unserer Arbeit ergeben, bekommen wir nur in den seltensten Fällen mit.«

Seine Augen wanderten zu July. »Darf ich fragen, wo der Mord geschehen ist, in dem Sie ermitteln?«

»Im Sabin Park«, antwortete July. Sofort fragte sie sich, ob sie gerade aus Unerfahrenheit vertrauliche Informationen verraten hatte. Doch Owen zeigte keine besondere Reaktion auf diese Auskunft.

»Das ist direkt in Providence«, sagte Vanderbeck nachdenklich. July nickte. »Doch er wohnte ja vermutlich in der Nähe der Universität und nicht hier in Attleboro.«

Vanderbeck beugte sich nach vorn und ergriff Julys Hände. Für einen Moment wollte sie sich dieser überraschend intimen Geste entziehen, doch dann ließ sie sie zu. Der Prediger war nun mit seinem Gesicht sehr nah bei ihr.

»Ich spüre, dass Sie schreckliche Dinge gesehen haben, Officer Wilbur. Ihre Augen verraten das. Ich arbeite lange genug mit den zerbrechlichen Seelen in meiner Gemeinde, um jemanden zu erkennen, der in die Hölle geblickt hat. Ich möchte Ihnen mein Mitgefühl aussprechen.«

»Danke«, sagte July und schluckte. Für einen zu langen Moment herrschte Stille. Ihre Gedanken rasten – sie erinnerte sich an die schrecklichen, überfordernden Eindrücke des gestrigen Morgens. Dann sah sie vor ihrem inneren Auge den Rasen im Park und die Spuren, die zu dem kleinen Wald führten. Und das Bild, das sie nie vergessen würde. Die Frau in ihrer zerfetzen, bunten Kleidung, niedergestreckt – gerissen – wie eine Gazelle von einem Löwen. Dann sah sie plötzlich Ryan Decker, verschmiert mit Blut und Erde, wie er über dem Körper hing. Sie sah seinen Mund, sah, wie er sich in helle Haut grub, die seinen Zähnen Widerstand leistete, bis sie schließlich durchbrochen wurde und das Fleisch und das Blut darunter freigeben musste, das sie eigentlich beschützen sollte. Als sie wieder im Hier und Jetzt ankam, blickte sie genau in Vanderbecks Augen. Der Prediger fixierte sie noch einen Moment, dann wandte sie den Blick ab. Owen legte ihr eine Hand aufs Knie.

»Alles in Ordnung?« fragte er.

»Es geht mir gut«, antwortete July pflichtbewusst.

✝

Es war bereits nach acht Uhr abends, als July die Sumter Street entlanglief. Die Luft in der Straße war heiß, und auf einem nahegelegenen Hof vertrieben sich einige Jugendliche die Zeit beim Basketballspiel. Der Anführer, ein großer Latino um die zwanzig mit beeindruckend definierten Muskeln, fing den Ball auf und blickte in ihre Richtung, als er sie bemerkte.

»Officer July«, rief er. »Spielen wir eine Runde?«

Sie winkte lachend ab. »Nicht heute, Luis«, antwortete sie über die Straße hinweg. »Ich bin spät dran und muss Tom noch etwas bringen.«

Luis ließ den Basketball einmal aufspringen. »Beim nächsten Mal dann. Sag Tom Hallo von mir!«

July kannte diesen Stadtteil schon ihr ganzes Leben. Elmwood war eine der Gegenden von Providence, die als schwierig galten, und viele Außenstehende gingen davon aus, dass Leute wie Luis der Grund dafür waren. Als Polizistin war sie sich der problematischen Stellung junger Männer mit schlechter Perspektive durchaus bewusst. Sie kannte Elmwood jedoch gut genug, um zu wissen, dass es hier viele hart arbeitende Familien gab, die ihre Söhne sowie Töchter ordentlich und respektvoll erzogen. Frauen schafften es jedoch deutlich seltener in die Kriminalstatistik. Ein junges Mädchen mit miesem Elternhaus war in den meisten Fällen nur für sich selbst ein Problem. Ein junger Mann hingegen trug seine Probleme nach außen.

July bog in die Emerson Street und stieg nach einigen Schritten die kleine Vortreppe des Mietshauses hinauf, in welchem Tom wohnte. Sie drückte auf die Klingel mit dem Namen Wilbur und wartete auf das charakteristische, enervierende Summen des Türöffners.

Der Flur des Hauses hätte gut einmal einen neuen Anstrich brauchen können – vor dreißig Jahren. Die Fliesen auf dem Boden waren unverwüstlich und zeitlos hässlich. Früher hatte July sich gefragt, ob sie die seltsame gelbe Farbe schon immer gehabt oder sie erst mit der Zeit angenommen hatten. Irgendwann hatte Tom sich beschwert, die Dinger waren schon seit er denken konnte immer gleich schäbig gewesen, und damit hatte er Julys Frage beantwortet.

Sie nahm die Stufen in den dritten Stock in schnellen Schritten und lächelte, als sie Thomas Wilbur bereits mit mürrischem Gesicht in der Tür stehen sah.

»Du bist ziemlich spät dran«, brummte er und wandte sich direkt in den Flur seiner Wohnung ab.

»Du solltest lieber froh sein, dass ich überhaupt noch komme, du alter Miesepeter«, grinste sie. »Wie viel Besuch hast du denn so außer mir?«

»Mehr als mir lieb ist.« Tom schlurfte ins Wohnzimmer. Das war wahrscheinlich korrekt, denn seine Sehnsucht nach menschlicher Gesellschaft war, seit sie sich erinnern konnte, außergewöhnlich klein.

July holte ihn ein und umarmte ihn. »Ich hab' dir Orangen mitgebracht«, sagte sie dann. »Die sind gut für dein Gedächtnis.«

»Ich bin mir gar nicht so sicher, woran ich mich so erinnern will.«

Ich auch nicht, dachte July und schluckte. Tom nahm den Plastikbeutel an und brachte ihn in die Küche. Sie folgte ihm und setzte sich an die vorsintflutliche Kücheneckbank, an der sich viele ihrer Gespräche abspielten. Entgegen seiner Ablehnung für die Orangen nahm er sie vorsichtig, Stück für Stück, aus der Tüte und stapelte sie in einen grünen Metallobstkorb.

»Luis lässt dich grüßen«, meinte sie dann, nachdem er ihr einen Kaffee angeboten hatte. Tom machte altmodischen Filterkaffee, so altmodisch, dass er in anderen Stadtteilen bereits wieder modern war. Er selbst trank jedoch nur wenig davon.

»Ich mag diese herumlungernden Jungs nicht«, war seine lakonische Antwort.

»Ich grüße ihn zurück von dir.«

»Wenn es sein muss.«

Sie nippte an ihrem Kaffee und betrachtete den alten Mann wohlwollend. Tom war ihr Großvater väterlicherseits. In ihrer Kindheit und Jugend war er oft der einzige wirklich erreichbare Erwachsene in ihrer Familie gewesen. July hatte zwar nicht in der Emerson Street gelebt, doch sie war hier aufgewachsen. Zusammen mit Jungs wie Luis. Tom war über siebzig, und nach der langen Zeit in Elmwood für sein Alter in keinem besonders guten Zustand. An vielen Tagen schien alles in Ordnung mit ihm, doch Stimmungsschwankungen, Apathie und nicht zuletzt seine Hände machten klar, dass er an der Elmwood-Krankheit litt. Dabei handelte es sich um die in diesem Stadtteil verbreitete Bleivergiftung, die in den letzten Jahrzehnten durch bleihaltige Rohre und mutmaßlich auch Farben aus der nahegelegenen Fabrik viel Unheil angerichtet hatte. Noch heute hatten viele Kinder im Stadtteil zu hohe Bleiwerte im Blut, da sich die meisten Vermieter weigerten, die alten Häuser zu renovieren. Wenn July ihren Großvater an einem schlechten Tag erlebte, machte sie das sehr wütend. Findige, unmoralische Anwälte hatten es bis jetzt verstanden, die Ansprüche der überwiegend armen Menschen aus diesen Häusern abzuwehren. Auch Tom hatte damals nicht lückenlos genug nachweisen können, woher seine Symptome stammten, und so waren am Ende weder sein Vermieter noch die Fabrik zur Verantwortung gezogen worden. Zynischerweise konnte er es sich nicht einmal leisten wegzuziehen, nachdem er den Rechtsstreit und den Job verloren hatte. Doch so war er immerhin eine Konstante in Julys Kindheit gewesen.

»Was macht die Arbeit, Kleine?« Tom hatte sich, nachdem er mit den Orangen fertig war, auf seinem gepolsterten Küchenstuhl niedergelassen.

July schluckte. »Kein gutes Thema im Moment, Grandpa«, antwortete sie ausweichend.

»Viele Kollegen hatten heute schwere Westen an und zusätzliche Waffen«, sagte Tom. Er musste das in den lokalen Nachrichten gesehen haben, denn er verließ praktisch niemals seine Wohnung.

»Aber niemand sagt, was los ist. Weißt du, was los ist, Kleine?«

Besser als mir lieb ist, dachte July. Mit einem Mal stiegen wieder Bilder in ihr auf. Der dunkle Wald, die bunte Kleidung, das rote Blut und das Fleisch. Dann sah sie die kühlen, aufmerksamen Augen dieses Predigers vor sich. Warum hatte sich der denn so in ihr Gedächtnis gebrannt?

»Ein Flüchtiger nach einem Mord«, antwortete sie. Tom zog die Augenbrauen hoch und musterte sie aufmerksam.

»Das ist nicht so selten«, sagte er langsam. »Normalerweise macht man aber nicht einen derartigen Aufstand. Da steckt doch mehr dahinter.«

»Befehl des Captains. Irgendwas Politisches. Ich weiß es doch auch nicht.«

»Du verschweigst mir etwas«, sagte Tom und nahm mit leicht zitternden Fingern einen Schluck von seinem Kaffee. Dabei beobachtete er sie über die Tasse hinweg und schwieg.

July wich seinem Blick aus. Sie wollte nicht die ganze Geschichte erzählen. Wollte sich nicht schon wieder erinnern müssen.

»Ja«, sagte sie. »Ich fürchte, es unterliegt der Geheimhaltung. Wir dürfen nicht darüber reden.«

»Ok«, sagte Tom. »Das bringt der Job mit sich.« Er stellte seine Tasse ab und blickte aus dem Fenster. »Ich glaube, einer von Luis´ Kumpeln verkauft Drogen.«

»Hast du was gesehen oder ist das nur deine leicht rassistische Voreingenommenheit?« July war froh, über etwas anderes nachzudenken, und grinste ihn freundlich an.

»Es ist kein Rassismus, wenn es auf Erfahrung beruht«, murrte Tom.

»Ist es doch, wenn die Wahrnehmung deiner Erfahrung durch deine Vorurteile gelenkt wird.«

»Zu meiner Zeit nannten wir das noch pragmatische Polizeiarbeit.«

»Heute nennen wir das strukturellen Rassismus.«

Sie mussten beide lachen. Tom wusste, dass er ein Dinosaurier war, und July wusste, dass er noch immer eine gute Beobachtungsgabe hatte. Selbst wenn sich diese auf die zwei Straßen beschränkte, die er von seinem Fenster aus einsehen konnte.

»Hier ist normalerweise alles sauber«, sagte er. »Doch vor ein paar Wochen sind neue Jungs zum Basketballfeld gekommen. Sie spielten dort mit Luis und seinen Kumpels. Dann tauchten sie öfter auf. Jetzt steht einer hier rum, mal an der Ecke zur Hamilton Street, mal an der Lenox Avenue. Der quatscht mit jedem, der zu ihm kommt. Mit manchen tauscht er was aus. Ist mir egal, ob der Paco heißt oder Jack. Aber ich erkenne einen Dealer, wenn ich einen sehe.«

»Wir nehmen uns den mal vor, Tom«, sagte July

Ihr Großvater nickte, dann schien er kurz in Gedanken zu sein und deutete auf die Tageszeitung, die gefaltet auf der Bank neben ihr lag.

»Ich hab' gelesen, es gab einen Mord im Sabin Park«, sagte er.

July zog eine Augenbraue hoch und wollte nach der Zeitung greifen, als ihr Smartphone vibrierte. Statt der Zeitung nahm sie das Gerät in die Hand.

Ruf mich bitte an, wenn Du Zeit hast. Neuigkeiten im Decker-Fall, schrieb Matt ihr.

Er wusste, dass sie bei Tom war, und würde sie nicht stören wollen. Die Textnachricht war schon der Versuch, ihr Privatleben zu respektieren. Doch wie viele Cops, zumindest die Guten, waren beide mittlere Workaholics. Julys Neugier sprang an und gab keine Ruhe.

»Was ist denn los?« fragte sie ihren Partner am Telefon, nachdem sie sich bei Tom entschuldigt hatte.

»Ich wollte dich nicht schon wieder stören, Jules«, meinte Matt. »Sorry dafür.«

Du wusstest doch, dass ich mich melden würde, dachte sie, und sagte: »Kein Problem. Was ist los?«

»Es gibt einen weiteren Toten. Ich dachte mir, das willst Du hören.«

VII

Gastfreundschaft

»Du erwartest jetzt wahrscheinlich so etwas wie eine Standpauke von mir, hm?«
Richard de Varaissant blickte Avelian mit einem fast spitzbübischen Lächeln an. Er
beugte sich nach vorn und beobachtete ihn intensiv. Avelian lehnte sich auf dem
großen, gepolsterten Sessel zurück und drapierte sein linkes Bein lässig über die
Lehne.

»Keine Ahnung«, sagte er und versuchte – beinahe erfolgreich – unbeeindruckt zu
wirken. Richard legte seine Handflächen kurz aneinander und nickte. Eine Geste,
die schwer zu deuten war.

»Sieh dich bitte einmal in diesem Zimmer um, mein Junge.« Seine rechte Hand
drehte sich herum und er erfasste mit einer Bewegung des Arms den großen Raum
um sie. Richard und Avelian befanden sich allein in der Bibliothek, einem der
größten jener Räume des Hauses, die nicht für gesellschaftliche Anlässe vorgesehen
waren. Dunkle Holzregale drängten sich bis unter die hohe, getäfelte Decke und
wurden flankiert von goldenen Lampen, Gemälden und zwei mittelalterlichen
Wandteppichen. In der Mitte des Raumes befand sich die Leseecke aus zwei
voluminösen, dunkelgrünen Ohrensesseln mit Beistelltischen. Dort saßen die
beiden Männer, jeweils mit einem Glas Rotwein neben sich. Die Gläser waren noch
sehr gut gefüllt. Auf dem Tisch neben Richard lag eine lederne, dunkelbraune
Aktenmappe, die zugeklappt war. Avelian waren diese Mappen nicht neu. Richard
brachte meistens eine davon mit, wenn er längere Gespräche mit der Familie führte.
Allerdings wusste niemand so recht, was er darin aufbewahrte.

»Allein dieser Raum ist größer als die meisten Wohnungen in Paris«, fuhr Richard
fort. »Und von den Kostbarkeiten in den Regalen kann manches Museum nur
träumen.«

»Vielleicht sollten wir dann einmal überlegen, ob wir nicht ein paar davon
spenden sollten«, gab Avelian zynisch zurück. Richard zog eine Augenbraue hoch.

»Genau, das sollten wir, nicht wahr? Vielleicht sollten wir dann auch gleich La Forêt zu einem Waisenhaus umbauen und ihr zieht derweil in einen Wohnwagen. Wie würde dir diese Großzügigkeit gefallen, Avelian?«

Der blonde, junge Mann grinste frech. »Du solltest mich besser kennen, Onkel. Natürlich würde mir der Verzicht auf unseren materiellen Wohlstand weh tun, weil ich ihn gewöhnt bin. Aber das macht mir keine Angst, weil mir auch die Implikationen dieses Wohlstands weh tun. Wenn ich die Wahl habe, einen alten Schmerz gegen einen neuen zu tauschen, nehme ich den neuen.«

Richard nahm mit sorgfältigen Handbewegungen die Aktenmappe zur Hand und klappte sie auf. Er schien darin zu lesen und schenkte seinem Gegenüber für einen ausführlichen Moment keine Beachtung.

Avelian nutzte die Ruhepause, um seinen Patenonkel aufmerksam zu mustern. Richard hatte ein spitzes Gesicht mit einem schmalen, entschlossenen Mund und stechenden, dunklen Augen. Seine Haare waren eng an den Kopf gelegt und sehr dunkel. Er war sorgfältig rasiert, doch hätte Avelian sich gut einen schmalen Spitzbart um seinen Mund vorstellen können. Richard war kein im klassischen Sinne attraktiver Mann – doch was ihm an Gefälligkeit fehlte, machte er durch Flamboyanz wett.

»Ich wollte dich keineswegs mit dem Entzug von materiellem Reichtum bedrohen«, sagte er dann langsam, klappte die Mappe wieder zu und legte sie auf den Tisch. »Es geht nicht um den Reichtum oder darum, sich durch ihn schöne Dinge leisten zu können. Diese Familie steht für weit mehr als das.« Richards rechte Hand massierte beiläufig die Armlehne seines Sessels. »In den letzten fünfzig Jahren trugen ein Außenminister, ein Finanzminister und ein halbes Dutzend Staatssekretäre den Namen Lerot. Dein Vater ist ein durchaus aussichtsreicher Kandidat für den Posten des Generalsekretärs der UNO. Ein Jahrhundert früher hat diese Familie Banken geleitet und Kriege finanziert. Noch etwas früher haben Lerots als Teil des Generalstabs gemeinsam mit Napoleon Europa erobert.«

Avelian kannte den eigensinnigen Familienstolz seiner Mutter, hatte diesen jedoch zumeist für eine Marotte gehalten. Richards Worte beeindruckten ihn, doch wollte er sich dies nicht anmerken lassen. Die dunklen Augen ruhten kurz auf ihm, dann fuhr sein Gegenüber fort.

»Ich war auch einmal ein junger Mann, Avelian. Das ist lange her, aber einige Dinge ändern sich nicht. Alle jungen Männer wollen sich beweisen, der Welt ihren Stempel aufdrücken. Sie wollen Erfolg haben, aber gleichzeitig wollen sie auch unabhängig sein. Da kann es durchaus stören, zu sehr von seiner Familie für eine aussichtsreiche Karriere eingeplant zu sein, nicht wahr?«

»Keine Sorge, ich kann ganz gut damit leben, das schwarze Schaf zu sein«, entgegnete Avelian. Richard lachte.

»Genau das ist es ja: Du bist nicht das schwarze Schaf. Du bist vielleicht nicht so lenkbar, wie es manche gerne hätten, aber ein schwarzes Schaf passt nicht zur Herde, weil es in einer wichtigen Eigenschaft grundsätzlich anders ist.« Richard zögerte einen Moment und leckte sich über die schmalen Lippen. »Mir gefällt dieses Bild von Schafen nicht so sehr. Ich würde sagen, du bist ein Rebell, ein Andersdenker. Das sind Eigenschaften, die man auch benötigt. Nur, wie viele Rebellen denkst du, die Welt hätte nur auf dich gewartet. Ich versichere Dir, das hat sie nicht. Solange deine Rebellion kein Ziel hat, ist sie vollkommen irrelevant. Ich finde, du solltest ihr einen Sinn geben. Sei kein selbstreferentieller Rebell ohne Hintersinn.«

Richard nahm langsam einen Schluck von seinem Wein und legte seine Hand danach auf die Ledermappe. »Mein Ziel ist es, dich dein Potenzial ausschöpfen zu lassen. Du bist kein geradliniger, anpassungsfähiger Erfolgsmensch wie Mahault oder ein hochspezialisierter Denker wie Nazaire. *Du* bist ein Pulverfass.«

Die Worte klangen anerkennend, auch wenn Avelian nicht ganz verstand warum. Als er fortfuhr, formte Richard mit seinen Händen eine Explosion.

»Entweder, du fliegst irgendwann in die Luft und reißt die Menschen mit, die gerade in deiner Nähe sind.« Seine Finger glitten enger zusammen und er formte eine kleinere Kugel. »Oder du bist ein Werkzeug, ein notwendiger Donnerschlag. Explosionen können hilfreich sein – oder zerstörerisch.«

»Mir war das Schaf lieber«, sagte Avelian und riss ihn aus seinem Vortrag. »Die andere Geschichte endet irgendwie immer damit, dass ich in die Luft fliege.«

Richard lachte herzhaft. »Guter Punkt, mein Junge.« Er beugte sich wieder vor und musterte Avelian. »Deine Mutter hat dir die Broschüre schon gezeigt. Bersolet kann dir dabei helfen, dein Potenzial zu entfalten. Ohne dass du in die Luft fliegst.« Eine kurze Pause, dann intensivierte sich Richards Blick noch einmal. »Ich möchte, dass du dich für das bald beginnende Semester dort einschreibst.«

†

In dieser Nacht schlief Avelian sehr unruhig. Er hatte sich bemüht, die aufreibende Begegnung mit Richard lässig wegzustecken – doch sein Unterbewusstsein spielte ihm einen Streich.

In seinem Traum blickte er aus dem Fenster seines Zimmers und sah ein Taxi vorfahren. Aus diesem stieg, gekleidet in einen langen schwarzen Mantel, seine Schwester Espérance. Sie war blass – noch mehr als sonst – und senkte ihren Blick, als sie sich dem Haus näherte. Avelian ging auf sie zu und umarmte sie, doch ihre Arme hingen leblos herab. Er suchte ihren Blick. Ihre Augen waren schwarz. Nichts Weißes war darin zu sehen. Auch wenn der Anblick ihn schauderte, nahm er ihn im Traum als Normalität hin und ging zusammen mit ihr in ein Zimmer. Dort legte sie ihren Mantel ab und er blickte auf ihre weißen Arme. Diese waren von roten Striemen überzogen. Er fuhr mit dem Finger darüber, woraufhin sie ihm den Rücken zuwandte. Aus dem Rückenausschnitt ihres Kleides lugten ebenfalls rote, schmerzhafte Linien.

Mit einem Mal flogen die Fensterläden des Zimmers mit einem lauten Knall zu und sie standen in der Dunkelheit. Hinter ihnen öffnete sich eine Tür und eine schwarze Gestalt kam herein. Sie war kalt und hatte bis auf zwei bläulich glimmende Augen kein Gesicht. Espérance sank auf die Knie und hob betend die Hände. Er wollte sie herumreißen – doch als er sie an der Schulter berührte, riss ihn sein vibrierendes Telefon aus dem Schlaf.

»Was …« brummte er und blickte sich desorientiert um. Klar, ein Traum. Ein Albtraum. Kein Wunder nach diesem dämlichen Gespräch.

Avelian rollte sich müde stöhnend seitwärts aus dem Bett und tastete nach dem Telefon. Darauf blickte ihn ein Foto von Hugues an. Sein Freund grinste gut gelaunt in der Julisonne und trug eine rote Sonnenbrille. Avelian presste sich das noch immer brummende Gerät ans Ohr.

»Was ist los?«

Hugues klang genauso aufgedreht, wie sein Profilbild ausgesehen hatte. »Hey, werter Comte de Lerot, bitte verzeiht meine Störung in der Früh«, witzelte er mit affektierter Stimme. Avelian hielt kurz sein Handy vor das Gesicht, um die Uhrzeit abzulesen. Es war 11.30 Uhr.

»Es ist gar nicht so früh«, nuschelte er.

»Es freut mich, dass Ihr das so seht. Denn ich habe ein Anliegen und würde mich freuen, wenn Ihr dieses großzügig in Erwägung ziehen würdet, euer Hochwohldurchlauchtigkeit.«

»Häh?«

»Ich möchte Euch gnädig ersuchen, Eurem neuen Dienstmädchen vielleicht den Nachmittag freizugeben. Es arbeitet sehr tüchtig und hätte es wirklich verdient.«

»Dienstmädchen?« Avelian war geistig noch halb in einer anderen Welt. Für solche Spielchen fehlte ihm momentan die Eleganz.

»Mann, du bist ja ganz schön langsam heute«, kam es aus dem Telefon.

»Ich war im Tiefschlaf.«

»Das ist wohl deine Entschuldigung für alles, wie?« Hugues war nicht genervt, sondern immer noch bestens aufgelegt. Er platzte damit heraus, dass Léa sich gemeldet hatte und sie verabredet waren. Als er jedoch merkte, dass Avelian nicht nur verschlafen und übermüdet war, sondern ernsthaft neben sich stand, verabredeten sich die beiden zum Mittagessen in einer Pizzeria.

Wenig später blätterte Hugues durch die Broschüre, die Avelian ihm auf den Tisch gelegt hatte. »Sieht doch ziemlich elitär aus«, meinte er. »Und teuer. Nur vom Feinsten, wie üblich.«

»Spar dir diesmal bitte deine blöden Witze, Hugues.« Avelian blickte ihn ernst an, was selten war. »Espérance war dort. Sie hat irgendwie nie viel darüber gesagt, aber ich glaube, die Zeit hat ihr nicht gutgetan. Sie hat sich sehr verändert damals.«

Avelian erzählte seinem Freund, dass Espérance nach der Schule – ungefähr zum gleichen Zeitpunkt wie er selbst jetzt – zum Studium in dieses Kloster geschickt worden war. Das war für sie beide wegen ihres vertrauten Verhältnisses nicht angenehm gewesen. Doch am meisten hatten sie nicht unter der Trennung gelitten, sondern unter den sehr eingeschränkten Kommunikationsmöglichkeiten in dieser Schule.

»Das ist ein uraltes Kloster, das von vorsintflutlichen Mönchen betrieben wird, Hugues. Kein Telefon, kein Internet, die Post wird vor der Weitergabe an die Schüler gelesen oder so. Die schirmen dich völlig von der Außenwelt ab.«

Espérance war alle paar Monate und zu besonderen Gelegenheiten nach Hause gekommen. Sie hatten bei diesen Besuchen viel Zeit miteinander verbracht, aber um ihr Studium und das Leben im Kloster hatte sie stets ein Geheimnis gemacht.

»Wahrscheinlich hat er sie damals genauso zu sich zitiert und mit seiner dämlichen Akte rumgewedelt«, murmelte Avelian, während er besorgt in seinen Eistee starrte.

»Mit seiner dämlichen Akte?« Hugues blickte ihn fragend an. »Was denn für eine Akte?«

»Na ja, Richard hat für jeden von uns eine Akte. Ich habe nie reinschauen dürfen, aber wir alle haben schon solche Gespräche mit ihm geführt und immer hatte er irgendwelche Aufzeichnungen dabei. Ganz schön nervig.«

Avelian fiel eine Veränderung in Hugues´ Blick auf. Sein Freund wirkte irritiert, als er weitersprach.

»Ist Richard nicht dein Patenonkel?« fragte er.

»Ja, er ist der Patenonkel von uns allen.«

Hugues zog die Augenbrauen hoch. »Avelian, ich weiß, für Leute wie dich gelten sicher nicht die gleichen Maßstäbe wie für mich. Aber das mit der Akte finde ich seltsam. Auf eine gruselige Art.«

Avelian blickte ihn mit einer Mischung aus Neugier und Verständnislosigkeit an. »Seltsam?«

»Hast du schon mal davon gehört, dass ein Patenonkel eine Akte über seine Patenkinder führt?«

Diese Frage gärte in den nächsten Tagen in Avelian wie alter Apfelsaft. Irgendwie hatte er Richard stets als unangenehm empfunden, doch war er ihm erschienen wie ein Naturgesetz. Die Sonne ging morgens auf, Gegenstände fielen nach unten, und sein seltsamer Patenonkel beobachtete ihn und seine Geschwister nun mal über seine Habichtnase und vermerkte Kommentare in seiner Akte.

Richard blieb für eine Weile zu Besuch, doch war er tagsüber stets unterwegs und beschäftigt. In Avelian reifte der Entschluss, sich einmal einen tieferen Eindruck von der Rolle seines Patenonkels zu verschaffen.

Seine Neugier wurde noch befeuert von einem Geheimnis, das er mit niemandem teilte. Avelian bekam seit seiner Kindheit ein Medikament gegen seine Hyperaktivität. Seine Mutter hatte ihn stets dazu angehalten, dies außerhalb der Familie nicht zu erwähnen. Dabei hatte sie ihm stets ein so intensives Gefühl der Mangelhaftigkeit vermittelt, dass er sich sogar daran gehalten hatte. Nicht einmal

Hugues wusste davon, dass er jeden Tag seine Tropfen nehmen musste. Oder besser gesagt, dass er sie nehmen *sollte*.

Avelian hatte immer mal wieder damit experimentiert, seine Medizin vorübergehend zu verweigern, und genau beobachtet, was dies mit ihm machte. Er wurde in der Tat unruhiger und unleidlicher und konnte sich schlecht konzentrieren. Vor allem wurde er aber wütender und unwilliger, die überzogenen und deplatzierten Erwartungen seiner Mutter zu erfüllen.

Zum ersten Mal hatte er seine Tropfen abgesetzt, als er zehn war. In den drei Tagen, in denen er abstinent gewesen war, hatte er ein sechs Quadratmeter großes Fenster mit einem Steinwurf zerschmettert und drei Pferde aus dem Reitstall gejagt, bis sie in die Stadt gelaufen waren.

Beim zweiten Mal – mit vierzehn – hatte er sich auf dem Schulhof mit drei Rowdys angelegt. Als Ergebnis hatte er eine gebrochene Nase und einen verstauchten Fuß verteilt und zwei gebrochene Rippen mit nach Hause genommen.

Als er sechzehn war, hatte er einen der Wagen aus der Garage für eine Spritztour nach Rennes ausgeliehen. Allerdings hatten die Gendarmen ihn in Châteaubourg aufgegriffen und ohne große Umschweife frei Haus geliefert.

Bei all diesen Vorfällen hatte aus irgendwelchen Gründen jeweils niemand in Erwägung gezogen, dass seine fehlende Medikation der Hintergrund dieser Eskapaden gewesen sein könnte. Avelian hatte hingegen die Veränderungen in seinen Gefühlen und seinem Verhalten genau beobachtet. Sein Medikament hatte er basierend auf diesen Beobachtungen *Gehorsamkeitstropfen* getauft.

Zu dem Zeitpunkt, als er sich vornahm, seinem seltsamen Patenonkel ein wenig auf den Zahn zu fühlen, nahm er seine Medizin bereits zwei Wochen nicht mehr. Er hatte sie durch regelmäßigen Rotweinkonsum und gelegentliche Zigaretten ersetzt. Diese beiden französischen Zaubermittel halfen, die Mangelsymptome ganz gut in den Griff zu bekommen. Und sein Kopf fühlte sich viel freier an.

Um seinen Plan in die Tat umzusetzen, war einiges an Beobachtung notwendig. Er wusste, dass Richard stets mit einigen Begleitern anreiste, von denen man jedoch meist nicht viel zu sehen bekam. Es gab einen großzügigen Gästebereich im alten Westteil von La Forêt, der praktisch nur durch einen einzigen Zugang zu betreten war. Im 16. Jahrhundert war dies wohl der Wohnbereich der Familie des Hausherrn gewesen, und diese hatte es nicht geschätzt, wenn zu viele Diener aus allen Richtungen um sie herumgeflitzt waren.

Der Zugang war eine schwere, doppelflüglige Tür, die meist geschlossen war, ganz gleich, ob gerade Besuch da war oder nicht. Seit seiner Kindheit hatte Avelians Mutter ihm erfolgreich das Gefühl vermittelt, dieser heilige Gästebereich dürfe nicht betreten werden. Dieser Eindruck hatte sich so tief in ihn eingebrannt, dass er sich nicht erinnern konnte, irgendwann einmal dort gewesen zu sein.

In den Tagen vor der Umsetzung seines Plans versuchte er daher auszukundschaften, ob tagsüber überhaupt jemand im fraglichen Bereich verblieb oder ob Richard all seine Begleiter mit zu seinen täglichen Geschäften nahm. Er wusste nicht genau, wie viele Personen dort überhaupt zu Gast waren, da meist nur Richard selbst offiziell die Aufwartung machte. Doch nach zwei Tagen vorsichtigen Beobachtens schätzte er es als sehr wahrscheinlich ein, dass der Gästebereich tagsüber leer war, denn in der gesamten Zeit öffnete sich die Tür nicht ein einziges Mal. Natürlich gab es dort eigene Badezimmer, vermutlich sogar mehrere. Mit Essen müssten sich Richards Begleiter allerdings irgendwie versorgen, und das taten sie weder im Speisezimmer noch per Lieferung durch die Küche oder einen Lieferservice. Es sei denn, sie ließen sich das Essen heimlich von einem Pizzaboten ans Fenster liefern.

Auch wenn er sich tagsüber mutmaßlich ungestört dort umschauen könnte, blieb die große und natürlich verriegelte Tür ein Problem. Theoretisch verfügte Avelian höchstwahrscheinlich über die Fähigkeiten und das Werkzeug, das Schloss zu öffnen, doch erschien ihm das Risiko sehr groß.

Nach zwei Tagen Grübeln und Beobachten konferierte er über seinen Plan mit Hugues. Die beiden verabredeten sich an einem ihrer Plätze – einem kleinen Steilhang nördlich von Vitré, von dem aus man einen Blick über die Burg und weite Teile des Ortes hatte. Hugues hatte zwei Flaschen belgisches Bier mitgebracht und sie ließen die Beine über den Felsrand baumeln.

»Du hast mich letztens wirklich nachdenklich gemacht«, eröffnete Avelian. »Diese Sache mit der Akte – mir ist nie aufgefallen, dass das ziemlich schräg ist. Jetzt geht es mir nicht mehr aus dem Kopf.«

Er erklärte Hugues, dass er dringend herausfinden wollte, was sein Patenonkel in dieser Mappe aufbewahrte. Kurzum: er wollte sich im Gästebereich umsehen und mehr über seinen Patenonkel erfahren. »Aber der Bereich ist abgeschlossen, wenn Gäste da sind. Abends sind Richard und seine Leute dort, tagsüber scheinbar nicht. Ich will da irgendwie reinkommen.«

Hugues nahm einen Schluck von seinem Bier und nickte langsam.

»Dort wird sicher für eure Gäste saubergemacht, oder?«

Direkt, nachdem er diesen Gedanken ausgesprochen hatte, blickte er zur Seite. Doch die Frage hatte in Avelian bereits eine Idee ins Leben gerufen. Er schlug begeistert mit der flachen Hand auf den Felsen.

»Na klar! Hugues, du bist genial!«

✝

Du bist so eine Idiotin, dachte Léa zu sich selbst, während sie den Reinigungswagen auf den Ostflügel zuschob. Das wirst du bestimmt noch bereuen.

An ihrem Gürtel trug sie den für den heutigen Tageseinsatz passenden Schlüsselbund, denn natürlich gab es in La Forêt keine Universalschlösser. Es waren insgesamt acht altmodische Messingschlüssel mit kunstvollen Bärten, und sie klimperten bei jedem Schritt wie ein Glöckchenhalsband.

Es war gar nicht so schwer gewesen, die Arbeiten im Gästebereich zugeteilt zu bekommen. Karima hatte ihr erklärt, dass die meisten Frauen sich beklagten, wenn sie diese Räumlichkeiten übernehmen sollten, weil der Bereich stets allein gesäubert werden musste. Außerdem durfte man kein Reinigungsgerät für den Boden einsetzen, weil das Parkett uralt war und auch keine modernen Putzmittel vertrug. Also viel Handarbeit und keine Kollegin zum Plaudern. Die Frauen waren nicht sehr anspruchsvoll, aber sie hatten einen guten Sinn für kleine Annehmlichkeiten und verzichteten nur ungern auf diese. Léa hatte sich also nur freiwillig melden müssen und eine wenigstens fadenscheinige Erklärung für die verwunderten Blicke vorbringen – dann gehörte der Bereich ihr.

Die Vorarbeiterin hatte ihr den Grundriss erklärt: Der Gästebereich wurde von einem L-förmigen Flur unterteilt, an dessen Seiten unterschiedlich große und luxuriöse Schlafräume und Bäder lagen. Sie sollte sich Zimmer für Zimmer durcharbeiten und sich schließlich den Souterrainbereich vornehmen. Dort gab es zwei Vorratsräume, die sie nicht beachten musste, sowie drei Zimmer und ein Bad. Außerdem zwei Metalltüren, hinter denen sich die Technikräume befanden, die sie ebenfalls nicht zu reinigen brauchte.

»Madame Lerot legt großen Wert darauf, dass ihre Gäste keinen Grund zu klagen haben«, hatte die Vorgesetzte ihr ins Gewissen geredet. »Du musst daher noch sorgfältiger sein als sonst.«

Léa hatte ihren Kann-ich-dir-das-auch-wirklich-anvertrauen-Blick dienstbeflissen bestätigt und höchste Aufmerksamkeit zugesichert. Nur als Karima sie danach skeptisch beobachtet hatte, war es ihr ein wenig schwergefallen, nicht verlegen zu wirken. Immerhin war sie in eine Verschwörung verstrickt.

Sie zögerte noch einen Moment, dann atmete sie langsam ein und nahm den ersten Schlüssel vom Gürtel.

†

Avelian wusste, dass Léas Einsatz im Gästeflügel planmäßig um 9.00 Uhr begann. Er hatte mit ihr vereinbart, eine Stunde nach Beginn des Einsatzes zu ihr zu stoßen. Dazu würde sie die Eingangstür kurze Zeit unversperrt lassen und sie dann wieder hinter ihm verriegeln. Durch vorsichtige Planung wollten sie sicherstellen, dass er bei Problemen die gesamte Schuld auf sich nehmen konnte, indem sie sich nicht begegneten und er sich scheinbar eigenmächtig im richtigen Moment einschlich.

Eine Minute nach zehn drückte er die schwere Metallklinke herunter und öffnete die Tür gerade weit genug, um hindurchzuhuschen. Der Flur auf der anderen Seite war schmaler und die Ausstattung praktisch gar nicht modernisiert. Die Holzvertäfelungen, die Gemälde und die glänzend lackierten dunklen Möbel waren jedoch in einem exzellenten Zustand. Man konnte meinen, mit der Eingangstür nicht nur den Raum, sondern zugleich das Jahrhundert gewechselt zu haben.

Avelian verfügte ebenfalls über die rudimentären Pläne des Bereichs, doch hatte er keine Informationen darüber, wo er seine Suche sinnvollerweise starten sollte. Léa war aktuell mit dem zweiten Gästezimmer beschäftigt und hatte in der Stunde zuvor die Türen entriegelt, sodass er freie Bahn haben sollte.

Der erste Raum auf der linken Seite des Flurs war offensichtlich ein Gästezimmer, das auf den ersten Blick unbewohnt war. Als Avelian jedoch einen Blick in die altmodischen Einbauschränke warf, entdeckte er dort dunkle Businesskostüme und einige Damenschuhe. Auch das angeschlossene Badezimmer sah benutzt aus. Die Bewohnerin hatte das Bett sorgfältig gemacht und wenig Unordnung hinterlassen. Auf einem antiken Sekretär stand eine Karaffe mit Wasser. Avelian öffnete die Schublade und entdeckte ein erstes Detail, das seine Aufmerksamkeit auf sich zog: darin befand sich ein braunes Apothekenfläschchen mit einem gelblichen Etikett, auf dem handschriftlich die Buchstaben *P.S.* vermerkt waren und darunter *09/13*. Er betrachtete das Fläschchen einen Moment. Das braune Glas lag schwer in seiner Hand. Hinter dem Etikett bewegte sich eine dunkel aussehende Flüssigkeit. In so einem Behälter bekam er seine Medizin, die er aktuell wieder einmal verweigerte. Ein prüfender Blick zeigte ihm, dass sich ebenfalls eine Pipette darin befand. Er schwenkte das Fläschchen und beobachtete, wie die Flüssigkeit darin sich bewegte. Für ihn hatte es immer so ausgesehen, als ob sein Medikament sich einen Hauch zu träge bewegte. So als wäre sie dickflüssiger, als sie dann in Wirklichkeit war, wenn man sie mit der kleinen Pipette aufsog. Die dunkle Substanz in dem Fläschchen in seiner Hand schien die gleichen Eigenschaften aufzuweisen.

Warum bekommt Richards Assistentin die gleiche Medizin wie ich? Avelian wusste, nervliche Belastung lag bei ihm in der Familie– er hatte von Espérance erfahren, dass sie ebenfalls ein Mittel dagegen bekam. Auch wenn Maman das Thema stets wie ein Staatsgeheimnis behandelte. Aber eine wildfremde Frau, die für Richard arbeitete – wie wahrscheinlich war das denn? Wobei er schon zugeben musste, dass sein Patenonkel eine echte Nervensäge sein konnte. Vielleicht brauchen wir die Gehorsamkeitstropfen alle nur, damit wir seine Marotten ertragen können, dachte er und musste für einen Moment grinsen.

Langsam drehte er den Verschluss auf und zog die Pipette heraus. Eine kleine Menge der Flüssigkeit, die in seinen Augen wie rötliche Sojasauce aussah, befand sich in der Glaskanüle. Als er den kleinen Behälter an seine Nase führte, konnte er den vertrauten Geruch wahrnehmen – eine Mischung aus Alkohol, dem ätherischen Geruch trockener Gewürze und einer seltsamen, metallischen Note. Das ist das gleiche Mittel, dachte er. Für einen Moment hatte er das Bild im Kopf, wie er sich die Flüssigkeit in den Mund träufelte, und ein warmes Gefühl breitete sich in seinem Körper aus. Dann schraubte er den Deckel hastig wieder zu.

Das Etikett seiner Medizin sah allerdings anders aus. Vorsichtig drehte er das Fläschchen zu und bewegte es ratlos in seiner Hand.

Das Geräusch von Léas Reinigungswagen auf dem Flur erinnerte ihn unmissverständlich daran, dass er sich unter Zeitdruck befand. Um nicht sein eigentliches Ziel aus den Augen zu verlieren, spähte er kurz aus der Tür und schlich dann in den nächsten Gästeraum. Dort wiesen Kleidung und Badausstattung auf einen männlichen Bewohner hin. Auf dem ebenfalls vorhandenen Sekretär befanden sich zwei Ladegeräte sowie mehrere weiße Kabel, jedoch ohne die zugehörigen elektronischen Geräte. Auch hier befanden sich zwei braune Fläschchen in der Schublade, beide anstatt mit dem Kürzel mit zwei schwungvollen »X« sowie den Zahlenkombinationen »09/13« und »10/13« versehen. Avelian war sich ziemlich sicher, dass es sich dabei um Monats- und Jahreszahlen handelte. Immerhin war heute der 17. September 2013. Die Flasche mit der Bezeichnung »09/13« war folgerichtig ungefähr halb leer.

Die spöttischen Gedanken, die er sich gerade noch gemacht hatte, verblassten. Avelian hatte das Gefühl, dass sich sein Magen verkrampfte. Irgendetwas stimmte hier nicht, und zwar auf eine Art, die nicht nur mit seinen exzentrischen Familienverhältnissen zu erklären war. Wir bekommen alle die gleiche Medizin, flüsterte eine misstrauische Stimme in seinem Hinterkopf. Was hatte das nur zu bedeuten? Bekamen sie dieses Mittel von Onkel Richard, und falls ja, bekam Maman es auch von ihm?

Er konnte sich nicht daran erinnern, wie er seine Gehorsamkeitstropfen zum ersten Mal erhalten hatte. War da ein Arzt gewesen? Ein Apotheker? Später hatte immer seine Mutter ihm den jeweiligen Vorrat ausgehändigt. Ebenso wie bei Richards Assistenten schien die Dosierung jeweils auf rund einen Monat ausgerichtet.

Erneut rief er sich zur Räson und suchte weiter. Doch abgesehen von diesem Detail war auch das zweite Zimmer nicht hilfreich. Er überlegte für einen Moment, an ein paar Kerzenleuchtern zu ziehen. Doch es kam ihm albern vor, nach Geheimtüren zu suchen, und er wandte sich dem nächsten Zimmer zu.

Dieses war deutlich größer und luxuriöser ausgestattet als die Ersten. Neben einem großen Himmelbett stach ihm vor allem ein Detail ins Auge, als er die Tür öffnete: An einem Kleiderbügel vor dem Fenster hing ein langes, schwarzes Abendkleid, das ihm nur zu bekannt vorkam. In diesem Moment machte sich sein Telefon vibrierend in seiner Hosentasche bemerkbar.

†

Die ersten drei Zimmer hatten nicht viel Arbeit gemacht. Die Bewohner waren sehr reinlich und hinterließen kaum Unordnung. Gleichzeitig waren die Räume gut gepflegt und es war nur wenig Staub oder Schmutz zu beseitigen. Dem gemeinsamen Plan nach ging Léa davon aus, dass Avelian gerade die ersten Zimmer durchsuchte. Also begab sie sich für die nächsten Arbeiten ins Souterrain. Sie konnten natürlich nicht vollkommen ausschließen, sich zu begegnen, aber durch einen sorgfältig ausgearbeiteten Zeitplan hatten Hugues und Avelian versucht, diese Gefahr zu minimieren.

Die Treppe wurde flankiert von mehreren Alkoven, in denen metallene Wandlampen installiert waren. Auf jeder Stufe lag ein Streifen roter Teppich, der von einer goldenen Stange in Position gehalten wurde. Léas Schritte waren sehr leise auf den derart gepolsterten, massiven Steinstufen. Auch ihr kleiner Reinigungswagen machte beim Treppenabstieg nur wenig Lärm. Fast kam es ihr vor, als würden die alten Wände ihre Geräusche geradezu aufsaugen.

Im Flur des Untergeschosses gab es keinerlei natürlichen Lichteinfall. Wände und Boden wurden durch Holz und Teppiche wohnlich gehalten. Die Deckenhöhe war weniger opulent als im Erdgeschoss, aber immer noch großzügig. Léa betrachtete die schön gearbeiteten Türen und versuchte zu erkennen, welche zu einem Gästezimmer und welche zu einem der Vorratsräume gehörten. Die beiden Sicherheitsräume waren leicht zu erkennen, da sie über massive Stahlzargen verfügten – ein seltsamer Anblick in diesem museumsartigen Flur.

Als sie zu keinem eindeutigen Schluss kam, ging sie kurzerhand auf die erste Tür zu und griff nach der Klinke.

»Dieser Raum braucht sie nicht zu interessieren«, hörte sie plötzlich die Stimme einer Frau hinter sich. Léa war so überrascht und angespannt, dass sie einen kurzen Schrei ausstieß.

»Oh, Verzeihung, ich wollte sie nicht erschrecken«, fuhr die Unbekannte etwas milder fort. Vor ihr stand eine Frau, die sie um gut einen halben Kopf überragte. Die Fremde trug eine schmal geschnittene Hose zu einer dunkelblauen Bluse und blickte sie aus auffällig leuchtenden, blauen Augen an. Ihren Mund umspielte die Andeutung eines Lächelns.

»Bitte verzeihen Sie, ich habe diesen Bereich zum ersten Mal übernommen«, sagte Léa leise und blickte bewusst unterwürfig zu Boden. Niemand interessierte sich für die Putzfrau – das war zumindest ihr Plan.

»Kein Problem.« Die Frau warf einen beiläufigen Blick auf ihr Smartphone. »Das ist ein Vorratsraum. Darin brauchen sie nichts sauberzumachen.«

Léa nickte und schob ihren Wagen auf die nächste Tür zu. Dabei murmelte sie leise »Vielen Dank«.

Kaum war sie im Zimmer angekommen, griff sie nach ihrem Telefon und tippte hektisch eine Nachricht in die Tastatur.

†

Avelian starrte für einen Moment wie hypnotisiert auf den Schrank. Es war gar nicht so einfach, ein hängendes Kleid eindeutig der Erinnerung zuzuordnen, während es von einem Menschen getragen wurde. Aber einige kleine Details – der tropfenförmige Ausschnitt, das Satinband in der Taille, die Aussparung aus Spitze am Saum – überzeugten ihn, dass es sich um Mathildes Kleid von der Geburtstagsfeier handelte.

Das kam ihm gar nicht so unlogisch vor – sie war später angereist mit den politischen Gästen, war also scheinbar eine wichtige Persönlichkeit. Wenn sie zur Arbeit hier war, hatte sie sicher keine Zeit, sich mit dem Sohn des Hauses zu treffen und vielleicht war das auch nicht gern gesehen. Sie konnte durchaus immer noch hier sein, ohne dass er sie erneut getroffen hatte.

Das Vibrieren seines Telefons riss ihn aus den Gedanken. Eine Textnachricht von Léa prangte auf dem Display: *Jemand ist hier. Ich glaube, sie kommt rauf!*

Vor einer Sekunde hatte er noch wie erstarrt vor dem Kleid gestanden, nun schaute er sich panisch im Zimmer um. Durch die Wände hörte er die vage Vibration von Schritten. Als Geräusche waren sie kaum hörbar, doch die Anspannung schärfte seine Sinne. Kurzerhand ging er auf den Wandschrank zu, an dem das Kleid hing, und huschte hinein.

Die Schwingungen wurden zu hörbaren Schritten, dann öffnete sich die Tür. Avelian presste sein rechtes Auge an den Türschlitz des geräumigen Schranks, in dem er sich befand. Auch wenn sie anders zurechtgemacht war als auf der Feier, erkannte er die Frau, die gerade in den Raum kam, eindeutig als Mathilde.

Sie trug ihre dunklen Haare zu einem Pferdeschwanz, was sie gleichzeitig jugendlich und streng aussehen ließ. Während sie auf ihr Smartphone blickte, ging sie zu dem opulenten Sekretär und setzte sich auf den Stuhl, der davor für Schreibarbeiten aufgestellt war. Sie tippte kurz auf das Display und legte sich das Gerät ans Ohr, wohl um zu telefonieren.

»Mathilde hier«, begann sie das Gespräch mit ruhiger, professioneller Sprechweise, doch ihre Stimme wurde direkt schärfer. »Kannst Du mir vielleicht sagen, auf was wir hier immer noch warten? Laurent wird langsam ungeduldig. Wir sind nicht zum Spaß hier.«

Sie reagierte mit einem kühlen Lachen auf ihren Gesprächspartner. »Verstehe. Dann schaue ich mal, wie ich ihn bei Laune halte. Aber ihr solltet euch nicht zu viel Zeit lassen.«

Eine kurze Pause, in der sie zuhörte. »Sie frisst ihm aus der Hand, das ist alles kein Problem. Aber um ehrlich zu sein habe ich Wichtigeres zu tun, als hier die Wachhündin zu geben.«

Nach einer kurzen Verabschiedung legte sie das Telefon auf den Sekretär, stand auf und streckte sich. Avelian ertappte sich dabei, wie er dabei ihren Körper auf eine Weise betrachtete, die ihm in der aktuellen Situation deplatziert erschien. Seine Augen huschten über ihre Taille und ihren Hintern. Dann zwang er sich zu Boden zu blicken. Immerhin steckte er wie ein ungezogener Schuljunge im Schrank.

Sein Telefon brummte erneut und er erstarrte. In ruhigen Räumen konnte man das Vibrieren einige Meter weit hören. Doch Mathilde nahm keine Notiz davon, sondern holte ein schlankes Notebook aus einer Aktentasche unter dem Bett und klappte es auf. Stumm blickte sie eine Weile auf den Bildschirm und schien

92

abwechselnd zu lesen und zu tippen. Vermutlich beantwortet sie E-Mails, dachte Avelian. Für den Moment war er sicher, doch je länger sie im Zimmer war, desto größer war auch die Gefahr, entdeckt zu werden. Also wandte er sich langsam um und schirmte das Display seines Telefons mit dem Körper ab. Nachdem er den Vibrationsalarm deaktiviert hatte, schrieb er eine Nachricht an Léa.

†

Ich bin im Schrank. Sie geht nicht weg. Hilfe! leuchtete es auf ihrem Display auf. Léa musste ob der Absurdität dieser Nachricht kurz grinsen, blickte dann aber wieder ernst und überlegte, was sie tun konnte. Sie war mit dem ersten Gästezimmer erst halb fertig, doch kam ihr eine Idee, wie sie Avelian aus seinem Gefängnis befreien konnte. Kurzerhand stieg sie die Treppe hinauf und ging zu dem Zimmer, in das die große Frau kurz nach ihrer Warnung gegangen war. Sie atmete tief durch und klopfte.

Einige Momente später öffnete sich die Tür einen Spalt breit und die Frau blickte sie aus ihren intensiven Augen an. »Ja?« Ihre Stimme war kühl.

Léa setzte ihren besten, scheuen Dienstmädchenblick auf.

»Bitte verzeihen Sie Madame, aber Sie wissen ja, dass ich neu hier bin. Ich möchte nichts falsch machen und habe Angst, mich um die falschen Zimmer zu kümmern. Wären Sie so freundlich, mir zu zeigen, welche genutzt werden?«

»Ich habe eigentlich zu tun ... ach, was soll's.« Die Tür öffnete sich weiter und die Frau kam heraus. »Ich zeige es dir schnell.«

Es entging Léa nicht, wie schnell sie ob ihres Auftretens von einem erwachsenen, zu siezenden Gegenüber herabgestuft worden war. Sie stieg mit gesenktem Kopf die Treppe hinab. Als sie kurz über ihre Schulter blickte, sah sie eine Gestalt aus dem Zimmer huschen.

»Diese beiden Türen sowie die Metalltüren sind irrelevant. Der Rest ist bewohnt und dort kannst du gerne saubermachen«, erklärte die Frau ihr, als sie wieder im Untergeschoss waren.

»Sehr gerne, vielen Dank, Madame«, entgegnete Léa brav. Dann blickte sie ihr noch einen Moment ängstlich hinterher, als sie wieder die Treppe hinaufstieg. Avelian war bereits in einem anderen Zimmer verschwunden.

VIII

Tante Jeanette

Neben den verschiedenen Kursen, die zum festen Curriculum jedes Studienganges gehörten, gab es auch einige interdisziplinäre Veranstaltungen. Dazu gehörte die verpflichtende Einweisung in die *Cave* an der Computer Science-Fakultät. Die Cave war ein sogenannter Virtual Reality Cube – ein Raum, in dem 3D-Bilder auf Wände und Boden projiziert werden konnten. Der Starter-Kurs in dieser Einrichtung wurde alle zwei Wochen angeboten. Da Dana und Espérance keine vollkommen übereinstimmenden Stundenpläne hatten, besuchten sie diese Veranstaltung getrennt voneinander.

Dana fühlte sich ein wenig verloren, als ein bärtiger Tutor ihr und den weiteren Studenten die Grundlagen erklärte. Von außen sah die Cave einfach aus wie ein großer, schwarzer Kasten, der inmitten eines mit zahlreichen Bildschirmen ausgestatteten Experimentierraumes der Computer Science-Fakultät stand.

»Die Cave ist praktisch die erste wirkliche Einrichtung, die ein bisschen funktioniert wie ein Holodeck«, erklärte der Tutor. »Nur ohne Transporter, und man kann natürlich nichts anfassen.«

»Transporter?«, fragte Dana die Studentin neben sich. Cave-Einführungen waren fachübergreifend und so mischten sich hier Studierende der Informatik, Medizin, Kunst oder Biologie wild durcheinander.

»Du weißt, was ein Holodeck ist, oder?« Die dunkelhäutige Frau neben ihr trug eine Sweatjacke zu zerrissenen Jeans. Ihre schwarz-blauen Dreadlocks waren zusammengebunden und reichten bis fast zu den Ellenbogen. Auf ihrem T-Shirt war irgendeine Manga-Figur abgebildet.

»Klar«, antwortete Dana flüsternd. »Aber das hat doch nichts mit einem Transporter zu tun, oder?« Die beiden ernteten ein Räuspern des Tutors und verstummten, als er seine Einführung fortsetzte.

»Unsere gute, alte Cave ist mittlerweile in die Jahre gekommen. Ihr werdet sehen, dass die Erfahrung darin immer noch erstaunlich ist. Die Auflösung der Projektoren ist allerdings nur XGA und man nutzt stereographische Shutter-Brillen. Einige Räume weiter arbeiten wir bereits an dem nächsten VR-System, das ein wenig zeitgemäßer ist. Wir nennen es die Jurte.«

Mit einer seitlichen Kopfbewegung deutete er in die Richtung, in der sich diese neue Einrichtung wohl befinden sollte. Dann schwenkte er seine Hand mit einer dramatischen Geste vor den Eingang des schwarzen Würfels.

»Die gute Sache ist jedoch, dass sich die Cave für viele Arten von wissenschaftlichen Anwendungen noch ausgezeichnet eignet. Ich bin mir sicher, die meisten von euch teilen mein Interesse an den technischen Spezifikationen ohnehin nicht. Also schauen wir uns das gute Teil einmal von innen an.«

Etwas später entdeckte Dana ihre unbekannte Nachbarin aus der Einführung im Uni-Park unter einem Baum sitzend und ging auf sie zu.

»Du bist keine CS, oder?«, sagte diese nur, als sie Dana wiedererkannte.

»Medizin. Ich bin hier wegen der Visualisierungseinführungen«, antwortete Dana.

»Mhm«, war die knappe Antwort.

»Ich bin Dana Torme.«

»Alexis«, kam es wortkarg zurück.

Dana setzte ein gewinnendes Lächeln auf. Zu diesem Zeitpunkt lebte sie ihre *Dale-Carnegie*-Regeln inbrünstig.

»Was hat es nun mit diesem Transporter auf sich, Alexis?« setzte sie eine weitere davon in die Tat um. Sei eine gute Zuhörerin. Ermutige andere, über sich selbst zu sprechen. Nenne häufig ihre Namen.

Ihre einsilbige Gesprächspartnerin zog eine Augenbraue hoch. »Okay, du ziehst das mit dem Freunde finden also wirklich durch. Gut.« Eine kurze Pause, dann formte sie einen Würfel, oder eher einen Quader, vage zwischen ihren Händen.

»Das hier ist das Holodeck. Die Crew der Enterprise geht da rein und lässt ihre VR-Szenarios laufen. Der Raum ist aber nur …« – sie zeichnete mit ihren Händen noch einmal den virtuellen Quader in die Luft – »... so groß. Wenn sie sich mit klingonischen Monstern prügeln oder durch Sherlock Holmes' London spazieren, müssten sie doch irgendwann vor eine dieser Wände laufen. Oder?«

»Klar, eigentlich schon«, meinte Dana. »Ich dachte immer, das wäre so ein Science-Fiction-Ding, das man einfach ignorieren müsste …«

»Es gibt natürlich eine Reihe von Versuchen, das In-Universe zu erklären. Einer davon ist halt die Idee, dass man automatisch weggebeamt wird, wenn man sich einer Wand nähert, während die Holografie dynamisch angepasst wird.«

»Und wie geht das, wenn mehrere Personen da drin sind?«

»Na ja, wenn die als Gruppe unterwegs sind, werden sie gemeinsam durch den Transporter versetzt. Und wenn sie verteilt sind, befinden sie sich quasi in verschiedenen virtuellen Zellen.«

»Okay, das ist logisch. Auf eine schräge Art.«

Alexis pustete ein wenig Luft aus. »Ich sag' ja, du bist keine CS.«

Trotz dieser etwas mürrischen ersten Begegnung freundeten sich die beiden nach diesem Gespräch an. Sie trafen sich im Ratty, wann immer es ihre Stundenpläne zuließen, und Alexis entwickelte die Angewohnheit, Dana abends kurzfristig per Textnachricht zu einem Spaziergang abzuholen. Während sie durch die großzügigen

Parkanlagen der Brown spazierten, unterhielten sie sich über ihre Kindheit und Jugend und wie es sie an die Universität verschlagen hatte. Es stellte sich heraus, dass Alexis – ihr Nachname war Biggs – ebenso ein Fremdkörper in der Ivy League war wie Dana. Als schwarze, weibliche Computer Science-Stipendiatin war sie ebenfalls eine seltsame Abweichung im altmodisch geordneten Brown-Kosmos. Allerdings setzte sie auf Selbstschutz durch Arroganz anstatt auf Anpassung. Was, so sehr Dana ihren Mut und ihre Unabhängigkeit auch bewunderte, nicht gerade ein leichter Weg zu sein schien. Die beiden jungen Frauen fühlten sich verbunden, und es tat ihnen gut, unter der Ivy-League-Prominenz auch eine ganz normale Freundin zu haben, mit der man gelegentlich einfach ungezwungen Mittagessen konnte. Auch wenn Alexis das vermutlich niemals zugegeben hätte.

†

Als der Postdienst ihr den Umschlag mit dem klein vermerkten Absender *Permard Laboratories* aushändigte, ließ Dana diesen schnell in ihrer Umhängetasche verschwinden. Dann eilte sie die Treppe hinauf, schloss sich auf der Toilette ein und holte ihn vorsichtig wieder hervor. Sie schob das weiße Papier zweimal nervös in den Umschlag zurück, ehe sie schließlich angespannt die Augen schloss und den Brief blind entfaltete. Der Anbieter warb damit, zahlreiche Drogen sowie auch die Ausprägung des Alkoholkonsums gerichtlich verwertbar nachweisen zu können. Eigentlich richtete sich der Test an notorische Trinker, die durch ihre Zügellosigkeit ihren Führerschein verloren hatten. Doch der Nachweis funktionierte wohl auch mit den Haaren, die sie heimlich aus Espérances Bürste gestohlen und zurechtgeschnitten hatte, damit sich die Ergebnisse auf die letzten Wochen bezogen.

Langsam entfaltete sie das Papier und überflog den Text. Ihre Augen fanden sehr schnell die zentral angeordnete Zeile, in der in Fettschrift vermerkt war:

Ergebnis: Negativ

Dana las den begleitenden Text sorgfältig durch. Das Resultat bedeutete, dass bei Espérance keine Hinweise auf regelmäßigen Konsum von Alkohol vorlagen. Außerdem war nicht nachweisbar, dass sie in den letzten drei Monaten eine der durch den Test geprüften Drogenarten genommen hatte. Der Test umfasste Cannabis, Amphetamine und Methamphetamine, Kokain, Halluzinogene, Opioide sowie einige weitere Substanzen und auch Medikamente.

Klingt ziemlich umfassend, dachte Dana und blies nachdenklich prustend Luft aus. Dabei lehnte sie sich mit dem Rücken an den Spülkasten. Was bitte geschah denn dann mit Espérance, wenn sie keine Drogen nahm? Drogen waren die greifbare, bedrohliche und dennoch irgendwie bekannte Erklärung gewesen.

In den nächsten Tagen versuchte Dana sich einzureden, dass dies ja vermutlich bedeutete, dass alles in Ordnung war. Dass die beiden vielleicht einfach zu lange miteinander beschäftigt waren, sich bis spät in die Nacht über Gott und die Welt unterhielten. Besonders über Gott vermutlich.

Doch nach langen philosophischen oder spirituellen Gesprächen lag man eigentlich eher nicht komatös in seinem Bett. Ihr Bauch meldete sich, indem sich etwas in ihr kurz zusammenzog. Etwas stimmte einfach nicht. Und war es nicht ihre Pflicht als Freundin, auf Espérance aufzupassen? Sie war weit weg von ihrem Zuhause und hatte bisher immer einmal wieder etwas von sich gezeigt, das sich irgendwo in Danas Hinterkopf zu einem Puzzle zusammensetzen wollte. Noch wusste sie nicht, was es mit ihrer neuen Freundin und ihren Zuständen auf sich hatte, aber sie wollte es wissen. So war während des Grübelns langsam in ihr der Entschluss gereift, der Sache auf den Grund zu gehen.

Als Erstes versuchte sie es recht direkt. Bei einer unverfänglichen Gelegenheit sprach sie Espérance an und bemerkte, sie und Zack hätten ja vielleicht durchaus Lust, mal feiern zu gehen, ob sie nicht einmal zusammen gehen sollten.

»Ihr kennt euch doch mittlerweile gut hier aus«, wagte sie sich aus der Deckung.

»Du wärst überrascht, wie langweilig wir sind«, antwortete Espérance lächelnd. Sie ließ sich gerne auf ein erneutes gemeinsames Dinner ein, doch gab sie keinerlei Hinweis auf die gemeinsamen Abende mit Gabe. *Vielleicht ist es ihr auch peinlich, dass sie wie die Senioren nur über den lieben Gott reden,* versuchte Dana sich selbst zu versichern und mit ihrer Neugier zu vereinbaren. Doch dann wagte sie sich erneut etwas näher an ihre Intuition heran. Auch wenn sie selbst sich noch kaum erlaubte, sich so zu sehen – als angehende Ärztin hatte sie große Schwierigkeiten, sich von diesem Bauchgefühl steuern zu lassen. Ja, dieses manchmal in der Fachpresse und auch in der anderen zitierte Gehirn im Bauch aus mehreren hundert Millionen Nervenzellen war ihr suspekt. Nicht wirklich erforscht. Es steuere Denk- und Entscheidungsprozesse mit, so hatte sie gelesen. Allerdings war nicht bekannt, auf welche Weisen dieses Bauchgehirn für diese Prozesse genutzt wurde. Und sie wollte sich nicht auf eine Mischung aus vagen Hypothesen und Küchenpsychologie verlassen. Doch sie konnte ihre Sorgen und Gedanken auch nicht einfach vergessen. Das hatte sie schon zu lange versucht. Also ging sie mutig über zu Stufe Zwei. Küchenpsychologie hin oder her.

Stufe Zwei war für sie in diesem Fall Alexis – auch wenn es Dana nicht gefiel, sie um einen Gefallen zu bitten. Dazu kannten sie sich noch nicht gut genug und es war auch unklar, ob sie sich jemals würde revanchieren können. Außerdem fiel es ihr noch immer schwer, eine instrumentelle Perspektive auf ihr soziales Netzwerk einzunehmen. Während Menschen wie Zack und seine Freunde ohne Probleme Gefallen vergaben und empfingen, gab sie sich gerne dem Glauben hin, ihre Kontakte und Freundschaften seien allein auf Sympathie und Verbundenheit begründet. Um ihr Ziel zu erreichen, und auch um ihre Neugier zu befriedigen, überwand sie diese Einstellung.

Als Dana ihren Plan zur Sprache brachte, stellte Alexis erstaunlich wenige Fragen nach dem *Warum*. Sie hörte sich Danas Beschreibung der Situation an, machte ihr charakteristisches »Mhm« und wechselte sofort in den Ausführungsmodus.

»Am einfachsten wäre es, wenn du dir kurz Zugriff auf ihr Smartphone verschaffen könntest. Dazu besorgst du dir einen Fingerabdruck von ihr. Sie benutzt doch vermutlich ein modernes mit Fingerabdrucksensor?«

Der Plan sollte wie folgt weitergehen: Dana machte einen deutlichen Fingerabdruck von Espérance mit Spezialpulver sichtbar und schickte ein Foto davon an Alexis. Diese würde mit dem Fingerabdruck per 3D-Drucker einen künstlichen Finger erzeugen, den Dana dann verwenden konnte, um auf Espérances Smartphone in einem unbemerkten Moment eine Tracking-App zu installieren. Solange die beiden Zugriff auf das Telefon hatten, konnte Alexis sicherstellen, dass die App auf dem Homescreen verborgen war.

»Das ist eigentlich eine App für Teenies, bei der die Eltern ihre ungezogenen Sprösslinge natürlich darauf hinweisen sollen, dass sie diese einsetzen. Aber wer liest schon das Kleingedruckte?«

»Wow, du hast ja ganz schön schnell eine Lösung parat für mein Problem«, meinte Dana leicht verunsichert. Alexis zwinkerte ihr zu.

»Sagen wir es mal so: Ich hatte auch schon mal einen Grund, jemanden zu tracken. Damals lief das noch ein wenig anders, aber seitdem halte ich mich auf dem Laufenden.«

»Damals? Wie lange ist das denn bitte her?« Dana war nicht einmal bewusst gewesen, dass es für Handyortung ein *Damals* gab.

»Vier Jahre. Eine halbe Ewigkeit in der Tech-Welt.«

»Wie alt warst du denn bitte *damals*?«

»Fünfzehn«, war die ungerührte Antwort. »Und jetzt leg bitte los und besorge mir einen Fingerabdruck deiner Partymaus. Das geht am besten, wenn ihr Fingerfood esst und sie dabei aus einem Glas trinkt. Ich schicke dir einen Link, wo du das Pulver bestellen kannst.«

Dana nickte und atmete einmal tief durch. Sie war viel aufgeregter, als sie es zu diesem Zeitpunkt eigentlich sein durfte. Offensichtlich hatte sie stark überschätzt, wie schwierig es war, Alexis' Hilfe zu bekommen – und gleichzeitig auch, wie bereit sie für eine solche Aktion eigentlich war.

✝

Mittlerweile war das erste Semester mehr als zur Hälfte verstrichen und die jungen Medizinstudenten an der Brown hatten sich in neue Routinen eingelebt. Brown war wie jede private amerikanische Universität nicht nur eine Bildungseinrichtung, sondern ein eigenes Ökosystem. Die Studierenden lernten, schliefen, aßen und lebten im Schatten der Eschen und der historischen Backsteingebäude, die da und dort von moderner Glasarchitektur unterbrochen wurden. Das soziale Leben war so eng gestaltet, dass es kaum Kontakte in die Außenwelt gab. Situationen, in denen man nicht in eine Gruppe eingebunden war, kamen nur sehr selten vor. Zwar gab es introvertierte Studierende, die sich ein wenig isolierten. Doch es war gar nicht so einfach, allein mit jemandem aus dem eigenen Studiengang zu essen, wie Dana erfahren musste.

Um der Ausführung ihres Plans näherzukommen, setzte sie daher aufs Kino. Das war eine gute Gelegenheit, Zeit zu zweit zu verbringen und entweder davor oder danach eine Kleinigkeit zu sich zu nehmen. Rund um das Kino in Blackstone gab es etliche Bars und Cafés, in denen man Fingerfood bekam. Dana musste nur vermeiden, dass sie erst im Kino auf die Idee kämen, etwas zu essen. Dort würde es sicherlich Getränke nur in übergroßen Pappbechern geben.

Espérance ließ sich dazu breitschlagen, sich einen Thriller anzuschauen. Der Film handelte von einer Frau, die ein dunkles Geheimnis in ihrer Familie entdeckte, und die dann in eine internationale Verschwörung hineingezogen wurde.

»Ich finde es nicht spannend, wenn dauernd gerannt und geschossen wird«, sagte Espérance zu dem Vorschlag. »Aber das klingt ganz nett. Ich bin dabei.«

Dana sah sich normalerweise lieber romantische Komödien an oder die aktuellen Blockbuster. Doch sie hatte sich gedacht, dass dies nicht Espérances Geschmack treffen würde, und freute sich heimlich über ihren Treffer.

Die beiden verließen am frühen Abend das Campusgelände. Danas Plan ging insoweit auf, als dass sie ihre Freundin ohne größere Schwierigkeiten bewegen konnte, in einer der Bars noch etwas zu essen. Das Essen dort war typisch amerikanisch, ohne regionalen Einschlag – ausreichend fett und Fingerfood-lastig, also perfekt für ihre geheime Agenda.

Schwieriger wurde es hingegen es zu arrangieren, dass Espérance auch etwas aß. Sie wies eine Einladung höflich zurück, machte aber auch keine Anstalten sich selbst mehr als ein Ginger-Ale zu bestellen. Also fuhr Dana schwere Geschütze auf und bestellte die gemischten Starter, in der Hoffnung, Espérance etwas anbieten zu können, weil sie es selbst nicht schaffte. Die Französin aß jedoch nur sehr vorsichtig einige Potato-Wedges mit einer Gabel, nachdem Dana mehrmals versichert hatte, dass sie die Portion niemals schaffen würde. Dazu nippte sie an ihrem Ginger-Ale und machte auch keine Anstalten, zur Toilette zu gehen.

Sie beobachtete Espérance dabei, wie diese die letzte Kartoffelspalte zum Mund führte. Offensichtlich lag etwas in Danas Blick, denn die Französin hob sie Augenbrauen und schaute sie fragend an, während sie kaute. Dana winkte ab.

»Ich hab' mich nur gefragt, ob wir loswollen? Ich hab' noch keine Karten geholt und will nicht in der ersten Reihe landen.«

Nachdem ihr Fingerfood-Plan sich als Fehlschlag erwiesen hatte, musste Dana sich etwas Neues überlegen. Sie befürchtete, dass die nächste künstlich herbeigeführte Gelegenheit Espérance misstrauisch machen oder ihr anderweitig unangenehm zu nahe kommen könnte. Also hielt sie im gemeinsamen Alltag die Augen offen nach Gelegenheiten, bei denen sie vielleicht unauffällig an Fingerabdrücke kommen konnte. Nachdem sie Spiegel, Schranktür und Notebook aufgrund von mangelnder Qualität der Abdrücke verworfen hatte, fiel ihr ein Gegenstand auf, der vielleicht die Lösung sein konnte. Sie hatte beobachtet, dass Espérance häufig eine gläserne Wasserflasche mit sich führte, die sie für die Tage an der Uni regelmäßig nachfüllte. Die Flasche war meistens sehr sauber, so dass ein geeigneter Fingerabdruck vermutlich nicht von allein entstehen würde. Doch wenn es mit Essen nicht funktionierte, half vielleicht eine andere fettige Substanz.

Als die beiden abends lernten, beobachtete Dana den Füllstand der Wasserflasche genau. Sie fasste ungefähr einen Dreiviertelliter. Die meisten Menschen mussten, so hatte Dana durch Recherche herausgefunden, nach rund einem halben Liter zur Toilette. Also wartete sie, bis die Flasche zu rund zwei Dritteln geleert war, und nahm ihre kleine Tube mit Handcreme.

»Oh, Mist«, meinte sie dann. »Ich hab' viel zu viel erwischt. Brauchst du gerade etwas Creme?«

Sie hielt lächelnd ihre weiß verschmierten, duftenden Finger hoch und näherte sich Espérances Schreibtisch. Zwar zögerte sie einen Moment, doch streckte sie dann ihre Hände aus.

Als Espérance sich rund fünfzehn Minuten später entschuldigte, befürchtete Dana zuerst, dass die Creme nicht ausgereicht hatte. Die Flasche sah immer noch sehr sauber aus. Doch eine kleine Dosis des Pulvers, das sie bestellt hatte, brachte eine Reihe auf den zweiten Blick gut sichtbarer Abdrücke ans Tageslicht, die Dana leicht hektisch mit ihrem Smartphone fotografierte. Als sie gerade mit einem Taschentuch über die Flasche wischte, öffnete sich die Badezimmertür und Espérance blickte sie fragend an.

»Deine Flasche stand so nah am Rand, da wollte ich sie wegstellen«, erklärte Dana ihre hektisch zurechtgelegte Lügengeschichte. »Und dann habe ich sie mit meinen Cremefingern versaut. Ich mache sie gerade sauber.«

Wie glaubwürdig diese Ausflucht auch immer sein mochte – für den Moment reichte sie. Eine Stunde später schickte Dana ihre Spionagefotos an Alexis.

Noch in derselben Nacht kam als Antwort ein Daumen-hoch-Emoji und das Bild eines seltsamen Achtziger-Jahre-Nerds mit einem glitzernden Metallschriftzug unten im Bild. *Hackerman*, verkündeten die blinkenden Buchstaben. Sie wurden begleitet von einer Textnachricht: *Alles okay, gib mir zwei Tage, dann liefere ich dir das gute Stück.*

Dana gab sich in dieser Zeit große Mühe, unauffällig zu sein, indem sie keine seltsamen Dinge tat, wie Espérance Chicken-Wings oder Handcreme aufzudrängen. Stattdessen arbeiteten sie ihre Kurse ab, lernten teils gemeinsam, teils in getrennten Gruppen, und trafen sich meist kurz zu Mittag- oder Abendessen. Sie kannten sich nach den letzten Wochen gut genug, um einige Geschichten über die Familie und die Heimatstadt der anderen zu wissen. Doch auch wenn Espérance sich offen zeigte und Dana mittlerweile die Namen aller ihrer Geschwister kannte – zumindest die Rufnamen: Mahault, Nazaire und Avelian – erzählte sie wenig über ihre Familie an sich. Dana wusste, dass die Familie reich und in Frankreich auch einflussreich war, doch sie hatte keine genaue Vorstellung vom Ausmaß dieses Reichtums. Bei den bisher drei Gelegenheiten, an denen Espérance ein Care-Paket aus Frankreich bekommen hatte, dem mit besten Grüßen an Dana ein französisches Designerkleid oder ein Schmuckstück für die Zimmergenossin beilag, hatte sie schon einen gewissen Eindruck bekommen. Vielleicht nicht Bill-Gates-reich, aber vermutlich auch nicht nur gerade eben so Millionäre.

Neugier war eine der hervorstechenden Eigenschaften von Dana Torme. Auch wenn sie sich dafür schämte, liebte sie Klatsch, Tratsch und kleine Geheimnisse, ganz wie ihre Tante Jeanette dies getan hatte. Und Jeanette war als Informationsumschlagplatz innerhalb der Familie bekannt, gefürchtet und beliebt. Dana hatte sich längst eingestanden, in die Fußstapfen der erfahrenen Familien-Miss-Marple getreten zu sein. Sie hatten nicht nur zusammen so ziemlich jede Krimiserie angesehen und hierbei zahllose Fälle bereits vor den ermittelnden TV-Detectives gelöst. Es waren Jeanette und Dana Torme gewesen, die den Einbruch bei Frank Fortin nicht nur bemerkt, sondern auch durch ihre Beobachtungen zur Ergreifung der Täter beigetragen hatten. So hätte sich niemand, der Dana gut kannte, über die kleine Indiskretion gewundert, die sie sich nicht verbieten konnte, als sie schließlich mit Alexis' künstlichem Daumen die Kontrolle über das Smartphone ihrer Zimmergenossin übernahm.

Espérance war gerade in der Bibliothek. Auch wenn sie wie viele Studierende die Angewohnheit hatte, ihr Smartphone auf Schritt und Tritt mit sich zu führen, hatte sie es an diesem Tag zum Laden in ihrem Zimmer gelassen. Dana, die auf dem Bett gesessen und Stoff in einem Anatomiebuch wiederholt hatte, sah die Gelegenheit für sich. Sie drehte den Zimmerschlüssel von innen einmal um und ließ ihn auf 45 Grad stecken. Auf diese Weise war die Tür verriegelt und ließ sich von außen nicht aufschließen. Das war im Zweifel zwar auffällig, doch lieber dachte sie sich dafür eine Lüge aus, als Espérance erklären zu müssen, warum sie gerade seelenruhig durch ihr Handy navigierte.

Als die Tür gesichert war, holte sie den ausgedruckten Daumen aus dem Versteck und quetschte das blassrosa Gummiding einmal kurz. Er sah keineswegs echt aus, verfügte jedoch über sorgfältig gezeichnete Fingerlinien, die hoffentlich ihren Zweck erfüllen sollten. Am Smartphone angekommen zögerte sie einen Moment, legte dann den gefälschten Finger auf den runden Sensor und übte leichten Druck aus. Das Display wurde hell und sofort war der Homescreen zu sehen. Dana flüsterte leise »Wow« und legte den Gummifinger beiseite.

Schnell orientierte sie sich auf dem Gerät und wollte nach dem App Store suchen, als ihr die große Zahl von Nachrichten auffiel, die über der Messenger-App prangte.

Ihr Finger ruhte einen Moment über dem App-Store-Symbol und glitt dann wie von allein auf die Nachrichten.

Ganz oben stand ein Kontakt mit dem Namen *Avèl*. Vermutlich ihr Bruder Avelian? Die meisten der ungelesenen Nachrichten stammten von ihm. Dana blickte erst einmal auf den neuesten Text, der direkt in der App zu lesen war, und mühte sich für einen Moment mit der Übersetzung ab.

Ich weiß, dass Du mir nicht antworten wirst, Es. Aber ich will doch nur …

Mehr war in der Vorschau nicht zu sehen. Dana zögerte. Ein Geräusch auf dem Flur entlockte ihr ein panisches Einatmen und sie wechselte erst einmal in den App Store und suchte nach *Stealthtrack GPS*, wie Alexis ihr es erklärt hatte. Ihr Blick klebte dabei auf der Klinke und in ihrem Kopf ging sie die dummen und weniger dummen Ausreden durch, mit denen sie ihrer Zimmergenossin erklären wollte, warum sie in ihrer Abwesenheit die Tür verriegelt hatte.

Doch zu ihrer Beruhigung rappelte die Klinke nicht wütend, sondern auf dem Flur wurde es wieder ruhig. Es musste jemand anderes gewesen sein, der auf seinem Weg zum Badezimmer Dana diesen Schreck verursacht hatte.

Der Ladebalken der App füllte sich und Dana tippte hastig auf das Symbol, als es sichtbar wurde. Es zeigte eine stilisierte Karte und im Hintergrund ein Fadenkreuz. Ganz schön martialisch für eine App zum Teenies tracken, dachte Dana. Sie folgte Alexis' Anweisungen und gab die E-Mail-Adresse ein, die ihre Freundin ihr genannt hatte:

spacepirate@dizzly.net.

Der Anmeldebildschirm verlangte einen Sicherheitscode und praktisch sofort vibrierte ihr eigenes Handy auf dem Tisch. Alexis hatte ihr kommentarlos eine achtstellige Zahlenkombination geschickt, die sie in Stealthtrack eingab.

Bin drin, schrieb Alexis. Leg es zurück und sorg dafür, dass ich fünf Minuten habe. Dann ist alles fertig.

Dana warf einen verstohlenen Blick zur Tür, dann wollte sie das Telefon zurücklegen. Im letzten Moment blieb ihr Blick noch einmal an der Nachrichten-App hängen. Sie biss sich auf die Lippe, schloss für einen Moment die Augen. Dann tippte sie auf das Messenger-Symbol.

Es gab eine ganze Reihe von Nachrichten von Avèl. Der gesamte Text wurde auf der linken Seite des Bildschirms angezeigt. Sie antwortet ihm nicht, dachte Dana. Schnell überflog sie die zahlreichen kürzeren und längeren Botschaften. Die letzte Nachricht war ungefähr vier Wochen alt.

Soweit Dana dies verstehen konnte, entschuldigte er sich dafür, dass er ihr auf die Nerven gegangen war. Er schrieb davon, dass er doch nur mit irgendjemandem reden wollte wegen des Schwachsinns, der gerade bei ihm passierte. Er erwähnte auch eine Medizin, die er wohl eigenmächtig abgesetzt hatte.

»Medizin«, murmelte Dana leise für sich. Vielleicht Psychopharmaka? Der Typ klang irgendwie ein bisschen irre. Möglicherweise war es keine so gute Idee, wenn er seine Pillen absetzte. Erneut scrollte sie nach oben, um die weiteren Nachrichten zu lesen. Das Mittel sorgte wohl dafür, dass sich sein Kopf wie Watte anfühlte. Seitdem er sie nicht mehr nahm, war er laut eigener Aussage ganz klar. Oder was er dafür hielt, ergänzte Dana in Gedanken.

Sie las gerade eine Nachricht aus dem September über eine anstehende, große Feier im Haus, als draußen auf dem Flur Schritte zu hören waren. Es waren die Schuhe einer Frau – die gut hörbaren Absätze ließen keinen Zweifel daran. Einen Satz konnte Dana noch mühelos lesen, ehe sie die Nachrichten-App wegdrückte: *You & Me against the world – Avèl*

Dana ließ schnell den rosa Gummidaumen verschwinden und legte dann hastig das Telefon ihrer Freundin zurück auf den Tisch. Im nächsten Moment erinnerte sie sich, dass es ja an einer anderen Stelle gelegen hatte. Sie wischte das Display kurz über ihre Hose und drapierte es so gut wie möglich wieder an den Ort, an dem Espérance es zurückgelassen hatte. Dann ging sie zur Tür, schloss diese auf und nahm wieder ihr Anatomiebuch zur Hand.

†

In den nächsten zwei Tagen prüften Dana und Alexis die Funktionsfähigkeit der geheimen App, die sie Espérance untergemogelt hatten. Alexis hatte die Zugangsdaten mit ihr geteilt, und über ein zweites Programm konnten sie sich nun jederzeit den Aufenthaltsort des Telefons auf einer Online-Karte anzeigen lassen. Zumindest auf dem Campus funktionierte das hervorragend. Alexis hatte sie jedoch eingeweiht, dass der Empfang abseits von drahtlosen Netzwerken deutlich schlechter sein konnte.

»Es kann ungenau werden oder wir verlieren sie ganz. Das ist kein Wundermittel, nur ganz normales GPS mit ein wenig GSM-Ortung und Netzwerk-Triangulation.«

Irgendwie schaffte Dana es, die nächsten Tage zu überstehen, ohne dass sie durch irgendeine Dummheit dafür sorgte, dass Espérance Verdacht schöpfte. Sie hatte vor dem Start der Überwachungsaktion aufgeschnappt, dass Gabriel sich für Samstag mit Espérance verabredet hatte, und so fragte sie irgendwann beiläufig, ob Espérance denn Pläne für's Wochenende habe.

»Ich treffe mich mit Gabriel«, antwortete diese. »Nichts Besonderes.«

Das werden wir ja sehen, flüsterte eine kleine, neugierige Stimme in Dana. Aber sie antwortete: »Ach ja. Mal sehen, vielleicht gehe ich mit Zack ins Kino.«

»Schon wieder Kino? Du bist ja ein echter Filmfreak.« Espérance lachte. Dana lachte auch und hoffte, dass es nicht gekünstelt wirkte.

Es gab ein paar Schwachstellen in ihrem Plan: Sie konnte Zack nicht einweihen und wusste nicht, wie eng er sich mit Gabe austauschte. Falls also auf Umwegen klar wurde, dass es doch keinen gemütlichen Kinoabend gegeben hatte, konnte sie in Erklärungsnot geraten. Aber jeder Versuch, dieser Gefahr aktiv entgegenzuwirken, hätte eine neue Bruchstelle erzeugt. Also versuchte sie die Gefahr einfach auszuhalten.

Dana wusste nicht, ob Alexis einfach nur nichts vorhatte oder ob es ihr sehr viel Spaß machte, Spionagehackerin zu spielen. Jedenfalls hatte sie sich für Samstag angekündigt – rein virtuell – und Dana mit einem kabellosen Headset versorgt, mit dem sie in Kontakt bleiben konnten.

»Ich gebe hier den Operator«, meinte sie grinsend. »Und du schlägst dich rum mit dem Scheiß in diesem Kaninchenbau.«

Espérance verabschiedete sich um sieben Uhr, während Dana sich vorgeblich für das Kino schminkte. Die Französin war schick, jedoch nicht auffällig schick angezogen, und hatte nur eine kleine Handtasche dabei. In ihrem schwarzen Kleid im Empire-Stil würde sie von Restaurant bis Club vermutlich überall reinkommen, wenn es keinen vollkommen speziellen Dresscode gab.

Fünf Minuten nachdem Espérance weg war, steckte Dana sich das Headset ins Ohr und rief Alexis an.

»Die Taube hat das Nest verlassen«, meldete sich Alexis. »Nehmen sie die Verfolgung auf, Waschbär.«

»Waschbär?«

»Dein Codename ist Waschbär. Ich bin Burrito. Burrito an Waschbär, bitte kommen.«

»Das hier ist doch kein Funkgerät«, murrte Dana.

»Burrito an Waschbär, bitte kommen«, insistierte Alexis.

Dana steckte kopfschüttelnd ihr Handy ein, nahm ihre Umhängetasche und machte sich auf den Weg, während Alexis sie in pseudomilitärischer Funksprache über Espérances Bewegungen auf dem Laufenden hielt.

Die beiden hatten erwartet, dass Gabriel mit dem Auto kommen würde. Daher hatte Dana sich ein kleines Mietauto über eine App reserviert und steuerte nun als Erstes auf den Parkplatz des auffällig grün lackierten Gefährts zu. Damit würde sie kein Rennen gewinnen, aber hoffentlich hatte Gabriel es auch nicht so eilig, dass dies zum Problem werden würde.

Knapp dreißig Minuten später verließ Dana auf Anweisung von Alexis die Interstate 95 und lenkte ihren Mietwagen Richtung Attleboro. Sie befanden sich noch in der Metropolregion Providence, so dass Alexis keine Schwierigkeiten gehabt hatte, Espérance zu verfolgen. In Attleboro steuerten Gabriel und Espérance in Richtung Dodgeville, was Alexis ihr weiterhin durch abenteuerliche Funksprüche im Headset übermittelte. Irgendwann forderte sie Dana hektisch dazu auf, rechts heranzufahren, da sich das Zielobjekt schon zu lange nicht bewegt hatte. Die nächsten Bewegungen waren sehr langsam. Vermutlich hatte Espérance den Wagen verlassen und ging jetzt zu Fuß.

»Was gibt es hier denn in der Nähe?« fragte Dana, nachdem sie einen Parkplatz gefunden hatte. Die Gegend, in der sie sich befand, sah nach einem reinen Wohnviertel aus. Hier gab es bestenfalls ein Familienrestaurant, aber sicher keinen geheimen Club oder so.

»Nur eine Wäscherei und ein Diner zwei Straßen weiter. Zwei Elektriker und einen Dachdecker. Und eine Kirche.« Alexis klang fast genervt vor Langeweile.

Dana hatte nun die Tracking-App selbst aufgerufen und verfolgte den roten Punkt auf der Karte. Er bewegte sich ruckartig und sprang dann und wann von der einen zur anderen Straßenseite, doch sah er insgesamt recht präzise aus.

»Ich geh' raus«, meinte sie und zog auf der Straße die Kapuze über. Das war zwar alles andere als eine sichere Verkleidung, doch hatte sie vor, weiterhin einen guten Abstand zu halten. Nur per Karte auf dem Handy würde sie nichts herausfinden und sie war bereits zu weit gegangen, um jetzt einfach aufzugeben.

Dana eilte um zwei Häuserecken und blickte dann vorsichtig in die nächste, breitere Straße. Schöne, helle Häuser dominierten die Gegend, Bungalows mit Spitzdächern neben zweigeschossigen Familienhäusern mit Säulen und Veranden. Die Straßen waren breit und in gutem Zustand, ebenso wie die Gartenzäune und Hecken. Ein amerikanischer Traum in Holz, Putz und Backstein.

»Sie ist weg«, zischte es aus ihrem Headset.

»Weg? Was soll das heißen?«

»Wir haben den Kontakt verloren, ungefähr 150 Meter die Straße rauf. Ich logge mich kurz neu ein.«

Doch es war zwecklos. Sie bekamen kein Signal mehr, als wäre Espérance vom Erdboden verschluckt worden.

»Wo haben wir sie verloren?« meinte Dana.

»Direkt vor diesem großen Gebäude vor dir.« Auf Danas Display blinkte ein roter Kreis um ein Rechteck auf der Karte. Sie runzelte die Stirn und blickte von ihrem Telefon auf, da sie nicht sicher war, ob sie es richtig ausgerichtet hatte. Doch sie schien geradewegs auf das Gebäude zu blicken, in dem das Signal verschwunden war.

»Das … ist die Kirche«, sagte sie langsam.

IX

Almagro

Der Geländewagen schob sich mit deutlichen Vibrationen den Hügel hinauf. Die Luft war kühl, aber nicht kalt – typisch für den Frühling im Rosariotal. Florencia blickte auf ihre Armbanduhr. Es war halb fünf – nicht mehr genug Zeit, um den nächsten Weinberg vor Einbruch der Dämmerung zu erreichen. Aber eigentlich auch noch zu früh, um nach Hause zu fahren. Der Himmel hinter den Küstenbergen färbte sich gerade rötlich, und eine feuchte und kühle Nacht kündigte sich an. Sie würde auf jeden Fall noch einmal das Klima im Keller überprüfen müssen, dachte Florencia für sich. Als sie auf einen der breiten Geländepfade einbog, die die unterschiedlichen Berge und Hügel des Weinguts miteinander verbanden, meldete sich ihr Funkgerät.

»Samy hier, bitte kommen«, knackte es aus der Leitung. Sie nahm das Mikrofon in die linke Hand und betätigte den Sprechknopf.

»Hier ist Flora, was gibt es?«

Ein kurzes Knacken, dann ächzten die Stoßdämpfer in einem großen Schlagloch, ehe Samy wieder zu hören war.

»Hier sind vier Fremde in der Nähe der Landstraße. Europäer oder Amerikaner dem Anschein nach. Vielleicht Trekkingreisende. Sie winken mir zu. Sieht so aus, als sei einer von ihnen verletzt.«

Ein weiteres Knacken kündigte einen neuen Teilnehmer der Konversation an. Mit seiner typischen tiefen Stimme meldete sich Carlos Benmayor, das Oberhaupt des Weinguts Almagro, zu Wort.

»Wer geht denn hier auf Trekkingtour?«

»Keine Ahnung, Boss«, kam Samys Antwort.

Florencia gab per Funk durch, dass sie nicht weit entfernt war und kurz vorbeifahren würde. Es gab eigentlich keinen Grund, hier eine unangenehme Begegnung zu befürchten. Samy war bestimmt überfordert, da er im Gegensatz zu Flora praktisch kein Englisch sprach. Viele Touristen konnten zwar einen Wein bestellen auf Spanisch, aber die wenigsten konnten sich vernünftig im chilenischen Dialekt verständigen.

»Alles klar«, bestätigte Carlos. »Meld dich, wenn du etwas brauchst, Flora.«

Als sie die Kreuzung zur Landstraße erreichte, war Samy gerade damit beschäftigt, sich mit Händen und Füßen mit der Reisegruppe zu verständigen. Er hatte sich seinen Pork-Pie-Hut in den Nacken geschoben und lächelte erleichtert, als er den braunen Jeep sah. Sofort deutete er in Floras Richtung und vier Augenpaare hefteten sich auf sie.

Die Fremden sahen in der Tat wie Touristen aus. Die Gruppe bestand aus drei Männern und einer Frau, alle waren ungefähr Mitte 20. Sie trugen leicht abgenutzte, hochwertige Outdoorbekleidung und hatten mittelgroße Rucksäcke bei sich. Drei von ihnen waren mit ihrer hellen Haut und den hellen Haaren eine recht auffällige Erscheinung in diesem Teil Chiles, nur einer der Männer wäre theoretisch auch als Einheimischer durchgegangen.

»Gut, dass du da bist, Flora«, begrüßte Samy sie sichtlich erleichtert. »Ich verstehe nicht wirklich, was sie von uns wollen.« Er tippte sich an den Hut, blickte in Richtung der Fremden und deutete dann auf Flora. »Boss«, sagte er lächelnd und machte klar, dass er aus der Sache raus war.

»Guten Tag zusammen«, begrüßte Florencia die Vier in geübtem Englisch. »Mein Name ist Florencia Benmayor und ich leite mit meinem Vater das Weingut hier. Wie kann ich ihnen helfen?«

»Oh, tut das gut jemanden zu verstehen!« polterte einer der Männer erleichtert und lächelte sie offenherzig an. Er hatte gepflegte, halblange Haare, einen Dreitagebart, und hellgrüne Augen. Für Floras Blick sah er auf eine exotische Art attraktiv aus.

»Ich bin Jake, Jake Huntley. Das hier sind Sophia, Ethan und Danny.« Er schloss seine Begleiter mit einer Handbewegung ein. »Wir sind hier im Tal, um zu wandern und waren in einen … Zwischenfall verwickelt.« Er machte eine kurze Pause und blickte in Richtung des jungen Mannes, den er gerade als Ethan vorgestellt hatte. Dieser grinste ein wenig schief und zuckte entschuldigend mit den Schultern.

»Was für ein Zwischenfall?« hakte Flora sofort nach. Sie taxierte Ethan kurz, um seine Beschwichtigungsgeste einordnen zu können. Er war größer und kräftiger – sportlicher – als sein Freund Jake und wirkte wie jemand, der sich häufiger mit einem Lächeln und Schulterzucken aus unangenehmen Situationen manövrierte. Seine Augen hatten etwas Spitzbübisches. Um seinen linken Unterschenkel waren vier kräftige Äste gebunden – scheinbar eine improvisierte Schiene. Ehe Ethan selbst etwas sagen konnte, schnitt Jake ihm das Wort ab.

»Ethan war heute in eine Schlägerei verwickelt.« Jake hob sofort entschuldigend die Hände, als er Floras kritisch hochgezogene Augenbraue bemerkte. »Es war nicht unsere Schuld, wirklich.«

»Das ist wahr«, bestätigte die als Sophia vorgestellte Frau und schaute Flora direkt an. »Er wollte mir helfen.«

Jake und Sophia berichteten, dass sie seit ein paar Tagen im Valle de San Antonio auf Wandertour waren. Sie hatten sich absichtlich diese Saison ausgewählt, weil das Wetter noch kühler und deutlich weniger Touristen unterwegs waren. Heute Mittag hatten sie an einem der Wanderwege eine Pause gemacht. Ihr nächstes Ziel war eigentlich das Matetic-Weingut, wo sie für einige Tage übernachten wollten.

Flora kannte Matetic sehr gut – das benachbarte Gut hatte sich stark auf den zunehmenden Weintourismus in der Region eingestellt und verfügte über eine Reihe von Gästezimmern. Ihr Vater meinte, dass daher der Wein bei ihnen zu kurz kam – was er bestätigt sah, wann immer ein Einkäufer von Matetic die eigenen Vorräte in Almagro auffüllte. Aber dadurch waren sie eben auch gute Kunden.

Jedenfalls war Sophia wohl bei dieser Rast austreten gewesen und hatte sich etwas weiter entfernt. Ohne bei der Beschreibung ins Detail zu gehen, berichtete sie, wie sie in einer sehr intimen Situation plötzlich von drei Männern umgeben gewesen war, die offensichtlich keine Anstalten machten zu verschwinden.

Sie hatte heimlich die erste Nummer auf ihrem Handy gewählt und Ethan erreicht, der einigermaßen schnell begriff, was los war und ihr in die Richtung folgte, in die sie sich entfernt hatte.

»Er kam gerade rechtzeitig, um möglicherweise Schlimmeres zu verhindern.« Sophia blickte Flora mit großen Augen an, die zu sagen schienen: Du weißt doch sicher, was ich meine. Flora nickte und taxierte Ethan noch einmal, anerkennend diesmal. Er grinste freundlich.

»Na ja, jedenfalls habe ich mir dabei den Fuß verletzt und bin jetzt eine lahme Ente. Daher habe ich die Gruppe aufgehalten und wir schaffen es heute nicht weiter.«

Flora bedankte sich für die Erklärung und berichtete Samy kurz auf Spanisch von der Situation. Er blickte mit großen Augen zuerst zu Sophia, dann zu Ethan.

»Ich kann sie nach Matetic fahren, Señorita«, meinte er dann zu Flora. »Wir müssen nur den Bus holen, aber das mache ich schon.«

Flora schüttelte den Kopf. »Hin und zurück sind es bestimmt drei Stunden mit dem Bus, Samy. Wir lassen sie heute bei uns übernachten und du kannst sie morgen fahren.«

An die Touristen gerichtet sagte sie wieder auf Englisch: »Es tut mir leid, dass sie eine so unangenehme Erfahrung gemacht haben. Ich möchte sie gerne als Zeichen chilenischer Gastfreundschaft einladen, heute bei uns zu übernachten. Natürlich nur, wenn sie das wünschen.«

Die vier Fremden waren sehr dankbar und verteilten sich auf Samys und Floras Geländewagen. Samy hatte ein paar Wasserflaschen auf der Rückbank liegen und bot allen etwas davon an. Unterwegs informierte Flora per Funk ihren Vater. Carlos war kurz angebunden, was sie nicht wunderte. Almagro war vor allem auch deswegen kein touristisch erschlossenes Weingut, weil Carlos Benmayor keine Fremden schätzte. Doch er vertraute dem Urteil seiner Tochter und stimmte zu, als sie ihm kurz versicherte, dass die Gruppe in einer Notsituation war.

Die beiden Wagen schoben sich über die schmalen Straßenpfade zwischen den Almagro-Weinbergen. Überall um das Rosariotal erhoben sich die Gipfel des großen Küstengebirgszugs, der dem Hochland der Anden vorgelagert war. Der Himmel war an diesem Abend von Wolkenfahnen durchzogen, wodurch das Gebiet in ein dunkelrotes Licht getaucht wurde. Flora hörte Sophia hinter sich beeindruckt flüstern und lächelte.

»Wunderschön, nicht wahr?« fragte sie an ihre beiden Mitfahrer gewandt. »An solchen Abenden bin ich sehr dankbar, hier leben zu dürfen.«

»Sie haben hier wirklich ein außergewöhnliches Stück Land«, meinte Ethan anerkennend. »Gehört es ihrer Familie?«

»Wir verwalten es nur. So reich sind wir leider nicht, aber ich fühle mich Almagro sehr verbunden.«

»Was ist das dort für ein Gebäude?« fragte Sophia und deutete nach links einen Hügel hinauf. Dort erhob sich rund fünfzig Meter entfernt ein imposantes Herrenhaus im Kolonialstil, das jedoch dunkel und verlassen aussah. Die großen Fenster waren vernagelt, die Veranda wirkte brüchig und das ehemals weiß angestrichene Holz war schon lange nur noch grau oder schwarz. An beiden Seiten des Hauses hatte sich die Natur zurückgeholt, was ihr zustand – dichte grüne Ranken hüllten die Wände ein.

»Das ist das alte Haus der Familie Almagro«, erklärte Flora. »Es steht schon seit mehr als siebzig Jahren leer. Man sollte es irgendwann einmal abreißen lassen, doch bis jetzt wollte sich niemand dieser Aufgabe annehmen.«

Wenige Minuten später erreichte die kleine Wagenkolonne den modernen Almagro-Hof. Drei große Gebäude im Ranchstil standen um einen Garten in der Mitte, der wild und dennoch gepflegt aussah. Auf der linken Seite erhob sich eine Scheune, vor der mehrere unterschiedliche Fahrzeuge geparkt waren. Eine kleine Gruppe von Menschen stand vor einer rauchenden Feuerstelle und wandte sich winkend den beiden ankommenden Fahrzeugen zu.

Neben Carlos und Florencia Benmayor lebten zwei weitere Familien das ganze Jahr über auf Almagro und teilten sich zwei der drei Hauptgebäude. Das dritte und größte Gebäude stand im Winter größtenteils leer und beherbergte in der bald anstehenden Hauptsaison manchmal Wanderarbeiter. Nur dann und wann engagierten die Benmayors Arbeiter als Unterstützung für das Rigolen, das Umgraben neuer Flächen für die kommende Saison. Aktuell stand diese Arbeit nicht in einem Umfang an, den Carlos und die Männer nicht allein hätten bewältigen können.

Als Flora und Samy die Wagen geparkt hatten, bat sie die überraschenden Gäste kurz zu warten und ging auf ihren Vater zu. Carlos Benmayor war ein Baum von einem Mann und wurde nicht umsonst von seinen Angestellten manchmal »Bud« genannt – er war genauso groß, kräftig und bärtig wie Bud Spencer in seinen besten Jahren. Samy behauptete, mehr als einmal beobachtet zu haben, dass er auch genauso zulangen konnte.

»Papá, bitte entschuldige die Überraschung«, sagte Flora lächelnd und umarmte den manchmal grimmigen, aber gutherzigen Mann. »Sophia« – sie deutete in

Richtung der Frau auf dem Geländewagen – »wurde von drei Männern bedrängt und einer ihrer Begleiter verletzte sich, als er sie verteidigte.«

Carlos konnte Gewalt gegen Frauen nicht leiden und rümpfte die Nase. »Der mit dem verletzten Bein?« meinte er und deutete mit dem Kinn Richtung Ethan. Als Flora dies bestätigte, ging er ohne ein weiteres Wort auf die Gruppe zu und mühte sich kurz mit einer englischen Begrüßung ab. Die Vier schüttelten ihm respektvoll die Hand und bedankten sich radebrechend auf Spanisch. Sophia bekam einen vorsichtigen Händedruck und Ethan einen anerkennenden Schlag vor die Schulter. Irgendetwas an der schweigsamen, vierten Person der Gruppe zog Floras Aufmerksamkeit auf sich. Danny sah im Gegensatz zu den anderen südamerikanisch aus. Warum war er so verschlossen? Irgendwie kam es ihr unwahrscheinlich vor, dass er ebenfalls kein Spanisch sprach. Aber was wusste sie schon, dachte sie und schob diesen Gedanken beiseite. Stattdessen bat sie Samys Frau Maite schnell vier Zimmer im Arbeiterhaus für die Reisenden herzurichten. Diese nickte und machte sich zusammen mit ihrer Tochter Agustina auf den Weg, während Samy die Fahrzeuge entlud. Die Gäste wurden an die zentrale Feuerstelle gebeten und Carlos holte einen Strauß Gläser und zwei Flaschen Rotwein.

»Glück, dass sie gelandet sind auf einem richtigen Weingut«, mühte er sich auf Englisch und blickte dann Hilfe suchend in Floras Richtung.

»Papá meint, dass sie hier besseren Wein bekommen als auf Matetic«, sprang sie ihm lächelnd bei. »Wir haben die schlechteren Zimmer, aber den besseren Wein.«

Da der nächste Ort fast eine Stunde entfernt und die Abende auf Almagro ein wenig einsam waren, wurden die Gäste von allen Bewohnern freundlich empfangen, nachdem Flora kurz ihre Geschichte erzählt hatte. Maite bereitete schnell ein paar Completos für die Gruppe vor und brachten die Zutaten auf den großen Tisch, den die Männer bereitgestellt hatten.

»Bitte bedienen Sie sich«, erklärte Flora den Gästen das Gericht. »Wir nennen sie Completos, bei ihnen heißen sie Hot Dogs. Wir haben nur ein paar andere Zutaten.« Bei diesen Worten deutete sie auf kleine Schüsseln mit Salsa, zerdrückten Avocados, Mayonnaise und Tomaten.

»Die sehen viel größer aus als Hot Dogs«, meinte Ethan grinsend. »Vielen Dank, Miss Benmayor.«

Jakes und Sophias Spanisch reichten aus, um sich zumindest zu verständigen, während Flora an anderen Stellen ein wenig dolmetschen musste. Carlos holte zwei weitere Weinflaschen aus dem Keller und mühte sich ab, den Gästen etwas über ihre Besonderheiten zu erklären. Flora wollte ihm gerade helfen, als Samy sie am Ärmel zupfte.

»Der dort heißt Danny, oder?« fragte er leise und blickte in Richtung des dritten Mannes. Danny war der einzige in der Gruppe, der ob seiner Haut- und Haarfarbe nicht sofort auffiel, auch wenn man ihn auf den ersten Blick nicht unbedingt für einen Chilenen gehalten hätte.

»Ja, so wurde er mir vorgestellt«, antwortete Flora. »Er redet nicht sehr viel, oder?«

»Das ist noch eine Übertreibung«, meinte Samy. »Ich finde ihn irgendwie unangenehm. Die anderen sind sehr nett, aber wenn er ihr Freund ist, finde ich das ein wenig … Misstrauen erweckend.«

Ethan lachte gerade laut über eine Anekdote, die Carlos in seinem wackligen Englisch erzählte. Flora fühlte sich mit einem Mal aus der Mitte der Gesellschaft gesogen und sah sich mit dem Blick einer Beobachterin um.

Jake und Ethan bildeten zusammen mit Carlos das Zentrum der kleinen Runde. Sie waren jovialer und lauter als der Rest, was nicht unsympathisch wirkte und sich dennoch ein wenig nach Platzhirschgebahren anfühlte. Samy, Maite und die anderen hielten sich zurück oder beschäftigten sich mit sich selbst. Agustina verständigte sich neugierig und mühsam mit Sophia.

Flora beobachtete die Situation nur einen Moment, dann spürte sie zwei Augenpaare auf sich. Carlos hatte ihre mentale Distanz bemerkt und blickte aufmerksam zu ihr. Auch Danny schien die Veränderung in ihrem Verhalten aufgefallen zu sein. Sein Blick wurde begleitet von einem vagen Lächeln, was ihn jedoch kaum angenehmer machte.

Flora beschloss, die Initiative zu ergreifen. Begleitet von Carlos' wachsamen Augen wechselte sie den Sitzplatz und suchte sich einen freien Holzstuhl neben Danny. Das alte Möbel knarzte ein wenig, als sie sich setzte.

»Geht es Ihnen gut, Danny?« fragte sie mit einem professionell freundlichen Lächeln. Sie sprach ihn, ohne nachzudenken, in ihrer Muttersprache an. »Sie sind sehr schweigsam, ich hoffe, es ist Ihnen nicht unangenehm, dass ich Ihrer Gruppe unsere Gastfreundschaft aufgedrängt habe.«

Danny nickte anerkennend. »Sie sind eine aufmerksame Beobachterin, Flora«, antwortete er in ziemlich verständlichem Spanisch mit einem Akzent, den Flora nicht sofort einordnen konnte. Sie stutzte – warum hatte er Samy sich vor einer Stunde abmühen lassen, um sich mit der Gruppe zu verständigen?

»Doch machen Sie sich bitte keine Sorgen. Ich fühle mich gut und weiß die Gastfreundschaft Ihrer Familie sehr zu schätzen.« Er sprach langsam und betonte alle Worte sorgfältig, doch sie hatte keine Schwierigkeiten, ihn zu verstehen. Vor dem Wort *Gastfreundschaft* machte er eine kurze Pause.

Flora lächelte und schenkte ihm ein wenig Wein nach. »Sehr gut, das freut mich. Fühlen Sie sich ganz wie zu Hause.« Ein Moment Schweigen, durchbrochen von einem zufriedenen Seufzer von Ethan. Dann fuhr Flora fort.

»Wo wir gerade davon sprechen – woher kommen sie eigentlich? Sind sie Amerikaner?«

»Ich lebe in Miami.«

Das ist also der Akzent, ging es Flora durch den Kopf. »Wow, eine berühmte Stadt«, schmeichelte sie ihm dann. »Bestimmt viel schöner als Santiago.« Ihr Blick wanderte kurz über seine Schulter in die Richtung, in der die Metropole lag.

»Es gefällt mir sehr gut dort, ja.« Danny griff nach seinem Weinglas und machte ihr – nun auf Englisch – ein geübtes Kompliment zu dem Pinot Noir.

»Sie sind sehr gastfreundlich und haben wirklich ausgezeichnete Weine. Viele Menschen reisen sehr gerne in diese Gegend auf solche Weingüter. Haben Sie jemals darüber nachgedacht, sich in Richtung Weintourismus zu verändern?«

Flora schüttelte den Kopf. »Das wäre nichts für uns. Da kommt auch irgendwann der Wein zu kurz, sagt Papá. Ich glaube, dass er damit recht hat.«

Dannys Blick war sehr direkt und fest. Er passte nicht zu den freundlichen Worten und der ruhigen Sprechweise.

»Sie sollten das wirklich in Erwägung ziehen. Ich denke nicht an größere Gruppen wie in Matetic. Kleine, private Gruppen wie unsere hier.« Irgendetwas an diesem Satz und dieser scheinbar zufälligen Idee ließ Flora aufmerken. Im nächsten Moment spürte sie eine Hand auf ihrer Schulter und sah das bärtige Gesicht ihres Vaters über sich. Offensichtlich hatte Carlos ein paar Worte mitgehört - Dannys Art machte ihn wohl argwöhnisch –, denn er antwortete an ihrer Stelle.

»Vielen Dank, dass sie sich Gedanken über unser Geschäft machen, Señor …« Er zögerte, um Danny dazu zu provozieren, sich komplett vorzustellen. Dieser überging die Einladung.

Flora wusste nicht genau wieso, doch es baute sich innerhalb von Sekunden eine deutliche Spannung zwischen den beiden Männern auf. Carlos wirkte physisch deutlich imposanter, doch hatte Danny einen Ausdruck in den Augen, der ihr immer unangenehmer wurde. Carlos fuhr fort.

»Doch das ist nichts für uns. Wir konzentrieren uns auf den Wein und das soll auch so bleiben. Almagro ist kein Ort für Fremde, außer in besonderen Situationen wie heute.«

»Ich kenne viele Touristen, die bereit wären, sehr gutes Geld zu bezahlen für die Möglichkeit, hier zu übernachten. Kleine, zurückhaltende Gruppen. Es gäbe keinen Trubel und könnte für Sie eine ausgezeichnete Nebeneinkunft sein. Diese Menschen sind auch nicht sehr anspruchsvoll.« Dannys graue Augen richteten sich jetzt auf Carlos. Er sprach weiterhin ruhig und sorgfältig intoniert.

»Ich verstehe die Art Ihres Angebotes sehr gut, Señor Danny. Und ich kann nur wiederholen, dass dies nichts für uns ist.«

Flora hingegen verstand nicht so recht, was hier gerade geschah. Es ging nicht um kleine Touristengruppen, soviel war klar. Ihr Vater beugte sich vor und flüsterte in ihr Ohr. »Sag Samy, er soll das Gewehr holen.« Als ihre Augen sich weiteten, drehte er ihren Kopf mit den Händen, um sie von Danny abzuwenden, und gab ihr einen Kuss auf die Stirn. »Hol bitte noch etwas Wasser, mein Schatz«, sagte er dann lauter. »Wir alle haben viel Wein getrunken und brauchen das.«

Flora starrte ihren Vater mit großen Augen an, doch Carlos deutete nur ein unmerkliches Nicken an und flüsterte »Andá«. Als sie aufstand, fühlten sich ihre Beine ganz weich an. Sie ging um den Tisch herum und musste sich kurz festhalten. Dann lachte sie und fasste sich an den Kopf, als sei der Wein daran schuld.

Der Abend, der so schnell und leise außer Kontrolle geraten war, verlief dennoch friedlich. Zwar waren Flora und Carlos sehr angespannt und besorgt, und Samy hielt sich aufmerksam ein wenig im Abseits, vermutlich mit dem Gewehr in Griffweite, doch es geschah nichts offen Feindseliges. Als Carlos kurz nach dem Gespräch mit Danny anregte, man solle schlafen gehen, stimmte die Gästegruppe zu. Sophia, Ethan und Jake bedankten sich freundlich. Die Bewohner von Almagro lehnten ihr Angebot ab, beim Aufräumen zu helfen. Als Maite mit den anderen Frauen und Mädchen den Abwasch machte, zog Flora ihren Vater ins Haus und sah ihn fest, fast zornig, an.

»Was bitte war das denn?« schoss es aus ihr hervor. Sie fühlte sich hilflos und wütend und Carlos war das nächstbeste Ventil dafür. Ein wenig berechtigt kam es ihr schon vor, ihn anzufahren. Immerhin hatte er sie behandelt, als seien sie im Krieg und würden Rebellen im Keller verstecken oder so etwas.

»Tut mir leid, dass ich das gerade nicht erklären konnte.« Er nahm ihre Hand und drückte sie. »Das sind Drogenkuriere. Danny gehört zu einem Kartell, vermutlich aus Bolivien. Die wollen uns als Stützpunkt für die Route zum Hafen rekrutieren.«

»Und das schließt du woraus? Dass dieser Danny ein wenig seltsam ist und sich zu sehr in unsere Angelegenheiten einmischt? Oder hat er das gesagt?«

Carlos blickte sehr ernst zu ihr herunter. »Die sagen das natürlich nicht, aber glaub mir, ich kann das beurteilen. Mir gefällt das überhaupt nicht, Florita. Es ist trotzdem wahr. Ich habe einige alte Freunde hier, auf anderen Weingütern. Solche Angebote sind genau die Art, wie diese Bolivianer vorgehen.«

»Und was wollen die von uns? Wir … Almagro ist doch nicht wirklich derart abgelegen oder so was. Was versprechen sie sich davon, hier unterzukommen?«

»Ich sage dir doch immer, dass die meisten Weingüter hier mittlerweile Touristen aufnehmen. Kuriere wollen nicht in solchen belebten Häusern unterkommen. Das Risiko ist zu groß. Ich glaube, wir passen einfach gut zu dem, was sie suchen.«

Sie schüttelte langsam und immer noch ungläubig den Kopf. »Und die Geschichte mit der Schlägerei und dem Bein?«

Carlos zog eine Augenbraue hoch, was ihn noch grimmiger aussehen ließ.

»Glaubst du, wir hätten sie aufgenommen und so ein Gespräch geführt, wenn sie einfach angeklopft hätten? Das war eine Masche, um unser Vertrauen zu gewinnen und einen Fuß in die Tür zu bekommen.«

Flora verbrachte eine sehr unruhige und sorgenvolle Nacht. Sie hätte ihren Wecker begrüßt, wäre sie nicht ganz so erschlagen gewesen durch diese Mischung aus Rotwein, schlechtem Schlaf und Angst. Als sie in die Küche kam, war Carlos schon wach und bot ihr Kaffee an. Er sah ebenfalls besorgt aus, lächelte sie jedoch mühsam aufmunternd an.

»Wir bringen sie heute nach Matetic und dann ist diese Geschichte vorbei«, verkündete er bemüht überzeugt. Flora nippte an ihrem Kaffee und nickte.

»Das ist eine ganz andere Situation als damals bei deiner Mutter.« Bei diesen Worten legte er ihr eine seiner Pranken auf die Hand und drückte kurz zu. Flora nickte stumm.

Der Bus, über den das Weingut verfügte, hatte acht Sitzplätze. Carlos, Samy und Matías würden die Gruppe gemeinsam fahren. Flora wollte zuerst ebenfalls mitfahren, doch war sie nicht so stur wie ihr Vater und gab schließlich seinem Wunsch nach. So beobachtete sie besorgt, wie die drei Männer ihre Revolver in Rucksäcke packten und diese griffbereit im Wagen verstauten. Irgendwie sieht das alles nicht aus wie eine Geschichte, die heute endet, dachte Flora.

Jake sorgte am Morgen überzeugend für gute Laune, während Danny mit seinen grauen Augen beinahe fortwährend Carlos verfolgte. Dann und wann fing sich auch Flora einen Blick ein. Während Samy und Matías den Gästen gerade halfen, das Gepäck in den Wagen zu laden, kam Sophia zu Flora, die sich besorgt an ihre Kaffeetasse klammerte.

»Sie sind doch eine sehr moderne und vernünftige Frau«, meinte Sophia freundlich lächelnd. Von ihrer gestrigen Verunsicherung wegen dieses Überfalls war nichts mehr zu spüren. Ethan schien auch kaum noch zu humpeln.

»Ich habe mich gefragt, ob Sie nicht noch einmal mit ihrem Vater reden wollen. Sie wissen doch sicher, dass der Weinbau hier wirtschaftlich immer schwieriger wird. Jeder kann heute ein zweites Standbein gebrauchen, finden Sie nicht auch?«

Flora fühlte sich hintergangen und wurde innerhalb eines Momentes zornig. »Dem Bein Ihres Freundes scheint es ja schon viel besser zu gehen«, sagte sie in kühlem Tonfall. Sophias Augen wanderten kurz zu Ethan und dann wieder zu ihr. Noch ehe sie antworten konnte, brach aus Flora etwas hervor.

»Wir wollen mit euren Geschäften nichts zu tun haben. Wir wollen euer dreckiges Geld nicht in Chile und vor allem nicht im Rosariotal. Ihr arbeitet doch für die Bolivianer, oder? Dann fragen sie sich doch mal, warum Bolivien so ein verbrechenverseuchtes Drecksloch ist und Chile nicht.« Sie bereute diese Worte in dem Moment, in dem sie ihren Mund verließen, aber sie waren einfach nicht zu stoppen. »Wir sind ehrliche, hart arbeitende Leute. Wir haben vielleicht keine Geldbündel eingemauert wie Ihre verfluchten Drogenbarone, aber wir tun etwas für unser Geld und wir haben es verdient. Wir wollen kein schmutziges Geld haben von Ihren *privaten Reisegruppen*.«

Sophia zog eine Augenbraue hoch und sah für einen Moment überrascht und verwirrt aus. Im nächsten Moment lächelte sie und wurde dabei sehr ernst, und sehr kalt.

»Sie schauen wohl zu viel Fernsehen, wie?« Ihr Mund verzog sich spöttisch. »Mir ist es ganz egal, was Sie von mir oder diesen Menschen halten, für die ich arbeite. Ich kann Ihnen nur eines sagen: Die verstehen keinen Spaß. Sie sind gute Geschäftspartner, wenn man gemeinsame Interessen hat. Doch sie akzeptieren kein Nein als Antwort.«

Mit diesen Worten hob sie ihr Top ein wenig an und zeigte Flora eine vielleicht fünf Zentimeter lange Narbe direkt über ihrem geflochtenen Gürtel.

»Ihr Vater macht einen Fehler. *Sie* machen einen Fehler.« Sie legte Flora eine Hand auf die Schulter und drückte kurz zu. »Sie können entweder ziemlich gefahrlos einen Haufen Geld verdienen, oder Sie machen die falschen Leute sehr wütend.« Noch einen Moment fixierte sie Floras Augen, dann wandte sie sich um und ging zum Bus.

Als Flora drei Stunden später den alten Dieselmotor des Wagens hörte, lief sie sofort zum Fenster. Erleichtert beobachtete sie, wie Carlos, Samy und Matías ausstiegen und ihr zuwinkten. Der Bus war ansonsten leer – die unerfreulichen Gäste waren verschwunden. Vielleicht endet diese Geschichte ja doch heute, dachte Flora.

†

Die ersten Probleme zeigten sich rund eine Woche, nachdem die Fremden nach Matetic abgereist waren. Flora hatte gerade ein Telefonat in ihrem Arbeitszimmer beendet und lehnte sich in ihrem hölzernen Bürostuhl zurück, als sich das Funkgerät meldete. Samys Stimme war in der Leitung zu hören.

»Samy hier, bitte kommen!« Er klang aufgeregt, was man stets an seinem etwas breiteren Dialekt hören könnte. Flora drückte auf den Sprechknopf.

»Flora hier, was gibt es, Samy?«

»Wir haben Wildschweine auf den Weinbergen, Señorita. Sieht zumindest ziemlich danach aus. Ich hab' ein paar Fotos gemacht.«

Carlos meldete sich ebenfalls rauschend zu Wort. »Wildschweine? Wir haben seit zehn Jahren kein einziges Schwein hier gesehen. Wie groß sind die Schäden?«

»Ich schicke Fotos, Boss.«

Die Bilder waren wenig erfreulich. Carlos und Flora wussten, was verirrte, einzelne Wildschweine an einem Weinberg anrichten konnten, wenn man Pech hatte. Samys Aufnahmen zeigten deutlich größere Verwüstungen. Da war mehr als ein einzelnes Tier am Werk gewesen.

Zuerst redeten Flora und Carlos sich noch ein, dass dieser Vorfall nur ein Unglück war, eine Unannehmlichkeit mit schlechtem Timing. So etwas konnte passieren, nicht wahr? Außerdem sagte man ja nicht umsonst, dass ein Unglück selten allein kam.

Doch es blieb leider nicht dabei. Als Nächstes wurden ganze Rebzeilen von Wildtieren leer gefressen oder niedergetrampelt. Matías entdeckte Spuren von Hufen und Geländewagen mit Anhängern in der Nähe. Damit war klar, dass diese Tiere sich nicht einfach verlaufen hatten.

Alle Bewohner von Almagro packten mit an, um die Schäden zu beseitigen und die Weinberge besser gegen die Tiere abzusichern. Sie waren gerade damit beschäftigt, die Außengrenzen mit dichten Drahtzäunen zu sichern, als Carlos einen

Anruf erhielt und sich wortkarg mit dem Telefon in der Hand entfernte. Flora konnte hören, wie er in einiger Entfernung lauter und ungehaltener sprach. Das Telefonat war kurz und offensichtlich unerfreulich. Carlos' Gesicht war vor Zorn gerötet, als er wiederkam, doch er versuchte sich vor seiner Tochter und seinen Mitarbeitern zu beherrschen.

Flora nahm ihn an der Hand, um unter vier Augen mit ihm sprechen zu können. »Das war dieser verdammte Danny«, presste er wütend hervor. »Er hat sein Angebot wiederholt, weil es ja mit dem Weinbau *gerade nicht so gut läuft.*« Er spie aus und entschuldigte sich sofort. Flora streichelte ihm über die große Hand, doch ihr wollten keine wirklich aufmunternden Worte einfallen.

»Ich habe ihm natürlich gesagt, er kann sich sein dreckiges Angebot sonst wohin schieben«, fuhr Carlos fort. »So weit kommt's noch, dass wir uns erpressen lassen.«

Flora wusste gleich, dass irgendetwas überhaupt nicht in Ordnung war, als Maite mit besorgtem Gesicht in ihrer Tür stand. Samys Frau war vielleicht zehn Jahre älter als sie selbst und kümmerte sich gerne und mütterlich um alle Menschen auf dem Weingut. Carlos bezeichnete sie stets als die gute Seele von Almagro, was er vollkommen ernst meinte.

»Was ist denn los, Maite?« fragte Flora besorgt und legte ihr eine Hand auf die Schulter. »Ist etwas passiert?«

»Agustina ist nicht nach Hause gekommen heute«, sagte Maite mit flacher Stimme. »Sie hätte vor zwei Stunden aus der Schule kommen sollen.«

Die Angst, dass dies etwas mit den Fremden zu tun haben konnte, traf Flora wie ein Donnerschlag. Die Gefahr war wenig greifbar, und könnte reine Paranoia sein – doch ihr Bauchgefühl machte ihr augenblicklich Sorgen. Sie konnte damit leben, wenn sie mehr Arbeit hatten oder schlechtere Erträge auf dem Gut – auch wenn sie dies wütend machte – aber Agustina war wie eine kleine Schwester für sie. Statt ihre Sorgen zu teilen, disziplinierte sie sich und wurde zwangsoptimistisch. Schnell versuchte sie Maite durch naheliegende Erklärungen die Angst zu nehmen. Allerdings glaubte keine der beiden Frauen wirklich daran.

Als Carlos am Abend davon erfuhr, versuchte er direkt bei Danny anzurufen. Dieser war nicht erreichbar. Die Polizei nahm daraufhin die Meldung auf und startete die Suche, doch fehlte ihnen jegliche Spur. Es fürchtete ja ohnehin jeder, dass Agustina sich nicht nur verlaufen hatte.

Es vergingen vierundzwanzig quälende Stunden, in denen Danny nicht erreichbar war. Carlos schrieb ihm Textnachrichten, die jedoch ohne Antwort blieben. Erst am Mittag des nächsten Tages kam die niederschmetternde Antwort.

Als Carlos den Text auf seinem Telefon las, wurde er bleich. Seine Hand verkrampfte sich um das Gerät und er drehte es zitternd zu Flora. Auf dem Display standen nur zwei Worte: *Zu spät.*

Carlos' rasche Antworten blieben unerhört. Flora schrieb ebenfalls, in der Hoffnung vielleicht an einen Rest von Ritterlichkeit oder chauvinistischen Anstand zu appellieren, aber das Handy schwieg. Vater und Tochter berieten sich verzweifelt, was sie Maite und Samy sagen sollten. Was sie noch tun konnten, um dies wiedergutzumachen. Sie fanden auf keine dieser Fragen eine Antwort.

Es war bereits dunkel, als Carlos sich plötzlich straffte und aufsetzte. Für Flora sah es aus, als seien die Fältchen in seinem Gesicht in den letzten Stunden so viel tiefer geworden. In diesem Moment nahm sein Ausdruck wenigstens einen Teil der bärbeißigen Tatkraft an, für die er auf dem Gut bekannt war. Er blickte Flora fest in die Augen und in seinen Augen funkelten Entschlossenheit und etwas anderes, Dunkles.

»Komm mit, Florita«, sagte er angespannt. »Wir gehen zum alten Herrenhaus.«

X

Mélisande

Lorient, Frankreich, 2004

Dunkelheit lag über der breiten Allee. Auf beiden Seiten erhoben sich in sorgfältigem Abstand hohe Rotbuchen. Zwei besonders große und alte Bäume flankierten das Metalltor am Ende der Straße, das sich automatisch zu öffnen begann. Die Reifen der Limousine knirschten auf dem Kies, als sie auf den Vorhof des großen Hauses fuhr.

Das Mädchen blickte mit großen Augen aus dem Fenster. Es war jung, nicht älter als sechzehn, und in seinem bisherigen Leben nicht oft um diese Uhrzeit noch unterwegs gewesen. Seine Augen ruhten auf dem erleuchteten, weißen Haus, das von in den Boden eingelassenen Scheinwerfern angestrahlt wurde. Der Anblick nahm es ein und wurde in seinem Geist zu einem Bild.

Licht in der Dunkelheit.

Der Fahrer stieg aus und öffnete die Tür. Sein Gesicht war ruhig und entspannt, als er seine Passagierin anblickte.

»Steig aus, Kleines«, sagte er leise und streckte eine Hand zur Unterstützung hin. Das Mädchen kannte ihn seit vielen Jahren. Er fuhr die Familie oft zu alltäglichen Geschäften, aber auch zu besonderen Gelegenheiten.

Vor dem leuchtenden Haus lag ein großer Vorplatz, der mit feinem, weißem Kies belegt war. Links und rechts der Limousine parkten weitere Fahrzeuge. Die Insassen waren bereits ausgestiegen und – wie die leicht geöffnete, doppelflüglige Pforte des Hauses vermuten ließ – eingetreten.

Der Fahrer stellte sich neben die Motorhaube und verschränkte die Hände hinter dem Rücken. Er warf dem Mädchen noch ein kurzes, aufmunterndes Lächeln zu. Dann war es auf sich allein gestellt.

Der Kies knirschte unter jedem Schritt und die hohen Schuhe machten es nicht einfach, auf den kleinen, losen Steinen zu laufen. Als Mélisande mit unsicheren Schritten auf das helle Gebäude zuging, hatte sie unwillkürlich das Bild eines neugeborenen Rehs im Kopf, das mit zu langen Beinen neben seiner Mutter herumstolperte.

Die beiden Torflügel schwangen auf und eine hochgewachsene Gestalt in einer Soutane blickte auf das Mädchen hinunter.

»Willkommen«, sagte der Mann freundlich und öffnete seine Hände zum Gruß. Mélisande stieg langsam und vorsichtig die übergroßen weißen Steinstufen hinauf. Als sie den letzten Schritt machte, lag die große Tür leer und offen vor ihr. Ihr Blick fiel in eine große Eingangshalle, deren Boden aus weißem Marmor gefertigt war. Der Raum wurde dominiert von einem großen, ebenfalls weißen Brunnen, auf dem sich eine drei Meter hohe Statue erhob. Diese stellte den Erzengel Michael dar, der sein Schwert wie ein Kreuz vor sich hielt. Die Augen der Statue ruhten direkt auf dem Eingangsbereich. Sie ruhten direkt auf Mélisande.

Zu beiden Seiten des Eingangs standen die Gäste – Männer und Frauen in Abendgarderobe, wobei die Damen dem Anlass entsprechend hochgeschlossene Kleider trugen. Mélisande war die einzige Person, deren Schultern für alle Augen sichtbar waren. Ihr wurde kalt.

Der Priester leitete sie mit einer Geste am Brunnen vorbei und zu einer großen Treppe, die in den ersten Stock führte.

»Veni sancte spiritus«, begannen die Gäste geübt im Chor zu intonieren. »Et emitte caelitus, lucis tuae radium.«

Komm herab, o Heiliger Geist. Die Worte und ihre Übersetzung hallten in Mélisandes Kopf wieder. Der die finstere Nacht zerreißt, strahle Licht in diese Welt.

Unter allen Augen stieg sie langsam die breite Treppe hinauf und betrat einen großen Raum, der im Stil einer Kapelle gestaltet war. Große Kerzen erleuchteten die Alkoven links und rechts von ihr, und am Kopfende erhob sich ein großer Altar. Die Bänke auf beiden Seiten waren leer. Die einzige Person im Raum wurde von einem Kerzenwald angeleuchtet – es war ein Mönch in einer ungewöhnlichen, roten Kutte, dessen Gesicht beinahe vollständig in einer weiten Kapuze verborgen war. Ein großes, silbernes Kreuz um seinen Hals funkelte im Schein der vielen Lichter.

Mélisande war nicht in alle Abläufe eingeweiht worden, doch natürlich hatte ihre Mutter sie wissen lassen, wie sie sich zu verhalten hatte. Mit mühsam festen Schritten durchmaß sie den Raum, der nicht viel kürzer war als eine kleine Kirche. Erneut stieg sie einige Stufen hinauf, um dann vor dem Altar auf die Knie zu sinken und vor sich auf den Boden zu blicken. Ihre Hände waren zum Gebet gefaltet und sie bat in dieser herausfordernden Situation um Kraft und Beistand. Ihn, den Einen, der immer da war.

Der Raum füllte sich hinter ihr mit Geräuschen. Die Gäste kamen herein und nahmen unter dem Klang einer leise gesprochenen Liturgie auf den Bänken Platz. Mélisandes Aufmerksamkeit wurde von den unwillkürlichen Klängen auf sich gezogen, die die Bewegungen mit sich brachten. Schuhe scharrten über den Stein, Holzbänke ächzten leise, Stoffe raschelten. Ihr Hörsinn war geschärft, während sie mit geschlossenen Augen vor dem Altar kniete. Jeder Laut drang überdeutlich auf sie ein.

Nach vielleicht einer Minute klangen die Geräusche der eintretenden Personen ab und eine erwartungsvolle Stille füllte die Kapelle. Mélisandes Knie schmerzten und ihre Beine zitterten leicht, doch sie war geübt und diszipliniert.

Der Geistliche in der roten Robe vor ihr begann zu sprechen und seine Stimme füllte die Kapelle, als er mit dem Ritual begann.

Im Verlauf der nächsten Minuten fühlte Mélisande sich mehr und mehr entrückt. Die hohe Anspannung, unter der sie stand, sowie die körperliche Belastung des fortwährenden Kniens und nicht zuletzt die zahlreichen Laute und Gerüche in der Kapelle überforderten sie. Sie hörte viele bekannte Gebete und Liturgien und antwortete leise und demütig in versierten Latein, wenn es von ihr erwartet wurde. In all der Zeit war sie der Menge der Gäste abgewandt und konnte diese nur hören, niemals aber sehen.

Als der rote Priester um den Altar herum ging, begannen die Anwesenden wieder das Gebet zu sprechen, das Mélisande die Treppe hinaufbegleitet hatte.

»Veni sancte spiritus, et emitte caelitus, lucis tuae radium.«

Die junge Frau spürte eine Hand auf ihrer Stirn und blickte auf. Die große, rot gewandete Gestalt hielt ihr einen silbernen Kelch hin. Sie zögerte einen unmerklichen Moment und nahm diesen dann entgegen.

»Der Wein, den du dort empfangen wirst, ist etwas ganz Besonderes, mein Kind«, hatte ihre Mutter in den vielen Vorbereitungsgesprächen erläutert. »Er ist nicht wohlschmeckend, sondern bitter und unangenehm. Das soll uns daran erinnern, welchen bitteren Schmerz unser Erlöser auf sich nehmen musste, für unsere Sünden.«

»Warum verwenden die Gläubigen denn nicht überall in der Kirche diesen Wein?« hatte Mélisande gefragt. Sie fand, diese Botschaft war bedeutungsvoll und konnte vielen Menschen ruhig regelmäßig vor Augen geführt werden.

»Nur wenige Christen sind der Kirche so eng verbunden wie wir. Nur wenige wären bereit, diese Wahrheit zu spüren. Für uns ist sie der Preis, den wir für die besondere Nähe zur Kirche und zu Gott bezahlen. Wahrheit birgt meistens Schmerz, daher eignen sich nur wenige, sich mit ihr zu konfrontieren.«

Die junge Frau blickte in den Kelch, in dem sich eine dunkle Flüssigkeit sachte bewegte. Schmeckte diese wirklich so unangenehm, dass man sie nur den echten Gläubigen zumuten konnte? Sie war Gott sehr verbunden und hätte sich jederzeit dieser Gruppe zugeordnet – die Worte ihrer Mutter riefen dennoch eine nicht fassbare Angst in ihr hervor. Diese galt sicherlich nicht der Erwartung eines unangenehmen Geschmacks. Jede Faser ihres Körpers und jeder Winkel ihres Geistes war angespannt. Ihre Hände zitterten, als sie den Kelch langsam an ihren Mund hob.

Die Flüssigkeit schmeckte überhaupt nicht wie Wein. Sie war zimmerwarm und ihre Konsistenz fühlte sich auf der Zunge ein wenig an wie Milch, sie war bitter und metallisch, fast scharf. Vermutlich hatte Mutter sie deshalb eingeweiht. Damit sie bei diesem Geschmack nicht unangemessen das Gesicht verzog.

Die Hand des Priesters schwebte über ihrer Stirn, während sie trank. Sie konnte unter der ausladenden Kapuze im Halbdunkel fast nichts von seinem Gesicht erkennen. Nur sein schmaler, ernster Mund war unter den Schatten zu sehen.

Nachdem sie den dargebotenen Wein ausgetrunken hatte, erhob sie sich. Ihre Beine fühlten sich noch immer unsicher an. Die seltsame Wärme, die sich nun in ihr ausbreitete, machte es nicht besser. Sie wandte sich langsam um und blickte in die Gesichter der Gäste.

»Sanguis Christi, victor daemonum«, intonierten diese, während ihre Augen auf dem Mädchen ruhten. »Sanguis Christi, fortitudo martyrum.«

Mélisande kannte natürlich die Worte aus der Litanei des heiligen Blutes, auch wenn es ungewöhnlich war, diese auf Latein zu hören. *Blut Christi, Besieger der Dämonen. Blut Christi, Seelenkraft der Märtyrer.*

Gemeinsam mit dem Großmeister stieg sie die wenigen Stufen des Altars hinab und durchschritt die Kapelle. So diszipliniert sie auch nach vorn blickte, suchten ihre Augen doch nach bekannten Gesichtern. Außer einigen Freunden der Familie und entfernteren Bekannten erblickte sie jedoch niemanden.

Die beiden stiegen die große Treppe hinab. Ihr Begleiter führte sie am Fuß der untersten Stufe nach links. Dort befand sich eine Tür, die er öffnete und die den Blick auf eine weitere, von Kerzen erleuchtete, Treppe freigab. Diese führte in das Untergeschoss des Hauses.

Mélisande zögerte einen Moment. Sie fand es beängstigend, aus unbekannten Gründen in diesen fremden Keller steigen zu müssen. Eine Hand zwischen ihren Schulterblättern drückte sie vorsichtig, aber bestimmt, nach vorn. Nach kurzem Zögern nahmen ihre geschwächten Beine wieder den Dienst auf.

Die Treppe führte in einen ungewöhnlich großen Raum im Untergeschoss des Hauses. Die Decke war hoch und hatte eine Gewölbeform. Wie fast überall im Haus stammte das Licht aus Wandnischen, in denen große Kerzen brannten.

Das dauert bestimmt ganz schön lange, hier für Licht zu sorgen, dachte Mélisande. Für einen Moment hielt sie sich an diesem beruhigend simplen Gedanken fest. Mehrere Türen führten in alle Richtungen aus diesem Vorraum. Rechts von ihr befand sich eine portalartige Tür, die einen Spalt weit geöffnet war. Silbernes Licht war darin zu erkennen. Erneut wurde sie voran dirigiert, geradewegs auf diesen Raum zu.

Die Tür schwang auf und Mélisande blickte erneut in einen aufwändig rituell hergerichteten Raum. Während das Untergeschoss weniger hell gestaltet war als der Eingangsbereich, hatte man diesen Raum vollständig weiß verkleidet. Dies verlieh dem Kerzenschein jenen hellen Schimmer, den sie von draußen bemerkt hatte. Die Wände waren verziert mit reliefartigen Bildern, die wiederum von steinernen Halbbögen überspannt wurden. Die Darstellungen zeigten Menschen in unterschiedlichen Körperhaltungen – kniend, ausgestreckt auf dem Boden, an einen Baum oder eine Säule gebunden. Mélisande erkannte den Heiligen Sebastian und die Heilige Barbara, bei den anderen Darstellungen war sie sich jedoch nicht sicher.

Links und rechts neben der Tür warteten vier Personen, die glänzende rote Gewänder trugen. Diese sahen anders aus als die des Priesters – der Stoff wirkte grob und gleichzeitig edel. Vielleicht ist das Wildseide, ging es Mélisande durch den Kopf. Es waren drei Männer, die sie nicht kannte, sowie ihre Mutter, die sie aufgeregt und mit Stolz erfüllt anblickte.

In der Mitte des Raumes stand ein Altartisch, größer, heller und einfacher als der im ersten Stock des Hauses. Es handelte sich im Wesentlichen um einen weißen Marmorblock, über den wie ein Tischläufer ein rotes Tuch gelegt worden war. In Bodennähe waren dunkle Metallringe im Stein verankert. Mélisande konnte zwei dieser Ringe erkennen und fragte sich, welchem Zweck sie dienten.

Ihre unstet umherstreifenden Gedanken wurden schnell unterbrochen. Zwei der Männer kamen auf sie zu, nahmen sie an der Hand und führten sie zum Altar. Mélisande blickte über ihre Schulter zu ihrer Mutter. Diese lächelte sie aufmunternd an.

Ohne ein Wort wiesen die beiden Männer sie an, sich auf den Altartisch zu setzen. Als sie der Aufforderung Folge leistete, spürte Mélisande, dass der rote Stoff sehr dick und weich war. Ihre Augen hefteten sich noch einmal an die Metallringe. Hinter sich hörte sie den Priester erneut die Litanei des Blutes intonieren. Die anderen Männer sowie ihre Mutter stimmten ein, wenn er die Worte *Sanguis Christi* wiederholte.

Mélisande wurde eiskalt. Mit einem Mal erfasste sie Furcht. Die seltsamen Körperempfindungen, die der bittere Wein in ihr hervorgerufen hatte, waren verwirrend. Das Verhalten der Menschen um sie herum versetzte sie mittlerweile regelrecht in Panik. Sie suchte nach dem Blick ihrer Mutter, doch dieser war in innerer Einkehr gesenkt.

Mélisandes Lippen begannen sich lautlos zu bewegen. Seit ihrer Kindheit hatte sie die Angewohnheit in Gebete zu verfallen, wenn sie es mit der Angst zu tun bekam. Die beruhigende Wirkung eines leisen Monologs verfehlte selten. Nur war ihre Furcht in diesem Moment nicht gestaltlos und schattenhaft wie die eines Kindes. Sie war groß und körperlich. Etwas Archaisches wühlte sich in ihr nach oben. Unwillkürlich wählte sie daher ein Schutzgebet für ihre stumme Rezitation und klammerte sich daran fest.

Das Licht Gottes umgibt mich. Die Liebe Gottes umhüllt mich. Die Gegenwart Gottes wacht über mir.

»Sanguis Christi, fortitudo martyrum«, antworteten die Betenden um sie im Raum. Sie verstummten, als der Priester hinter Mélisande eine Geste machte. Dann begann er erneut auf Latein zu sprechen.

»Suscipe, sancte Pater, omnipotens aeterne Deus, hanc immaculatam hostiam, quam ego indignus famulus tuus offero tibi.«

Erneut erkannte Mélisande das Gebet – es wurde üblicherweise zur Darbringung des Brotes in der Messe gesprochen. *Nimm diese makellose Opfergabe gnädig an,* übersetzte sie den letzten Teil im Geiste.

Das hier ist doch kein Abendmahl, flüsterte eine Stimme in ihr.

Ihre Lippen antworteten stumm. *Das Licht Gottes umgibt mich.*

Mélisande verlor vor Angst den Faden und konnte den lateinischen Worten nicht mehr folgen. Sie spürte, wie ihre Hände zu zittern begannen. Hinter ihrer Mutter trat nun der dritte Mann hervor, der sich bereits im Raum befunden hatte. In seiner rechten Hand hielt er eine lederne Tasche, die ein wenig wie ein altmodischer Arztkoffer aussah. Er näherte sich unter dem geübten Singsang der lateinischen Worte dem Altar. Mélisande suchte noch immer verzweifelt nach ihrer Mutter, doch diese verwehrte sich ihr.

»Der Abend, der dich erwartet, ist groß und wichtig«, hatte sie zu Mélisande in einem der Vorbereitungsgespräche gesagt. »Du wirst nicht alles verstehen, was dort geschieht. Ich bin mir sicher, dass du verwirrt sein und zu irgendeinem Zeitpunkt auch Angst haben wirst. Ich jedenfalls war verwirrt, und ich hatte Angst.« Mélisande erinnerte sich an die ruhigen, verständnisvollen Worte, und versuchte aus ihnen Kraft und Zuversicht zu ziehen. »Das ist keine Schande. Ich erwarte aber von dir, dass du diese Gefühle überwindest und beweist, dass wir Vertrauen in dich setzen können. Das ist der erste, entscheidende Abend, an dem du dich beweisen kannst.«

Die Gegenwart Gottes wacht über mir. Ihre Worte waren nun leise, nicht mehr lautlos. Als der Mann mit dem Arztkoffer diesen öffnete und hineingriff, wollte sie aufspringen und weglaufen. Ehe Disziplin und Angst ihren Kampf beenden konnten, hatten die beiden anderen Männer sie bereits an den Oberarmen gepackt. Panik breitete sich in ihr aus. Doch innerhalb weniger Moment schien die Ausweglosigkeit dieser Situation sie zu betäuben. Ihr geistiger Widerstand erstarb und sie sank im Griff ein wenig in sich zusammen. Ihre Augen suchten erneut nach ihrer Mutter, aber diese war so wenig erreichbar wie zuvor.

Der Priester legte ihr von hinten eine Hand auf die Schulter.

»Sei ganz ruhig«, sagte er vertraulich nah bei ihrem Ohr. Die Worte konnten sie keineswegs beruhigen und Mélisande wand sich im Griff der mittlerweile drei Männer, die sie mit einer gewissen Anstrengung festhielten. Das hatte jedoch nur zur Folge, dass sich die Hände um ihre Arme und Schultern verstärkten.

»Suscipe, sancte Pater, omnipotens aeterne Deus, hanc immaculatam hostiam, quam ego indignus famulus tuus offero tibi«, wiederholte der Priester, während er sie gemeinsam mit den anderen Männern auf den Altar niederdrückte. In Mélisande verfestigte sich ein panischer Gedanke, der schon seit Minuten weit hinten in ihrem Bewusstsein flüsterte.

Das hier ist kein Abendmahl, dachte sie entsetzt. Ich bin das makellose Opfer!

In Panik intensivierte sie ihre Gegenwehr. Mittlerweile war der Mann mit dem Arztkoffer bei ihr und beugte sich über sie. Die beiden anderen hielten sie in festem Griff, während der Priester ihren Kopf auf den Altar drückte. Mélisandes Lippen bewegten sich wieder lautlos. Sie spürte, dass sie nichts tun konnte, als unter diesem Griff an die Decke zu blicken. Ihre Mutter mochte sie sehenden Auges im Stich lassen, und ihr Vater war wie immer abwesend – doch auf ihren Vater im Himmel konnte sie sich verlassen. Oder verließ er sie nun auch?

»Das Licht Gottes umgibt mich«, betete sie indessen hörbar und schloss die Augen. »Die Liebe Gottes umhüllt mich. Die Gegenwart Gottes wacht über mir.«

Sie spürte einen Stich in ihrem Hals. Als sie die Augen öffnete, beugte sich der Mann mit dem Arztkoffer gerade zurück und legte eine Spritze weg. Was hat er mir nur gegeben? Mélisandes Gedanken rasten. Was geschieht hier? Was werden sie mir antun? Mutter hat erzählt, dass sie Angst hatte und ihr das auch passiert sei. Sie werden mich also immerhin nicht töten – oder?

Sie wollte sich wehren und gegen die Hände der Männer ankämpfen, doch ihr Körper gehorchte ihr nicht mehr. Noch einmal murmelte sie ihr Schutzgebet. Ihre Stimme klang weit entfernt und sie fühlte die Kraft aus ihrem Körper fließen. Als sie aus dem Arztkoffer Ketten rasseln hörte, konnte sie nur noch wie ein waidwundes Reh daliegen. Ihre Arme und Beine wurden gestreckt, als die Männer sie auf dem Altar festmachten.

XI

Candle & Cross

July wurde mulmig, als sie sich dem Absperrband näherte. Zum zweiten Mal in zwei Tagen. Und nach allem, was sie gehört hatte, würde der Anblick nicht viel angenehmer sein als bei dem letzten Opfer.

»Officer July Wilbur, ich gehöre zu Agent Bradbury«, sagte sie und der Kollege, der den Tatort bewachte, ließ sie passieren. July warf einen Blick zum Himmel. Heute hingen hellgraue Wolken über dem blassen Herbsttag. Es war die Art von Licht, die alles fahl und glanzlos erscheinen ließ. Vielleicht genau die richtige Inszenierung für das, was sie erwartete.

Fünf schmierige Betonstufen führten hinunter in den Keller des Hauses. Als sie gerade hinabsteigen wollte, kamen ihr zwei Beamte der Spurensicherung entgegen, die einige große Plastikbeutel hinaustrugen. Sie konnte jedoch nicht genau erkennen, was sich in den Beuteln befand. Der Größe nach könnten es Schuhe sein, oder vielleicht ein Kleidungsstück?

Sie ließ die beiden passieren und stieg dann hinunter. Aus dem niedrigen Kellereingang schlug ihr ein intensiver Gestank entgegen. Doch es roch eher nach Dreck und modrigen Wänden denn nach Tod, fand sie. Zumindest bis hierhin.

»Agent Bradbury?« rief sie fragend in die Dunkelheit. Die Beleuchtung des Gebäudes funktionierte schon lange nicht mehr, doch aus einigen Türen und Durchgängen waren die Lichter der untersuchenden Beamten zu sehen. Das alles stand schon viel zu lange leer, als dass sich jemand um Stromversorgung oder Glühbirnen gekümmert hätte.

»Hinten links«, kam die dumpfe Antwort. July sah, wie sich einer der Lichtkegel kurz bewegte, vermutlich weil Owen sich umwandte, um ihr zu antworten.

Sie ging durch den dunklen Kellerflur und trat dabei in eine Pfütze. Erst in diesem Moment bemerkte sie, dass in regelmäßigen Abständen Wasser von der Decke tropfte, das sich an dieser Stelle gesammelt hatte.

»Vorsicht, ist ziemlich nass hier«, rief Owen.

»Danke, schon bemerkt«, antwortete sie und suchte Wände und Decken mit ihrer Taschenlampe ab, ehe sie weiterging.

Als sie den Raum erreichte, in dem Owen sich befand, bemerkte sie außer ihm Dr. Sabatina und zwei weitere Personen in den Overalls der Spurensicherung.

»Komm rein«, sagte Owen. »Ist nett hier.«

Nett war so ungefähr das letzte Wort, was ihr zur Beschreibung der Szenerie eingefallen wäre. Der Boden war wie überall im Keller dieses alten Hauses mehr oder weniger roh und an vielen Stellen feucht oder regelrecht matschig. An den Wänden hatten zähe Pflanzen sich ihren Raum zurückerobert und wuchsen an den bröckelnden Mauersteinen hoch.

Am hinteren Ende des Raums sah sie den Toten. Seine Arme und Beine lagen auf irritierende Weise um seinen Körper in Stellungen, die so überhaupt nicht möglich sein sollten. Er sieht aus wie eine Puppe, die man vor Wut in die Ecke geworfen hat, dachte July. Nur, dass diese Puppe aufgeplatzt war und überall Blut und Gehirnmasse hinterlassen hatte. Die Polizistin in ihr nutzte den Anblick für eine Schlussfolgerung – der Fundort war also der Tatort. Sonst hätte sich das Blut niemals so weit verteilen können.

»Sind wir sicher, dass wir ihn korrekt identifiziert haben?« fragte July. Als Matt ihr von dem Fund berichtete, hatte sie es gar nicht glauben können.

»Absolut«, antwortete Owen. »Das ist der Mann, der vorgestern noch mit einem Schrank nach uns geworfen hat.«

»Wer kann jemanden, der so stark ist, denn derartig zurichten?« July zwang sich, den Blick konzentriert auf den Toten zu richten. Ryan Deckers Augen waren weit geöffnet, so als seien sie in einem Moment des Entsetzens eingefroren. Sein Kopf war zur Seite geneigt, was den puppenhaften Eindruck seines Körpers verstärkte. Er hatte sich wohl sein Gesicht gewaschen und die Kleidung gewechselt, ehe es ihn erwischt hatte – denn sein Mund und auch sein Hemd waren nicht mehr so blutverschmiert wie auf dem Foto, das Detective Walsh gestern im Morgenbriefing gezeigt hatte. July sah auch die vagen Spuren auf der hellen Hose, die sein getrockneter Urin hinterlassen hatte.

»Die Krafteinwirkung auf seinen Körper entspricht auf den ersten Blick der eines Sturzes von einem mittelhohen Gebäude«, antwortete Dr. Sabatina. »Das ist natürlich eine äußerst unpräzise Einschätzung. Ich hatte nur schon einige Male Klienten, die eine erhebliche Distanz gestürzt sind. Die sahen, um ehrlich zu sein, ähnlich aus.«

»Also sind Sie der Meinung, er ist vor die Wand gefallen?«, fragte Owen und blickte sich im Raum um.

»Ich beschreibe nur meinen Eindruck von der Einwirkung auf seinen Körper«, antwortete Sabatina. »Sie wissen selbst, dass dies nicht möglich ist.«

»In jedem Fall übersteigt der Aufprall alles, was im Rahmen einer Auseinandersetzung mit einem Angreifer möglich sein sollte. Kann es sein, dass er durch eine Explosion dorthin geschleudert wurde? Eine Art … Gasentladung oder so etwas?«

July war klar, warum er die Frage so zögerlich stellte. Auch ohne Experte zu sein, konnte man die Detonation einer Bombe als Ursache beinahe sicher ausschließen. Die Vorderseite von Deckers Körper wirkte dazu zu unversehrt. Er sah wirklich aus, als sei er gefallen, dachte July. Sie hatte viel weniger Erfahrung als Dr. Sabatina, doch auch sie war schon einmal bei einem Notruf nach einem Gebäudesturz gewesen. Die Ähnlichkeit war groß – nur konnte es nicht die Schwerkraft sein, die Decker auf diese Art vor die Wand geworfen hatte.

»Und wenn er an einem anderen Ort gestürzt ist und dann hierhin gebracht wurde?«, mutmaßte July, da ihre naheliegenden Beobachtungen wenig Sinn ergaben.

»Ich kann jetzt auch keine genaueren Antworten geben«, sagte Sabatina, während sie auf ihrem Tablet Informationen durchzugehen schien. »Ich halte es anhand der vorliegenden Beobachtungen jedoch für sehr wahrscheinlich, dass er in diesem Raum durch ein schweres stumpfes Trauma infolge einer Kollision mit der Wand gestorben ist. Alles Weitere wird sich im Verlauf der Untersuchung zeigen müssen.«

Owen blickte zwischen Sabatina und July hin und her, dann bedankte er sich bei der Medizinerin und nahm seine Partnerin zur Seite.

»Nehmen wir uns noch ein wenig Zeit, dann überlassen wir den Tatort den Experten. Ich habe noch andere Spuren, die ich mit dir verfolgen will.«

July nickte. »Was hat sich denn aus der Untersuchung dieses Fläschchens ergeben, das wir in Deckers Lagerhalle gefunden haben? Wissen wir mehr über diese Droge?«

Owen seufzte. »Bisher nicht. Wie in den anderen Fällen hat kein Test angeschlagen. Ich habe eine sehr komplizierte chemische Analyse der Reste gesehen und mich mit einem Spezialisten unterhalten. Die kurze Version ist: Wir haben keine Ahnung, was das für ein Zeug ist. Aber es enthält in jedem Fall kein Alpha-PVP. Was meine ›Designer-Badesalz‹-Theorie zumindest nicht untermauert.«

†

Eine halbe Stunde später saßen sie im Streifenwagen und Owen nannte ihr ein Ziel. 28 Waterhouse Street lag am Rande des Universitätsviertels in einer der wenigen, bis heute nicht dicht bebauten, Straßen im Zentrum von Providence. Das Haus war eine Villa im kontinentalen Stil – ein kapitales Bauwerk von der Sorte, die von Rechtsanwaltskanzleien, Unternehmerfamilien und traditionalistischen Fraternities gleichermaßen geschätzt wurde.

Neben dem geschmiedeten Tor hing ein poliertes Metallschild an der Mauer mit einer Aufschrift, die July im Vorbeifahren lesen konnte:

Candle & Cross
Rhode Island 1
In absentia tenebrae, lux vincit

Die Straße vor dem Haus war sehr breit, doch da jedes Grundstück Garagen und Parkplätze aufwies, parkte hier niemand am Rand. Owen wies sie daher an, in eine der Seitenstraßen in der Nähe zu fahren und dort anzuhalten.

»Was wollen wir hier?«, fragte July. »War Decker Mitglied in diesem Verein?«

Sie selbst kannte sich nicht gut genug mit den Studentenverbindungen an der elitären Brown University aus, doch das Haus sowie der Name erinnerten sie stark an eine solche Organisation.

»Das vermute ich«, sagte Owen. »Doch genau weiß ich es nicht. Es gibt kein öffentliches Mitgliederverzeichnis und noch reicht mein Verdacht eventuell nicht aus, um Zugriff auf die Unterlagen der Organisation anzufordern.«

Owen tippte kurz auf dem CAD-System und rief einen Datensatz auf. Dann drehte er das Display und drückte auf eine Taste. Auf einer Karte begann sich ein roter Punkt zu bewegen und hinterließ eine Reihe von Linien. July hatte keine Schwierigkeiten, das Gebiet als Providence und die umgebende Metropolregion zu identifizieren. Der Punkt sprang erstaunlich oft zu drei Orten: der Brown University, einem Ort in Attleboro, und zu einem dritten, den sie nicht so schnell einordnen konnte. Doch ihr war schnell klar, dass es sich vermutlich um 28 Waterhouse Street handeln musste.

»Deckers Bewegungsprofil?«

Owen nickte. »Warte einen Moment.«

July beobachtete den Punkt und die ihm rasant folgenden Linien, bis er stehenblieb. Die Markierung war an dem dritten Ort auf der Karte, an dem sie sich nun mutmaßlich befanden.

»Die letzte Ortung seines Telefons fand hier statt - dann hat er es ausgeschaltet.«

»Warum sind wir dann nicht zuerst hierhin?«, fragte July. Den Vorgaben der Polizeiarbeit folgend, die sie beim PPD gelernt hatte, wäre das der erste logische Schritt gewesen.

»War so ein Gefühl«, antwortete Owen. »Ich wollte zuerst wissen, wo Decker sich so regelmäßig in Attleboro aufhielt. Dass er oft in seinem Frat House war, ist ja nicht wirklich überraschend. Zumal wir ja wussten, dass er sich am Ende nicht mehr hier aufhielt.«

July nickte. Das war logisch – wäre Decker ein Vermisster gewesen, hätte man die Suche in jedem Fall hier beginnen sollen. Doch da sie durch den Mord im Sabin Park bereits wussten, dass er sich nach dem Abschalten des Telefons wegbewegt hatte, war das kein notwendiger erster Schritt mehr gewesen.

»In der Abwesenheit der Dunkelheit obsiegt das Licht«, murmelte Owen und riss sie so aus den Gedanken. »Die tragen aber dick auf.«

Als July ihn daraufhin verwirrt anblickte, erklärte er: »In absentia tenebrae, lux vincit. Das Motto von Candle & Cross. Ich habe es durch einen Übersetzer gejagt. Eigentlich lautet der Spruch wohl umgedreht – In absentia lucis, tenebrae vincunt. In der Abwesenheit des Lichts obsiegt die Dunkelheit. Das macht aber, um ehrlich zu sein, in meinen Augen auch nicht viel mehr oder weniger Sinn.«

»Was weißt du denn über diese Verbindung?«, fragte July, ohne auf seine Ausführungen einzugehen.

»Candle & Cross wird finanziert von einer der großen evangelikalen Stiftungen. Sie ermöglichen es jungen Männern aus gutem Hause, frühzeitig die notwendigen Verbindungen zu knüpfen, um es in der Geschäftswelt oder Politik weit zu bringen. Die Liste der Ehemaligen ist lang und beeindruckend.«

»Ist das nicht ein abwegiger Gedanke, dass jemand aus so einem Umfeld eine Droge nimmt, die ursprünglich daher kommt, dass Menschen im Trailer Park herausgefunden haben, dass sie high werden, wenn sie ihr Badesalz löffeln?«

Owen grinste und nickte. »Absolut. Das ist die eine Sache, die ich hier überhaupt nicht zusammenbekomme. Zumal wir bisher nirgendwo wirklich auf Alpha-PVP gestoßen sind. Man könnte sagen, dass der ganze Fall nichts mit meiner Theorie zu tun hat.«

»Was für eine Art von Agent bist du eigentlich? Ich meine, deine Arbeit ist offensichtlich anders als normale FBI-Ermittlungen.«

»Ich bin so eine Art Frühwarnsystem. Ich habe den Auftrag, bestimmten neuartigen Bedrohungen nachzugehen und mehr über sie herauszufinden. Mein Job ist es, um die Ecke zu denken. Das impliziert eine Menge krude Theorien und tote Enden, muss ich gestehen. Doch bis jetzt haben sie mich noch nicht nach Hause beordert.«

July blickte ihn freundlich und skeptisch an. »Du bist so eine Art Spooky Mulder.«

Owen musste lachen. Dann antwortete er kopfschüttelnd: »Das verbitte ich mir. Und übrigens, dich hat man mir ja wohl kaum zur Seite gestellt, um meine Arbeit zu überwachen, wie?«

July schluckte und verriet seinen Treffer offensichtlich mit ihrer Reaktion. Owen schaute sie aufmerksam an. Erstaunlicherweise konnte sie kaum Misstrauen in seinem Blick erkennen. Eher … Interesse.

»Wer?«, fragte Owen.

»Ich … darüber darf ich nicht reden. Tut mir leid.«

»Also ist es wahr. Sehr interessant. Sehr interessant und sehr vielsagend. Wobei ich dir nichts übel nehme. Sag mir nur eins – wundert es dich nicht auch, dass wir diesen Typen suchen, der gerade dabei ist, ein serienmordender Kannibale zu werden, und dann liegt er zermatscht im Keller eines baufälligen Hauses?«

»Klar wundert mich das«, sagte July. »Aber was hat das damit zu tun, dass ich dich vielleicht ein wenig beobachten soll?«

Owen zuckte mit den Schultern. »Vielleicht nichts. Vielleicht alles.«

»Wow, das ist ja hammerharte FBI-Ermittlungsarbeit. Ich kleine Streifenpolizistin kann ja noch so viel von Ihnen lernen, Sir.«

Owen lachte erneut, und sie fand die Art, auf die er sich selbst nicht so ernst zu nehmen schien, sehr sympathisch.

»Kommen Sie, Officer, befragen wir ein paar privilegierte Schnösel.«

Sie umrundeten das Haus, bis sie das große, geschmiedete Tor erreichten, das mit seinen speerartigen Streben eine mittelalterliche Wehrhaftigkeit vermittelte. July blickte hindurch und wusste nicht, ob sie beeindruckt oder irritiert war. Das Frat

House sah von Nahem irgendwie noch größer und imposanter aus als beim Vorbeifahren. Die roten Backsteinwände waren aufwändig verwinkelt. Mehrere zweigeschossige Erker mit großen Fenstern gaben zumindest einen vagen Blick frei in die Zimmer, die vermutlich den Gemeinschaftsbereich bildeten. Alles war aufgeräumt, sauber und ordentlich. Die Einrichtung sah eher so aus, als würde dort ein sechzigjähriger Professor mit seiner Haushälterin leben als eine Bande verwöhnte Ostküstensnobs. Nur die beiden großen, metallenen Buchstaben über dem Haupteingang wiesen eindeutig auf die Nutzung als Verbindungshaus hin. July fiel auf, dass der Efeu an der linken Seite der Villa auf eigentümliche Art die Form einer großen Hand hatte, die die Mauern umschloss.

»Irgendwie sieht das Ding eher aus wie ein Spukhaus, nicht wie eine gewöhnliche Verbindungsvilla«, sagte sie leise.

Owen grinste kurz, dann drückte er auf die Klingel. Durch den Garten hörten sie ein altmodisches Glockenspiel. Nach einer Minute knirschte es und eine Stimme meldete sich in der Gegensprechanlage.

»Ja?«

»Guten Tag Sir, mein Name ist Owen Bradbury, FBI. Wir ermitteln in einem Mordfall und hätten ein paar Fragen an Sie und die anderen Bewohner des Hauses.«

Für einen Moment herrschte Stille. Dann kam erneut die Stimme aus dem Lautsprecher.

»Wen suchen Sie denn?«

»Lassen Sie meine Kollegin und mich doch bitte rein, dann erkläre ich Ihnen alles. Es geht um ein vermisstes Mitglied ihrer Verbindung.«

Statt einer Antwort summte es und das Tor begann aufzuschwingen. July ließ ihren Blick durch den kleinen, aber parkhaft gepflegten Garten gleiten. Nur ein paar moderne Fahrräder neben dem Eingang störten das zeitlose Bild.

Die große Haupttür öffnete sich und ein junger Mann blickte sie aufmerksam an. Er war bestimmt Mitte oder eher Ende zwanzig, vielleicht ein Doktorand oder wissenschaftlicher Mitarbeiter? Oder seine modern-konservative Kleidung und sein teurer, klassischer Haarschnitt ließen ihn älter wirken, als er war

»Kommen Sie rein, Agent Bradbury«, sagte er. »Und Sie sind?«

»Officer July Wilbur«, antwortete July. Der junge Mann nickte.

»Mein Name ist Gabriel Stark. Ich gehöre zum Leitungskomitee des C&C-Hauses.«

Stark führte sie in einen Gemeinschaftsraum, dessen Möbel größtenteils älter sein mussten als Tom. Sie hatten sich jedoch besser gehalten als ihr Großvater, musste July gestehen. Alles sah aus wie in einem Herrenhaus vergangener Jahrhunderte. Auch Gabriel Stark hätte sich gut in das Bild gefügt, wenn man davon absah, dass er keinen Gehrock oder Anzug trug, sondern einen Pullover über seinem Hemd. Er bot ihnen einen Platz an und sagte dann in Richtung der Tür. »Esther, wärst du so nett, unseren Gästen Kaffee zu servieren?«

July folgte Starks Blick und sah dort eine junge Frau in einem wadenlangen, gerade geschnittenen blauen Kleid. Sie war blond und trug eine Hochsteckfrisur.

»Natürlich, Gabriel«, antwortete sie und drehte sich in der Tür um, in der sie gestanden hatte.

»Vielen Dank«, sagte er und wandte sich dann Owen zu. July nutzte die Gelegenheit, ihn intensiv zu mustern, während er sprach.

»Nun, Agent Bradbury, wie kann Candle & Cross ihnen bei den Ermittlungen helfen?«

Stark sah gut aus mit seinen schwarzen Haaren und klaren Augen. Er hatte dabei die Manieren eines Mannes, der mindestens zwanzig Jahre älter war als er. Dieser Eindruck wurde noch verstärkt von der erstaunlichen Souveränität, die er in dieser Situation zeigte.

»Ist ein Ryan Decker Mitglied dieser Verbindung, Mister Stark?«

Der Angesprochene blickte kurz auf seine Hände und dann wieder lächelnd auf.

»Ich befürchte, es widerspricht der Politik unserer Organisation, die Namen unserer Mitglieder zu nennen«, antwortete er dann charmant.

Owen schürzte die Lippen und ließ einmal demonstrativ seinen Blick durch den Raum schweifen.

»Warum?«, fragte er trocken.

»Wir haben damit vor einigen Jahren negative Erfahrungen gemacht. Seitdem wurden unsere Statuten angepasst und offerieren unseren Mitgliedern weitgehenden Schutz ihrer Privatsphäre.«

Owen nickte. »Sie spielen damit auf die Untersuchungen an, die gegen einige Mitglieder ihrer Organisation vorgenommen wurden. Ich würde das nicht als eine gute Grundlage für die Steigerung der Privatsphäre ihrer Mitglieder ansehen. Was ist denn mit der Privatsphäre der jungen Frauen, die damals Anzeige erstattet haben?«

July blickte überrascht zu Owen und dann wieder zu Stark, als dieser antwortete.

»Ich sehe, Sie haben sich gut auf diesen Besuch vorbereitet, Agent Bradbury. Dann wissen Sie sicher auch, dass sich die Vorwürfe als nicht haltbar erwiesen haben. Daher betrachte ich es durchaus als sinnvoll, den guten Namen unseres Hauses sowie seiner Mitglieder zu schützen, indem wir uns an eine solche Situation anpassen.«

»Mr. Stark, in diesem Fall geht es jedoch nicht um unbewiesene Vorwürfe. Ich stelle Ihnen diese Frage vor allem, da wir die Aufgabe haben, Ryan Deckers Umfeld über seinen Tod zu informieren.«

July fixierte ihren Blick auf das Gesicht des Befragten. Die Reaktion auf diese Aussage konnte sehr interessant oder entlarvend sein. Doch Gabriel blickte an Owen vorbei. Sein Ausdruck veränderte sich nur minimal und er erhob sich.

»Da bist du ja endlich, Esther. Wir warten schon auf den Kaffee.«

Die junge Frau kam wortlos an den kleinen Tisch, nur begleitet vom kaum hörbaren Klirren des Porzellans. Dann deckte sie mit geübten Bewegungen für drei Personen ein – Kaffee, Milch und Zucker, sowie eine kleine Auswahl an Gebäck.

Stark schenkte Owen und July aus der weißen Kaffeekanne ein und wartete dann, bis Esther wieder den Raum verlassen hatte.

»Ich nehme diese Information zur Kenntnis und werde sie weitergeben, so dies nötig ist.« Die Art und Weise, wie er mühelos und ungerührt wieder den Faden aufgriff, beeindruckte July. Owen zog eine Augenbraue hoch, dann schüttelte er andeutungsweise den Kopf und zog eine Visitenkarte aus seinem Sakko.

»Falls Ihnen doch noch auffällt, dass es hilfreich sein könnte, im Rahmen des Mordes an einem Ihrer Mitglieder mit den Ermittlungsbehörden zu kooperieren«, sagte er und legte sie auf den Tisch.

Nachdem sie die hohe Steinmauer des Anwesens halb umrundet hatten, brach July das angespannte Schweigen.

»Na, der war ja unsagbar wenig hilfreich«, murmelte sie.

Owen warf ihr einen Seitenblick zu. »Ich finde seine abgebrühte Art und die Verschlossenheit dieser Organisation durchaus aufschlussreich«, sagte er.

»Was waren das denn für Vorwürfe, auf die ihr angespielt habt?«

»Candle & Cross stand vor ein paar Jahren im Zentrum einer Reihe von Vergewaltigungsvorwürfen. Mehrere Studentinnen bezichtigten Mitglieder der Verbindung, ihnen etwas in den Drink getan zu haben. Die Fälle wurden alle aus Mangel an Beweisen geschlossen. Doch die Verbindung befürchtete natürlich eine Rufschädigung und ging hart gegen die Frauen vor.«

»Warum weiß ich davon nichts? Ich kann mich nicht erinnern, etwas in den Medien gehört zu haben, hier in Providence. Allzu groß kann der Rufschaden also nicht gewesen sein.«

Sie erreichten den Wagen und stiegen ein. Nachdem er sich ins CAD-System eingeloggt hatte, fuhr Owen fort.

»Ich habe einige Informationen dazu in der FBI-Datenbank gefunden. Es handelt sich wohl um Backups einiger Dateien, die im Rahmen eines Austauschprogramms an uns übermittelt worden sind.«

Er tippte kurz auf der Tastatur und pustete dann erstaunt Luft aus. »In euren Systemen finde ich jedoch nichts davon.«

»Du hast beim FBI ein Backup von Daten aus Providence gefunden? Wie ist das denn möglich?« July ging noch nicht auf den zweiten Teil seiner Aussage ein. Owen blickte weiter auf das CAD-System und versuchte eine weitere Abfrage, während er antwortete.

»Es gibt immer wieder neue Initiativen zum Datenaustausch zwischen Ermittlungsbehörden, um die überregionale Zusammenarbeit zu verbessern. Das FBI ist da natürlich oft involviert. Ich verstehe allerdings nicht, warum ich bei euch gar nichts dazu finden kann.«

»Selbst wenn ein Fall geschlossen wird, bleiben die Daten erhalten«, sagte July. »Sehr alte Fälle verschwinden irgendwann von den Servern und landen auf den Magnetband-Archiven. Ich musste in der Ausbildung einmal nach einem Fall aus den Sechzigern suchen. Die findet man nicht über das CAD-System.«

Owen klang düster, als er antwortete. »Wir reden von Fällen, die höchstens zehn Jahre her sind.«

»Die müssten wir in jedem Fall noch im System abrufen können. Vielleicht liegt es am mobilen Zugriff? Wir können ja mal aufs Revier fahren und von dort aus danach schauen.«

Der Gedanke, dass es beim FBI Sicherheitskopien von Fällen gab, die im PPD nicht mehr vorhanden waren, machte sie nervös. Die Idee, dass jemand Daten gelöscht hatte, war schwerwiegend. Sie tauschte einen Blick mit Owen aus und schwieg über ihre Gedanken. Doch sie war sicher, ihm musste das Gleiche durch den Kopf gehen.

»Hey, was ist denn das jetzt?«, fragte Owen. July blickte ihn an.

»Der Decker-Fall ist nicht mehr abrufbar«, murmelte er. »Wurde zur Geheimsache erklärt.«

»Ist das vielleicht auch bei den alten Candle & Cross-Fällen passiert?« Einen derartig ungewöhnlichen Fall weitgehend abschirmen zu wollen, erschien July irgendwie nachvollziehbar. Auf diese Weise verhinderte man unerwünschte Aufmerksamkeit und vermutlich auch Berichterstattung in den Medien. Wenn es bei den anderen Fällen auch solche seltsamen Details gab, war das vielleicht die Erklärung für ihr Fehlen im CAD-System.

Doch Owen schüttelte nur langsam den Kopf. »Nein. Die sind einfach weg. Bei Decker wird mir jetzt der Zugriff verweigert.«

Das Funkgerät gab ein Knacken von sich, dann meldete sich die Stimme einer Kollegin aus der Zentrale.

»Echo 17, kommen Sie zurück aufs Revier. Der Captain möchte mit Ihnen sprechen.«

July warf einen Seitenblick zu Owen, dann drückte sie den PTT-Knopf.

»Hier Echo 17, bestätige. Wir machen uns auf den Weg.«

XII

Memory Hacking

Wie aus weiter Entfernung hörte sie ein rhythmisches Dröhnen. Das Geräusch wiederholte sich enervierend schnell und schien näherzukommen. Es schien auch nicht nur ein Geräusch zu sein, sie hatte den Eindruck, dass sich irgendetwas bewegte …

Ein Poltern riss Dana aus dem Schlaf. Sie hatte für einen Moment das Gefühl, als ob sie durch einen Tunnel gesaugt wurde – dann blickte sie sich erschrocken um und hörte ihr Handy auf dem Boden vibrieren.

»Was …«, murmelte sie und tastete über den Boden, bis sie es in der Hand hatte. Genau in dem Moment, als sie es berührte, blieb das Telefon ruhig. Sie drehte es um und blickte verschlafen aufs Display.

6 Anrufe in Abwesenheit, verkündete dieses. Darüber die Uhrzeit: 11:47. Dana rollte sich auf den Rücken und blickte hinüber zu Espérance. Das Bett ihrer Mitbewohnerin war jedoch leer und bereits gemacht. Oder war es noch leer?

Während sie sich verwirrt umblickte, vibrierte wieder das Smartphone, welches sie noch in der Hand hielt. Es war Alexis, die sich direkt lautstark zu Wort meldete, kaum dass Dana den Anruf angenommen hatte.

»Warum zum Teufel gehst du denn nicht ans Telefon? Ich hätte dir fast die Polizei auf den Hals gehetzt!« Ihre Stimme verriet gleichzeitig Erleichterung und Wut.

Dana stammelte als Antwort nur. »Ich … äh … ich bin in meinem Zimmer. In der Uni.«

Alexis beschloss kurzerhand vorbeizukommen und saß eine Viertelstunde später gegenüber von Dana auf ihrem Schreibtischstuhl. Sie beugte sich weit vor und musterte die immer noch verschlafene und verwirrte Studentin misstrauisch.

»Also, erzählst du mir vielleicht mal, was gestern Abend passiert ist? Du bist plötzlich weggefahren und hast dich nicht mehr gemeldet.«

»Weggefahren?«, fragte Dana und fuhr sich nervös durchs Haar. »Von wo denn weggefahren?«

Alexis zog die Augenbrauen hoch. »Von der Kirche?« Ihre Stimme klang genervt.

Dana blickte sie verwirrt an. »Was denn für eine Kirche?«

»Sag mal, willst du mich verarschen? Die Kirche, zu der wir deine bescheuerte Freundin verfolgt haben, weil du dir Sorgen um sie gemacht hast.«

Während sie das sagte, hob Alexis die Schultern und drehte ihre Hände in einer fragenden Geste nach außen. Als Dana sie immer noch ratlos anschaute, fuhr sie fort. »Du hast ihr Handy geknackt und wir haben eine Tracking-App installiert? Weil du wissen wolltest, wo sie mit ihrem schnöseligen Phi-Optimus-Maximus-Freund feiern geht?«

Sie griff nach ihrem Rucksack und fischte geübt ihr Notebook heraus. Nachdem sie ihr Passwort eingegeben hatte, drehte sie das Gerät herum und präsentierte Dana eine Karte.

»Und weißt du, was die Antwort auf die Frage ist?« Eine kurze dramatische Pause, dann tippte sie kräftig auf den Bildschirm, sodass sich um ihre Fingerspitze eine Verzerrung bildete. »Sie macht einen drauf in der Eternal Haven Church!«

Dana stand auf und griff nach einer Sweatjacke. »Ich brauch' erst mal einen Kaffee«, murmelte sie. Ehe sie jedoch in den Küchenbereich schlurfen konnte, öffnete sich die Tür und Espérance kam herein. Sie trug Sportkleidung und schien gut gelaunt – auf jeden Fall war sie in einem vollkommen anderen Zustand als ihre Mitbewohnerin. Alexis klappte hektisch ihr Notebook zu.

»Oh, du hast Besuch?« Espérance streckte der Besucherin freundlich die Hand entgegen und stellte sich vor.

Alexis blieb leicht reserviert, sie wollte sich scheinbar kein Misstrauen anmerken lassen. »Freut mich. Wie geht's denn so?«

Im folgenden Smalltalk stellte sich heraus, dass Espérance gerade Laufen gewesen war. Sie hatte Dana schlafen lassen, da sie diese gestern Abend zufällig in einem Restaurant in Dodgeville getroffen hatte. Danach sei es etwas später geworden. »Und Dana hat, glaube ich, ein wenig zu viel getrunken«, schloss sie die Geschichte ab. Ihr Lächeln, das sie dabei präsentierte, war ehrlich und warm. Dana blickte zu Alexis, die gleichzeitig empört und wütend aussah. Espérances Zusammenfassung des Vorabends weckte vage eine Erinnerung in Dana und sie konzentrierte sich darauf. »Stimmt … ich hatte so einen Durst nach dem Burrito und dann hätte ich keine Margaritas trinken dürfen …«

»Ich hoffe, deinem Kopf geht es nicht allzu schlecht«, meinte Espérance freundlich. Alexis blickte zwischen den beiden Hin und Her. Dann schubste sie ihr Notebook in den offen daliegenden Rucksack und verabschiedete sich.

†

Das absolut Erstaunliche war, dass Dana den Mist wirklich zu glauben schien. Als sie später am Tag telefonierten, erzählte sie witzige Anekdoten von dem spontanen gemeinsamen Abend. Sie konnte sich zwar vage an die Tracking-App erinnern, schien aber nicht in der Lage zu sein, ihre Eindrücke zusammenzufügen.

»Dir ist schon klar, dass wir Espérance verfolgt haben? Ich meine, dass du sie verfolgt hast?«

Dana lachte zuerst, dann wurde sie leise. »Haben wir das? Warum machen wir so was denn?« Ihre Stimme klang plötzlich müde und erschöpft, dabei war es mitten am Tag und vor einer Minute hatte sie noch lebhaft vom Vorabend erzählt. Für Alexis passte der ganze Kram nicht zusammen – aber irgendwie auch schon. Dana hatte Espérance verfolgen wollen, weil diese sich seltsam verhielt und ihre Erinnerung und ihre Erzählungen irgendwie irritierend wirkten. Nun schien es bei ihr genauso zu sein. Es müsste mit dem Teufel zugehen, wenn es da keinen Zusammenhang gab.

»Wir sollten uns treffen«, schlug sie daher vor. »Hast du um fünf Uhr Zeit?«

Alexis saß im Kapuzenpulli auf einer Bank im Park und scrollte durch ihren Twitter-Feed, als Dana sich langsam näherte. Ihre Bewegungen waren zögerlich, so als würde sie sich einem unangenehmen Ereignis nähern. Dennoch lächelte sie, als Alexis aufblickte.

»Hey«, sagte sie zur Begrüßung.

»Gehen wir ein Stück.« Alexis ließ ihr Telefon in die Jackentasche gleiten und stand auf. Eine Windböe wehte vor ihnen eine Wolke roter Blätter auf, und Dana steckte ihre Hände in die Manteltasche. Alexis trug, wie meistens in der kalten Jahreszeit, fingerlose Handschuhe.

»Du weißt also nicht mehr, was wir gestern getrieben haben?« Sie eröffnete die Konversation, nachdem sie in die erste, sanfte Kurve des Weges eingebogen waren. Dana wurde langsamer und blickte sie an.

»Na ja, wir wollten wissen, wohin Espérance mit Gabriel geht. Das weiß ich noch. Auch wenn es mir jetzt irgendwie komisch vorkommt, ihr nachzuspionieren.«

Alexis zuckte mit den Schultern. »Das war deine Idee. Ich hab' dir nur bei der Ausführung geholfen. Was ist denn deiner Meinung nach in Attleboro passiert?«

»In Dodgeville, meinst du?«

»Nein, verdammt, in Attleboro!« Alexis sprach leise, doch sicher war ihr die Wut leicht anzuhören. »Ich habe euch auf meinem Notebook verfolgt und es war eindeutig in Attleboro. Der Kontakt zu Espérance ist abgebrochen, und du wolltest nachsehen. Dann habe ich dich auch verloren. Ich hatte fast überlegt, trotz allem die Polizei zu rufen. Aber da hast du dich gemeldet und gesagt, dass du nach Hause fährst. Dann warst du bis heute Mittag nicht mehr zu erreichen.«

Ein erneuter, kräftiger Windstoß löste über ihnen weitere rote Blätter aus den Bäumen und ließ diese zu Boden gleiten. Alexis fing eines aus der Luft und drehte es zu einer Röhre zusammen, während sie weiterging. »Und jetzt erzählst du mir so einen Scheiß mit dem Restaurant?« Sie zerknüllte das Blatt und warf es zu Boden.

Dana wurde erneut langsamer und sprach zögerlich, als sie antwortete. »Vielleicht bist es ja auch du, die komische Dinge erzählt.« Sie klang ungläubig, beinahe so, als wäre ihr gerade eine abwegige Idee gekommen. Alexis konnte in ihrem Gesicht beinahe ablesen, wie ihre Gedanken sich verhärteten. »Vielleicht möchtest du mir ja etwas einreden.«

»Verdammt, nein!« Ärgerlich holte Alexis ihr Handy hervor und öffnete die Tracking-App. »Schau es dir an – ich habe aufgezeichnet, wo du dich gestern Abend befunden hast. Das war nicht in einem verdammten Restaurant in Dodgeville!«

Danas Gesichtszüge wurden erneut ein wenig glatter. Fast so, würde sie plötzlich müde. Sie schien dabei jedoch intensiv nachzudenken. Bevor sie etwas sagen konnte, fuhr Alexis fort.

»Ich hab' vor einer Weile mal was recherchiert. Ich glaube, bei dieser Sache hier haben wir es mit Memory Hacking zu tun. In psychologischen Experimenten konnte man Menschen erfolgreich lebhafte Erinnerungen an Ereignisse einreden, die niemals stattgefunden haben. Unser Gehirn ist nicht dafür geschaffen, sich präzise an genaue Ereignisse zu erinnern. Es gibt Psychologen, die behaupten, dass es gar nicht so schwer ist, unsere Erinnerung zu manipulieren. Man kann hinterher kaum noch unterscheiden, was wirklich passiert ist und was nicht. Du wärst sicher nicht die Erste, der so etwas passiert.«

»Du glaubst doch nicht wirklich, dass irgendjemand Espérances und meine Erinnerungen gehackt hat?« Dana blickte sie mit großen Augen an. Ihr Misstrauen war etwas wie Ungläubigkeit gewichen. »Mal abgesehen von den Fragen nach dem Wer und auch dem Warum: Wie genau macht man so was überhaupt? Und wie sicher sind denn Erinnerungen, die nur eingeredet wurden? Müsste die Wirkung des Einredens nicht irgendwann nachlassen?«

»Keine Ahnung«, knurrte Alexis. »Aber das werden wir jetzt herausfinden«

Der Plan war auf den ersten Blick naheliegend, doch ließ er sich nicht so einfach in die Tat umsetzen. Alexis und Dana waren beide überzeugt, eine Hypnose könnte möglicherweise dabei helfen, Licht ins Dunkel der Erinnerungen zu bringen. Doch die ersten Therapeuten, mit denen sie sich in Verbindung setzten, lehnten eine Hypnosesitzung ohne medizinische Indikation ab. Stattdessen empfahlen sie, zuerst ärztliche Untersuchungen durchführen zu lassen, um neurologische Schädigungen oder Erkrankungen auszuschließen. Das kam für Dana jedoch nicht infrage – sie studierte selbst Medizin und hatte eine vage Vorstellung davon, mit welchen Augen sie auf eine Patientin blicken würde, die mit einer Geschichte über gehackte Erinnerungen in eine Arztpraxis kam.

Alexis recherchierte daraufhin nach spirituellen Heilern oder Wicca, die Hypnose anboten. Diese waren deutlich schwieriger zu finden als die verschiedenen Hypnosezentren für Gewichtsreduktion oder zur Rauchentwöhnung, die in der Gegend zunehmend populärer wurden.

»Was ist denn mit dem hier?«, fragte Alexis und deutete mit dem Finger auf den Bildschirm.

†

»Ich bin auf einer Straße.« Danas Stimme war leise und ruhig, aber gut zu verstehen. »Vor mir ist ein großes Gebäude. Ein hohes Gebäude. Es ist hell erleuchtet. Auf den Fenstern sind dunkle Kreuze. Genau, es sind Kreuze. Die Fenster sind bunt.«

Bingo, dachte Alexis. Sie hätte nicht erwartet, dass dieser komische Esoterik-Fuzzi seinen Job so gut machen würde. Aber offensichtlich verstand er sein Handwerk. Dana lag entspannt, mit glatten Gesichtszügen und geschlossenen Augen da. Ihre Stimme war ruhig.

»Geh hinüber zu diesem Gebäude.« Die Anweisung, die der Mann namens Jeffrey Desmoines ihr gab, war klar und bestimmt. Das Unterbewusstsein mag wohl klare Ansagen, feixte Alexis in Gedanken.

»Das Gebäude ist eine Kirche. Da sind andere Häuser um mich herum. Ich bin in einer Stadt.«

»Ist jemand bei dir?«, fragte Desmoines.

»Ich bin allein. Aber ich weiß, dass jemand in diesem Haus ist. Jemand ist vor mir in diese Kirche gegangen.«

»Geh weiter auf das Gebäude zu.«

Dana schwieg kurz. Ihre Augenlider flatterten.

»Die Tür ist sehr groß. Sie ist verschlossen. Ich drücke die Klinke langsam herunter. Ich möchte ich nicht bemerkt werden. Hier komme ich nicht hinein. Drinnen spricht jemand. Es ist eine Männerstimme. Sie spricht eine fremdartige Sprache. Ich kann die Worte nicht gut hören. Vielleicht ist es Latein.«

Jeffrey Desmoines spielte mit der Kette in seiner Hand und beobachtete seine Klientin aufmerksam. »Gibt es einen anderen Weg in das Gebäude?«

Danas Stirn lag jetzt in konzentrierten Falten.

»Ich gehe um das Haus. Irgendwie habe ich den Eindruck, dass es rechts einen weiteren Eingang geben könnte. Hinter der Häuserecke blicke ich in einen schmalen, überdachten Kellereingang. Ein Bewegungsmelder schaltet das Licht ein. Ich erschrecke mich.«

Sie pausierte kurz und Desmoines animierte sie geübt zum Weitersprechen. Danas Stimme wurde noch ein wenig leiser.

»Ich habe Angst, entdeckt zu werden. Aus dem Haus höre ich immer noch die Männerstimme. Er spricht wirklich Latein. Vor dem Kellereingang ist ein Fenster. Von dort aus kann man ins Erdgeschoss blicken. Es ist dunkel dahinter. Jetzt gehe ich näher heran. Ich kann nun mehr hören. In der Kirche ist auch eine Frau. Sie sagt nicht viel. Doch sie ist sehr aufgewühlt. Ich höre, wie sich die Kellertür öffnet. Jetzt laufe ich zurück um die Ecke.« Über Danas Gesicht huschte ein kurzer Schrecken. »Da steht bereits ein Mann.«

»Kannst du mir den Mann beschreiben?« fragte Desmoines.

»Er ist sehr groß und glatzköpfig. Seine Kleidung ist dunkel. Nur sein weißes Hemd ist hell. Seine Augen sind sehr groß, viel zu groß. Er hat eine ruhige Stimme. Er sagt etwas zu mir und seine Augen werden noch größer.«

»Was sagt er zu dir, Dana?«

»Ich bin in einem Restaurant.« Ihre Stimme wurde zuerst etwas ruhiger und leiser, dann jedoch klar und fest. Alexis sah, wie einige von Danas Fingern unwillkürlich zu zucken begannen. »Es ist ein Familienrestaurant. Ich bin allein dort. Ich habe großen Hunger. In einer Sitznische erkenne ich Espérance und gehe zu ihr hinüber.«

Alexis blickte fragend zu Desmoines. Dieser schien allerdings voll auf Dana konzentriert zu sein.

»Kannst du mir sagen, wo der Mann nun ist?«

»Gabriel ist bei ihr. Er sitzt neben ihr. Wir begrüßen uns und sie bieten mir an, mich zu ihnen zu setzen.«

»Ich meine den glatzköpfigen Mann, den du mir gerade beschrieben hast. Kannst du mir sagen, wo der ist?« spezifizierte Desmoines.

Danas Augenlider flatterten schneller und ihr Atem schien sich zu beschleunigen. Auch ihre Füße bewegten sich, die Fußspitzen wanderten vor und zurück. Es sah aus, als stünde ihr Körper unter hoher Anspannung.

»Konzentriere dich nun noch einmal, Dana. Du hast gerade einen Mann mit großen Augen erwähnt. Kannst du mir sagen, wo er sich jetzt befindet?«

Die Worte klangen gepresst, als Dana antwortete. »Er … ist … nicht … hier.« Ihre Füße wanderten schneller und die Bewegung kroch ihre gesamten Beine hinauf. Es sah ein wenig aus, als versuche sie im Liegen wegzulaufen.

»Konzentriere' dich, Dana!« sagte Alexis ungeduldig und erntete umgehend einen bösen Blick von Desmoines. Sie dürfte eigentlich gar nicht im Raum sein, aber Dana hatte darauf bestanden. Die Tatsache, dass die beiden gut und bar bezahlten, hatte dann wohl ausgereicht für eine Sonderbehandlung. Jetzt schien der Hypnotiseur diese Entscheidung zu bereuen. »Sie sagen kein Wort mehr, bitte«, flüsterte er scharf in ihre Richtung und wandte sich dann wieder an seine liegende Klientin.

»Kannst du mir beschreiben, was du sonst noch in diesem Restaurant siehst?«

Diese Frage schien Dana zu beruhigen und sie sank wieder in den Sessel zurück. Ihr Atem war immer noch leicht beschleunigt.

»Da sind andere Menschen, Kellnerinnen und große Sitzecken. Und Pflanzen.«

»Fällt dir etwas Besonderes an diesem Ort auf, Dana?«

Ihre Lippen bewegten sich zögerlich, doch eine Antwort blieb aus. Desmoines wartete einen Moment, dann stellte er eine neue Frage.

»Kannst du mir sagen, was deine Freunde bestellt haben? Was essen sie oder welche Getränke wurden gebracht?«

Es war leicht zu erkennen, dass etwas in der Befragten arbeitete. Wenn Alexis es nicht besser gewusst hätte, wäre ihre Vermutung gewesen, dass Dana sich unter der Hypnose dagegen wehrte, eine Lüge auffliegen zu lassen. Das war es ja sicherlich nicht – aber die Reaktion und die Anspannung waren offensichtlich nicht auf die beschriebene, unverfängliche Situation zurückzuführen.

Desmoines schien einen Moment nachzudenken. Dann lehnte er sich leicht zurück und sprach wieder mit seiner warmen und ruhigen Hypnosestimme.

»Ich werde jetzt von fünf rückwärts zählen, Dana. Wenn ich bei eins angekommen bin, erwachst du und bist wieder ganz hier. Du wirst dich frisch und erholt fühlen.«

Sie warteten kurz, bis Dana wieder ganz bei sich war. Dann erklärte Desmoines: »Es kommt häufig vor, dass ein Klient sich unter Hypnose an Ereignisse erinnert, die er vorher nicht präsent hatte. Allerdings ist das eher typisch bei zeitlich weiter zurückliegenden Erlebnissen. Den plötzlichen Abriss deiner Erinnerungen an diese Nacht kann ich nicht zufriedenstellend erklären.« Er beugte sich nach vorn und sah Dana eindringlich an. »Hast du dich am nächsten Morgen gut gefühlt? Warst du … unversehrt?«

Ein zweiter und auch ein dritter Termin, bei dem Desmoines seine beachtlichen Hypnosekünste auffuhr, brachten leider keine weiteren Erkenntnisse. Dana konnte sich mittlerweile auch im wachen Zustand wieder an die Kirche erinnern, allerdings nicht an den seltsamen Glatzkopf. Beim Restaurant kam sie weder unter Hypnose noch im Wachzustand weiter. Nachdem Desmoines ihnen mitgeteilt hatte, dass er zumindest momentan keinen Sinn darin sehen würde, es noch ein viertes Mal zu versuchen, saßen sie niedergeschlagen im Auto und fuhren von seiner Praxis in Wanskuck zurück in die Innenstadt.

»Wir müssen Espérance einweihen«, meinte Dana langsam. Alexis, die den Wagen fuhr, blickte skeptisch zu ihr hinüber.

»Wie stellst du dir das vor? ›Oh Mademoiselle, wir haben uns ein wenig Gedanken gemacht, weil du ein wenig zu wild Party machst mit deinem Erzengelchen Gabriel, da haben wir dein Handy mal gehackt und dich verfolgt? Und dann ist da etwas wirklich *Komisches* passiert?‹« Sie verstellte ihre Stimme, was das Gesagte noch absurder klingen ließ. Dana musste lachen.

»Ja, ungefähr so, allerdings vielleicht ein wenig feinfühliger.«

Erstaunlicherweise reagierte Espérance auf Danas Eröffnung recht positiv. Es war ein wenig mühsam, die ganze Aktion etwas weniger neugierig und paranoid und dafür besorgt und rücksichtsvoll aussehen zu lassen. Aber die Französin machte es Dana leicht, indem sie sich alles ruhig anhörte und wenig Emotionen erkennen ließ.

»Und du vermutest jetzt, dass wir einer Art Gehirnwäsche unterzogen worden sind? So etwas gibt es doch gar nicht, Dana. Oder es geht zumindest nicht so schnell.«

»Ich hab' doch auch keine Ahnung, Es. Ich weiß nur, dass mit meinen Erinnerungen an diesen Abend etwas nicht stimmt. Und dass ich deine Geschichten über deine Abende mit Gabe auch seltsam fand.«

Espérance saß mit übergeschlagenen Beinen auf dem Bett und lehnte sich jetzt zurück an die Wand. Sie schien nachzudenken.

»Du hast recht damit«, meinte sie dann. »Etwas stimmt nicht. Ich habe so ein Gefühl, als ob ein Schleier aus Papier über diesen Abenden liegen würde.«

Dana war sehr verwundert, wie schnell ihre Freundin sich öffnete. Vor allem, weil sie bisher sehr wenig von sich preiszugeben bereit gewesen war.

»Dann nimmst du es mir nicht übel, dass ich dir nachspioniert habe?« fragte Dana vorsichtig. Espérance lächelte.

»Du wolltest mich schützen. Du bist vielleicht ein wenig neugieriger, als es höflich ist, Dana, aber ich denke, deine guten Motive überwiegen. Ich würde dich aber in Zukunft bitten, mich erst einzuweihen. Spionage sollte ein letztes Mittel sein, unter Freundinnen, finde ich. D'accord?«

Sie knipste ihr ein Auge und Dana war beeindruckt davon, wie souverän sie mit dieser Situation umging. Sollte man nicht erwarten, dass sie aufgewühlt und verletzt war in dieser Situation?

Nach der Eröffnung ihrer Konspiration kam auch Alexis hinzu. Espérance und sie begegneten sich noch einmal mit neuen Augen. Dana hatte den Eindruck, dass beide die jeweils andere anerkennend musterten, als wollten sie sich sagen: Ich habe dich unterschätzt, jetzt bin ich sehr gespannt auf dich.

Zu dritt beschlossen sie, dass trotz des fruchtlosen Ergebnisses in Danas Fall ein Besuch bei Jeffrey Desmoines eine gute Option war, um auch einmal Espérances Erinnerungen unter die Lupe zu nehmen. Als sie dann wiederum bemerkte, dass die beiden anderen wegen der Kosten ein wenig herumdrucksten, bestand sie darauf, auch die ersten drei Sitzungen zu erstatten.

†

Desmoines verhandelte erneut darüber, dass eigentlich bei einer Sitzung außer dem Hypnotisanden und dem Hypnotiseur niemand sonst im Raum sein sollte. Dana hatte die Vermutung, er tat das diesmal einfach nur, um den Preis in die Höhe zu treiben. Es kam ihr vor, als nähme er Eintritt. Espérance überzeugte ihn allerdings mühelos mittels ihrer Kreditkarte und nahm auf dem Sessel Platz.

»Ich muss sie jedoch warnen«, sagte sie mit ihrem sympathischen Akzent. »Jemand sagte einmal zu mir, ich sei schwer zu hypnotisieren.«

Ein schwer zu interpretierender, irgendwie zerknirscht wirkender Blick von Desmoines folgte, dann regulierte er das Licht und schaltete ausgefallene, kaum hörbare Entspannungsmusik ein. Geübt erklärte er Espérance, dass er sie im weiteren Verlauf mit dem Vornamen ansprechen würde, um eine direkte und persönliche Ebene zu ihrem Unterbewusstsein zu schaffen. Dann führte er sie zuerst in einen Zustand der Entspannung und leitete dann die Hypnose ein.

Es dauerte in der Tat ungewöhnlich lange, bis Espérances Geist sich zu beruhigen schien. Dana konnte zwei oder drei Momente der Frustration bei Desmoines beobachten, doch er blieb professionell und machte mit jeder neuen Imaginationstechnik einen kleinen Vorstoß. Mehrfach schien er die Hypnose kurz unterbrechen, sie sahen Espérance Augen sich öffnen. Jedes Mal führte er sie aber umgehend wieder zurück in die Trance.

Als er schließlich mit dem entspannten Zustand seiner Klientin zufrieden war, begann er fokussiert, ihr Fragen zu stellen.

»Bist du schon einmal an der Eternal Haven Church in Providence gewesen?«

Es dauerte einen Moment, bis Espérance antwortete: »Mehrmals.« Ihr Akzent war nun plötzlich viel deutlicher zu hören, was ihr etwas Verletzliches, beinahe Verlorenes verlieh.

»Kannst du jetzt an diesen Ort gehen?«

»Ja.«

»Wo befindest du dich sich gerade?«

»Ich stehe vor der Kirchentür.«

»Ist jemand bei dir?«

»Gabriel steht neben mir. Er hält meine Hand.«

Desmoines wartete kurz ab, und in der Tat sprach die Französin weiter.

»Wir gehen auf die Tür zu. Sie öffnet sich und jemand wartet dahinter auf uns. Es ist ein Priester. Er begrüßt Gabriel und mich und führt uns in die Kirche.«

Eine kurze Pause, dann fuhr sie fort.

»Ich kenne diesen Priester. Ich mag ihn nicht. Gabriel hält immer noch meine Hand fest. Die beiden bringen mich zu einer Tür.«

Ihre Lippen bewegen sich weiter. Alexis erkannte eine vertraute Anspannung des Körpers und ein Flattern der Lider. Dann sprach sie plötzlich in versiertem Latein: »Fiat cor meum perfectum in praeceptis tuis ut non confundar.«

Desmoines runzelte die Stirn, fuhr jedoch beharrlich fort. »Kannst du mir sagen, was hinter dieser Tür ist?«

»Fiat cor meum perfectum in praeceptis«, wiederholte Espérance. Es klang, als warf sie ihm eine Zauberformel entgegen.

»Was sagt sie da?« fragte Alexis leise. Dana zuckte ratlos mit den Schultern. Der Hypnotiseur blickte kurz zu seinen beiden unerwünschten Zaungästen, jedoch eher verwundert als verärgert. Dann wandte er sich wieder seiner Klientin zu.

»Du bist hier vollkommen sicher, Espérance.« Seine Stimme wurde wieder warm und klang wie Honig. »Deine beiden Freundinnen sind hier bei dir. Ich möchte nun, dass du mir dabei hilfst, dir zu helfen.«

Die Lippen der Hypnotisierten bewegten sich lautlos weiter und sie begann zu zittern. Zuerst war es eine vage, kaum sichtbare Bewegung. Binnen weniger Momente steigerte sie sich diese, bis sie beinahe epileptische Ausmaße annahm. Espérance warf sich auf dem zurückgelehnten Sessel vor und zurück, während ihre Hände sich in die Lehnen des Sessels krampften. Dabei ging ihr Atem schnell und hektisch, wie der eines verletzten Tieres. Dana rief erschrocken aus, doch ihre Freundin schien nicht ansprechbar. Desmoines fuhr sich mit einer Hand durch sein Gesicht.

»Hol sie zurück!« forderte Dana ihn auf. Er blickte kurz zu ihr.

»Sie ist sehr aufgebracht. Ich will sie etwas beruhigen, damit das Zurückholen reibungslos gelingt.« Wieder an Espérance gerichtet sagte er mit ruhiger, gefasster Stimme: »Ich möchte, dass du dich von dieser Tür entfernst. Gehe rückwärts und suche einen anderen Ort auf. Niemand kann dich daran hindern. Du gehst ruhig weg und gelangst an einen sicheren Ort. Wo bist du?« Espérance hatte nicht auf Danas Stimme reagiert, die Worte Desmoines schienen sie zu erreichen. Ihr Körper beruhigte sich und die aufgeregten Bewegungen ließen nach. Sie atmete für einige Momente ruhig und antwortete dann leise.

»Ich bin am Meer. Ich stehe auf einer hohen Klippe an der Küste. Die Landschaft ist karg und das Meer ist rau. Da ist das Salz in der Luft und auf meiner Zunge. Ich blicke hinunter auf das Wasser. Der Wind ist kräftig und kühl.«

Die beiden Beobachterinnen bemerkten fasziniert, wie sich dieser Wind fast spürbar in ihrem Gesicht zeigte. Ihre geschlossenen Augen verengten sich leicht, ihre Wangen spannten sich an – als würde sie sich gegen einen unsichtbaren Luftstoß wappnen. Das scheint eine ganz schön intensive Hypnose zu sein, dachte Dana.

»Kennst du diesen Ort, an dem du nun bist?« fragte Desmoines. Er sah erleichtert aus, was Dana nicht gerade beruhigte. Jetzt war jedoch nicht der richtige Zeitpunkt, seine Kompetenz anzuzweifeln. Außerdem schien er seinen Job insgesamt schließlich gut zu machen – Espérance war scheinbar eine besonders harte Nuss.

»Ich bin in einem ummauerten Garten. Er liegt direkt an der Klippe. Nur eine Steinmauer trennt mich von der Tiefe. Hinter mir ist das Kloster. Ein sehr altes Gebäude. Es ist mir vertraut. Ich kenne es gut. Ich bin in Sicherheit.«

»Ist jemand bei dir?«

»Ich bin allein im Garten. Aber ich lebe mit anderen Menschen im Kloster. Und …«

Sie setzte den Satz nicht fort. Dana und Alexis blickten sich an. »Das klingt ja fast wie so ein Rückführungsding«, flüsterte Alexis. »War sie im früheren Leben eine Nonne? Das würde immerhin erklären, warum sie so gut Latein spricht.«

Desmoines warf ihr einen weiteren bösen Blick zu und die Studentin hob die Hände, als würde er sie mit einer Waffe bedrohen. Dann lag wieder alle Aufmerksamkeit auf Espérance, die langsam fortfuhr.

»Da ist jemand, der mich beobachtet. Er steht oben am Fenster und blickt von der Mauer hinab in den Garten. Es ist nun Nacht.«

»Möchtest du in das Kloster gehen?« Die Stimme des Hypnotiseurs war etwas leiser und sein Ton vorsichtiger als sonst. Es schien, als wollte er sich an die Möglichkeiten in dieser Erinnerung herantasten.

»Ich stehe jetzt vor der Tür. Ich öffne sie und gehe durch einen Bogengang. Im Karree des Klosters sind einige andere Menschen. Ich kenne sie. Sie sind wie ich Studenten und haben gerade Unterricht.«

»Kannst du mir etwas über den Unterricht sagen?«

»Sie bewegen sich langsam und gleichmäßig. Es sieht aus wie Yoga, oder wie eine Kampfsportklasse beim Aufwärmen. Ich erinnere mich an den Unterricht. Sie lernen gerade, sich zu bewegen und zu kämpfen. Ich gehe an ihnen vorbei.«

Eine kurze Pause, dann sprach sie langsam weiter.

»Ich gehe vom Hof aus in das Klostergebäude hinein und steige dort eine Treppe hinunter. Ich bin auf dem Weg zum Prior. Ich habe etwas in meinen Händen.«

Sie sprach nicht weiter, also fragte Desmoines nach einer Weile: »Kannst du mir sagen, was du in den Händen hältst?«

Espérance schwieg. Statt einer Antwort setzte sie sich kerzengerade im Sessel auf – scheinbar noch immer in Trance, denn ihre Augen waren geschlossen. Dana blickte zu Desmoines und erkannte an seinen großen Augen, dass dies absolut kein typisches Verhalten für eine Klientin während der Hypnose war. Die Französin faltete ihre Hände zum Gebet und senkte den Kopf. Sie begann leise zu sprechen. Dana erkannte die fremdartigen, arabisch klingenden Worte wieder, bei denen sie ihre mysteriöse Freundin vor einer Weile beobachtet hatte. Ihr Blick fiel auf das silberne Kreuz, das sich aus Espérances Bluse gelöst hatte und nun zwischen ihrem Hals und den gefalteten Händen schwang. Sie hatte es schon oft am Hals ihrer Freundin gesehen, weil sie es immer zu tragen schien. Tag und Nacht. Irgendwie wirkte es jetzt anders – ernsthafter – als in den letzten Wochen.

Jeffrey Desmoines beobachtete Espérance aufmerksam. Im nächsten Moment bemerke Dana, wie er ein wenig in seinem Sessel zusammensank. Anstatt seinen Blick konzentriert auf seine Klientin zu richten, sackte sein Kopf nach vorn und er starrte regungslos auf den Boden.

»Scheiße, was geht denn da ab?« flüsterte Alexis. Dana beobachtete die beiden Personen vor sich, die sich beide in einer Art Trance zu befinden schienen. Die eiserne Disziplin, mit der die Französin betete, hatte beinahe etwas Märtyrerhaftes. Als könne selbst eine Todesdrohung sie nicht aus dem Gebet reißen. Desmoines hingegen wirkte, wie ein deaktivierter Roboter – er war nicht bewusstlos, aber sein Geist wirkte leer. Auf eine seltsame, ganz und gar nicht entspannte Art.

Es war Alexis, die nach kurzer Zeit die Initiative ergriff. Sie stand auf, stellte sich vor Desmoines und schüttelte ihn zunächst vorsichtig an den Schultern. Als dies keine Wirkung zeigte, blickte sie kurz zu Dana, zuckte mit den Schultern, sprach ihn mehrfach an und versetzte ihm schließlich eine leichte Ohrfeige. Währenddessen flüsterte Espérance hinter ihr weiter fremdartige Gebete.

Desmoines erwachte aus seinem Zustand und blickte sich verwirrt um. Für einen Moment fiel er aus der Rolle und starrte Espérance an wie einen Geist. Dana dachte, er würde sie alle jetzt einfach hinauswerfen oder mit der Polizei drohen. Nach einem Moment des Sammelns leistete er der Aufforderung Folge, Espérance aus der Trance zurückzuholen. Als sie wenige Minuten später die Augen öffnete und ihn anblickte, bemerkte Dana Schweißperlen auf seiner Stirn.

»Ich denke, es ist besser, wenn ihr jetzt geht«, sagte er ruhig und stand auf. In seinen Augen schien etwas zu haften. Ein stummer Schrecken vielleicht oder ein anderer Eindruck, der kaum zu fassen war.

XIII

Familienangelegenheiten

Kaum hatte Avelian den Gästetrakt verlassen, suchte er sich einen leeren Raum. Mit schweißnassen Fingern fummelte er sein Smartphone aus der Hosentasche und tippte auf die Foto-App. Stapel von Bildern erschienen auf dem Display und er wählte jenen davon aus, der mehrere Fotos von Dokumenten auf den obersten Speicherplätzen enthielt.

Avelian scrollte durch die Fotos und öffnete eins, auf dem deutlich die Abbildung einer Person zu erkennen war. Es war ein loses Aktenblatt gewesen, an das mit einer Büroklammer eine ältere Fotografie geheftet worden war. Er hatte bei seinem Spionageeinsatz alle interessanten Seiten geknipst, und diese hatte sicherlich zu den aufsehenerregendsten gehört.

Gerade, als sich die Datei öffnen wollte, blendete die App aus und wurde durch einen schwarzen Bildschirm überlagert. In der Mitte grinste ihn das Bild von Hugues an. *Ankommender Anruf – Hugues Garcia*, meldete das Telefon pflichtbewusst. Avelian tippte auf den grünen Hörer.

»Hey, was rufst du mich an, ich könnte noch da drin sein!« Seine Begrüßung klang verärgert, sein Freund ließ sich davon nicht beeindrucken.

»Der Mikrochip in ihrem Absatz sagt mir, dass sie die Todeszone verlassen haben, Mister Bond.«

»Mikrochip?« Avelian war aus der Fassung, sodass die Frage tonlos klang.

»Léa hat Entwarnung gegeben. Also, was hast du gefunden, Bruder?«

Auch wenn er sich so schnell wie möglich wieder mit seinen Fotos beschäftigen wollte, wusste Avelian, sein Freund hatte einen Bericht verdient. Also erzählte er von seinem erfolgreichen Eindringen und dem dramatischen Zwischenstopp im Schrank. Die Hindernisse, die er beim Herumschleichen im Souterrain hatte umschiffen müssen, malte er im Bericht ein wenig zu blumig aus. Hugues konnte sich einen zynischen Kommentar nicht ganz verkneifen.

Schließlich berichtete er, wie er in die beiden Vorratsräume eingebrochen war und dort keine Lebensmittel, dafür aber einen großen Aktenschrank gefunden hatte. In diesem hatte er mehrere Hängeregister mit zahlreichen Dokumentenmappen entdeckt. Jede dieser Mappen trug den Namen einer Person. Der Nachname war in den allermeisten Fällen Lerot. Nachdem er beinahe erwischt worden war, hatte er

149

vor allem nach seiner eigenen Akte gesucht und diese auch schnell gefunden. Um Zeit zu gewinnen, hatte er die Dokumente dann abfotografiert. Ehe er jedoch nach anderen interessanten Akten Ausschau halten konnte, hatte Léa ihn erneut gewarnt. Mathilde war zu diesem Zeitpunkt wieder im Untergeschoss gewesen und er sah ein, dass er dringend verschwinden musste.

»Und jetzt wollte ich mir gerade die Fotos anschauen«, schloss Avelian seinen Bericht ab.

»Wow, da gibt es echt eine Akte für jeden Lerot?« Hugues schien halb ungläubig und halb beeindruckt.

»Ich weiß nicht, ob für jeden, für mich aber auf jeden Fall. Ich schau' jetzt rein und melde mich dann wieder bei dir, in Ordnung?«

Die beiden verabschiedeten sich kurz und Avelian scrollte wieder durch die Fotos. Auch wenn er auf praktisch jedes davon neugierig war – er hatte einige quergelesen und einige Informationsfetzen aufnehmen können, die er jedoch noch nicht arrangieren konnte – wischte er so lange über den Touchscreen, bis er die erste Datei erreicht hatte. Er vergrößerte die Seite und merkte, dass das Lesen eines abfotografierten Dokuments auf diesem Display nicht wirklich gut funktionierte. Trotz der fast brennenden Neugier in sich beschloss er, schnell auf sein Zimmer zu gehen. Es war Nachmittag, das Haus war ruhig wie immer um diese Zeit und so erreichte er schnell seinen privaten Raum. Mit einem Übertragungskabel kopierte er die Bilder auf sein Notebook, um sie dort in größerer und besser lesbarer Qualität zu öffnen.

Avelian Loan Gaël Lerot
geboren 13. November 1993
Eltern: Nicolas Lerot, geborener Saint-Laurent und Revelyn Lerot

hieß es auf dem Deckblatt. Unter diesem Etikett war auf dem Foto ein gelber Klebezettel zu sehen. Avelian erinnerte sich an diese Markierung – das war ein Vermerk gewesen für jemanden. Er vergrößerte die nicht gut lesbare Handschrift ein wenig und konnte halbwegs entziffern, was man seiner Akte nachträglich hinzugefügt hatte:

Andrièl de Clermont-Ferrand:
Verlegung nach Bersolet veranlasst
Effektiv ab 1. Oktober 2013
Unter Beobachtung

Avelian erinnerte sich an den Eindruck, den er von dem Dokument aufgesaugt hatte. Er war ein schneller Leser, doch war er zu diesem Zeitpunkt komplett darauf fokussiert gewesen, ein brauchbares Foto zu schießen. *Effektiv ab 1. Oktober 2013* – das war in nicht einmal zwei Wochen. Seine Augen wanderten kurz zu der enervierend glänzenden Broschüre über die Privatschule Bersolet, dann klickte er auf die nächste Dokumentenseite.

Dort waren in erstaunlicher Detailgenauigkeit seine schulischen Leistungen ab dem Eintritt in die Grundschule aufgeführt. Auf der nächsten Seite waren zahlreiche Fähigkeiten vermerkt, die jemand auf einer Skala von eins bis zehn bewertet hatte – kognitive, soziale sowie auch motorische. Seine Werte waren in den meisten Bereichen hoch. Unten auf der Seite war ein Datum vermerkt: 1. November 1999. Daneben klein eine Unterschrift, die er gut wiedererkannte. Es war die seiner Mutter.

»Wow, Maman«, murmelte er. »Das wird ja immer besser.«

Die nächsten Seiten dokumentierten im Zwei-Jahres-Takt die Bewertung seiner Fähigkeiten, ergänzt von schulischen Leistungen. Nach und nach zeigte sich zwischen diesen beiden Bereichen eine gewisse Diskrepanz. Während seine Mutter ihn praktisch durchgehend hoch bewertete, schwankten seine Meriten in der Schule durchaus. Den Tiefpunkt dokumentierte das Jahr 2007, wo er beinahe sitzen geblieben war.

Die Bewertungsbögen wurden teilweise ergänzt von Notizen oder Klebezetteln in derselben, distinguierten Handschrift, die auch auf dem Deckblatt gewesen war. Vermutlich war das die Schrift von Richard – nicht leicht zu lesen. Sie war zwar sehr präzise, jedoch auch irgendwie fremdartig. Kein Mensch, den Avelian kannte, schrieb in dieser schwungvollen schmalen Art, die keinerlei Ähnlichkeit hatte mit dem, was man in der Schule lernte. Dabei fehlte dem Schriftbild jede Art von Leichtigkeit.

Avelian entzifferte einige der Vermerke, die sich vornehmlich darum drehten, dass man ihm wohl *großes Potenzial*, jedoch gleichzeitig auch einen *unberechenbaren, schwierigen und renitenten Charakter* zuschrieb.

»Du bist selbst ein unberechenbar schwieriges Arschloch«, murmelte er.

Nach diesen umfangreichen, zwiespältigen Bewertungen folgte ein Appendix seiner Akte. Direkt auf dem ersten Blatt dieser nachträglich hinzugefügten Ergänzungen prangte ein Foto. Es handelte sich um jene Seite, die er unmittelbar vor Hugues' Anruf hatte ansehen wollen.

Das Foto zeigte das Porträt eines blonden Mannes mit vollem, lockigem Haar. Aufgenommen vor dem Hintergrund einer hellen Steinmauer. Sonnenlicht lag auf seinen Zügen. Das Foto war wohl bei bestem Wetter aufgenommen worden. Avelian blickte tief in die blauen Augen des fremden Mannes. Er hatte ihn noch nie gesehen, doch fühlte er eine seltsame Vertrautheit. Fast als würde er das Abbild eines alten Freundes betrachten. Halb unter dem Bild verborgen war wieder eine Notiz in der fremdartigen Handschrift:

Santiago de Chile, 1992
Alexander K

Der Rest des Nachnamens wurde leider durch das Foto verdeckt. Da Avelian nicht auf das reale Dokument blickte, hatte er ungünstigerweise keine Chance, darunter zu schauen. Er musterte den blonden Mann noch eine Weile und blätterte dann weiter.

Auf der nächsten Seite erkannte er ein Dokument, das wie ein Vertrag aussah. Dieses war es auf Spanisch verfasst und für Avelian damit unverständlich. Im Kopfbereich des Dokuments war jedoch ein Teil zu erkennen, der wie eine Adresse aussah:

Viña Almagro
Parcela #27, Bosques de Lagunillas Casablanca, Valparaíso, Chile

Dieses Dokument war auf den 16. April 1994 datiert. Avelian wechselte kurz in den Browser und gab den Namen ein. Schnell landete er auf der Webseite eines Weinguts mit dem Namen Almagro. Die englische Sprachversion der Seite vermittelte ihm einige grundlegende Informationen, darunter auch die Tatsache, dass es von einer Familie mit dem Namen Benmayor geführt wurde. Keine der Personen aus dem Team hatte jedoch den Vornamen Alexander. Kein Nachname begann mit einem »K«.

Sein Telefon machte sich bemerkbar – es war Hugues, der offensichtlich seine Neugier nicht mehr im Zaum halten konnte. Kurz berichtete er seinem Freund von den verschiedenen Informationen, die er bisher gefunden hatte. Hugues bestand darauf, das Foto des blonden Fremden zu sehen und wechselte auf den Lautsprecher, um gleichzeitig das Foto öffnen und sich weiter unterhalten zu können.

»Na, du bist aber alt geworden, mein Freund«, kam seine Stimme etwas dumpfer aus dem Lautsprecher. Als Avelian Unverständnis signalisierte, meinte Hugues: »Der sieht doch voll so aus wie du mit dreißig oder so.«

Avelian blickte skeptisch auf das Foto. »Findest du?«

Der Mann auf dem Bild hatte kürzere Haare als er und trug einen Dreitagebart. Seine Augen waren blau, klar und irgendwie traurig. Das warme Sonnenlicht auf dem Foto verlieh ihm etwas Exotisches, ein wenig, als hätte man einen Filter darübergelegt. Doch das Bild war deutlich älter als aufhübschende Fotofilter. Avelian erkannte nun, dass er diesem Mann wirklich ähnlich sah – doch er fand eher auf eine Art, wie man vielleicht einem Schauspieler oder Musiker ähnelte. Gab es nicht diese lustigen Internetfotos von Personen, die angeblich unsterblich waren, weil man sie in mehreren Jahrhunderten immer wieder auf Gemälden und Fotos fand? Irgendwie musste er daran denken, auch wenn es nicht viel Sinn machte, da dieser Alexander erkennbar älter war als er.

Hugues´ Stimme riss ihn aus den Gedanken. »Wie kannst du das denn nicht sehen? Der könnte dein Vater sein oder dein Onkel.«

Nein, so ähnlich sieht mir mein Vater gar nicht, dachte Avelian. Eigentlich … sieht er mir überhaupt nicht ähnlich. Diesen Gedanken sprach er nicht aus. Stattdessen wischte er zum nächsten Foto. Dieses zeigte ein älteres Dokument, das ebenfalls auf Spanisch war. Beim Versuch, einige Wortfetzen zu verstehen, blieben seine Augen an einem Namen hängen, der ihm nur zu bekannt war: Revelyn Lerot. Unwillkürlich suchte er nach einem Datum. Neben einer unleserlichen Handschrift unter dem Schreibmaschinentext entdeckte er es: 23. Juni 1992. Der unbekannte Unterzeichner hatte auch den Ort vermerkt. Trotz der schwierigen Handschrift war er sich fast sicher, dass dort *Santiago de Chile* zu lesen war.

Hugues riss ihn erneut aus den Gedanken. »Und? Was siehst du jetzt?«

»Ein Dokument auf Spanisch, ebenfalls aus dem Jahr 1992 und aus Chile. Darin ist der Name meiner Mutter erwähnt.«

»Na, das ist ja ein Zufall«, witzelte sein Freund. »Deine Mutter war 1992 in Chile und da ist ein Foto von einem Mann, der dir wie aus dem Gesicht geschnitten ist. Denk mal an dein Geburtsjahr, mein Freund. Vielleicht ist dieser hübsche Typ ja …«

Hugues sprach nicht weiter, sondern hielt abrupt inne, als sei er mit kniehohen Stiefeln tief in ein Fettnäpfchen getreten.

»Ich …« stammelte Avelian. »Du kannst doch Spanisch, oder?«

»Claro, Señor«, bejahte Hugues. Es dauerte nur einen Moment, bis er sich das Dokument angeschaut hatte und den Inhalt zusammenfasste.

»Es handelt sich um eine Art Bericht, vielleicht wie bei der Polizei oder so.« Man konnte leicht hören, dass er sich schwertat, das offensichtlich verwirrende Dokument einzuordnen. »Da steht, dass deine Mutter 1992 nach Chile geschickt wurde, um einige Immobilientransaktionen vorzunehmen. Es geht um mehrere Grundstücke und ein Weingut in der Nähe von Santiago de Chile.«

»Wer hat den Bericht geschrieben?« Avelians Stimme war leise, fast atemlos.

»Ich kann die Handschrift nicht lesen und im Text steht das nicht. Es ist aber so geschrieben, als habe der Urheber sie beauftragt oder zumindest überwacht oder so. Klingt ziemlich schräg, um ehrlich zu sein.«

»War das denn im Auftrag einer Firma?« Vielleicht hatte seine Mutter in den Neunzigerjahren einen Job in der Immobilienbranche gehabt. Das war immerhin etwa ein Jahr vor seiner Geburt gewesen. Damals war die Familienplanung eigentlich beendet gewesen, hatte sie ihm immer erzählt. »Auch wenn wir uns natürlich sehr über dich als kleine Überraschung gefreut haben.« Diesen Satz fügte sie stets hinzu, wenn sie diese Geschichte erzählte.

»Glaube ich nicht. Da ist nie erwähnt, für wen der Bericht verfasst worden ist. Aber warte mal, hier ist ein Satz: *El contrato fue entregado a Su Eminencia en el acto.*«

»Was heißt das?« fragte Avelian.

»Der Vertrag wurde ihrer Eminenz an Ort und Stelle übergeben«, murmelte Hugues. Ihm schien weniger die Übersetzung Schwierigkeiten zu bereiten als der seltsame Inhalt, den er da vorlas.

»Ihre Eminenz?«

Hugues klang, als blies er Luft aus seinen Wangen. Als er weitersprach, klang er ratlos. »Steht da so, ja.«

Avelians Gedanken rasten, während er verzweifelt versuchte, diese neuen Erkenntnisse einzuordnen – in sein Leben und in sein Bild von sich selbst. Gab es irgendwo da draußen einen Mann, der sein eigentlicher leiblicher Vater war? Was genau hatte seine Mutter 1992 in Chile gemacht? Sie hatte nie erwähnt, berufstätig gewesen zu sein. Und warum dokumentierte Onkel Richard all dies in seiner Akte? Warum gab es diese beschissene Akte überhaupt?

»Hey, alles in Ordnung, Bruder?« Hugues riss ihn aus seinen trudelnden Gedanken.

Avelians schluckte hart, ehe er antwortete. Seine Stimme wurde leise und vertraut. »Die wollen mich in diese Klosterschule stecken, von der ich dir erzählt habe. In nicht einmal zwei Wochen. Espérance wurde damals sehr seltsam. Einiges wurde damals seltsamer.« Er schwieg einen Moment und sprach dann etwas lauter weiter. »Ich muss nach Chile. Zu diesem Weingut oder was das da auch immer sein mag.«

†

Hugues hielt nicht viel von diesem dubiosen Patenonkel mit seinen Akten. Er konnte sich einfach keinen Reim darauf machen. Die ganze noble Familie Lerot kam ihm manchmal mehr als eigenartig vor. Wie ein Haufen exzentrischer Adliger in einem altmodischen Krimi residierten sie in einem antiken Schloss und tauschten erstaunlich wenig miteinander aus. Er versetzte sich gelegentlich in Avelian hinein, freute sich dann stets kurz über die vielen sich bietenden Möglichkeiten, fröstelte dann aber und empfand etwas wie ein fast widersinniges Mitgefühl für seinen vergoldeten Freund. Aber er hielt es dennoch nicht für den richtigen Weg, sich einfach heimlich nach Chile abzusetzen, also versuchte er, Avelian diese Idee auszureden. Und während er es inbrünstig versuchte, wusste er im Grunde, wie nutzlos es war. Sein Freund war überaus angespannt, aufgedreht und schien regelrecht Angst vor dieser Klosterschule zu haben. Das Foto des Fremden und der mysteriöse Aufenthalt seiner Mutter in dessen Nähe hatten ihn zudem mehr als neugierig gemacht. Ganz gleich, von welchem der aufreibenden Gefühle er angetrieben sein mochte – wenn Avelian Lerot sich etwas in den Kopf setzte, war er nur schwer aufzuhalten. Also tat Hugues schließlich, was ihm als das Beste erschien - er unterstützte seinen Freund beim Planen dieser spontanen Reise, um für größtmögliche Sicherheit zu sorgen.

Die beiden kamen überein, dass Avelian den Flug nach Chile nicht im Voraus buchen durfte, da man ihm sonst über die Kreditkartenbuchung zu schnell auf die Spur kommen würde. Hugues prüfte dennoch die möglichen Verbindungen und fand heraus, dass man vom nahegelegenen Flughafen in Rennes mit mehreren Zwischenstopps kurzfristig nach Santiago de Chile fliegen konnte. Er überprüfte auch die Visapflicht – bei einem Aufenthalt bis zu 90 Tagen war keines erforderlich und es gab auch keine kritischen, notwendigen Impfungen. Es sah so aus, als könne man sich wirklich einfach in ein Flugzeug setzen und einen Tag später in Chile ankommen – nach einem langen und aufwändigen Flug, zugegebenermaßen.

Während Hugues diese Details prüfte, packte Avelian bereits seine Reisetasche. »Dort ist gerade Winter, aber das heißt, dass es immer noch angenehm ist. Neunzehn Grad hat es heute, in den nächsten Tagen bis zu siebenundzwanzig.«

»Ich pack' mein Hawaiihemd ein«, meinte Avelian trocken.

Es war nach 22.00 Uhr, als er seine Tasche aus dem Schrank holte. Glücklicherweise hatte an diesem Tag kein gemeinsames Abendessen auf dem Plan gestanden. Jede Art von Gesellschaft hätte Avelian möglicherweise in Gefahr gebracht, sich durch seltsames Verhalten zu verraten. Er hatte sich vorgenommen, Nazaire eine Nachricht zu schreiben, sobald er im Flugzeug saß, damit sich niemand zu große Sorgen machen musste. Außerdem wollte er vermeiden, dass seine Mutter Hugues auf den Zahn fühlte, weil er plötzlich verschwunden war.

Avelian trug Sneaker, eine dunkle Stoffhose und ein schwarzes Kapuzensweatshirt, als er leise durch die Flure von La Forêt huschte. Sein Plan kam ihm ebenso notwendig wie irrsinnig vor.

»Du kannst doch nicht einfach nach Chile fliegen, ohne jemandem Bescheid zu sagen«, hatte Hugues ihn noch am Nachmittag zu überzeugen versucht. »Ich weiß, du bist der durchgeknallte Junge, der sich von niemandem etwas sagen lässt, aber das ist selbst für dich ein wenig zu durchgeknallt, Bruder.«

Etwas in Avelian hatte geradezu aufgeschrien, als er dieses Foto länger gesehen hatte. Diese Akte war nicht nur ein seltsames Familienalbum und ein kleines Geheimnis. Er hatte das Gefühl, es ging um weit mehr.

Er näherte sich der großen Eingangshalle und bremste seine Schritte im letzten Moment, als er Stimmen hörte. Die Personen waren sehr leise und so stand er schon fast im Durchgang, presste sich aber im letzten Moment in eine der Nischen des breiten Flurs. Vorsichtig spähte er in die Halle.

Dort standen zwei Männer und eine Frau im Halbdunkel. Sie hatten das Licht nicht angeschaltet, so dass nur die schwache Stimmungsbeleuchtung aktiviert war, die die ganze Nacht brannte. Auch wenn Avelian die Stimmen nicht identifizieren konnte, erkannte er zwei Personen mühelos: Es handelte sich um Richard und Mathilde. Sein Patenonkel trug einen dunklen, langen Mantel und hatte einen eleganten Hut in der Hand, als sei er im Begriff auszugehen. Mathilde trug ihr schwarzes Etuikleid und hatte einen cremefarbenen Mantel über den Arm gelegt, schien ihn jedoch gerade überstreifen zu wollen.

Eigentlich müsste ihr doch einer der Männer in den Mantel helfen, dachte Avelian. Die Etikette in der Familie war streng und meist bestanden die älteren Männer – also in seinen Augen alle ab vierzig – trotz der modernen Zeiten auf solchen Gesten.

Der letzte der drei war ein Mann ungefähr in Mathildes Alter. Er hatte braune Haare, welche für eine angemessen konservative Geschäftsmannfrisur einen Hauch zu lang waren, und trug ein auffälliges lilafarbenes Einstecktuch zu seinem dunklen Anzug. Seine Schuhe fielen ins Auge – sie waren spiegelglatt poliert und hatten eine ebenfalls lilafarbene Lasche an der Seite. Avelian hatte ihn schon ein oder zwei Mal auf einem Besuch gesehen. Sein Gesicht war ungewöhnlich symmetrisch und etwas scharf geschnitten, aber dabei nicht einfach nur gefällig. Irritierend schön, ging es dem heimlichen Beobachter durch den Kopf.

Während Mathilde ihren Mantel fertig überstreifte, redeten die drei leise weiter. Der unbekannte Dritte hob eine lederne Aktentasche auf und sie schienen nun alle im Begriff, das Haus zu verlassen. Vermutlich mal wieder eine Sondersitzung oder was auch immer die nachts so treiben, dachte Avelian nicht ohne Erleichterung. Mathilde ging zur Tür und öffnete diese für die beiden Männer. Der Fremde mit der Aktentasche folgte ihr. Nur Richard blieb noch einen Moment stehen und drehte seinen Kopf langsam über seine Schulter. Sein Gesicht war auch im Halbdunkel hell. Er sah aus wie ein Raubtier, das Witterung aufgenommen hatte.

»Mein lieber Avelian!« Seine Stimme war mühelos voluminös und füllte die Halle aus. »Ich bin ganz verwundert, dich um diese Uhrzeit zu treffen. Solltest du nicht Comics lesen oder Videospiele spielen?«

Avelian schlug seine Kapuze in den Nacken, verbarg seine Reisetasche in der Nische und trat langsam in den Flur. Um weniger ertappt zu wirken, machte er direkt einen Schritt in die Halle. Jetzt wandten alle drei sich ihm zu und Mathilde schloss die Tür.

»Du hast ja ein komplexes und besonders differenziertes Bild von der Jugend, lieber Onkel«, entgegnete er und trat weiter in den Raum. Mathilde beobachtete ihn mit einem schwer zu deutenden Lächeln. Der Fremde mit der Vorliebe für lilafarbene Accessoires zog eine Augenbraue hoch, was ihn zugleich borniert und verwegen wirken ließ.

»Wohin bist du unterwegs?« Richard ging gar nicht auf den spöttischen Unterton ein und nahm ihm so einiges an Schärfe.

»Ich treffe mich noch mit einem Freund. Und du, Onkel?«

»Das ist aber reichlich spät, um noch auf eine Verabredung zu gehen«, antwortete stattdessen Mathilde. Ihre Augen trafen Avelians und er setzte einen besonders festen Blick auf.

»Nicht für mich. Mir kommen geschäftliche Treffen mitten in der Nacht fast ein wenig seltsamer vor als die Verabredung zweier Teenager, um ehrlich zu sein.«

Der dritte Mann legte jetzt den Kopf schief. Sein Gesicht war ausdruckslos, aber sein Blick intensiv. Richard machte einige Schritte auf Avelian zu und musterte ihn von oben bis unten. Dann legte er ihm eine Hand auf die Schulter. Die Finger fühlten sich eigentümlich schwer und fest an. Avelian war nicht viel kleiner als Richard, doch er hatte in diesem Moment das Gefühl, wie ein Kind nach oben blicken zu müssen. Die Fingerspitzen seines Onkels gruben sich in seine Haut, die

Augen stachen direkt in seinen trotzigen Blick. Für einige Augenblicke schienen beide einzufrieren.

»Du nimmst deine Medizin nicht«, stellte Richard schließlich in sachlichem Ton fest. Avelians Augen weiteten sich und er wollte reflexhaft widersprechen. Stattdessen fixierte sein Patenonkel ihn wieder mit den Augen und irgendwie vergaß er mit einem Mal seine Erwiderung. Richard schnippte beiläufig mit den Fingern und Avelian beobachtete erstaunt, wie Mathilde in ihre Handtasche griff und ein kleines, braunes Fläschchen hervorholte. Sie reichte es Richard und er deutete mit einer Kopfbewegung hinter Avelian. Während dieser beinahe regungslos seinen Patenonkel anstarrte, umrundete sie ihn und packte mit einem geübt wirkenden Griff seine Arme. Die Augen des jungen Mannes weiteten sich und er begann sich zu wehren, doch sie hielt ihn ohne größere Mühe im Griff.

»Warum bist du so stark?« echote eine Stimme weit hinten in seinem Kopf.

Mathilde flüsterte ihm sanft und beruhigend ins Ohr. »Mach einfach mit, Junge«, sagte sie leise.

»Du weißt doch, dass du deine Medizin einnehmen musst«, tadelte Richard kopfschüttelnd und umfasste Avelians Kinn fest mit seiner linken Hand. Seine Gegenwehr intensivierte sich, doch Mathildes schlanke Schraubstockarme und Richards Zangengriff hielten den jungen Mann mühelos in Position. Sein Onkel hob die rechte Hand, in der er das braune Fläschchen hielt, und blickte kurz auf den Deckel. Dieser war mit einer Hand nicht zu öffnen und er schien nicht die Absicht zu haben, seine Linke zu Hilfe zu nehmen. Stattdessen blickte er über Avelians Schulter zu Mathilde und hielt ihr dann den Verschluss hin. Sie verstand seine stumme Aufforderung sofort, nahm den Deckel in ihren Mund und biss zu, um diesen zu halten. Richard versetzte der Flasche eine kleine Drehung und zog sie zurück. Der Deckel steckte noch immer zwischen Mathildes Zähnen, als er Avelian den Kopf in den Nacken zwang und die Medizin über seinen Mund hielt.

»Du weißt doch: Sie ist gut für dich.«

Ein dünner Faden der dunklen Flüssigkeit ergoss sich in Avelians Mund und hinterließ eine schmale Spur auf seinen Lippen. Richards linke Hand drehte sich schnell herum und presste sich auf Mund und Nase seines Patienten.

»Und nun runter damit, du kleiner Tunichtgut«, flüsterte er. Avelian wand sich in Mathildes Griff und unter seiner Hand, doch er war noch immer chancenlos. Als seine Augen sich langsam vor Atemnot weiteten, schluckte er und sog keuchend Luft ein, sobald Richard ihn freigab.

»Brav«, sagte der Patenonkel dann und tätschelte seine Wange. »Und jetzt sag deine Verabredung ab.« An Mathilde gerichtet fuhr er fort: »Sei so lieb und bringe meinen Neffen in sein Zimmer.«

Sie führte Avelian mit einer Hand an seinem Oberarm durch den Flur. Der Griff war kräftig, aber nicht mehr so überwältigend wie in der Eingangshalle. Als er testweise seinen Arm bewegte, sagte sie nur leise: »Erspar' dir das bitte, Avelian. Erspar uns beiden das.«

Ein kurzer Blick über seine Schulter in ihre Augen. Ihre Augen wirkten entschlossen und hart. Er fand keinerlei Wärme in ihrem Blick, wie es nach einer intensiven Begegnung, wie der zwischen ihnen beiden, vielleicht zu erwarten gewesen wäre. Es gab nicht den Hauch von etwas Vertrautem. Sie waren Fremde und er wurde abgeführt.

»Was macht ihr eigentlich, wenn ihr in unserem Haus seid?« fragte er leise. »Wo ist Richard den ganzen Tag über? Welchen Geschäften geht er nach? Wieso arbeitest du für so einen zwielichtigen und menschlich überaus fragwürdigen Widerling?«

»Tu dir einen Gefallen und erspar dir auch das, Avelian«, antwortete sie leise. Ihre Finger pressten sich fester in seinen Oberarm.

»Was soll ich mir ersparen? Die Wahrheit wissen zu wollen?« entgegnete er eigensinnig. Mathilde blickte ihn kurz an und dann wieder nach vorn.

»Nimm deine Medizin und stell keine Fragen. Das ist alles, was ich dir raten kann. Wenn hier jemand eine Hand aus seiner Kiste streckt, hackt Richard sie ab. Ich möchte, dass du das alles hier unversehrt überstehst.«

Avelian ging für ein paar Schritte stumm mit. Immerhin hatte sie sich nun doch etwas Sympathisches abgerungen. Seine Gedanken rasten. Wenn Mathilde ihn jetzt auf sein Zimmer brachte, würde man ihn dort vermutlich einsperren und er konnte seine Reise nach Chile vergessen. Hatte er eine Chance, aus seinem Gefängnis abzuhauen? Zu *fliehen*?

Sie erreichten die Treppe ins Obergeschoss. Als er zögerte, schob Mathilde ihn direktiv nach vorn.

»Mach schon«, forderte sie leise, doch ihre Stimme hatte einen bittenden Unterton. Er konnte spüren, dass ihr nicht gefiel, was sie hier gerade tun musste.

»Lass mich gehen, Mathilde. Ich bitte dich.« Er wandte sich ihr zu und sah sie eindringlich an. »Wir können es so aussehen lassen, als ob ich dich überrumpelt hätte. Ich muss wirklich wohin heute Nacht. Es ist mir sehr wichtig.«

Mathilde verdrehte die Augen. »Du musst wirklich besser darauf achten, deine Medizin zu nehmen, Kleiner. Diese ganzen Gedanken tun dir nicht gut.«

Als er noch immer keine Anstalten machte, die Treppe hinaufzusteigen, packte sie seinen Arm und drehte ihn auf den Rücken. Avelian versuchte sich ihrem Griff zu entwinden, doch sie presste ihn mühelos an die Wand.

Nachdem sie ihn schließlich ins Zimmer verfrachtet hatte, warf Mathilde noch einen kurzen Blick auf Avelian. Er lag auf seinem Bett, inzwischen ganz benommen von dem Mittel, das sie ihm verabreicht hatten. Mathildes Augen glitten über die hellen Locken, die sich um seinen Kopf ausgebreitet hatten. Sein Anblick berührte etwas in ihr. Er sah aus wie ein niedergestreckter Engel.

Langsam stieg sie die Treppe hinab, um zu Richard und Laurent zurückzukehren. Als sie unten durch den großen Flur ging, hörte sie die Stimmen der beiden. Aus einem Impuls heraus blieb sie stehen und konzentrierte sich darauf, die Worte zu verstehen.

»… immer mehr Probleme«, waren das Erste, das sie ausmachen konnte. Es war die Stimme von Laurent. Richards Antwort war lauter.

»Bei Mahault gab es nie Scherereien. Revelyn hat bis auf diesen einen groben Ausrutscher auch stets gut funktioniert. Doch du hast recht, bei den letzten Dreien kann man sich kaum einreden, dass es ein Zufall ist.«

Sie sprachen offenbar über die Familie Lerot. Mathilde wusste, dass Avelians älterer Bruder Nazaire bei Richard nicht hoch im Kurs stand.

Wenn er nun sagte, dass es bei drei der Lerot-Kinder Probleme gab, schloss dies auch Espérance mit ein. Das war eine interessante Ergänzung zu ihren eigenen Beobachtungen. Die Drittgeborene war ihr bisher als zwar zwischenzeitlich etwas aufmüpfig, aber insgesamt relativ gut einfügbar erschienen.

»Ich sage dir schon lange, dass du dich zu sehr auf die Dienerfamilien verlässt«, antwortete Laurent. »Schau dir Mathilde an. Sie ist gehorsam und funktioniert ganz wunderbar, weil sie mir persönlich gehört.«

Ihr wurde ein wenig kalt, als sie diese Worte hörte. Natürlich wusste sie, was er da sagte, und war sich ihrer Stellung bewusst. Doch seine kalte Berechnung berührte einen Punkt in ihr, den sie zuvor noch nicht gespürt hatte. In einer unbewussten Geste legte sie eine Hand an ihre Brust.

»Das ist für dich so was wie ein Hobby, nur eine Spielerei. Absolut anachronistisch und unrein. Wir haben uns weiterentwickelt. Ich habe dafür gesorgt, dass wir dies überwinden konnten. Dass wir so groß werden konnten, wie wir heute sind. Das lasse ich mir nicht von ein paar aufsässigen Kindern nehmen. Abhängigkeit, mein lieber Laurent, ist keine Einbahnstraße. Das wird immer wieder vergessen auf der Welt. Du solltest das vielleicht auch einmal reflektieren. Mathilde ist in ihrer Funktion alles andere als leicht austauschbar. Und zudem eine dir bis in die Perfektion gefällige Verlockung. Für dich mag das angenehm sein. Aber insgesamt betrachtet ist und bleibt ein solches Arrangement unrein. «

»Unrein?« entgegnete Laurent. »Ich kann mich bestens erinnern, dass dein Interesse an dieser Familie und ihren Mitgliedern ebenfalls nicht nur praktischer Natur ist. Aber lassen wir das jetzt. Wo bleibt denn Mathilde?«

Sie konnte hören, dass er aus Respekt oder vielleicht auch Furcht vor Richard schnell das Thema wechseln wollte. Einen Moment später rauschte ein starker Ruf durch sie hindurch und sie begann, mit zügigen Schritten auf die beiden zuzugehen. Ihre Augen sprangen zwischen den beiden Männern hin und her, als sie in die Eingangshalle trat und gehorsam Bericht erstattete.

Doch ihre Gedanken kamen nicht so schnell zur Ruhe. Etwas hatte sich verändert. Die beiden standen vor irgendeinem Problem, dessen Größe oder Tragweite Laurent zu ignorieren schien, während Richard sich sorgte. Mathilde speicherte diese, wie auch alle anderen ihre minutiösen Beobachtungen in ihrem zuverlässigen und ausgezeichneten Gedächtnis.

XIV

Die Verlorenen

Nogales, Chile, 1992

Die drückende Hitze hielt den ganzen Tag an und auch der Abend versprach keine Erleichterung. Wärme hatte sich in die Steine der Häuser und Mauern gebettet und würde noch lange dort verweilen.

Die Frau nahm den weißen Sonnenhut vom Kopf, wischte mit dem Taschentuch den Schweiß von der Stirn und rettete mittels des weichen Stoffes sorgsam einen Rest des Make-ups ihrer Augen. Sie hatte den ganzen Tag damit verbracht, Unterredungen zu folgen und Unterlagen zu sichten. Man hatte auf sie eingeredet und ihre Sprachkenntnisse herausgefordert. Sie war müde. Und sie war fern ihrer Heimat.

Sie floh inbrünstig vor jenem Gefühl, das sich augenblicklich in ihr ausbreitete, sobald sie keiner Tätigkeit nachkam: Etwas ergriff von ihr Besitz, das sie fürchtete. Etwas, wie Loslassen und Vergessen. Etwas, wie zu atmen und einfach zu sein:

Freiheit.

Rasch verdrängte sie dieses Wort und griff in ihre Handtasche, während sie weiter durch die staubigen Straßen ging. Sie holte eine kleine, braune Glasflasche heraus und trank einen Schluck der trüben Flüssigkeit. Intensiv breitete sich der Geschmack auf ihrer Zunge aus. Die Wirkung setzte rasch ein und sie beruhigte sich wieder.

Sie sah sich um und entdeckte das alte Denkmal, welches man ihr als Treffpunkt genannt hatte. Mit schwerer werdenden Schritten nahm sie die Treppen und atmete angestrengt, als sie endlich oben angekommen war. Der Hügel schenkte ihr immerhin eine schöne Aussicht über den Ort. Sie holte ihre Trinkflasche aus der Tasche und stellte erschrocken fest, dass diese beinahe leer war. Gierig trank sie den Rest des Wassers und schob die Flasche zurück.

Ihr helles Kleid wurde von einer sanften Brise erfasst und der wehende Rock verschaffte ihr eine kleine Erfrischung. Ihren ebenfalls weißen Hut mit dem zarten Band nahm sie nun erneut ab und fächerte sich damit noch ein wenig mehr Luft zu.

Kurz schloss sie ihre Augen.

»Erlauben Sie, Señora?« fragte da eine männliche Stimme. Sie öffnete die Augen wieder, um sich umzusehen.

Vor ihr stand ein Mann, dessen flüssiges Spanisch nicht zu seiner Erscheinung passen wollte. Er war groß, hatte hohe Wangenknochen und ein markantes Kinn. Blondes Haar lag in Locken, welche er mit einem Haarmittel hatte bändigen müssen. Seine Augen strahlten in einem Blau, das sie noch nie zuvor gesehen hatte. Sie schluckte. Er musste womöglich der schönste Mann sein, der ihr jemals begegnet war.

»Wie?« entkam es ihr wenig sinnreich und er hob eine kleine Flasche Mineralwasser an, um sich zu erklären.

»Darf ich Ihnen meine Flasche anbieten? Sie ist noch ungeöffnet und ich habe noch eine weitere für mich. Sie müssten also nicht zögern, Señora.«

»Oh … ich …« Sie kannte sich selbst als vieles, aber als hilflos stammelnde Idiotin war sie sich völlig fremd.

Er lächelte. »Bitte, nehmen Sie es ruhig. Ich habe wirklich noch mehr. Ich bin oft hier oben und nehme mir immer ausreichend Wasser mit.«

Sie nahm die Flasche entgegen. Ein schlichtes »Gracias« konnte sie immerhin hervorbringen.

»Darf ich mich kurz vorstellen, Señora?«

Sie trank zügig und nickte dazu stumm.

»Mein Name ist Alexander Keller.«

Eilig schluckte sie das Wasser und sagte dann etwas außer Atem:

»Revelyn Lerot.«

Er lächelte nun breiter und sie vermutete, dass dies an ihrem Akzent liegen musste. Alle Welt liebte es, wie wenig sie und ihre Landsleute mit Fremdsprachen zurechtkamen.

»Madame Lerot. Es wäre wohl gerecht, wenn ich es nun auch einmal in ihrer Muttersprache versuche.«

Jetzt lachte wiederum sie wegen seines Akzents leise auf.

»Danke, dann wäre damit wohl der Gerechtigkeit Genüge getan«, sagte sie, »das Spanische ist gar nicht ihre Muttersprache oder etwa doch?« Sein Lächeln nahm ab, doch er schaffte es, einen Rest davon zu bewahren.

»Nein. Aber ich bin schon ewig hier.«

Sie ging einige Schritte, um in den Schatten des Denkmals zu gelangen und er folgte ihr. Ihre Verabredung war noch nicht zu sehen und sie musste sich eingestehen, sich über diesen sorglosen Augenblick sehr zu freuen.

»Seit wann denn? Seit ungefähr 1945?« fragte sie sehr direkt in einer selbstbewussten Art, die sie sich soeben wieder zurückerobert hatte. Sein Aussehen und sein Name ließen sie vermuten, dass er ein Deutscher war. Um ihrer Anspielung die Schärfe zu nehmen, lächelte sie dazu versöhnlich.

Er gab ein kurzes, schnaubendes und zugleich ertappt wirkendes Lachen von sich.

»Sehe ich so alt aus, Madame?« Das Funkeln in seinen Augen war entwaffnend und sie spürte, wie ihr Herz noch ein wenig schneller schlug. Als er nun etwas sagen wollte, das nichts anderes werden konnte als eine Art Rechtfertigung, da kam sie ihm mit dem Sprechen rasch zuvor.

»Einerlei. Wir haben alle unsere Geheimnisse. Da die Welt sich ohnehin immer weiterdreht: Reden wir von etwas anderem?«

»Einverstanden«, kam es erleichtert von ihm. »Trinken Sie doch noch etwas. Sie sehen durstig aus.«

Alexander beobachtete Revelyn genau, während sie die Wasserflasche leerte. Ihr dunkles Haar klebte in verschwitzten Strähnen auf der Stirn und den Wangen. Ihre Augen waren grau, mit einem Hauch grün und von langen, herrlich schwarzen Wimpern umrahmt. Die Brauen waren schmal, ebenso ihre Nase, die ein wenig spitz war. Ihre zarte Haut und der kleine Mund mit seinem feinen Roséton verliehen ihr etwas beinahe Puppenhaftes. Das herzförmige Gesicht zeigte seine hübschen Wangen, die sich beim Lächeln hochschoben wie bei einem jungen Mädchen. Um den Hals trug sie eine feingliedrige Silberkette mit einem Kreuz, in dessen Mittelpunkt ein Diamant funkelte.

Sie war schlank und elegant sommerlich gekleidet. Das feucht glänzende Gesicht mit den roten Wangen kämpfte mit der Erhabenheit und Würde ihres gesamten Ausdrucks. Da war eine gewisse Härte um ihren Mund - er wollte unbedingt wissen, woher dieser Zug kam. Denn er sah weit mehr in ihr als bloß eine Mischung widersprüchlicher Impressionen. Während er sie betrachtete, während er nun sah, wie der leichte Wind mit ihrem Hutband spielte, suchten seine Augen ihre Finger nach einem Ring ab. Als ihm diese eigene Indiskretion bewusst wurde, wandte er sich für einen Augenblick ab. Er hatte sie aus einem Impuls heraus angesprochen, ohne Plan, ohne Gedanken. Einfach, weil er seine Augen nicht mehr von ihr hatte nehmen können. Jetzt wollte er mehr über sie erfahren.

»Sind Sie im Urlaub hier, Madame Lerot?«

»So in der Art. Ich verbinde meine Tätigkeit hier zumindest mit einigen, wenigen Annehmlichkeiten. Und Sie? Wohnen Sie hier, in der Stadt?«

»Nein, ich wohne weiter außerhalb. Ländlicher.«

»Und Ihre Familie? Sind alle hier oder wurden damals Verwandte in der Heimat zurückgelassen?«

»Meine Eltern und Großeltern sind gemeinsam hergekommen. Sie sind bereits alle verstorben. Ich habe noch einige entfernte Verwandte in Deutschland. Aber zu ihnen pflege ich keinen Kontakt.«

Sie tauschten einen Blick.

»Ich verstehe«, sagte Revelyn und lächelte ihr knappes, kühles Lächeln, »und somit sind Sie dann wohl ganz allein hier?« Es klang zu seinem Bedauern sehr neutral, wie sie seinen Familienstand erfragte.

»Ja. Einsam wie ein Wolf ohne Rudel.« Weiterhin beobachtete er jede ihrer Reaktionen aufmerksam und neugierig. Dann wagte er einen Vorstoß. »Und nun darf *ich* doch ein wenig fragen, oder nicht, Madame?«

Sie nickte und nahm ein weiteres Mal den Hut vom Kopf, um für eine kleine Erfrischung zu sorgen. »Ja, fragen sie nur. Ich muss gelegentlich auf die Uhr sehen, weil ich einen Geschäftspartner hier treffen werde. Bitte verstehen Sie dies nicht als Unhöflichkeit.«

»Oh, ich möchte Sie nicht von etwas Wichtigem abhalten.«

»Das tun Sie nicht. Ich wollte Sie nur vorwarnen.«

»Sind Sie ebenfalls allein?«

»Oh«, machte sie und lachte auf, »ich bin … alles andere als das.«

Wie sie das so sagte, klang sie zerbrechlich, beinahe wehmütig.

»Ich verstehe …«

Sein Tonfall ähnelte dem ihren.

»Wissen Sie was? Lassen Sie uns doch, wenn es Ihnen recht ist, später weiter plaudern«, schlug sie nach einem erneuten Blick auf ihre Uhr vor.

»Wünschen Sie das denn?« fragte er höflich nach.

»Sonst würde ich es nicht vorschlagen.«

Zu seinem Erstaunen sprach sie mit einem Mal in seiner Muttersprache weiter.

»Wo könnten wir unser Gespräch fortsetzen, Herr Keller?«

Er lächelte verwundert und schlug ein Restaurant in der Nähe vor. Sie verabredeten sich und nach einem kurzen Abschied nahm er leichten Fußes den Weg über den Hügel nach unten.

Er kam nicht umhin, sich noch einmal umzudrehen und sah, wie zwei Männer Madame Lerot begrüßten. Sie trugen beide elegante Strohhüte und weiße Hemden mit ebenfalls weißen Stoffhosen.

Alexander kehrte zu seinem Hotel zurück und duschte. Anschließend setzte er sich, in das Duschtuch gewickelt, an das offene Fenster und tätigte ein paar Telefonate. Er konnte nicht anders, als fortwährend an diese Begegnung zu denken. Zugleich hatte er tief in sich das Gefühl, dass ihm kein Glück beschieden sein würde. Doch vielleicht wenigstens einige kurze Eindrücke davon?

Er seufzte und schob diese düstere Ahnung beiseite. Bei all der Schuld, die seine Familie auf sich geladen hatte, empfand er es ohnehin immer als eine Art Frevel, für sein persönliches Glück zu sorgen. Er teilte die Gesinnung seiner Großeltern nicht, obgleich sie diese an ihre Kinder weitergegeben hatten. Sie konnten auch im Exil nicht davon lassen - sonst wäre ihnen wohl ihr ganzes Leben als Irrweg vorgekommen. War es nicht klüger, einem Irrglauben abzuschwören als entgegen aller Vernunft daran festzuhalten? Alexander hatte sich diese Frage oft gestellt.

Langsam kleidete er sich an und frisierte sein Haar. Diese störrischen Locken waren ein Gräuel! Er kämmte sich und arbeitete ein leichtes Gel ein, um anschließend immer wieder glättend mit den Händen darüberzufahren. In seiner Kindheit hatten die anderen Jungen ihn gehänselt und *Goldlöckchen* genannt. Es war geradezu lächerlich, derart klischeehaft deutsch auszusehen, fand er. Mit seinen tiefblauen Augen und diesem unmöglichen Haar! Er hätte es natürlich sehr kurz tragen können – doch es gab ihm irgendwie auch ein gutes Gefühl, sich durch seine schwer zu bändigende Haarpracht so offensichtlich von seiner Herkunft zu distanzieren.

Seufzend blickte er in den Spiegel. Er galt als attraktiver Mann, jedoch machte er sich aus dieser Tatsache nichts mehr und sah sein Aussehen nicht als Wert an, aus dem er Nutzen ziehen konnte. Wenn es nach ihm gegangen wäre, so hätte Gott - oder wer auch immer - es schlicht einem anderen geben können.

Sein Herz pochte, als er das Zimmer später verließ und das Restaurant ansteuerte. Er rechnete aufgrund der besonderen Umstände ihres Treffens im Grunde gar nicht mit Madame Lerots Ankunft. Und dennoch wählte er einen besonders schönen Platz auf der hinteren Terrasse aus.

Als Revelyn dann eintraf, stand er rasch auf, um sie zu begrüßen.

Sie trug nun ein langes, mit großen Blüten bedrucktes Kleid, dazu weiße, hochhackige Sandaletten mit zarten Riemchen. Ihre Schultern wurden umrahmt von den elegant-opulenten Rüschen der Träger.

»Ich … war nicht sicher, ob Sie kommen würden«, begrüßte er sie auf Spanisch und sie antwortete ihm in der gleichen Sprache.

»Ich war ebenfalls unsicher, ob Sie hier sein würden. Aber ich freue mich umso mehr …«

Sie bestellten einen Aperitif.

»Puh, die Hitze senkt sich ganz schön. Wird es heute denn noch irgendwann einmal kühler?« fragte sie und benutzte die Getränkekarte als Fächer.

»Die Straßen und Häuser geben jetzt die Tageshitze ab. Nachts ist es angenehm. So ab Mitternacht.«

»Sind Sie dann noch wach?«

»Ja, ich bin eine Nachteule. Und Sie?«

»Ich auch.«

»Erzählen Sie mir von sich«, forderte er sie auf und ließ seinen Satz vorsorglich ein wenig fragend ausklingen.

Revelyn Lerot pausierte und trank dann einen erstaunlich tiefen Schluck, ehe sie weitersprach. Vielleicht gab ihr die große Entfernung zu ihrer Heimat den Mut, sich zu öffnen. Nie zuvor hatte sie mit einem fremden Menschen so lange gesprochen. Zugleich kam ihr dieser Mann nicht fremd vor. Er wirkte vertraut. So sanft und rechtschaffen.

»Ich … oh, was gibt es zu sagen? Ich wurde 1955 geboren und habe drei Kinder. Einen Sohn und zwei Töchter. Ich bin verheiratet. Mein Mann ist Politiker. Wir haben ein großes Haus, einen riesigen Garten, Angestellte, Kiesauffahrt. All das.«

Seine Augen suchten in ihr, als ob er eine Wahrheit hinter ihren Worten suchte.

»All das …«, wiederholte er ein wenig ratlos und sie seufzte als Antwort.

»All das, ja. Und Sie?«

»Hübsches Haus, kleiner Garten. Kein Kies.« Vor den nächsten Worten zögerte er. »Keine Kinder.«

Nun lächelten sie einander kurz an.

»Wieso haben Sie keine Familie?«, fragte sie.

»Nun, ich …« Sie konnte sehen, wie sich seine Augen mit Schmerz füllten. Für den Bruchteil einer Sekunde weiteten sie sich, dann wurden sie enger und sein Blick glitt zur Seite. Gleichzeitig ging eine Bewegung durch seinen Mund und verhärtete seine Lippen. Revelyn lächelte in hilfloser Geste, richtete etwas fahrig ihre Frisur und blickte dann zu Boden. Doch ehe sie etwas sagen, sich entschuldigen konnte, wurden seine Züge wieder weich.

»Wie auch immer«, sagte er ruhig, »ich spiele mit den Jungen aus dem Dorf Fußball und trainiere sie.«

Sie fragte sich, welche Geschichte hinter dem Ausdruck lag, den sie gerade beobachtet hatte. Nach einem Moment des Zögerns schien ein Teil von ihr alles auf eine Karte setzen zu wollen. Ein wenig überrascht hörte sie sich selbst sagen: »Und die Mütter der Jungs machen Ihnen Avancen?«

»Hm«, machte er und blickte kurz auf, »eigentlich nicht. Ich bin kein Frauenschwarm.«

»Dann sind sie entweder eingeschüchtert oder ihren Männern sehr treu«, sagte sie. Mittlerweile war sie sicher, dass es der Alkohol war, der sie forsch werden ließ. Ihre Stimme fühlte sich ein wenig verändert an, die Zunge war einen Hauch schwerer geworden.

Das Essen wurde serviert und anschließend ein kleines Dessert. Sie tranken einen Mokka zum Abschluss.

»Ich möchte mich noch nicht verabschieden«, sagte sie sehr direkt und er sah kurz in ihre Augen.

»Ich auch nicht.«

»Gehen wir noch ein Stück?«

Sie standen auf und er erzählte dabei von seinem gestrigen Tag in Las Cruces, den er von morgens bis zum frühen Abend am Strand verbracht hatte.

»Ist das weit weg?«

»Eineinhalb Stunden mit dem Auto.«

»Ich wäre gerne am Meer …«, sagte sie verträumt. Alexander schien für einen Moment nachzudenken. Dann nahm er ihre Hand und sagte aufgeregt und entschlossen:

»Lassen Sie uns fahren.«

»Jetzt?« Sie musste lachen.

»Wieso nicht?«

»Weil es verrückt ist. Es ist spät und … ich kann doch nicht einfach mit einem fremden Mann …«

Er hob lächelnd seine Hand und sie verstummte. Als der Kellner vorbeikam, sprach Alexander ihn an.

»Toni, das ist Señora Lerot. Sie würde mich gerne nach Las Cruces begleiten, fürchtet aber, es sei gefährlich, mit einem Mann mitzufahren. Sie wohnt im Hotel …«, hier sah er sich zu Revelyn um, die ihm den Namen nannte und dabei über sich selbst den Kopf schüttelte. Dann sprach er weiter mit dem Kellner. »Hotel Verón. Und mich kennst du ja. Ich werde nach dem Ausflug wieder herkommen und sie unbeschadet vorzeigen. Wenn nicht, dann rufe bitte gegen spätestens ein Uhr die Polizei, ja?«

Toni nickte. »Sie können unbesorgt mit ihm fahren, Señora. Ich kenne keinen harmloseren Mann«, sagte der Kellner lachend und klopfte Alexander freundschaftlich auf die Schulter. Revelyn durchfuhr einen Herzschlag lang eine Furcht. Dann blickte sie in Alexanders blaue Augen und sagte: »Ach, was soll's. Lassen Sie uns fahren!«

Kurz darauf stiegen sie in Alexanders alten Jeep und erreichten gegen elf Uhr Las Cruces.

»Oh, das tut so gut!«, rief Revelyn lachend aus, als sie mit nackten Füßen im Meer stand.

»Nicht wahr?« Alexander tat es ihr nach und sie trat ein wenig in das Wasser, um ihn damit zu bespritzen. Die Geste wirkte auf eine berührend fragile Weise mädchenhaft auf ihn. Er wich einen Hauch zu langsam aus und revanchierte sich mit einem leichten Tritt gegen eine auslaufende Welle. Sie sprang zur Seite und lachte erneut. Er liebte es, die Freude an der Freiheit zu sehen, die sie dabei offenkundig empfand.

Um sie herum leerte sich der Strand und bald waren sie allein. Sie spazierten am Saum der Wellen entlang.

»Das ist eine herrliche Nacht!«, rief Revelyn gegen den leisen Wind aus und er sah, wie das Glück ihre Augen glänzen ließ. Stumm betrachtete er sie und sog ihre Schönheit und Freude auf. Später würde er sich an diesen Moment als jenen erinnern, in dem er sich in sie verliebt hatte.

Sie wendete sich ihm zu.

»Willst du mich Revelyn nennen?«

»Sehr gerne. Revelyn. Ich bin Alexander.«

Kurz schwiegen sie.

»Es ist verrückt. Ich«, hob sie an, »bin sonst nicht … so. Ich tue, was man von mir erwartet.«

»Ja«, sagte er. »Das kann ich mir gut vorstellen.«

»Wirke ich so auf dich?«

»Ja. Und ich wette, du bist ganz besonders gut darin. Aber jetzt bist du hier.«

»Ja, jetzt bin ich hier.«

»Und wie lange wirst du hier sein?«

»Noch rund drei Monate.«

»Das ist lange und kurz zugleich …«

»Ja, das ist es«, sagte sie leise und kam näher, bis er ihr Gesicht im klaren Mondschein gut sehen konnte. Sie blickte ihn an, schloss kurz die Augen, öffnete sie wieder und küsste ihn. Zuerst war der Kuss zaghaft, als würde ein unsichtbarer Bann sie zurückhalten. Dann schien etwas von ihr abzufallen und sie schlang die Arme um seinen Hals. Ihre Berührungen waren aufgewühlt und durstig, als hätte sie lange eine Wüste durchquert. Alexander hatte keine Mühe, auf ihre Leidenschaft zu antworten.

Später kehrten sie nach einer recht schweigsamen Fahrt zurück zum Restaurant, wo der Kellner Toni gerade vor der Tür die Stühle aneinander kettete.

»Sehen Sie, Señora: Er ist vollkommen in Ordnung! Buenas Noches!«

Sie verabschiedeten sich vor Revelyns Hotel und trafen sich am folgenden frühen Abend wieder, sowie am darauffolgenden.

Sie sahen sich an beinahe jedem Tag der nächsten Woche.

An einem Samstagabend trafen sie sich weiter außerhalb.

Er zeigte ihr eine alte Kirche und sie spazierten durch ruhige Feldwege, bis sie den Ausläufer eines der vielen Berge erreichten.

»Beeindruckend«,, sagte sie, als sie an dem Massiv emporblickte.

»Ich empfinde es als sehr beschützend, von Bergen umgeben zu sein.«

Sie kehrten in ein kleines Restaurant ein und setzten anschließend ihre Wanderung fort. Als sie den schmalen Pfad wieder hinabstiegen, blickte Alexander über die kleine Ortschaft.

»Soll ich uns abholen und zu meinem Wagen bringen lassen? Ich könnte dort drüben im Hotel telefonieren.«

»Nein«, antwortete sie schnell, »ich möchte hierbleiben. Bis morgen.«

Hierzu suchte ihr Blick den seinen und er nickte langsam. Kurzerhand buchte er ein Zimmer und sie betraten es ein wenig später.

Nur ein Hauch Licht fiel durch die dünnen Gardinen. Alexander zog stumm das weiche Tuch von ihren Schultern und küsste ihren Hals. Sie drückte ihn seufzend an sich und legte dabei den Kopf seitlich in den Nacken. Rasch aber richtete sie sich wieder auf.

Kurz blickte er sie besorgt an, er fürchtete, etwas falsch gemacht zu haben. Sie wischte seine Bedenken fort, indem sie ihn küsste.

Als er sich wenig später auf sie legte und sie ihn zu sich zog, da löste sich eine Träne aus ihrem Augenwinkel.

»Geht es dir gut?«, flüsterte er.

»Ja … ich wusste nicht …« Sie verstummte, und er verstand sie ohne weitere Worte. In diesem Moment tat sie nicht, was man von ihr erwartete.

Sie umklammerte seinen Körper mit ihren Armen und Beinen. Ihre Augen wurden groß, dann schloss sie die Lider. Alexanders Blick sog gierig jedes Bild auf, das sie ihm bot. Als sie später voller Überforderung zu einem überraschten Höhepunkt kam, liefen weitere Tränen.

Bald lagen sie nebeneinander und blickten an die Decke.

»Ich bin eine Gefangene, Alexander.«

»Ich weiß, meine Liebe.«

»Und dennoch lässt du dich auf mich ein? Wieso?«

»Ich kann nicht anders.«

»Wir werden Schmerzen leiden.«

»Ich weiß.«

Ihre Hände berührten sich, schlossen sich umeinander, als er weitersprach.

»Ich sorge mich um dich.«

»Ja, das verraten deine Augen mir. Wird dein Mund mir nun verraten, worin die Gefahr besteht?«

»Nein, dann würde ich die selbige verschärfen.«

»Es ist etwas Kriminelles, ja?«

»Nein. So kann man es nicht nennen. Ich … muss tun, was man von mir erwartet. Ich habe eine Rolle. Mehr kann ich dir nicht sagen.«

»Und dein Mann?«

»Er hat eine andere, eigene Rolle.«

»Und die Kinder?«

»Sie haben auch Rollen.«

»Wie heißen deine Kinder?«

Revelyn zögerte einen Moment, ehe sie ihm diese Antwort gab.

»Mahault ist meine Älteste, sie ist neun Jahre alt. Nazaire, mein Zweitgeborener, ist sechs und dann habe ich noch Espérance. Sie wird im Dezember vier.«

Er strich mit der Hand über ihren Bauch.

»Ich bewundere dich. Ich spüre all die Schwere und auch diese … Dunkelheit.«

Sie drehte den Kopf zu ihm und wiederholte flüsternd das zuletzt von ihm gesprochene Wort.

»Dunkelheit …«

»Ja. Ich werde keine Fragen stellen. Ich sehe, du wirst mir nicht antworten wollen. Zugleich aber, Revelyn, will – ach, *muss* ich dir etwas sagen.« Er sah in ihre Augen und griff nach ihrer Hand, dann sprach er es mit heiserer Stimme aus: »Ich liebe dich.«

Ihr Mund öffnete sich leicht. Dann schloss sie kurz die Augen, ehe sie ihn wieder anblickte.

»Ich liebe dich auch«, antwortete sie und ihre Augen weiteten sich dazu erschrocken.

»Haben wir irgendeine Möglichkeit? Wenigstens eine kleine?« fragte er.

»Nein, die haben wir nicht. Wir haben nur das hier.«

»Kannst du nicht fort? Auch nicht mit den Kindern?«

»Nein. Nicht, weil ich es nicht wollen würde. Ich würde alles tun, um nicht fortzumüssen von dir, glaube mir. Ich …« Sie schluckte hart und zog die Bettdecke über ihren nackten Körper, während sie weitersprach. »Ich weiß nicht, wie ich mich wieder einfügen soll. Einfügen in mein Leben. Und ich will es auch gar nicht. Ich weiß nicht einmal, woher ich diesen Willen überhaupt nehmen soll, um mich dazu zu zwingen …«

Nun sah er, wie ein Gedanke sie durchfuhr und beobachtete, wie sie aufstand, um ins Bad zu gehen.

Alexander konnte nicht sehen, wie sie ihre Handtasche nahm und hektisch darin herumwühlte, bis sie das Fläschchen fand. Die dunkle Flüssigkeit sog sie fest in ihren Mund und wartete auf dem Badewannenrand sitzend auf dessen Wirkung. Ja, sie wurde ein wenig berauscht und ihre Gefühle wurden ein wenig leichter.

Doch der Schmerz blieb. Den konnte sie nicht betäuben.

Sie verbrachte jeden weiteren Tag mit ihm. Sobald sie erledigt hatte, wozu sie beauftragt worden war, beeilte sie sich, zu Alexander zu kommen.

Der Abend vor ihrer Abreise – der Abend des Abschieds – brachte ihr den schlimmsten Schmerz ihres Lebens. Vielleicht erinnerte sie aber auch nur keinen schwereren.

Wie betäubt saß sie morgens im Flugzeug und wie betäubt ging sie am Abend durch den Flughafen, wo ihr Fahrer sie abholte.

Sie verteilte mitgebrachte Spielzeuge und Souvenirs an ihre Kinder sowie einige Mitbringsel an die Hausangestellten.

Am nächsten Tag saß sie wie eine Marionette in ihrem Büro und als sich für den Abend Richards Besuch ankündigte, sah sie auch diesem geradezu gelassen entgegen.

Er würde tun, was er immer tat und nehmen, was er immer nahm.

Danach lag sie auf ihrem Bett und starrte an die Decke, bis die Müdigkeit sie gnädig übermannte.

Sie schrieb in den folgenden Tagen Briefe an ihren heimlichen Geliebten und verbrannte sie dann sorgfältig im Waschbecken. Sie strich über ihr gebrochenes Herz und starrte aus dem Fenster.

Ihren Mann begrüßte sie versiert, als er zum Wochenende nach Hause kam. Sie kochte für ihn und aß mit ihm, hörte ihm zu und schlief mit ihm.

Auf diese Weise verbrachte sie einige Wochen ohne eine Aussicht auf Linderung. Sie spürte nicht bewusst, wie ihr gelegentlich schwindelig wurde und nicht, wie immer häufiger Übelkeit in ihr aufstieg. Als ihr Arzt sie über die Schwangerschaft informierte und ihr gratulierte, flossen Tränen und sie strich glücklich über ihren Bauch.

Auf diese Weise würde Alexander also für immer in ihrer Nähe sein. Ein Teil von ihm würde sie niemals verlassen. Nichts wünschte sie sich mehr, als ihm sagen zu können, dass er Vater wurde. Und dennoch musste sie schweigen.

Sie wiegte im folgenden Jahr gerade ihren neugeborenen Sohn im Arm, als sie eine kurze Nachricht von Richard erhielt. Er hatte ihr durch die Haushälterin einige Zeilen übergeben lassen.

Wir mussten Unschädlichkeit garantieren. Es ergaben sich Umstände, die den üblichen Gang der Dinge abänderten. In Anbetracht Deiner treuen Ergebenheit zolle ich Dir meinen Respekt, indem ich seinen Wunsch erfülle, Dir einen kurzen Brief zukommen zu lassen.

Sie griff in das Kuvert und entnahm ihm einen Brief. Um diesen war Alexanders Halskette gewickelt, deren Anhänger ein stilisiertes Wappenschild mit der Gravur »A.K.« war. Sie legte die Kette auf die Decke, in die Avelian eingewickelt war und las den Brief.

Geliebte Revelyn,

Antworten wünschte ich und erhielt davon mehr als der Verstand fassen kann. Liebe wünschte ich und erhielt davon mehr, als mein gebrochen schweigendes Herz fassen will.
Dunkelheit sah ich in Dir und wurde verdammt in sie.
Meine Liebe wohnt noch in mir und meine Gedanken gelten Dir.
Was auch immer Du gerade tust und was auch immer Du fühlst:
Eines Tages - eines Nachts - werden wir uns wieder gegenüberstehen. Wenn auch nichts mehr auf meiner Seite ist, so ist es wenigstens die Zeit.

In ewiger Liebe,
Alexander

Als sie die letzten Zeilen gelesen hatte, glitt ihr das Papier aus der Hand. Revelyn legte ihren Sohn in die Wiege und suchte ein Versteck für die Kette sowie für den Brief. Dann schloss sie sich mit ihrem Kind in ihr Zimmer und verließ es über eine Woche lang nicht.

Eines Morgens trat sie wieder heraus.
»Bist du wieder gesund, Maman?« fragte Mahault besorgt.
»Ja, ich bin nun wieder gesund. Lass uns jetzt frühstücken gehen.«
Sie saßen nach dem Frühstück im Salon, als Espérance eintrat. Das Mädchen schien die innige Verbindung der Mutter zu ihrem neuen Brüderchen zu spüren, doch es regte sich keine Eifersucht.
Sie setzte sich leise neben die beiden und betrachtete ihren Bruder. »Seine Augen sind so blau«, sagte sie und fuhr mit den Fingern durch die hellen, zarten Locken auf dem kleinen Kopf.
Mit überaus wachem Blick ertastete der kleine Junge seine Umgebung. Als er seine Schwester sah, da lächelte er zum ersten Mal.

XV

Ein alter Freund

»Es tut mir so leid, Maite.« Floras Stimme war nicht viel mehr als ein Flüstern. Als ihr das auffiel, zwang sie sich, ein wenig lauter zu sprechen und Zuversicht in ihre Stimme zu legen. »Carlos hat gesagt, dass er einen Plan hat. Du kennst ihn. Ihm fällt schon etwas ein.«

Maite schien die Worte gar nicht zu hören. Sie starrte mit leerem Blick vor sich auf den Küchentisch. Ihre geröteten Augen und Wangen verrieten, dass sie in den letzten Stunden geweint hatte, bis nichts mehr von ihr übrig war. Statt ihr meldete sich jedoch Samy zu Wort.

»Was soll ihm da schon einfallen? Man hat nicht einfach irgendeine Idee gegen ein verdammtes Drogenkartell!«

Seine Stimme klang wütend und verzweifelt. Flora konnte ihm nichts davon übel nehmen. Auch Matías, der in der Ecke des Raumes saß, blickte kurz auf und unterbrach sein Gebet. Seit ungefähr einer Stunde hielt er seinen Rosenkranz in der Hand und bat die Heilige Maria um Beistand.

»Vielleicht bluffen sie ja nur. Sie haben jetzt keinen Grund mehr, wenn wir nachgeben. Ich habe ihnen das geschrieben und vielleicht wollen sie nur, dass wir verzweifelt sind und uns in Zukunft nicht mehr auflehnen. Es gibt doch keinen Grund mehr, Agustina etwas zu tun.«

Diese Hoffnung war mehr als verzweifelt, und das war Flora klar. Sie hatte mehrmals mit der Polizei gesprochen und bereits alle Informationen weitergegeben, die sie hatte. Mittlerweile standen drei Wagen auf dem Weingut. In einem von ihnen saß ein Verhandlungsexperte in Bereitschaft, der nur auf die Gelegenheit wartete, mit Danny zu sprechen. Seit einer Weile allerdings reagierten die Entführer nicht auf Anrufe und stellten auch keine weiteren Forderungen.

Ein Klopfen an der Tür zerriss die drückende Stille. Maite reagierte kaum, doch Samy zuckte zusammen und sprang auf. Flora ging zur Tür und erwartete, dort einen der Polizisten zu sehen, der vielleicht eine Frage hatte oder die Toilette benutzen wollte. Stattdessen stand draußen im Halbdunkel ihr Vater und bat sie leise, mitzukommen.

Flora nickte, doch fiel ihr sofort auf, dass Carlos irgendwie gebeugt und müde aussah. Als wäre er krank oder geschwächt. Gütiger Gott, dachte sie. Bitte lass keine Nachricht von Danny der Grund dafür sein.

Was ist denn passiert? fragten ihre großen Augen wortlos und Carlos antwortete leise.

»Ich möchte dir einen alten Freund vorstellen. Vielleicht erinnerst du dich an ihn. Er war manchmal bei uns, als du noch ein kleines Mädchen warst.« Ihr Blick änderte sich kaum und er sprach weiter. »Wenn es jemanden gibt, der uns jetzt noch helfen kann, dann ist er das.«

Carlos führte sie zum Geländewagen und bat sie einzusteigen. Er wirkte wirklich nicht gesund, was allerdings in der aktuellen Situation kein Wunder war. Wie auch sie selbst machte er sich vermutlich große Vorwürfe, dass sie nicht früher eingelenkt und diese Situation verhindert hatten.

Doch da war mehr als Gram. Seine Schwäche war körperlich. Als er losging, *um etwas zu erledigen,* war er bereits in düsterer Stimmung gewesen, jedoch entschlossen und mit dem Mut der Verzweiflung. Wenn sein Plan war, diesen alten Freund zu Hilfe zu holen, warum war er dann gebeugter als zuvor, wenn dieser doch vielleicht helfen konnte?

Vielleicht weiß er ja, dass dies nichts helfen wird, dachte Flora für sich. Vielleicht hat er sich Hoffnungen gemacht und zweifelte nun selbst an diesen.

»Glaubst du wirklich, dass dein Freund uns helfen kann?« Flora beobachtete ihren Vater bei dieser Frage genau. Carlos nickte, zwar langsam, doch aber entschlossen.

»Ja. Bitte stell ihm keine Fragen und tu einfach, was ich sage. Ich kenne ihn schon sehr lange und wir können ihm vertrauen. Doch er ist ein wenig – seltsam.«

Sie hatten den Wagen erreicht und stiegen ein. Floras Vater setzte sich hinter das Steuer und ließ den Motor an

»Das klingt nicht vertrauenerweckend, Papá«, meinte Flora. »Aber wenn du sagst, dass es Agustina hilft, bin ich bereit, alles zu tun, was nötig ist.«

Auf dem Weg holperte der Wagen gelegentlich über einen großen Stein, den die Geländeaufhängung nicht ausgleichen konnte, und versetzte den Insassen einen Schlag. Als ihr klar wurde, wohin sie fuhren, runzelte Flora die Stirn. Doch sie schwieg noch einen Moment und dachte nach. Ihre Augen glitten suchend durch die Nacht und streiften die dunklen Bäume und die Wolken, die durch das Mondlicht in eine Landschaft verwandelt worden waren.

»Warum fahren wir zum Almagro-Haus?«, fragte sie nach einer Weile ruhig. »Will dein Freund uns *dort* treffen?«

Carlos blickte sie an und versuchte mürrisch auszusehen. Doch sie kannte ihn gut genug, um zu wissen, dass er in Wirklichkeit angespannt war. Sehr angespannt.

Vor drei Jahren waren einmal alle Erntehelfer ausgefallen und es hatte für eine Weile so ausgesehen, als ob sie einen großen Teil des Jahresertrags verlieren würden. Carlos hatte dies vor ihr verheimlichen wollen, aber Flora war klar gewesen, dass sie kurz davor gewesen waren, ihre Rechnungen nicht mehr bezahlen zu können. So hatte er sie auch damals angeblickt, wenn sie Fragen gestellt hatte. Eigentlich sah er jetzt noch angespannter aus und bemühte sich gleichzeitig noch mehr, dies zu verbergen. Was in Anbetracht der Situation mit Agustina vielleicht kein Wunder war.

»Ich hätte dich zu Hause lassen sollen«, brummte er.

»Ich bin kein Kind mehr, Papá«, protestierte sie scharf. Doch dann schwieg sie für den Moment. Wenn er in dieser Stimmung war – falls sie ihn jemals in so einer Stimmung erlebt hatte wie jetzt – bekam sie doch nichts aus ihm heraus.

Die schmale Straße machte einen letzten Bogen und die Scheinwerfer des Geländewagens glitten über das alte Herrenhaus, das schon immer dort oben auf dem Hügel stand. Casa Almagro hatte dem Weingut den Namen verliehen, doch seit langer Zeit lebte dort niemand mehr. Die ehemalige Residenz der mittlerweile nicht mehr existierenden Familie Almagro war in der Dunkelheit noch immer ein beeindruckendes Gebäude. Mit den großen Säulen am Eingang und dem breiten Balkon im ersten Stock zeigte sie deutlich, wer damals über die umliegenden Ländereien geherrscht hatte. Doch im heutigen Zustand – rankenüberwachsen, vernagelt und morsch – war unverkennbar, dass diese Zeiten lange vorbei waren. Flora wusste nicht, wann die Entscheidung getroffen worden war, das großzügige Anwesen nicht mehr zu nutzen und stattdessen neue, kleinere Häuser unten an den Weinbergen zu errichten. Vermutlich, als man das Unternehmen an eine einfache Familie wie ihre übergeben hatte, dachte sie.

Im Mondlicht war der Verfall des Hauses Almagro leicht auszumachen. Die Holzverkleidung war an vielen Stellen verrutscht oder abgefallen. Die Farbe, die sie ehemals gehabt haben mochte, konnte man schon lange nicht mehr erkennen. Vielleicht war das Haus in seinen besten Tagen weiß gewesen oder farbenfroh wie die Gebäude in Valparaíso? Flora hatte sich diese Frage bisher nie gestellt. Casa Almagro war einfach schon immer da gewesen, wie die große Zypresse mit ihren rauschenden Blättern neben ihrem Kinderzimmer.

Carlos lenkte den Wagen auf die von hohem Gras überwucherte Fläche vor dem Haus und starrte für einen Moment auf das Lenkrad, ehe er sich seiner Tochter zuwandte.

»Du bleibst im Auto«, sagte er in einem leisen, bedrängenden Befehlston. »Setz dich auf den Fahrersitz und warte. Ich erledige etwas und komme dann zurück.«

Flora nickte langsam und hielt die Fragen zurück, die in ihrem Kopf kreisten.

»Wenn jemand anderes als ich aus dem Haus kommt, startest du den Motor und fährst weg. So schnell du kannst. Hast du das verstanden?«

»Jemand anderes?« Nun konnte sie ihr Unverständnis nicht mehr unterdrücken. »Meinst du deinen Freund? Oder ist noch jemand hier?«

Carlos starrte finster vor sich. »Es wird alles in Ordnung sein, pajarita. Aber versprich mir, dass du das tust, was ich gerade gesagt habe, wenn aus irgendeinem Grund jemand ohne mich durch diese Tür kommt. In Ordnung?«

Was ist denn dann passiert, wenn er ohne dich kommt, schoss es ihr durch den Kopf. Wie kann das denn eine Möglichkeit sein, wenn es sich um einen alten Freund handelt?

»Si, Papá«, sagte sie stattdessen und schluckte.

Carlos beugte sich zu ihr und gab ihr einen Kuss auf die Stirn. Dann stieg er aus dem Auto, nahm etwas aus dem Kofferraum und ging durch das hohe Gras in Richtung des alten Hauses. Flora bemerkte, dass er einen Rucksack trug und eine Brechstange in der Hand hielt.

Als sie das Haus nun aus der Nähe betrachtete, verstand sie, warum – alle Fenster und Türen des alten Gebäudes waren vernagelt. Wenn ihr Vater sich dort mit seinem Freund traf, wie war dieser denn hineingekommen? Konnte Carlos nicht den gleichen Weg nehmen wie dieser mysteriöse Helfer?

Sie stieg aus und spürte durch den dünnen Stoff ihrer Hose das widerspenstige Gras.

»Papá?«, rief sie. Carlos wandte sich um und sie hörte Glas in seinem Rucksack klirren. Als würde er ein paar Flaschen Bier mit zu seinem Freund nehmen, dachte sie.

»Te amo«, sagte sie, als sich ihre Blicke getroffen hatten.

»Es wird alles gut«, sagte er und lächelte kurz. »Wir klären das und holen Agustina zurück. Du wirst sehen.«

Flora setzte sich auf den Fahrersitz und beobachtete, wie ihr Vater den Haupteingang mit der Brechstange bearbeitete. Er schob die Metallstange unter das erste Holzbrett, das mit einem plötzlichen Knirschen zersplitterte. Dann drehte er das Werkzeug herum und hebelte einige Nägel heraus. Nach und nach arbeitete er sich durch die Bretter, die den Eingang verschlossen.

Es sieht irgendwie aus, als ob er eine Transportkiste öffnet, dachte Flora. Größere Lieferungen kamen manchmal in solchen Behältern, die man ebenfalls aufbrechen musste. Irgendwie musste sie in diesem Moment daran denken, während sie seinen Bewegungen stumm mit den Augen folgte.

Nach einer Weile hatte Carlos den rechten Flügel der Eingangstür aufgestemmt. Er hob die zu Boden gefallenen Bretter auf und legte sie beiseite, dann schob er einige Splitter mit seinen Stiefeln weg. Früher hatte er Flora stets erklärt, dass man eine Arbeitsstelle sauber und aufgeräumt hielt, damit niemand über etwas achtlos Herumliegendes stolperte und sich verletzte. Nachdem er den Eingang von den Spuren seiner Arbeit befreit hatte, hob er die Brechstange auf und warf seiner stummen Beobachterin über die Schulter einen Blick zu. Dann schaltete er eine Taschenlampe ein und verschwand im Haus Almagro.

Für eine Weile konnte Flora das Spiel des Lichtes durch den Eingang und die vernagelten Fenster beobachten. Ihr Vater schien sich langsam und vorsichtig zu bewegen. Vielleicht war das Haus baufällig und gefährlich, dachte sie. Vielleicht würde es einfach über ihm zusammenbrechen und ihn begraben.

Doch nichts dergleichen geschah. Irgendwann wurde das Licht der Taschenlampe schwächer, dann lag das alte Haus wieder ruhig im Mondlicht. Doch für Flora waren die Anspannung und Nervosität, der Stress der letzten Stunden, körperlich greifbar. Ihre Hände krampften sich um das Lenkrad. Ihre Finger waren feucht, und sie konnte spüren, wie ihr Herz schnell in ihrer Brust schlug.

»Wenn jemand anderes als ich aus dem Haus kommt, startest du den Motor und fährst weg. So schnell du kannst.«

Die Worte ihres Vaters hallten in ihrem Kopf wieder und sie fragte sich, warum sie sich diese Anweisung hatte gefallen lassen wie ein kleines Mädchen. Warum sie nicht darauf bestanden hatte, mit ihm hineinzugehen. Warum nahm er sie denn mit hierhin, wenn er sie nun einfach vor der Tür abstellte?

Flora Benmayor rang innerlich mit sich, doch sie konnte keine Entscheidung erwirken. Würde sie mitten in einen Deal mit zwielichtigen Gestalten geraten, wenn sie jetzt hineinging? Das Treffen an einem solchen Ort – hinter vernagelten Türen und Fenstern – war so absurd, dass sie keine Vorstellung davon entwickeln konnte, was sie drinnen erwarten würde.

Noch während diese Gedanken in ihr rumorten und sie gleichzeitig unglücklich über ihr Verhalten und paralysiert von Überforderung war, bewegte sich wieder Licht im Haus. Zuerst blitzte es durch den Bretterspalt eines Fensters, dann glomm es sachte aus der aufgebrochenen Eingangstür. Dort hielt es für eine Weile inne, als hätte jemand die Taschenlampe abgelegt. Dann kam wieder Bewegung in den Lichtschein und er näherte sich der Tür.

Flora schluckte. Nun kam also der Moment, in dem sie ihren Vater im Stich lassen sollte, wenn bei seiner seltsamen Unternehmung heute Nacht etwas schiefgegangen war. Immerhin hatte sie keine Schüsse oder Schreie gehört. Das war doch wahrscheinlich ein gutes Zeichen, oder nicht?

Der Lichtschein kam näher und glitt durch die Türöffnung auf die Veranda. Durch die Dunkelheit im Haus dauerte es eine Weile, bis Flora erkennen konnte, wer die Lampe in der Hand hielt. Es war Carlos Benmayor. Er sah noch erschöpfter und gebeugter aus als zuvor. Aber er war es selbst – niemand anderes, der durch die Tür kam.

»Gracias a Dios«, murmelte Flora und schob die düsteren Gedanken beiseite, die ihr gerade noch durch den Kopf geschwirrt waren. Schnell stieg sie aus dem Auto und lief durch das hohe Gras auf das Haus zu.

»Papá!«, rief sie. »Alles in Ordnung mit dir?«

Carlos machte zwei langsame Schritte nach vorn, dann setzte er sich auf die Treppe der Veranda und legte die Taschenlampe neben sich.

»Estoy bien«, sagte er und beobachtete, wie sie näherkam. »Estoy bien.«

Flora ging vor ihm in die Hocke und nahm seine Hände. Sie fühlten sich kalt an, obwohl die Nacht mild war.

»Was ist mit dir, Papá?«, fragte sie. »Du siehst nicht aus, als ob es dir gut geht.«

»Ich brauche nur einen Moment«, murmelte er. Flora fiel auf, dass er die Taschenlampe wieder mitgebracht hatte, Rucksack und Brechstange hingegen fehlten.

»Hinten im Kofferraum ist der Einkaufskorb«, sagte Carlos und nuschelte dabei leicht. »Da habe ich Mate und eine Packung Trockenfleisch reingetan. Sei ein Schatz und hol mir das, ja?«

Flora hatte ihn Dutzende Male damit aufgezogen, dass sein Trockenfleisch roch wie Hundefutter und dass die Hunde ganz wild danach wären. Doch er ließ sich nicht davon abbringen, dass dies in seinen Augen die einzige vernünftige Zwischenmahlzeit war.

Wenige Minuten später hatte er die Mateflasche halb geleert und kaute langsam. Flora hatte ihre Neugier mühsam im Zaum gehalten, doch jetzt starrte sie ihn offensichtlich mit so großen Augen an, dass er müde grinste.

»Alexander ist drinnen«, sagte er kauend. »Wir gehen gleich zu ihm. Dann kannst du ihn kennenlernen.« Eine kurze Pause. »Denk daran, dass er uns helfen wird, okay? Wenn er dich um etwas bittet, stell keine Fragen und tu es einfach.«

Flora wollte fragen, um was er sie denn ersuchen würde, doch Carlos schloss erschöpft die Augen, sodass sie ihre Gedanken nicht aussprach. Nachdem ihr Vater drei Streifen Trockenfleisch gegessen und den Rest des Mate getrunken hatte, ging er durch den aufgebrochenen Eingang und leuchtete den Bereich aus. Flora folgte den Bewegungen des Lichtkegels mit ihren Augen. Die Eingangshalle des Hauses war groß und vor langer Zeit vermutlich einmal prächtig gewesen. Doch mittlerweile war davon nicht mehr viel zu erkennen. Morsche Holzvertäfelungen waren von Ranken überwuchert und hingen teilweise von der Wand herab. Die Bodendielen knarzten nicht nur, sie stöhnten bei jedem Schritt mitleiderregend, als würden sie jederzeit ihren letzten Schnaufer tun. An der Decke baumelte schräg ein Leuchter, ein ehemals vermutlich teures Schmuckstück aus Messing, von dem jedoch alle Kerzen herabgestürzt waren. Ein großer, früher wohl glänzend polierter Schrank war wie erschossen nach vorn auf seine Türen gefallen.

Flora stieß einen kurzen Schrei aus, als die Taschenlampe über eines der bodentiefen, vernagelten Fenster auf der rechten Seite des Raumes streifte. Stumm, regungslos, dunkel, stand ein Mann wie eine Statue zwischen all dieser verfallenen Opulenz und blickte sie an. Als er ihren Schreck bemerkte, hob er abwehrend die Hände und trat einen Schritt zurück. Flora legte eine Hand vor ihre Brust und atmete tief ein. Bis die beiden hereingekommen waren, musste der Fremde in der völligen Dunkelheit des Hauses gewartet haben. Carlos richtete die Lampe vor dem Unbekannten auf den Boden, sodass er nur vage vom Lichtschein erfasst wurde. Flora konnte ausmachen, dass er groß, blond und glatt rasiert war.

»Ich freue mich, dich wiederzusehen, Florencia«, sagte der Fremde mit dem Namen Alexander dann freundlich. Seine Stimme war warm, doch ein wenig kratzig. Als habe er gerade eine Erkältung oder eine Halsentzündung hinter sich. »Du erinnerst dich bestimmt nicht an mich, oder?«

Alexander, dachte sie. Bestimmt hat der irgendwas mit diesen Exildeutschen zu tun, die es hier seit siebzig Jahren gibt. Er trug typisch chilenische Alltagskleidung – ein helles, leichtes Hemd und eine ebensolche Hose, dazu Sandalen. Die Hose wirkte ein wenig zu kurz und die Sandalen zu klein. Vielleicht hat Papá ihm Sachen geliehen? Aber warum?

Carlos bewegte die Taschenlampe, sodass sie ihn besser erkennen konnte. Alexander hob eine Hand vor seine Augen und wich einen Schritt zurück. Ihr Vater entschuldigte sich und senkte die Lampe schnell wieder – doch einen kurzen, klaren Blick hatte sie auf sein Gesicht erhaschen können. Irgendwo weit hinten in ihrer Erinnerung erkannte sie ihn, jedoch nur sehr vage. Es war mehr eine Vertrautheit, welche sie gegenüber einem völlig Fremden nicht empfunden hätte. Kein wirkliches Wiedererkennen.

»Tut mir leid«, murmelte sie. »Es ist stockdunkel hier und ich erkenne Sie … dich ohne die Lampe nicht. Du scheinst dich aber wohlzufühlen in der Dunkelheit, oder?« Sie lachte nervös. Alexander ging nicht auf ihre Worte ein.

»Es wäre sehr schön, wenn es einen anderen Anlass gäbe, doch wenn ich deinen Vater richtig verstehe, müssen wir schnell handeln. Bitte sieh mir daher nach, wenn ich direkt zur Sache komme.«

»Klar, es geht hier um Agustina, natürlich«, bekräftigte Flora und blickte erwartungsvoll zwischen ihrem Vater und dem alten Freund hin und her.

»Hast du mitgebracht, was wir benötigen, Carlos?«

Die Erwiderung klang viel lauter und raumfüllender als Alexanders Worte. »Natürlich. Ich habe etwas gefunden.« Carlos wandte sich an Flora und deutete auf den Rucksack, der neben einem halb verrotteten Sessel in der großen Eingangshalle lag. »Wärst du so nett, die Ziege herauszuholen und sie Alexander zu geben?«

Flora starrte auf den regungslosen und relativ kleinen Rucksack. Darin ist doch keine Ziege, dachte sie. Vielleicht ein Jungtier? Mit nervösen Fingern griff sie in den braunen Lederrucksack und spürte etwas Weiches darin. Es war jedoch selbst für ein Ziegenbaby zu klein und bewegte sich nicht. Etwas an der Berührung kam ihr vertraut vor. Ein Stofftier!

Sie blickte einmal verwundert zwischen ihrem Vater und Alexander hin und her, dann griff sie zu und holte das kleine, weiche Etwas heraus. Als ihre Hand den Rucksack verließ, musste sie unwillkürlich lächeln. Ihre Finger klammerten sich um den Hals von Pepita.

Pepita war die kleine, schwarz-weiße Stoffziege, die Agustina noch vor zwei Jahren überallhin begleitet hatte. Jetzt hatte Flora das Tierchen länger nicht gesehen, aber es war anzunehmen, dass Agustina sie immer noch im Bett bei sich hatte und es wahrscheinlich nicht weniger liebte als früher.

Dieser Gedanke bohrte sich wie ein Giftpfeil in ihre Brust. Agustina liebte Pepita noch immer. Aber jetzt war sie irgendwo allein und Pepita war hier. Hoffentlich war Agustina überhaupt noch irgendwo.

Sie stand wohl mehr als einen Moment regungslos da und wurde aus den Gedanken gerissen, als ihr Vater eine Hand auf ihre Schulter legte.

»Du musst Pepita kurz in den Händen halten und sie dann Alexander geben, in Ordnung?«

Tu einfach, was er sagt, erinnerte sie sich. Auch wenn die Worte aus dem Mund ihres Vaters kamen, stammte der Auftrag von Alexander – daran bestand kein Zweifel.

Floras Finger krallten sich zuerst in das kurze, weiche Fell, dann lockerte sie ihren Griff ein wenig und atmete zweimal tief durch.

»Das genügt«, sagte Alexander mit seiner warmen, immer noch kratzigen Stimme. Sie ging langsam auf ihn zu.

Eine morsche Diele stöhnte überlaut unter ihrem Fuß und gab nach. Flora stolperte nach vorn. Alexander machte einen schnellen Schritt auf sie zu und hielt sie fest, indem er sie scheinbar mühelos mit beiden Händen an den Schultern packte. »Danke«, meinte Flora leise und nutzte die Gelegenheit, um einen Eindruck des Fremden aus der Nähe zu sammeln.

Alexander war groß, schlank und gutaussehend. Seine Hände waren sehr hell, seine gesamte Ausstrahlung fast körperlich kühl. Wie eine Tasse Tee, die man vergessen hat, kam es Flora unwillkürlich in den Sinn. Er sah nicht älter aus als Mitte dreißig. Bei ihrem letzten Treffen als Kind musste er noch ein sehr junger Mann gewesen sein.

»Ist alles in Ordnung mit dir, Florencia?« Die tiefe, raue Stimme riss sie aus ihren Gedanken. Wie ein Schwamm hatte sie binnen weniger Herzschläge diese Eindrücke aufgesaugt und straffte sich nun. Während Carlos sie warnte, sich mehr am Rand des Raumes zu halten, nickte sie und hielt die Stoffziege vor sich. Alexander hob seine kühlen Hände von ihren Schultern und nahm ihr das Spielzeug behutsam aus der Hand.

Er hielt Pepita für einige Momente, dann drückte er sie an sein Gesicht. Dabei sah er aus wie eine Mischung aus einem Vater, der voller Trauer den Freund eines verlorenen Kindes an sich drückte, und einem Wolf, der Witterung aufnahm. Flora beobachtete konzentriert, ob sich seine Nase bewegte. Er schien nicht wirklich zu schnüffeln, was sie ein wenig beruhigte.

Nachdem er Pepita für zwei oder drei Minuten auf diese Weise untersucht hatte, ließ Alexander seine rechte Hand mit dem Tier sinken. Seine Augen wanderten zu Carlos.

»Das Mädchen lebt. Sie haben die Kleine nicht weit weggebracht. Sie hat große Angst, ist jedoch unversehrt. Es gibt einen Zeitpunkt, auf den sich ihre Angst konzentriert. Als habe man ihr etwas Schreckliches angekündigt. Dieser Zeitpunkt ist unglücklicherweise schon morgen.«

Carlos nickte, während Flora mit offenem Mund ein weiteres Mal zwischen den beiden Männern hin und her blickte. Das wusste er wegen eines Stofftiers? War er so eine Art *brujo*?

»Kannst du mich hinführen?« Ihr Vater teilte ihre Verwunderung offensichtlich nicht, sondern war direkt dabei, Pläne zu schmieden. Alexander sah traurig aus, als er den Verwalter von Almagro ansah.

»Diese Menschen kannst du nicht verprügeln, Carlos«, sagte er langsam. »Schon gar nicht in deinem Zustand. Ich muss das übernehmen.«

Alexander mochte jünger sein als ihr Vater, doch Flora fand, dass er nicht unbedingt aussah wie jemand, der besser im *Leute verprügeln* war als Carlos Benmayor. Er war schlank, sah jedoch nicht aus wie ein Bruce Lee. Außerdem hatten die Entführer vermutlich schlicht und einfach Waffen.

»Also ich ignoriere jetzt mal die Frage, woher du das angeblich weißt«, schaltete sie sich daher ein. »Wir sind verzweifelt und klammern uns an jeden Strohhalm, okay. Und du bist so ein Strohhalm. Aber wenn wir wissen, wo Agustina und die Entführer vielleicht sind, sollten wir dann nicht die Polizei hinschicken? Würden die so einen Tipp nicht annehmen in der aktuellen Situation?«

Alexander blickte langsam zu ihr hinüber. Nachdem seine Augen auf ihr geruht hatten, wanderten seine Mundwinkel nach oben.

»Du hast jedes Recht, verwirrt und ungläubig zu sein, Florencia«, sagte er. Seine Worte waren immer noch langsam und gewählt, als sei er kein echter Mensch, sondern eine Figur in einem Schauspiel. Das beeindruckte Flora und machte sie gleichzeitig auch wütend, weil es so nichts mit dem zu tun hatte, was hier gerade geschah.

»Ich verfüge über gewisse Ressourcen, mit denen ich die Entführer hoffentlich überzeugen kann, von ihren Plänen abzulassen. Wenn die Polizei kommt, wird es Gewalt geben. Diese Menschen fürchten das Gesetz nicht und werden kämpfen, und Agustina wird Schaden nehmen. Mich werden sie nicht als Bedrohung sehen, und dies kann ich nutzen, um auf sie einzuwirken.«

Das klang gleichzeitig irrsinnig und plausibel. Floras Kapazitäten für die Verarbeitung von seltsamen Widersprüchen waren eigentlich für heute – und vermutlich darüber hinaus – erschöpft, doch sie ermahnte sich, dass Agustinas Wohlergehen über allem stehen musste. Ein Polizeieinsatz konnte vermutlich wirklich schnell zu einer Schießerei führen. Alexander hingegen brachte vielleicht sich in Gefahr, aber – zumindest im ersten Moment – niemanden sonst.

Carlos schien die Situation ähnlich einzuschätzen. Zumindest kam er zum gleichen Ergebnis und bat Alexander, ihm zum Wagen zu folgen.

†

Etwas mehr als eine halbe Stunde später blickten sie von einem bewaldeten Hügel hinab in eine kleine Talsenke. Sie befanden sich kurz hinter der Grenze von Almagro und hatten die letzten wenigen hundert Meter zu Fuß hinter sich gebracht. Alexander hatte eine präzise Beschreibung der zu erwartenden Szenerie gegeben, und Flora stand ein wenig der Mund offen, als sich diese zu bestätigen schien: »Es sind fünf Männer in ihrer Nähe. Sie sind in einem kleinen Haus in einem Tal. Die Männer sind mit zwei Autos dort, einem Geländewagen und einem Lieferwagen. Sie warten auf jemanden, der das Kommando hat.«

In der Senke vor ihnen lag ein altes, kleines Holzhaus, in dem Licht brannte. Daneben parkten ein Jeep sowie ein kleiner Bus. Neben der Tür des Hauses war ein Mann zu erkennen, der eine Zigarette rauchte und ein automatisches Gewehr auf dem Schoß hatte.

Es ist irrsinnig, aber alles passt zusammen, dachte Flora. Sie beugte sich zu ihrem Vater, der wie sie hinter einem Baum Sichtschutz gesucht hatte, auch wenn sie sich eigentlich noch in sicherer Entfernung befanden.

»Glaubst du, dass er recht hat, Papá?«, flüsterte sie eindringlich. Carlos Benmayor nickte.

»Du darfst dir und uns keine Fragen stellen, pajarita«, sagte er leise. »Ich weiß, dass dir das sehr schwerfallen muss, doch es ist unsere beste Option.«

Wenn es nicht ihr Vater gewesen wäre, der diese Bitte an sie richtete, wäre es der eigenwilligen Florencia Benmayor ziemlich sicher nicht möglich gewesen, diese zu erfüllen. Doch das Gefühl von Verzweiflung und Machtlosigkeit, und das tiefe Vertrauen der kleinen pajarita in ihren Papá machten ihr dieses Kunststück möglich.

»Du nennst mich nie so«, sagte sie leise. »Doch heute Nacht dauernd.«

Ihr Vater seufzte und nickte. »Du bist zu groß für diesen Namen«, antwortete er. »Heute Nacht aber nicht.«

Floras Augen wanderten noch einmal zu Alexander. Der schien für einen Moment in Konzentration versunken, dann wandte er den beiden sein Gesicht zu und zeigte sein charakteristisches, langsames Lächeln.

»Ich gehe jetzt und hole Agustina.« Mit diesen Worten erhob er sich und begann, langsam den vor ihnen liegenden Abhang hinunter zu schreiten. Dabei hielt er die schwarz-weiße Stoffziege in seiner linken Hand.

XVI

Der verlorene Sohn

Wann kommst Du wieder nach Hause?

Die Worte leuchteten als Benachrichtigung auf dem Bildschirm des Telefons auf. Nazaire Lerot blickte kurz zur Decke und stieß dann angestrengt Luft durch seine Lippen aus. Diese Frage schwebte schon seit Tagen über ihm.

Er beschloss, nicht sofort zu antworten, und ließ das anklagende Telefon wieder in die Innentasche seiner Jacke gleiten. Die Sommernacht war warm und er war nicht in der Stimmung, sich zu rechtfertigen. Stattdessen bog er in eine Seitenstraße ein und hielt die Augen nach einem freien Sitzplatz im Le Candiot auf.

Nach kurzer Suche entschied er sich für einen kleinen, am Rande gelegenen Zweiertisch und bestellte Rotwein sowie ein Croques Monsieur. Während er wartete, vibrierte sein Telefon erneut in der Tasche. Nachdenklich holte er es hervor.

Ich vermisse Dich, leuchtete es auf dem Bildschirm. Er lächelte unwillkürlich und tippte seine Antwort.

Tut mir leid. Ich will nicht lange bleiben, aber hier kocht es gerade gewaltig. Ich vermisse Dich auch. Melde mich später, in Ordnung?

Eine sympathische Kellnerin brachte ihm seinen Wein und lächelte ihn an. Nazaire erwiderte den Blick freundlich und nahm dann einen Schluck von seinem Getränk.

Als er später am Abend wieder zu Hause ankam – in seinem ehemaligen Zuhause, welches er gedanklich immer noch so bezeichnete, in seinem Herzen aber vielleicht noch nie so empfunden hatte – fielen ihm die drei dunklen Limousinen auf, die auf dem Kiesplatz warteten.

Er parkte seinen Citroën neben den schwarzen Schlachtschiffen und ging langsam zum Haupteingang. Im Vorraum sah er Licht unter dem Eingang zum Roten Salon schimmern. Undeutlich waren Stimmen durch die schwere alte Holztür zu hören. Während er sein Sakko auszog und in den Wandschrank hängte, ruhten seine Augen aufmerksam auf der zu dieser späten Stunde seltsam belebten Tür.

Als er sich danach umwandte, sah er einen Mann praktisch direkt hinter sich stehen. Dieser trug einen schwarzen Anzug und eine ebensolche Krawatte zu einem freundlichen und doch irgendwie raubtierartigen Lächeln.

»Na, Sie schleichen sich aber an«, meinte Nazaire und sorgte dafür, dass sich sein Gesicht aufhellte. »Kann ich etwas für Sie tun?« Nun zog er eine Augenbraue hoch.

Er hatte den Mann schon ein- oder zweimal in Richards Entourage gesehen. Er gehörte wohl zu den *Assistenten*, die seinen Patenonkel stets begleiteten. Seinen Namen wusste er jedoch nicht. Pierre? Remy?

»Guten Abend, Monsieur Lerot«, erwiderte der Assistent in perfekter Freundlichkeit. »Bitte verzeihen Sie, wenn ich Ihnen einen Schreck eingejagt habe. Ich habe nur den Auftrag, Störungen zu vermeiden.«

»Ich hatte nicht vor, jemanden zu stören, keine Sorge«, erwiderte Nazaire kühl. »Mir ist klar, welche Freiheiten mein Patenonkel genießt, während er sich hier aufhält.«

Das klang etwas spöttischer als geplant, dachte Nazaire und setzte ein freundliches Entschärfungslächeln auf. Pierre oder Remy erwiderte das Lächeln.

»Sehr gut. Darf ich sie zu ihrem Zimmer begleiten?«

»Das ist nicht nötig, vielen Dank«, meinte Nazaire bewusst tonlos. Ich habe hier zwanzig Jahre gewohnt und kenne mich ein wenig aus, dachte er. Natürlich sprach er diese Erwiderung nicht aus.

Der Assistent beobachtete ihn aufmerksam, während er die Eingangshalle durchquerte und in den Flur ging, welcher zu den Familienzimmern führte.

Dieser wurde links und rechts von mehreren kleinen Nischen flankiert, in denen Möbelstücke oder Vasen dekorativ arrangiert waren. Im Vorbeigehen blieb Nazaires Blick an einem kleinen Schatten in einer der Nischen hängen. Er näherte sich und entdeckte dort am Boden, hinter der antiken Vase, eine Reisetasche. Es war eine braune Wochenendtasche aus Leder, die ziemlich eng gepackt wirkte.

Wer stellt denn eine fertig gepackte Tasche hier in die Ecke, ging es ihm durch den Kopf. Ehe er diesen Gedanken weiterführen konnte, hörte er ein Räuspern aus der Eingangshalle. Er blickte zu Richards Assistenten, der ihn freundlich und dennoch irgendwie fordernd anlächelte. Beides entsprach vermutlich der Wahrheit. Kurzentschlossen griff Nazaire in die Nische, holte die Tasche heraus und hängte sie sich um. Ohne erneut in die Eingangshalle zu blicken, ging er weiter.

Sein Gästezimmer lag direkt links neben der Treppe im ersten Stock. Er begegnete niemandem auf dem Weg, und so warf er bald die Tasche aufs Bett und öffnete sie nach kurzem Zögern neugierig. Darin war eng gefaltet eine Reihe von Kleidungsstücken. Größe und Schnitt nach für einen Mann. Nazaire war sich nicht sicher, aber Farbe und Stil erinnerten ihn irgendwie an Avelian. Zumindest bei zwei oder drei Teilen war er sich sehr sicher, dass er sie schon einmal an seinem kleinen Bruder gesehen hatte.

Er griff nach seinem Telefon und schickte ihm eine Nachricht. Dann ließ er die Tasche vorerst auf dem Bett liegen und klappte seinen Laptop auf. Schnell loggte er sich bei einem Videochatdienst ein und klickte den obersten Kontakt an. Mit einem verspielten Geräusch öffnete sich kurz darauf das Videofenster und er blickte auf einen leeren Schreibtisch, auf dem nur ein Block, ein Stift und ein halbvolles Weinglas zu sehen waren.

»Moment, ich bin sofort da«, rief eine Männerstimme durch den Raum, was sie über das Mikrofon schlecht hörbar machte. Nazaire lächelte, als Thierry sich mit einem Handtuch um die Hüften auf den Schreibtischstuhl setzte.

»Hey, ich dachte, bei dir dauert es noch länger«, sagte sein Gesprächspartner lächelnd und fuhr sich durch die kurzen, offensichtlich nassen Haare. Thierry hatte dunkelbraune Haut und war mit einem mühelos muskulösen Körper gesegnet, neben dem Nazaire sich stets ein wenig mager und kalkfarben vorkam. Nicht einmal die Tatsache, dass er sich zehn Stunden am Tag in einer Küche rumtrieb und eigentlich kaum Sport machte, schien sich ernsthaft auf Thierry auszuwirken.

»Ich hab' mir gedacht, so kann ich dich vielleicht noch aus der Dusche scheuchen.« Ein süffisantes Grinsen begleitete die Anspielung, dann sprach er jedoch ernster weiter. »Ich war heute nicht lange unterwegs und Zuhause hat man mich schnell auf mein Zimmer komplimentiert. Es war also keine Absicht.«

»Wer hat dich auf dein Zimmer geschickt? Hast du irgendwas ausgefressen?« Thierry nahm einen Schluck Wein und beugte sich ein wenig vor.

»Die bescheuerten Assistenten meines Patenonkels. Das ist so ein Kann-man-nicht-erklären-Ding. Läuft bei uns einfach so, ok?«

Nazaire warf einen kurzen Seitenblick auf die Reisetasche. Sein Handy war noch immer leblos. Thierry zog eine seiner präzise geformten Augenbrauen hoch, nickte aber.

»Bei mir ist heute zuerst einer der Herde ausgefallen und dann die zweite Spülmaschine. Es ging alles drunter und drüber. Und während ich versucht hab', das alles in den Griff zu bekommen, kam plötzlich Sophie rein und meinte, Lionel wäre da.«

»Wer?«

»Lionel Medeiros, du Banause!« Thierry lachte. »Ist kein Politiker, kennst du nicht, wie? Ich hab' dir schon ein paarmal erzählt, dass er manchmal kommt, wenn er in Orléans ist.«

»Ach, der Fußballer.«

Thierry nahm noch einen Schluck Wein und behielt diesen für einen Moment genießerisch im Mund, ehe er fortfuhr. »Du sagst das so gelangweilt. Jedenfalls musste ich ihm Hallo sagen und stank gerade übel. Hab' ihm dann einen Wein aufs Haus bringen lassen, um ihn zu beschäftigen, bis ich wieder einsatzfähig war. Und du wirst nicht glauben, wen er bei sich hatte.«

Nazaire blickte sich suchend in seinem Zimmer um. Seinen Freund beim Weintrinken zu beobachten, hatte ihn auf den Gedanken gebracht, dass ein wenig Alkohol eine gute Idee sei. Leider saß er auf dem Trockenen.

»Wen denn?« Sein Tonfall ergänzte: Kenne ich wahrscheinlich ohnehin nicht.

»Marie Cornu!« Thierry blickte ihn erwartungsvoll an, und bei dem Namen klingelte es wirklich bei Nazaire. Marie war eine Schulkameradin von ihm, die seit

Jahren in Paris als Schauspielerin lebte. Und jetzt war sie mit einem Fußballstar zusammen und in Thierrys Restaurant. War dieser Lionel überhaupt ein Star?

Thierry unterhielt ihn noch eine Weile mit Geschichten aus Orléans, doch Nazaire schweifte gedanklich mehr und mehr ab. Er fühlte sich zu gefangen in der Heimat seiner Kindheit und den sonderbaren Ereignissen, die sich in dieser immer wieder zeigten. Nachdem sie eine halbe Stunde miteinander gesprochen hatte, verabschiedete er sich. Er war schon drei Jahre mit Thierry zusammen und oft beruflich unterwegs – sie waren sich nah, aber auch gewohnt, dass jeder sein eigenes Leben lebte.

Nach der Verabschiedung nahm Nazaire sein Mobiltelefon in die Hand und blickte auf das immer noch schwarze Display. Er tippte einmal auf den Homebutton, um zu prüfen, ob er Avelians Antwort nur verpasst hatte.

Es war keine gekommen. Das war seltsam – es war beinahe auszuschließen, dass Avelian um diese Zeit schon schlief. Natürlich konnte er gerade beschäftigt sein. Doch wie viele Menschen in seinem Alter hatte er die Angewohnheit, sich nur selten von seinem Telefon zu entfernen.

Nazaires Augen wanderten noch einmal zu der Reisetasche auf seinem Bett, neben der das hellblaue Poloshirt und das gemusterte Hemd lagen, die er so gut als Avelians wiedererkannte.

Kurzentschlossen ließ er sein Telefon in die Hosentasche gleiten und ging hinaus auf den Flur. Avelians Zimmer lag einen Gang weiter und es konnte ja nicht schaden, dort einmal vorbeizusehen. Also trat er in Socken auf das Flurparkett und schlenderte in den Gang, in welchem sich auch sein eigenes Zimmer befunden hatte, als La Fôret noch so etwas Ähnliches wie sein Zuhause gewesen war.

Verdutzt hielt er inne, als er jemanden auf dem Flur bemerkte. Eine der Frauen aus Richards Entourage saß in einem der dekorativ platzierten Stühle und blickte in ein Buch. Als sie Nazaire bemerkte, schaute sie auf und lächelte.

»Guten Abend, Monsieur Lerot.« Sie legte geübt ein Lesezeichen in das Buch und klappte es zu. »Kann ich Ihnen helfen?«

Nazaire musterte sie. Er meinte sich zu erinnern, dass sie ihm auf der Feier als Mathilde Durand vorgestellt worden war. Sie trug ein Etuikleid und wirkte irgendwie deplatziert im Flur des Hauses.

»Guten Abend, Madame Durand«, antwortete er höflich. »Ich war nur auf dem Weg zu meinem Bruder, vielen Dank. Wollen Sie sich nicht einen gemütlicheren Ort zum Lesen suchen?«

Er lächelte mit geübter Freundlichkeit und ließ seine Augen spielerisch rund um ihren Sitzplatz schweifen. Mathilde klopfte kurz mit einer Hand auf ihr Buch.

»Das macht mir nichts, vielen Dank. Und Ihr Bruder ruht sich aus, er fühlte sich heute Abend nicht so gut. Ich wollte in der Nähe bleiben, falls er etwas benötigt.«

Nazaire ging langsam auf sie zu, eher gedankenverloren schlendernd als vordringend. Mathilde erhob sich dennoch. Sie wirkte angespannt, aber nicht nervös.

»Es geht ihm nicht gut? Dann würde ich gerne nach ihm sehen«, sagte er.

Sie glitt mit einem eleganten, unauffälligen Schritt seitwärts, verstellte ihm den Weg, ohne dass es konfrontativ wirkte. Nazaire konnte sehen, wie ihr Lächeln heller und auffälliger wurde.

»Er schläft gerade. Es ist sicher am besten, wenn er sich einfach ausruhen kann. Und ich bin ja da, wenn er etwas braucht. Monsieur de Varaissant hat mich gebeten, mich um ihn zu kümmern, als er bemerkte, wie blass Avelian war.«

Nazaire näherte sich Mathilde, bis beide sich beengt fühlten. Als sie keine Anstalten machte, ihm den Weg freizugeben, blieb er vor ihr stehen.

»Das ist sehr freundlich von Ihnen, Madame Durand. Aber ich kann mich jetzt um ihn kümmern.«

Sie blieb unbeeindruckt vor ihm stehen. Dabei lächelte sie gekonnt freundlich und nahm der Konfrontation so einen Teil ihrer Schärfe. Während Nazaire überlegte, wie er mit dieser Situation umgehen sollte, musterten ihre blauen Augen ihn aufmerksam. Ehe er sich entscheiden konnte, sprach sie mit ruhiger, fast sanfter Stimme weiter.

»Monsieur Lerot, ich finde es nur allzu verständlich, dass Sie sich um Ihren Bruder sorgen. Aber erinnern Sie sich bitte daran, dass Ihre Mutter Monsieur de Varaissant sehr vertraut. Ich bin in seinem Auftrag hier und soll heute Nacht für Avelians Wohlergehen sorgen.«

Eine kurze Pause, in der ihr heller Blick noch etwas eindringlicher wurde. Nazaire konnte nicht umhin, fasziniert von dieser Frau zu sein – auch wenn das für ihn keine typische Reaktion war.

»Ich versichere Ihnen, dass er heute Nacht bei mir in besten Händen ist. Es gibt für Sie keinen Grund zur Sorge. Doch wenn Sie sich unbedingt selbst einen Eindruck verschaffen wollen …«

Der offene Tonfall am Ende implizierte sehr deutlich, dass dies in ihren Augen zu den schlechteren Alternativen zählte. Nazaire blickte auf seine Armbanduhr. Es war nach Mitternacht.

Vielleicht braucht Avelian wirklich vor allem Ruhe, dachte er. Sie konnten sich ja morgen unterhalten. Immerhin wusste er jetzt, warum er keine Antwort bekam, und ohne Reisetasche würde sein Bruder wohl kaum abhauen. Also verabschiedete er sich und ging – nicht ohne einen letzten Seitenblick auf Avelians Tür zu werfen – wieder zurück zu seinem eigenen Zimmer.

†

Die Nacht war unruhig und relativ kurz. Nazaire stand früh auf und ging ins Esszimmer. Er fand seine Mutter bereits Zeitung lesend am Frühstückstisch vor.

»Guten Morgen, mon bijou«, begrüßte sie ihn freundlich. Er sah, wie sich ihr Gesicht aufhellte. »Du bist heute aber früh auf den Beinen.«

»Guten Morgen, Maman«, erwiderte er. Revelyn Lerot war trotz der frühen Stunde perfekt hergerichtet, zumindest für einen privaten Anlass: Sie trug einen Morgenmantel, Pantoffeln und eine einfache Hochsteckfrisur. Nazaire wunderte sich einmal mehr, wie unerschütterlich attraktiv das Erscheinungsbild seiner Mutter war. Bestimmt verdrehten sich die Männer in ihrem Alter – und auch andere – die Hälse nach ihr.

»Willst du dich zu mir setzen?« Ihre Augen leuchteten mit der Mischung aus Freude und Sehnsucht, die nur die Mütter von vollends erwachsenen Kindern vereinen konnten. Auch wenn ihm eigentlich wenig nach Gesellschaft zumute war, tat ihr ältester Sohn ihr natürlich den Gefallen. Eines der Dienstmädchen servierte ihm Kaffee, und bald tauchte er nachdenklich ein Croissant hinein.

»Wie lange wirst du denn bleiben, Nazaire?«

Er blickte auf. »Möchtest du, dass ich gehe, Maman?« Sein Lächeln gab der ernsten Frage etwas Verspieltes. Ehe sie antworten konnte, fuhr er fort.

»In ein paar Tagen, denke ich. Die Arbeit ruft bereits, aber ich höre noch nicht wirklich hin. Nächsten Dienstag habe ich ein wichtiges Gespräch.« Er biss in sein Gebäck und meinte dann: »Spätestens Sonntag muss ich also los.«

Revelyn Lerot lächelte ihn an. »Genieß die Tage, mon grand. Mit wem sprichst du denn am Dienstag?«

»Charles Fainsilber. Er ist beigeordneter Minister im Innenministerium. Hat mich einige Zeit gekostet, an ihn heranzukommen.«

»Ich kenne seinen Namen. Und der gibt dir ein Interview? Sehr interessant.«

»Alles ohne offiziellen Charakter. Nur ein kleines Gespräch.«

Seine Mutter nippte an ihrer großen Kaffeetasse und zog eine Augenbraue hoch. »Woran bist du denn da dran?«

Nazaire legte sein äußerst vertrauenswürdiges Lächeln auf, das er in beinahe zehn Jahre journalistischer Berufspraxis perfektioniert hatte, und zündete eine Nebelkerze.

»Ich habe eine Reisetasche im Flur gefunden.«

»Im Flur des Innenministeriums?«

»In unserem Flur. Gestern Nacht.« Ein ernster Blick machte klar, dass es ihm nicht um seine Arbeit ging. »Ich glaube, sie gehört Avelian.«

»Mein Gott, du hast aber auch gelernt, wie man einer Frage ausweicht«, lachte Revelyn auf. Ihr Ausdruck war einen Hauch zu kalt und nicht so entspannt, wie es wirken sollte. Vermutlich hätte niemand dies bemerkt, doch kannte Nazaire sie nicht nur als ihr Sohn. Er hatte seine Wahrnehmung für Mikromimik in seiner Arbeit mit den professionellen Lügnern in der Politik geschult.

»Das ist eine gute Methode, um jemanden aus der Reserve zu locken«, kommentierte er freundlich. »Weißt du etwas über diese Tasche, Maman?«

»Ach Nazaire! Du brauchst mich nicht auf solche eine Weise zur Rede zu stellen. Ich bin kein Minister, der seine kleine Praktikantin vernascht hat.« Langsam nahm sie einen Schluck von ihrem Kaffee und richtete sich in dem bequemen Stuhl noch ein wenig gerader auf. »Avelian ist in Bersolet angenommen worden. Onkel Richard hat mich darüber informiert und ihn vermutlich auch. Vielleicht war er aufgeregt und hat direkt gepackt.«

Aufgeregt, ging es Nazaire durch den Kopf. Was für ein niedliches Wort. Er wusste genau, was Avelian über diese Privatuniversität Bersolet und dieses ganze elitäre Familiengetue dachte. Er hatte auch mitbekommen, wie sehr sein kleiner Bruder damals darunter gelitten hatte, als Espérance auf diese Schule geschickt worden war. Als Mahault ihre Zeit dort abgesessen hatte, waren die beiden Jüngsten zu klein gewesen, um sich darüber Gedanken zu machen. Er selbst hatte das Kloster nie besucht und kannte den Grund dafür nur zu genau.

»Das ist doch kein Feriencamp, und er ist keine zehn mehr. Ich glaube nicht, dass ›aufgeregt‹ das richtige Wort ist.« Er fand, dass seine Worte schärfer und kritischer klangen, als er es eigentlich beabsichtigt hatte. Die hellen, aufmerksamen Augen seiner Mutter zeigten, dass ihr dies nicht entgangen war. Ehe sie ihn darauf ansprechen konnte, klopfte es an der Tür.

Mathilde Durand öffnete diese halb und erkundigte sich höflich, ob sie stören würde. Nazaire konnte nur unbefriedigt zwischen den beiden Frauen hin und her blicken, als seine Mutter sich entschuldigte, um sich dem Anliegen Mathildes zuzuwenden.

Nachdem er sein Frühstück aufgewühlt und unbefriedigt beendet hatte, beschloss er, eine kleine Radtour zu unternehmen. Das Wetter war schön und er musste irgendwie auf andere Gedanken kommen. Es war noch so früh, dass sein in den Ausläufern der Pubertät steckender kleiner Bruder sicher noch schlief. Zumindest hatte er immer noch keine Antwort auf seine Textnachricht bekommen.

Nazaire hatte Sportkleidung dabei. Das Fahrrad aus seiner Jugendzeit stand noch in der Garage und war – vermutlich vom Hausmeister – gut in Schuss gehalten worden. Geübt verstellte er den Sattel, steckte sich seine Kopfhörer in die Ohren und fuhr los.

Begleitet von elektronischer Musik war er unterwegs. Die ersten zwanzig Minuten fuhr er durch den Wald, später dann folgte er den Pfaden in den geschwungenen, felsigen Hügeln des Umlands. Als er zuletzt mit diesem Rad gefahren war, hatte er immer jemanden besucht. Jetzt empfand er es als beruhigend und entspannend, kein Ziel zu haben. Die Sonne war bereits aufgegangen. Noch streckten sich lange Schatten über die Landschaft, die Luft war kühl und angenehm. Wann immer Nazaire von einem Sonnenstrahl gestreift wurde, fühlte sich dieser sommerlich warm an. Die Hitze des kommenden Tages war bereits zu spüren, und so war er verschwitzt und in Vorfreude auf eine Dusche, als er eine Stunde später sein Fahrrad auf das Parkgelände von La Forêt lenkte und wieder die Garage ansteuerte.

Er schob das Vorderrad in den dafür vorgesehenen Ständer und nahm die Kopfhörer aus den Ohren. Vom Vorplatz des Hauses her hörte er das dumpfe Zuschlagen einer Autotür und ging neugierig hinüber, nachdem er die Garage verschlossen hatte.

Vor dem Haupteingang des Hauses standen noch immer die drei Limousinen, die ihn an Vorabend stumm begrüßt hatten. Wenigstens ein Teil von Richards Assistenten war wohl gerade dabei abzureisen, denn zwei Personen standen bei den Autos. Weitere saßen bereits in einem der Fahrzeuge.

Nazaire bemerkte erneut – ein wenig zu oft für seinen Geschmack in den letzten Stunden – Mathilde Durand neben einer der Türen. Die zweite Person bei ihr war ein Mann, groß, schlank und in einen dunklen Anzug gekleidet. Er konnte als alles Mögliche durchgehen, vom Buchhalter bis zum Geheimagenten.

Als die beiden bemerkten, wie er näherkam, blickten sie auf. Mathilde lächelte. Einen Hauch zu langsam und einen Hauch zu kühl, bemerkte sein Journalistensinn. Ein kontrolliertes Lächeln, versiert höflich, nicht ehrlich. Als sie begrüßend auf ihn zukam, versuchte er einen Blick in den Fond des Wagens zu erhaschen, doch hatte dieser komplett verdunkelte Scheiben.

»Tut mir leid, dass ich vorhin Ihre Mutter entführen musste, Monsieur Lerot«, sagte sie entschuldigend. »Ich hoffe, Sie sehen mir das nach.«

Erneut fielen Nazaire ihre faszinierenden, hellblauen Augen auf. Er nickte kurz und erwiderte: »Kein Problem. Ich konnte ein wenig Zeit für mich gut gebrauchen.«

Die beiden standen zwischen den Fahrzeugen und dem Haupteingang. Nazaire konnte sich erneut nicht des Eindrucks erwehren, dass Mathilde ihn subtil abdrängte. Als wolle sie ihn nicht in der Nähe der Autos haben.

»Und Sie sind auf dem Weg zu einem geschäftlichen Termin?« Geübt platzierte er eine perfekte Kombination aus Smalltalk-Interesse und ehrlicher Frage, um eine interessante Antwort zu provozieren. Mathilde nickte und seufzte.

»Allerdings. Nichts Spannendes, befürchte ich. Da sind Sie sicher anderes gewohnt.«

Nazaire ignorierte die Anspielung auf seinen Job. Stattdessen blickte er beiläufig auf sein Telefon und fragte dann: »Meinen Bruder haben Sie nicht zufällig schon gesehen heute, oder?«

Der Buchhalter-Geheimagent hatte neben dem Wagen gewartet und räusperte sich nun hörbar. Mathilde schaute ertappt auf ihre Uhr. »Oh, ich muss mich entschuldigen, Monsieur Lerot. Wir sind scheinbar schon spät dran.«

Mit diesen Worten wandte sie sich von ihm ab und ging um den Wagen herum. Nazaire blickte auf die verdunkelten Scheiben des Fahrzeugs. Diese gaben nichts preis.

Nachdenklich schaute er der Limousine hinterher und beobachtete, wie sie in den Wald verschwand. Als er dann auf den Haupteingang von La Forêt zuging, entdeckte er an einem Fenster eine schmale Gestalt, die jedoch mit einem raschen Schritt aus seinem Blickfeld trat.

XVII

Außer Kontrolle

»Wie kannst du dabei so ruhig bleiben?«, fragte July. Die Tür hatte sich gerade erst hinter ihnen geschlossen und Owen legte den Kopf schräg. Sein Ausdruck war ein stummer Hinweis darauf, nicht die Stimme zu erheben. Er ging die Treppe hinunter ins Foyer und sie folgte ihm ohne weitere Worte. Nachdem sie den Schalter am Empfang passiert hatten, setzte er sich auf eine der Wartebänke für Besucher und schlug die Beine übereinander.

»Denkst du, Captain Cole ist der einzige lokale Platzhirsch, der meine Hilfe gern annimmt, wenn es eng wird und mich dann lieber davonjagt, wenn es nach einem Sieg aussieht?« Owen grinste verschmitzt und schien sich über die Situation irgendwie zu amüsieren.

»Na, du hast ja einen hervorragenden Umgang damit gefunden, wenn dir das öfter passiert«, knurrte July. »Ich hatte noch nicht die Gelegenheit dazu.«

»Sei froh«, ergänzte er lakonisch. July seufzte. Sie stand noch vor ihm und hatte sich bisher nicht gesetzt. Statt einer Antwort sagte sie nur: »Kaffee?«

Draußen bei dem kleinen Wagen, der ungesundes Frühstück und Getränke verkaufte, setzten sie ihr Gespräch fort. July fragte Owen, wie es jetzt für ihn weitergehen würde.

»Ich gebe meine lokale Kontaktperson zurück und mache auf eigene Faust weiter. Mit diesem Fall bin ich noch nicht ganz fertig.«

July zog die Augenbrauen hoch. »Der Captain hat doch gesagt, dass du dich ab jetzt raushalten sollst!«

»Das tue ich auch. Ich werde nicht im Mordfall Ryan Decker ermitteln. Aber wir sind ja nicht in einem Western, wo der Sheriff mich zwingen kann, seine Stadt zu verlassen.«

Bei dieser Anspielung musste sie grinsen. Captain Cole war wirklich nur knapp davor gewesen so etwas zu sagen wie »Diese Stadt ist nicht groß genug für uns beide«.

»Und was interessiert dich, wenn es nicht der Mord an Decker ist?«

Owen nippte an seinem Kaffee und blickte sie über den Pappbecher hinweg an.

»Dieser spezielle Bericht, den der Captain von dir gefordert hat«, sagte er. July konnte seinen Blick nicht einordnen. Fühlte er sich hintergangen oder spielte er nur mit ihr? Sie schluckte.

»Ich …«, setzte sie an.

»Das ist nicht dein Fehler«, unterbrach er ihren Antwortversuch. »Ich nehme es dir auch nicht übel. Aber ich muss abwägen, welche Informationen ich jetzt mit dir teilen kann.«

»Mein Job als Kontaktperson ist jetzt vorbei«, sagte sie. »Der Captain bekommt keinen Bericht mehr von mir. Ich bin nachher wieder auf Streife, wie an jedem anderen Tag.«

Owen zuckte ein wenig zusammen, als er einen weiteren – diesmal zu großen – Schluck von seinem ziemlich heißen Getränk nahm.

»Jetzt habe ich mir den Mund verbrannt«, sagte er und leckte sich die Lippen.

»Sorry, ich hätte es dir sagen sollen, Petes Brühe kommt direkt aus der Vorhölle, nicht wahr, Pete?«

Der schnauzbärtige Mann hinter dem Wagen schüttelte empört den Kopf. »Ich verkaufe halt keine Hafermilchplörre, sondern guten alten starken Kaffee. Der muss heiß sein. Steht auch auf dem Becher, Sir.«

»Oh, ein Vertreter der unprätentiösen Kaffeehauskultur«, brummte Owen und stellte sein Getränk ab. Ohne weiter auf Pete und den Becher einzugehen, fuhr er fort: »Ich sehe mir noch ein paar unserer ursprünglichen Spuren genauer an. Etwas an dieser Gemeinde in Attleboro irritiert mich. Ich könnte dir einige offensichtliche Dinge nennen, doch die sind es nicht. Es ist etwas anderes.«

July überlegte für einen Moment, dann schwieg sie aber und nickte nur. Das vage Gefühl, das Owen ausdrückte, konnte sie nur zu gut nachvollziehen.

»Vielen Dank für die Zusammenarbeit, July. Ich weiß, die letzten Tage waren eine Achterbahnfahrt. Doch du hast dich ausgezeichnet geschlagen. Sowohl in Anbetracht der ungewöhnlichen Situation als auch der Zusammenarbeit mit mir.«

»Ich habe sehr viel lernen können«, sagte sie. »Ich habe dir zu danken.«

Als Owen mit seinem immer noch zu heißen Kaffee davonging, wehte ein Windstoß seinen Mantel auf. July atmete tief ein, schüttelte den Kopf, und ging zurück ins Revier, um sich für den normalen Dienst zurückzumelden.

In dieser Nacht hatte July einen Albtraum. Sie stand auf der Straße zur Eternal Haven Church in Attleboro und blickte auf den Eingang, der übergroß war wie der zu einer mittelalterlichen Kathedrale. Der rechte Flügel glitt ein wenig nach innen und sie sah einen Schatten hinter der Tür.

»Bitte komm herein«, hörte sie Cornelius Vanderbeck mit seiner ruhigen und dennoch seltsam ausdrucksstarken Stimme sagen. »Ich möchte dir etwas zeigen.«

Sie stieg die Treppe hinauf, die ihr irgendwie zu lang vorkam, und trat durch das große Portal. In der Kirche saßen auf den vielen Bänken Menschen, die konzentriert nach vorn blickten. July fiel auf, dass die Frauen alle auf der linken

Seite zu sitzen schienen. Sie trugen einfarbige Kleider in Pastelltönen. Die Männer auf der anderen Seite trugen helle Hemden und dunkle Anzüge. Alle blickten nach vorn. Dort stand Vanderbeck neben einer Reihe von jungen Gemeindemitgliedern, die regungslos in die Kirche blickten. Die Männer trugen schmucklose, gepflegte Kleidung, Hemden mit Pullovern oder Sportsakkos, die Frauen hingegen alle lange, pastellfarbene Kleider. Sie sind uniformiert, dachte July.

Vanderbeck deutete auf einen der Männer und dieser trat einen Schritt vor. July erkannte plötzlich, dass es sich um Gabriel Stark handelte.

Der Prediger lief hinüber zu den Frauen und schien sie zu mustern. Nach einigen Schritten blieb er vor einer von ihnen stehen. Sie hatte hellblonde Haare, hielt den Blick gesenkt und hatte die Hände wie alle anderen vor dem Körper gefaltet. Er legte ihr eine Hand auf die Stirn und sie trat vor. Dann wandte Vanderbeck sich wieder Stark zu.

»Ich gebe dir heute meine Tochter Ruth«, sagte er und legte der blonden Frau eine Hand auf den Rücken. Gabriel Stark streckte den Arm nach ihr aus und sie machte vorsichtig einen Schritt auf ihn zu.

Plötzlich spürte July den Blick von Cornelius Vanderbeck auf sich. Er lächelte sie einladend an.

»Komm doch zu uns«, sagte er. Ruth stellte sich brav neben Stark und senkte den Kopf.

July wusste nicht, wie sie reagieren sollte. Sie stand langsam auf und spürte, wie ein Tropfen sie traf. Sie fragte sich, ob es einen Schaden in der Decke gab.

Vanderbeck streckte seine Hand aus und sie begann sich ihm langsam zu nähern. Ihr fiel selbst im Traum auf, dass sie eigentlich nicht wusste, warum.

Die pastellfarbenen Frauen traten ein wenig zur Seite und machten einen Platz frei. Zu ihrer Überraschung bemerkte July, dass sie nun auch ein Kleid trug. Ihre Farbe war hellblau.

Während sie nach vorn ging, traf sie ein weiterer Tropfen auf den Arm. Der Fleck, den er hinterließ, war viel dunkler als Wasser. Julys Augen wanderten nach oben.

Die Kirche hatte einen riesigen, offenen Dachstuhl. Massive, dunkel angestrichene Holzbalken stemmten sich zwischen die Wände und waren in mehrere Richtungen miteinander verbunden. July stand direkt unter einem dieser Balken, und von diesem tropfte die dunkle Flüssigkeit, die sie getroffen hatte.

Sie suchte das Holz mit den Augen ab und entdeckte einen schlanken Arm, der seitlich herunterhing. Er steckte in einem Ärmel aus knallpinkem Stoff. Der Balken war massiv genug, um den Rest des Körpers zu verbergen. Also ging sie rückwärts, um mehr erkennen zu können. Die Gemeinde folgte ihr schweigend mit den Augen.

Der Arm war leblos über den Balken ausgestreckt. Als sie einen besseren Blick bekam, erkannte sie die Konturen des restlichen Körpers – ein Bein in einer grellen

Sporthose, weiße Schuhe. Blonde Haare. Sie fragte sich, was da auf sie herabgetropft hatte.

In diesem Moment hob sich über dem leblosen Körper ein Kopf. Im ersten Moment sah es so aus, als würde er sich aus dem Bauch der Frau nach oben schieben. Doch dann erkannte July, dass er stattdessen über sie gebeugt gewesen war und erst jetzt in ihr Blickfeld kam, als er langsam aufblickte.

Sie sah ebenfalls blonde Haare und blaue Augen, die sie intensiv anblickten. Unter ihnen kam ein Mund zum Vorschein, der zu groß und zu gierig war für einen Menschen. Rund um die Lippen klebte dunkles Blut. Der Kopf stieg weiter in die Höhe und sie sah, wie sich der Mann komplett aufrichtete. Er trug ein Hemd und seine Brust und Arme waren mit Blut und dunklen Brocken verschmiert.

»Komm zu uns«, sagte da plötzlich eine Stimme, und sie erkannte, dass sie dem Prediger Vanderbeck gehört. Als sie zu ihm blickte, lächelte er sie einladend an.

July wachte auf und spürte, dass ihre rechte Hand in die Bettdecke gekrallt war. Ihre Beine hatte sie fast völlig herausgewunden und es dauerte einen Moment, bis sie sich wieder zudecken konnte. Sie blickte auf die Uhr. Es war 2.34 Uhr.

»Scheiße«, murmelte sie und rollte sich mit einem Stöhnen auf die Seite. Was hatte sie denn da für einen Mist geträumt? Sie schaltete das Licht ein, um die Bilder zu verdrängen. Als sie ein Kind war, hatte sie nach so einem Albtraum das Gefühl gehabt, dass die Schrecken aus ihrem Schlaf geradewegs in ihr Zimmer gehuscht waren und sie nun auch nach dem Aufwachen verfolgten. In diesem Moment fürchtete sie sich genau wie damals. Es dauerte lange, bis sie wieder einschlafen konnte.

Am nächsten Morgen saß sie nach dem Briefing müde neben Matt in ihrem Wagen. Sie kontrollierten auffällige Fahrzeuge, gingen einfachen Notrufen nach und sicherten eine Unfallstelle ab. In der Mittagspause hörte sie sich Frotzeleien über ihren Ausflug zum FBI an und verteidigte sich lachend. Dann und wann spürte sie, dass ihr Partner sie aufmerksam beobachtete. Nachdem ihr das mehrmals aufgefallen war, suchte sie seinen Blick. Matt lächelte entschuldigend.

»Ich hab' mich nur gefragt, wie gut du diesen Trubel und … deine Rolle darin weggesteckt hast«, sagte er leise. July verstand, was er meinte.

»Ich habe nicht sehr gut geschlafen«, sagte sie. »Aber ich bin okay.«

»Wenn du dir ein paar Tage freinehmen willst, hat sicher jeder dafür Verständnis.«

July nickte. »Um ehrlich zu sein, geht es mir bei der Arbeit besser als zu Hause.« Sie war das Gefühl, dass ein Geist aus ihrem Traum in ihre Wohnung gehuscht war, selbst am Morgen nicht losgeworden. Doch hier, in der Routine des Polizeialltags, fühlte sie sich besser.

»Wenn Amanda und ich irgendetwas für dich tun können, sag Bescheid. Wir würden dich gerne heute zum Abendessen einladen.«

July hatte den Impuls abzulehnen. Doch dann fiel ihr auf, dass dies unhöflich wäre. Und sie spürte, dass sie froh war über die Aussicht, weniger lange allein sein zu müssen.

194

»Das ist aufmerksam von euch«, sagte sie also. »Vielen Dank.«

Amanda hatte sich viel Mühe mit dem Essen gegeben. Das Haus duftete nach gebratenem Fisch und würziger Salsa. July beobachtete, wie Matt von seinen beiden Töchtern – ihre Namen waren Hailey und Lily – begrüßt wurde. Dann stellten sich die beiden höflich vor sie und mussten lachen, während sie ein offensichtlich eingeübtes »Guten Abend und herzlich willkommen bei den Delegatos« aufsagten. Sie waren fünf und acht und schrecklich niedlich. Amanda sagte nichts, sondern kam direkt auf sie zu und drückte sie fest. Sie war vermutlich nur zehn Jahre älter als July, doch die mütterliche Inbrunst tat ihr gut. July schluckte und bedankte sich zuerst bei den Mädchen und dann den Eltern sehr ehrlich und freundlich.

»Matt hat mir erzählt, was du erlebt hast, July«, sagte Amanda nur. »Das ist das Mindeste, was wir tun können.«

Ihr Mann deckte den Tisch und servierte das Abendessen. Es gab Red Snapper mit Island Salsa und für die Kinder Fischstäbchen. Hailey wollte wissen, warum July zur Polizei gegangen war, und fragte dann nach Geschichten, die ihr Dad ihr verschwieg. Es tat gut, ein wenig über ihre seltsame Familie zu erzählen und vor allem von Tom, der für sie irgendwie von allen am wichtigsten war.

»Und was soll ich dir denn über die Arbeit mit deinem Daddy erzählen? Ich bin mir sicher, er erzählt euch schon alles, was ihr wissen dürft.«

»Was Witziges«, forderte Hailey. Sie war die ältere der beiden. »Bitte!« Dabei legte sie den Kopf schief und zog das letzte Wort theatralisch in die Länge. July blickte zu Matt und er verdrehte grinsend die Augen.

»Okay, dann lass mich mal überlegen«, sagte sie. »Dein Vater hat dir sicher schon von dem fluchenden Papagei erzählt, den wir für die alte Dame gesucht haben, oder?«

Als Matt sie zwei Stunden später nach Hause fuhr, saßen sie noch kurz gemeinsam im Auto.

»Danke«, sagte July. »Du hast eine tolle Familie.«

Matt grinste. »Ist gar nicht so einfach, mal für einen Abend so einen Eindruck zu erwecken. Normalerweise schreien sie viel mehr und werfen mit Dingen.«

Er legte ihr eine Hand auf die Schulter und klopfte dann zweimal kurz. July lächelte und stieg aus.

Das Licht in ihrem Treppenhaus sprang spät an. Sie fühlte sich direkt beklommen, als sie für einen Moment in der Dunkelheit stand. In der Wohnung schaltete sie überall die Lampen an und hatte so zumindest vage das Gefühl, die Dämonen in ihrem Kopf ein wenig auszusperren. Nachdem sie ein Bier geöffnet und sich auf ihre Couch gesetzt hatte, warf sie einen Blick auf ihr Handy. Sie hatte eine Nachricht von Owen bekommen, die ihr während des Besuchs bei den Delegatos entgangen war.

Field House, morgen, 20.00 Uhr. Wir haben etwas zu besprechen.

Sie nahm einen tiefen Zug aus ihrer Flasche und beschloss, heute vor dem Fernseher zu schlafen.

†

Owen empfing sie mit dem breiten Lächeln, das er in so völlig unterschiedlichen Situationen aufsetzen konnte. July schüttelte amüsiert den Kopf und begrüßte ihn.

»Du scheinst immer gute Laune zu haben«, sagte sie.

»Ich kann das differenzieren«, antwortete Owen. »Der Grund für unser Treffen gefällt mir nicht so gut, aber ich freue mich, dich zu sehen. Was willst du trinken?«

Wenig später kehrte er mit zwei großen Lager-Bieren in die ruhige Ecke des Field House Pub zurück, in der sie sich niedergelassen hatten. Sie saßen nicht am gleichen Tisch wie bei ihrem ersten Gespräch vor ein paar Tagen, aber praktisch direkt daneben.

»Also, warum wolltest du mit mir sprechen?«, fragte July, nachdem beide einen ersten Schluck genommen hatten. »Du hast bestimmt noch was über diese Candle & Cross-Typen herausgefunden, oder?«

Owen tippte dreimal mit dem Zeigefinger auf den Tisch, ehe er antwortete.

»Über die auch, ja.« Sein Ausdruck wirkte plötzlich erstaunlich ernst. July hatte das Gefühl, sie könnte seine Gedanken regelrecht rasen sehen.

»Dann schieß' mal los«, sagte sie. »Was willst du mit mir besprechen?«

»Das hier ist absolut inoffiziell, okay?« Es gefiel July nicht, ihn so angespannt zu sehen. Sie nickte nur kurz als Antwort.

»Also, ich habe mir die FBI-Backups noch einmal genau angesehen und die Spuren verfolgt, die ich darin rekonstruieren konnte. Ich fange mal mit den offensichtlichen, unbedenklichen Infos an.«

Er nahm einen Schluck von seinem Bier und fuhr fort.

»Dieser Stark sagte ja, seine Organisation hätte vor einiger Zeit ihre Politik geändert und würde nun die Privatsphäre ihrer Mitglieder schützen. Das impliziert ja, dass dies bis zu diesen Vorfällen anders war, oder?«

July nickte. Der Schluss war logisch, auch wenn sie ihn selbst noch nicht gezogen hatte.

»Ich habe mir daraufhin einige ältere Datensätze aus den damaligen Ermittlungen angesehen. Und siehe da – die Liste der Mitglieder wurde in der Tat noch veröffentlicht und gehört zu den Informationen, die durch den Datenaustausch bei uns gespeichert worden sind. Und jetzt kommt's.«

Er machte eine kurze Pause und beugte sich näher zu ihr.

»Ryan Decker war damals schon Mitglied und stand im Zentrum der Ermittlungen.«

Julys Augen weiteten sich. Wenn das wirklich der Fall war, erschien es ja als geradezu fahrlässig, dass diese Informationen nicht mit den aktuellen Ermittlern geteilt worden waren. So etwas durfte doch nicht einfach verschwinden! Vielleicht war dies ja sogar der Grund dafür, dass Decker jetzt getötet worden war?

»Das ist aber noch nicht alles. Ich habe die Mitglieder von Candle & Cross mal durch eine Datenbank der Finanzbehörden gejagt. Es gab eine erstaunliche Übereinstimmung: So gut wie alle von ihnen haben damals hohe Summen an die Eternal Haven Church gespendet.«

»Was heißt das, hohe Summen?« July hatte keine Ahnung, welche Beträge sie in einem so privilegierten Umfeld zu erwarten hatte.

»Mindestens mehrere tausend Dollar pro Jahr. Und das bezieht sich nur auf die aktiven Mitglieder, sprich die damals noch aktiven Studenten.«

»Hm«, machte July. Sie fühlte sich irgendwie ratlos und angespannt zugleich. Es gefiel ihr nicht, was Owen erzählte. Doch es gefiel ihr auch nicht, dass er es ihr erzählte.

»Ich bringe dich in einen Interessenkonflikt«, stellte Owen fest.

July blickte zur hölzernen Decke des Pubs und seufzte. »Ja. Was soll ich denn mit solchen Informationen anfangen? Der Fall wurde mir offiziell aus den Händen genommen. Dir auch, aber bei dir ist das ja vielleicht etwas anderes.«

Sie nahm nervös einen Schluck Bier. »Du erzählst mir das, weil du etwas von mir willst, richtig?«

Owen blickte plötzlich sehr ernst. Sie hatte erwartet, dass er einen Witz machte oder seinen Charme herausholte. Stattdessen nickte er nur.

»Ich habe eine Befürchtung. Aber ich brauche dich, um sie zu belegen.«

Am nächsten Morgen meldete sich July eine halbe Stunde vor der üblichen Zeit im Revier an. Sie zog sich um, ging in die Küche und redete mit ein paar müden Kollegen von der Nachtschicht, die Witze darüber machten, dass sie zu früh war. Sie schob es auf Schlafstörungen und plötzlich blickte man sie ernst an. Mit einem Kaffee in der Hand suchte sie sich ein Computerterminal und loggte sich ein. Für einen Moment fragte sie sich, ob schon der simple Vorgang, um den Owen sie gebeten hatte, ihr Probleme bereiten konnte. Doch das, was sie tun wollte, war weder verboten noch auffällig. Ansonsten hätte sie sich auch trotz aller Sympathie für Owen nicht darauf eingelassen.

Sie rief die elektronischen Akten auf und tippte dann die Nummer des Decker-Falls ein. Nun würde vermutlich eine Meldung kommen, dass sie nicht auf die Informationen zugreifen konnte. Oder vielleicht konnte sie auch noch einen Teil aufrufen und nur die neueren Vorgänge nicht? Bisher hatte sie es noch nicht erlebt, dass ihr ein Fall auf diese Art aus der Hand genommen worden war.

Ein Fenster erschien auf dem Bildschirm. Es hatte ein weißes X auf rotem Hintergrund in der oberen rechten Ecke.

Fallnummer unbekannt, verkündete die zugehörige Meldung. July schluckte. Sie wiederholte ihre Eingabe, um einen Tippfehler auszuschließen, doch das Ergebnis blieb dasselbe. Vielleicht änderte sich bei einem solchen Vorgang die Fallnummer?

July wechselte in die Datenbank mit den Verdächtigen und tippte dort Deckers Namen ein. Das System bot ihr Claire, Peter oder Caleigh Decker zur Auswahl an, doch keinen Ryan Decker.

July wurde kalt. Wenn Decker schon zweimal unter Verdacht einer schweren Straftat stand, durften seine Daten nicht so schnell gelöscht werden. Insbesondere, wenn er aktuell sogar das Opfer eines Mordes war. Dass man ihn möglicherweise nicht mehr als Verdächtigen führte, nachdem eine Untersuchung ohne Ergebnis geblieben war, leuchtete ein. Doch die Prozesse der Datenspeicherung und -archivierung in der modernen Polizeiarbeit waren umfassend und es kostete ehemalige Verdächtige einige Mühe, wieder komplett aus dem System zu verschwinden. Diese Mühe konnte sich Decker kaum gemacht haben, nachdem er tot war. Vielleicht hatten seine Angehörigen einen Antrag auf Löschung gestellt? Doch wer – waren seine Eltern nicht tot?

Das Geräusch einer aufschwingenden Tür riss sie aus den Gedanken und ließ sie beinahe aufschrecken.

»Guten Morgen, Officer Wilbur«, sagte Detective Walsh und nickte ihr kurz zu. »Sie sind aber früh hier heute.«

»Ich … hab einiges aufzuholen«, antwortete July und schloss eilig das Fenster der Datenbank, die sie gerade durchsucht hatte.

Walsh stellte ihren Kaffeebecher ab und blieb stehen. »Was denn? Vielleicht kann ich Ihnen ein paar Tipps geben.«

Verdammt, warum waren nur alle so nett zu ihr seit diesem Vorfall, dachte July. Doch sie besann sich auf die höfliche Distanz zwischen einem Detective und einem einfachen Officer.

»Das ist sehr freundlich, Ma'am«, sagte sie. »Doch ich bekomme das schon hin. Arbeit ist eine gute Ablenkung, wissen Sie?«

Walsh nickte und warf ihr einen sympathischen Blick zu. Dann griff sie sich den zu heißen Becher von Petes Stand und ging zu ihrem Schreibtisch.

Als July in der Mittagspause von ihrem privaten Telefon eine Nachricht an Owen schrieb, antwortete dieser schnell.

Keine Überraschung. Ihr habt ein Leck. Treffen wir uns heute Abend vor dem Field House.

Owen war bereits da, als sie den Pub erreichte. Doch anders als bei den letzten beiden Treffen stand er vor der Tür. July beobachtete, wie er eine Zigarette wegwarf und sie erwartungsvoll anblickte.

»Wir trinken heute kein Feierabendbier«, sagte er. »Ich hätte dich gerne bei etwas dabei. Doch das Ganze ist vielleicht ein wenig … gegen die Befehle deines Vorgesetzten. Wie sieht's aus?«

July starrte auf die am Boden glühende Zigarette und setzte einen zerknirschten Blick auf.

»Du entwickelst dich langsam zu einem schlechten Einfluss, befürchte ich«, sagte sie.

Owen grinste schief. Sein Blick sah herausfordernd aus.

»Letzte Möglichkeit zum Ausstieg, Officer.«

»Solltest du als erfahrener Beamter mir nicht dazu raten, auszusteigen?«

»Würde ich. Aber hier stinkt etwas gewaltig. Und es wäre mir lieber, dich bei mir zu haben als irgendwo sonst.«

July seufzte. »Das klingt nach etwas, das ich bereuen werde.«

»Schon möglich. Ich bin auch kein sehr verantwortungsbewusster Mensch.«

Fünf Minuten später saßen sie in Owens Mietwagen und fuhren Richtung Attleboro.

XVIII

Denn der Geist begehrt auf

Ihr war, als sei sie aus einem Traum aufgewacht. Das war sogar ziemlich zutreffend, denn seit beinahe einer Woche wurde sie sehr regelmäßig von Albträumen geplagt. Seltsame Geistesreisen, die sie immer wieder an Orte führten, die ihr gleichzeitig fremd und völlig vertraut waren: eine große Stadt unter dem Zeichen einer geflügelten Königin, ein riesiges, glänzendes Hotel, in dem die erlesenen Gäste wie Geister umherstanden. Ein verborgener Keller, in dem ein Monster gefangen gehalten wird. Ein weißes Haus, aus dessen Fenstern Blut läuft, wie Tränen aus den Augen eines Trauernden.

Espérance erwachte regelmäßig mit dem Gefühl, keine Luft mehr zu bekommen. Ihr erster wacher Atemzug war wie das Keuchen einer Ertrinkenden. Ihr Herz hämmerte und ihr ganzer Körper war verschwitzt. Meist war Dana schnell bei ihr und streichelte ihr die Stirn. »Wo warst du diesmal, Espérance?«, fragte sie dann leise.

Die Tage waren anders, aber nicht so anders. Sie besuchte Vorlesungen, Lerngruppen und tauschte sich mit Kommilitonen aus. Vor allem aber las sie viel und versuchte, die Dunkelheit in ihrem Kopf mit Wissen zu füllen. Sie unternahm Spaziergänge, wann immer sie Zeit dazu fand. In den Tagen nach ihrer letzten Hypnosesitzung erhielt sie dann und wann Nachrichten von Gabe, welche sie oberflächlich und freundlich beantwortete. In ihrem Kopf, irgendwo weit hinten, bewegten sich ein paar kleine Zahnräder, wenn sie sich mit seinen Worten beschäftigte. Gabriel Stark hatte nicht nur einen Namen wie aus einem Groschenroman, er verhielt sich auch wie ein Vorzeige-Love-Interest für die weibliche Leserschaft. Nur gehörte Espérance Lerot nicht zu den Liebhaberinnen derartiger Literatur. Mehr und mehr konnte sie die Tatsache, dass sie sich in den letzten Wochen auf eine neugierige Art von ihm angezogen gefühlt hatte, nur als etwas abtun, das man in den USA als *Guilty Pleasure* bezeichnete – eine Vorliebe für etwas, das einem irgendwie auch peinlich war.

Hinter dieser faszinierenden, oberflächlich-schönen Ivy League-Welt, die Gabriel Stark und Zachary Adams so vollkommen verkörperten, spürte sie etwas anderes. Als würde sie sich Schicht um Schicht etwas nähern, das sie noch nicht vollständig begreifen konnte.

Am Mittwochabend erhielt sie dann eine Nachricht, die sie unter Zugzwang setzte. Sie blickte auf das Display ihres Mobiltelefons und setzte sich aufrecht im Bett auf. Dana saß noch auf ihrem Schreibtischstuhl. Ihre Augen wanderten sofort zu Espérance.

»Alles ok bei dir?« fragte sie. Die Französin glitt so schnell aus dem Bett wie ein Soldat, der zum Morgenappell gerufen wurde.

»Eine Nachricht von Gabriel«, sagte sie und drehte das Display zu Dana.

Wollen wir uns Samstag mal wieder einen schönen Abend machen?

Der Text wurde begleitet von drei Emojis: einem Smiley mit Herzchen-Augen, einer Sektflasche und einem pfeifenden Gesicht. Dana runzelte die Stirn.

»Ihr geht also nur in die Kirche, ja?« fragte sie. Espérance sah gequält aus.

»Was weiß denn ich«, antwortete sie.

Nicht einmal eine halbe Stunde später saßen die beiden mit Alexis zusammen und besprachen sich.

»Und du bist sicher, er steckt da mit drin?«, eröffnete Dana die eigentliche Beratung.

»Worin überhaupt? Ich meine, haben wir eine Idee, was da in der Kirche abgeht?« Alexis tippte beiläufig etwas auf ihrem Notebook. Beide blickten zu Espérance, als diese antwortete.

»Ich kann mich nicht daran erinnern, was dort passiert ist. Doch da dies in engem Zusammenhang mit Gabriel passierte, gehe ich davon aus, dass er etwas damit zu tun hat.«

Alexis nickte. »Wir müssen herausfinden, was da los ist. Er scheint ja noch keine Ahnung zu haben, dass du misstrauisch geworden bist.« Sie blickte kurz prüfend zu ihren beiden Mitverschwörerinnen. »Ich besorge ein Abhörgerät. Wir verwanzen dich und hören mit.«

Danas Augen weiteten sich. »Und wenn gar nichts Besonderes passiert? Wenn sie also …«

»Nicht in die Kirche, sondern in die Kiste gehen? Dann hören wir halt auch mit. So ein Audioporno hat auch was für sich.«

Espérance blickte auf und sah sie konsterniert an. Als Alexis grinste und dann zu lachen begann, hellte sich ihre Miene auf.

»Ihr ruft dann die Polizei«, sagte sie.

»Klar doch.«

Dana gab Alexis einen Klaps vor die Schulter. »Machen wir wirklich!« bekräftigte sie.

Alexis machte sich – ausgestattet mit einer großzügigen Portion Bargeld – daran, die Ausrüstung für den Plan zu besorgen. Espérance hingegen spielte mit, bestätigte ihr Date und schrieb locker mit Gabriel hin und her.

Gleichzeitig mussten sie Zack in ihre Pläne einbeziehen. Dana und er schrieben unter der Woche oft nur und sahen sich selten, doch sie wollten sichergehen, dass er nicht den Samstag als Date Night vorschlagen und sie so in Erklärungsnot bringen würde.

Um dem entgegenzuwirken, ergriff sie die Initiative und verabredete sich Freitag mit ihm. Sie schlug einen Kinobesuch vor und war froh, als er diese Idee bestätigte – sie war natürlich nicht auf lange Gespräche oder gar Sex aus, während sie einen Spionageeinsatz gegen seinen besten Freund plante.

Espérance gewöhnte sich in dieser Woche an, ein Traumtagebuch zu führen. Sie wachte jede Nacht auf und hatte vage Bilder im Kopf, die sie kurz auf einem Block notierte. In einer Nacht, als sie gerade eine weitere wirre Tour durch die Stadt mit der goldenen Königin beschrieb, machte ihr Telefon vibrierend auf sich aufmerksam. Nachdem sie ihre Notizen fertiggestellt hatte, blickte sie auf das Display.

Sie haben eine neue Freundschaftsanfrage, verkündete eine Benachrichtigung. Daneben war eine Abbildung eines Comicdetektivs mit Sonnenbrille und Fedorahut zu sehen. Der Name ihres neuen Möchtegernfreunds: *Mister X.*

Espérance blickte zweifelnd auf das Display. Sie bekam häufiger Freundschaftsanfragen von Unbekannten, doch meistens versuchten sich diese durch ein attraktives Foto – oder was sie dafür hielten – einen Vorteil zu verschaffen. Nach einem kurzen Zögern tippte sie auf die Benachrichtigung und wartete, während das Profil von Mister X lud.

Es waren nur wenige Informationen hinterlegt. Der Unbekannte interessierte sich für Scotland Yard, was Espérance lächeln ließ. Sie hatte dieses Spiel früher oft mit ihren Brüdern gespielt. Natürlich war das Bild sowie auch der Name dem klassischen Brettspiel entnommen. Sie rief weitere Informationen im Profil auf und bemerkte überrascht, dass nur der Wohnort hinterlegt war: *Vitré, Frankreich.*

Diesen Namen zu lesen, fühlte sich wie eine Hand an, die aus der Vergangenheit nach ihr griff. War das eine neue Möglichkeit für Avelian, ihr nachzustellen? Einerseits war dies naheliegend, aber irgendwie konnte sie sich das nicht wirklich vorstellen. Und wenn es so war? Dann konnte sie ihn immer noch blockieren, wenn er keine Ruhe gab.

Ihr Finger schwebte eine Sekunde über dem Display, dann tippte sie auf *Bestätigen.* Das Profil von Mister X verschwand und ihre Updates öffneten sich.

Vitré, Frankreich, ging es ihr durch den Kopf. Es musste praktisch jemand aus ihrer Familie sein. Aber wer?

Trotz aller Neugier beschloss Espérance, dem Unbekannten die Initiative zu überlassen. Sie legte ihr Handy zurück auf den Nachttisch und brauchte eine Weile, um wieder Schlaf zu finden.

Ihre Anspannung wuchs in den nächsten beiden Tagen zusehends. Espérance war ein ruhiger Mensch – zumindest sagte man ihr das nach. Die Aussicht auf die Begegnung am Samstag raubte ihr diese Ruhe noch mehr, als es der Schlafmangel tat. Während eines Spaziergangs unter den leuchtend roten Bäumen des Universitätsparks beschäftigte sie sich in Gedanken noch einmal mit den

Verabredungen, die sie bereits mit Gabriel gehabt hatte, und versuchte sich genauer an diese zu erinnern.

Wenn man jemanden kennenlernte, sollten da die ersten gemeinsamen Erlebnisse nicht einen intensiven und erinnerungswürdigen Eindruck hinterlassen? Zumindest dann, wenn man beschloss ... ja was eigentlich?

Es fiel ihr schwer, der Beziehung zu Gabriel einen Namen zu geben. Er hatte einen interessanten und attraktiven Eindruck auf sie gemacht. Sie mochte ihn – beziehungsweise hatte ihn gemocht, bis diese seltsamen Hypnosesitzungen so viele Zweifel in ihr hatten aufkommen lassen.

Espérance hatte auch früher in ihrem Leben die Erfahrung gemacht, sich an bestimmte Phasen ihres Lebens nicht oder nur sehr eingeschränkt erinnern zu können. Dadurch war sie es gewohnt, zweifelnd und verwirrt auf vergangene Erlebnisse zu schauen. Diese *Aussetzer* waren in den letzten Jahren seltener aufgetreten und sie hatte die Hoffnung gehegt, diese Phase endlich hinter sich gelassen zu haben. Die Ärzte, die dieses Phänomen früher bei ihr untersucht hatten, waren der Ansicht gewesen, ihr Zustand würde sich vermutlich bessern, wenn sie erwachsen war.

»Das war wohl nichts«, murmelte sie leise, während sie erneut in ihren Erinnerungen wühlte. Sie waren, da war sie sich relativ sicher, eigentlich immer gemeinsam Essen gewesen, meist in einem neuen Restaurant, zu dem ihr Begleiter routiniert eine persönliche Geschichte erzählt hatte. Eigentlich war das ziemlich künstlich, dachte sie. Doch Gabriel hatte eine einnehmende Ausstrahlung, so dass sie – wie vermutlich andere junge Frauen vor ihr – ihm diese Selbstinszenierung nachsah. Nun, mit einem neuen Blick auf die Erlebnisse, fiel ihr das nicht mehr so leicht. Was war eigentlich mit seiner Depression, wegen der Zack und Dana ihn ihr damals vorgestellt hatten?

Zurück in ihrem Zimmer notierte Espérance ein paar Dinge, die ihr zu den Restaurants einfielen. Sie waren alle zumindest halbwegs exklusiv gewesen und richteten sich mit ihrem Angebot an Paare und Date-Partner, welche eine romantische Atmosphäre suchten. Ein Familienrestaurant in Attleboro passte nicht in dieses Muster. Andererseits war sie insgesamt dreimal mit ihm zum Gottesdienst in der Eternal Haven Church gewesen. Vielleicht hatte er gedacht, dass es eine gute Idee wäre, in der Nähe etwas essen zu gehen.

»Hältst du es für wenig seltsam, gemeinsam in die Kirche zu gehen?« Sie erinnerte sich an sein offenes und irgendwie verletzliches Lächeln, als er den Vorschlag zum ersten Mal gemacht und ihr dann diese Frage gestellt hatte. Espérance hatte ihre rechte Hand an das silberne Kreuz gelegt, das sie jeden Tag trug, und dabei den Kopf geschüttelt.

»Ich komme aus einer religiösen Familie. Mir wird das vermutlich eher ein Gefühl von Sicherheit geben. Außerdem – was soll man bei deinem Vornamen schon erwarten, Gabriel?«

Sie war ein gläubiger Mensch mit einer sehr katholischen Erziehung. Gleichzeitig lehnte sie vieles, was die Kirche heute noch lehrte, rundheraus ab. Im Firmungsunterricht hatte der Lehrer Monsieur Deléage ihr stets vorgeworfen, sie wäre in einer evangelikalen Sekte besser aufgehoben. Sie hatte damals nachgelesen, dass einige dieser Glaubensgemeinschaften einen größeren Schwerpunkt auf das Wort Jesu legten – weshalb sie ihm eigentlich nicht einmal widersprechen konnte. Doch nun, bei der Aussicht an eine amerikanische, evangelikale Kirche herangeführt zu werden, beunruhigte sie dieser Gedanke.

»Du hast bestimmt Angst vor unserem Gospelchor, oder?« Gabriels Lächeln war anziehend gewesen, als er sie geneckt hatte.

»Gospelchor?« Ihre Erwiderung war überrascht und vermutlich einen Hauch pikiert gewesen. Ganz so, wie es Monsieur Deléage gefallen hätte. Gabriel hatte angefangen zu lachen und für eine ganze Weile nicht mehr aufgehört.

Der Abend war schön, auch wenn es ihr unangenehm gewesen war, einigen Bekannten aus der Gemeinde vorgestellt zu werden. Jeder war sehr freundlich und sie hatte danach ein angenehmes Abendessen gemeinsam mit Gabriel verbracht.

Und beim letzten Mal waren sie dann in dieses neue, irgendwie unpassende Restaurant gegangen? Sie musste zugeben, dass sie sich an den Gottesdienst nicht wirklich erinnern konnte. Waren sie wirklich bei einem *Gottesdienst* in der St. Paul's gewesen?

Gedankenverloren kreiste sie die letzten Worte ein, die sie sich notiert hatte. Sie hatte viele Zweifel in Bezug auf den Plan für Samstag, doch konnte sie diese Ungereimtheiten auch nicht einfach ignorieren.

Eine Benachrichtigung auf ihrem Handy riss sie aus den Gedanken. Sie holte es aus ihrer Handtasche und legte das Notizbuch neben sich auf die Parkbank, auf der sie sich mittlerweile niedergelassen hatte. Ein kühler Wind blies einige rotgoldene Blätter an ihren Füßen vorbei. Die Nachricht stammte von ihrem neuen Kontakt Mister X.

Ich bin es, Nazaire. Ich brauche einen Weg, um Dich unauffällig zu erreichen.

Sie öffnete sofort das Chatprogramm, um weiterzulesen.

Espérance, ich weiß, dass Du momentan Abstand brauchst. Ich würde Dich auch nicht stören, wenn es nicht wichtig wäre. Aber ich mache mir große Sorgen um Avelian.

Espérance lief ein heißer Schauer den Rücken hinunter, als sie dies las. Sie wusste sehr genau, dass Nazaire zurückhaltend war und sicher niemand, der eine Angelegenheit ohne Not aufbauschte. Und sie hatte Avelian so eiskalt abblitzen lassen in den letzten Wochen.

Während ihr diese Gedanken und Eindrücke in einem Sekundenbruchteil durch den Kopf schossen, saugten ihre Augen bereits den weiteren Text ein.

Onkel R ist wieder einmal zu einem längeren Besuch da. Er hat alle dabei, auch seinen Adjutanten oder Freund oder Was-auch-immer. Vor ein paar Tagen hat er Avèl zu einem Gespräch gebeten. Maman und er haben beschlossen, dass sie ihn nach Bersolet schicken.

Espérances Mund wurde trocken. *La Bersolet de Notre Redempteur*, schoss es ihr durch den Kopf. Augenblicklich hatte sie den Geschmack der salzigen Küstenluft auf der Zunge. Auch andere Erinnerungen begleiteten diesen Namen.

Für einige Sekunden hüpften drei Punkte auf und ab und signalisierten ihr, dass Nazaire gerade noch schrieb. Sie wartete jedoch nicht.

Warum kontaktierst Du mich hier?

Die Punkte hüpften, erstarrten einen Moment, hüpften weiter. Dann erschien der neue Text.

R und Konsorten sind noch seltsamer als sonst. Sie haben Avèl eingesperrt und mich nicht zu ihm gelassen. Ich habe seine Reisetasche im Flur gefunden und jetzt ist er weg. Ich schreibe dir hier, weil ich befürchte, dass sie E-Mails und Telefon abhören.

Espérance wusste mittlerweile, dass dieser letzte Gedanke für die meisten Menschen vollkommen absonderlich war. Für Mitglieder der Familie Lerot war dies jedoch eine durchaus plausible Befürchtung. Doch der Rest der Nachricht war beunruhigend.

Verschwunden? Was heißt das?

Sie wartete nur sehr kurz auf eine Antwort. Nazaire antwortete schnell, präzise und ohne Nachlässigkeit in der Typografie. Vermutlich chattete er an einem Computer und musste sich nicht, wie sie, mit einer Bildschirmtastatur herumärgern.

In der Reisetasche war auch sein Handy. Sein Zimmer ist leer. Sein Freund Hugues scheint auf eine Antwort von ihm zu warten. Ich habe noch nicht gewagt, Maman zu fragen, was los ist. Ich glaube auch, dass ich die Antwort schon kenne. Du warst in Bersolet – wie war es da?

Ihre Finger schwebten für einige Sekunden über dem Bildschirm, ehe sie knapper als er antwortete.

Nicht gut für ihn. Streng und unangenehm. Wie in einer Klosterschule halt. Er durfte sich nicht von Dir verabschieden?

Die Antwort ließ nicht lange auf sich warten.

Nein. Er ist einfach weg. Ich glaube, sie haben ihn regelrecht fortgeschafft.

Die drei Punkte hüpften für eine Weile zögernd und gaben dann die nächste Nachricht bekannt.

Es, ich weiß, Du kannst jetzt auch nichts tun. Sollst Du auch nicht. Aber hier gerät unsere schräge Welt aus den Fugen. Mich lassen sie ja ohnehin nicht rein, wegen Thierry. Ich brauche einfach jemanden, dem ich vertrauen kann.

Sie bemühte sich, schnell zu antworten.

Wir wanken immer, aber wir fallen nicht, Bruderherz.

Als Antwort schickte er ihr drei Küsschensmileys. Das Gefühl, sich trotz allem so einfach mit jemanden verständigen zu können, ließ sie lächeln.

Alle menschliche Weisheit liegt in den zwei Worten Harren und Hoffen, beendete er die Anspielung auf Alexandre Dumas dann. *Ich werde versuchen, mit Avelians Freunden Kontakt aufzunehmen. Wenn es Neuigkeiten gibt, melde ich mich. Ich vermisse Dich heute – Nazaire.*

Das Chatprogramm signalisierte ihr, dass er sich ausloggte.

†

Wie manches mit Spannung und Sorge erwartete Ereignis verfolgte der Samstagabend Espérance schon mehrere Tage zuvor. Wie immer verging irgendwann die Zeit – gnädig oder gnadenlos – und das bange Warten war vorbei.

Sie war für sieben Uhr mit Gabriel verabredet. Um acht wollten sie am abendlichen Gottesdienst in der Eternal Haven Church teilnehmen und danach essen gehen. Alexis war rechtzeitig im Wohnheim gewesen und hatte aus einer kleinen schwarzen Tasche mehrere elektronische Geräte geholt. Eines von ihnen war ein kleiner Knopf, den Espérance auf den ersten Blick für ein Ersatzteil oder Zubehör gehalten hatte. Doch das unscheinbare, kleine Ding war sozusagen das Herzstück dieser Ausrüstung.

»Dieses kleine Baby«, hatte Alexis triumphierend verkündet, während sie es Espérance auf ihrer Handfläche präsentierte, »sorgt dafür, dass wir wie ein Vögelchen bei deinem Rendezvous mit dabei sind. Also tu nichts, was ich nicht auch tun würde.«

Nach ein paar kleinen Tests befestigten sie die Wanze unter dem Träger ihres BHs. Dort war sie einerseits sicher befestigt, andererseits waren Akustik und Empfang gut genug für Dana und Alexis. Sie wählte sorgfältig ein Kleid aus, bei dem die Stelle verdeckt war, und fühlte sich nach einigen Testbewegungen vor dem Spiegel einigermaßen sicher.

»Wie eine Superspionin«, meinte Alexis anerkennend. »Gefällt mir.« Dann packte sie ihre Sachen in die Tasche zurück. »Du aktivierst das Ding, bevor du die Tür öffnest. Dann sollte die Batterie reichen bis nach Mitternacht. Ich bin jetzt weg. Dana, wir sehen uns nachher auf dem Parkplatz.«

Zu Beginn lief alles genauso ab, wie die drei jungen Frauen es geplant hatten. Um Viertel vor sieben bekam Espérance eine Nachricht – *Bin gleich da, freue mich!* – und beinahe vollkommen pünktlich stand Gabriel vor der Tür. Die beiden verabschiedeten sich von Dana, die vorgeblich lernend an ihrem Schreibtisch saß, und spazierten durch den Park der Universität.

Espérance hatte erwartet, dass die Nervosität ob dieser seltsamen und paranoide Aktion sie völlig im Griff haben würde. Um dem zu begegnen, hatte sie sich zurechtgelegt, dass sie eine neue Nachricht von ihrem Bruder bekommen hatte. Gabe wusste, dass sie ein seltsames Verhältnis zu ihrer Familie hatte, und respektierte ihren Wunsch, nicht darüber zu sprechen.

Diese kleine Lüge wurde gar nicht notwendig. Während sie langsam neben Gabriel durch die in prachtvollen Farben stehenden, von der Abendsonne in einem Schattenspiel beleuchteten Bäume des Parks spazierte, fühlte sie sich ruhig. Sie war nicht entspannt – zumindest hätte sie nicht dieses Wort für die Beschreibung ihrer Gefühle gewählt – aber sie war auf eine überraschende Art fokussiert und emotional unbewegt. Gleichzeitig sprach und lachte sie, erwiderte Gabriels Blicke und auch seine beiläufigen Berührungen. Sie kam sich fast natürlicher in seiner Gegenwart vor als normal.

»Na, du bist heute aber gut drauf«, sagte er dann auch, als sie gerade seinen Wagen erreichten.

»Ich bin entspannt, ich freue mich, dich zu sehen …« Sie lächelte ihn an und drehte unwillkürlich ihren leichten Akzent ein paar Grad höher als normal. Gabriel strich ihr über die Schulter und suchte kurz ihren Blick. Espérance wusste, dass andere Menschen ihre Augen praktisch immer suchen mussten. Sie fasste sich einen Moment und erwiderte seinen Blick. Gabriel berührte sacht ihr Haar und sie bemerkte etwas in seinem Gesicht, das nicht in den Moment passte.

»Ich freue mich auch, dich zu sehen.« Sein Blick intensivierte sich und Espérance legte unmerklich den Kopf schief. Seine Augen - es war, als könne sie darin versinken. Irgendwie sahen sie auch ein wenig zu groß aus, nicht physisch, sie waren einfach zu präsent. Der kühle und beobachtende Teil in ihr nahm die emotionale Reaktion zur Kenntnis, die er mit seinen schönen Augen mit dem beinahe unsichtbaren dunklen Rand verursachte. Wie eine Schutzglocke legte er sich um sie und milderte die Reaktion ab, ohne sie zu verfälschen. Ihre Knie fühlten sich ein wenig weich an.

Du empfindest etwas für ihn, analysierte sie ruhig. Und weil du ihn gerade hintergehst, bist du durcheinander. Aber das war nicht alles. Weiter kam sie in diesem Moment nicht mit ihren Gedanken. Irgendwo weit hinten in ihrem Geist formten sich Worte. Worte, die sie noch nie gehört hatte und die ihr dennoch vertraut waren.

Ich wurde ausgesandt aus der Kraft. Und ich bin zu denen gekommen, die an mich denken und werde von jenen gefunden, die mich suchen, flüsterte es in ihr. Die Worte waren wie ein erster Windhauch, der einen Sturm ankündigt.

»Espérance?« Gabriels Stimme verscheuchte die Worte wie ein Windstoß eine Fliege. Nur das vage Echo einer vertrauten Stimme blieb in ihr zurück.

»Ja?« Sie schüttelte leicht den Kopf und lächelte. »Tut mir leid, ich bin wieder ganz bei dir. Wie unhöflich von mir.«

»Ist denn irgendetwas? Beschäftigt dich etwas?« Gabriel blickte sie zugewandt und interessiert an. Ein wenig zu zugewandt und interessiert, flüsterte es weit hinten in ihr. Gleichzeitig fühlte es sich so gut an. Ihre Augen hefteten sich einen Moment zu lange an Gabriels Gesicht. Zum ersten Mal fragte sie sich, ob sie doch mehr für ihn empfand, als sie sich eingestehen wollte.

Das kleine Funkgerät fühlte sich plötzlich an wie ein Fremdkörper. Für einen Moment zog Espérance in Erwägung, sich kurz zu entschuldigen, es abzureißen und die ganze verrückte Sache abzubrechen. Dann war da wieder dieser Gedanke, irgendwo weit hinten in ihrem Kopf.

Ich wurde ausgesandt aus der Kraft. Ich bin die Erste und die Letzte. Ich bin die Geehrte und die Verachtete. Erneut der Windhauch, die sich aufbäumende Kraft. Espérance blickte kurz auf ihre Füße, dann straffte sie sich und warf Gabriel ein warmes Lächeln zu.

Sie wunderte sich, als der Parkplatz vor der Kirche bei ihrer Ankunft beinahe leer war. Kurz blickte sie auf ihr Telefon und schaute nach der Uhrzeit. Dann sah sie zu Gabriel, der sie freundlich anlächelte. Es war Viertel vor acht.

»Gehen wir schon mal rein.« Seine Stimme war warm, aber fest. Espérance nahm verwundert wahr, dass sie nickte und aus dem Wagen stieg. Ein wenig verloren blickte sie sich um.

»Cornelius wartet schon auf dich«, fuhr er aufmunternd fort. Und als wollte er ihrem Geist jede Gelegenheit nehmen, Widerstand zu formieren, legte er einen Arm um ihre Schultern und schob sie sanft in Richtung der Kirche. Sie spürte einen leichten Druck in ihrem Kopf, und auch wenn ihre Beine und Füße sich gegenüber Gabriel erstaunlich gehorsam zeigten, wanderten ihre Augen umher. Ihr Begleiter musterte sie geübt von Kopf bis Fuß und trat dann direkt vor sie. Indem er seine Hände an ihre Schultern legte, suchte er wieder ihren Blick.

»Du weißt doch, dass du mir vertrauen kannst, Espérance.« Gabriels Stimme war intensiv, und seine Augen waren wieder einen Hauch zu groß für sein Gesicht. Sie spürte, wie sie nickte, und ihr Körper wurde ein wenig weicher.

Hinter Gabriel öffnete sich die Seitentür der Kirche. Es war innen sehr dunkel, so dass sie nicht erkennen konnte, wer da in der Tür stand. War das dieser Cornelius? Wenn sie ihn bereits kannte, warum konnte sie sich nicht daran erinnern?

Ihre Schritte wurden zögerlicher, als eine Ahnung in ihr aufbrandete. Ein Gefühl – oder war es eine Erinnerung? Etwas ist hier nicht in Ordnung, flüsterte es in ihr. Sie bringen dich an diesen Ort, um dir etwas anzutun. Du musst fliehen.

Mit sanfter Autorität führte Gabriel sie auf die Tür zu. »Ich fühle mich nicht so gut«, wollte Espérance sagen. Das war das Zeichen, mit dem sie Dana und Alexis signalisierte, dass etwas nicht in Ordnung war. Erstaunt bemerkte sie jedoch, dass sie es nicht sagte. Stattdessen öffnete sich ihr Mund nur kurz verwirrt und schloss sich dann wieder. Wenn sie jetzt einfach weglaufen würde, was würde dann geschehen? Sie hatte das Gefühl, sie müsste nur wirklich beschließen, etwas zu sagen, oder wegzulaufen, oder Gabriel eine Ohrfeige zu geben. Aber sie *wollte* es aus irgendeinem Grund nicht wirklich.

»Guten Abend, Mister Stark«, sagte eine leise Stimme aus der Dunkelheit des seitlichen Kircheneingangs. »Wie ich sehe, bringen Sie unseren Gast wieder mit.«

Gabriel gab keine Antwort, sondern ging mit Espérance zusammen an der Person vorbei. Ihr war klar, dass dies nicht Cornelius war. Sie heftete ihren Blick kurz auf den Mann in der dunklen Nische des Kircheneingangs. Er war groß, größer als Gabriel, und hatte eine Glatze. Seine Hände waren wie zu einem nachlässigen Gebet vor der Brust gefaltet, doch war er offensichtlich nicht in stiller Einkehr, sondern vollkommen hier.

Gabriel führte sie in das Hauptschiff der Kirche, das zu beiden Seiten von Lampen im Kerzenhalterdesign schwach erhellt wurde. Vorn am Altar waren weitere Lichter zu sehen. Sie strahlten den leicht erhöhten Bereich dramatisch an. Hinter dem Altar stand, in eine rote, wildseidene Robe mit Kapuze gehüllt, Cornelius Vanderbeck.

»Guten Abend, Mister Stark«, äffte Alexis in ihrem Mietwagen vor der Kirche die Stimme des Unbekannten nach, den sie gerade aus dem Abhörgerät gehört hatten. »Guten Abend, Jarvis«, fuhr sie dann mit anderer Stimme fort.

»Mir gefällt das nicht«, sagte Dana, ohne auf das Gefeixe einzugehen. »Es gibt keinen Gottesdienst, stattdessen sind da nur ein paar komische Leute, und Gabriel redet auch so seltsam. Wir sollten irgendetwas tun.«

»Espérance hat den Codesatz nicht gesagt. Wir bleiben hier.«

Die beiden beobachteten angespannt, wie Gabriel und Espérance in der Kirche verschwanden und die Tür sich schloss. Aus dem Lautsprecher vor ihnen waren für einige Momente nur langsam die Geräusche von Espérances Absätzen zu hören. Niemand schien etwas zu sagen.

Ihre Schritte verstummten, dann waren deutlich leisere Bewegungen zu hören. Gabriel flüsterte etwas, dass weder Dana noch Alexis verstehen konnte. Jemand schien sich zu entfernen. Als Nächstes hörten sie ihre Freundin etwas murmeln. Es dauerte einen Moment, bis sie etwas verstehen konnten. Die Worte schienen sich beinahe rhythmisch zu wiederholen: »Ich bin die, vor der Ihr Euch verborgen habt, und Ihr seid vor mir in Erscheinung getreten. Ich bin die, vor der Ihr Euch verborgen habt, und Ihr seid vor mir in Erscheinung getreten.«

»Was soll das denn?« flüsterte Alexis aufgebracht. Dana konnte nur verwirrt den Kopf schütteln.

Das monotone Flüstern blieb, wurde jedoch leiser. Stattdessen waren erneut Schritte zu hören. Nun hörten sie ein Keuchen von Espérance und sie verstummte. Stattdessen füllte eine tiefe Männerstimme den Raum.

»Ich freue mich, dass du uns wieder einmal beehrst, Espérance«, klang es aus dem Mikrofon. Es war eine andere Stimme als die von Gabriel.

»Wer ist das?« flüsterte Alexis.

Die beiden lauschten wie gebannt. Doch auch wenn die Klangqualität gut war, machte es die Akustik in der Kirche schwer, die Geräusche einzuordnen.

»Komm näher.« Wieder die tiefe Stimme. Der Mann, zu dem sie gehörte, klang befehlsgewohnt und geübt im öffentlichen Sprechen. Wie ein mittelalterlicher Kommandant, ging es Dana durch den Kopf.

Espérance gab keine Antwort, stattdessen hörte man ein scharfes Einatmen und dann ein angestrengtes Stöhnen von ihr. Im Vergleich zu den anderen Geräuschen klang sie selbst übermäßig laut, was die Eindrücke noch intensivierte. Ihre Absätze klangen langsam auf dem Steinboden. »Gabriel …« flüsterte sie. »Was geschieht hier, Gabriel?«

»Okay, was immer da passiert, das ist auf jeden Fall kein Kirchenbesuch«, meinte Dana. »Irgendetwas stimmt überhaupt nicht. Was sollen wir tun?«

Alexis hatte das Geschehen genauso konzentriert verfolgt wie sie. Statt auf ihren Appell zu reagieren, deutete sie auf die Seitenstraße neben der Kirche und flüsterte: »Scheiße, was ist denn da los?«

Die Stimme war einfach da. Sie war nicht zu hören, sondern erfüllte einfach ihre Gedanken. Wie eine plötzliche Idee.

Fülle deinen Geist mit Leere, Espérance. Fixiere einen Punkt vor dir und lasse nichts anderes in dir zu. Deine Gedanken werden sein wie Fische in einem See. Du musst in einem Boot sitzen und zum Himmel blicken.

Das war nicht ihre Idee, und das waren nicht ihre Worte. Sie hatte keine Ahnung, woher sie kamen oder wer sie irgendwann einmal zu ihr gesagt hatte. Aber sie waren bestimmend und intensiv, und sie gab lieber diesem Drängen nach als dem von Cornelius. Also ließ sie ihren Blick von dem Mann in der roten Robe auf den Altar wandern und fixierte das einfache, goldene Kreuz. Beinahe wie von allein zitierte sie erneut den Vers, der ihr ebenfalls aus den Tiefen ihres Unterbewusstseins in den Sinn gekommen war: »Ich bin die, vor der Ihr Euch verborgen habt, und Ihr seid vor mir in Erscheinung getreten.«

Am Rande ihres Blickfeldes bemerkte sie, wie sich Cornelius die drei Stufen von der Altarempore hinabbewegte und auf sie zukam. Unwillkürlich wich sie zurück, aber er legte ihr eine Hand auf die Schulter und zwang sie zum Stehenbleiben. Sein Griff war nicht grob, aber entschlossen. Für einen Moment schwebte Espérance in der Entscheidung, sich zu fügen oder einen wirklichen Fluchtversuch zu unternehmen.

Sie kam nicht mehr dazu, eine Alternative auszuwählen. In dem Moment, in dem Vanderbeck seine Kapuze zurückschlug, übernahm etwas in ihr die Kontrolle. Sie packte Gabriel am Handgelenk und drehte sich mit einer fließenden Bewegung um die eigene Achse. Ehe er reagieren konnte, hatte sie seinen nun verdrehten Arm auf seinen Rücken gebogen und hielt ihn so zwischen sich und Vanderbeck.

»Raus aus meinem Kopf«, zischte sie. Die Angst und Aufregung war, von einem Moment auf den anderen, einer entschlossenen Ruhe gewichen. Der Mann in der roten Wildseidenrobe blickte sie interessiert an. Espérance konnte sich nicht erinnern, Cornelius schon einmal gesehen zu haben, auch wenn sein Verhalten etwas anderes implizierte. Er war bis auf seine Kleidung eine unauffällige Erscheinung, nur sein Gesicht war scharf geschnitten und seine Augen blickten aufmerksam unter sehr dunklen Brauen hervor.

Gabriel war für einen Moment völlig ruhig in ihrem auch für sie selbst überraschend geübten Griff. Dann testete er, wie er sich befreien konnte. Ohne große Mühe schob sie seinen Unterarm ein wenig nach oben und übte so schmerzhaften Druck auf seine Schulter aus. Er stöhnte und sein Körper bog sich ein wenig nach vorn, um den Schmerzen zu entkommen.

Die ganze Zeit ruhten Vanderbecks Augen auf ihr. Er stand dabei still wie eine Statue. Nach einem unendlichen Moment der Ruhe, der nur von den Geräuschen von Gabriels Schuhen auf dem Steinboden sowie seinem schweren Atem unterbrochen wurde, erhob er wieder seine Stimme.

»Ich bitte dich, Espérance, lass ihn los. Wir sind hier nicht auf dem Schulhof.« Vanderbeck klang tief, warm und schmeichelnd. Der Klang seiner Worte glitt wie giftiger Honig in ihr Ohr. Espérance musste sich wieder auf das goldene Kreuz fokussieren, um nicht nachzugeben.

Die Augen des Mannes in der Robe glitten für einen Sekundenbruchteil hin und her, als er abschätzte, wohin ihr Blick ging. Ohne die Augen von ihr abzuwenden, glitt er in der Robe seitwärts zwischen sie und den Altar. Dann sagte er: »Du wirst meinen Freund jetzt loslassen. Sobald du dies getan hast, werden wir uns unterhalten, Espérance Lerot.«

Ohne den Glanz des Kreuzes hatte sie ihren Fokus verloren und konnte dem Drang, seinen Worten zu gehorchen, kaum widerstehen. Ihre Finger begannen zu zittern und sie spürte, wie Gabriel sich anspannte. Auch wenn der Griff, in dem sie ihn hielt, ihr eine gute Kontrolle sicherte, würde er jede Schwäche ausnutzen. Gabriel war sportlich und deutlich stärker als sie. Dennoch schienen sich ihre Finger einer nach dem anderen fast unwillkürlich zu lockern.

Erinnere dich an den Schild, flüsterte es dann wieder in ihr. *Ziehe deine Abwehr aus deinem Inneren. Es gibt keinen Grund, aus dem du seinen Worten gehorchen musst. Er sorgt nur dafür, dass es dir unmöglich erscheint, es nicht zu tun.*

»Was hat das alles zu bedeuten?« fragte sie und spürte direkt, wie die Verwirrung ihr Kraft raubte.

Dies ist nicht der Zeitpunkt für Fragen, klang es in ihr. *Du musst ihm widersagen. Nichts anderes zählt.*

»Raus aus meinem Kopf«, wiederholte sie lauter. Für einen Moment war sie selbst nicht sicher, wen sie eigentlich meinte. Cornelius war in diese Aufforderung auf jeden Fall inbegriffen. »Raus aus meinem Kopf!«

Ihre Finger wurden wieder fester und Gabriel bog sich weiter nach vorn. Cornelius' wachsame Augen sprangen erneut für einen Sekundenbruchteil. Und dann wurde ihr klar, wohin: Sie hatte den Portier völlig vergessen!

Im nächsten Moment schlang sich ihr ein kräftiger Arm um den Hals und schnürte ihr die Luft ab. Unwillkürlich fuhren ihre Hände nach oben, wodurch sie Gabriel freigeben musste. Nachdem sie sich durch eine Kraftanstrengung einen Atemzug erkämpft hatte, reagierte sie wieder schneller, als sie selbst verstehen konnte. Ihr rechter Ellenbogen hämmerte nach hinten und gleichzeitig schoss ihr Fuß auf den Schuh des Mannes hinter ihr nieder. Beides erfolgte kraftvoll und präzise und hätte die meisten Angreifer vermutlich aus dem Gleichgewicht gebracht. Der große Glatzkopf hinter ihr nahm beide Angriffe unbeirrt hin wie ein Boxsack. Statt nachzulassen, nutzte er die Gelegenheit und drückte noch fester zu.

Espérance spürte, wie sich ihr Blickfeld zu verengen begann. Während sie ihre Hände wieder in seinen Arm krallte, um sich Luft zu verschaffen und vor allem den Blutfluss zu ihrem Gehirn sicherzustellen, stieß sie sich mit den Beinen ab und warf sich kraftvoll gegen den Mann hinter ihr. Dabei schlug sie ihren Kopf energisch nach hinten und spürte, wie er ins Gesicht des Angreifers krachte. Ein knirschendes Geräusch begleitete den Aufschlag. Erneut ein Angriff, der eigentlich den unbarmherzigen Griff hätte lockern oder sogar beenden sollen. Doch er zeigte keine Regung, stöhnte nicht einmal, sondern fixierte seinen geübten Griff nur umso stärker. Espérances Beine wurden weich. Die Schwärze am Rande ihres Blickfelds wurde dichter und sie spürte, wie sie langsam das Bewusstsein verlor, während ihr Angreifer sie weiter unbarmherzig in die Knie zwang.

XIX

Der Erhabene

Berlin, Deutschland, 2010

Der Regen klatschte in vom Wind aufgewühlten Wellen auf den Boden. Die Nacht war kalt und dunkel, und zu allem Überfluss flackerte die Straßenlaterne neben ihm epileptisch. Irgendwo in der Nähe kam ein Auto mit quietschenden Bremsen zum Stehen, und ein Mann begann lautstark auf Deutsch zu schimpfen.

Octavio de la Ruiz blickte durch eine zerborstene Fensterscheibe und wischte sich den Regen von der Stirn. Jetzt war er im Trockenen, aber dieses beschissene deutsche Wetter hatte es ihm unmöglich gemacht, ohne eine viel zu kalte Dusche überhaupt hierhin zu kommen.

Bei dem Regen kommen sie bestimmt nicht raus, dachte er, auch wenn er sich dessen nicht wirklich sicher sein konnte. Die Personen, die er beobachtete, waren nicht sehr empfindlich für Wettereinflüsse. Es wäre für sie vielleicht sogar ein Vorteil gewesen, wenn das miese Wetter sie vor neugierigen Blicken abschirmte. Er war ihnen nun schon so lange auf der Spur, dass es sich unwirklich anfühlte, sie in Reichweite zu haben.

Ein kurzes Flackern der Straßenlampe vor ihm, dann lagen die fünf Meter Hinterhofstraße komplett im Dunkeln. Mit einem leise gemurmelten Fluch tastete er nach seinem Rucksack und holte die Nachtsichtbrille heraus, welche er zu diesem Zweck mitführte. Er setzte das kantige, fernglasartige Gerät auf und legte den kleinen Kippschalter neben seiner rechten Schläfe um. Sofort wurde die Welt dunkelgrün und die Konturen der Gebäude zeichneten sich deutlich besser ab.

Vorsichtig ließ er seinen Blick über die Häuserfront gleiten. Mehrere Gebäude, die früher einmal Lager, Büros und kleinere Produktionshallen gewesen waren, reihten sich eng aneinander. In keinem brannte Licht, was kein Wunder war, da sie seit mindestens zehn Jahren nicht mehr offiziell genutzt wurden. Er wusste, dass in einigen der Gebäude im Viertel linke Hausbesetzer untergekommen waren, war sich aber sicher, dass dies nicht für die vier Gebäude direkt vor ihm galt.

Seine Partnerin und er hatten die Spuren in wochenlanger Kleinarbeit verfolgt, um den Zielpersonen näherzukommen. Zuerst hatten sie eine von ihnen beim Einkaufen identifiziert und verfolgt. Die Abtrünnigen waren sehr vorsichtig und bewegten sich geübt durch große, öffentliche Plätze und überfüllte U-Bahn-Stationen. Glücklicherweise hatte Octavio Zugriff auf einige polizeiliche Informationen erhalten können. Allerdings waren selbst diese nur eingeschränkt hilfreich. Schließlich waren sie hier im überwachungsfeindlichen Deutschland nach dem Zusammenbruch der DDR und der Stasi und nicht im paranoiden Spanien, das durch ETA und Dschihadisten schon lange für die Videoüberwachung weichgekocht worden war.

Erst zusätzliche Unterstützung durch einen Seher hatte sie näher an die Flüchtigen herangebracht und Octavio schließlich erlaubt, die Suche auf dieses Viertel und am Ende diese Häuserzeile einzugrenzen. Hoffentlich einzugrenzen, dachte er für sich, als er die dunklen und vollkommen unbewegten Fenster vor sich beobachtete.

Auch wenn dieser Einsatz in Berlin seine professionelle Geduld mehr als auf die Probe stellte – er war niemand, der sich von solchen Hindernissen aufhalten ließ. Im Verlauf der nächtlichen Observation hörte der dichte Regen irgendwann auf und machte dem Gestank einer gründlich unterspülten Großstadt Platz. Das Wasser stand noch in großen Pfützen auf dem Asphalt, die sich nur langsam in die überfüllten Kanalisationsöffnungen entleerten. Dabei war es so ruhig, dass Octavio es deutlich gluckern und rauschen hören konnte.

Gegen ein Uhr passierte dann endlich etwas Interessantes. Erst entdeckte er durch seine Nachtsichtbrille eine vage Bewegung hinter einem der Fenster, dann konnte er deutlich ausmachen, wie jemand in einem der Gebäude gegenüber auf die Straße blickte. Das war die große Gefahr für Verfolgte: während der Jäger genau wusste, dass er sich seiner Beute vorsichtig zu nähern hatte, konnte diese kaum rund um die Uhr vollkommen paranoid sein. Zumindest die meisten konnten es nicht.

Trotz der Restlichtverstärkung war es jedoch nicht möglich zu erkennen, wer dort auf die Straße blickte. Immerhin war er jetzt sicher, dass die Gebäude nicht leer waren.

Im Verlauf der Nacht verschaffte Octavio sich mit einer Wärmebildkamera einen Eindruck davon, wie viele Personen sich in dem Gebäude befanden. Auch wenn die Bildqualität auf diese Entfernung und durch eine altmodisch massive Häuserwand nicht optimal war, konnte er die Personen auf maximal vier, eher jedoch drei eingrenzen. Anhand der Gebäudepläne prüfte er, in welchem Radius sie sich bewegen konnten – sofern sie keine Mauer durchbrochen und sich so einen zusätzlichen Fluchtweg verschafft hatten – und markierte diesen auf seinem Plan.

Ab drei Uhr, als zumindest laut Wärmebild im Gebäude alles ruhig war, begann er über sein Notebook die in der Nähe befindlichen Mobilfunkmasten anzupeilen. Als er drei Masten identifiziert hatte, loggte er sich in einen von ihnen ein und begann, die Empfänger in der Nähe zu triangulieren. Nach kurzer Zeit hatte er mehrere Kennungen identifiziert, die sich aktuell unbewegt rund zehn Meter vor ihm befanden – was ziemlich genau die Position der Personen in dem Gebäude war. Zufrieden speicherte er die Geräte und loggte sich aus und dann wieder ein, um die

Peilung zu testen. Alle drei Mobilgeräte befanden sich noch immer an der gleichen Position. Vermutlich steckten sie in den Hosentaschen ihrer Besitzer oder hingen zum Laden an einer Steckdose.

Jetzt habe ich euch, dachte er zufrieden und beschloss, die Observation für diese Nacht erst einmal zu beenden.

†

Zehn Tage später hatten sie sich einen ausreichenden Überblick über ihre Zielobjekte verschafft. Berlin war nicht gerade eine Hochburg seiner Organisation, so dass es notwendig war, sehr kalkuliert zu agieren und keine unnötigen Risiken einzugehen. Octavio und seine Partnerin hatten das Gebäude rund um die Uhr abwechselnd beobachtet, um seine Erkenntnisse über die Zielpersonen zu verifizieren und zu ergänzen. Mittlerweile wussten sie sicher, dass es sich um die beiden Abtrünnigen handelte, jedoch schienen sie sich mit einer weiteren Person zusammengeschlossen zu haben. Bei diesem Unbekannten handelte es sich um einen Jugendlichen oder sehr jungen Mann aus Berlin, der sie scheinbar mit seinen Ortskenntnissen der Gegend unterstützte. Ob es sich um eine ideologische oder eine Zweckgemeinschaft handelte, vermochten sie momentan nicht zu sagen.

Durch die fortlaufende Beobachtung kannten sie den Tagesablauf und die Gewohnheiten ihrer Zielpersonen mittlerweile genau. Sie verließen normalerweise zu zweit das Haus – meist gingen die beiden Abtrünnigen gemeinsam oder ihr Verbündeter allein, manchmal auch in einer anderen Kombination. Mindestens eine Person blieb stets zurück.

Octavios Partnerin hatte die beiden auf mehreren Touren beobachtet und bestätigt, dass sie entweder Vorräte besorgten oder Werkzeug und Material. Ihr Einkaufsrhythmus war zweitägig, da sie immer zu Fuß gingen und nie mehr kauften oder nahmen, als in einen Rucksack passte. Durch die Handyüberwachung konnte Octavio beobachten, dass sie innerhalb dieser zehn Tage scheinbar nie an den gleichen Ort gingen, sondern lieber mit der U-Bahn etwas weiter fuhren, als sich in einem Laden zu oft blicken zu lassen.

Bisher war es noch nicht zu einem Zwischenfall gekommen. Das deutete darauf hin, dass sie irgendeine Methode gefunden hatten, die Cupiditas zu überwinden. Die meisten Abtrünnigen drehten irgendwann völlig durch und dann wurde es sehr hässlich. Diese hier hielten schon sehr lange durch, und er wollte herausfinden, wie ihnen das möglich war.

Tagsüber schienen sie an ihrem Versteck zu arbeiten und eine der hinteren Türen mit zusätzlichen Sicherungen zu versehen. Außerdem hielten sie sich oft im Untergeschoss auf und schienen auch dort zu arbeiten. Sie stellten sich also wirklich auf einen längeren Aufenthalt ein. Wenn man sich den Aufwand vor Augen führte, den sie in diesem Versteck betrieben, so konnte man nicht ausschließen, dass es zusätzliche Fluchtwege gab. Dieses kleine Risiko konnten sie nicht komplett ausschließen. Stattdessen würden sie sicherstellen, sich durch das Überraschungsmoment einen ausreichend großen Vorteil zu verschaffen.

Als er abends von seinem Beobachtungsposten zurückkehrte, lag Espérance auf dem Bett in ihrem gemeinsamen Hotelzimmer und starrte auf den Fernseher.

»Das deutsche Fernsehprogramm ist Mist«, meinte sie und setzte sich auf. »Ich wette, bei dir war es interessanter als das hier, oder?«

Octavio blickte kurz auf den Bildschirm, auf dem sich gerade zwei Frauen anschrien und dazu wild gestikulierten. Espérance hatte die Lautstärke nicht sehr hochgedreht, aber es war trotzdem leicht zu erkennen, dass die beiden Damen außer sich waren.

»Ich bin mir ziemlich sicher, dass du nicht *das da* schauen musst«, meinte er grinsend. Sie spie ein wenig Luft aus und verdrehte die Augen.

»Die Alternative war eine Quizshow oder ein Kriminalfälle lösender Pastor.«

Octavio lachte. »Na, da wären wir ja beinahe wieder beim Thema.«

Espérance stand auf und ging zu dem kleinen Tisch, der unter dem an der Wand montierten Hotelfernseher stand. Dort befand sich eine Einkaufstüte mit einigen Proteinriegeln und Mineralwasser sowie einer Flasche Wein.

»Wir trinken zu viel«, meinte sie. Ihr Urteil ließ ihn schlicht mit den Schultern zucken.

»Wir haben viel zu kompensieren. Und zudem tut uns Alkohol nicht viel an.«

»Dein Zynismus ist für mich als Anfängerin nicht ermutigend.«

Sie packte den Inhalt aus, stellte ihn auf den Tisch und nahm die Flasche mit zu ihm. Er rückte gerade die Kopfkissen in seinem Rücken zurecht und griff nach seinem Rechner.

»Okay, gehen wir noch mal gemeinsam alles kurz durch?«, fragte er und nahm ein von ihr gefülltes Glas entgegen.

»Lass uns mal eine Pause einlegen, ja?« Sie legte ihm eine Hand auf die Schulter und suchte seinen Blick. »Ich meine, wir sind beide ehrgeizig und dienstbeflissen und all das. Aber ich finde, wir brauchen eine Pause.«

Octavio lächelte sie fürsorglich an.

»Ich denke, eine kurze Pause ist okay. Ich berichte fortlaufend über unseren Einsatz an meinen Boss und na ja, bisher hat er einen guten Eindruck von mir. Und auch von dir. Ich will uns das nicht versauen. Er ist immerhin nicht ganz so … unangenehm, wie viele andere von *ihnen*. Im Grunde ist er sogar beinahe in Ordnung.«

Sie schloss kurz die Augen, schien in Gedanken zu verfallen und er beobachtete sie aufmerksam. Als sie wieder aufblickte, sah er einen feuchten Glanz. Statt etwas zu sagen, legte er eine Hand auf die ihre und suchte ihren Blick. Sie drehte den Kopf zu ihm und lächelte tapfer.

Eine halbe Stunde später war die Flasche fast leer, sie lagen nebeneinander und blickten nachdenklich an die Decke.

Er drehte sich zu ihr.

»Wir müssen die Distanz zwischen uns wahren, Es.«

Nun wandte sie sich auch ihm zu.

»Aber das tun wir doch. Obwohl sie es für eine gute Idee hielten, uns zusammen in ein Doppelzimmer mit nur einem Bett einzuquartieren.«

»Vielleicht wollen sie dadurch unsere Disziplin auf die Probe stellen. Oder es ist einfach praktischer, weil wir in der vielen gemeinsamen Zeit mehr planen und besprechen können.«

»Oder sie wollten, dass du mich besser kontrollieren kannst, Tavo.«

Er verzog kurz das Gesicht.

»Ja, auch das ist möglich. Ich weiß, dich stören all diese Dinge noch. Aber du wirst dich daran gewöhnen. Du kannst für dich sicher irgendwann etwas Besseres rausschlagen als diese Art von Aufträgen. Dafür ist es notwendig, weniger über all das nachzudenken. Vor allem solltest du es nicht kritisieren. Du kannst nämlich nur dann gut sein, wenn du innerlich die richtige Position beziehst.«

»Ich weiß. Das ist sicherlich meine große Schwäche in diesem Spiel.«

»Es ist kein Spiel, Espérance. Das solltest du inzwischen wissen. Mach einfach das, was sie dich lehrten und mach es gut. Du hast deine Ausbildung nicht umsonst genossen. Du bist überaus talentiert. Nutze das. Für dich.«

Sie seufzte angestrengt, bewegte sich etwas näher an heran und lehnte ihren Kopf gegen seinen Arm. Er strich kurz über ihr weiches, kühles Haar.

»Das wird schon werden.« Der Versuch, sie zu trösten, war denkbar unbeholfen. Er legte seine Hand auf ihre Schulter. Sie blickte zu ihm auf und mit einem Mal waren sie sich näher, als es ihnen erlaubt war. Octavio schluckte und wollte sich abwenden. Stattdessen sagte er: »Du bist so schön und weißt es vermutlich gar nicht.«

»Ich kann nicht viel mit dieser Beurteilung anfangen«, entgegnete sie und schaute zur Seite. »Was bedeutet Schönheit denn schon? Ich glaube, in unserer Welt ist sie vor allem ein Problem.«

Nun lachte er konsterniert auf.

»Okay, du bist wirklich ein wenig seltsam.« Er legte den Arm um sie und drückte sie kurz an sich. Sie hob ihr Kinn und küsste ihn direkt neben seinen Mund. Die Wärme ihres Körpers ließ ihn den Atem anhalten. Es dauerte einen Moment zu lange, bis sich ihre Münder wieder voneinander entfernten.

»Wir sollten das nicht tun«, flüsterte er heiser. Espérance legte ihm einen Finger auf die Lippen und zog ihn zu sich.

Hinterher stand er auf und holte ein Mineralwasser. Sie rollte sich im Bett herum und beobachtete ihn auf dem Bauch liegend.

»Du hast gefährlich wenig Probleme damit, verbotene Dinge zu tun, Espérance«, meinte er dann.

»Du hattest gerade auch verdammt wenig Probleme damit, mein Lieber.« Sie nahm einen Schluck aus der Wasserflasche und drehte sich dazu auf die Seite. Er kam nicht umhin, ihren Körper zu betrachten, bis er sich dabei ertappte und in einer beinahe fürsorglichen Geste die Decke über sie zog.

Etwas hastig öffnete er anschließend einen der Energieriegel, biss ab und schüttelte kauend den Kopf.

»Ich habe das Gefühl, das könnte öfter passieren. Und das darf es eigentlich nicht.«

Sie stand auf, um ihre Sachen zusammenzusuchen. Ihr Gesicht war noch leicht gerötet und sie sah stolz und zugleich trotzig aus. Diese Seite an ihr gefiel ihm sehr.

»Ach weißt du, Tavo, es ist mir egal, ob das sein darf oder nicht. Es gibt einfach ein paar widersinnige Verbote in unserer Welt, denen ich mich nicht ohne Widerstreben beugen werde. Das ist eines davon. Du wirst sehen, es wird uns als Team weiterbringen und zudem: Wie wollen sie kontrollieren, was wir hier tun?«

»Du weißt, dass sie das können. Unsere Köpfe sind für sie offene Bücher, wenn sie es wünschen. Mein Boss hat zudem eine ausgezeichnete Menschenkenntnis. Er wird das irgendwann wittern.«

Espérance blickte ihn entschlossen an. »Haben sie nichts Besseres zu tun? Außerdem – sie brauchen uns als eingespieltes Team. Wir funktionieren richtig gut miteinander. Das zu trennen, wäre einfach nur dämlich. Und das sind sie ganz gewiss nicht. Sie sind außerdem gut darin, Dinge zu übersehen, die nicht sein dürfen.«

Da war etwas in ihr, ein Schmerz, eine Wut, die er an der Oberfläche leicht verstehen konnte. Die bissige Tiefe dahinter erschloss sich ihm allerdings nicht, ebenso wenig wie ihre Fähigkeit, mühelos zwischen Pflichtbewusstsein und Rebellion zu wechseln.

»Du musst vorsichtiger sein. Wirklich. Deine Gedanken sind zu forsch. Sie sind gefährlich, Es.«

Die beiden wurden von einem melodischen *Bing* aus dem Gespräch gerissen, das Octavio sofort in seiner Jacke nach dem Handy suchen ließ. Er blickte mit ernster Miene auf das Display. »Eine Nachricht von meinem Boss.« Irgendwie konnte er sich nicht des Eindrucks erwehren, dass diese nicht zufällig genau in diesem Moment kam.

In der folgenden Nacht lag Octavio auf seinem vertrauten Posten und spähte mit dem Nachtsichtgerät zu dem Versteck ihrer Zielobjekte. Die Handyortung bestätigte, dass alle drei aktuell dort waren. Der unbekannte Verbündete war heute einige Stunden unterwegs gewesen und hatte *Vorräte* besorgt. Mittlerweile war er zurückgekehrt. Octavio war relativ sicher, dass sie direkt von seinen Besorgungen Gebrauch machen würden, was diese Nacht ideal für den Zugriff machte.

Er war über ein kleines Funkgerät mit Espérance in Verbindung, die sich auf dem Dach des Gebäudes befand.

»Sie sitzen zusammen und unterhalten sich«, berichtete er leise in sein Headset. Die Stimme seiner Partnerin kam direkt als Antwort aus dem Kopfhörer in seinem Ohr.

»Ich kann hier jederzeit rein. Gib mir einfach ein Signal.«

»Zwei Minuten.«

Octavio packte sein Nachtsichtgerät in den Rucksack und schloss die Haupttasche sorgfältig. Dann nahm er ein Glasfläschchen aus einer der vorderen Taschen und drehte dieses für einen Moment nachdenklich zwischen Daumen und Zeigefinger. Schließlich öffnete er den Deckel und nahm einen Schluck. Anschließend verbarg er den Rucksack unter einem Haufen Schutt neben sich.

Es dauerte nicht lange, bis das vertraute Medikament zu wirken begann. Octavio hatte den Eindruck, dass es um ihn herum heller wurde, als sich seine Pupillen vergrößerten. Gleichzeitig schärften sich seine weiteren Sinne und er spürte Kraft und Energie durch seinen Körper pulsieren.

»Alles klar«, funkte er an seine Partnerin. »Ich gehe jetzt rüber. Zugriff auf mein Kommando.«

»Confirmatus.«

Octavio verbarg sein Gesicht bis unter die Augen, indem er einen schwarzen Schlauchschal hochzog. Den Mantel, welchen er während der Beobachtung getragen hatte, verbarg er ebenfalls und ging nur mit Funktionsshirt und kugelsicherer Weste bekleidet hinaus in die für ihn nicht mehr so dichte Dunkelheit.

Geübt überquerte er die kleine Straße und presste sich an die Wand des Hauses, bis er ein Fenster erreichte, das außerhalb des eigentlichen Verstecks der Abtrünnigen lag. Mit einem schnellen und leisen Sprung war er hindurch und befand sich in einem baufälligen Flur. Dort lief er lautlos die Treppe hinauf und knackte im ersten Stock das alte und rostige Schloss einer Durchgangstür. Das leise Schaben der nicht mehr vollkommen in den Scharnieren hängenden Tür war praktisch das erste Geräusch, das man auf drei Meter Distanz hätte hören können. Er wusste, dass seine Ziele sich noch deutlich weiter entfernt befanden und mit hoher Wahrscheinlichkeit komplett ahnungslos waren.

»Venite«, sagte er leise in sein Funkgerät. Gebückt huschte er eine Treppe nach unten. Diese endete vor einer Tür, die einen direkten Zugang zum Versteck darstellte.

»Ad arma«, flüsterte er dann und zählte bis fünf. Ein dumpfes Geräusch – eine Mischung aus dem Öffnen einer überdimensionierten Bügelflasche und einer konzentrierten Explosion – war aus dem Raum zu hören. Sofort hörte er mehrere Personen schreien und Stühle umfallen.

Mit einem gezielten Tritt schmetterte er die Tür aus den Angeln und blickte in den von weißem Rauch verhangenen Raum. Die beiden Flüchtigen hielten sich die Hände vor die Augen und stolperten orientierungslos umher. Die Frau fiel beinahe über den Stuhl, auf dem sie vermutlich vor einigen Sekunden noch gesessen hatte. Auf die dritte Person – den unbekannten Verbündeten – hatte die Blendgranate nicht die erwünschte Wirkung gehabt. Der junge Mann stand einige Meter entfernt, so als sei er gerade nicht im Raum gewesen, und starrte Octavio mit offenem Mund an.

»Scheiße, wer bist du denn?« stieß er hervor

Octavio richtete seine Pistole auf ihn. »Bleib ganz ruhig stehen, mein Junge«, wies er ihn auf Deutsch mit hörbar spanischem Akzent an. »Wenn ihr kooperiert, muss niemand verletzt werden.«

Mit einem Mal spürte er, dass sie nicht allein waren. Seine Nackenhaare stellten sich auf und er blickte sich um.

»Wer ist das?«, fragte er den Deutschen drohend. Dieser riss als Antwort seine Augen nur noch weiter auf.

Plötzlich hörte Octavio neben sich einen panischen Schrei. Die flüchtige Frau hatte offensichtlich gerade verstanden, was geschah. Sie brach wie eine Marionette zusammen, der man die Fäden durchtrennt hatte, und verbarg ihren Kopf unter ihren Händen. Dann begann sie verzweifelt zu flüstern: »Sainte Marie, Mère de Dieu, prie pour nous, pauvres pécheurs, maintenant et à l'heure de notre mort.«

Octavio richtete seinen Blick für einen Moment auf die Abtrünnige. Sein Französisch war nicht besonders gut, aber wie die meisten Menschen in seiner Organisation erkannte er Gebete leicht in unterschiedlichen Sprachen. Die Frau rief die Heilige Maria um Gnade an. Die Art und Weise, wie sie sich selbst dabei vor und zurück wiegte, hatte etwas zutiefst Mitleiderregendes. So sah ein Mensch in tiefster, verzweifelter Todesangst aus. Oder einer Furcht vor etwas Schlimmerem als dem Tod, ging es Octavio durch den Kopf.

Ihr Zusammenbruch war sicher kein planvoller Akt gewesen, aber der Moment der Ablenkung genügte. Er sah aus dem Augenwinkel eine Bewegung und fuhr herum. Doch die Reaktion war nicht schnell genug. Der unbekannte Verbündete riss eine Waffe aus seiner Manteltasche und feuerte.

Octavio spürte, wie er von einem gewaltigen Hieb getroffen wurde. Innerhalb von einer Sekunde war sein Bauch ein einziger explodierender Schmerz und er sah den Boden auf sich zurasen. Drei weitere Schüsse peitschten durch den Raum. Er hörte irgendwo am Rand seines Bewusstseins mehrere Schreie und dann ein Krachen.

Das Medikament, kombiniert mit dem ballistischen Schutz der Weste, sorgte dafür, dass er nach wenigen Sekunden wieder auf den Beinen war. Mit einem geübten Blick verschaffte er sich einen Eindruck der Situation. Dem Unbekannten war sein Angriff nicht gut bekommen. Er war stöhnend an der Wand hinunter gesackt und hielt sich sein Bein. Seine Waffe lag rund eineinhalb Meter von ihm entfernt auf dem Boden. Die Frau schien weiterhin keine Gefahr zu sein.

Espérance richtete ihre Pistole abwechselnd auf den Verletzten und den abtrünnigen Mann, der langsam wieder halbwegs zu sich kam.

»Ich übernehme den rechten«, meinte Octavio mit schmerzerfüllter, aber entschlossener Stimme, und schleppte sich leicht gebeugt neben seine Partnerin. Sie richtete ihre Pistole mit einer präzisen Bewegung auf den Mann, den sie wenige Sekunden zuvor angeschossen hatte.

»Alles in Ordnung?«, fragte sie mit einem kurzen Seitenblick. Octavio presste als Antwort ein kurzes »Ja« hervor.

Der Raum um sie war ein einziges Durcheinander. Das Versteck war auch schon vor ihrem Angriff chaotisch gewesen, doch Explosion, umherstolpernde Menschen und nicht zuletzt das Blut hatten ihn in einen postapokalyptischen Zustand versetzt. Octavio beobachtete den Abtrünnigen vor sich, während dieser sich langsam aufrappelte und versuchte, wieder etwas zu erkennen.

»Pascal Bonnefoi«, sagte er langsam. »Bereust du deine Sünden?«

Bonnefoi spuckte aus. »Nicht wir sind die Sünder. Da gibt es nichts zu bereuen.«

Octavio machte mit der Waffe im Anschlag einen Schritt auf ihn zu. »Bereue und du wirst Vergebung erfahren, Abtrünniger.«

Pascal Bonnefois geschundene Augen verengten sich weiter und er spannte sich vor Zorn an. Vermutlich wäre er sofort auf sie losgegangen, wenn nicht ihre Waffen ihn davon abgehalten hätten.

»Für das, was wir getan haben, gibt es keine Vergebung«, stieß er hervor. »Wir sind dem Tod geweiht, jetzt, wo ihr hier seid.«

»Ihr seid dem Tod geweiht, seit ihr euch abgewendet habt«, antwortete Octavio. »Doch jeder kann Vergebung finden. Sag mir, wie ihr euch versorgt habt.« Erneut spürte er ein Kribbeln in seinem Nacken und eine unbekannte Präsenz. Bonnefoi blickte ihn trotzig an und schaute dann zur Seite.

»Du bekommst jetzt noch eine letzte Chance, diese Frage zu beantworten. Danach wird es sehr unangenehm.« Octavios Stimme war leise und eindringlich. Langsam, fast nachdenklich, ließ er seine Waffe hinüber auf die am Boden zusammengekauerte Frau gleiten, von der nur ein leises Wimmern zu hören war. »Wir brauchen nur einen von euch. *Höchstens* einen von euch.«

Die Augen des Mannes weiteten sich. Mittlerweile konnte er scheinbar wieder genug erkennen, um die Situation einordnen zu können. Und auch wenn seine Wut ihn rebellisch und widerspenstig machte, wirkten die beiden militärisch ausgerüsteten und entschlossenen Angreifer einschüchternd genug, um ihn zur Vernunft kommen zu lassen. Seine Schultern sanken herab, sein Körper erschlaffte – ein sicherer Indikator dafür, dass er seinen Widerstand aufgab.

»Es war meine Idee«, sagte er leise. »Lasst die beiden laufen. Ich komme mit und leiste keinen Widerstand.«

»Das Angebot kommt spät«, antwortete Octavio. »Sag mir also, wie habt ihr euch über diese lange Zeit versorgt?«

Bonnefois Augen wirkten trüb, als er den Blick seines Gegenübers suchte. Sein Mund öffnete sich, seine Lippen suchten zitternd nach einer Antwort.

»Ihr wisst nicht, was *er* getan hat«, kam es in diesem Moment leise von der Frau. Sie richtete ihren Kopf auf und Octavio konnte sehen, dass ihr Gesicht tränenüberströmt war. Ihre Augen waren rot, Schleim lief ihr aus der Nase und

Speichel troff aus ihrem Mund. Neben sich spürte er, dass Espérance seinen Blick suchte.

»Der Erhabene ist kein guter Mann«, fuhr die Frau mit gebrochener Stimme, kaum mehr als ein Flüstern, fort. »Er hat mich berührt. Er hat mich gezwungen, ihm zu Willen zu sein, sich mir aufgezwungen. Wenn ich Essenz brauchte, hat er mich zu seiner grausamen Belustigung betteln und kriechen lassen.«

Octavio und Espérance blickten sich kurz an und konzentrierten sich dann wieder darauf, die Gefangenen in Schach zu halten.

»Er hat mich in eine Kiste gesperrt und im Keller gelassen. Viele Tage und Nächte lang. Dann hat er mir von der Essenz gegeben und wieder zugesperrt. Am Ende tat ich alles für ihn. Er machte mich zu seiner willenlosen Sklavin, seiner Hure.« Mit einem Mal richtete sie sich ein wenig auf und blickte Octavio direkt in die Augen, während sie überraschend laut ausrief: »Er ist kein Mann Gottes. Der Erhabene ist kein Mann Gottes!«

Pascal Bonnefoi hockte auf seinen Knien und warf seinen Oberkörper mit zum Gebet gefalteten Händen nach vorn.

»Bitte – ihr könnt sie ihm nicht wiedergeben. Er ist ein Monster. Er ist schon lange von Dunkelheit erfüllt.« Er leckte sich über die trockenen Lippen. »Bringt mich zurück, oder besser noch, tötet mich und zeigt ihm meinen Kopf. Aber ich flehe euch an, lasst Rebecca gehen!«

Die Frau stieß einen Schrei aus und klammerte sich an ihn. Die beiden lagen sich weinend in den Armen, inmitten von Schutt, Rauch und Blut.

Nun formte sich die Präsenz in Octavios Geist zu einer Stimme. Ein Flüstern, körperlos und vage, und doch füllte es ihn auf die wohlbekannte Art aus.

Sie gehört mir.

Neben sich bemerkte er aus dem Augenwinkel, wie Espérance ihre linke Hand zu der noch immer auf die Abtrünnigen gerichtete Waffe führte.

XX

Tote Enden

Als July aus ihrem Wagen stieg, waren ihre Beine ein wenig wacklig. Sie fühlte sich nicht mehr wütend – eher überwältigt und müde. Der Tag war frustrierend und auslaugend gewesen. So wie dieser ganze Fall.

Mit ein wenig Mühe fummelte sie ihren Haustürschlüssel aus der Jackentasche und wollte gerade unter das Vordach treten, als sie ein Zischen hörte. Es klang wie ein Mensch, der mit diesem Laut unauffällig auf sich aufmerksam machen wollte.

July hielt in der Bewegung inne und blickte sich um. Die Straße vor ihrer Wohnung war leer, was um nach elf Uhr nicht verwunderlich war.

Ein weiteres Zischen, dann eine vage erkennbar menschliche Stimme.

»Officer Wilbur, hier drüben!« Julys Blick fiel auf den Eingang zum Hinterhof des Hauses, wo sie eine dunkle Gestalt ausmachen konnte. Die Fremde war eine Frau, wie sie jetzt leicht an der Stimme erkennen konnte. Sie hielt sich dennoch so weit im Dunkel der kleinen Gasse, dass es schwer war, irgendetwas anderes zu erkennen.

»Was ist los?«, fragte July. Ihre Stimme kam ihr ein wenig zu weich und zu langsam vor. Sie hätte sich gewünscht, unerschrocken und gefasst zu reagieren – doch das war ihr an diesem Abend nicht möglich.

»Kommen Sie hier rüber«, sagte die fremde Frau laut flüsternd und winkte ihr zu. July stand noch eine halbe Sekunde verdutzt mit dem Schlüssel in der Hand vor der Tür, dann ging sie mit zögernden Schritten näher.

Direkt neben dem Eingang zu ihrem Haus gab es einen schmalen Durchgang, in dem die Mülltonnen des Mehrfamilienhauses aufbewahrt wurden. Er führte in den Hof des Hauses, in dem es einen Außenkellereingang gab, sowie die Fluchttreppen, die für den Fall eines Brandes gedacht waren.

Die Fremde stand im Schatten und hatte einen Rucksack über die Schulter geschlungen. Sie trug eine Kapuzenjacke und hatte diese weit nach vorn gezogen, sodass von ihrem Gesicht in der dunklen Gasse nicht viel zu erkennen war.

»Ich weiß, wer sie sind«, sagte sie leise und ergriff Julys rechte Hand mit beiden Händen. »Hören Sie sich das hier bitte an. Sie finden dabei auch eine Möglichkeit, mich zu kontaktieren. Wenn Sie das getan haben, erkläre ich ihnen alles.«

July war mittlerweile trotz der ungewöhnlich angespannten Situation ein wenig klarer im Kopf geworden, aber ihr Verstand funktionierte noch immer ein wenig zu langsam. Also nickte sie nur und sagte: »Okay.«

Sie spürte, wie die Fremde ihr einen kleinen Gegenstand zuschob, als sie ihr noch einmal kurz ihre Hände drückte. July fiel auf, dass sie Handschuhe trug. Sie blickte ihr hinterher, als sie mit schnellen Schritten um die Ecke bog. Kaum war sie aus ihrem Blickfeld verschwunden, hörte July, wie die Frau zu joggen begann.

†

»Ich glaube, du brauchst heute mal etwas Stärkeres als Kaffee, Jules«, meinte Thomas Wilbur, während er sich mit behäbigen Bewegungen erhob. Er lief mit kleinen Schritten ins Wohnzimmer und öffnete dort die Tür eines dunkelbraunen Holzschranks. Diese gab ihren Inhalt nur widerwillig knarzend frei. Tom kam wieder in die Küche und brachte eine halb gefüllte Whiskyflasche mit. July folgte ihm skeptisch mit den Augen.

»Hältst du das für die richtige Antwort in so einer Situation, Tom?«

Er holte zwei Wassergläser aus seinem Küchenschrank und stellte diese ein wenig zu laut auf den runden Küchentisch mit der altmodischen Eckbank.

»Dann wäre die Flasche nicht so eingestaubt.« Tom grinste, zog den kleinen Korken heraus und schenkte schwungvoll zu viel Whisky in die Gläser. Zumindest kam July das so vor. Mit einem leisen Ächzen ließ er sich neben ihr auf der Eckbank nieder und tätschelte ihr liebevoll die Schulter.

»Die Arbeit, die wir tun, ist nicht gerecht. Aber wenn wir sie nicht tun würden, wäre die Welt noch ungerechter.« Mit diesen Worten hob er das vollere der beiden Gläser und hielt es vor ihr in die Luft. July griff nach dem zweiten Glas und stieß mit ihm an.

»10 Jahre alter Laphroaig. In Sherry-Fässern gereift.« Seine Stimme klang amüsiert und ein wenig Ehrfurcht gebietend. »Ich warte immer auf die richtigen Gelegenheiten für diese Engelspisse. Heute muss sie halt als Nothelfer herhalten.«

July kippte einen kräftigen Schluck von dem schottischen Whisky hinunter. Ihr gefiel das scharfe, ätherische Brennen von starkem Alkohol nicht besonders, aber der Laphroaig war erstaunlich mild. Oder sie war einfach nur härter im Nehmen als bei ihrer letzten Whiskyerfahrung.

Nach einem Moment breitete sich eine angenehme Wärme in ihrem Bauch aus, während sie in ihr immer noch großzügig gefülltes Glas starrte.

»Captain Cole hat mich richtig zur Sau gemacht«, meinte sie dann langsam. »So eine Scheiße habe ich noch nicht erlebt. Owen haben sie aus der Stadt geschickt und ihn richtiggehend bedroht, wenn er sich nicht daran hält. Ich habe echt Schiss, dass ich es komplett verbockt habe, Grandpa.«

Sie sagte praktisch nie Grandpa zu Tom. Wenigstens nicht mehr, seit sie sechzehn war. Er wusste das und warf ihr einen warmen Blick zu. Das war nicht Officer July

Wilbur, die da gerade bei ihrem wöchentlichen Besuch vor ihm saß. Da saß die kleine July und erzählte ihm, dass sie einen Albtraum gehabt hatte oder auf dem Schulhof verprügelt worden war.

»Erstens: Niemand weiß immer, ob er richtig liegt. Unser Job ist es, sorgfältig und schnell zu sein und uns trotzdem zu fokussieren. Manchmal geht nicht alles gleichzeitig. Man liegt gelegentlich falsch. Das ist keine Schande.«

Er nahm einen weiteren Schluck von seinem Whisky und spielte für einen Moment mit der aromatischen, intensiven Flüssigkeit, ehe er fortfuhr.

»Zweitens: Ich bin mir ziemlich sicher, dass Captain Cole ein Idiot ist. Was hast du noch erzählt von ihm? Jüngster Captain in der Geschichte des Reviers? Dauernd der Beste in irgendwelchen Statistiken? Und gute Beziehungen in die Politik hat er auch, oder? Solche Typen haben wir früher Karrieregeier genannt. Der ist kein Cop, weil er etwas Gutes tun will. Der mag die Macht und das Prestige, das dieser Job manchmal mit sich bringt. Für solche Menschen ist alles Politik und jeder Fall nur die nächste Sprosse nach oben auf der Karriereleiter. Was meinst du, kommt das in etwa hin?«

July musste grinsen. Das kam sogar ziemlich gut hin. Schon in seiner Antrittsrede hatte der Captain mit außergewöhnlichen Errungenschaften und grandiosen Visionen für das Revier um sich geworfen. Er kam ihr manchmal vor wie eine Sprechpuppe, die abwechselnd inspirierende Managementzitate, motivierende Kalendersprüche und angeberische eigene Errungenschaften aufsagte. Normalerweise verbot sie sich, so zu denken, doch heute tat das richtig gut.

»Ja, das kommt hin. Aber irgendwie macht es das auch schlimmer. Ich will nicht vor so einem aufgeblasenen Fatzken als Versagerin dastehen.«

»Solche *Fatzken*« – er spie das Wort beinahe aus wie ein Insekt, das ihm in den Mund geflogen war – »kommen nie auf die Idee, dass sie mit ihrem Bullshit vielleicht falsch liegen. Allein deshalb bist du am Ende ein besserer Cop als er. Weil du wirklich wissen willst, ob du Mist gebaut hast. Damit du lernen kannst.«

Er schenkte ihr nach, bis sie lachend nach dem Glas griff und »Stopp!« rief.

»Du bist vielleicht ein uralter mürrischer Säufer, Tom, aber ich vertrage nicht so viel.«

»Na dann wird es Zeit, dass du auch mal lernst zu murren und zu saufen, Kind. Aber jetzt erzähl mir erst mal, was da schiefgelaufen ist.«

July berichtete ihm von dem Fall, an dem sie zusammen mit Owen gearbeitet hatte. Von dem schrecklichen Mord, der ihr die Rolle als Kontaktperson eines Special Agents eingebracht hatte. Von der spektakulären Flucht des Verdächtigen Ryan Decker und vom Fund seiner Leiche. Tom hörte schweigend zu, doch sie sah, wie sich seine Augen bei jedem neuen Detail ein wenig mehr weiteten.

»Dann haben sie den Fall einer Task Force übergeben. Keine akute Gefahr mehr, die normale Mannschaft sollte wieder der üblichen Arbeit nachgehen und sich mit anderen Dingen beschäftigen.«

Tom nickte. »Aber das hast du nicht getan, Jules?«, fragte er und sie konnte seinen Unterton nicht einordnen. July schluckte.

»Owen hatte Verbindungen von Ryan Decker aufgespürt und wir haben mit dem Vorstand einer Gemeinde in Attleboro gesprochen und einem Vertreter seines Frat Houses. Die waren beide … ich weiß auch nicht. Ich hatte da ein mieses Gefühl. Und dann sind wir auf etwas gestoßen.«

Sie pustete ein wenig Luft aus und nahm noch einen winzigen Schluck Whisky.

»Owen hatte in seiner FBI-Datenbank Informationen zu früheren Ermittlungen gegen dieses Frat House Candle & Cross gefunden. Ermittlungen, die das PPD vor ein paar Jahren vorgenommen hat. Doch wir konnten die Fälle nicht in unserem System einsehen.«

Tom verzog den Mund zu einem seltsam nach unten gerichteten Grinsen. »Erklär einem Dinosaurier doch, was das bedeutet. Ich kenne mich mit diesem ganzen IT-System-Zeug nicht aus. Wir hatten damals noch gute, alte Aktenschränke.«

»Also, Owen sagte, seine Daten wären eine Sicherungskopie aus einem Informationsaustauschprogramm. Viele Ermittlungsbehörden tauschen heute in unterschiedlichen Konstellationen ihre Akten aus, damit man Verdächtige in unterschiedlichen Regionen oder auf Bundesebene besser verfolgen kann. Das FBI mischt da natürlich oft mit. Wenn die eine Kopie unserer Daten haben, warum haben wir nicht das Original?«

»Weil jemand das Original vernichtet hat, würde ich sagen«, meinte Tom.

»Genau das haben wir uns auch gedacht. Also haben wir versucht, mehr über diese Geschichte zu erfahren. Und dann … haben sie den Decker-Fall zur Geheimsache erklärt. Es sollte sich nur noch eine Task Force darum kümmern. Doch das Erstaunliche war, dass die Akten dieses Falls gar nicht unter Verschluss waren. Sie waren plötzlich auch einfach weg.«

Tom nahm einen Schluck Whisky und blickte ernst. »Das klingt nach einem üblen Problem, Jules. Aber nicht nach dem Problem, wegen dem du hier heute wie ein geprügelter Hund hereinmarschiert bist.«

July seufzte. »Na ja, das hängt alles zusammen, irgendwie. Glaube ich zumindest. Owen hat herausgefunden, dass die Frat Boys von Candle & Cross eine Menge Geld an diese Kirche in Attleboro gespendet haben. Früher schon, heute aber immer noch. Er meinte, dass wir ein Leck haben und dass dieses Leck etwas mit diesem Prediger zu tun hat. Also wollte er noch einmal zu dieser Kirche.

Als wir ankamen, ging gerade der Vorsitzende von Candle & Cross zusammen mit einer Frau in das Gemeindehaus. Sein Name ist Gabriel Stark. Es sah irgendwie seltsam aus, wie er sie da hineinführte. Nicht wirklich mit Gewalt. Aber irgendwie auch nicht okay.

Die Ermittlungen gegen Candle & Cross damals, das war wegen Vergewaltigungsvorwürfen. Wir machten uns natürlich Sorgen und wollten uns das genauer ansehen. Und dann … ist alles schiefgelaufen.«

Sie legte ihre Hand auf das Glas, als Tom schon wieder nachschenken wollte. Also grinste er und führte stattdessen die Flasche zu seinem eigenen Trinkgefäß.

»Wir gehen über den Parkplatz und schauen uns um. Stark und diese Frau sind im Gemeindehaus und alles scheint ruhig zu sein. Dann höre ich plötzlich ein Rumpeln und einen Laut. Klang irgendwie nach einem unterdrückten Schrei. Aber nur sehr kurz. Wir sind alarmiert. Ehe wir eine Entscheidung treffen können, hören wir die Frau rufen. ›Raus aus meinem Kopf‹ hat sie gesagt, ich konnte das genau verstehen. Und dann noch einmal das Gleiche, nur lauter.

Wir sind rein, Gefahr im Verzug und so. Owen hat gar nicht mehr wirklich nachgedacht, glaube ich. Wir hören noch einen Schrei, der dann erstickt wird. Dann schnelle Fußtritte und Ächzen. Die Geräusche eines Kampfes.

Wir laufen durch den Flur, reißen die Tür auf, aus der die Geräusche kommen. Doch da ist überhaupt nichts los. Der Prediger, Stark und die Frau sitzen an einem Tisch und unterhalten sich. Die beiden Kerle fertigen uns erstaunt und höflich ab und wir lassen uns rausbringen, nachdem auch die Frau uns versichert, dass alles in Ordnung ist. Die waren so … ›Wir wissen es ja zu schätzen, dass Sie auf unsere Sicherheit achten‹ und so. Aber hintenrum hat dieser Prediger uns richtig in den Arsch getreten.«

Julys Handflächen wurden ein wenig feucht und sie rieb sich nervös die Hände. Sie spürte, wie sich in ihrer linken Achsel ein einzelner Schweißtropfen löste und langsam ihre Taille hinunterlief.

»Warum sollte er das denn tun?« Tom zog eine Augenbraue hoch und schaute gequält. Er hatte eine Vermutung, aber er wollte es von July hören.

»Wir sind da rein, ohne richterlichen Beschluss. Er nimmt es uns wohl ein wenig übel, dass wir wie ein Haufen Wikinger mit der Waffe im Anschlag in seine Kirche gestürmt sind.«

»Ihr habt euch also einfach verhört? Was war denn mit der Frau?«

»Es sieht so aus, als wäre alles Bullshit gewesen. Vanderbeck erklärte uns, dass die Studenten aus der Candle & Cross häufig in seine Kirche kommen, weil viele eben sehr gläubig sind. Und dass sie neue Bekanntschaften schon mal mitbringen, weil die Gemeinde eine so wichtige Rolle in ihrem Leben spielt.«

»*Das* klingt für mich nach Bullshit.«

»Die Frau hat es bestätigt. Sie ist Französin, ihr Name ist Espérance Lerot. Sie stammt aus einer reichen und religiösen Familie, die spenden einen Haufen Geld für die Caritas und so. Ich glaube zwar nicht, dass diese Verbindungsärsche in Wirklichkeit feine Christen sind, aber auch die spenden ja regelmäßig an die Gemeinde hier. Also insgesamt vielleicht keine saubere Sache, aber oberflächlich alles glaubwürdig.«

Am Ende hatte dieser Notfalleinsatz dazu geführt, dass July und Owen sich intern blamierten und nun wie die Idioten dastanden. Nicht nur, dass man ihnen den negativen Ausgang des unerlaubten Einsatzes anlastete – Captain Cole zweifelte auch noch ihre Fähigkeit an, in einer solchen Situation die richtigen Prioritäten zu setzen.

»Er meinte, ich hätte mich da in etwas verrannt«, brummte July und strich mit ihren Händen nervös über den rauen Tisch. »Als ob ich Gespenster sehen würde.«

Tom wirkte ruhig, als er weitersprach. Es war zu spüren, dass Julys Ärger ihm nahe ging.

»Das ist übel, Jules«, murmelte er leise und blickte seine Enkeltochter warm an. »Dagegen kann man sich nur schwer verteidigen. Niemand hört dir mehr zu, wenn es erst einmal so geknallt hat. Und natürlich halten sich die meisten Captains auch für schlauer als ihre Leute. Zumindest schlauer als die, die gerade Mist gebaut haben.« Er blickte für einen Moment aus dem Fenster und July fragte sich nach der Geschichte hinter diesem Ausdruck. Ehe sie etwas sagen konnte, fuhr er fort.

»Aber weißt du was? Im Job geht es nicht immer nur bergauf und nach vorn. Jeder erlebt solche Rückschläge. Du bist noch jung und glaubst, du wirst es allen blitzschnell beweisen. Stattdessen musst du zeigen, wie zäh und geduldig du bist, Spätzchen.«

Spätzchen. So hatte er sie zum letzten Mal vor zehn Jahren genannt. Oder noch früher. Sie erwiderte seinen Blick und legte ihre Hand auf seine. Die adrige, alte Haut war rau, aber die menschliche Wärme fühlte sich angenehm an.

»Ich bin echt nicht gut darin, aber genau das habe ich mir auch gesagt, Tom. Dann habe ich das hier bekommen.«

Sie griff in ihre Hosentasche und holte einen kleinen, silbernen Speicherstick hervor. Tom hob misstrauisch eine Augenbraue wie ein Dorfprediger, der Hexerei wittert.

»Was ist das denn?«

July war klar, dass sie ihm nicht erklären musste, dass es sich um einen USB-Speicher handelte. Sie wusste auch, dass ihr Großvater nicht gerade ein Techniknarr war und vielleicht wirklich Schwierigkeiten hatte, sich die Rolle des kleinen, silbernen Stäbchens in dieser ganzen Erzählung vorzustellen.

»Das hat mir eine Unbekannte gegeben, die sich gestern Abend vor meiner Wohnung versteckt hat. Sie meinte, ich sollte mir das anhören und mich dann melden.«

»Zu meiner Zeit hat man sich Sachen noch von Kassetten angehört«, brummte Tom.

»Ich dachte eher von Schellack-Platten«, kommentierte July amüsiert und blickte sich um. »Wo ist denn dein Computer?«

»Ich dachte, wir stecken das Ding jetzt mal in mein Grammophon«, kam die mürrische Antwort. »Komm mit.«

Fünfzehn Minuten später fuhr er den uralten Tower-PC wieder herunter und gab ihr den Stick zurück. Beide hatten nicht viel gesagt, sondern der Aufnahme schweigend gelauscht. Julys Augen waren fragend größer geworden, Toms Blick hatte sich verfinstert.

»Hast du das auf Echtheit prüfen lassen?« meinte er. July schüttelte den Kopf.

»Keine Zeit bis jetzt. Ich wollte auch zuerst mit dir sprechen. Und irgendwie ist es ja auch noch nicht wirklich ein Beweisstück unter diesen Umständen.«

»Das ist auf jeden Fall ein Beweisstück. Zumindest, wenn es keine raffinierte Fälschung ist.«

Tom redete ihr noch ein wenig ins Gewissen. Eigentlich war gar nicht viel erforderlich, damit July bereit war, zu handeln.

Am nächsten Morgen schaute sie im Labor der IT-Forensik vorbei und bat ihren Kollegen Aaron, sich die Aufzeichnung anzuhören. Er stieß zuerst einen langgezogenen, geschwungenen Pfiff aus, dann schüttelte er beinahe unmerklich den Kopf und murmelte in Gedanken »Nein …«.

»Was, nein?«, fragte July verwundert. Ihr Kollege klopfte mit den Fingern auf den Tisch.

»Du kennst die Befehle des Captains«, sagte er langsam. »Er hat es heute erneut sehr klargemacht, dass sich außerhalb der Task Force niemand mit diesem Fall beschäftigen soll. Wenn du dich in irgendwas verrennst, ist das dein Problem. Ich lass' mich nicht mit runterziehen.«

»Du hörst es dir nicht mal an?«

Aaron verdrehte die Augen. »Ich halte mich an die Befehlskette«, sagte er halb beschwörend und halb murmelnd. »Das kann ich dir übrigens auch nur empfehlen. Der Captain wird dich in den Arsch treten, wenn du jetzt noch mit etwas Neuem kommst.«

July musterte ihren Kollegen aufmerksam. Ohne eine echte Konzeption davon, hatte sie ein vages Gefühl, dass mit Aarons Verhalten irgendetwas nicht stimmte. Inhaltlich war sie auf seiner Seite – sie hatte ja selbst Angst vor weiterem Ärger. Der Gedanke, dass die Aufnahme auf dem USB-Stick keine Fälschung sein sollte, war absurd. Doch in ihr meldeten sich auch die Instinkte einer ganzen Dynastie von Polizisten zu Wort. Beobachtungsgabe, Menschenkenntnis und Bauchgefühl waren vermutlich keine genetisch vererbbaren Eigenschaften. Wie in allen Familien hatten die kleinen Beobachtungen, Weisheiten und Sinnsprüche der erfahrenen Verwandten sie geprägt und ihre Spuren hinterlassen. In einer Familie von Farmern hatte man vielleicht einen untrüglichen Instinkt für das Wetter. In einer Familie von Cops hingegen hatte man einen Instinkt für *Bullshit*.

»Etwas stimmt an diesem ganzen scheiß Abend nicht, Aaron«, sagte sie, indem sie sich vorbeugte. Bisher hatte sie auf der Schreibtischkante gesessen. Nun stieß sie wie ein Falke auf ihn herab. »Ich bin ganz sicher. Ich weiß es einfach.«

Sie wusste, Aaron Helgeland beschäftigte sich lieber mit Daten und Fakten als mit Instinkten und Menschen. Das war vermutlich der Grund, warum er sich schnell auf diesen Job in der IT-Forensik beworben hatte, der nicht gerade als die langfristig attraktivste Karriereoption galt. Also versuchte July an diesem Punkt einzuhaken, um ihn zu überzeugen.

»Mir ist klar, warum du nichts damit zu tun haben willst, Aaron«, sagte sie ruhig. »Ich würde die ganze Geschichte auch lieber als einen miesen Tag abhaken und einen Strich darunter machen. Aber es geht mir einfach nicht aus dem Kopf. Hör es dir doch bitte wenigstens an. Ich brauche deine Einschätzung.«

Aaron tippte nervös mit den Fingern auf den Schreibtisch.

»Ich weiß nicht, ob das eine gute Idee ist«, murmelte er leise.

»Ich auch nicht. Aber ich weiß, dass du das einfach prüfen musst. Vielleicht will mich da jemand verarschen. Dann lassen wir alles auf sich beruhen und sind still. Aber wenn nicht – dann müssen wir weitersehen.«

Aaron seufzte. »Okay. Ich nehme das unter die Lupe, sobald ich heute eine halbe Stunde Luft habe.«

»Du bist der Beste, Aaron.« Mit diesen Worten schwang July sich vom Schreibtisch und knipste ihm ein Auge. Im Vorbeigehen nahm sie ihre Lederjacke von einer Stuhllehne und verließ schwungvoll das Labor.

✝

Wie bei dem mysteriösen Treffen angekündigt, fand July neben der Flac-Datei mit der Audioaufzeichnung auch ein Textfile mit dem Namen *knockknock* auf dem USB-Stick. Darin befand sich nichts als eine E-Mail-Adresse: *morpheus@darkmail.info*. July fragte sich, ob dies eine Anspielung auf Morpheus, den griechischen Gott des Schlafes oder auf Morpheus aus dem Film *Matrix* war. So wie die Frau aufgetreten war, vermutlich letzteres.

Aaron hatte ihr am Nachmittag ohne einen weiteren Kommentar mitgeteilt, dass es keinerlei Hinweise auf eine Bearbeitung der Audio-Datei gab. Danach hatte July schnell beschlossen, sich bei der Unbekannten zu melden. Also setzte sie sich nach der Arbeit auf ihr Sofa, öffnete die Webseite ihres Mail-Providers, klickte auf das Brief-Symbol für eine neue Nachricht und schrieb, ohne sich eine Betreffzeile auszudenken: *Wie sind Sie auf mich gekommen?*

Ein leises Ping zeigte ihr, dass die Mail auf den Weg geschickt wurde. July pustete angestrengt aus und wischte sich mit dem Handrücken über die Stirn. Dann stellte sie ihr altes Notebook neben sich, stand auf und ging in Richtung des Kühlschranks.

»Was zum Teufel tust du hier eigentlich«, murmelte sie und nahm eine Dose Coors aus der Tür. Noch während sie vor dem Kühlschrank stand, trank sie einen langen Schluck.

Gemeinsam mit ihrem Bier ging sie in das viel zu kleine Badezimmer und zog sich aus. July Wilbur bevorzugte praktische Kleidung, die ihre Bewegungen nicht einschränkte – dennoch empfand sie es als befreiend, sich abends aus dem BH und damit meist einhergehend auch aus den restlichen Klamotten des Tages zu befreien. Sie schlüpfte in ein T-Shirt und eine bequeme Sporthose und schlenderte gerade auf der Suche nach Essen zurück in die Küche, als ein zweites, etwas tieferes *Ping* sie auf eine neue Nachricht aufmerksam machte. Schnell beugte sie sich über den Computer, der noch auf dem Sofa stand.

Re: Kein Betreff, hieß es da. *Absender: morpheus@darkmail.info.* Sie setzte sie sich wieder hin, nahm den Rechner auf den Schoß und balancierte ihre Bierdose neben sich auf dem Polster.

Hallo July,

Du bearbeitest einen Fall, der uns sehr interessiert. Wie Du mittlerweile vermutlich gehört hast, verfügen wir in dieser Hinsicht über zusätzliche Informationen. Wir wissen aber auch, dass Deine Kollegen dem nicht so offen gegenüberstehen. Ich habe mich bei Dir gemeldet, in der Hoffnung, eine Verbündete in dieser Sache zu finden.

Morpheus

»Uns?«, murmelte July. »Seid ihr die Freimaurer oder die Agenten von Shield?« Sie nahm einen Schluck von ihrem Bier. Das Gefühl der Entspannung, das ihr diese knappe halbe Dose Lightbier vermittelte, erinnerte sie daran, dass sie eigentlich etwas essen wollte. Also ging sie kurz in die Küche und schob sich einen Fertignudelauflauf in die Mikrowelle, ehe sie antwortete.

Hallo Morpheus,

ich habe das Gefühl, das ist nicht Dein richtiger Name. Wer bist Du und wer seid Ihr? Ich bin interessiert.

July

Ehe sie auf *Senden* klickte, überlegte sie noch einmal. Was waren die Implikationen dieses Austausches? Alles davon war Ermittlungsarbeit und sie hatte neue Hinweise erhalten. Dennoch hatte Captain Cole ihr deutlich gesagt, dass sie von diesem Fall die Finger lassen sollte. War sie interessiert? Teufel ja, natürlich war sie interessiert! War es eine schlaue Idee, hinter dem Rücken des Captains weiter zu ermitteln? Vermutlich nicht.

July klickte auf Senden, gerade als sich ihr Auflauf mit einem Piepen bemerkbar machte. Schnell holte sie ihn aus der Mikrowelle. Er hatte die übliche Temperatur: außen zu heiß und innen zu kalt. Während sie die gut riechende, aber leicht unappetitliche Pampe aus Tomatensauce, fragwürdigem Hackfleisch und gelben Nudeln mit der Gabel durchrührte, erschien die nächste Nachricht in ihrem Postfach.

Wir sind dabei gewesen, als es passiert ist. Wir haben das, was Du jetzt auch gehört hast, direkt mitverfolgen können.

Als wir bemerkt haben, dass die Polizei die Ermittlungen gegen den Prediger einstellen wird, haben wir Informationen über Dich eingeholt. Der Gedanke, dass da irgendetwas nicht stimmt, ist doch nicht neu für Dich, oder?

July schob sich eine weitere Gabel Nudeln in den Mund, die durch das Vermischen nur noch leicht zu kalt war. Dabei fing ihre Bierdose an, gefährlich zu wackeln. Sie griff schnell zu und nahm noch einen Schluck.

»Natürlich ist der Gedanke nicht neu für mich«, sagte sie dann in ihr Wohnzimmer. »Aber der Gedanke, dass mit euch Freaks irgendetwas nicht stimmt, ist auch nicht ganz neu für mich.«

Irgendwo kläffte ein Hund und July horchte angespannt auf. Die Tomlins im zweiten Stock hatten einen, obwohl das eigentlich im Haus nicht erlaubt war. Der Vermieter schien sich aber nicht dafür zu interessieren und der kleine Jim-Bob war eigentlich ruhig und machte keinen Ärger. Jetzt schien er sich richtig aufzuregen, dachte July. Vielleicht hatte er draußen eine Katze gesehen.

Plötzlich machte Jim-Bob ein winselndes Geräusch und verstummte. Fast als hätte er sich verletzt. Vielleicht hat die Katze ihm eins auf die Nase gegeben?

July seufzte und wandte ihre Aufmerksamkeit wieder dem Notebook zu. Als die nächste Nachricht von Morpheus ihr Postfach erreichte, weiteten sich ihre Augen.

Vorsicht! Da schleicht jemand um Dein Haus. Er ist an der Feuerleiter!

XXI

Der Reitunfall

Lorient, Frankreich, 2004

»Du siehst wunderschön aus.« Das Mädchen fühlte sich gut, denn es bekam nicht oft Anerkennung von seiner Mutter. Meist war diese kritisch und nicht leicht zufriedenzustellen. »Der junge Mann kann sich sehr glücklich schätzen. Und ich auch, mein großes Mädchen.«

Ein warmer Kuss auf die Stirn, dann ein letzter stolzer Blick aus den wohlbekannten Augen. Mélisande konzentrierte sich darauf, ruhig zu atmen und strich nervös das Kleid an ihren Hüften glatt.

Die große Tür schwang auf und gab den Blick frei auf einen beinahe überirdisch funkelnden Kronleuchter direkt vor der Galerie. Der ist ja höher, als ich groß bin, dachte Mélisande. Hing der gestern auch schon hier? Es war unvorstellbar, dass man diesen funkelnden Giganten speziell für diesen Anlass hochgezogen hatte. Das konnte ohne einen Kran doch sicher gar nicht funktionieren.

Mélisande spürte, wie sich die Hände ihrer Mutter seitlich an ihre Hüften legten. »Los, mein Liebes«, flüsterte diese in ihr Ohr und das Mädchen tat, was es immer tat: langsam einen Fuß vor den anderen setzen.

Das selten ausgesprochene Kosewort beflügelte Mélisande und sie folgte der Galerie nach links. In dieser Richtung lag die dramatisch große Treppe, die sie nun hinabsteigen sollte, in den Raum unter diesem gigantischen Leuchter. Mit jedem Schritt nahm sie die Geräusche der festlichen Gesellschaft lauter wahr: Menschen redeten leise, Gläser und Besteck klimperten, es spielte ein Klavier und ein Quartett. Noch blickte niemand hinauf zur Galerie. Mélisande war klar, dies würde nicht mehr lange so bleiben.

Als sie bis auf drei Meter an die Treppe herangeschritten war, läutete von irgendwoher eine Glocke. Augenblicklich verstummten Stimmen, Gläser und Musiker gleichermaßen. Ganz wie Mélisande es befürchtet hatte, richteten sich alle Augen auf sie. Aufgeregtes und bewunderndes Murmeln war die Folge. Sie musste sich erneut auf ihren Atem und ihre mühsam erlernte Selbstbeherrschung konzentrieren.

Die Gesellschaft in der Halle am Fuß der Treppe war für eine formelle Abendveranstaltung gekleidet. Die Herren trugen Smoking – in wenigen Ausnahmen vergleichbar edle Anzüge – und die Damen farbenfrohe, schimmernde Abendkleider, die vor dem weißen Boden leuchteten.

Mélisandes Augen glitten über die zahlreichen Personen, die sie begeistert und erwartungsvoll anblickten. Es waren bestimmt fünfzig oder mehr Menschen dort unten. Ihr fiel es sehr schwer, dies einzuschätzen. Bisher war jedoch keiner der Erhabenen zu sehen.

Sie blickte ein letztes Mal über ihre Schulter zur Mutter, die vor dem Zimmereingang an der Treppe stand und sie gerührt und aufgeregt beobachtete. Sie warf ihr einen Kuss zu und deutete dann mit wedelnden Handbewegungen an, dass sie die Treppe hinabsteigen sollte.

Mélisande hatte in ihrem Leben schon ein paar erste Schritte gemacht, welche ihr nicht leichtgefallen waren. Doch hier und heute ihren Fuß auf die erste Treppenstufe zu setzen, kam ihr rundheraus unmöglich vor. Sie wusste, dass ihr nächster flehender Blick von der Mutter weit weniger herzlich erwidert werden würde. Also besann sie sich auf den Gehorsam, den sie gelernt hatte, und überwand die unsichtbare Hürde einfach in dem Bewusstsein, dass es letztendlich ja nicht wirklich sie selbst war, die ihre Beine steuerte.

Menschen haben schon viel Schlimmeres getan als das hier, weil man es von ihnen erwartet hat, ermahnte sie sich selbst. Es war ja nicht so, als würde sie hier zu ihrer Hinrichtung gehen.

Ihre Beine widersetzten sich noch einen Moment, dann gaben sie endlich nach und Mélisande begann, unsicher die Stufen hinabzusteigen. Die versammelte Gesellschaft applaudierte leise. Als sie das untere Ende der breiten Treppe erreichte, bildeten sie eine Gasse, welche den Weg zu einer weiteren, breiten Tür im Erdgeschoss freiließ. Der leichte Aufruhr, den ihr Abstieg verursacht hatte, verstummte und alle Augen richteten sich auf diese Tür.

†

Sie war in einem Wald und überall um sie herum heulten Wölfe. Dünne Zweige peitschten auf sie ein, während sie rannte. Weit oben in einem der hohen Bäume saß ein Mann wie ein mittelalterlicher Wasserspeier auf einem Ast und starrte auf sie hinab. Seine Augen waren viel zu groß für sein Gesicht und beinahe kreisrund. Der Wald war dunkel und Mélisande konnte kaum sehen, wohin sie lief. Es gab keinen Weg, nur dichtes Unterholz und kratzende Dornen. Von irgendwoher schallte ein fremdartiges Geräusch durch den Wald. Es klang wie das Signal des Sonars in einem U-Boot und lag über dem Wald, als wären dort verborgene Lautsprecher verbaut. Sie hörte keinen Anfang und kein Ende.

Mélisande blickte auf ihre Hände und Unterarme. Sie waren übersät von kleinen, blutigen Kratzern. Dazwischen zwei etwas tiefere Verletzungen an ihren Handgelenken. Waren das Schnittwunden?

Ihr weißes Kleid war zerfetzt und rot gezeichnet von ihrem Blut. Es war nicht viel Blut – sie hatte keine einzelne größere Verletzung – aber die intensive Farbe auf dem hellen Stoff erschreckte sie.

Die Wölfe hatten ihre Fährte aufgenommen und das Geheul kam näher. Über den Baumkronen des Waldes hörte sie den lauten Schrei eines fremdartigen, erschreckenden Tieres. Erneut schallte das Sonar wie der elektronische Schrei eines Geistes durch die Dunkelheit.

Ihre Augen wanderten erschrocken nach oben, doch sie konnte nichts sehen. Stattdessen verfing sich eine Ranke vollends um eines ihrer schmerzenden Fußgelenke und sie stürzte mit einem leisen Schrei.

Mélisande stolperte nach vorn. Statt auf den Boden, fiel sie jedoch in eine Grube, welche vollkommen mit dornigen, elastischen Zweigen gefüllt war. Sie zerrte an ihrem Bein und spürte erschrocken, dass sich eine Ranke um ihr Fußgelenk geschlossen hatte. Über ihr in den Bäumen rauschten Äste, als ein großes Tier sprang.

Mélisande zerrte an der Rankenwindung, die sie festhielt, und versuchte sich aufzurichten. Anstatt dass diese nachgab, spürte das Mädchen plötzlich überall an ihrem Körper ein Ziehen und Kratzen. Mit weit aufgerissenen Augen beobachtete Mélisande, wie die Ranken sich um ihre Handgelenke und den Rest ihres Körpers zu schlingen begannen. Sie zerrte an den Fesseln, aber es war nur das Zappeln einer Fliege im Spinnennetz. Innerhalb weniger Momente hatte die Rankengrube ihre Arme und Beine umschlungen und hielt sie hilflos am Waldboden fest. Mélisande keuchte vor Anstrengung. Sie konnte sich kaum noch rühren, so fest hatten sich die Ranken um ihren Körper geschlungen. Panisch blickte sie sich um und suchte nach einem Ausweg. Sie hatte nichts bei sich, außer den Resten ihres Kleides. Um Hilfe rufen konnte sie auch nicht, denn wer auch immer in der Nähe war, würde ihr ganz sicher nicht helfen. Irgendwo im Wald heulte wieder ein Wolf und das fremdartige Sonarsignal schien ihm zu antworten.

Mélisandes Augen richteten sich zum Himmel und sie spürte, wie ihr Körper in den Fesseln erschlaffte. Irgendetwas in ihr gab den Widerstand auf. Sie streckte sich hin wie eine wunde Jagdbeute. Die Äste über ihr rauschten erneut und sie erkannte eine Gestalt hoch in den Bäumen. Es war der Mann mit den runden, großen Augen, der nun kopfüber wie ein Raubtier den Stamm des nächsten Baums hinunterkletterte. Ganz in der Nähe wieherte ein Pferd.

†

»Es ist alles in Ordnung, Mélisande«, hörte sie die Stimme ihrer Mutter. »Du bist wieder zu Hause und es ist alles gut.«

Ihr Geist rauschte zurück in ihren Körper. Mélisande spürte Taubheit, Schmerzen und Verwirrung. Sie stöhnte und schlug flatternd die Augen auf. Wo war der Wald? Wo war der Mann? Warum war sie nicht mehr auf der Flucht?

Ihre Mutter legte eine kühle Hand an ihre Wange und streichelte sie. Eine überaus seltene und kostbare Geste, die Mélisande fast immer sehnsüchtig begrüßt hätte. In diesem Moment fühlte es sich jedoch an, als würde die weiche Haut ihrer Mutter eine kalte Verbrennung an ihrer Wange verursachen.

Erschrocken riss sie die Augen auf und sah über sich die kunstvoll ornamentierte Stuckdecke ihres Zuhauses. Von irgendwoher war ein durchdringendes, enervierendes Piepsen zu hören. Es erinnerte sie entfernt an die Signalgeräusche aus einem Kriegsfilm, welchen ihr Großvater einmal im Fernsehen angeschaut hatte. Woran erinnerte sie dieses Geräusch nur? War es vielleicht das Sonar in einem U-Boot gewesen?

»Du bist verwirrt, mein Liebes«, hörte sie dann wieder die Stimme ihrer Mutter. Sie bemühte sich, beruhigend und überzeugend zugleich zu klingen. Was war denn hier nur los?

»Es gab einen Unfall, einen schweren Unfall mit Atout. Du warst für eine Weile im Krankenhaus.«

Mélisande realisierte langsam, dass sie wieder zu Hause war. Sie befand sich in einem anderen Zimmer als sonst und wusste nicht, wie sie hierhin gekommen war.

»Die Ärzte mussten dich in ein künstliches Koma versetzen. Sie sagen, dass dein Rückenmark verletzt ist und du eine schwere Kopfverletzung hattest. Mittlerweile ist es etwas besser und wir konnten dich nach Hause bringen lassen. Du wirst aber noch sehr viel Ruhe benötigen.«

»Ich … kann meine Beine nicht bewegen, Maman.« Mélisande hob mühsam ihren Kopf an, um einen Blick auf ihren Körper zu bekommen. Ihre Füße waren zur Seite geklappt, als würde allein das Gewicht der Decke genügen, um sie niederzudrücken. »Habe ich nicht heute einen Englischtest?«

Ihre Mutter beugte sich nach vorn und Mélisande bemerkte, wie ihr Tränen in dünnen, lautlosen Fäden aus den Augen liefen. Ihre Lippen zitterten, als sie antwortete.

»Du bist sehr schwer verletzt und wirst viel Kraft brauchen. Aber du musst dir keine Sorgen machen. Wir kennen dank Gott jemanden, der dir helfen wird.«

»Was ist denn mit meinen Beinen?« Mélisandes Stimme war beinahe nur ein Flüstern. Sie versuchte, ihre Füße zu bewegen. Zu ihrem Erschrecken schien dieser Wunsch gar keine Wirkung zu haben. Ihre Beine lagen reglos unter ihrer Decke.

»Die Ärzte sagen, dass du ab der Mitte deines Körpers gelähmt bist. Der Sturz war schwer. Atout ist mit dir durchgegangen, weil er ein wildes Tier gewittert hat. François sagt, dass es mittlerweile wieder Wölfe hier hat. Vielleicht war es ein Wolf.«

Wölfe, dachte Mélisande. Vielleicht bin ich nicht nur in meinen Träumen von Wölfen verfolgt worden.

»Gelähmt? Was heißt das denn, Maman?« Mélisande hatte sich als Kind immer vorgestellt, gelähmte Menschen waren vielleicht von einem Fluch oder einer vorübergehenden Krankheit betroffen. Es klang für sie nicht nach etwas, das für immer blieb. Im Laufe ihrer Jugend hatte sie natürlich gelernt, dass man auch Rollstuhlfahrende oder schlimmer noch, Menschen, die nie ihr Bett verlassen konnten, als gelähmt bezeichnete.

»Das heißt gar nichts für dich, mein Schatz. Das heißt, dass du Ruhe benötigst und wir uns darum kümmern werden, alles wieder in Ordnung zu bringen. D'accord?«

»Maman, ich habe Angst. Ich spüre überhaupt nichts in meinen Beinen.« Mélisande blickte flehentlich zu ihrer Mutter, eine Ansprache, die sie eigentlich vor langer Zeit aufgegeben hatte.

»Kannst du mir erzählen, was passiert ist? Heute ist Samstag, oder?«

Das zugewandte Lächeln, das sie empfing, war gleichzeitig angenehm und verletzend. Maman ignorierte diesen Widerspruch – wenn sie ihn überhaupt wahrnahm – und sagte: »Du warst lange im künstlichen Koma. Und danach noch einige Zeit lang auf der Intensivstation. Die Ärzte haben dir immer wieder ein starkes Beruhigungsmittel gegeben, dass auch dein Zeitempfinden beeinflusst. Für dich dürfte sich alles kürzer anfühlen.«

»Ich weiß gar nicht, wie lange es sich anfühlt. Ich kann mich nur noch daran erinnern, wie ich aus der Schule gekommen bin. Gestern, nein, letzten Freitag.«

»Das Mittel sorgt auch dafür, dass du besondere Träume hast. Die sind sehr verwirrend und realistisch, haben mir die Ärzte gesagt. Man nennt das luzide Träume.«

Das Mädchen blickte auf seine Arme und Handgelenke und erinnerte sich an das Gefühl, von dornigen Ranken eingefangen zu werden. Ein weißes Verbandpflaster hielt eine Nadel fest, die in ihrem Arm steckte. Sie nickte langsam und ihre Mutter sprach weiter.

»Wir sind in den Stall gegangen und du wolltest zusammen mit Geneviève reiten gehen. Das Wetter war herrlich und ihr hattet eine größere Runde geplant. Mir wurde später nur erzählt, was passiert ist.« Ein kurzes Flackern der Stimme, ihre Mutter blickte zu Boden. Dann sprach sie weiter. »Ihr seid zum See geritten. Obwohl es so ein schöner Tag war, waren nicht viele Menschen dort. Geneviève meinte, ihr habt euch nichts dabei gedacht. Die meisten Waldwege waren wohl gesperrt, weil am Tag zuvor in der Gegend ein wildes Tier einen Spaziergänger angegriffen hatte. Aus irgendeinem Grund hatte man den kleinen Weg, den ihr genommen habt, vergessen abzuriegeln.«

Mélisande beobachtete ihre Mutter bei der Erzählung. Das Ereignis schien sie tief zu bewegen, denn sie blickte nervös aus dem Fenster oder auf ihre Hände. Vielleicht liegt es an dem Unfall, dachte das Mädchen für sich. Vielleicht gefällt ihr der Gedanke nicht, dass ich jetzt so krank bin. Defekt.

»Du bist mit Atout vorn geritten, als er plötzlich nicht mehr gut zu kontrollieren war. Er blieb stehen und wollte nicht weitergehen. Von irgendwoher war dann wohl ein Heulen zu hören. Da hat er sich aufgebäumt, wollte weglaufen und du bist gestürzt.«

»Ein Heulen?«

»François sagt, es war wohl ein Wolf, der da unterwegs war. Sie haben ihn immer noch nicht.«

Mélisande blickte auf ihre Füße, die noch immer wie bei einer Puppe zur Seite standen und keine Anstalten machten, auf sie zu hören. Sie hatte keine Schmerzen mehr. Es war eher, als ob die Hälfte ihres Körpers nur noch ein sinnloses Anhängsel war.

»Wann kann ich denn mit einem Arzt sprechen, Maman?«, fragte das Mädchen leise. Die Mutter lächelte es mit Wärme in ihrem Blick an. »Ich habe eine freundliche Hilfe aus dem Kloster engagiert, die dich pflegen wird, solange es notwendig ist. Unsere Freunde schicken auch jemanden vorbei, der sich darum kümmern wird, dass alles wieder in Ordnung kommt. Du brauchst keinen Arzt mehr, Mélisande.«

✝

Éloise, die junge Schwester aus dem nahegelegenen Kloster La Coudre, kümmerte sich aufopferungsvoll um Mélisande. Sie war sogar ein wenig lustig und machte gelegentlich einen Spaß, um das Mädchen aufzumuntern. Bevor sie Mélisande abends zudeckte, wusch sie ihr mit warmem Wasser die Beine und Füße und beobachtete sie dabei sehr genau.

Zweimal am Tag half sie ihr in den Rollstuhl und schob sie in den Garten oder auf einen Spaziergang. Mélisande erfuhr in den Gesprächen, dass Éloise sich schon seit ihrer frühesten Kindheit sehr mit Gott verbunden gefühlt hatte.

»Ich habe jeden Abend zu ihm gebetet und von meinem Tag erzählt. Irgendwie hatte ich das Gefühl, er hört mir zu. Es war bei mir zu Hause nicht besonders schön. Ich war sehr allein.«

Éloise war zwar aus Mélisandes Perspektive schon eine sehr erwachsene Frau, doch in den Gesprächen spürte sie schnell, dass sie gar nicht so viel älter war. Die beiden verstanden sich gut und schon nach wenigen Tagen war Mélisande sehr froh über diesen neuen Menschen in ihrem Leben.

Es stellte sich heraus, dass Éloise ähnlich streng und christlich erzogen worden war wie Mélisande. Allerdings war ihre Familie nicht privilegiert, sondern lebte ein einfaches Leben. Aufgrund der Religiosität hatte man sie früh auf ein Leben als Ordensschwester eingeschworen. Das hatte der jungen Frau zwar zu Beginn nicht wirklich gefallen. Dann hatte sie allerdings eine Beziehung zu Gott entwickelt und sich ihm bald sehr verbunden gefühlt.

»Das war so eine Art arrangierte Ehe mit Jesus«, sagte Éloise einmal leise, als sie sich im Park über ihre Kindheitserlebnisse unterhielten. Mélisande musste kichern und die beiden blickten sich kurz verschwörerisch an.

»Hast du viele Geschwister?«, fragte Mélisande kurz darauf. Ihre Pflegerin, mittlerweile wohl ihre Freundin, schüttelte den Kopf.

»Nein, wieso?«

»Ich habe mich nur gefragt, warum deine Eltern dich unbedingt nach La Coudre schicken wollten. Hofft man nicht vielleicht auch auf Enkelkinder, wenn man alt ist?«

Éloise nickte. Erstaunlicherweise schien sie die Frage nicht überraschend zu finden. Hatte sie diesen Gedanken selbst schon gehabt?

»Meine Eltern fühlen sich der Kirche sehr verbunden, immer schon. Ich denke, mehr als sich selbst oder mir. Ich bin ein Unfall, glaube ich, und da wollten sie mich irgendwie an Gott zurückgeben, wo er mich schon ohne Bestellung geliefert hatte.«

»Ich glaube nicht, dass er dich ganz ohne eine Bestellung geliefert hat!« Mélisande wollte eigentlich ihre ehrliche Empörung über diesen abfälligen Ausdruck zur Geltung bringen. Als Éloise jedoch lachte und nicht aufhörte, wurde ihr klar, dass man dies auch als Anzüglichkeit deuten konnte, und sie rief: »So meinte ich das doch nicht!«

Sie setzten ihren Spaziergang noch eine Weile scherzend fort und wurden erst wieder ruhiger, als sie sich dem Haus näherten. Éloise fuhr Mélisande zu ihrem Krankenzimmer, half ihr unterwegs noch auf die Toilette und brachte sie dann zurück ins Bett. Dazu legte sie die Arme um sie, lehnte sie an sich und bewegte sie mit einer kurzen Drehung vom Rollstuhl auf das Bett. Mélisande hielt sich kurz mit den Händen aufrecht und sank nach hinten, während Éloise ihre Beine auf das Bett hob.

»Du hast gesagt, dass du dich zu Hause einsam gefühlt hast«, sagte das Mädchen leise, als es wieder auf den großen Kissen lag und an die Holzvertäfelung der Decke blickte. Éloise saß neben ihr auf der Bettkante und blickte liebevoll auf sie hinab. »So fühle ich mich auch manchmal.« Sie strich ihr über die Wange.

»Jetzt komm erst einmal wieder zu Atem, Mélisande. Du bist ja nicht allein.«

»Nein, das bin ich nicht.«

»Siehst du. Und wir bekommen das alles schon wieder in Ordnung.«

Die Personen, die das alles wieder in Ordnung bringen sollten, gefielen Mélisande jedoch ganz und gar nicht. Sie kamen in der Nacht und standen plötzlich in ihrem Zimmer und das Mädchen schlug erschrocken die Augen auf. Es waren zwei Männer und eine Frau. Strenge, erwachsene Gestalten, die wie eine Mischung aus Regierungsbeamten und Ärzten wirkten. Alle drei trugen Geschäftskleidung.

Einer der Männer stellte sich ihr als Monsieur de Viaré vor und setzte sich auf einen Stuhl neben Mélisandes Bett. Er stellte ihr eine Menge Fragen und wollte wissen, wie sie sich fühle, was in den Tagen vor dem Unfall passiert sei und ob sie regelmäßig ihre Medikamente nähme.

Als Éloise verschlafen den Kopf zur Zimmertür hereinsteckte, wurde sie bleich wie ein Bettlaken. Mélisande sah in ihren Augen, dass sie eigentlich sofort die Flucht ergreifen wollte. Stattdessen heftete sie ihre Augen an Mélisande. Ihr Blick war intensiv, als wenn sie versuchen würde, ihr in Gedanken etwas mitzuteilen. Doch das war natürlich Unfug.

Monsieur de Viaré nahm Notiz von Éloise und wies sie kühl und scharf an, das Zimmer zu verlassen. Dabei nannte er sie *Elevin Éloise*. Als die junge Frau dem Befehl nicht sofort Folge leistete, wirkte er nicht verärgert, sondern verwundert. Dann wanderte sein Blick zu der Frau in seiner Begleitung, und diese ging auf Éloise zu. Dabei erschien sie freundlich und sagte, dass sie nur erklären wolle, warum die drei heute Nacht hergekommen waren.

»Ich weiß, warum sie hier sind«, hörte Mélisande ihre Freundin und Vertraute im Hinausgehen leise sagen. »Aber ich wusste doch nicht, dass *er* kommt.«

Monsieur de Viaré beugte sich vor und setzte ein freundliches Lächeln auf. Dann stellte er Mélisande weitere Fragen.

Müde, verwirrt und verängstigt, wie sie bei diesem nächtlichen Besuch war, konnte sie sich keinen Reim auf die Ereignisse machen. Das Ergebnis war jedoch, dass in den kommenden Tagen jeweils einer der Begleiter von Monsieur de Viaré zu ihr kam und sie einigen medizinischen Untersuchungen unterzog. Dabei nahmen sie ihr jeden Tag Blut ab. Mélisande hatte das Gefühl, dass sie sie regelrecht aussaugten. Als sie am vierten Tag fragte, wie viel Blut sie denn noch von ihr brauchen würden, schüttelte die Frau nur ärgerlich den Kopf, schnalzte abfällig und fuhr ohne Erklärung mit der Prozedur fort.

Tagsüber verbrachte sie noch immer die meiste Zeit mit Éloise. Ihre Pflegerin, die ja offensichtlich irgendetwas über diese Besucher wusste, lehnte mit Bedauern jede Auskunft ab.

»Ich kann dir leider nichts dazu sagen. Du hast recht, dass ich sie kenne. Zumindest Monsieur de Viaré. Sie sind vielleicht nicht gerade die sympathischsten Zeitgenossen, aber ich bin mir sicher, dass sie dir helfen können.«

Mélisande war sehr unbefriedigt darüber, nichts zu erfahren. Doch sie erkannte auch, wie Éloise sich damit quälte und selbst in diesem Geheimnis gefangen zu sein. Also hörte sie auf nachzubohren und versuchte stattdessen, sich ein eigenes Bild zu machen.

Manchmal kamen auch ihre Mutter und Monsieur de Viaré gemeinsam zu ihr. Dies geschah meist mitten in der Nacht, da der Monsieur tagsüber sehr beschäftigt war. Er ging mit Mélisande im Halbdunkel ihres Zimmers einige Beobachtungen in Bezug auf ihr Befinden und den Zustand ihrer Beine durch und besprach diese auch mit ihrer Mutter. In den übrigen Nächten jagte sie weiter in Fieberträumen durch den Wald. An den Abenden, an denen der Monsieur kam, fand sie eine Pille weniger in dem kleinen Becher, den Éloise ihr reichte. Scheinbar wollte er, dass sie bei den Gesprächen einigermaßen klar und anwesend war.

Neben ihrem Gesundheitszustand interessierte er sich vor allem für ihr geistiges Befinden. Er stellte ihr viele Fragen zu Gefühlen wie Angst, Ärger oder Frustration und auch zu ihrem Verhalten in der Schule. Nach einer Weile war Mélisande sich sicher, dass dies nichts mit einer medizinischen Behandlung oder einem Reitunfall zu tun haben konnte.

»Monsieur de Viaré möchte bestimmt dafür sorgen, dass du die Behandlung in gutem geistigem Zustand erhältst. Vielleicht wird es nur langsam vorangehen und er macht sich Sorgen, dass du den Mut verlierst«, war Éloises unbefriedigende Erklärung.

»Ich weiß, dass du lügst«, entgegnete Mélisande. »Aber ich nehme dir das nicht übel. Bitte sag mir nur, wenn ich mir ernsthafte Sorgen machen muss. Wird er mir wirklich helfen?«

»Davon bin ich überzeugt.«

Nach drei Wochen kündigte Éloise an, dass Mélisande jetzt bald ein Medikament bekommen würde, dass der Monsieur speziell für sie hatte zusammenstellen lassen. Er kam an diesem Abend selbst mit einem ledernen Koffer, um es ihr zu verabreichen. Dazu nahm er eine Spritze und zog aus einem Fläschchen vorsichtig eine dunkle Flüssigkeit auf. Auf dem weißen Etikett war nichts vermerkt außer ihrem Namen in sauberer Handschrift.

Monsieur de Viaré schien medizinisch ausgebildet zu sein, denn er hatte keine Schwierigkeiten, ihr die Spritze zu setzen und tat dies völlig schmerzfrei. Nach der Prozedur packte er alles zusammen und setzte sich dann an ihr Bett.

»Das Mittel hat ein paar Nebenwirkungen und wird sich, ähnlich wie dein Schlafmittel, verwirrend auf deine Nachtruhe auswirken. Ich bin mir aber sicher, dass du dich schon bald besser fühlen wirst.«

Mélisande, die noch immer beinahe jede Nacht von verstörenden Träumen geplagt wurde, fragte sich, wie dies denn noch intensiver werden sollte. Die Antwort sollte sie noch in derselben Nacht erhalten.

†

Sie befand sich in einer großen, weißen Halle unter einem funkelnden Kronleuchter. Um sie herum waren viele Menschen und es herrschte eine große, freudige Erwartung. Es war eine feine Gesellschaft, alle waren edel gekleidet und Bedienstete trugen silberne Tabletts umher. Die vielen Menschen um sie unterhielten sich, doch Mélisande bemerkte viele verstohlene Blicke zu ihr gleiten. Was war der Grund dafür? Warum fiel sie unter all den Menschen so auf?

Sie bemerkte eine große Tür an einer Seite der Halle, die wie von Geisterhand aufschwang. Die menschliche Ansammlung teilte sich vor ihr. Nun ruhten alle Blicke direkt auf ihr und sie spürte, wie sie erwarteten, dass sie nun zu dieser Tür ging.

Mélisande blickte sich unsicher um und bemerkte auf einer Galerie oberhalb der Halle ihre Mutter, die sie aufmerksam beobachtete.

Ihre Beine wollten dieses Spiel nicht so recht mitspielen. Sie bekam sie mit einiger Mühe unter Kontrolle und bewegte sich auf die Tür zu. Der Raum dahinter war dunkel und wirkte wie ein gähnender Abgrund.

Eine Frau, vielleicht im Alter ihrer Mutter, streichelte ihr die Schulter und lächelte sie aufmunternd an. Mélisande ging mit wackeligen Schritten auf die Dunkelheit zu.

Jemand erwartete sie in diesem Raum. Es war mehr eine Präsenz in der Schwärze als ein Mensch, oder vielleicht irgendetwas dazwischen.

Hinter ihr applaudierte die Gesellschaft leise, während sich die Türen leise schlossen. Der Lichtstreifen wurde kleiner, und schließlich stand Mélisande völlig verloren in der Dunkelheit.

»Nam et si ambulavero in valle umbrae mortis, non timebo mala«, hörte sie dann eine Stimme hinter sich. Sie atmete schnell und durch den Schreck gab sie ein leises Keuchen von sich. *Muss ich auch wandern in finsterer Schlucht, ich fürchte kein Unheil,* dachte Mélisande im Geiste. Sie wollte fragen, wer der Fremde war, doch sie brachte kein Wort über ihre Lippen, sondern stand nur regungslos da.

Der Fremde umrundete sie und entzündete an den Wänden mehrere Kerzen. Erstaunlich schnell erlaubten diese ihr, ein großes Bett vor ihr in der Mitte des Zimmers zu erkennen. Ein Stoffhimmel spannte sich an vier Holzsäulen darüber. Die weiße Bettwäsche glomm hell in der Dunkelheit. Mélisande erkannte, dass am Kopf- und Fußende auf der Bettwäsche etwas Dunkles lag. Sie blinzelte, um besser erkennen zu können, worum es sich handelte.

»Du wirst jetzt zu dem Bett gehen und dich vorbereiten, Mélisande.« Die Stimme des fremden Mannes, den sie noch immer nicht gesehen hatte, war tief und beeindruckend melodisch. Sie klang, als könne man Menschen damit umschmeicheln und einwickeln. Irgendwie hatte sie das Gefühl, genau dies geschah gerade mit ihr. Aber sie hatte auch Angst. Schreckliche Angst. Denn ohne die Führung ihrer Mutter, die stets ihr Kompass gewesen war in den Angelegenheiten ihrer Gemeinschaft, war sie allein. Allein in der Dunkelheit.

Mit vorsichtigen Schritten näherte sie sich dem Bett. Nun konnte sie auch erkennen, was da auf dem hellen Laken lag: Es waren schwarze Metallketten, die am Bett befestigt waren. Am Kopfende lag dazu noch ein schwarzes Tuch.

»Vorbereiten, Erhabener?«, flüsterte sie.

Sie verstand seine Erwartung, ohne eine Antwort von ihm zu erhalten. Langsam näherte sie sich dem Bett, welches im Zentrum des Raumes thronte wie eine Spinne in ihrem Netz. Hinter ihr breitete sich die Gegenwart des Erhabenen aus und sie fühlte sich von seiner Anwesenheit leicht berauscht.

Mélisande strich mit ihren Fingern über das kalte Betttuch. Das Mädchen sprach in Gedanken ein kurzes Stoßgebet und setzte sich auf die Kante der Matratze. Dabei gaben die schwarzen Ketten ein leises Klirren von sich.

Zum ersten Mal an diesem Abend fiel Mélisandes Blick auf den Erhabenen. Er stand direkt neben der Eingangstür des Raumes in der Dunkelheit. Seine Hände waren verborgen in den weiten Ärmeln seiner roten Kutte. Seine Kapuze hatte er zurückgeschlagen. Dadurch konnte sie auf das vertraute und doch in diesen Momenten stets seltsam veränderte Gesicht blicken. Seine Augen schienen hell zu glimmen.

Mélisande blickte ihn einen Moment mit leicht geöffnetem Mund an, ehe sie ihre Fassung wiedergewinnen konnte. Natürlich glommen seine Augen nicht – sie waren von einem erstaunlichen, auffällig hellen Weiß.

Ein Zug lag um seinen Mund, den sie nicht zuordnen konnte. Ihr kam es vor, als sei da eine gewisse Freude. Etwas Diebisches hatte von seinen Zügen Besitz ergriffen und paarte sich mit jenem machtvollen Ausdruck, dem sie sich niemals zu widersetzen wagte. Bestimmt bildete sie sich diese grausame Freude nur ein, dachte sie. Es war nur die Angst, die da in ihr flüsterte.

Mit tastenden Fingern griff sie nach dem schwarzen Tuch, das am Kopfende des Bettes lag. Als sie den Stoff zu sich gezogen hatte, überlegte sie für einen Moment. Wie sollte sie nun am besten vorgehen? Wenn sie zuerst die Augenbinde anlegte, würde sie vielleicht Schwierigkeiten haben, die Ketten an ihren Hand- und Fußgelenken festzumachen. Doch wenn erst einmal ihre Hände in den schmalen Eisenmanschetten lagen, würde sie vielleicht nicht mehr das Tuch verknoten können.

Sie beschloss, zuerst ihre Beine und ihren linken Arm anzuketten, um dann ihre Augen zu verbinden. Wenn sie sich nach links beugte, würde sie wahrscheinlich noch genug Bewegungsfreiheit haben, um den Stoff an ihrem Hinterkopf zu verknoten. Die Fessel für ihren rechten Arm würde sie dann schließen müssen, ohne etwas zu sehen. Da die Eisenringe einen Schnappmechanismus hatten, schien ihr dies möglich.

Gehören solche Überlegungen eigentlich zu der Initiation mit dazu, ging es ihr durch den Kopf. Sonst hätte man mir vielleicht gesagt, wie ich vorgehen soll. Vermutlich wollen die Erhabenen sehen, wie ich mit einer solchen Situation umgehe.

Mélisande hob ihre Beine auf das Bett und griff nach dem ersten dunklen Eisenring. Die Manschette war zwei Zentimeter breit und wirkte massiv an ihrem zierlichen Fußgelenk.

Das Metall war unangenehm kühl. Es gab ein lautes Geräusch, als der Mechanismus einrastete. Mélisandes Augen weiteten sich, als sie in diesem Augenblick die Unabänderlichkeit ihrer Lage spürte. Sie war noch frei auf dem Bett, aber würde es nicht verlassen können, wenn der Erhabene sie nicht befreite.

Du könntest auch ohne die Ketten nichts tun, wenn er es dir nicht erlaubt, dachte sie für sich. Eigentlich waren die Fesseln überhaupt nicht nötig.

Ihre Augen huschten zu der Gestalt in der roten Robe. Er betrachtete sie ohne Regung. Sie konnte an seiner geistigen Präsenz spüren, dass sich etwas geändert hatte. Ängstlich fuhr sie mit dem Ritual fort, das von ihr erwartet wurde.

Nachdem sie drei der Ketten an sich befestigt hatte, verknotete sie das Tuch mit einiger Mühe hinter ihrem Kopf.

Nun war sie in der Dunkelheit gefangen. Sie atmete zitternd aus und legte sich auf die kalte Matratze. Ihre rechte Hand tastete nach der vierten Kette und sie hoffte, dass es ihr überhaupt gelingen würde, diese anzulegen – blind und bereits angekettet, wie sie war. Ehe ihre tastenden Finger das eisige Metall fanden, spürte sie einen festen Griff an ihrem Handgelenk. Sie stieß instinktiv einen leisen Angstschrei aus.

»Fürchte dich nicht«, sagte der Erhabene mit seiner vordergründig sanften und melodischen Stimme, die sich in ihre Ohren goss und ihr sofort die Gegenwehr nahm. Er war lautlos nähergekommen und stand inzwischen direkt bei ihr.

Mélisande spürte den letzten Metallring klickend einrasten und zwang sich dazu, ruhig zu atmen.

Du musst versuchen, dich möglichst wenig zu bewegen, hörte sie die Worte ihrer Mutter wieder in ihrem Geist. Fesseln spürt man am stärksten, wenn man sich gegen sie wehrt.

Sie konzentrierte sich auf ihren Atem und vor allem darauf, nicht in Panik zu verfallen.

Wieso hatte der Erhabene niemanden angewiesen, sie anzuketten oder es selbst getan? Sie ahnte, wie wenig ihr eine Antwort auf diese Frage gefallen würde und unterdrückte daher jeglichen Versuch, darüber nachzudenken. Sich selbst in Panik zu versetzen war absolut ausgeschlossen. Es galt, mit den eigenen Gefühlen klug zu haushalten. Sie wusste, dass nun *etwas* mit ihr geschehen würde, doch hatte man immer ein Geheimnis darum gemacht. Mélisande besann sich auf ihre innere Zuflucht und begann, ein Gebet an die Heilige Maria zu murmeln.

Plötzlich hörte sie ein scharrendes Geräusch. Es klang, als würde Stein über Stein fahren. Mit einem Mal zerrten die Ketten ihre Arme und Beine weit auseinander, bis sie völlig ausgestreckt auf dem Bett lag. Mélisande gab einen erschrockenen Schrei von sich und konnte nicht mehr anders, als verzweifelt daran zu zerren. Doch was auch immer diesen Zug ausgelöst hatte, ließ sich nicht bewegen. Sie war blind und unfähig, sich zu rühren, und der Erhabene würde jetzt Weiß-Gott-Was mit ihr anstellen. Mélisande musste sich jetzt mit aller Macht zur Räson rufen und sich daran erinnern, was von ihr erwartet wurde.

»Ich möchte, dass du jetzt stark bist, Mélisande. Für Gott. Und für mich«, drang die melodische Stimme in ihr Ohr. »Du weißt, dass dieser Abend überaus bedeutsam ist, nicht wahr? Besinne dich auf deinen Glauben und zeige uns nun deine Stärke und vor allem deine Loyalität.«

Erneut hörte sie ein lautes, erschreckendes Geräusch, diesmal eher Metall, dass über groben Stein schabte. Etwas Schweres bewegte sich langsam, fast dröhnend, über den Steinboden. Dann hörte sie ein tiefes, kehliges Knurren.

XXII

Le Bersolet de
Notre Redempteur

Das Zimmer war nicht einfach nur klein. Es war so leer und trostlos wie eine Gefängniszelle. Wahrscheinlich kam es nicht von ungefähr, dass man auch in Klöstern in einer Zelle schläft, dachte Avelian.

Er lag auf einer vermutlich uralten Holzpritsche, der man immerhin eine halbwegs moderne Matratze verpasst hatte. Mit hinter dem Kopf verschränkten Armen starrte er an die trostlose Decke aus grobem, grauem Stein.

Er konnte es immer noch nicht fassen, dass man ihn wie einen Gefangenen nach Bersolet geschafft hatte. Mathilde hatte ihm erlaubt, einige wenige persönliche Sachen zusammenzupacken, dann hatte sie ihm eines der braunen Fläschchen hingehalten, die er so gut kannte. Stur, wie er war, hatte er sich zuerst geweigert – doch wie üblich hatte sie keine Mühe gehabt, ihm die bittere Flüssigkeit mit Gewalt einzuflößen. Nach wenigen Minuten war er benommen hinter ihr hergestolpert und konnte sich bis jetzt nicht wirklich erinnern, wie er in dem Auto gelandet war, das ihn in dieses gottverdammte Kloster gebracht hatte. Seine erste echte Erinnerung war, dass Mathilde ihm erneut einige Tropfen einer Flüssigkeit auf die Zunge gegeben hatte und er sich auf dem Innenhof wiederfand. Dort hatte ihn eine resolut wirkende Ordensschwester in Empfang genommen und ihn unter Geleitschutz seiner Häscherin in diese Zelle gebracht, die nun für eine ihm unbekannte Zeitspanne sein Zimmer sein würde.

Avelian hatte durchaus darüber nachgedacht, laut zu schreien oder vor die Tür zu treten, um seinen Protest auszudrücken. Bei aller Frustration, die er in diesem Augenblick empfand, wollte er sich diese Blöße nicht geben. Es fühlte sich so an, als müsse er sich im Moment zwischen seinem Stolz und seiner Würde entscheiden. Vorübergehend entschied er sich dafür, diese Ungerechtigkeit hoffentlich halbwegs würdevoll im Stillen zu ertragen.

Ohne Fernseher und Internet wurde ihm schnell langweilig, und so fischte er eine größere Münze aus seinem Portemonnaie und warf diese auf dem Bett liegend mit einer Hand in die Luft, um sie mit immer kürzeren und präziseren Bewegungen wieder aufzufangen. Mit den leisen, kaum wahrnehmbaren Geräuschen, die die Münze und seine Finger verursachten, baute er sich dabei einen ganz eigenen, beruhigenden Rhythmus auf.

Als es einige Zeit später klopfte, wusste er nicht, wie lange er schon eingesperrt war. Ohne eine Antwort abzuwarten, öffnete sich die Tür, und eine junge Frau in der Tracht einer Ordensschwester blickte zu ihm hinein.

»Der Prior möchte dich sehen, Avelian Lerot«, sagte sie leise und trat direkt einen Schritt zurück in den Türrahmen.

»Schön für ihn«, meinte Avelian und fing mit einem leisen Klatschen seine rotierende Münze auf. »Vielleicht möchte ich aber nicht den Prior sehen.«

»Bitte entschuldige, aber er hat nicht nach deinen Wünschen gefragt«, erwiderte die Frau ruhig. Avelian fiel auf, dass sie gleichzeitig eine geübte Autorität ausstrahlte und doch sehr leise, fast demütig sprach. Eine interessante Mischung – sie war hier, um ihm Befehle mitzuteilen, und gleichzeitig nur Willensausdruck einer höheren Autorität.

»Das ist mir wirklich nicht entgangen, Schwester …?« Avelian hob seine Stimme am Ende, um sie dazu zu provozieren, ihren Namen zu nennen. Dies überging sie vollkommen und blickte nur weiter vor sich auf den Boden. Dabei antwortete sie leise: »Du musst mich nun bitte begleiten.«

Er starrte sie noch für eine Sekunde an, dann schwang er seine Beine seitlich aus dem Bett und setzte sich schwungvoll auf. »Na, wer würde denn den ehrwürdigen Herrn Prior warten lassen wollen, Schwester?«

Die junge Frau drehte sich wortlos im Gang nach links und ging vor, ohne sich noch einmal nach ihm umzublicken. Er holte mit einigen schnellen Schritten auf und ließ dann seinen Blick über den Gang wandern, während er ihr folgte. Dieser wurde rechts und links flankiert von abgerundeten, schweren Holztüren mit kleinen Öffnungen, die sich aufschieben ließen. Torbögen spannten sich unter eine niedrige Decke – schon ein durchschnittlich großer Mann musste sich vorsorglich ducken, wenn er schmerzfrei hindurchgehen wollte. Die Mauern waren sehr alt, fensterlos und die Gänge von Dunkelheit erfüllt.

Die Ordensschwester führte ihn links in einen weiteren Gang und dann mehrere Stockwerke über eine Treppe mit unnatürlich kurzen Stufen nach unten. In jedem Etagenflur befand sich ein schießschartenartiges Fenster, durch das er hinaus in die Freiheit blicken konnte. Er bemerkte erst jetzt, dass es bereits Nacht war.

»Warum will mich der Prior denn um diese Uhrzeit sehen, Schwester?«, fragte er. »Müsste ich nicht eigentlich brav im Bett liegen und mich auf das Morgengebet vorbereiten?«

»Du wirst rechtzeitig zum Morgengebet geweckt«, antwortete sie, ohne stehenzubleiben. Seine Augen glitten kurz sehnsüchtig durch die Dunkelheit, dann musste er sich schon wieder sputen, um mit ihr Schritt zu halten.

Nach einem ziemlich langen Weg durch das Kloster blieb die junge Schwester schließlich vor einer Tür stehen und trat mit einem kleinen Schritt zur Seite, als er ankam. Vor sich sah Avelian einen doppelflügligen Eingang, fast eher eine Pforte als eine Tür. Auf beiden Blättern war jeweils ein Kreuz aus Metall angebracht, das sich im Laufe vieler Jahre dunkel gefärbt hatte.

»Prior Andrièl de Clermont-Ferrand wird dich nun empfangen«, sagte sie mit gesenktem Kopf.

Avelian zögerte kurz vor der Tür. Weder vor sich selbst noch vor seiner Begleiterin wollte er sich anmerken lassen, dass die Szenerie ihn einschüchterte. Er suchte für einen Moment erfolglos nach einem unbekümmerten Kommentar, musste sich dann jedoch der Anspannung geschlagen geben und klopfte wortlos.

»Komm herein«, hörte er eine feste und tiefe Stimme durch das Holz antworten. Seine Begleiterin stand regungslos neben ihm, als wäre sie ausgeschaltet. Nach einem kurzen Blick zu ihr legte er seine Hand auf die gebogene Metallklinke, nahm einen Atemzug und öffnete den rechten Türflügel.

Sein Blick fiel in ein für Klosterverhältnisse geräumiges, aber sehr zurückhaltend eingerichtetes Arbeitszimmer. Die Möbel sahen aus, als wären sie noch aus dem Gründungsjahr erhalten, ebenso wie einige der Bücher, die in ihnen aufbewahrt wurden. Immerhin wurde das Zimmer von elektrischem Licht erhellt und nicht durch eine mittelalterliche Tranfunzel.

Hinter einem breiten Schreibtisch saß ein Mann in einer schwarzen Soutane und schrieb in ein Buch. Sein Alter war für Avelian undefinierbar – er hatte nichts Jugendliches mehr und auch keine deutlichen Zeichen des Alters. Mit etwas mehr Lebenserfahrung hätte der junge Mann sein Gegenüber auf Mitte vierzig oder ein wenig älter taxieren können. In seinen jugendlichen Augen sah er nicht mehr jung und noch nicht alt aus.

Der Prior beendete langsam seine Schreibarbeit und blickte zu seinem Besucher auf. Seine Augen waren dunkel und intensiv, ihre Farbe im Zwielicht jedoch nicht zu erkennen. Das braune Haar war schulterlang und von wenigen grauen Strähnen durchwirkt. Das Gesicht des Mannes vor ihm wirkte energisch und fordernd. Er hätte ebenso gut einen Feldherrn abgegeben.

»Avelian Loan Gaël Lerot.« Seine Stimme füllte den Raum mühelos aus. Der Angesprochene hörte hinter sich das leise, metallische Schaben der Scharniere, als die Tür geschlossen wurde.

»Das bin ich, ganz richtig.« Avelian mühte sich ab, seiner Stimme etwas Unbekümmertes und Trotziges zu geben. Obwohl dies zwei seiner vorherrschenden Eigenschaften waren, empfand er das Ergebnis nicht als zufriedenstellend.

Der Prior klappte langsam sein Buch zu und verschloss den Füllfederhalter, mit dem er geschrieben hatte. »Ich habe viel von dir gehört, junger Mann. Du bist nicht gerade mit einer Empfehlung hergekommen, muss ich sagen.«

Avelian spürte, wie die dunklen Augen ihn erfassten und dabei sein Innerstes begutachteten. Er wollte etwas antworten, schwieg dann jedoch lieber.

»Ich weiß einiges über deine Familie und werde ein genaues Augenmerk auf dich haben, junger Lerot. Nicht nur, weil du wegen besonderer Dringlichkeit im laufenden Semester zu uns gekommen bist. Ich möchte, dass du eines verstehst: In diesem Moment fühlst du dich widerspenstig und unwillig, dich einzufügen. Doch Bersolet hat dir einiges zu bieten und ich würde mich freuen, wenn du irgendwann so weit bist, dich diesem Weg zu öffnen.«

Andrièl de Clermont-Ferrand machte eine kurze Pause und strich geistesabwesend mit seiner Hand über den Rücken seines Buches.

»Die Ausbildung, die du hier genießen wirst, kann dir unendlich viele Möglichkeiten eröffnen. Möglichkeiten, die dir keine Universität und kein Unternehmen dieser Welt bieten können. Aber was ich dafür von dir verlange, ist hart.«

Avelian ließ seinen Blick bewusst abschätzig durch das Arbeitszimmer gleiten. Seinen Mund umspielte ein spöttisches Lächeln, als er antwortete.

»Dann ist das hier also so etwas wie der Google Campus der Kirche. Ich fürchte, mit einem modernen Laden könnt ihr trotzdem nicht ganz mithalten.«

Der Blick des Priors durchbohrte ihn regelrecht. Er ließ er seiner Stimme nichts anmerken, als er antwortete.

»Wir sind nicht so etwas wie dieser *Campus*. Wir sind viel eher die Idee, die etwas wie ihn hervorgebracht hat. Doch das kannst du zu diesem Zeitpunkt schwerlich verstehen.« Seine Finger wischten erneut kurz über das Buch, ehe er fortfuhr. »Ich verlange nicht, dass du gerne hier bist oder den Maßnahmen, die für dich beschlossen wurden, zustimmst. Aber ich erwarte von dir, wie von allen anderen Schülern und Schülerinnen, Gehorsam. Ist das eine Eigenschaft, die dir vertraut ist, Avelian Lerot?«

Der Angesprochene biss sich auf die Lippe, dann schüttelte er mit kurzen Bewegungen den Kopf. »Nicht wirklich. Ich halte auch nicht besonders viel davon, wenn ich ehrlich bin.«

Der Prior blickte für einen Moment auf seinen Schreibtisch, dann glitten seine Augen wieder nach oben. Avelian spürte wieder unsichtbare Speere durch sich fahren.

»Ich habe dich nicht nach deiner Meinung gefragt, Schüler.« Seine Stimme war ruhig, jedoch scharf und durchdringend. »Ich sehe, dass ich mit meiner Einschätzung wohl richtig gelegen habe. Du könntest dich zu einem rechten Störenfried entwickeln und dir in dieser Rolle sogar noch gefallen, nicht wahr?«

»Ich habe das Gefühl, dass man hier sehr schnell zum Störenfried werden kann, Herr Prior«, antwortete Avelian langsam. Er wollte nicht verunsichert wirken und auch nicht unreflektiert trotzig. Natürlich würde er hier zum Störenfried werden. Nur wollte er nicht wie ein Rebell wirken, den man nur allzu schnell zurechtstutzen musste.

Der Prior nickte nur. »Das ist korrekt. Ich würde dir empfehlen, nicht auf einen neuen Rekord hinzuarbeiten. Sei dir bewusst, dass ich dich im Blick haben werde und dass dir deine Historie an Aufsässigkeit hier keine guten Dienste leisten wird. Hast du das verstanden, junger Lerot?«

»Ich habe verstanden, was Sie von mir wünschen, Herr Prior.«

»Ausgezeichnet. Dann bist du für heute Abend entlassen.«

✝

Nach der Audienz beim Prior führte ihn die namenlose Schwester wortlos durch das Kloster. Avelian fiel es nicht leicht, sich in den dunklen Gängen zu orientieren. Er konnte sich des Eindrucks nicht erwehren, dass sie nicht den gleichen Weg gingen, auf dem sie gekommen waren.

Als sie ihn schweigend eine Treppe hinabführte, fragte er: »Steht für heute Abend noch etwas auf dem Programm, Schwester?« Ihre Antwort war nur eine verärgerte Kopfbewegung. Sie beschleunigte ihre Schritte, bis es ihm Mühe bereitete, mitzuhalten.

Ein Stockwerk tiefer hörte er Geräusche durch die alten Mauern. Es waren keine Stimmen, doch er konnte kurze Schritte und raschelnde Bewegungen ausmachen. Es klang irgendwie wie beim Betreten einer Kirche, wenn die Menschen sich leise an ihre Plätze begaben, fand er.

Die Schwester - wenn das denn überhaupt ihr Titel war, nicht einmal des hatte sie ihm ja mitgeteilt – blieb neben einer Tür stehen und wandte sich zu ihm um.

»Du wirst hier deine Essenz bekommen, Avelian Lerot«, sagte sie und blickte zu Boden.

»Meine was?«, fragte er und machte einen Schritt auf sie zu, um Blickkontakt zu provozieren.

»Du hast mich verstanden«, sagte sie und trat einen Schritt zur Seite. »Geh jetzt durch die Tür.«

Er spürte, wie sich seine Augen wütend verengten. Und was, wenn nicht, wollte er fragen. Was, wenn ich jetzt einfach gehe und in die nächste Stadt laufe oder sonst wohin? Was passiert dann?

Eine vage Erinnerung an die verschiedenen Gelegenheiten, bei denen Mathilde ihn festgehalten, überwältigt und gedemütigt hatte, schoss durch seinen Kopf. Die Schwester sah nicht wirklich aus, als wäre sie in der Lage, ihn aufzuhalten. Doch wer weiß, wen sie zu Hilfe rufen konnte? Und dieser Prior war echt furchterregend. So jemand sprach keine leeren Drohungen aus. Zumindest wollte Avelian das nicht ausprobieren. Also seufzte er und legte zum zweiten Mal an diesem Abend seine Hand um eine kalte, uralte Metallklinke und drückte sie herunter.

Er blickte in einen Gang und sah dort mehrere junge Männer und Frauen in der Kleidung, die auch er in seinem Zimmer vorgefunden hatte. Auch wenn die Ausstattung in Bersolet Geschäftskleidung nachempfunden war, wie er sie von seinen Eltern und großen Geschwistern kannte, erinnerte ihn die Aufmachung an diesen verloren wirkenden jungen Menschen irgendwie an eine Schuluniform. Sie standen in einer Reihe, traten nervös von einem Fuß auf den anderen und blickten verstohlen über ihre Schultern, als er sich einreihte. Rechts neben dieser seltsamen, grauen Schlange aus Wartenden stand ein kleiner, breiter Mann mit Glatze. Anders als der Prior und die Schwestern trug er einfache, schwarze Kleidung, die keinesfalls wie die eines Geistlichen wirkte. In der Hand hatte er einen schmalen, schwarzen Stock, der wie eine Mischung aus Zeigewerkzeug und Reitgerte aussah. Avelians Augen hefteten sich für einen Moment auf den schlanken, bedrohlichen Gegenstand.

»Bonsoir«, flüsterte er leise an die Frau gerichtet, die vor ihm stand. Zu seinem Erstaunen war ihre einzige Reaktion, den Kopf nach vorn zu beugen und die Schultern einzuziehen.

Es dauerte nur einen Moment, bis er den Grund dafür verstand. Er hörte eine schnelle Bewegung, dann spürte er einen beißenden Schmerz in seinem Gesicht. Der Glatzkopf mit dem Zeigestock stand direkt neben ihm und hielt ihm das schwarze Ding unter das Kinn. Die Bewegung, mit dem er ihm eine Sekunde zuvor einen Schlag ins Gesicht verpasst hatte, war irrsinnig schnell gewesen. Avelian hatte nichts davon kommen sehen – weder den Mann noch seinen Stock. Er hielt sich die Wange und starrte den Unbekannten an.

»Zu spät kommen und dann schwätzen«, zischte dieser und dirigierte Avelians Blick mit seinem Stock. »Ich sollte dir gleich noch eine verpassen, Lerot.«

»Der Prior hatte mich zu sich gerufen«, antwortete Avelian. Oder wollte er antworten. Denn weiter als bis zum Wort »Prior« kam er nicht. In einer erneut schockierend schnellen Bewegung packte der Glatzkopf sein Handgelenk, bog ihm den Arm nach hinten und trat ihm gleichzeitig in die Kniekehle. Avelian keuchte und fand sich plötzlich vor ihm auf den Knien wieder. Erneut drückte sich der schmale Stock unter sein Kinn.

»Wenn ich Ausreden hören möchte, frage ich danach«, zischte der Aufseher. »Verstanden, *Lerot*?«

Avelian hatte das Gefühl, dass der Andere seinen Namen wie einen Fluch betonte. Doch seine Wange, seine Schulter und seine Knie schmerzten und er hatte keine Gelegenheit, diesen Gedanken zu vertiefen.

»Ja«, presste er hervor. Ein kurzer Hieb mit dem Stock ließ ihn scharf Luft einsaugen. Der Glatzkopf beugte sich zu ihm herunter, bis er nah bei seinem Ohr war.

»Die korrekte Antwort lautet: Ja, *Professeur*.«

Avelian schluckte. Für einen Moment glitten seine Augen nach oben und er blickte auf die Reihe der wartenden Menschen vor sich. Einige der jungen Männer und Frauen hatten sich umgewendet und beobachteten ihn verstohlen. Doch alle schauten schnell zur Seite, als auch der Mann aufblickte, der sich nun von ihm *Professeur* nennen lassen wollte.

»Ja, *Professeur*«, presste er hervor.

Der Mann ließ ihn los und dirigierte ihn mit seinem Stock zurück auf die Füße.

»So ist es gut«, sagte er, während er Avelian mit seinen kleinen Augen fixierte. »Und nun in die Reihe und warte still ab, bis du aufgerufen wirst.«

254

Es dauerte einen Moment, bis der Neuankömmling nach vorn trottete. Avelians Gedanken rasten in diesem Moment. Er hatte das Gefühl, sich trotz der Schmerzen und der Demütigung weiter auflehnen zu müssen. Dass er sich aufgab und verloren hatte, wenn er sich nach einer so kurzen Machtdemonstration einfach in die Reihe fügte. Doch welche Kraft ihn auch immer zu so einer Rebellion hätte antreiben können, in diesem Moment fand er sie nicht in sich. Also setzte er einen Fuß vor den anderen und blickte sich wie die restlichen Schüler – die restlichen *Gefangenen* – nur gelegentlich verstohlen um.

Der Gang führte in eine Art kleinen, niedrigen Speisesaal, der jedoch bis auf drei nebeneinander gestellte Tische vor einer Wand leer war. Dahinter standen drei Frauen. Eine von ihnen trug hellgraue Ordenskleidung und sah noch recht jung aus. Die andere war im mittleren Alter und trug einen blauen Habit. Doch Avelians Blick heftete sich sofort auf die dritte Frau hinter dem Tisch. Sie trug ein schwarzes Etuikleid und beobachtete ihn aufmerksam aus ihren blauen Augen. Der Anblick von Mathilde sorgte dafür, dass sein nüchterner, beinahe phlegmatischer Verstand, der ihn bis jetzt geleitet hatte, aussetzte. Innerhalb weniger Momente schossen widersprüchliche, verwirrende Gefühle durch seinen Geist – Wut, Angst, Demütigung, Enttäuschung, auch eine vage Freude über ein bekanntes Gesicht. Er erwartete irgendwie von sich, dass der Zorn die Oberhand gewinnen würde, dass er etwas Unüberlegtes tun und auf sie zustürmen würde. Stattdessen stand er nur da, starrte sie an und senkte den Blick, als sie ihre Augen einfach nicht von ihm nahm und mit ausdruckslosem Gesicht den Kopf ein wenig zur Seite neigte. Vor ihm schabten die Füße der Schülerinnen und Schüler in kleinen Schritten über den Boden. Er fügte sich gehorsam in die Reihe, bis er den Tisch erreichte.

»Avelian Lerot«, sagte die junge Schwester im grauen Habit. Erst jetzt fiel ihm ein kleines, hölzernes Schränkchen auf, das vor ihr auf dem Tisch stand. Durch einen Messinggriff oben auf dem dunklen Holz sah es irgendwie auf ein wenig aus wie ein Koffer. Direkt vor der Schwester in Grau befand sich eine kleine Schublade mit einem Futteral. Dort lag eine ganze Reihe von kleinen, braunen Fläschchen mit weißen Etiketten, die ihm nur zu bekannt vorkamen. Avelian schluckte.

Die Schwester in Blau blickte zu Mathilde und diese griff in ihre Handtasche.

»Er ist neu und bekommt vorerst das hier«, sagte sie und holte ein weiteres Fläschchen hervor. Obwohl sie leise sprach, drang ihre Stimme im stillen Speisesaal mühelos weit durch den Raum.

»Natürlich, Ancilla«, antwortete die Schwester in Blau und nahm den kleinen Gegenstand entgegen. Avelian sah für einen Moment eine Regung in Mathildes Gesicht. War es Irritation oder Geringschätzung, vielleicht ob der förmlichen Anrede? Die Stimme der Schwester riss ihn aus diesen Gedanken.

»Öffne deinen Mund, Schüler«, befahl sie ihm ruhig.

✝

Das Leben in Bersolet war mehr als nur eine Umstellung. Es gab aktuell ungefähr dreißig Schüler und Schülerinnen vor Ort, von denen die meisten in Avelians Alter waren. Größtenteils entstammten sie wohlhabenden oder privilegierten Familien, was das Kloster seiner Meinung nach wohl zu einer Art Bootcamp für die bessere Gesellschaft machte. Sie wurden um fünf Uhr geweckt und der Tag begann mit Gebeten und Sport vor dem Frühstück. Neben der klassischen Kleidung für den Tag hatten sie auch dunkelgraue und schwarze Trainingsoutfits bekommen, in die sie vor dem Beginn des eigentlichen Unterrichts schlüpften.

Den besseren Teil des Vormittags verbrachten Avelian und eine Handvoll andere Schüler mit Bibellektüre und der Unterweisung in der Exegese. Danach wurden sie in Geschichte, Politik und Wirtschaft unterrichtet, in jeweils wechselnden Konstellationen mit den anderen Schülern.

Die Schülerinnen und Schüler erhielten zudem wöchentliche Stunden in verschiedenen Sprachen. Hierbei hatten sie ebenso wenig eine Wahl, wie bei den anderen Unterrichtsfächern. Avelian mühte sich bald durch deutsche und italienische Vokabeln. Lieber hätte er Spanisch gelernt, um wenigstens nach seiner Rückkehr Hugues damit zu beeindrucken.

Der Austausch untereinander wurde durch die Lehrer und den fest vorgegebenen Tagesablauf auf ein Minimum reduziert. Während Gebet und Unterricht sowie zu den Essenszeiten wurde geschwiegen. Die wenige freie Zeit am Nachmittag musste man in seinem Zimmer – seiner *Zelle* – verbringen oder unter Aufsicht schweigend in einem der öffentlichen Bereiche. Avelian fragte sich, ob die weiter fortgeschrittenen Schüler immer noch so streng beaufsichtigt wurden. Diese hatten allerdings den Auftrag, sich von den Neuen weitgehend fernzuhalten, sodass er die Frage nicht platzieren konnte. Die einzige Zeit, in der regelmäßig alle Schüler zusammen kamen, war abends bei der Ausgabe der *Essenz* – die eine so erstaunliche Ähnlichkeit mit der Medizin hatte, die er schon so lange nehmen musste.

Es war eigentlich nicht Avelians Art, sich diesen Vorgaben einfach so widerstandslos unterzuordnen. Doch er hatte dem Mittel ja nicht umsonst den Namen »Gehorsamkeitstropfen« gegeben. Obwohl er sich dieser Wirkung vollkommen bewusst war, fehlte ihm die Wut, die ihn sonst antrieb.

Den anderen neuen Schülern schien es ähnlich zu gehen. Ergänzt wurde diese seltsame, beruhigende Wirkung durch die gewalttätigen Exempel, die bei einigen Gelegenheiten statuiert wurden. In einer der ersten Unterrichtsstunden fing sich eine seiner Mitschülerinnen für das Flüstern eine schallende Ohrfeige ein. Avelian beobachtete entsetzt, wie das Mädchen die Augen verdrehte und dann mit dem Kopf auf den Tisch sank. Die Lehrerin, die ihr den Schlag verpasst hatte, war eine kleine Schwester mit bösartigen Augen. Sie blickte herausfordernd in die Runde der Schülerinnen und Schüler, die entsetzt auf das Mädchen blickten, das bewusstlos auf ihrem Arbeitspult lag. Versuch du es nur als Nächster, schienen diese den anderen Schülern entgegenzuwerfen.

Die Bestrafte hieß Sylvie, hatte kurze, schwarze Haare und einen verunsicherten, aber dennoch lebhaften und energiegeladenen Eindruck auf ihn gemacht. Nach der Bestrafung im Unterricht wurde sie von zwei Ordensbrüdern mit hängenden Beinen davon geschleift. Sylvie blieb für drei Tage verschwunden. Als sie wiederkam, hielt sie den Blick gesenkt und machte erst viele Wochen später überhaupt wieder Anstalten, mit einem anderen Schüler zu reden.

Die vier anderen Neulinge beäugten sich in den nächsten Tagen paranoid und mit wachsender Verzweiflung. Avelian musste zu seinem eigenen Missfallen anerkennen, wie sehr das deutliche Exempel einen Eindruck auf ihn gemacht hatte. Er nahm sich zwar fest vor, sich hier nicht wie ein Weidenzweig verbiegen zu lassen, doch zog er sich schockiert ein wenig mehr in sich selbst zurück.

Neben der streng kontrollierten geistigen Ertüchtigung hatte das Curriculum in Bersolet auch einen überraschend physischen Anteil. Der Frühsport wurde von dem kleinen, breiten Glatzkopf angeleitet, der ihn an seinem ersten Abend zurück in die Reihe befördert hatte. Sein Name war Christophe Lefevre und er schien eine sadistische Freude am Antreiben der Schülerinnen und Schüler zu haben. Beim Unterricht trug er schwarze Sportkleidung und hatte stets seinen Zeigestock bei sich. Diesen setzte er ein, um abwechselnd ein armes Opfer zum Vorturnen auszuwählen oder eine bestimmte Körperhaltung zu korrigieren – vor allem aber, um die mangelnde Ausführung einer Übung durch schmerzhafte Schläge zu reklamieren. Mehr als einmal brach eines der Mädchen zusammen, nachdem es aufgrund unzureichender Liegestütze einen Schlag auf den Rücken bekam. Den jungen Männern schlug er mit Vorliebe auf die Schienbeine oder in die Kniekehlen, wenn sie nicht schnell oder hoch genug sprangen.

Bald hatte Lefevre den Schülern auf diese Weise klargemacht, dass von ihm nicht nur keine Gnade, sondern stattdessen hämische Grausamkeit zu erwarten war. Und so wagten die neuen Schüler nach wenigen drakonischen Strafen auch beim Sport ebenso wenig zu sprechen wie in jeder anderen Unterrichtsstunde.

Nach zwei mühseligen Wochen wurde Avelian erneut abends zum Prior gerufen. Er hätte gerne gewusst, ob dies mit allen Schülern geschah. Irgendwie hatte er das vage Gefühl, dass dem nicht so war. Wie immer konnte er diese Frage niemandem stellen.

»Du scheinst dich besser einzuleben, als ich es erwartet hätte«, offenbarte der Prior ihm bei seiner zweiten Audienz. Avelian schwieg ob dieses Lobes mit gesenktem Kopf.

»Spürst du, dass die Disziplin und Ertüchtigung, die wir hier von dir verlangen, deinen Geist befreit?« fuhr der Prior fort.

Avelians Augen zuckten nach oben. Er wollte sich auf die Zunge beißen, um keine vorschnelle Antwort zu geben. Doch wie so oft war sein Mund schneller als seine Selbstkontrolle.

»Befreiung ist nicht das Erste, was mir in den Sinn kommt«, antwortete er und fügte dann schnell hinzu: »Herr Prior.«

Andrièl de Clermont-Ferrand blickte ihn mit steinernem Gesicht an. Die grauen Augen fixierten Avelian auf eine schwer zu fassende Art. Er fühlte sich wie ein Schmetterling unter dem Mikroskop oder ein Reh im Scheinwerferlicht. Dieses Gefühl kannte er in dieser Art nur von seinem Onkel Richard – auch wenn sich die beiden Männer ansonsten nicht besonders ähnlich waren. Nach einer kurzen, quälenden Ewigkeit hoben sich die Mundwinkel des Priors langsam und er lächelte vage.

»Das liegt daran, dass du ein falsches Verständnis von Freiheit hast, Junge«, sagte er, ohne den Blick von Avelian zu nehmen. »Du denkst, Freiheit sei, das tun und lassen zu können, was du willst. In Wirklichkeit ist Freiheit jedoch Streben und nicht Tun. Ein wahrhaft freier Mensch strebt danach, seine Wünsche auf ein höheres Ziel auszurichten – nicht danach, seine niederen Bedürfnisse zu befriedigen.«

Der Mensch kann zwar tun, was er will, aber er kann nicht wollen, was er will, schoss es Avelian aus irgendeinem Grund durch den Kopf. Wer hatte das noch gesagt? Ein deutscher Philosoph – Schopenhauer vielleicht?

Zu seiner Überraschung schien der Prior diesen Gedankensprung beinahe nahtlos aufzugreifen.

»Die Frage nach der Freiheit des Willens ist aus meiner Sicht eine der wichtigsten in der Philosophie. Sag mir, Avelian, denkst du, die Menschen in Frankreich sind heute freier als in früheren Jahrhunderten?«

Avelian zögerte nur eine Sekunde. »Natürlich, Herr Prior. Zumindest, wenn Sie den größeren Teil der Menschen meinen. Ein durchgeknallter König war vermutlich freier, als wir alle es heute sind.«

Die Augen des Priors glitten einen Moment zur Seite. Avelian hatte den Eindruck, dass er den Gedanken abwägte, den er gerade eingebracht hatte. Noch immer umspielte ein vages Lächeln seinen sonst so energischen Mund.

»Du sagst dies, weil so jemand tun und lassen durfte, was er wollte, und niemand ihm Einhalt gebieten konnte, nicht wahr?«

»Das entspricht nicht Ihrem Verständnis von Freiheit, das weiß ich, Herr Prior«, räumte Avelian ein. Aus irgendeinem Grund gefiel es ihm, sich auf diese Art und Weise mit dem Oberhaupt von Bersolet zu unterhalten. Er fühlte sich wahrgenommen und respektiert – ein Eindruck, den man ansonsten in dieser Privatuniversität kaum bekommen konnte.

»Entspricht es denn dem deinem, Junge?«

Die grauen Augen fixierten ihn erneut auf diese beunruhigende Weise und Avelians Gedanken begannen zu rasen. Nach wenigen Momenten begann er mit seiner Antwort.

»Wenn ich mir jemanden vorstelle, der komplett frei von äußeren Zwängen ist, keinen Regeln unterworfen und niemandem verpflichtet, so würde ich im ersten Moment sagen, dass er frei ist«, sagte er langsam und nachdenklich. »Wollen Sie darauf hinaus, dass selbst so jemand nicht frei ist, weil er seinen eigenen Wünschen unterworfen ist? Weil er tun kann, was er will, jedoch nicht wollen, was er will?« Nun sprach er den Gedanken doch aus und wunderte sich, wie zielsicher der Prior ihn auf diesen zurückgeführt hatte.

»Schopenhauer«, sagte der Vorsteher von Bersolet ruhig. »Ein interessanter Denker, doch reduziert man ihn mit diesem Zitat zu weit. Es impliziert, dass wir stets von unbekannten, dunklen Motiven getrieben werden, die wir nicht kontrollieren können. In Wirklichkeit ist jedoch genau das unsere Aufgabe und das wusste er sehr genau.«

Avelian überlegte, was er an dieser Stelle erwidern sollte. Doch er war mit den Arbeiten des Philosophen nicht einmal besonders vertraut – ihm war nur ein populäres Zitat durch den Kopf geschossen.

»Freiheit, so wie du sie kennst, ist eine Illusion. Nicht nur für dich – für alle Menschen. In der Welt da draußen bindet man sich an materielle Dinge und opfert dafür sein inneres Selbst. Du bist nicht das, was du tust oder was du besitzt.«

Der Prior betrachtete ihn noch kurz, dann beugte er sich über sein Buch und machte eine Notiz.

»Bis zu unserem nächsten Treffen gebe ich dir die Aufgabe, folgende Frage zu beantworten: Worin liegt wirkliche Freiheit? Für heute bist du entlassen.«

In den nächsten Tagen hatte Avelian weiterhin Gelegenheit zu erkunden, worin wirkliche Unfreiheit bestand. Scheinbar passte er sich an das ungewohnte Umfeld an, doch im Geiste rebellierte er trotz der Medikamente weiter, so gut es ihm möglich war. Abends lag er oft im Bett und schmiedete Pläne für Flucht oder Aufstand. Diese Welt um ihn herum war derart absurd – und dann stellte ihm der Prior noch solche Fragen! Er konnte nicht fassen, was ihm da zugestoßen war. Wieso hatten seine Eltern ihn hierher geschickt? Wussten sie denn nicht, was hier vorging? Was, wenn sie es wussten? Hatte Espérance ihnen nichts über den Schulalltag berichtet? Ob er davonlaufen und die Polizei oder eine Behörde informieren konnte?

Er beobachtete Sylvie und die Nachwirkungen ihrer Einzelhaft – oder was auch immer man mit ihr getan hatte – mit einer Mischung aus Neugier und Sympathie. Die junge Frau machte mit Gestik und Mimik klar, dass sie für jede Art von Austausch nicht zugänglich war. Er nahm sich wenigstens fest vor, sie weiter im Auge zu behalten.

Der Rest der Neuen, Céline, Louis, Joël und Yves - immerhin ihre Namen hatte er herausfinden können – schien über die selbstverständlich gnadenlose Behandlung in der Schule ebenso schockiert wie er. Mit wachen Augen versuchte er sich ein Bild davon zu machen, auf wen er beim Schmieden subversiver Pläne vielleicht setzen konnte. Das Ergebnis war wenig ermutigend. Nicht einmal Yves, ein kräftiger junger Bretone mit beeindruckend maskulinem Kinn und auffällig breiten Schultern, sah halbwegs verlässlich aus. Seine Augen waren so eingeschüchtert, seine Bewegungen erschreckend fahrig.

Der Entzug der Freiheit hier ist traumatisierend, dachte Avelian. Und wo das nicht ausreicht, setzen sie Gewalt und Drogen ein. Genügte das, um junge Menschen zu brechen? Was für eine Art von wirklicher Freiheit sollte dieses Gefängnis ihm denn eröffnen?

Wenn er nachts allein in der Dunkelheit seiner Zelle lag, flüsterten die Zweifel in ihm. Vielleicht war es ja vermessen sich einzureden, dass es um ihn besser bestellt war als um Yves und den Rest, die ihm so furchtsam vorkamen?

Also orientierte er sich in Richtung der älteren Schüler, die schon eine Weile in Bersolet waren. Auf den ersten Blick fügten sie sich genauso widerstandslos wie die schockierten Neulinge. Bei seinen aufmerksamen Beobachtungen bemerkte Avelian manchmal längere Blicke und unauffällige, verschwörerische Handzeichen. Sie waren gelehrig, gehorsam und insgesamt versierter als die Neuankömmlinge. Besonders eine der Schülerinnen machte in dieser Hinsicht einen erstaunlich aktiven Eindruck. Sie war schlank und recht groß und man konnte leicht sehen, dass sie eine ausgezeichnete Sportlerin war. Ihr Haar war ebenso wie ihre Augen braun und ihr Mund und ihr Gesicht bewegten sich ausdrucksvoll, wenn sie sich unhörbar mit ihren Mitschülern verständigte. Die Namen der älteren Schüler erfuhr man nur zufällig in den gemeinsamen Kursen. Mit dieser Schülerin hatte er in seinem Curriculum zuvor noch keine Überschneidungen gehabt.

Avelian fing sich bei seiner ersten Annäherung an sie direkt einen Schlag mit Lefevres dünnem Zeigestock ein, der gerade Aufsicht auf der gemeinsamen Wanderung hatte. Ein schmerzhafter, aber immerhin nicht blutender Striemen pulsierte auf seiner Wange.

»Konzentriere dich auf deinen Spaziergang, Lerot«, wies der Lehrer ihn zurecht. »Und jetzt, ab ans Ende des Zuges.«

Avelian taufte die namenlose Mitschülerin im Geiste Jeanne, denn etwas von ihrer unerschrockenen und aufrechten Art hätte gut zur Jungfrau von Orléans gepasst. Jeanne schickte ihm nach diesem Zwischenfall noch einen Blick, der einen Moment zu lang dauerte, dann ordneten sich beide wieder in die Erwartungen ein.

Manchmal fand sein innerer Widerstand auch Ausdruck, was ihn zwar in Schwierigkeiten brachte, ihm jedoch immerhin den Selbstrespekt erhielt. Das geschah zum Beispiel, nachdem sein Kommilitone Yves sich beim Laufen den Fuß verstaucht hatte. Yves hatte dadurch große Schwierigkeiten, mit Lefevres Intensität beim Training am Morgen mitzuhalten. Avelian konnte leicht sehen, wie sich der große Bretone um Disziplin bemühte. Seine Schmerzen schienen zu groß zu sein, was ihm gleich mehrere Schläge mit dem Stock einbrachte.

Als Yves nach einem besonders hinterhältigen Hieb zu Boden ging, trat Avelian einen Schritt nach vorn und fuhr Lefevre an.

»Sehen Sie denn nicht, dass er verletzt ist? Sie sollten seinen Fuß untersuchen lassen, anstatt auf ihn einzuschlagen!«

Lefevre ließ auf der Stelle von Yves ab und wandte sich Avelian zu. Der Lehrer war kleiner als er, doch militärisch trainiert und vor allem kompromisslos. Avelian stellte sich auf eine Tracht Prügel ein und hielt den kalten blauen Augen stand. Nach einigen zähen Momenten zuckte einer der schmalen Mundwinkel spöttisch und Lefevre wandte sich ab. Ohne in Avelians Richtung zu blicken, befahl er leise: »Dann begleitest du ihn zu Schwester Antoinette. Der Rest von euch« – er wandte sich fließend und in scharfem Ton an die anderen Schülerinnen und Schüler – »geht dafür auf einen Lauf um den Berg.«

Wäre Bersolet ein gewöhnliches Internat gewesen, hätten die versammelten Studenten diese Anweisung sicherlich mit Murren und Stöhnen quittiert. Hier blieben sie diszipliniert und leise. Nur Avelian bemerkte ein paar Blicke in seine Richtung.

Ein Lauf um den Berg war eine romantische Umschreibung für die zehn Kilometer lange Tortur, die Lefevre seinen Studentinnen und Studenten als Retourkutsche aufbrummte. Die Strecke ging fortlaufend auf und ab, war zu erheblichen Teilen nicht richtig ausgebaut und bei Regen und Wind nicht nur unwirtlich, sondern regelrecht gefährlich. Bei den wenigen Gelegenheiten, zu denen man sich einmal kurz mit den Studenten der älteren Lehrgänge austauschen konnte, hatten diese geraunt, dass dort angeblich einmal eine Kommilitonin in den Tod gestürzt sein sollte.

»Du hättest dich raushalten sollen«, murrte Yves in sein Ohr, kaum dass sie sich gemeinsam humpelnd von der Gruppe entfernt hatten. »Lefevre wird später auch dich büßen lassen, dass du ihm die Stirn geboten hast.«

»Na, du hast ja eine komische Art, Danke zu sagen«, antwortete Avelian trocken und konzentrierte sich weiter darauf, Yves die Stufen nach oben zu bugsieren. Sie gingen eine kurze Strecke schweigend, dann flüsterte der Bretone: »Danke. Aber bring uns bitte nicht meinetwegen in Schwierigkeiten.«

Avelian grinste kalt. »Ich bringe mich immer nur wegen mir selbst in Schwierigkeiten, keine Sorge.«

In den Tagen danach war Lefevre nicht der einzige Dozent, der Avelian seinen Ungehorsam vergällen wollte. Im Bibelunterricht wurde er regelmäßig als Erster aufgerufen und bekam seine teilweise verzögerten Antworten mit Ohrfeigen quittiert. Zusätzlich wurde ihm aufgetragen, eine ganze Woche den Essenssaal zu reinigen. Auch die anderen Unterrichtsstunden bargen offene oder verdeckte Schikanen für ihn.

Nach drei Tagen zitierte man ihn wieder einmal zum Prior. Avelian fand sich wie üblich spät abends dort ein. Dieser erwartete ihn mit finsterer Miene hinter seinem Schreibtisch.

»Ich habe gehört, dass du größere Schwierigkeiten hast, die erforderliche Disziplin zu wahren, Avelian Lerot«, begrüßte er ihn scharf und mit voluminöser, drohender Stimme. Avelian nahm vor dem Schreibtisch mit gesenktem Kopf Stellung ein.

»Darf ich sprechen, Herr Prior?«, fragte er einen Moment zu schnell.

Als Antwort schlug nur die Hand des Priors mit einem gewalttätigen Donnern auf den Schreibtisch und er sprach weiter. »Ich will nichts von dir hören.«

Avelian schluckte. Die offensichtliche Ungerechtigkeit brachte etwas in ihm zum Kochen. Er hatte das Gefühl, dass genau die Werte verraten wurden, für die eine Schule wie Bersolet eigentlich stehen sollte. Doch die meiste Zeit lernten sie im Bibelunterricht nur alttestamentarische Geschichten von rachsüchtigen Vätern, zurechtgestutzten Kindern und bedingungsloser Unterordnung gegenüber Gott. Vielleicht gab es ja zwei Arten von christlichen Werten, ging es ihm durch den Kopf. Vielleicht gab es ein Christentum der Liebe und eines der Furcht und des Gehorsams. Wenn es so war, dann wusste er, in welchem Königreich er sich befand.

Der Prior erhob sich und Avelian bemerkte mit Erstaunen, wie groß er war. Bis jetzt hatte er ihn nur sitzend gesehen. Nun baute er sich zornig vor ihm auf und wirkte eher wie ein blutrünstiger Kreuzritter denn wie ein Klostervorstand.

»Ihr alle seid hier, um die notwendigen Fähigkeiten zu lernen, die ihr auf dem weiteren Weg benötigen werdet. Eine der wichtigsten Fähigkeiten ist es, den Unterweisungen eurer Lehrer und Anführer Folge zu leisten. Wir sind hier, um Teil von etwas Größerem und Wichtigerem zu sein als wir selbst. Das hier ist kein Ort zur Selbstfindung. Das Ziel unseres Unterrichts ist Charakterformung.«

Avelian wartete, bis der Prior geendet hatte. Dann antwortete er in leisem und respektvollem Ton: »An vielen Orten würde man sagen, dass mein Verhalten Ausdruck eines guten Charakters ist. Ich wollte Yves helfen, Herr Prior.«

»Du kannst dir deine Insubordination sparen, Avelian Lerot«, zischte der beeindruckende Mann, während er um seinen Schreibtisch herum schritt. Avelian bemerkte, dass der Prior nicht nur groß, sondern auch recht breitschultrig war. Dann legte er dem Schüler seine schwere Hand um das Kinn und zwang ihn so, zu ihm aufzusehen. Avelian konnte ein ungutes Funkeln in den dunklen Augen des Priors erkennen.

»Du bist überhaupt nicht in der Lage, dir eine Vorstellung von einem geformten Charakter zu machen. Wie alle unsere Schüler kommst du aus einer Welt, die so gar nichts gemein hat mit dem, was du hier lernen wirst. Es interessiert mich nicht, ob du dir als Wohltäter der Entrechteten gefällst. Diese sind ebenso wie du hier, um zu lernen, dass es nicht um sie geht. Und dieser Weg ist für euch nun einmal mit Dornen übersät. Euer aller Aufgabe ist es, zuzuhören und zu lernen. Auffälligkeit ist hier keine Tugend. Nichts hier dreht sich um einen exaltierten Einzelnen. Hast du das verstanden, Schüler?«

Bei den letzten Worten fixierte er Avelian intensiv und dieser nickte langsam.

»Verstanden, Herr Prior«, sagte er leise. Für einen Moment schoss ihm die Frage durch den Kopf, die er bei seinem letzten Treffen aufgetragen bekommen hatte. Beinahe unhörbar fügte er an: »Ich werde ein braver Soldat sein.«

Andrièl de Clermont-Ferrands Kiefermuskeln traten hervor und er packte den jungen Mann am Hals.

»Es spielt keine Rolle, wie lange du hier deine juvenile Halsstarrigkeit präsentieren willst, junger Lerot«, sagte er leise. Avelian bekam unter dem festen Griff des Priors beinahe keine Luft mehr. Mühsam kämpfte er gegen den Drang an, seine Hände um den ihn haltenden Arm zu legen. »Du bist nicht der erste Student, der etwas länger braucht, um erwachsen zu werden und zu Verstand zu kommen. Am Ende wirst du es in jedem Fall begriffen haben. Ich habe Zeit. Nur wird dir diese Zeit sehr lang vorkommen, glaube mir.«

Avelian hatte das Gefühl, beinahe von seinen Füßen gehoben zu werden. Der Prior hielt ihn einen Moment fest, dann warf er ihn zur Seite und wandte sich ab.

»Du bist entlassen«, sagte er. Ohne einen weiteren Blick setzte er sich wieder und widmete sich seinen Schreibarbeiten. Avelian wandte sich in Richtung der großen Tür, um das Arbeitszimmer zu verlassen. Dort angekommen, wurde er von einem Impuls erfasst und drehte sich noch einmal um.

»Sind Sie mit meiner Schwester eigentlich genauso umgegangen?«

Nun passierte etwas, das Avelian verwunderte. Die beeindruckende Gestalt schien für einen Moment vollkommen zu erstarren. Ehe der Prior fortfuhr, sog er einen Hauch zu laut Luft ein. Dann hatte er wieder zu seiner üblichen Haltung zurückgefunden.

»Das hat dich nicht zu interessieren.«

»Sie war nicht mehr dieselbe, nachdem sie hier war.«

Beinahe spürte er das Gewicht des Blicks der grauen Augen. Und in diesen lag etwas, das er nicht definieren konnte.

»Geh jetzt zu Bett. Morgen ist ein anderer Tag.«

Avelian nickte nur geistesabwesend und verließ das Büro. Seine Gedanken rasten ob der irritierten Reaktion, die der Prior gerade gezeigt hatte. Kam daher die besondere Aufmerksamkeit, die er auf sich spürte? Seine Leistungen oder seine Frömmigkeit hatten wohl kaum dafür gesorgt. Er konnte nicht anders, als mehr über diese Begegnung in der Vergangenheit erfahren zu wollen. Aber er musste schnell einsehen, dass dies vorerst nur ein Wunsch bleiben würde. Ohne Smartphone und vollkommen abgeschnitten, wie er war, konnte er Espérance seine vielen Fragen nicht stellen. Falls sie ihm denn überhaupt antworten würde.

Er spürte ein dumpfes Gefühl in sich. Da war nicht nur der Schrecken über den harten Griff an seinen Hals. In ihm wühlte etwas wie Bedauern. Und er konnte sich nicht recht erklären, was dieses Gefühl zu bedeuten hatte.

†

Die Nächte im Kloster waren ruhig. Avelian konnte nicht gut einschlafen, und so lag er oft lange auf seinem Bett und starrte an die graue Decke. Die Nachtruhe begann um 21.30 Uhr, praktisch direkt nach der abendlichen Ausgabe der Essenz. Er hatte eigentlich die Vermutung, dass das Zeug auch ein Schlafmittel enthielt, denn einen anderen Grund gab es aus seiner Sicht nicht, eine derartige Droge abends zu verabreichen. Wenn es so war, wirkte es zumindest bei ihm nicht. Stattdessen hatte er das Gefühl, aufgedreht und hellwach auf dem Bett zu liegen.

Die wenigen Geräusche des nächtlichen Klosters drangen scharf in seine Ohren und er spürte jeden Schritt einer vorbeigehenden Nachtwache auf dem Flur. Wie sollte man denn so schlafen? Vielleicht war das eine seltsame Art, die Studierenden zu Gehorsam und Disziplin zu zwingen? Schwester Claire-Bernadette hatte ihm und den anderen Neuen erläutert, dass sie sich aus einem ähnlichen Grund weitgehend frei im Kloster bewegen konnten. »Der Prior ist überzeugt, dass es keine Auszeichnung für den Charakter ist, eine verschlossene Tür nicht zu öffnen, wenn sie verboten ist. Eine Prüfung ist es nur, wenn ihr wisst, dass ihr jederzeit hindurchgehen könntet.«

Nachdem dieser Gedanke in seinem unruhigen Geist wie eine Seifenblase nach oben geflogen war, begann er auf die Tür seiner Zelle zu starren. Du könntest jederzeit hindurchgehen, flüsterte es in ihm. Mit seinen aufgedrehten Sinnen würde er jeder Bewegung im Kloster ausweichen können. Niemand würde ihn bemerken – oder?

In der nächsten Nacht konnte er nicht mehr an sich halten. Er zog die dunkle Sportkleidung an, die man ihnen zur Verfügung stellte, und huschte auf Socken zur Tür. Sein Herzschlag pulsierte in seinen Ohren. Er lauschte angestrengt, ob sich auf dem Flur etwas bewegte. Der letzte Nachtwächter hatte sein Zimmer vor fünf Minuten passiert. Die Luft sollte im Moment rein sein.

Avelian drückte vorsichtig auf die Klinke und öffnete die verbotene Tür. Der Flur war dunkel und leer. Die grauen Wände drückten von allen Seiten auf ihn. Nur durch die schmalen, schießschartenartigen Fenster drang ein wenig Mondlicht. Dieses reichte jedoch kaum aus, um mehr als ein paar Meter weit zu gehen.

Wohin sollte er gehen? Er hatte überhaupt keine Ahnung und erst recht keinen Plan. Doch das hatte ihn schon öfter nicht davon abgehalten, zu handeln. Er blickte sich um, entschied, dass beide Richtungen fürs Erste gleich gut oder gleich schlecht waren, und huschte nach rechts.

Aus keiner der schmalen Bogentüren, die er passierte, war ein Geräusch zu hören. Am Endes des Ganges kam die größere Tür, durch die er und die anderen männlichen Schüler zum Morgengebet gingen. Sie schabte ein wenig über den Steinboden. Nicht wirklich laut, doch sicher in einigen Metern Entfernung hörbar. Sollte er besser umdrehen und es in die andere Richtung versuchen? Oder gleich wieder zurück in sein Zimmer gehen?

Während er überlegte, hörte er plötzlich Schritte auf der anderen Seite. Sie näherten sich schnell und energisch, und bald konnte er auch das dumpfe Vibrieren von Stimmen ausmachen. Das war keiner der schleichenden, schweigenden Wächter, welche die Nachtruhe kontrollierten. Wer immer da kam, war in anderer Sache unterwegs.

Avelian unterdrückte seinen Impuls zu fliehen und presste sich hinter der Tür in eine der schmalen Nischen, die in regelmäßigen Abständen in die Wand gemauert waren. Wenn die Personen wirklich durch die Tür kamen – was er für unwahrscheinlich hielt, da er nachts noch nie Stimmen auf dem Flur gehört hatte – würde die Tür ihn verbergen, bis sie hoffentlich an ihm vorbei waren.

Der kalte und raue Stein presste sich in seinen Rücken. Avelian formte eine Muschel hinter seinem linken Ohr, um die sich nähernden Geräusche besser wahrnehmen zu können. Er hörte die schnellen Schritte und die Stimmen näherkommen. Dann konnte er die entschlossenen, klaren Worte eines Mannes ausmachen. War das der Prior, der dort sprach?

»Dein Bericht beunruhigt mich«, war das Erste, das er wirklich verstehen konnte. Der zweite Mann antwortete leiser. Seine Sprechweise hatte etwas sehr Beherrschtes, Konzentriertes.

»Wir beobachten dies schon lange genug, Herr Prior«, antwortete er. Also wirklich – eine der beiden Personen war das Oberhaupt von Bersolet. Für einen Moment musste Avelian an sich halten, um nicht doch noch zu seinem Zimmer zurückzulaufen. Doch wie so häufig siegte seine Neugier.

»Es gab immer wieder einige Schüler, bei denen die Essenz weniger effektiv wirkte als bei anderen«, fuhr der Mann mit der konzentrierten Stimme fort. »Doch seit der zweiten Hälfte des letzten Jahrhunderts häufen sich die Vorfälle. In den letzten Jahren haben sie noch einmal massiv zugenommen. Auch außerhalb des Klosters.« Die Schritte verstummten. Avelian schluckte. So nah wie die letzten Worte geklungen hatten, befanden sich die beiden im Moment vielleicht direkt vor der Tür. Was, wenn sie wirklich durch den Flur kommen würden? Plötzlich kam ihm sein notdürftiges Versteck schrecklich dumm vor.

»Dass solche Fälle existieren, ist mir durchaus nicht neu, Venantius«, antwortete der Prior. »Es besorgt mich allerdings, dass du diese bereits quantifizieren kannst. Dies zeugt von einem nicht unerheblichen Phänomen.«

»Der Großmeister hat vor drei Jahren den Auftrag erteilt, dies zu erheben.«

»De Varaissant?«, fragte der Prior. Die Antwort erfolgte scheinbar durch Mimik, den Avelian konnte sie nicht hören. Doch er hielt von dem, das er bis jetzt aufgeschnappt hatte, ohnehin den Atem an. War sein Patenonkel wirklich so etwas wie ein *Großmeister* in dieser Organisation, der scheinbar auch der Prior und dieses Internat angehörte?

Die Art und Weise, wie der Prior den Namen aussprach, hatte etwas Missbilligendes oder Abfälliges. Solche Zwischentöne waren schwer abzuschätzen, durch eine Tür und ohne etwas zu sehen. Doch er war sich dieses Eindrucks relativ sicher.

»Wir müssen das in jedem Fall genauer untersuchen«, fuhr der Klostervorsteher dann fort. »Dazu müssen wir die auffälligen Schüler einzeln befragen. Du hast eine Liste mit den Abweichlern?«

Avelian gefiel es ganz und gar nicht, wie der Prior das Wort *befragen* betonte. Auch, dass er von Abweichlern sprach, füllte ihn nicht gerade mit Zuversicht. Hatte er ihm nicht bereits mitgeteilt, dass er ihn auf besondere Weise beobachtete? Vielleicht stand er ja bereits auf so einer Liste!

Vor der Tür waren wieder Schritte zu hören, die sich langsam in Bewegung setzten. Der Prior und dieser Mann namens Venantius setzten ihren Weg fort und so entfernten sich die Stimmen schnell. Avelian hörte jedoch noch die Antwort auf die letzte Frage: »Wir haben Aufzeichnungen gemacht und diese priorisiert. Bei einigen Schülern bin ich sehr sicher, andere müssen wir vorsichtiger beobachten.« Dann bogen die beiden Männer um eine Ecke und waren außer Hörweite.

Auffällige Schüler. Abweichler. Bei denen die Essenz weniger effektiv wirkt. So wie bei ihm. Die Worte hallten noch in seinem Kopf wider, während die beiden Männer sich entfernten.

Avelian stand für einen Moment völlig regungslos in der Nische, in der er sich versteckt hatte. Der Prior und dieser Venantius wussten, dass die *Gehorsamkeitstropfen* nicht bei allen wirken. Das bedeutete, dass sie ihm auf der Spur waren. Das bedeutete aber auch … dass er nicht der einzige war! Es gab andere hier in Bersolet, die wie er waren, die vielleicht nicht schlafen konnten und die sich mit Disziplin und Gehorsam noch mehr quälten als die anderen.

Er überlegte, was er tun sollte. Auf seinem kleinen Ausflug war er innerhalb von wenigen Minuten beinahe dem Prior in die Arme gelaufen. Vermutlich war es keine so gute Idee, sich in dieser Nacht noch weiter im Kloster rumzutreiben. Er musste seine Gedanken sortieren und verstehen, was das Gehörte für ihn selbst bedeutete. Also beschloss er, sich zumindest für den Moment wieder auf sein Zimmer zu begeben und sich ruhig zu verhalten.

XXIII

Die Fremden

Brüssel, Belgien, 2012

Es dauerte einen Moment, bis er die Gruppe auf dem großen Platz ausmachen konnte. Der Boulevard Charlemagne war belebt um diese Zeit, aber es war nicht Rom oder Paris. Octavio hatte in den letzten Tagen gelernt, dass Brüssel ein sehr unauffälliges Machtzentrum war. Auch das Berlaymont-Gebäude selbst war sicherlich beeindruckend, doch mit seinem Baustil aus den Sechzigern und den für moderne Verhältnisse relativ wenigen Stockwerken, kein architektonisches Symbol der Macht. Zumindest nicht so sehr, wie es eigentlich möglich gewesen wäre.

Ein schöner, phallischer, 500 Meter hoher Wolkenkratzer macht sich da halt besser, dachte er grinsend, während er sein Fernglas über die kreuz und quer eilenden Menschen gleiten ließ. Die meisten waren in die klassische Uniform der Macht gekleidet – dunkle Anzüge, helle Hemden, geometrische Krawatten oder das weibliche Äquivalent dazu. Ältere grauhaarige Herren oder sorgfältig frisierte Damen wurden begleitet von kleinen Gruppen an Assistenten, Praktikanten und Beratern. Irgendwo baute sich ein Kamerateam auf und wollte vermutlich Vor-Ort-Aufnahmen für irgendeinen Fernsehbericht schießen.

»Ich bin hier über dem Zigarrengeschäft, Es«, sagte er leise in sein Funkmikrofon. »Hab dich jetzt im Blick.«

»Ein beeindruckender Anblick, Monsieur Binzeler«, kam es codiert von ihr zurück. Sie bewegte sich in der Entourage einer dieser Eminenzen auf die Glasfront des Gebäudes zu.

Octavio beobachtete den Sicherheitscheck am Eingang und prägte sich die Abläufe genau ein. Neben ihm auf der Fensterbank lag ein Ausweis für das Gebäude sowie ein spanischer Pass, beide ausgestellt auf den Namen Juan Estevario Sanchez.

Der Anführer von Espérances Gruppe verschaffte sich geübt und energisch Zutritt. Das Wachpersonal kannte Binzeler gut genug, um bei ihm nicht allzu genau hinzuschauen. Das würde anders aussehen, wenn Octavio selbst gleich hinterher wollte. Die Funkausrüstung, welche Espérance und er verwendeten, war modern und würde keine Probleme bereiten. Gefälschte Sicherheitsausweise waren, abhängig vom Hersteller des Zugangssystems, manchmal ein wenig schwieriger.

»Sie kommt«, gab er per Funk durch und heftete sich mit dem Fernglas an eine schmale, weibliche Figur in Jeans und Lederjacke, die wie ein Fremdkörper in der Szenerie wirkte und die dennoch zielstrebig auf das Gebäude zusteuerte.

Rosemarie Eydt war laut seinen Informationen neu in der Stadt. Da war es nicht besonders verwunderlich, dass sie sich noch nicht vollkommen sicher auf dem Brüsseler Parkett bewegte. Zudem war sie Aktivistin und keine Politikerin.

Die junge Frau hatte sich in sehr kurzer Zeit einen starken Zugang zu mehreren Brüsseler Politikern verschafft, was ihr die Aufmerksamkeit von Octavios Boss eingebracht hatte. Sie betrieb mit *Deep Europe* einen Watchblog zum Thema Politik, der sich vorwiegend mit dem Aufdecken von kleinen Lobbyismus-Skandalen und den Fehltritten einiger Politiker beschäftigte. *Deep Europe* bediente sich der typischen Analogie des Staates im Staat - der Idee, dass es innerhalb der herrschenden politischen Organisationen geheime Machtstrukturen gibt, die anderen, eigenen Gesetzmäßigkeiten gehorchen. Normalerweise kümmerte sich ihre Organisation nicht um solche Einzelfälle. Doch Rosemarie Eydt hatte in den letzten Monaten eine ganze Reihe von bemerkenswert treffsicheren Artikeln veröffentlicht.

»Das allein macht sie noch nicht gefährlich«, hatte sein Boss ihm in seiner gewohnt ruhigen Art erklärt. »Die Menschen glauben, was sie glauben wollen. Solche Gedanken sind immer noch an erster Stelle unbequem und werden daher nichts aufwirbeln. Allerdings gehen wir davon aus, dass ihr diese Informationen von einer Gruppe von Abtrünnigen zugespielt werden. Ich möchte, dass du und deine Partnerin euch diese Entwicklung einmal genauer anseht und herausfindet, an welche Fäden Rosemarie Eydt geknüpft ist.«

Recherche und Observation hatten in den letzten zwei Wochen in dieser Hinsicht nicht wirklich viel zutage gebracht. Die Frau lebte das Leben einer Studentin, traf sich mit wenigen Menschen außerhalb der Universität und schrieb viel in ihrem Blog und an weiteren Arbeiten auf ihrem Notebook. Ihre Nächte waren nach seinem Dafürhalten öde. Es gab keine Dates, keinen Freund und schon gar keine One-Night-Stands – aber auch keine nächtlichen Treffen mit *Unterstützern*.

Nachdem sie sich sicher waren, dass es auf diesem Wege nicht mehr viel zu gewinnen gab, ergriffen sie die Initiative. Espérance verschaffte sich einen kurzfristigen Praktikumsplatz im Berlaymont, während Octavio per E-Mail, Kontakt mit Rosemarie aufnahm. Sie war offen und antwortete, da er vorgab, ihrer Sache wohlgesonnen zu sein, und sie tauschten einige Nachrichten aus. Dabei hatte er bewusst vermieden, Fotos zu schicken. Er wusste, wie sie aussah, doch für Rosemarie war er ein Phantom namens Eric. Nun wollten sie sich ein genaueres Bild von ihren Verbindungen in Brüssel machen.

Für Espérance war es ein Leichtes gewesen, nach dem Beginn ihres Praktikums das Vertrauen von Roland Binzeler zu gewinnen. Sie verfügte nicht nur über alle Vorzüge und Fähigkeiten, mit denen junge Frauen schon immer auf einflussreiche

Männer eingewirkt hatten. Die zusätzlichen Mittel, die ihr Ausbildung und Essenz an die Hand gaben, sorgten dafür, dass der Mann praktisch chancenlos gewesen war.

Octavio beobachtete, wie sein Zielobjekt die Sicherheitskontrolle passierte und griff nach seiner Tasche. Er zog seine Krawatte zurecht, verriegelte die Tür des Apartments und eilte mit geübten Schritten die Treppen hinab zum Zigarrengeschäft.

†

»Ich finde sie großartig«, sagte Espérance abends, während sie sich am kleinen Tisch ihres Hotelzimmers ihren Lippenstift nachzog. »Sie hat ein paar wirklich überzeugende Argumente.«

»Das klingt irgendwie anders, als du es vermutlich meintest«, entgegnete Octavio grinsend. Seine Kollegin warf ihm einen strafenden Blick über die Schulter zu, dann fuhr sie fort.

»Du verfolgst die Diskussion um den Klimaschutz ja vermutlich auch. Rosemarie hat ihm vorgerechnet, was passieren wird, wenn aufstrebende Länder wie Brasilien oder China weiter daran arbeiten, ihren Lebensstandard an uns in Europa anzunähern. Und sie hatte eine relativ klare Vorstellung davon, was man jetzt tun müsste.«

»Und wie fand Binzeler das?«

»Er kam halt mit Wachstum, Wirtschaft, die Menschen verstehen das nicht. Das Übliche also.«

»Andere Themen hat sie nicht angesprochen?«

»Dinge aus ihrem Blog? Verschwörungstheorien über die Verbindungen des Vatikans und die internationale Hochfinanz? Nein, so weit hat sie sich noch nicht vorgewagt.«

Espérance war fertig damit, sich wieder in Ausgehform zu bringen, und erhob sich von dem kleinen Hocker. Sie trug ein dunkelgrünes Abendkleid und eine elegante Hochsteckfrisur, dazu eine breite, silberne Kette. Octavio stieß einen kurzen Pfiff aus und grinste.

»Pfeifen sie mir nicht nach, Señor.« Dazu zeigte sie ein versöhnliches Lächeln, um ihre Grenzsetzung ein wenig zu entschärfen.

Vor dem Apartment stiegen sie gemeinsam in ein Taxi und ließen sich aus der Stadt fahren. Offiziell war Espérance gemeinsam von Binzeler eingeladen und Octavio war ihre Plus-Eins.

Sie stiegen vor einem modernen, gläsernen Bürogebäude aus, das mit kleinen Scheinwerfern beleuchtet wurde. Hinter der Glaswand waren in weißen Stoff eingeschlagene Stehtische arrangiert, auf denen weiße Blumen leuchteten. Am Eingang wartete eine junge Frau im Businesskostüm und kontrollierte kurz ihre Einladung.

»Guten Abend, Mademoiselle Lerot, Monsieur Sanchez Estevario«, sagte sie strahlend freundlich und ließ die beiden passieren. Da Espérance ihren kurzfristigen Zugang zum Inneren der Europäischen Kommission durch ihre familiären Verbindungen bekommen hatte, nutzte sie keinen Decknamen. Octavio hingegen schon, um ein unabhängiges Handeln zu ermöglichen. Deswegen würde seine Partnerin sich in diesem Einsatz auch nicht in illegalen oder suspekten Handlungen engagieren.

Die große Eingangshalle des Gebäudes war festlich herausgeputzt. Die normalerweise nüchterne Architektur wurde ergänzt durch dekorierende Kunstobjekte, zusätzliche Möbel sowie eine aufwändige Beleuchtung. Im Hintergrund spielte gut hörbar klassische Musik. Octavio bemerkte erst auf den zweiten Blick, dass diese von einer unauffälligen Musikergruppe auf einer Empore kam.

»Nobel geht die Welt zugrunde«, flüsterte er an Espérance gerichtet. Sie zwinkerte ihm zu, sagte jedoch nichts. »Bestimmt auch kein toller Job, hier die Cello-Jukebox für Europas Elite zu geben.«

»Na, sie sind heute aber sehr zynisch, Señor«, kam es leise von ihr gerade in dem Moment, als Monsieur Binzeler auf sie zukam. Er war ein gemütlich wirkender Mann Ende fünfzig, der durch seinen geschäftlich nüchternen Anzug und eine gelockerte Krawatte den Eindruck vermittelte, die Veranstaltung zumindest im Moment nicht so ernst zu nehmen wie viele andere. Octavio kam sich vor ihm in seinem sorgfältig gewählten Smoking direkt ein wenig geckenhaft vor, verbannte dieses Gefühl jedoch professionell, um keine Schwachstelle aufzubauen.

»Meine liebe Espérance«, begrüßte Binzeler sie mit offenen Armen und sehr herzlich. »Es ist so schön, dass Sie es so spontan einrichten konnten.«

Octavio beobachtete diese Begegnung auf unangenehm konnotierte, sexuelle Schwingungen, konnte jedoch keine feststellen. Binzeler schien Espérance auf eine ehrliche, väterliche Art zu mögen. Anhand ihrer Reaktion erwiderte sie diese Gefühle zumindest oberflächlich.

»Ich muss mich bei Ihnen für diese Einladung bedanken, Monsieur Binzeler«, parlierte sie charmant lächelnd. »Wenn man noch so frisch in der Stadt ist wie ich, wird man nicht so häufig eingeladen, vor allem nicht in solche Kreise.«

Binzeler verdrehte kurz die Augen und legte ihr eine Hand auf die Schulter. »Nun wollen Sie mir doch nicht sagen, dass *Sie* von diesem kleinen Schauspiel hier beeindruckt sind.« Er führte sie einmal kurz in einer kreisrunden Bewegung und umfasste den großen Saal mit einer Geste seiner rechten Hand. »Ich bin mir sicher, Ihre Eltern haben Sie sehr früh in die entsprechende Gesellschaft in Frankreich eingeführt.«

Espérance strahlte ihn noch einmal mit einem besonders beeindruckenden Lächeln an, dann schaute sie kurz zu Octavio und wechselte gekonnt das Thema.

»Oh, wir lassen hier gerade meine charmante männliche Begleitung stehen wie eine Litfaßsäule«, meinte sie lachend und lenkte Binzelers Blick auf ihn. »Darf ich

Ihnen meinen Bekannten Juan Sanchez vorstellen? Wir haben uns über das Austauschprogramm der Agenturen kennengelernt.«

Binzeler wechselte von väterlich-freundlich auf jovial-geschäftsmännisch und streckte Octavio die Hand entgegen.

»Freut mich, Sie kennenzulernen. Mein Name ist Roland Binzeler. Ich bin Generaldirektor in der Kommission und habe das Vergnügen, seit ein paar Wochen mit Espérance zusammenzuarbeiten.«

»Freut mich sehr, Monsieur Binzeler. Ich bin Juan Estevario und wie Espérance ebenfalls seit einiger Zeit Praktikant in der Kommission.« Octavio achtete darauf, genug Respekt und Ehrfurcht an den Tag zu legen, aber nicht unterwürfig zu wirken. Das würde ihn uninteressant für Binzeler machen für eventuelle spätere Kontakte.

»Welche Agentur?«

»Bankenabwicklung«, antwortete Octavio. Ihre Recherche hatte ergeben, dass Binzeler dorthin keine relevanten Verbindungen hatte, so dass die Gefahr gering war, von ihm in ein Gespräch verwickelt zu werden. Im Gegensatz zu Espérance absolvierte er nämlich nicht wirklich ein Praktikum und würde sich in Smalltalk nur begrenzt verteidigen können.

Binzeler nickte dementsprechend auch nur kurz. »Eine wichtige Aufgabe, junger Mann. Ich bin mir sicher, Sie können hier einige spannende Dinge lernen. Willkommen in Brüssel.«

»Sie haben recht, das ist eine faszinierende Aufgabe«, log Octavio gekonnt. Die Abwicklung in Schieflage geratener Banken war in Wirklichkeit vermutlich die vorletzte europäische Behörde, für die er sich interessiert hätte. Er bemerkte, wie Binzeler sich zu Espérance beugte und einen kurzen, vertraulichen Kommentar machte. Er macht sich heimlich über die Bankenabwicklung lustig, dachte Octavio. Sie hatte sich tatsächlich bereits einen ausgezeichneten Zugang zu Binzeler erarbeitet.

Eine Servicekraft versorgte sie mit einer aufwändigen Sektkreation und sie stießen kurz an, ehe der Direktor sich weiteren Begrüßungen zuwandte und sich vorübergehend entschuldigte.

Die beiden nahmen eine Beobachtungsposition ein und sahen weitere Gäste in den Saal kommen. Die meisten von ihnen waren wie sie selbst entweder hochwertig geschäftlich oder festlich gekleidet und gehörten der Brüsseler oder der europäischen Oberschicht an. Espérance wurde mehrmals in eine Konversation verwickelt und stellte Octavio jedes Mal kurz vor. Er machte auf verstockt und wortkarg, um zu vermeiden, dass er mit seiner Bankenabwicklung doch noch Aufmerksamkeit auf sich ziehen würde. Einmal musste er sich entschuldigen, als eine Kollegin von Espérance mehr über seine Arbeit hören wollte.

Er schlenderte an die eigens aufgebaute Bar und bestellte sich den Cocktail des Abends – einen Daiquiri – und trieb sich für einen Moment an der Theke herum. Er schwenkte gerade seinen Rum-Mix, als sich eine Frau neben ihm an der Bar positionierte und mit leiser Stimme ein Wasser bestellte. Was für ein Zufall, dachte er und nippte an seinem Drink. Ich kenne dich, aber du kennst mich nicht.

Rosemarie Eydt wirkte auf eine sympathische Art deplatziert auf dieser Veranstaltung. Zwar konnte man leicht sehen, dass sie sich um ein adäquates Outfit bemüht hatte. Allerdings schien ihr Kleiderschrank in dieser Beziehung eingeschränkt zu sein. Ihre Kombination aus schwarzer Jeans und Blazer war in der normalen Geschäftswelt völlig in Ordnung, an einem Abend wie diesem jedoch deutlich underdressed. Rosemarie schien dies auch zu bemerken. Ihre Körpersprache verriet, dass sie sich nicht wohlfühlte. Es muss einen triftigen Grund für ihr Kommen geben, dachte Octavio. Geselligkeit wird es nicht sein.

»Ich mag solche Veranstaltungen auch nicht wirklich«, flüsterte er vertraulich, indem er sich nach vorn beugte. Rosemarie schaute ihn mit großen Augen an, dann lächelte sie.

»Ist das so offensichtlich?« Sie wirkte zugleich ertappt und erleichtert.

»Ich habe eine ganz gute Beobachtungsgabe. Keine Sorge, Sie fallen nicht negativ auf. Aber sie sollten nicht nur Wasser trinken.« Er prostete ihr kurz mit seinem Daiquiri zu und Rosemarie lachte. »Ein wenig Konversationssaft kann wahre Wunder wirken.«

Kurzerhand bestellte er für sie auch einen Daiquiri und beobachtete ihre Reaktion genau. Er wusste, dass sie verunsichert war, was sie für einen freundlichen Verbündeten zugänglich machte. Aber er durfte sich nicht zu machohaft verhalten, wenn er sie nicht verschrecken wollte. Also beschloss er, seine Geste ironisch zu brechen, und warf dazu sein volles Lächeln an.

»Oh, das war ziemlich übergriffig von mir, entschuldigen Sie bitte.« Er ging für einen Moment auf Distanz und bemerkte an ihrer Mikromimik, dass ihr der größere Abstand nicht gefiel. »Ich sollte mich erst einmal vorstellen, bevor ich Ihnen einen Drink bestelle.«

Mit dem nächsten Satz überbrückte er die Distanz wieder und baute Vertraulichkeit auf. »Überhaupt ist das ja eine ziemlich dumme Geste, ich lade Sie ja nicht mal ein. Die Drinks zahlt ja Airbus.« Ein kurzes, wohlplatziertes Augenzwinkern. »Ich bin Juan.«

»Freut mich, ich bin Rosemarie«, kam die immer noch recht leise Antwort.

Octavio sammelte in den nächsten Minuten weiter Eindrücke von der jungen Frau vor sich. Er wusste, dass sie gerade verunsichert war, doch aufgrund der weiteren Informationen über sie kannte er sie auch als idealistisch und entschlossen. Über ihre sexuelle Orientierung war er sich nicht ganz sicher. Seine Charmeoffensive schien gut anzukommen. Sie war zumindest zugänglich.

Während des kurzen Gesprächs blickte sie mehrmals auf ihr Mobiltelefon und entschuldigte sich dafür, jedoch ohne Erklärung. Octavio war sich sicher, dass sie sich nicht nur hinter dem Bildschirm verstecken wollte, sondern das von ihm geübt geführte Gespräch eigentlich genoss. Nach den Nachrichten schaute sie sich mehrmals im Raum um und wirkte besorgt. Auf seine freundliche Nachfrage hin blieb sie verschlossen. Er beschloss, erst einmal von ihr abzulassen, und verabschiedete sich vorübergehend unter dem Vorwand, jemanden begrüßen zu wollen. Nach einem kurzen Umweg landete er bei Espérance, die sich mit zwei Kollegen von Binzeler unterhielt. Er stellte sich kurz vor, legte beiläufig eine Hand auf ihre Schulter und drückte zweimal kaum merklich zu. Espérance ließ sich zuerst nicht anmerken, inwieweit sie das vereinbarte Zeichen verstanden hatte – doch wenige Minuten später steuerte sie auf die Bar und auf Rosemarie zu.

Octavio zog sich kurz auf die Toilette zurück, klappte den Deckel zu und setzte sich darauf. Aus der Innentasche seines Sakkos holte er ein kleines, schwarzes Gerät und schaltete es mit einem altmodischen Kippschalter um. *Searching*, verkündeten blaue LED-Buchstaben auf einem winzigen Displayfeld. Nach einigen Sekunden wechselte die Schrift auf *Connected*.

Er blickte testweise auf sein Telefon. Es war kein Unterschied zu bemerken, nur die Netzverbindung schien momentan abgebrochen. Ein unbedarfter Nutzer würde dies vermutlich als ärgerliche Überlastung abtun.

Er schaltete das Gerät aus und ließ es wieder in der Innentasche verschwinden. Testweise aktivierte er den Schalter einmal blind und versetzte dann sein Handy mit einer speziellen Kombination in den Wartungsmodus. Als er sich die Hände wusch, platzierte er sorgfältig einige Tropfen auf seinem Display.

Rosemarie und Espérance hatten sich von der Bar zurückgezogen und unterhielten sich angeregt. Octavio gab sich Mühe, ein wenig verloren auszusehen, bis er die beiden bemerkte, und steuerte dann auf sie zu. Gemeinsam klärten sie sich darüber auf, dass sie sich alle schon kannten, und amüsierten sich darüber, wie klein die Welt doch war. Dann legte er mit dem eigentlichen Plan los.

»Es … ist mir etwas peinlich«, sagte er und blickte zwischen den beiden Frauen hin und her. »Ich war gerade auf der Toilette und na ja, mein Handy hatte einen Wasserschaden.«

»Toiletten sind Todesfallen«, lachte Espérance. Rosemarie stimmte ihr zu.

»Die sollten die Dinger endlich mal wasserdicht machen, das ist doch bestimmt jedem schon mal passiert.«

Octavio blickte sie dankbar an und lächelte. »Genau, das kann jedem passieren, hätte meine Mutter gesagt. Dem Dümmsten zuerst.«

Sie lachten gemeinsam, dann fuhr er fort. »Und der wäre heute wohl ich.« Eine kurze Pause, ein vertrauensvolles Vorbeugen. »Ich habe euch das nicht erzählt, weil das eine spannende Anekdote wäre, um ehrlich zu sein. Ich habe das Ding erstmal ausgeschaltet und hoffe, dass es überlebt. Aber ich müsste kurz telefonieren. Könnte mir eine von euch für fünf Minuten ihr Telefon leihen?«

Er blickte bewusst zuerst zu Espérance, die nach ihrer Tasche griff und sofort ihr Smartphone hervorholte. Dann wurde ihr Blick entschuldigend.

»Ich bin im Energiesparmodus. Mein Kabel hat einen Knick und das blöde Ding hat heute nicht geladen. Ich brauche nachher noch ein Taxi …«

Wie erwartet sprang Rosemarie ihm bei, ermuntert von dem vertrauensseligen Vorpreschen ihrer Bekannten. Manche Menschen würden in so einer Situation misstrauisch werden, doch die offensichtliche Hilfsbereitschaft einer anderen Person entkräftete diese Zweifel zuverlässig.

»Danke, das ist wirklich sehr freundlich, Rosemarie. Sie sind ein Engel.« Er lächelte erneut entschuldigend und nahm das Telefon entgegen, um sich ein paar Meter zu entfernen. Geübt legte er in der Tasche den kleinen Kippschalter um und wartete kurz auf den Netzausfall. Währenddessen schwenkte er scheinbar auf der Suche nach einer Verbindung Rosemaries Telefon herum.

Der Prozess des Klonens dauerte rund zwei Minuten. In dieser Zeit sorgte der Empfänger dafür, dass alle Informationen des Zieltelefons gespiegelt wurden. Er würde später nur noch seinen Computer benötigen, um diese Daten auszulesen.

Nach ein paar Minuten ging er mit leicht zerknirschtem Gesicht zu Rosemarie zurück und gab ihr das Handy.

»Irgendwie habe ich heute kein Glück – kein Netz.«

Sie blickte verwundert auf das Display, das diese Aussage bestätigte. »Komisch – war bisher kein Problem.«

»Bestimmt lesen gerade zu viele Leute ihre Mails«, meinte Espérance. Octavio stimmte zu und winkte dann ab.

»Was soll's, bin ich halt mal kurz offline. Das soll ja auch bisweilen ganz guttun.«

†

Octavio klappte sein Notebook auf, kaum dass sie ihr Hotelzimmer betreten hatten. Während er sich konzentriert damit beschäftigte, die Daten von Rosemaries Telefon auszulesen, ließ sich Espérance auf das Bett fallen. Sie waren beide nicht sehr anfällig für Müdigkeit und leistungsfähiger als andere. Die doppelten Arbeitstage der letzten Wochen hinterließen allerdings auch bei ihnen ihre Spuren. Erschöpft tastete sie nach ihrer Reisetasche und holte aus einem Fach am Boden ein ausgeschaltetes Mobiltelefon. Für einen Moment drehte sie es in ihrer Hand, dann drückte sie auf den Einschaltknopf und beobachtete das mittlerweile altmodisch wirkende, animierte Nokia-Logo.

Ihr Blick wanderte kurz zu Octavio, doch der schenkte ihr in diesem Moment keine Aufmerksamkeit. Also wartete sie, bis ein melodischer Ton anzeigte, dass sie mit dem Mobilfunknetz verbunden war, und starrte auf die kleine Zahl neben den Textnachrichten.

»Schau dir das hier mal an, Es.« Octavios Stimme riss sie zurück ins Hier und Jetzt – erbarmungslos und gnädig gleichermaßen. Mit einer schnellen Handbewegung verschwand das Telefon wieder und sie trat neben ihren Partner.

Auf dem Bildschirm emulierte eine Software das Display von Rosemaries Mobiltelefon und zeigte die verschiedenen Programme, die die junge Frau installiert hatte. Die beiden sahen eine Reihe von Handyspielen, verschiedene soziale

Netzwerke, E-Mail-Programme, Kalender und viele weitere übliche Anwendungen. Neben einem Dienst für Textnachrichten hatte Rosemarie auch einen verschlüsselten Messenger installiert. Am App-Symbol prangte eine kleine, rote Acht.

»Sie hat ziemlich viele Nachrichten bekommen heute Abend«, meinte Octavio und bewegte seinen Cursor auf diese App. »Die meisten über diesen sicheren Dienst. Wundert mich jetzt nicht so sehr, dass eine Aktivistin sich nicht nur auf WhatsApp verlässt.«

Ein Klick und eine Reihe von Nachrichten wurde angezeigt. Das Programm riss jeweils die ersten zwei Zeilen an – meist Begrüßungen oder Emojis, da und dort auch ein Dateikürzel für ein Foto. Die oberste und somit neueste Konversation sprang den beiden heimlichen Beobachtern schnell ins Auge.

Warnung: Sie sind Dir auf der Spur.

Octavio blickte kurz schräg nach oben zu Espérance, die hinter ihm stand. Dann klickte er auf die Nachricht.

Sie sind auf Dich aufmerksam geworden. Wir haben Dir gesagt, dass dies passieren könnte. Eine sichere Quelle hat uns informiert, dass zwei Agenten in der Stadt sind.

Die erste Nachricht endete an dieser Stelle. Sie war vor zwei Stunden verschickt worden. Rosemarie hatte nicht geantwortet. »Das scheint eine recht einseitige Konversation zu sein«, sagte Espérance. »Ich denke nicht, dass sie diese Leute bereits gut kennt. Sie sind vielleicht eher Tippgeber für sie oder so etwas.«

»Es geht noch weiter – sieh mal.«

Es werden sich Dir heute Abend freundliche Leute nähern und es wird Dir sehr leicht fallen, mit ihnen ins Gespräch zu kommen. Dies geschieht, weil sie Dich beobachten und im Auge halten wollen. Halte die Augen auf nach neuen Kontakten, die Du erstaunlich häufig triffst.

An dieser Stelle – vor rund einer Stunde – hatte Rosemarie eine Antwort getippt.

Ist das ein Scherz? Was wollen die von mir?

Die Antwort war kurz und prägnant:

Du befindest Dich in sehr großer Gefahr. Gehe mit niemandem mit, ganz gleich aus welchem Grund. Wenn es so geschehen ist, wie wir es beschrieben haben, melde Dich stattdessen bei uns.

»Das ist zwar ziemlich vage geschrieben, aber ich würde mich wundern, wenn sie sich nach unserem heutigen Treffen nicht bei denen meldet – oder?« Octavio fuhr sich nachdenklich mit der Hand über die Stirn.

»Das kommt auf ihre Persönlichkeit und ihr Weltbild an«, erwiderte Espérance. »Wir waren vorsichtig und überzeugend. Jemand wie Rosemarie hat keine Konzeption davon, wie geübt man mit einer gewissen Ausbildung Menschen manipulieren kann. Leichtfertig wird sie diese Hinweise aber bestimmt nicht ignorieren.«

Für eine Weile war Rosemaries Telefon vollkommen ruhig und die beiden vermuteten, dass sie vielleicht bereits schlief. Da es bald Mitternacht war, wäre das nicht besonders verwunderlich gewesen. Octavio versuchte parallel, etwas über den unbekannten Absender herauszufinden. Seine Nachforschungen führten allerdings vorerst zu nichts. Die Verschlüsselung des Messengers war fehlerfrei und der Unbekannte hatte auch keine dummen Fehler gemacht.

Kurz nach Mitternacht meldete das Klonprogramm Aktivität auf dem Telefon. Die Messenger-App wurde hell hervorgehoben, was ein Hinweis darauf war, dass sie gerade genutzt wurde. Als Octavio sich wieder hineinklickte, hüpften unten gerade drei Punkte rhythmisch auf und ab.

»Sie antwortet«, sagte er leise und Espérance war schnell wieder bei ihm.

Ich glaube, es ist passiert, was Ihr vorhergesagt habt. Ich will wissen, warum Ihr mir schreibt und woher ihr wisst, dass sie mich suchen.

Die Antwort ließ trotz der späten Stunde nicht lange auf sich warten.

Das verstehen wir. Wir erklären Dir gerne alles persönlich. Wärst Du bereit, Dich mit uns zu treffen?

Rosemaries Telefon erstarb wieder. »Sie überlegt, ob sie sich darauf einlassen kann«, sagte Espérance leise. »Sie möchte, aber sie fürchtet sich auch vor den Konsequenzen.«

Es dauerte bis zum nächsten Tag, ehe Rosemarie sich zu einer erneuten Antwort durchringen konnte.

In Ordnung. Treffen wir uns.

Eine kurze Pause, in der das Messenger-Programm signalisierte, dass Rosemarie noch tippte. Dann erschien eine kleine Karte, auf der ein Ort markiert war.

»Das ist einer der Parks hier in der Nähe«, meinte Espérance, die parallel an ihrem Notebook saß. »Er heißt Jubelpark.«

Rosemarie fuhr fort.

An dieser Stelle gibt es einen kleinen Turm. Ich werde dort um 12 Uhr warten und wir reden. Ihr wisst vermutlich, wie ich aussehe?

Eine erneute kurze Pause, dann setzte Rosemarie die Nachricht fort.

Ich kenne Euch nicht und ich bin besorgt um meine Sicherheit. Daher werde ich Vorsorge treffen, um mich zu schützen. Ich hoffe, das ist für Euch nachvollziehbar und akzeptabel.

»Ziemlich cool«, meinte Espérance. »Nicht übel für eine Anfängerin in Sachen konspirative Treffen.«

Die Unbekannten ließen sich nicht lange Zeit mit ihrer Antwort und bestätigten die Konditionen. Sie gaben an, dass sie eine Person schicken und diese auf Rosemarie zugehen würde.

Nachdem diese Nachricht eingegangen war, tat sich für einige Minuten nichts auf dem Emulator, der ein virtuelles Smartphone darstellte. Dann öffnete sich eine neue App und die beiden heimlichen Beobachter sahen, wie Rosemarie ein zehnstelliges Passwort eingab.

»Was macht sie?« fragte Espérance. Octavio bewegte seinen Cursor über das Programm, um sich einige Informationen anzeigen zu lassen.

»Das ist eine Zwei-Faktor-Authentifizierung«, meinte er dann langsam. »Sie loggt sich irgendwo ein.«

»Warum sehen wir nichts davon?«

»Weil das Telefon nur der Schlüssel ist. Das eigentliche Programm läuft auf ihrem Notebook. Da kommen wir nicht einfach so rein.«

Octavio nutzte die nächsten Stunden, um sich ein wenig in Rosemaries virtuellen Leben umzusehen und sich einen Eindruck davon zu verschaffen, über welche relevanten Kontakte sie verfügte. Es sah so aus, als habe sie zwar Zugang zu einigen der Politiker in Brüssel, jedoch zu keinem der Kreise, die ihre Organisation beobachtete. Also ließ er die Telefonnummer ihrer unbekannten Kontaktpersonen durch einige Datenbanken laufen. Wie erwartet handelte es sich um eine Prepaid-Nummer, für die man keine persönlichen Daten hinterlassen musste.

Theoretisch konnte er über das Brüsseler Mobilfunknetz den Standort des Nutzers verfolgen. Allerdings machten ihm die Unbekannten durch einige einfache Maßnahmen das Leben schwer: Sie nutzen nur Textnachrichten, hatten das GPS auf dem Telefon deaktiviert und schalteten das Gerät immer aus, sobald es nicht in Benutzung war. Das war nicht gerade die hohe Schule der Spionageabwehr, doch wie so oft waren die einfachsten Dinge am wirkungsvollsten.

»Ich komme nicht an sie ran«, sagte Octavio nach einer Weile und lehnte sich in seinem Hotelstuhl zurück. »Wir werden das Treffen observieren müssen. Du hängst dich an sie ran, ich kümmere mich in der Zeit um ihr Notebook.«

In die Wohnung einzudringen, war ein Kinderspiel. Es gab keine Gegensprechanlage bei dem Mehrfamilienhaus. Octavio drückte mehrere Klingeln gleichzeitig und rief »Post!«, nachdem der Öffner betätigt worden war. Dann wartete er kurz, ob jemand nach ihm sah, und stieg zügig und mit freundlichem Lächeln die Treppe rauf, nachdem dies nicht geschah.

Mit seinem Werkzeug hatte er die Wohnungstür ungefähr so schnell und spurlos geöffnet wie mit einem nicht mehr ganz so gut passenden Schlüssel. Rosemarie lebte einfach und schmucklos wie viele andere Studierende auch. Octavio fiel nur auf, dass die Wohnung sehr sauber und aufgeräumt war.

Ihr Notebook fand er auf einem kleinen Schreibtisch vor dem Fenster. Er klappte es auf, steckte einen USB-Stick in einen der Ports und ließ die Software seine Arbeit tun. Wenn Rosemarie nicht ein besonders sicheres Passwort verwendete, würde er in wenigen Minuten Zugriff auf ihren Computer haben.

Die Zeit nutzte er, um sich noch einen genaueren Eindruck vom Leben ihrer Zielperson zu verschaffen. Rosemaries Wohnung war mehr als nüchtern – man konnte sie geradezu als langweilig bezeichnen. Poster, Fotos und Dekoration fehlten beinahe völlig. Ihre Bettwäsche war weiß und der Inhalt ihres Kleiderschranks blau, grau und schwarz.

Octavio öffnete ein paar Schubladen auf der Suche nach Geheimnissen. Alles in dieser Wohnung war genauso öde, wie es auf den ersten Blick aussah. Als er ein Geräusch vom Notebook hörte, blickte er auf den Bildschirm. Das Passwortfenster war durch einen Ladescreen abgelöst worden, nachdem seine Software Zugriff erlangt hatte.

»Wollen wir mal sehen, ob du da nicht ein paar schmutzige Geheimnisse verborgen hast«, murmelte er und setzte sich auf den Stuhl davor. Er öffnete den Browser und klickte sich in den Verlauf. Die meisten Seiten dort waren unverdächtig – Nachrichten, soziale Netzwerke und Fotosharing. Sie las eine ganze Reihe von Blogs und war sehr aktiv in einem Kurznachrichtendienst.

Interessanter als der eigentliche Browser war die Tatsache, dass sie ein Programm für den Zugriff auf das Darknet verwendete. Das »geheime Internet« war schon lange kein obskures Geheimnis mehr, und auch die technischen Hürden für den Zugriff waren nicht mehr sehr groß. Dennoch wusste Octavio, dass nur die wenigsten normalen Nutzer diesen Treffpunkt von Hackern, Kriminellen und Techniknerds wirklich nutzten. Dort gab es allerdings keinen Suchverlauf, den er sich anschauen konnte. Also beschloss er, schnell eine Keylogging-Software zu installieren, die die Tastatureingaben aufzeichnen und an ihn übermitteln würde. Wenn er ihr schon jetzt nicht nachspüren konnte, so würde er wenigstens später wissen, was sie im Darknet tat.

Er war gerade dabei, die Software auf seinem USB-Stick zu aktivieren, als sein Telefon vibrierte. Er zog es aus der Jackentasche und legte es auf den Tisch. Die Benachrichtigung verkündete, dass Espérance ihm ein Foto geschickt hatte. Er zog die Augenbrauen hoch und entriegelte das Display.

Auf dem Bild war ein grauer Turm zu sehen, der sich vor einer gepflegten Grünfläche erhob. Er sah ein wenig aus wie eine sehr realistische Freizeitpark-Kulisse, fand Octavio. Man konnte sehen, dass die Steine echt und massiv waren, doch die Gestaltung hatte etwas märchenhaft Unwirkliches.

Vor diesem seltsamen Hintergrund sah er auf dem Foto zwei Frauen, die sich zu unterhalten schienen. Eine von ihnen konnte er anhand der schmalen Gestalt und des grauen Kapuzenpullis leicht als Rosemarie identifizieren. Die Zweite trug einen dunklen Mantel, einen voluminösen Schal und eine Sonnenbrille. Er vergrößerte das Bild mit zwei Fingern.

Es war trotz der oberflächlichen Verkleidung eindeutig. Die Frau, die Espérance observierte, war keine Unbekannte. Wenn sie sich bei Rosemarie meldete, dann musste auch …

Er nahm das Telefon in die Hand und tippte eine Antwort.

Ziel ist identifiziert. Zieh Dich zurück.

Seine Gedanken rasten wie die Codezeilen auf dem Bildschirm, die seine Software auswarf. Dass sie hier war, würde definitiv die Aufmerksamkeit seines Bosses auf sich ziehen. Er musste ihn so schnell wie möglich informieren.

Während er die Nummer seiner Kontaktperson in Rom suchte, erschien oben auf seinem Telefon eine Antwort von Espérance.

Nicht notwendig – habe sichere Position.

Octavio verdrehte kurz die Augen und schrieb ihr zurück.

Neue Situation. Zieh Dich zurück. Confirmo.

Einige Momente lang hüpften die drei Punkte in der App, dann erschien ein einzelnes Wort auf dem Display

Confirmatus.

Octavio hatte das Gefühl, er konnte ihren genervten Tonfall regelrecht hören, auch wenn es sich nur um einen Text handelte. Er schüttelte kurz den Kopf, um seine Gedanken zu fokussieren, und wählte seinen Kontakt Claudio Suarez aus.

Neue Informationen von dem Rendezvous in Brüssel. Kontaktperson ist Marguerite Noir.

Er kontrollierte für einen Moment den Fortschritt der Software auf dem Bildschirm, dann begann sein Telefon zu vibrieren. Eine angespannt klingende Männerstimme meldete sich auf Spanisch.

»Bist du sicher? Das wird seine volle Aufmerksamkeit auf die Sache ziehen.«

»Das ist mir klar«, antworte Octavio leise. »Geh in den Sicherheitstrakt und weck ihn auf. Es wird ihm nicht gefallen, wenn wir ihn warten lassen.«

Für drei Sekunden blieb die Leitung komplett still, dann antwortete Claudio »Está bien« und legte auf. Octavio hatte das Gefühl, sein Telefon fühlte sich mit einem Mal sehr schwer an.

XXIV

Wenn dich deine Hand zum Bösen verführt, dann hau sie ab

Das kleine Holzhaus lag quälend lange einfach nur da, wie ein vom Blitz zerborstener Baumstamm in der Dunkelheit. Fahles Licht war hinter den Fenstern zu sehen, doch keine Bewegungen. Der rauchende Wachmann war – nachdem er davon abgesehen hatte, Alexander auf den ersten Blick zu erschießen –, mit durch die Tür gegangen. Seitdem passierte nichts. Zumindest nichts, das man von außen erkennen konnte.

»Was tun sie da?« Florencias Flüstern klang schon für sie selbst verzweifelt, fast panisch. Ihr Vater zog zuerst eine Augenbraue und dann grimmig einen Mundwinkel hoch und knurrte.

»Keine Ahnung. Aber wenn einer das hinbekommt, dann er.« Mit einem mühsamen Lächeln tätschelte er ihre Schulter. Der Versuch, Zuversicht auszustrahlen, gelang ihm nicht vollkommen.

»Was bietet er ihnen an? Wollen wir uns doch auf dieses Geschäft einlassen?«

Carlos schüttelte den Kopf. »Er verhandelt nicht für uns. Hab' Vertrauen, pajarita.« Immerhin sein warmer Blick war überzeugend.

»Wer ist er?« Flora sah ein, dass sie über das Geschehen im Haus jetzt nichts erfahren würde. Sie war allerdings noch nicht fertig mit den Fragen. »Warum hockt er plötzlich im alten Herrenhaus im Dunkeln? Woher kennt ihr euch eigentlich?«

Mehrere Ausdrücke huschten durch Carlos' bärtiges Gesicht, während er offensichtlich nach der richtigen Perspektive auf die Situation suchte. Schließlich seufzte er und verdrehte ergeben die Augen.

»Alexander ist der eigentliche Besitzer unseres Weinguts. Beziehungsweise, er ist der eigentliche Verwalter für den Besitzer.«

»Wir sind die Verwalter für den Verwalter? Was ist denn das für eine Art, Geschäfte zu machen?«

»Almagro gehört eigentlich der Kirche. Das ist schon sehr lange so. Weingüter waren mit das Erste, was die Kolonialherren hier aufgebaut haben, da die

Versorgung mit Messwein essenziell war.« Er grinste schief und bekreuzigte sich. »Damals haben die Missionare nach Ländereien Ausschau gehalten, die sich für den Weinbau eignen, und in diese als Erstes investiert.«

Diese Tatsache war Flora durchaus nicht neu. Doch sie hörte zum ersten Mal, dass sich ihre Heimat eigentlich im Besitz der katholischen Kirche befand.

»Und warum hast du mir das nie erzählt? Du hast immer ein Geheimnis daraus gemacht, für wen wir eigentlich arbeiten.«

»Heutzutage ist das alles ein wenig komplizierter. Der Landbesitz der Kirche wird von einer vatikanischen Gesellschaft verwaltet. Die unterscheidet sich in mancherlei Hinsicht gar nicht so sehr von anderen Unternehmen. Das sind alles Finanzverwalter, da gibt es jetzt keinen Erzbischof, für den wir arbeiten. Aber ja, eigentlich gehört es der Kirche.«

»Und was hat Alexander damit zu tun? Arbeitet er für diese Gesellschaft?«

Flora fiel es schwer, sich die düstere und abgerissene Gestalt, welche sie im alten Herrenhaus vorgefunden hatte, als Banker vorzustellen. Auch vom Habitus her wirkte ihr neuer Bekannter eher wie ein Lehrer oder ein Sozialarbeiter, denn ein eiskalter Finanzmanager.

»Alexander arbeitet für eine der Organisationen der Kirche. Er kümmert sich unter anderem um einige Weingüter hier, und damit er nicht alles selbst im Blick haben muss, hat er mich vor einiger Zeit angestellt und mir dabei viele Freiheiten gelassen. Es ist praktisch gesehen alles so, wie du es kennst. Er wird uns nicht in die Geschäfte reinreden.«

»Das ist schon so, seit ich mich erinnern kann«, sagte Flora langsam und blickte ihren Vater fragend an. Er reagierte zuerst nicht, nickte dann aber langsam, als ihr Blick nicht endete.

»Alexander ist sicher keine vierzig.« Ihre Stimme wurde intensiver. »Er war also schon mit zwanzig jemand, der für eine Organisation der Kirche andere Menschen anstellen darf? Ist er der heimliche Sohn eines superreichen Missionars oder so was?«

Carlos blies die Wangen auf und stieß Luft aus. Seine Stirn lag dabei in zerknirschten Falten.

»Sagen wir es so, er hat eine vorteilhafte Abstammung, ja. Er ist sehr früh in eine wichtige Position gekommen. Aber er ist ein guter Mann. Du siehst ja, was er gerade für uns riskiert.«

»Du verschweigst mir etwas, Papá. Du hast mir immer etwas verschwiegen und tust es auch jetzt …«

Ein plötzlicher Knall zerriss die ruhige Nacht und beide blickten schlagartig wieder zum Haus. Das Geräusch war erschreckend und peitschend. Direkt danach war ein Poltern zu hören und dann Schreie.

»Santa Madre de Dios, ayuda!« flüsterte Carlos. Floras Hand krallte sich um seinen Unterarm.

Einer der hölzernen Fensterläden zerbarst und Flora beobachtete entsetzt, wie eine Gestalt herausgeschleudert wurde. Im Licht, das jetzt aus dem Haus in den Wald fiel, sah man einen Mann regungslos vor einem Baum liegen.

Zwei weitere Schüsse peitschten durch das Haus. Direkt nach ihnen waren laute Schreie zu hören, die erst wie Kampfrufe und dann wie Entsetzen klangen. Aus dem geöffneten Fenster drang eine dichte Rauchwolke, die langsam nach außen quoll und sich dann zum Boden absenkte. Tat Rauch so etwas? fragte Flora sich. Stieg er nicht eigentlich nach oben?

Die Tür flog auf und ein Mann stolperte rückwärts hinaus. Im Haus war es dunkel. Auch in der Tür war vage der Rauch zu erkennen. Der Mann rief etwas – hatte sie sich verhört oder rief er wirklich »Demonio«? – dann drehte er sich um und rannte panisch stolpernd in den Wald.

»Was ist da los?« flüsterte Flora. Carlos schüttelte den Kopf und sie sah, dass er nicht weniger entsetzt aussah als sie. »Santa Madre«, war seine einzige Antwort.

Flora wollte irgendetwas tun, doch es war für sie offensichtlich, dass sie in dieser Situation nichts ausrichten würde. Sie fühlte sich wie paralysiert. Ihre Instinkte hatten einfach keine Vorschläge für *das hier*. Also starrte sie nur mit großen Augen auf das Haus und betete leise, dass sich dieser Besuch nicht als gewaltiger Fehler entpuppte.

Mittlerweile kroch der Rauch aus allen Fenstern und Öffnungen. Eigentlich sah es eher aus wie Morgennebel, der langsam über ein Feld wandert. Wie sollte Nebel in einem Gebäude entstehen, noch dazu so plötzlich?

Jemand schaltete im Haus eine Taschenlampe ein und schien sich suchend umzublicken. Zwei weitere Schüsse fielen, dann wurde die Taschenlampe nach oben gerissen und ein Schrei war zu hören. Doch er verstummte sehr schnell.

Eine einzelne, durchdringende Stimme erhob sich aus dem Haus. Es war ein Mann, der seltsam intoniert sprach. Wie ein altmodischer Schauspieler oder ein Zirkusdirektor. Worte waren keine zu verstehen, und seine Stimme hatte nichts Spielerisches oder Beifall heischendes. Was immer dieser Mann sagte, war mehr als ernst gemeint.

Die Geräusche und Bewegungen im Haus verstummten. Gleichzeitig begann der Nebel rasch zu Boden zu sinken und sich zu lichten.

»Ich glaube nicht, was ich da sehe«, flüsterte Flora.

Vier Männer in Khakihosen und T-Shirts kamen langsam aus dem Haus und gingen zu dem in der Nähe geparkten Geländewagen. Sie schienen es nicht eilig zu haben und hatten auch nicht die Hände gehoben. Stattdessen sahen sie aus, als sei es ihnen gerade in den Sinn gekommen, gemeinsam einen Ausflug zu machen. Ihre Bewegungen waren nur einen Hauch zu steif und zu langsam.

Nach ihnen trat ein weiterer Mann in die Tür, den Flora als Alexander zu erkennen glaubte. Er beobachtete die Männer, während sie in den Wagen stiegen und losfuhren. Dann wandte er sich um und schien etwas zu sagen. Langsam und ein wenig scheu löste sich eine kleine Gestalt aus der Dunkelheit hinter ihm.

Flora traute ihren Augen kaum vor Erleichterung: Es war Agustina!

Ohne nachzudenken, sprang sie auf und rannte den Abhang hinab auf das Haus zu. Carlos rief ihr hinterher, doch sie war in diesem Moment nicht zu stoppen. Ganz gleich, was da passiert war – er hatte Agustina herausgeholt!

Flora konnte ihr Glück nicht fassen und sie spürte noch während des Laufens, wie ihr Tränen das Gesicht hinunterliefen. Das Mädchen stand zuerst sehr ruhig neben dem Eingang des Hauses. Als sie ihre erwachsene Freundin erkannte, hellte sich ihr Gesicht auf. Mit einem erfreuten Kieksen lief sie auf Flora zu und direkt in ihre Arme.

»Was bin ich froh, dich zu sehen, nena«, flüsterte Flora, während sie das Mädchen fest an sich drückte. »Wir haben uns solche Sorgen um dich gemacht.«

Agustina strampelte vor Freude mit den Beinen. Dann fragte sie: »Warum weinst du denn, Tante Flora?«

Flora schniefte, lachte und weinte gleichzeitig und brauchte einen Moment, ehe sie antworten konnte. Dann strich sie dem Mädchen über den Kopf und sagte leise: »Ich freue mich nur so, dich wiederzuhaben, das ist alles, pequeña.«

Alexander stand mit ruhiger Miene in der Tür und beobachtete die beiden. Es dauerte eine ganze Weile, ehe Flora zu ihm blickte. Als sie es jedoch tat, weiteten sich ihre Augen vor Entsetzen.

»Sie sind ja voller Blut!« stieß sie hervor und wunderte sich, warum weder er noch Agustina davon Notiz zu nehmen schienen. Alexander blickte an sich hinunter und nickte.

»Keine Sorge, das ist nicht mein Blut. Ich muss mich dennoch entschuldigen, dass dies so unerfreulich abgelaufen ist. Es war wirklich nicht meine Absicht, die Situation eskalieren zu lassen.«

Mittlerweile war auch Carlos hinabgekommen. Er blickte zuerst lächelnd zu Agustina und dann mit düsterer Miene zu Alexander.

»Das war nicht der Plan, Alexander.«

Der Angesprochene nickte zustimmend. »Sie sind leider nicht auf meine Vorschläge eingegangen. Der Anführer war ein sehr unangenehmer und gewalttätiger Mensch. Es ließ sich leider nicht vermeiden.«

Flora drückte noch immer Agustina an sich. Langsam wachte ihr Verstand aus dem Glücksrausch auf und meldete sich mit kritischen Fragen.

»Wie … wie konnten Sie das überleben? Die waren zu fünft, oder zu sechst, und bewaffnet. Sind Sie so eine Art Jason Bourne oder wie der heißt?«

Ihre Augen huschten über Alexanders schmalen, beinahe asketischen Körper. Er war in einem vitalen Alter und schlank, vermutlich auch ein wenig drahtig, aber ganz sicher nicht in der physischen Verfassung eines Super-Soldaten. Und selbst die waren nicht kugelsicher.

Man konnte deutlich zwei Löcher in seinem Hemd erkennen. Rund um diese war sowohl der Stoff als auch seine Haut dunkelrot verfärbt. Flora war sicher keine

Expertin für Polizeiarbeit, doch diese dunklen Kreise sahen verdammt nach Einschusslöchern aus. Nur, dass dahinter kein Einschuss lag.

»Ich kenne diesen Namen leider nicht«, erwiderte Alexander. »Mein Vorschlag wäre, dass wir diesen Ort nun verlassen und ich Ihre Fragen später beantworte.«

Seine Stimme war sanft, leicht drängend, doch nicht unangenehm. Flora blickte zu ihrem Vater. Dieser lächelte zum wiederholten Male an diesem Tag zerknirscht.

XXV

Bier, Nudelauflauf und eine Pistole

July warf Auflauf und Teller auf ihren Tisch und verhinderte nur knapp, dass sich ihr Bier über das Sofa ergoss. Schnell eilte sie zu ihrer Garderobe und griff nach ihrer Dienstwaffe, die sie beim Heimkommen auf den kleinen Schuhschrank gelegt hatte. Dann löschte sie das Licht im Wohnzimmer, während sie ihre Küchenzeile beleuchtet ließ.

Die Feuerleiter führte zu ihrer großen Fensterzeile, die von weitgehend verschlossenen Vorhängen verborgen war. Wenn sie diese jetzt einfach aufzog, würde sie sich im Zweifel verraten. Also presste sie sich seitlich hinter den Vorhang und versuchte vorsichtig um die Ecke zu lugen.

Sehen konnte sie niemanden, aber sie glaubte, leise knarzendes Metall zu hören. Wenn der Wind aus einer bestimmten Richtung kam, machte die Feuerleiter manchmal solche Geräusche. Heute war es allerdings weitgehend windstill.

Das kann auch alles eine verdammt raffinierte Falle sein, dachte July für sich. Vielleicht warf ihr gleich irgendein Arschlochkollege einen Plastik-Totenkopf durchs Fenster und lachte sich über den ganzen Blödsinn kaputt.

Das metallische Knarzen wurde lauter und besser erkennbar. Das war definitiv kein Wind. Der regelmäßige Rhythmus ließ das Geräusch wie Schritte wirken, die vielleicht ein Stockwerk unter ihr waren. Dann wurden sie jedoch leiser. Entfernten sie sich wieder?

July atmete ruhig und konzentriert. Ihr Körper stand unter Anspannung. Glücklicherweise hatte sie das Polizeitraining auf solche Situationen vorbereitet. Außerdem spürte sie den beruhigend kühlen, gummierten Griff ihrer Glock in der Hand.

Die Schritte – wenn es denn Schritte waren – blieben leise. Gerade wollte July den ganzen Fall als Fehlalarm verbuchen, als sie eine vage Bewegung vor dem Fenster sah. Es war nicht wirklich zu erkennen, wer sich dort aufhielt, doch es war unverkennbar, dass dort jemand war. Eine Tatsache, die auch ohne die mysteriöse E-Mail-Warnung misstrauenerweckend gewesen wäre.

July wartete ab, ob die unbekannte Person weiter nach oben stieg. Möglicherweise war es ja ein Bewohner des Hauses, der seinen Schlüssel vergessen hatte? Die Gegend war nicht besonders teuer, was dazu führte, dass hier viele junge Menschen und schräge Vögel lebten.

Draußen war für einige Momente nicht viel Bewegung zu sehen. Dann beobachtete July mit einer Mischung aus Anspannung und Fassungslosigkeit, wie sich ihr Fenster leise nach oben zu schieben begann. Wer immer das gerade tat, war offensichtlich ein Profi – es war praktisch nichts zu hören. Ohne die Warnung hätte sie wahrscheinlich nichts davon gemerkt. Jedenfalls nicht, ehe es zu spät gewesen wäre.

Ganz ruhig, mahnte sie sich selbst in Gedanken. Du wartest ab, bis er das Fenster ganz geöffnet hat, bevor du etwas tust. Ansonsten war die Gefahr, ihren taktischen Vorteil zu verlieren und dem Einbrecher die Flucht zu ermöglichen, einfach zu groß.

Viel zu langsam schob sich das Fenster nach oben. Sie sah zwei Hände in schwarzen Handschuhen, die unter den Rahmen griffen und diesen anhoben, bis er in der altmodischen Sicherung oberhalb einrastete. Das Fenster war halb geöffnet – weit genug, um einzusteigen, aber nicht weit genug, um dabei hinter dem Vorhang zu bleiben. Der Eindringling rechnete vermutlich damit, dass sie zu Hause war. Was hatte er also vor? Hatte er eine Waffe dabei und wollte sie erschießen? Sie war in der Ausbildung gewarnt worden, dass Cops oft den Zorn von Kriminellen auf sich zogen und es manchmal zu Verbrechen kam, die durch Vergeltung motiviert waren. Doch von einem gezielten Einbruch bei einem Officer wie ihr hatte sie noch nicht gehört.

Mit einem Mal ging alles ganz schnell. Der Unbekannte sprang vorwärts durch das halb geöffnete Fenster und zwischen den Vorhängen hindurch. Er landete mit einer geübten Abrollbewegung mitten im Raum, bereit, July anzugreifen oder sie zu überwältigen. Doch statt einer verschreckten Frau fand er nur eine leere Couch, eine Dose Bier und einen halb gegessenen Nudelauflauf vor.

Ehe er sich einen Reim auf die Situation machen konnte, trat July mit der Waffe im Anschlag aus ihrem Versteck hinter dem Vorhang.

»Keine Bewegung – Providence Police Department!« Das wusste er vermutlich. Sie hängte es dennoch an, um sich mit zusätzlicher Autorität zu unterstützen. Der Einbrecher - July konnte jetzt an Körperbau und Gestalt leicht erkennen, dass es sich um einen Mann handelte – hob ruhig die Hände und stand langsam aus seiner hockenden Haltung auf. Etwas an seinen Bewegungen war beunruhigend. Sie wirkten kontrolliert und selbstsicher. Er sah nicht aus wie jemand, dessen Plan gerade überraschend vereitelt worden war.

Der Unbekannte war einen halben Kopf größer als July und komplett schwarz gekleidet. Glänzende Lederhandschuhe verdeckten seine Hände und sein heller, rasierter Kopf war halb von einer Gesichtsmaske verborgen. Alles in allem wirkte er erschreckend professionell und so überhaupt nicht wie der übliche Junkie oder Gangeinsteiger, der sonst bei Einbrüchen zu finden war.

»Guten Abend, July Wilbur«, sagte er mit einer tiefen und melodischen Stimme, die sie ein wenig erschaudern ließ. »Sie sind nicht nur hartnäckig, sondern auch gerissen. Beeindruckend.«

»Mister Vermont?« July bemerkte, dass ihre Hände leicht zitterten. Sie kämpfte darum, wieder die Oberhand zu gewinnen. Sie war fast sicher, auch trotz der Maske den wortkargen Predigerassistenten aus Attleboro zu erkennen.

»Was wollen Sie von mir?«, fragte sie. Für ihren Geschmack klang ihre Stimme ein wenig zu hoch.

»Ich bin nur hier, um etwas in Ordnung zu bringen, July Wilbur.« Seine Stimme verursachte noch immer ein Kribbeln in ihrem Nacken.

»Tja, das wird heute wohl nichts, würde ich sagen«, entgegnete sie und machte einen kleinen Schritt auf ihn zu. »Hände hinter den Kopf!«

Betont langsam folgte er ihren Anweisungen. »In Ordnung.«

July kommandierte ihn auf die Knie und umrundete ihn in misstrauischem Abstand. Sie spürte, wie er ihr mit seinen beunruhigenden Augen folgte, während sie langsam zu ihrer Garderobe ging, um die Handschellen von ihrem Polizeigürtel zu nehmen. Noch immer strahlte er eine beinahe unverständliche Ruhe aus, während sie langsam auf ihn zuging, bereit ihn festzunehmen.

»Ich möchte, dass Sie jetzt ihre Waffe ablegen, July«, sagte er dann ruhig und ohne sie anzublicken.

Das hättest du wohl gerne, Arschloch, dachte July.

Mit einem Mal musste sie entsetzt beobachten, wie ihre rechte Hand sich senkte und ihr Finger beinahe unwillkürlich vom Abzug glitt. Im nächsten Moment lag die Glock neben dem Nudelauflauf und July stand wehrlos hinter ihm. Die Handschellen hingen in ihrer linken Hand herab. Sie wollte protestieren und nach der Waffe greifen, doch irgendwie kam ihr Wille nicht mehr in ihrem Körper an. Der Unbekannte erhob sich langsam und drehte sich zu ihr um.

»So ist es brav«, meinte er süffisant und wieder konnte sie leicht sehen, wie er unter der Maske lächelte. Arschloch, fluchte sie wenigstens im Geiste.

»Nun sei so nett und leg dir diese Handschellen an, July Wilbur.« Seine Stimme durchdrang sie und wie von allein begann ihr Körper zu reagieren. Ihre Finger umfassten ihr linkes Handgelenk und ließen den Metallring einrasten. Dann bewegten sich ihre Arme hinter ihren Rücken.

Was zum Teufel ist hier los? schrie sie lautlos in ihrem Kopf. In Wirklichkeit stand ihr Mund nur leicht offen und nicht mehr als ein ganz leises Stöhnen war zu hören. Die Handschellen rasteten ein, doch im Grunde machte es keinen Unterschied für sie – sie hatte auch zuvor keine Kontrolle mehr über ihren Körper gehabt.

»Sehr schön«, kommentierte er mit offensichtlicher Freude an der Situation. »Dann wollen wir uns mal ein wenig …«

Er verstummte und riss die Augen auf. Im nächsten Moment begannen seine Arme zu zucken und seine Beine zitterten hin und her wie bei einer schlecht gespielten Marionette. July spürte plötzlich wieder die Herrschaft über ihren Körper zurückkehren. Sie wechselte kurz Stand- und Spielbein, um die durch die Handschellen beeinträchtigte Balance auszugleichen, und versetzte ihm einen wuchtigen Tritt unter sein Kinn. Der Einbrecher stolperte zur Seite und gab den Blick frei auf eine zweite schwarz gekleidete Gestalt auf dem Feuerbalkon. Diese trug ein Kapuzensweatshirt und hielt einen Taser in der Hand.

»Hi!« meinte sie. »Das ging jetzt ein wenig schneller als erwartet, oder?«

Die Unbekannte mit dem Decknamen Morpheus kletterte durch das Fenster – deutlich weniger elegant als der Einbrecher – und blickte sich suchend im Zimmer um. July spürte, wie ihr flau im Magen wurde. Das Gefühl, so vollkommen in ihrem eigenen Körper gefangen zu sein, hatte etwas Unglaubliches und Fremdartiges. Das war nichts, *was jemandem passierte.* Sie spürte, wie ihre Beine ganz weich und nachgiebig werden und wie sich ein schwarzer Schatten von außen um ihr Blickfeld legte. July taumelte und sank mit einem Keuchen in die Arme der Unbekannten. Zum zweiten Mal in wenigen Minuten verlor sie die Kontrolle über ihren Körper, doch diesmal gab ihr Geist gnädigerweise gleich mit auf. Das letzte, was sie sah, war der Einbrecher, der sich lautlos und scheinbar unbeeinträchtigt von dem Elektroschock, der noch vor dreißig Sekunden durch seinen Körper gejagt war, wieder erhob. Seine Bewegungen waren geschmeidig, einzig die leicht verrutschte Maske wies auf seine zwischenzeitliche Niederlage hin.

»Vorsicht …«, murmelte July noch, ehe es schwarz um sie wurde.

†

Gerade, als Matts Finger über dem Klingelknopf schwebte, ging hinter der Glastür summend die Beleuchtung an. Im Flur eilten Schritte zügig die Treppe hinunter.

Er blickte für einen Moment zwischen seinem Finger und der Tür hin und her und steckte dann seine Hände in die Hosentaschen. Es war sicher gut, direkt mit July zu reden und nicht über die Gegensprechanlage.

Die schon lange zwischen schmutzigen Braun und muffigem Grau changierende Tür schwang auf und ein junger Mann stürmte hinaus. Er schien Matt nicht zu bemerken. Geübt beiläufig fing der Polizist die Klinke auf und ging in den kühlen und von seltsamen Gerüchen erfüllten Flur. Es war eine Mischung aus intensiv duftendem Essen, Zigarettenrauch, alten Schuhen und einigen anderen Zutaten, die ihn empfing. Von irgendwoher aus dem Haus hörte man ein Rumpeln, als würde jemand Möbel verschieben.

Matt stapfte die Stufen nach oben und nahm sich dabei wieder einmal vor, öfter in den Trainingsraum zu gehen. Wohnungen im fünften Stock waren einfach nichts für jemanden in seinem Alter.

Etwas außer Atem erreichte er den Doppelflur, in dem Julys Wohnung auf der linken Seite lag. Erstaunt bemerkte er, dass die rumpelnden – oder eher polternden? – Geräusche aus ihrer Wohnung zu kommen schienen. Durch die relativ dünne und nicht sehr gut schallisolierende Tür hörte er die Stimme eines Mannes. Er konnte nichts verstehen, doch etwas daran klang unangenehm und – bedrohlich.

Kurzentschlossen drückte er auf den Klingelknopf.

»July? Bist du zu Hause? Ich bin es, Matt!«

Für einen Moment wurde es in der Wohnung still. Dann hörte er das Schloss klappern und die Tür öffnete sich einen Spalt. Statt July blickte ihm eine junge, dunkelhäutige Frau mit blau-schwarzen Dreadlocks entgegen. Sie schien sich geradewegs in den schmalen Schlitz zwischen Tür und Zarge zu pressen. Irgendwo hinten in Matts Kopf schabte jemand Kreide über eine alte Tafel.

»Wo ist July?«, fragte er in seinem besten Ich-stelle-hier-die-Fragen-Kommandoton. Die Frau blickte ihn einen Moment an, dann sagte sie: »July kann gerade nicht zur Tür kommen. Kann ich Ihnen helfen?«

Das Kreidestück quietschte weiter über die Tafel. Matt drehte seine linke Hüfte leicht nach vorn, um unbemerkt das Holster seiner Dienstwaffe entriegeln zu können.

»Miss, ich bin Corporal Matt Delegato, ein Arbeitskollege von July. Lassen Sie mich herein, ich warte gern auf Sie.«

Die Frau starrte für einen Moment. Stand sie unter Drogen?

»Das geht gerade nicht, leider.«

»July, ist alles in Ordnung?« Matt versuchte an der Unbekannten vorbei einen Blick in die Wohnung zu erlangen, doch er konnte nur den Flur sehen. In der Wohnung war nun alles ruhig.

»Bitte kommen Sie ein andermal wieder«, sagte die Frau. Irgendwie wirkte sie wie ein Roboter. Wie ein Mensch, der einen Roboter schauspielt, nicht wie ein echter Roboter.

Matt trat einen Schritt zurück, zog seine Waffe aus dem Holster und legte beide Hände um den Griff. Die übliche Reaktion – *Scheiße, er hat eine Waffe, jetzt wird es ernst!* –, die man meist in dieser Situation beobachten konnte, blieb aus.

»Providence Police Department«, rief er. »Öffnen Sie die Tür!«

»Tut mir leid«, kam die mechanische Antwort. Matt zog eine Augenbraue hoch.

»Treten Sie zurück!« verlangte er dann.

Als die Frau noch immer keine Anstalten machte zurückzuweichen, schüttelte er kurz den Kopf und setzte dann zu einem gezielten Tritt gegen das Türblatt nahe der Sicherungskette an.

Holz knirschte und riss, und die Frau bekam die Tür vor den Kopf und wurde zurückgeschleudert. Er hörte, wie sie kurz schrie und sah sie dann an der Flurwand zu Boden sinken. Die gesamte Situation und auch das Verhalten dieser Frau kam ihm hochgradig verdächtig vor. Also stürmte er kurzentschlossen an ihr vorbei in Julys Wohnzimmer.

Die Wohnung war klein, und er stand praktisch direkt vor ihrer Küchenzeile und blickte auf das Sofa und den kleinen Tisch. July lag scheinbar bewusstlos seitlich auf dem Sofa. Auch wenn er es nicht genau erkennen konnte, vermutete er anhand ihrer unnatürlich hinter dem Rücken liegenden Arme, dass sie gefesselt war.

Vor dem Fenster stand ein Mann mit schwarzer Kleidung und Gesichtsmaske und beobachtete ihn. Matt bemerkte überrascht, dass der Einbrecher die Hände ruhig vor dem Körper verschränkt hatte und unbewaffnet schien. Beinahe in Griffweite befand sich jedoch in einem Chaos aus Bier und Nudelauflauf eine Pistole auf dem Sofatisch.

»Denk nicht mal dran«, sagte Matt bedrohlich und ging einen Schritt hinüber zu July. Einen Krankenwagen konnte er im Moment nicht rufen, ohne den Einbrecher aus den Augen zu lassen. Ein Funkgerät trug er nicht am Körper. Eigentlich hatte er ja nur nach Feierabend nach seiner Kollegin sehen wollen.

»Woran soll ich nicht denken?« Die Stimme des Mannes war tief, angenehm und melodisch. Wie ein Opernsänger oder ein Therapeut, dachte Matt. Er klang in jedem Fall nicht wie ein zugedröhnter Freak.

»Finger weg von der Waffe!« zischte Matt und unterstrich seine Kontrolle, indem er einen Schritt am Tisch entlang in Richtung des Fremden machte.

»Machen Sie sich keine Sorgen, Corporal Delegato«, kam die süffisant-vibrierende Antwort. »*Daran* denke ich nicht.«

»Hände hinter den Kopf und runter auf die Knie«, setzte Matt nach. In seinem Kopf spürte er zunehmend einen unangenehmen Druck – wie Kopfschmerz an einem schwülen, heißen Tag. Woher kannte der Typ seinen Namen?

»Das wird langsam langweilig«, antwortete der Einbrecher ruhig. »July hatte mich auch schon darum gebeten. Ich denke nicht, dass ich das tun werde.«

Das gehörte nun wirklich nicht zum Repertoire eines Kriminellen, der mit einer Waffe bedroht wird. Vielleicht in einem James-Bond-Film, aber sicher nicht in der Realität. Matt starrte ihn einen Moment verwirrt an, dann fasste er sich.

»Ich weise Sie darauf hin, dass ich, wenn nötig, tödliche Gewalt einsetzen werde, wenn Sie meinen Anweisungen nicht Folge leisten.«

»Ich denke, Sie werden lieber ihre Waffe einstecken, Mister Delegato«, antwortete der Schwarzgekleidete ruhig. »Sie brauchen sie heute nicht mehr.«

Matts Augen weiteten sich ein wenig. Die Ruhe und Arroganz dieses Arschlochs waren entweder lächerlich oder zutiefst einschüchternd. Momentan glaubte er eher an Letzteres.

»Das ist meine letzte Warnung«, entgegnete Matt und kämpfte dabei gegen den Kopfschmerz an. Er beobachtete überrascht, wie seine Hände leicht zu zittern begannen. Dann wurde der Lauf seiner Glock immer schwerer und senkte sich langsam zu Boden.

»Was zum …« stammelte er überrascht, während der Fremde ihn ruhig beobachtete.

Plötzlich spürte Matt etwas an seinem Kopf vorbeisausen. Im nächsten Moment gab es ein lautes, vibrierendes Geräusch wie von einer sehr schlechten Glocke.

Matt sah, wie der Einbrecher von einem großen Kochtopf am Kopf getroffen wurde. Das metallene Gefäß prallte ab und fiel scheppernd zu Boden, während der Mann sich überhaupt nicht bewegte, als sei der Topf vor eine steinerne Statue geschlagen. Doch auch wenn der Angriff keine echte Wirkung zu zeigen schien – für einen kurzen Moment schaffte Matt es wieder, seine Waffe zu heben. Ohne zu zögern, feuerte er dem Schwarzgekleideten zwei Schüsse in die Brust.

Die Wirkung der Treffer war wenig beeindruckend. Matt wusste, dass Menschen nicht wirklich zurückgeworfen wurden, wenn man sie mit einer Pistole traf. Das starke Trauma des Aufpralls schaltete den Getroffenen dennoch in den meisten Fällen sofort aus – wenn er nicht gerade im Drogenvollrausch war. Auch eine schusssichere Weste änderte das Spiel nicht wirklich. Der Aufprall eines Geschosses war auf eine kurze Distanz verheerend und konnte auch ohne Penetration des Körpers kampfunfähig machen.

Der Einbrecher hingegen blickte an sich hinunter und hob dann wieder den Blick, als hätte Matt Platzpatronen im Magazin gehabt. Die Augen unter der Maske wanderten kurz umher und sprangen zwischen July, Matt und der unbekannten Frau. Dann ging der Mann in einer fließenden, eleganten Bewegung in die Hocke, drehte sich in dieser Position um die eigene Achse - und sprang mit einem gewaltigen Satz aus dem Fenster.

Das Ganze war so abwegig und geschah so schnell, dass Matt gar nicht mehr auf die Idee kam, noch einen weiteren Schuss abzugeben. Die Vorhänge wehten noch einen Moment im Wind, dann herrschte wieder Stille in der Dunkelheit draußen.

XXVI

Dienerin aus der Alten Welt

»Was denkt sie sich denn nur dabei!«, flüsterte Dana und starrte nervös auf die Feuerleiter hinter dem Haus, das sie gerade beobachteten. Alexis zufolge wohnte dort die junge Polizistin, die genau wie sie wegen des Vorfalls in der Kirche in Schwierigkeiten geraten war.

»Ich habe auch jemanden gesehen«, sagte Espérance angespannt.

»Aber sie kann diesem Typen doch nicht einfach hinterherlaufen!« empörte sich Dana. »Das ist doch …«

Wahnsinn, hatte sie sagen wollen, oder gefährlich, oder durchgeknallt. Doch sie kam nicht mehr dazu, ihre wild kreisenden Gedanken auszusprechen. Espérance legte plötzlich eine Hand auf ihren Oberschenkel und drückte zu. »Tiens!«, flüsterte sie und deutete am Haus nach oben.

Dana beobachtete fassungslos, wie plötzlich eine Gestalt von der Feuerleiter im fünften Stock sprang. Genauso fassungslos bemerkte sie, wie Espérance nun die Tür neben ihr aufriss und aus dem Wagen eilte. Die Französin lief direkt auf die Straße zu, in der die unglückselige Person gelandet sein musste, während Dana 911 wählte.

Ehe sie den Notruf absetzen konnte, stürmte ein Mann um die Häuserecke. Für einen Moment starrte er Espérance im Vorbeilaufen an, dann rannte er in einem irrsinnigen Tempo an ihr vorbei. Der Typ musste Leichtathlet sein oder Elitesoldat. Dana konnte sich nicht erinnern, schon einmal jemanden so schnell laufen gesehen zu haben. Espérance sprang zur Seite, doch dann nahm sie verrückterweise die Verfolgung auf. Erstaunt bemerkte Dana, dass sie ebenfalls ziemlich schnell war. Sie wusste zwar, dass ihre Freundin schlank und sportlich war. Diese Geschwindigkeit hätte sie ihr dennoch nicht zugetraut. Die beiden verschwanden aus ihrem Blickfeld, indem sie an dem Auto vorbeistürmten, in dem Dana noch immer saß.

Sie wollte gerade auf *Wählen* tippen, um doch noch den Notruf abzusetzen, als ein weiterer Mann aus der Seitenstraße gestürmt kam. Er richtete eine Pistole auf den Boden und blickte sich suchend um. Sein nüchterner Mantel und das weiße Hemd ließen ihn eher wie einen Polizisten denn wie einen Kriminellen wirken, sodass

Dana sich ein Herz fasste und die Tür öffnete. Immerhin hatten sie eine Polizistin observiert, da war es vielleicht nicht völlig abwegig, dass schnell Hilfe zur Stelle war.

Der Mann blickte sie an.

»Haben Sie einen glatzköpfigen Mann gesehen, Miss?« Geübt zog er seinen Mantel zurück und ließ sie einen Blick auf sein Polizeiabzeichen werfen.

»Der ist da langgelaufen« – sie wies die Straße entlang – »Haben Sie denn schon einen Krankenwagen gerufen? Da ist jemand aus dem Fenster gesprungen.«

»Kein Krankenwagen«, rief der Polizist, während er im Laufschritt die Verfolgung aufnahm. »Das war der gleiche Mann.«

Noch während Dana ratlos auf ihr Handy starrte, wechselte der Bildschirm und zeigte ihr einen Anruf von Alexis. Schnell nahm sie das Gespräch an.

»Hey, das war ein richtiger Freak. Der ist einfach aus dem Fenster gesprungen.« Die Hackerin klang begeistert. »Ich helfe July noch schnell, dann sollten wir reden. Wollt ihr raufkommen?«

»Äh, ich bin allein«, stammelte Dana. »Espérance ist ihm hinterhergerannt.«

✝

Eine Viertelstunde später saßen alle gemeinsam in July Wilburs kleiner Wohnung. Espérance und der Polizist, der sich als Matt Delegato vorgestellt hatte, waren nach einigen Minuten zu Danas Fahrzeug zurückgekehrt. Um der allgemeinen Verwirrung entgegenzuwirken, nahmen alle die Einladung an, den Vorfall gemeinsam zu besprechen. Und auch wenn das Apartment alles andere als luxuriös war, bot es sich dafür natürlich an.

Also räumte die Polizistin den zermatschten Nudelauflauf und eine umgestoßene Bierdose weg und versorgte die Gruppe so gut es ging mit Getränken. Ihr Kollege Matt und Alexis nahmen gerne ein Bier, für die anderen hingegen gab es nur Wasser, da dies offensichtlich die einzigen Optionen auf der Karte waren.

»Ich würde sehr gerne erfahren, wie diese Begegnung hier zustande kam«, eröffnete Matt das Gespräch, nachdem sie sich vorgestellt und einen Schluck getrunken hatten. Dana blickte ein wenig betreten, während Alexis noch zögerte. Überraschenderweise ergriff Espérance die Initiative. Dana fiel auf, dass die junge Polizistin namens July sie misstrauisch beobachtete.

»Ich war vor einigen Tagen in einen Polizeieinsatz verwickelt«, sagte sie langsam. »Officer July hatte die Kirche observiert, in der ich mich zu diesem Zeitpunkt befand. Das ist doch korrekt, July?«

Die junge Polizistin blickte kurz ertappt in Richtung ihres Kollegen und wandte sich dann an Espérance.

»Ja. Sie haben dabei ausgesagt, dass es keine Probleme gab und alles in Ordnung war. Obwohl es mittlerweile nicht danach aussieht, muss ich sagen. Warum haben Sie gelogen, um diese Leute zu schützen?«

Julys Tonfall war scharf, doch es war zu spüren, dass sie sich um eine nüchterne Perspektive bemühte. Es dauerte einen Moment, bis Espérance antwortete.

»Ich habe nicht gelogen, um jemanden zu schützen. Jedenfalls nicht bewusst.«

»Wie kann man denn unbewusst lügen!« brachte July wütend hervor. Ihr Kollege legte ihr eine Hand auf die Schulter und sie sank ein wenig zurück auf ihrem Stuhl. »Wir haben eine Aufzeichnung, die die Wahrheit belegt. Die beweist, was wirklich in der Kirche passiert ist!«

Nun mischte Matt sich ein. »Warum weiß ich davon nichts?«, fragte er. July wandte sich zu ihm um.

»Weil … das erkläre ich dir später. Was wolltest du eigentlich bei mir?«

Inzwischen war es offensichtlich, dass niemand wusste, auf welche Weise dieses unwahrscheinliche Treffen zustande gekommen war. Unter der professionellen Anleitung von Matt sortierten alle kurz die Ereignisse, die sie an diesen Ort geführt hatten.

Dabei übernahm es Alexis, kurz für Dana, Espérance und sich selbst zu sprechen.

»Diese Leute aus der Kirche, die haben sich irgendwie an Espérance rangeschmissen und uns kam das seltsam vor. Dana hat beobachtet, dass es ihr nach den Treffen mit diesen Leuten meist schlecht ging. Außerdem hat sie Gedächtnislücken. Na ja, da haben wir sie verkabelt und reingeschickt, um mal mitzuhören. Daher kommt diese Tonaufnahme. Und weil wir mitbekommen hatten, wie Sie da rein sind, July, und wie das Ganze dann in die Hose gegangen ist, habe ich ein paar Nachforschungen angestellt über Sie. Wir waren eigentlich auf der Suche nach einer vertrauenswürdigen Verbündeten bei der Polizei.«

»Wie kamen Sie denn auf die Idee, dass der Rest der Polizei nicht vertrauenswürdig ist?«, fragte Matt mit finsterer Miene. »Und was soll das überhaupt heißen – *Nachforschungen*?«

»Ich hab' sie halt gegoogelt«, antwortete Alexis lakonisch. »Und dass da irgendwas nicht rund läuft, war leicht zu erkennen. Dieser Vanderbeck erzählt eine offensichtliche Lügengeschichte und plötzlich wendet sich die Polizei komplett gegen die eigenen Leute. Ich hab' nicht verstanden, was da bei euch los ist. Aber dass etwas nicht stimmte, dafür braucht man wirklich keinen Abschluss von der Polizeiakademie.«

July nickte bekräftigend und wandte sich an ihren Kollegen. »Und du, was wolltest du jetzt bei mir?«

Matt überlegte offensichtlich, noch auf Alexis' Aussage einzugehen, entschied sich dann aber doch dagegen.

»Ich wollte nach dir sehen«, meinte er. »Dieser ganze Mist mit dem Decker-Fall und jetzt das. Ich habe mir Sorgen gemacht. Und zwar offensichtlich zu Recht, wenn ich mir das Chaos hier anhöre.« Sein letzter Satz klang abfällig, was Dana ärgerte. Doch es war Espérance, die ihm darauf antwortete.

»Es ist unnötig, sich auf diese Weise über uns zu erheben, Matt«, sagte sie leise, aber durchdringend. »Sie sind verunsichert durch die Ausmaße dieser Verwicklung und empfinden Loyalität gegenüber Ihrer Behörde. Doch all dies ist nicht unser Fehler.«

July nutzte die Unterbrechung, um ihren Teil der Geschichte zu ergänzen. Sie hatte gemeinsam mit dem FBI-Agenten Owen Bradbury in zwei Mordfällen ermittelt, in deren Zentrum ein Mann stand, der Mitglied einer Kirchengemeinde und einer Verbindung war, bei denen Polizeiakten erstaunlich schnell geschlossen wurden oder direkt verschwanden. Auch Benjamin Vermont gehörte zu dieser Gemeinde – und er war gerade mit Schusswunden aus dem Fenster gesprungen und dann wie ein Leistungssportler davongerannt. July holte ihr Notizbuch hervor und blätterte darin. »Er ist Predigerassistent der Kirchengemeinde. War ziemlich schweigsam bei der Befragung. Heute nicht so sehr.« Sie machte eine kurze Pause und nahm einen Schluck aus ihrer Bierdose, ehe sie fortfuhr. »Ich finde das alles auch verwirrend. Aber da ist noch mehr. Irgendetwas stinkt hier zum Himmel. Eigentlich dürfen wir so etwas nicht mit Zivilisten besprechen, aber ich bin ja praktisch suspendiert oder so. Also kommt es darauf auch nicht mehr an.«

»Im Grunde genommen ist es ganz einfach«, meinte Matt, ohne auf ihren bitteren Unterton einzugehen. »Wir können diesen Benjamin Vermont eindeutig identifizieren. Er ist bei dir eingebrochen, July. Ich rufe ihn zur Fahndung aus.«

»Bitte verzeihen Sie, Matt. Das halte ich nicht für eine gute Idee.« Espérance meldete sich mit leiser, aber fester Stimme zu Wort. »July sagte doch gerade, dass sie mehrere Fälle untersucht hat, in denen Akten verschwunden sind? Wir haben mehr als das erlebt. Und das letzte Mal, als Sie versuchten, Benjamin Vermont dingfest zu machen, hat es auch nicht funktioniert.«

»Wir haben Zeugen und selbst die Straftat beobachtet. Ich glaube, in diesem Fall liegt die Sache anders.«

Espérances graue Augen wanderten ruhig über Matts Gesicht. Er sah irritiert aus, auch wenn sie freundlich wirkte.

»Wir haben sogar eine Aufnahme, die die Aussagen dieser Kirchenfuzzis widerlegt«, murrte Alexis. »Ich glaube, Beweise sind nicht das Problem.«

Matt blickte zwischen den beiden jungen Frauen hin und her. »Was ist denn dann Ihrer Meinung nach das Problem?«

Espérance legte ihr Mobiltelefon auf den Tisch. »Sehen Sie sich das hier bitte mal an. *Das* halte ich für das Problem.«

Sie tippte auf den Bildschirm und startete ein Video. Die vier anderen mussten sich ein wenig nach vorn beugen, um genug erkennen zu können. Die Aufnahme war verwackelt und zuerst dunkel, dann wurde sie besser erkennbar.

Schritte hämmerten über Asphalt. Die Aufzeichnung schleuderte wild hin und her, im Hintergrund war schnelles Atmen zu hören. Es war der Atem einer Frau.

Im Fokus der Kamera bewegte sich eine dunkel gekleidete Person schnell durch die Nacht. Im Licht einer Straßenlaterne konnte man kurz das helle Aufleuchten einer Glatze erkennen.

Benjamin Vermont entfernte sich schnell von der Kamera. Die Aufnahme war verwaschen. Ohne seine charakteristische Erscheinung hätte man ihn nur schwer identifizieren können. Irgendwie wirkte seine Bewegung zu schnell für die Schritte, die er machte. Es sah in der schlechten Qualität der Aufnahme so aus, als würde nur er schnell vorgespult werden, während der Rest der Welt sich normal bewegte.

Dann blieb er plötzlich stehen und wandte sich um. Die Qualität des Bildes verbesserte sich nicht, er war immer noch kaum zu erkennen. Espérance holte ein wenig auf und blieb einige Meter entfernt von ihm stehen. Dann war auf dem Video seine Stimme zu hören – sie war leise, aber gut zu verstehen. July schauderte ob des melodischen Klangs, den sie gut wiedererkannte.

»Du verfolgst mich, Kirchenagentin?«

»Sie sollten sich der Polizei stellen«, kam Espérances Antwort deutlich lauter und besser hörbar. »Ich habe keine Angst vor Ihnen.«

»Das solltest du aber, Espérance Lerot. Deine Erhabenen sind nicht hier, um dich zu beschützen. Du bist auf unserem Land.«

»Ich weiß nicht, wovon Sie da reden. Offensichtlich sind sie verwirrt. Die Polizei wird bald hier sein.«

»Vielleicht sollte ich dir hier und jetzt ein Ende bereiten, Dienerin aus der Alten Welt.«

Auf dem Bild war zu erkennen, wie die dunkle Gestalt plötzlich rasch näherkam. Espérance atmete erschrocken ein, doch sie hielt unerbittlich die Kamera auf Benjamin Vermont gerichtet.

Ehe er sie erreichte, hielt er in der Bewegung inne und schien hinter sie zu starren. Für einen Moment war er völlig regungslos, dann ging er kurz in die Knie und sprang mit einem einzigen Satz in die Luft.

Die Kamera wackelte erneute, dann fokussierte sie wieder auf die Gestalt. Ein kleiner, dunkler Punkt war zu erkennen, der in mehreren Metern Höhe durch die Luft flog und dann auf einem Hausdach landete.

»Mon dieu«, hörte man Espérance kurz sagen, dann zeigte die Kamera wackelnd den Boden und das Video endete.

Die vier anderen waren für einen erstaunlich langen Moment ruhig und starrten auf das nun schwarze Display.

»Heilige Scheiße.« Alexis war die Erste, die ihrem Unglauben Ausdruck verlieh. »Ist das wirklich so passiert?«

»Wir haben gesehen, wie er aus dem fünften Stock gesprungen und davongelaufen ist«, sagte Matt nur langsam. »Das darf uns eigentlich nicht mehr schocken.«

»Was hat er gemeint? Wie hat er dich genannt? Kirchenagentin aus der Alten Welt?« Dana klammerte sich regelrecht an ihr Wasserglas. Espérance blickte mit großen Augen in die Runde.

»Es tut mir leid, aber ich verstehe seine Worte auch nicht. Doch was ich gesehen habe, war verstörend. Daher glaube ich nicht, dass wir dem mit gewöhnlichen Methoden beikommen können. Das war der Grund, warum ich euch dies zeigen wollte.«

Für einige Momente herrschte Stille, während jeder der Anwesenden versuchte, sich einen Reim auf die Vorkommnisse dieses Abends zu machen.

»Also, ich hole mir noch ein Bier«, meinte July. »Noch jemand?«

Alexis nickte, die anderen lehnten dankend ab. Das Handy lag bleischwer auf dem schmutzigen Couchtisch.

Es dauerte einige Minuten, bis Matt pflichtbewusst das Wort ergriff.

»Ich stimme Ihnen zu, Espérance. Auf dem offiziellen Weg haben wir jetzt schon zu viele Schwierigkeiten bekommen. Aber ich denke, wir sind uns einig, dass wir diese Vorfälle auch nicht ignorieren können.«

Eine Pause. Die anderen nickten. Keiner wusste so recht, was sie jetzt tun sollten, bis Espérance ihre Hand auf ihr Telefon legte und es langsam einsteckte.

»Diese Menschen wissen jetzt, dass wir hinter Ihr Geheimnis geblickt haben. Und wir wissen, dass sie gefährlich sind. Sie werden uns wahrscheinlich auch als Gefahr sehen. Ich bin mir sehr sicher, dass Benjamin Vermont *mich* als eine Gefahr sieht.« Sie setzte sich sehr gerade auf dem Küchenstuhl auf, den July für sie an den kleinen Tisch gestellt hatte. »Wir können es uns nicht erlauben, untätig zu bleiben. Sonst sind wir in Gefahr. Ich denke, dass das für uns alle gilt. July, Sie sind ja heute Abend schon direkt bedroht worden.«

»Der hat mich vor allem zugeschwätzt«, brummte July, da die Erinnerung an die unangenehme Begegnung einen Nerv bei ihr traf. »Aber ja, wenn der Typ mich einmal besucht hat, kommt er auch wieder. Das sehe ich auch so.«

Espérance fuhr fort.

»Wir wissen, dass mindestens einige der Aktivitäten rund um diese Kirche passieren. Ich war allein dort und bin in Schwierigkeiten geraten. Aber vielleicht finden wir gemeinsam einen Weg, gegen diese Personen vorzugehen.« Ihre Augen suchten Matt, der seine Lippen fest aufeinander presste.

Hinten im Laderaum des gemieteten Lasters leuchtete ein halbes Dutzend Bildschirme. July Wilbur blickte konzentriert auf ihr Notebook, während Matt den Vorgängen unter einem großen Kopfhörer lauschte.

»Es geht los«, flüsterte sie leise und blickte in die Runde. Die beiden Polizisten sahen besorgt, aber konzentriert und professionell aus. Beide trugen Zivilkleidung, hatten aber unter ihren Oberteilen leichte schusssichere Westen angelegt. Alexis sah angespannt und unglücklich aus.

Dana kam es abstrus vor, dass man in diesem Fall nicht einmal die Polizei rufen konnte. Denn die war ja schon da. Und nach allem, was Matt und July erzählten, konnte man aus irgendwelchen Gründen nicht darauf setzen, neben diesen beiden Verbündeten weitere offizielle Kräfte zu involvieren.

Zwar hatten die beiden diskutiert, die innere Revision einzuschalten, doch Matts Erkenntnisse dazu waren entmutigend. Er war ein wenig den Spuren seines Kollegen Edgar Donatio gefolgt, welcher sich ebenfalls mit den mysteriösen Fällen rund um Candle & Cross beschäftigt hatte. Edgar war auf Ungereimtheiten gestoßen, hatte in einigen Fällen ermittelt und am Ende die internen Ermittler aktiviert.

»Geholfen hat es ihm nicht«, hatte Matt kopfschüttelnd erzählt. »Seine Witwe Paula meinte, er habe sich nach diesem Fall verändert. Sei verschlossener gewesen und habe verwirrt gewirkt. Paula und er haben nie viel über die Arbeit gesprochen, aber in manchen Fällen halt schon. Die Ermittlungen haben nichts ergeben und am Ende stand er als Verräter da.«

Auch Julys Vorschlag, über ihren Bekannten Owen Bradbury das FBI einzuschalten, erwies sich als Sackgasse. Owen war nicht erreichbar und das nächstgelegene FBI-Büro konnte seine Identität zwar bestätigen, hatte aber nie mit ihm zusammengearbeitet.

Also hatte die Gruppe sich auf ein anderes Vorgehen geeinigt. July erschien es am erfolgversprechendsten, direkt in der Eternal Haven Church zu ermitteln. Da sie davon ausgehen mussten, dass July ihren Zielpersonen bekannt war und Matt als Familienvater nicht seinen Job riskieren durfte, mangelte es ihnen an Optionen.

»Ich kann das übernehmen«, hatte Espérance sich an dieser Stelle der Diskussion zu Wort gemeldet. »Sie kennen mich. Es wird ihnen plausibel erscheinen, dass ich verwirrt und neugierig bin. Gabriel kann einen neuen Termin mit Vanderbeck vereinbaren. Ich werde ihn überzeugen können, dies zu tun.«

Dana war nicht überrascht gewesen, dass alle anderen diesen Plan hassten.

»Das Risiko ist unglaublich hoch und wir haben praktisch keine taktischen Vorteile«, war Julys Urteil gewesen.

Alexis und Dana waren sich einig, dass die einzige Gewissheit war, dass sie blindlings in die Höhle des Löwen vorstoßen würde. Doch Espérance, die meist so wenig sprach und die Geschehnisse um sie herum nur aus ihren rätselhaften grauen Augen verfolgte, hatte sich als erstaunlich überzeugend erwiesen.

»Die Gefahren sind mir bewusst. Wir wissen, dass diese Menschen ein Interesse an mir haben. Es ist auch anzunehmen, dass sie mir schon lange etwas hätten antun können, wenn sie so einflussreich sind, wie wir vermuten. Ich war lange völlig unbedarft. Wenn sie mich nur in ihre Gewalt hätten bringen wollen oder gar töten, wäre dies vermutlich längst geschehen.«

Dana gingen diese Worte durch den Kopf, während sie sich auf der Sitzbank hinten als nutzloser Ballast fühlte. Die drei anderen erfüllten Aufgaben, trugen ihren Teil bei. Sie saß hier nur herum, weil sie in die Sache reingerutscht war. Ihr kleiner Kopfhörer vermittelte ihr einen leichten akustischen Eindruck von Espérance. Sie fühlte sich nicht wirklich als Teil des Geschehens.

»Die Qualität wird sehr schlecht sein«, erklärte July leise in die Runde. »Wir verwenden ein neues System. Die wissen wahrscheinlich, dass sie beim letzten Mal verkabelt war.«

July lauschte angestrengt auf die klackernden Schritte ihrer Freundin. Scheinbar von weit her konnte sie zuerst ein Murmeln, dann Gabriels Stimme wahrnehmen.

»... finde es gut, dass du noch einmal mit Vanderbeck sprechen willst. Ich glaube, es kam beim letzten Mal zu Missverständnissen.«

»Oui«, kam die leise Antwort von Espérance. Alexis schnitt eine Grimasse.

Dana hatte das Gefühl, ein richtig micscs Déjà-vu zu haben. Nur würde dieses Mal nicht im letzten Moment die Kavallerie kommen. Weil diese nur aus zwei Personen bestand und schon da war. Sie blickte gequält zu Alexis, doch diese knipste ihr aufmunternd ein Auge. Es wirkte aufgesetzt, fand Dana.

»Sie sind fast da.« Matts Stimme war leise und im Kommandoton. »Bist du so weit, Alexis?«

»Roger, Boss.«

Dana sah die Finger ihrer Freundin über die Tastatur huschen, dann tippte sie ein weit ausholendes, triumphierendes *Enter*. Trotz der großen Geste schien nichts zu passieren. Matt nickte knapp.

»... nicht missverstehen, der hat keine Ahnung«, kam es leise aus den Kopfhörern. »Cornelius sieht das alles ganz anders.«

Matt griff kurz neben sich und reichte Dana ein weiteres Tablet, auf dem ein monochromes Videobild zu sehen war. Offensichtlich eine Überwachungskamera in der Nähe der Kirche. Hatte Alexis die installiert oder gehackt?

Auf dem grauen Bild waren Gabriel und Espérance zu erkennen, die sich über den Parkplatz langsam der Kirche näherten. Er hatte besitzergreifend eine Hand um ihre Taille gelegt, fast, als würde er sie ein wenig auf den Eingang zuschieben. Nach einigen weiteren Schritten ließ er sie los, näherte sich der großen Tür und klopfte an. Beinahe sofort konnte man einen Spalt vages Licht dahinter erkennen.

Gabriels Stimme war in der Übertragung nur ein vages Murmeln. Ein wenig deutlich konnten sie hören, wie Espérance »Bonsoir, Monsieur Vanderbeck« sagte. Die Tür schwang auf und die beiden gingen hinein.

Dana beobachtete, wie Julys Hand gedankenverloren an ihr Holster glitt und den Knopf öffnete, der mit einem Riemen die Waffe festhielt. Im nächsten Moment klickte sie ihn wieder zu. Wie ein Kind, das mit einem Jackenknopf spielt, dachte Dana

Sie hatte einmal gelesen, dass Menschen, die sich bewusst einer extremen Gefahrensituation aussetzen, zuerst enthusiastisch und dann kurz davor niedergeschlagen sind. Sie bildete sich ein, dass man die sinkende Stimmung hinten im Van geradezu schmecken konnte.

»Das ist ein wirklich blöder Plan«, murmelte Alexis, wie um Danas Gedanken zu bestätigen. »Das ist eigentlich gar kein Plan.«

Matt warf ihr einen finsteren Blick zu. »Konzentriere dich auf deine Aufgabe. Der Plan wird nicht im Einsatz diskutiert.«

»Könnt ihr bitte leise sein?«, flüsterte Dana. Sie stimmte Alexis hundertprozentig zu, aber jetzt wollte sie hören, was da drinnen vor sich ging. Im Notfall konnten sie immer noch *irgendetwas* machen. Immerhin hatten sie zwei Polizisten dabei. Das musste doch etwas wert sein.

Aus den Kopfhörern war in der Ruhe der Kirche nun mehr zu vernehmen. Espérances Schritte waren noch immer übermäßig laut. Dazwischen konnte man deutlich weitere Stimmen erkennen. Die Zuhörer im Lieferwagen lauschten gebannt.

»Ich begrüße es sehr, dass du dich wieder mit uns unterhalten möchtest, Espérance«, war eine tiefe und leise Stimme zu hören.

»Vielen Dank, dass Sie sich Zeit für mich nehmen.« Die Antwort der Französin war ruhig und höflich.

»Espérance hat unsere Treffen wohl *vermisst*«, meldete sich Gabriel zu Wort. Seine Stimme war bereits bekannt, so konnten sie diese leicht zuordnen.

»Ist das so?«

Eine kurze Pause.

»Oui.«

»Es hätte mich auch gewundert, wenn es anders wäre.« Gabriel klang süffisant und zufrieden, so gut man es durch den Funk erkennen konnte.

Alexis formte mit ihren Lippen gut erkennbar das Wort *Arschloch*, als sie dies hörte.

Wieder die leisen Stimmen aus den Kopfhörern.

»Gibt es etwas Bestimmtes, dass du vermisst hast, mein Kind?«

Dana hielt die Luft an. Sie war nicht vollkommen sicher, doch glaubte sie, dass die Frage nicht einfach zu beantworten wäre, da Espérance sich an vieles von den Treffen gar nicht erinnerte.

»Ich kann es Ihnen nicht genau beschreiben, Monsieur Vanderbeck.« Wieder ihre gefasste und höfliche Art zu sprechen. »Es ist so ein Gefühl. Ich wollte gerne wieder in Ihrer Kirche sein. Vielleicht vermisse ich einfach diese Rituale, die ich seit meiner Kindheit kenne.«

»Ich bin mir sicher, dass du das tust, Espérance.«

Nun bildete sich Dana ein, dass auch Vanderbeck einen seltsamen Unterton hatte. »Komm, gehen wir hinein.«

»Die machen sich ja gar keine Sorgen, dass sie überwacht werden«, sagte July leise an Matt gewandt. Er nickte mit besorgtem Gesichtsausdruck. »Warum erscheint ihnen diese blöde Geschichte so plausibel?«

Dana war ebenfalls der Meinung, Espérances Begründung für ein weiteres Treffen mit Vanderbeck müsste jeden halbwegs zwielichtigen Menschen misstrauisch machen. Scheinbar waren Gabriel und seine Kirchenfreunde entweder himmelschreiend arglos oder sich ihrer Sache todsicher. Die erste Variante kam Dana leider ausgeschlossen vor.

Espérances Schritte waren das vorherrschende Geräusch, während die drei weiter in die Kirche gingen. Nach kurzer Zeit mischte sich ein charakteristischer Hall zu dem Klacken der Absätze. Vermutlich waren sie gerade in die eigentliche Kirche gegangen.

Es waren einige weitere Bewegungen zu hören, dann ein Flüstern von Gabriel, das zumindest Dana nicht verstehen konnte. Schließlich kam aus einiger Entfernung Vanderbecks Stimme, nun unterstützt von ein wenig voluminöser Intonierung und der Raumakustik.

»Ich hoffe, unser Treffen heute wird etwas ruhiger verlaufen als das letzte, Espérance. Komm bitte näher.«

Ein Zögern, dann wieder ihre hörbaren Schritte. Eins, zwei, drei, vier, fünf … Sie schien einmal komplett durch einen großen Raum zu gehen.

»Du musst meinen Anweisungen genau Folge leisten«, sprach Vanderbeck weiter. »Das ist notwendig, damit du bekommen kannst, was du begehrst. Kannst du das für mich tun?«

Erneutes Zögern.

»Oui.«

Dana fiel auf, dass ihre Freundin normalerweise keine Versatzstücke aus ihrer Muttersprache verwendete. Sie hatte zwar einen leicht hörbaren Akzent, doch diese Art zu sprechen war für sie ungewöhnlich.

»Oui, sublime«, wiederholte und ergänzte sie nach einer kurzen Pause.

»*Sublime*?« Alexis tippte kurz auf ihrem Rechner. »*Erhabener*? Was zum Teufel geht denn da ab? Ist das so eine Art Kirchen-Fetischclub?«

»Leise«, befahl Matt.

»Komm näher zu mir«, fuhr Vanderbeck fort. Langsam hörten sie Espérances Schritte folgen.

»Nun knie nieder.«

Alexis' Augen weiteten sich und ihr Mund formte lautlose Verwünschungen. Matt und July blickten einander an. Sie waren offensichtlich unschlüssig, ob die seltsame Szenerie bereits ein Eingreifen rechtfertigen würde.

»Wir müssen da rein«, zischte Alexis. »Das kann man ja wohl nicht als nach Plan bezeichnen.«

Matt schaute kurz zu ihr und schüttelte den lautlos den Kopf. Sie blickte Hilfe suchend zu Dana und riss dann wütend ihren Kopfhörer ab.

Die drei anderen hörten wieder Stimmen und Geräusche aus der Kirche. Zuerst eine andere Person, die sich durch den Raum bewegte, wenn auch mit deutlich leiseren Schritten. Dann Gabriels Stimme, ruhig und überzeugend intoniert, der nah bei Espérance sagte: »Hab Vertrauen. Es ist alles so, wie du es kennst. Es ist alles in Ordnung.«

»Was …«, sagte Espérance überrascht, als einer der beiden Männer etwas zu tun schien. Leider ließen die Geräusche keinen Schluss darauf zu, was es war.

»Nun lege deinen Kopf zurück, um die Gabe zu empfangen.«

Dana horchte gebannt auf die Übertragung, bis ein Schlag auf ihre Schulter sie wieder in den Lieferwagen zurückholte. Alexis starrte sie an und deutete auf die Tür.

»Da draußen passiert irgendwas!«

Mit der rechten Hand schlug sie July vor den Oberarm, um sie ebenfalls zu alarmieren. Dana nahm die beiden Kopfhörer heraus und horchte. Was immer da draußen vor sich ging, war nicht laut – leise genug, um es durch die Kopfhörer zu überhören. Jetzt, wo sie nicht mehr von den Geschehnissen in der Kirche in den Bann gezogen wurde, konnte July deutlich rasche, rhythmische Bewegungen hören.

»Da ist jemand«, flüsterte July und griff nach ihrer Waffe.

XXVII

Ich bin die Pronoia des reinen Lichtes

Die Stimme war tief in ihr und erfüllte sie wie ein Donner, den man nicht hören konnte.

Denn das Fleisch begehrt auf gegen den Geist und der Geist gegen das Fleisch; die sind gegeneinander, sodass ihr nicht tut, was ihr wollt.

Sie erinnerte sich daran, diese Worte schon einmal gehört zu haben. Mehr als einmal.

Cornelius Vanderbeck erhob sich hoch über ihr vor dem Altar. Seine Augen waren dunkel und starrten auf sie hinab wie ein Falke auf seine Beute. Er streckte ihr seinen rechten Arm entgegen und Espérance bemerkte eine Spur dunklen Blutes auf seinem Handgelenk, gerade dort, wo sich der Puls befand. Doch das Blut floss langsam, ohne Kraft.

Sie spürte von hinten einen festen Griff um ihre Arme. Erschrocken schaute sie auf die Hände, die sie hielten und nach vorn schoben. Irgendwo wollte sich Gabriels sanfte Stimme in ihren Geist drängen. Sie kam nicht an gegen den Donner in ihr.

Vanderbeck stieg eine Stufe hinab und näherte sich ihr. Seinen blutigen Arm präsentierte er beinahe herausfordernd.

»Nun mach schon«, drängte Gabriel hinter ihr.

Du bist stark im Herrn und in der Macht seiner Stärke, hallte es in ihr. Espérance spürte, wie sich ein Schleier lüftete, der sich zuvor über ihrem Geist befunden hatte. Die Worte von Gabriel und Cornelius hatten sie eingelullt und benommen gemacht. Nun fiel dies ab von ihr wie der Morgentau von einem übervollen Blatt.

Sie starrte auf das Blut vor ihr. Bilder strömten empor in ihr – sie sah Cornelius' Arm vor sich, sah, wie sie ihn packte und wie sie ihre Lippen auf das Blut presste. Sie spürte, wie eine Hitze durch ihren Körper rauschte, die mit nichts anderem vergleichbar war. Die sie erfüllte und glücklich machte, und zugleich begierig nach mehr. Sie spürte Gabriels Lippen auf ihrem Hals, ihrem Nacken und dann auf ihrem Rücken. Doch in diesem Moment blickte sie auf das Blut und verspürte keinen Impuls, sich Vanderbeck auch nur zu nähern.

Der Priester trat mit einem distinguierten Gesichtsausdruck wieder einen Schritt weg von ihr. Sein Blick suchte Gabriel, dessen große Hände sich noch immer um Espérances Oberarme klammerten.

»Hattest du nicht gesagt, sie wäre begierig auf ein Treffen?« Beiläufig zog er ein großes, weißes Taschentuch aus seiner Soutane und wischte über seinen Arm. »Für mich sieht sie nicht besonders interessiert aus.«

Espérance überlegte fieberhaft, was sie tun sollte. Sie kniete wie eine brave Sünderin vor Cornelius, und noch immer hielt Gabriel sie fest. Mindestens eine weitere Person – vermutlich ebenfalls ein Mann – war im Raum. Selbst wenn sie ignorierte, dass sowohl Cornelius als vermutlich auch Gabriel irgendwelche suggestiven Fähigkeiten besaßen, war es unwahrscheinlich für sie, drei Männern entkommen oder gar alle drei überwältigen zu können.

Was ist das überhaupt für ein Gedanke, flüsterte eine Stimme in ihr. Wie kommst du überhaupt darauf, es auch nur mit einem von ihnen aufzunehmen?

Irgendetwas in ihr war in dieser ausweglosen Situation aktiv. Vielleicht lag sie auch nur einer bequemen Illusion auf – doch es fühlte sich gleichzeitig gut und vertraut an, Gefahren abzuschätzen und Alternativen abzuwägen. Für den Moment beschloss sie, weiter vor Cornelius zu knien und abzuwarten. Auch das fühlte sich seltsam vertraut an.

Sie hörte hinter sich das leise Schnarren eines Funkgerätes, dann meldete sich die Stimme eines unbekannten Mannes.

»Luke hat draußen vier Eindringlinge festgesetzt, Sir«, berichtete diese in militärischem Tonfall. Espérance spürte, wie Gabriels Griff fester wurde. Cornelius blickte langsam zu ihm.

»Danke, Ben. Bringt sie bitte in den Keller.«

»Ja, Sir.«

Eine kurze Pause. Die Stimme des Predigers war kühl und beinahe tonlos, als er fortfuhr.

»Gabriel, bist du etwa einem falschen Spiel auf den Leim gegangen?« Gabriel atmete schnell ein. Es klang unsicher, als er antwortete.

»Es erschien plausibel, Herr. Sie müsste durch das Blut und die Essenz sehr zugänglich sein. In der Vergangenheit hat sie stark reagiert.«

Cornelius Vanderbeck schickte einen eisernen Blick über Espérance hinweg, dann schaute er hinab zu ihr. Ihre Knie schmerzten – noch ein vertrautes Gefühl.

»Aus welchem Grund wolltest du dieses Treffen, Espérance?«

Sie starrte nach vorn, statt in sein Gesicht zu blicken. Die Intensität seiner Stimme verursachte bei ihr Kopfschmerzen. Sie hatte das Gefühl, als würde jemand eine Schraubzwinge um ihre Schläfen von Sekunde zu Sekunde ein wenig enger drehen. Es war kein Schmerz – es fühlte sich eher an wie ein zu großer Druck.

Ich bin die Pronoia des reinen Lichtes. Erneut hallte die Stimme in ihr wider wie das Echo eines Donners. *Hüte dich vor den Engeln der Armut und den Dämonen des Chaos und denen, die dich umgarnen, und hüte dich vor dem tiefen Schlaf und der Einengung!*

»Mir gefällt die Innenausstattung hier«, antwortete sie langsam, als der Druck ihr zumindest genug Raum zum Denken gab. Cornelius starrte sie an und zog eine Augenbraue hoch. Dann begann er zu lachen – ein Vorgang, der in seinem Priestergewand und vor dem mit Kerzen erhellten Altar vollkommen absurd wirkte. Als sich sein Amüsement gelegt hatte, blickte er über sie hinweg zu Gabriel.

»Ich glaube, du hast dich übernommen an deiner kleinen Freundin hier.« Erneut krallten sich Gabriels Hände stark in ihre Arme. Auch wenn Espérance seine Bedrängnis spüren konnte, waren sie wie ein Schraubstock. Sie beugte sich ein wenig nach vorn und drehte ihre Schultern. Ohne erheblichen Widerstand würde sie sich aus dem Griff nicht befreien können. Also beschloss sie, für den Moment ruhig zu bleiben.

Langsam stieg Cornelius die Stufen des Altars hinunter und umrundete Gabriel und sie. Espérance folgte ihm mit den Augen, solange sie konnte, dann blickte sie vor sich auf den Altar.

Hinter sich spürte sie, wie Gabriel zu zittern begann. Sein Schraubstockgriff wirkte nun mehr, als würde er sich verzweifelt an ihr festhalten.

»Ben, würdest du unseren Gast bitte übernehmen.« Erneut dieser bedrohliche, leise Tonfall. Sie spürte, wie Gabriels Griff zuerst nachließ und sich dann löste. Sie fiel nach vorn und stützte sich mit den Händen auf dem Boden vor dem Altar ab.

»Herr, ich verstehe, dass ich einen Fehler gemacht habe«, stammelte Gabriel hinter ihr. Sie blickte über die Schulter, um die beiden zu beobachten. Cornelius war kleiner als der Student, doch wie er da kerzengerade und zornig vor ihm stand, schien das keinen Unterschied zu machen. Der jüngere Mann war nach vorn gebeugt und hatte die Hände gehoben, eine Geste der Beschwichtigung – oder der Unterwerfung?

Espérance wurde grob an ihrem Arm gepackt und von Ben auf die Beine gezogen.

»Komm mit, Dienerin«, herrschte er sie an und zerrte sie nach vorn. Sie stolperte und hörte hinter sich ein gurgelndes Geräusch. Ängstlich warf sie einen Blick zurück über ihre Schulter wie Lots Frau.

Das Bild, das sich ihr bot, war kaum weniger beängstigend als das dieses biblischen Vorbilds: Cornelius hatte eine Hand um Gabriels Hals gelegt und drückte zu. Der jüngere, größere Mann versuchte mit beiden Händen, Cornelius' Finger wegzuzerren und war auf die Knie gesunken. Sein Gesicht war rot angelaufen und seine Augen weit aufgerissen. Cornelius bemerkte ihren Blick und wandte ihr das Gesicht zu, während er still wie eine Maschine den keuchenden Gabriel vor sich mit seinem Arm fixierte.

»Jede Lüge hat ihren Preis, Espérance Lerot.« Seine Worte waren ruhig und bedrohlich. Es war offensichtlich, dass es ihm nicht einmal Mühe bereitete, Gabriel festzuhalten. »Und jeder Preis muss bezahlt werden.«

Espérance keuchte erschrocken, als sie weiter gezerrt wurde.

Die Tür zum Kirchenraum fiel hinter ihr zu, und Espérances Nacken kribbelte. Jetzt ist es nur noch eine gegen einen, flüsterte es in ihr. Ben schien diese Situation offensichtlich nicht zu beunruhigen – er hatte sie am Handgelenk gepackt und riss an ihrem Arm, um sie möglichst zügig durch einen spießig dekorierten Flur zu ziehen. Landschaftsbilder, Konsolen aus dunklem Holz und Vasen mit Tiermotiven flankierten ihren Weg. Als sie Widerstand leistete, holte er aus und versetzte ihr eine Ohrfeige – *wollte* ihr eine Ohrfeige versetzen.

Espérance duckte sich seitlich weg und ließ seinen Schlag ins Leere gehen. Gleichzeitig versetzte sie ihm einen Tritt vor sein Knie, was ihn zusammensacken ließ. In einer dritten Bewegung schlug sie ihren Ellenbogen vor seine Schläfe.

Das alles ging so schnell, dass Ben nicht einmal ein Geräusch machte. Er war von ihrer Gegenwehr überrascht, aber nicht ausgeschaltet – sie bemerkte, wie er sich nach hinten fallen ließ und gleichzeitig nach seiner Waffe griff. Dieser Teil in ihr schien die Situation gut einschätzen zu können – intuitiv erkannte sie, dass sie ihn im Handgemenge nicht besiegen und auch nicht riskieren konnte, ihn die Waffe hervorholen zu lassen. Also nutzte sie den Moment, in dem er sich von ihr entfernte und dabei die Beine durchstreckte, für einen gezielten Tritt in seine empfindlichste Region. Er stöhnte gequält und presste vergeblich seine Hände schützend vor seinen Schritt. Sein Gesicht nahm einen seltsamen Ausdruck an – irgendetwas zwischen krampfhaften Bauchschmerzen und plötzlichen Durchfall. Espérance schnappte sich eine der spießigen Vasen und schlug sie ihm mit beiden Händen auf den Kopf, was ihn endlich zusammensinken ließ.

Schnell beugte sie sich über ihn und befreite seine Pistole vollends aus dem Holster. Sie konnte sich nicht erinnern, schon einmal eine Schusswaffe in der Hand gehabt zu haben, doch es erschien ihr ganz natürlich. Sie prüfte das Magazin und entsicherte die Waffe.

Es war nicht möglich, eine zuverlässige Aussage darüber zu treffen, wie lang Ben bewusstlos sein würde. Espérance wusste, dass sie ihm möglicherweise eine schwerwiegende Kopfverletzung zugefügt hatte. Aber vielleicht war er auch in einigen Minuten wieder bei Bewusstsein.

Sie hatte zwei Möglichkeiten – Kampf oder Flucht. Wollte sie Gabriel retten – er hatte sie zwar in die Sache hineingeritten, aber den Tod verdiente er dafür nicht – musste sie kämpfen. Außerdem erinnerte sie sich daran, dass jemand namens Parker den Auftrag erhalten hatte, ihre Freunde in den Keller zu bringen.

Für Flucht sprach die Tatsache, dass sie nicht einschätzen konnte, wie gefährlich Vanderbeck wirklich war und wie viele Männer dieser Parker an seiner Seite hatte. Schnell reduzierte sie die möglichen Abläufe auf zwei Szenarien – sie griff bei

Cornelius ein, rettete Gabriel, musste dabei jedoch die Pistole einsetzen und sich danach mit Parker und seinen Leuten auseinandersetzen, die immerhin zwei Polizisten festgesetzt hatten. Oder sie überließ Gabriel seinem Schicksal, zog sich zurück und konnte später ihre Freunde retten, wenn sie einen vernünftigen Plan hatte.

Diese Gedanken gingen ihr innerhalb von wenigen Momenten durch den Kopf. Dann wandte sie sich um, öffnete das nächstgelegene Fenster im Flur und kletterte hinaus.

An die Hauswand gepresst, schlich sie in Richtung Parkplatz. Dort sah sie den Van, den sie gemietet hatten, mit offener Heckklappe stehen. Ein junger Mann in einem grauen Anzug stand davor, telefonierte und blickte hinein.

Sie ging in die Hocke, zog ihren rechten Schuh aus und riss das kleine Sendegerät unter der Innensohle hervor. Dann zog sie ihn wieder an und zerquetschte es mit ihrem Absatz.

Der einzige Weg von der Kirche weg führte über den Parkplatz. Das eigentliche Grundstück der Gemeinde war von einer Steinmauer umgeben, die nicht leicht zu erklettern aussah. Der Mann im Anzug würde definitiv Alarm schlagen, wenn er sie sah. Doch sie konnte auch nicht warten, da Ben bald aufwachen oder jemand ihn entdecken konnte.

Ein kurzes Vibrieren in ihrer Handtasche – die sie momentan wie eine Schultertasche umgeschlungen hatte – erregte ihre Aufmerksamkeit. Erneut füllte eine stumme, ruhige Gewissheit ihren Geist, so als spürte sie, dass jemand ganz in ihrer Nähe war. Zumindest in Gedanken.

Vorsichtig blickte sie auf ihr Telefon, während sie sich hinter einem Rhododendron versteckte. Eine Textnachricht von einer unbekannten Rufnummer war auf dem Display zu lesen:

Keine weiteren Beobachter auf dem Parkplatz. Laufe los, wenn ich den Mann im Anzug ausgeschaltet habe. Du bist nicht allein. Ad arma.

Espérance blickte hoch. Der Mann beendete sein Telefongespräch und blickte in den Wagen. Im nächsten Moment wurde sein Körper zweimal kurz nacheinander erschüttert, dann sackte er in sich zusammen. Wie schon so oft an diesem Abend schob sie die Fragen weg und lief los.

✝

Nachdem sie in Sicherheit war, antwortete ihr unbekannter Helfer nicht. Stattdessen erhielt sie ihre Nachrichten als unzustellbar zurück. Anrufe blieben gleichsam erfolglos. Espérance hatte sich ein paar Minuten zielstrebig von der Kirche entfernt. Dann war ihr aufgefallen, wie aussichtslos ihre Lage war. Ihre einzigen Freunde und Kontakte in dieser Stadt waren höchstwahrscheinlich in dieser Kirche in den Keller gesperrt. Vanderbeck wusste, wo sie wohnte. Die Polizei hatte sich laut Julys und Matts Erzählungen als nicht sehr zuverlässig erwiesen. Sie hatte nicht nur keine

Ahnung, was sie tun sollte – sie kannte nicht einmal einen Ort, an den sie sich zurückziehen konnte.

Und dann gab es da jemanden, der sie beobachtete und ihr offensichtlich wohlgesonnen war, und diese Person tauchte einfach wieder ab?

»Connard«, knurrte sie, als eine Computerstimme ihr erneut mitteilte, dass die Nummer nicht vergeben sei. Sie war bei Weitem nicht mehr so ruhig und zuversichtlich, wie sie es noch in der Kirche gewesen war – warum auch immer – sondern die ganze überfordernde Gefahr und Komplexität dieser Situation holte sie ein.

Wie immer, wenn sie sich sehr angespannt fühlte, tippte sie mit den Fingern der rechten Hand rhythmisch auf die Fingerknöchel der linken.

»Also gut«, flüsterte sie leise, während sie eine leere Straße entlanglief, an der sich Mehrfamilienhäuser und wenige Ladengeschäfte aneinanderreihten. »Du musst zuerst das dringendste Problem lösen – wo kommst du für die nächsten Stunden einigermaßen sicher unter?« Die beste Möglichkeit war vermutlich ein Hotel.

Sie ging um eine Häuserecke und suchte auf ihrem Telefon nach Hotels in der Umgebung. Schließlich beschloss sie, lieber eine kurze Taxifahrt einzuplanen, um ein wenig Distanz zwischen sich und diese seltsame Kirche zu bringen. Zwar war ihr nicht wohl dabei, ihre Freunde in dieser Situation zurückzulassen. Doch wo sie sich jetzt versteckte, machte dabei erst einmal keinen Unterschied.

Die nächstgelegene, passende Alternative schien das Hampton Inn in North Attleboro zu sein. Es gab in der Gegend nicht viele Hotels, und die meisten anderen sahen eher klein und familiär aus. Auch wenn es unwahrscheinlich war, dass diese Sektenleute so schnell das Gebiet durchforsten konnten, wollte sie lieber keine Spuren hinterlassen.

Vorsichtshalber hob sie auf dem Weg Bargeld ab, um nicht ihre Kreditkarte vor Ort verwenden zu müssen.

Eine knappe Stunde später hatte sie eingecheckt und ließ sich in einem nüchtern-modernen Hotelzimmer auf das große Bett fallen. Sie hatte sich ein Ladegerät für ihr Telefon ausgeliehen, da ihr Akku langsam nachließ, und starrte für ein paar Minuten praktisch regungslos an die Decke.

Die Gedanken in ihrem Kopf hingegen waren alles andere als regungslos. Ihr Geist versuchte mühsam, das Puzzle zusammenzusetzen, das sie in sich vorgefunden hatte. Es war, als fehlten ihr einige wichtige Teile – oder als habe jemand ihr ein paar falsche Stücke untergejubelt. Auf jeden Fall war das Bild, was sich ergab, brüchig und schief.

Gabriel hatte sie nicht zufällig kennengelernt. Er hatte sie ausgewählt. Er und vor allem Cornelius hatten bei vorherigen Treffen etwas mit ihr gemacht – etwas, das vermutlich diesem schrägen Blutritual zumindest ähnlich gewesen war. Wie war es jemals dazu gekommen, dass sie in dieses seltsam pervertierte Abendmahl eingewilligt hatte? Hatte man sie unter Drogen gesetzt?

Und auch wenn Gabriel scheinbar ein spezifisches Interesse an ihr gehabt hatte, schienen die Mitglieder von Candle & Cross auch mit anderen Studentinnen solche fragwürdigen Treffen abzuhalten. Ob sich diese dann auch hinterher an nichts erinnern konnten? Wie wählte diese Sekte ihre Opfer aus? Und wie war sie selbst ins Fadenkreuz dieser Perversen geraten? Wenn Dana und Alexis nicht auf diese Idee mit der Aufnahme gekommen wären – Espérance wusste nicht, ob sie jemals dahintergekommen wäre.

Dana und Alexis. Die Namen berührten eine empfindliche Stelle in ihr. Auf irgendeine Weise hatte sie das Gefühl, dass sie es war, die die beiden mit in diese Sache hineingezogen hatte. Dabei konnte sie sich kaum Vorwürfe dafür machen, in das Visier einer Sekte geraten zu sein – und die beiden hatten ja selbst darauf bestanden, sich einzumischen.

»Merde«, flüsterte sie leise und blickte auf das Display ihres Telefons, das zu rund einem Drittel geladen war. Nachdenklich tippte sie auf ihre Kontakte und schaute auf die Namen. Avelian, Nazaire, Mahault, Maman – fast alle Namen stammten noch aus Frankreich, und fast alle waren genauso wenig hilfreich, wie sie weit weg waren.

Ehe sie einen Entschluss fassen konnte, wurde sie von einem Klopfen an der Tür aus ihren Gedanken gerissen und saß sofort senkrecht im Bett. Ihre Augen spähten blitzschnell nach einem Fluchtweg. Wie so viele Hotelzimmer besaß auch dieses nur einen Eingang, während die Fenster sich nicht vollständig öffnen ließen.

»Zimmerservice«, sagte eine Männerstimme an der Tür.

Na, das ist ja eine durchsichtige Masche, schoss es ihr durch den Kopf. Sollte sie antworten oder sich völlig ruhig verhalten? Für den Moment stellte sie sich tot.

»Ich habe ein Präsent für Miss Espérance Lerot«, meldete der Fremde sich erneut. Fremd – irgendwie klang die Stimme für sie nicht so fremd, wie sie es erwartet hatte. Doch sie konnte sie auch nicht wirklich einordnen. Eine kurze Pause.

»Ich schiebe jetzt einen Gruß durch die Tür. Bitte lesen Sie ihn durch. Ich werde hier warten.«

Es schabte unten an der Tür. Espérance beobachtete, wie eine kleine weiße Karte unten durch den Türschlitz geschoben wurde. Vor der Tür bewegte sich jemand, dann war wieder alles ruhig.

Sie starrte auf das feste Papier, das wie ein Mahnmal auf dem marmorierten Hotelteppich lag. Komm her und lies mich, schien es zu sagen. Was hast du schon zu verlieren?

Langsam und geräuschlos glitt sie vom Bett. Die Karte war komplett hindurchgeschoben worden – ob sie sie nahm oder nicht, würde man von außen nicht sehen können. Sie war sich nicht völlig sicher, lautlos bis zur Tür zu kommen. Doch sie konnte niemanden anrufen, und einfach nur zu warten, erschien nicht wie eine hilfreiche Alternative. Wenn es ein Freak von dieser Sekte war, würde er kaum unverrichteter Dinge wieder abziehen, nur weil sie gerade scheinbar nicht im Zimmer war.

Sie ging neben dem Bett auf alle viere und bewegte sich langsam und mit fließenden Bewegungen vorwärts. Da sie ihre Arme und Beine nicht vom Boden hob, gab es keine Bewegungsgeräusche und sie erreichte die Nachricht praktisch lautlos.

Es handelte sich um ein weißes Stück Papier im Format einer Visitenkarte. Doch es war nichts darauf gedruckt, stattdessen hatte jemand dort handschriftlich vermerkt:

»Ad arma«.

In Anbetracht einer wild gewordenen Kirchensekte wäre eine lateinische Phrase nicht unbedingt vertrauenerweckend gewesen. Doch sie erinnerte sich sehr genau an diese Worte in der Nachricht ihres unbekannten Helfers.

Es klopfe noch einmal an der Tür.

»Ich hoffe, du verstehst jetzt, dass ich auf deiner Seite bin. Öffnest du mir die Tür?«

Espérance richtete sich langsam auf und legte zögernd ihre Hand auf die Türklinke. Dann drückte sie sie herab und zog die Tür einen Spalt auf.

Draußen im gut beleuchteten Hotelflur stand ein Mann, der aussah wie ein Latino oder ein Spanier. Er hatte kurze, lockige schwarze Haare, ausdrucksvolle Augen und war glattrasiert. Statt einer Hoteluniform trug er einen Businessanzug und eine schmale Krawatte. Über seiner Schulter hing eine schlanke schwarze Golftasche, aus der einige Schläger ragten.

»Guten Abend, Espérance. Darf ich hereinkommen?«

»Nur, weil Sie mir geholfen haben, weiß ich noch nicht, ob ich Ihnen vertrauen kann. Warum sind Sie hinter mir her?«

Sie spannte sich hinter der Tür an. Gleichzeitig bemerkte sie, dass Gesicht und Erscheinung des Fremden irgendetwas in ihr zum Schwingen brachten. In Wirklichkeit wollte sie ihm vertrauen – oder vertraute ihm bereits.

»Das können wir nicht auf dem Flur besprechen. Ich verstehe dein Misstrauen und respektiere deine Vorsicht. Wenn ich hier wäre, um dir zu schaden, würde ich wohl kaum an die Vordertür klopfen. Oder siehst du das anders?«

Espérance musterte ihn noch einmal mit finsterem Blick von Kopf bis Fuß. Was er sagte, erschien ihr sinnvoll. Also tat sie ihre Vorsicht als übermäßige Aufregung ab und trat von der Tür zurück.

XXVIII

Die Gefangenen

Der Raum war dunkel und kalt. Es lag ein merkwürdiger Geruch in der Luft, den Dana nicht recht einordnen konnte. War es Moos? Schimmel? Vielleicht feuchter Beton? Ihr Körper schmerzte und sie versuchte sich zu bewegen. Langsam kehrten die Erinnerungen zurück.

Diese Leute aus der Kirche hatten Bescheid gewusst, und es war ihnen gelungen, sie zu überraschen. Wenige Momente nach den Geräuschen auf dem Parkplatz hatte es plötzlich einen Knall gegeben. Als Nächstes hatte Dana nur ein langgezogenes, enervierendes Zischen gehört. July war zu den Hecktüren des Fahrzeugs gestürmt – wo sie jedoch erwartet worden war. Drei oder vier Männer in Hemden und Anzügen, die ein wenig aussahen, als kämen sie vom Sonntagsgottesdienst, hatten mit Pistolen in der Hand hinter dem Wagen gewartet. Dana konnte sich nur schwer erinnern, was dann passiert war. Sie hatte einen seltsamen Geruch in der Nase gespürt. Dann war ihr Kopf ganz schwer und taub geworden und sie hatte einen Schuss gehört. Noch während ihr Blickfeld sich langsam verdunkelte, war July vor den bewaffneten Männern getroffen zusammengebrochen. Dann war da plötzlich Blut gewesen, so viel Blut. Irgendwie war überall Blut gewesen.

Dana versuchte scharf einzuatmen, als diese Erinnerungen in ihr aufstiegen. Ihr Atem saugte ein Stück Stoff auf ihr Gesicht und sie bekam nicht genug Luft. Sie wollte den Stoff wegziehen, aber sie konnte ihre Arme nicht bewegen. Stattdessen spürte sie einen scharfen Schmerz an ihren Handgelenken. Ihr Herz begann zu hämmern und sie hatte das Gefühl, dass ihr heiß wurde. Mit kurzen, verzweifelten Zügen atmete sie durch den Stoff und versuchte, die Situation zu verstehen. Sie lag auf dem Bauch und ihre Hände waren auf dem Rücken gefesselt. Auch ihre Beine wurden von einem dünnen, harten Band zusammengezwungen. Sie konnte sich kaum bewegen und sie wusste nicht, wo sie war.

Als sie die Ausweglosigkeit ihrer Lage realisiert hatte, verlangte ihr Körper noch dringender nach Atemluft. Sie spürte ihren Herzschlag mittlerweile in ihrem Hals und hatte das Gefühl, dass die Schläge sehr unregelmäßig kamen. Ihr Gesicht war unter dem Stoff nass. Hatte sie einen Herzinfarkt?

»Hilfe«, sagte sie zuerst leise und begann dann zu rufen. »Bitte! Ich brauche Hilfe!« Noch immer machte der Stoff vor ihrem Mund jeden Atemzug zu einer Qual und sie drehte verzweifelt ihren Kopf, um irgendwie besser Luft zu bekommen.

Sie hörte, wie sich eine Tür öffnete. Dann wurde sie an den Schultern gepackt und auf den Rücken gedreht. Plötzlich wurde es gleißend hell und sie kniff die Augen zusammen. Eine einzelne Lampe an der Decke über ihr füllte den Raum mit Licht. Sie spürte eine Hand an ihrem Hals, dann konnte sie vage das Gesicht einer Frau ausmachen. Die Unbekannte blickte zu einer weiteren Person, die sich ebenfalls in diesem viel zu hellen Raum befand.

»Sie hat eine Panikattacke«, sagte die Frau leise. Dann wandte sie Dana ihr Gesicht zu. »Das ist nur die Angst. Dir passiert nichts. Versuch, ruhig zu atmen.«

»Bitte«, keuchte Dana. »Helfen Sie mir. Binden Sie mich los! Jemand hat mich entführt!«

Die Frau blickte sie kühl und unberührt an. Kurz wanderten ihre Augen zur Seite und sie schaute eine andere Person an. Dann nickte sie, ohne etwas zu sagen.

Etwas später saß Dana immerhin ohne Fesseln und freiem Blick in der Dunkelheit. In Wirklichkeit war eingesperrt und weggeschlossen zu sein nur eine graduelle Verbesserung. Immerhin hatte sie keine Panikattacke mehr, aber sie war noch immer allein, gefangen und verängstigt. Die Frau, die ihr geholfen hatte, und ihr unbekannter Begleiter hatten keine Fragen beantwortet. Stattdessen hatten sie nur ihren Zustand überprüft, sich kurz beraten und dann wohl beschlossen, dass sie ungefährlich genug war, um ihre Fesseln zu lösen. Dann hatten man sie allein gelassen und die Tür versperrt.

»Wo bin ich hier nur hineingeraten«, flüsterte sie immer wieder. »Wo bin ich hier nur hineingeraten?«

Dana schnappte nach Luft, als ihre Tür erneut geöffnet wurde. Offensichtlich war sie eingeschlafen, und nun fluteten Licht und Geräusche ihre Zelle. Zum ersten Mal konnte sie wirklich erkennen, dass sie auf einem rohen Betonboden lag, umgeben von Ziegelwänden. Bis auf einen schmalen Luftschacht an der hinteren Wand und die Tür, die nun weit und hell offenstand, gab es nichts in ihrem Raum.

Die Gestalt in der Tür kam ihr vage bekannt vor. Ihre Augen gewöhnten sich nur mühsam an das Licht. Es war ein Mann, der dort im Lichtschein stand und sie anblickte. Ein Mann, den sie kannte. Seine Stimme brachte ihr Gewissheit.

»Es tut mir leid, Dana.« Es war Zack. Zack, ihr Freund, wenn er das denn je gewesen war. Er stand regungslos da und blickte zu ihr hinunter.

Dana hob sich mühsam auf die Beine und richtete sich so weit auf, dass sie immerhin kniend vor ihm saß. Eigentlich wollte sie aufstehen, doch gleichzeitig fühlte sie sich so kraftlos, dass sie befürchtete, direkt wieder hinzufallen.

»Was tut dir leid?« sagte sie leise. Ihre Stimme war nur ein Flüstern. Sie hatte noch keinen Kampfgeist sammeln können, aber Wut und Empörung halfen ihr immerhin, die Tränen zurückzuhalten. Zack blickte sie für einen Moment schweigend an. Als er einen Schritt auf sie zumachte, sprach Dana weiter. Der Zorn verlieh ihrer Stimme nach und nach ein wenig Kraft. »Dass du mich an eine beschissene Psychosekte verkauft hast? Dass deine Freunde eine Polizistin niedergeschossen haben? Dass dein komischer Guru Weiß-Gott-was mit meiner Freundin angestellt hat? Was tut dir leid?«

Sie konnte erkennen, wie Zack beinahe unmerklich den Kopf schüttelte. »Es tut mir leid, dass du auf diese Weise hier hineingezogen worden bist. Das war niemals meine Absicht.«

Er hockte sich hin und stellte ein Tablett auf den Boden. Darauf befand sich ein eingepacktes Sandwich, eine Flasche Wasser und eine kleine, braune Glasflasche, bei der Dana an Espérances Medizin denken musste.

Sie hatte niemals geglaubt, eine Heldin zu sein oder auch nur besonders furchtlos. Irgendwie fühlte sie sich in diesem Moment dennoch ganz anders, als sie es erwartet hätte. Sollte sie nicht darüber nachdenken, wie sie Zack mit einem Holzbalken bewusstlos schlagen konnte? Oder sich ihm lieber an den Hals werfen und an sein Mitleid appellieren?

Stattdessen war da nur Leere in ihr. Sie starrte auf das Sandwich und umschlang ihren Körper mit den Armen.

»Du kannst später essen«, sagte Zack langsam, als er wieder aufgestanden war. »Aber du musst jetzt deine Medizin nehmen.«

»Fick dich«, sagte sie leise.

»Bitte sei vernünftig, Dana. Ich möchte vermeiden, dass das alles noch unangenehmer für dich wird.«

Unangenehmer. Dieses Wort brachte etwas in ihr zum Klingen. Es war wie ein kleiner Stein, den man in einen tiefen Abgrund geworfen hatte. Er fiel und fiel und fiel. Dann kam ein Poltern und Rumpeln aus der Dunkelheit.

»Unangenehm?« wiederholte sie langsam. »Du denkst, es sei *unangenehm* für mich, entführt, gefangen und eingesperrt zu werden? So wie ein Zug, der sich verspätet, oder eine Kinovorstellung, die ausfällt? Unangenehm?«

Sie richtete sich langsam auf, während sie sprach, und stand am Ende vor ihm. Klein und zerbrechlich, aber immerhin wütend und mit wenigstens einem Hauch verzweifelter Entschlossenheit. Vielleicht lag hier ja doch noch irgendwo ein Holzbalken herum.

»Verzeih, das war eine schlechte Wortwahl. Du hast recht.« Zack blickte zu Boden, dann seufzte er leise. Noch immer konnte sie im Gegenlicht sein Gesicht kaum erkennen. »Aber es ist notwendig, dass du diese Medizin nimmst. Man wird nicht zulassen, dass du es nicht tust. Verstehst du?« Nun klang er fast vertraulich, so als seien sie hier gemeinsam die Gefangenen und nicht er der Wärter dieser Irrenanstalt und sie das Entführungsopfer.

»Glaub mir, deine beschissene Wortwahl ist hier nicht das Problem, du Psycho. Sag deinen Sektenfreunden, sie können sich ihre Medizin sonst wohin schieben. Und ihr dämliches Sandwich auch.«

Sie baute sich vor ihm auf und starrte wütend nach oben. Nachdem sie ihren Satz beendet hatte, zögerte sie einen Moment, dann versetzte sie ihm eine schallende Ohrfeige. Zack nahm diese beinahe schuldbewusst entgegen und rieb sich die Wange.

»Ich glaube, das habe ich verdient«, murmelte er und sprach dann lauter weiter. »Es macht aber keinen Unterschied. Du musst die Tropfen nehmen, Dana.«

Sie beugte sich nach unten und wollte nach der Flasche greifen. Zack erkannte ihre Absicht und packte sie am Handgelenk. »Macht jetzt nichts Dummes«, sagte er eindringlich. Dana versuchte, nach dem Tablett zu treten, doch er verdrehte ihr mit erschreckender Kraft den Arm und presste sie vor sich an die Wand.

»Ich sorge besser dafür, dass es keine Probleme gibt«, hörte sie ihn murmeln, während sie sich in seinem schmerzhaften und erstaunlich geübten Griff wand. Dana konnte nichts dagegen tun, als er ihr den zweiten Arm auf den Rücken bog und ihr die Handgelenke erneut mit Kabelbinder fesselte. Sie stöhnte wütend und versuchte nach ihm zu treten. Offensichtlich war Zack in solchen Dingen geübt. Er presste sie mit dem Knie vor die Wand und zwang ihren Kopf mit einer Hand an ihrem Kinn in den Nacken. Mit der anderen Hand verabreichte er ihr die *Medizin* in ihren gewaltsam aufgezwungenen Mund. Während sie sich vergeblich in seinem Griff wand, starrte sie wütend auf einen kleinen Luftschacht oben in der Wand.

Die Flüssigkeit schmeckte bitter und ein wenig metallisch, und sie verbreitete Wärme in ihrem Mund. Vermutlich enthielten die Tropfen Alkohol.

Zack stellte sicher, dass sie in seinen Augen genug bekommen hatte, dann schraubte er das Fläschchen zu und drehte sie wieder um. Während er ihre Fesseln löste, sagte er: »Nächstes Mal machst du es bitte für uns beide leichter, okay?«

Er ließ im Flur vor der Tür das Licht an, so dass ein schmaler, heller Streifen in ihr Gefängnis fiel. Als sie wieder allein war, hockte Dana auf dem Boden und starrte auf das Tablett.

Einen ersten Eindruck vom weiteren Umfeld ihres Gefängnisses bekam sie, als sie für einen Besuch der Toilette auf sich aufmerksam machte. Dieses Mal kam nicht Zack, sondern ein ihr unbekannter Mann, der sie wortkarg behandelte, aber immerhin nicht handgreiflich wurde. Ihre Zelle befand sich in einem nur etwas mehr als zwei Meter hohen Flur mit Wänden aus grobem Ziegelstein. Die Tür war aus Holz, aber schwer, und sah massiv genug aus, um jedem Ausbruchsversuch in ihrer Gewichtsklasse leicht standzuhalten.

Insgesamt sieben weitere, gleichartig aussehende Türen flankierten den Weg links und rechts. Für Dana lag die Vermutung nahe, dass sich die anderen dort befanden. Daher fasste sie sich ein Herz und fragte ihren Wächter: »Wie geht es July Wilbur?«

Der Mann, ein großer Kerl mit einem grauen Mantel, brummte nur kurz: »Leise.« Gleichzeitig schubste er sie ein Stück nach vorn, wohl um sie unmissverständlich daran zu erinnern, wer in dieser Konstellation die Fragen stellte.

Nachdem sie sich auf einer trostlosen kleinen Toilette erleichtert hatte, brachte er sie über den gleichen Gang zurück und versperrte wieder die Tür hinter ihr. Das

Licht im Flur blieb weiterhin an, so dass sie mittlerweile schemenhaft in dem kleinen Raum sehen konnte. Nur, dass es eigentlich nichts zu sehen gab. Also ließ Dana sich frustriert auf ihrem mittlerweile gewohnten Platz nieder und versank wieder in Dunkelheit und Abwarten.

†

Zuerst hielt sie es für das Geräusch eines Wasserrohres in der Wand. Im Haus ihrer Eltern hatte es einige dünne Wände gegeben, in denen man praktisch jede Wasserbewegung als leises Rauschen hören konnte. Doch es stellte sich heraus, dass das Zischen, welches sie nun aus der Lethargie aufgescheucht hatte, viel zu unregelmäßig war für Wasser. Der für Panik zuständige Teil in Danas Gehirn schlug sofort mehrere Optionen vor – es gab ein Leck in einer Gasleitung, oder man wollte sie gleich absichtlich vergiften, um sie loszuwerden. Als sie ängstlich ihr Ohr an die Wand presste, konnte sie identifizieren, dass das Rauschen eher in Deckennähe zu hören war. Also drückte sie sich dort an den kalten Stein, wo sie den Ursprung vermutete. Zuerst hörte sie nur das Blut in ihren Adern pochen. Dann konnte sie das leise Geräusch ausmachen.

War das ein Zischen in der Wand oder eine Stimme? Direkt über sich konnte sie den Luftschacht erkennen, den sie bei Zacks Besuch bemerkt hatte. Sie war sich relativ sicher, dass dort der Ursprung des Geräusches war.

Jetzt, in direkter Nähe zu der Öffnung in der Wand, waren statt eines vagen Zischens, Worte zu identifizieren. Wer immer das war – die Person befand sich vielleicht auf der anderen Seite der Wand am Luftschacht und hatte versucht, so unauffällig wie möglich auf sich aufmerksam zu machen.

Konnte man so ein Detail bei der Planung eines Gefängnisses mit mehreren Zellen übersehen? Andererseits war sich Dana ziemlich sicher, dass die Räume hier eigentlich nicht für Gefangene konzipiert worden waren. Nicht nur, dass es ungewöhnlich für eine Kirche oder ein Gemeindehaus gewesen wäre, Gefängniszellen im Untergeschoss zu haben – vermutlich hätte man andere Türen eingebaut und vielleicht auch Betten und Toiletten? Wenn das hier aber gar nicht geplant worden war, um Menschen einzusperren, war vielleicht auch nicht jedes Detail minutiös durchdacht.

»Kannst du mich hören?« fragte die Stimme und riss Dana aus ihren Gedanken. Sie fasste sich ein Herz und flüsterte mit dem Mund direkt am Luftschacht: »Ja.«

»Sehr gut.« Selbst im Flüsterton konnte man die Erleichterung hören. Dem Klang nach handelte es sich bei der unbekannten Person um einen Mann.

»Mein Name ist Owen. Du bist erst seit Kurzem hier, oder? Ich habe ein paar Geräusche von dir gehört. Der Raum war wohl vorher leer, da dachte ich, wir könnten uns vielleicht unterhalten.«

»Owen? Der Kollege von July?«

»Du kennst July?«

Beiden fiel es nicht leicht, so flüsternd zu sprechen, wie sie es bisher getan hatten.

»Wir müssen weiter so leise wie möglich sein«, erinnerte Owen daher schnell und senkte wieder die Stimme. »Also, du kennst July?«

Dana zögerte einen Moment. Sie wusste nicht, wie es July ging und was diese Leute mit ihr getan hatten.

»Ich glaube, sie haben sie zusammen mit mir erwischt. Sie wurde aber angeschossen. Ich hoffe, sie … ist okay.«

»Seid ihr wegen mir hier? Was wisst ihr über diese Leute?«

Der Unbekannte ging auf den letzten Kommentar gar nicht ein, so als habe er sich vorgenommen, für einen möglichst effizienten Informationsaustausch zu sorgen.

»Ich habe nur mal deinen Namen gehört. Ich bin keine Polizistin oder so. Meine Freundin und ich sind da nur in etwas reingerutscht.«

»Ich verstehe. Wenn July hier ist – weiß die Polizei, dass ihr hier seid? Gibt es neue Ermittlungen gegen diesen Prediger?«

Dana schluckte, ehe sie antwortete und ihrem Mitgefangenen diese Hoffnung für den Moment nahm. Die beiden klärten sich langsam und vorsichtig gegenseitig über ihre Geschichten auf. Owen war im Rahmen seiner Ermittlung auf Ungereimtheiten rund um diese Gemeinde und vor allem den Prediger gestoßen. Nach dem spontanen Einsatz, für July Ärger bekommen hatte, wollte Owen sich erst einmal ruhig verhalten. Doch mehrere Leute waren nachts in sein Motel eingebrochen und hatten ihn entführt. Er konnte nicht genau sagen, wie lange er schon hier war, doch vermutete er, dass es ein oder zwei Tage waren. Als Dana ihn fragte, ob ihn nicht jemand vermissen würde, verneinte Owen nur kurz. So schnell wäre das aus seiner Sicht nicht der Fall. Dana huschten die Andeutungen durch den Kopf, die Matt und July in Bezug auf ihre Kollegen gemacht hatten. Große Hoffnungen auf Hilfe konnten sie sich vermutlich nicht machen.

Owen wechselte das Thema und fuhr mit seinem Bericht fort. Man hatte ihn einmal rausgebracht, um sich zu waschen, und ihn bei dieser Gelegenheit mit frischer Kleidung versorgt.

»Ich habe keine Ahnung, wie viele Gefangene hier sonst noch sind. Diese Leute sind gefährlich und fehlgeleitet. Haben sie dir etwas angetan, Dana?«

Die Frage war so naheliegend wie erschreckend. Dana blickte unwillkürlich an sich hinunter, auch wenn sie natürlich wusste, dass sie vollends bekleidet war. Würde *so etwas* hier vielleicht auch noch passieren? Mein Gott – musste sie Vergewaltigung und Mord als reale Gefahr in Erwägung ziehen? Vielleicht hatten sie schon etliche Studentinnen entführt, wenn die Polizei bereits gegen sie ermittelte?

Eine Panik erfüllte sie, wie sie sie noch nie in ihrem Leben gefühlt hatte. Sie war hier, eingesperrt und schutzlos einer Bande von offensichtlich skrupellosen Sektierern ausgeliefert, und die einzige Aussicht auf Hilfe war eine Polizei, der nicht einmal Matt und July hatten vertrauen wollen. Für einen Moment schlug ihr das

Herz wieder bis zum Hals und sie hatte Mühe, eine erneute Panikattacke niederzukämpfen.

In den nächsten Stunden tauschte sie sich weiter mit Owen aus. Er verstand es gut, sie ein wenig aufzubauen, oder zumindest den Zusammenbruch zu vermeiden. Owen berichtete ihr, dass er abgesehen von Besuchen im Waschraum bisher zweimal von zwei Wächtern aus seiner Zelle gebracht worden war.

»Sie haben mich rauf in die Kirche gebracht, zu diesem Prediger Vanderbeck. Vorher haben sie mir seltsame Tropfen gegeben, ohne mir zu erklären, wofür die waren. Ich … kann mich, um ehrlich zu sein, nicht wirklich an die Treffen erinnern, vielleicht waren das ja Drogen oder so.

Obwohl sie mir genug zu essen geben, fühle ich mich immer schwächer. Als der Erste hier reingekommen ist, habe ich ihm noch einen Schlag verpasst. Mittlerweile habe ich das Gefühl, ich kann mich kaum noch auf den Beinen halten. Wahrscheinlich auch eine Nebenwirkung dieser verdammten Tropfen.«

»Die haben sie mir auch gegeben«, sagte Dana leise.

Als draußen auf dem Flur Schritte zu hören waren, verstummten beide für einige Minuten. Owens Stimme klang konzentrierter und gefasster, als er wieder durch den Luftschacht flüsterte.

»Wir müssen unsere Optionen durchgehen, Dana. Ihr wart zu viert, richtig? Denkst du, sie haben alle erwischt?«

»Eigentlich waren wir zu fünft. Diese Sektenleute waren hinter meiner Freundin her und wir haben sie verkabelt reingeschickt, um zu hören, was sie mit ihr vorhaben. Da Espérance schon in der Kirche war, kann ich mir nicht vorstellen, dass sie entkommen ist.«

»Und July wurde angeschossen?«

Dana nickt zuerst und sagte dann mit belegter Stimme: »Ja.«

»Verdammt«, war Owens einzige Antwort, ehe er für eine Weile schwieg. Schließlich verabschiedeten sie sich für den Moment, um ein wenig Schlaf zu bekommen.

†

Als Dana erwachte, wusste sie gnädigerweise für einen Moment nicht, wo sie war. Die Erkenntnis traf sie dann umso härter, und sie begann beinahe auf der Stelle zu weinen und konnte gar nicht mehr aufhören. Nach einer Weile fühlte sie sich dehydriert und musste dennoch dringend zur Toilette. Also klopfte sie an die Tür und rief, um auf sich aufmerksam zu machen.

Es dauerte quälend lange, bis eine Bewegung auf dem Flur zu hören war. Schließlich hörte sie einen Schlüssel und die Tür ihres Gefängnisses öffnete sich langsam. Zu Danas Überraschung stand dort eine schmale Gestalt mit weiblicher Silhouette, kein bewaffneter riesiger Wächter.

»Was hast du?« Die Stimme der fremden Frau war leise und irgendwie routiniert unterwürfig.

»Ich muss zur Toilette. Und ich brauche auch etwas zu trinken. Also ich meine, ich würde gerne darum bitten, dass ich etwas bekomme.«

»Wir bringen euch gleich etwas. Zusammen mit der Medizin und eurer Nahrung. Ich werde sehen, ob ich direkt eine Flasche für dich bekommen kann. Komm mit mir.«

Dana stand langsam auf und musterte die Frau aufmerksam. Mittlerweile hatten sich ihre Augen an die Helligkeit auf dem Flur gewöhnt und sie erkannte eine zierliche Person Ende dreißig, die eine beige Stoffhose und eine rote Strickjacke trug. Sie könnte auch auf dem Gemeindefest Muffins verkaufen, dachte Dana. Vielleicht tut sie das auch, wenn sie gerade keine Gefangenen im Kirchenkeller überwacht.

Erneut erwartete Dana von sich einen Impuls, eine Initiative für einen Fluchtversuch oder einen wilden Plan. Sie konnte keinen bewaffneten Mann überwältigen, das war klar – aber vielleicht konnte sie diese Gemeindefestorganisatorin ja überrumpeln? Leider fiel ihr auf, dass sie gar nicht wirklich wusste, wie sie jemanden angreifen oder gar überwältigen konnte. Sie war gefangen in der bisherigen friedlichen Idylle ihres Lebens – ihre Fähigkeit, die Frau leise aus dem Weg räumen zu können, schätzte sie als erschreckend gering ein. Und selbst wenn es ihr auf abenteuerliche Wege gelingen würde, wüsste sie gar nicht, was sie als Nächstes tun sollte. Also bewegte sie sich zögernd hinter ihr her und versuchte wenigstens ein paar neue Eindrücke zu sammeln.

»Bist du freiwillig hier?« flüsterte sie in verschwörerischem Tonfall, um eine Reaktion ihrer Wächterin zu provozieren. Diese blickte über die Schulter und sagte dann wie der Mann bei ihrem letzten Toilettengang nur: »Leise!«

Als Dana den Waschraum verließ, sah sie gerade einen der bewaffneten Männer um die Ecke biegen. Er trug wie ein Polizist ein Funkgerät am Oberkörper, aus dem ein paar unverständliche Wortfetzen zu hören waren. Die Frau beugte sich zu ihm und flüsterte leise etwas, woraufhin er Dana einen finsteren Blick zuwarf, dann aber nickte und weiterging.

»Man möchte dich nachher oben sehen«, sagte die Frau und blickte aufmerksam an Dana herab. »Am besten duschst du direkt und ich hole dir neue Kleidung. Du kannst dir Seife aus der Waschbeckenschublade nehmen.«

Dana wollte zuerst widersprechen. Dann überlegte sie sich, dass sie sich danach vermutlich besser fühlen würde. Also ließ sie sich im Waschraum einschließen und reinigte sich in der kargen Nasszelle mit einem altmodischen Seifenstück. Als sie diese verließ, lag draußen bereits ein Stapel mit weißer Kleidung – ein Unterkleid und ein neutral geschnittenes Baumwollkleid, das nicht wirklich altmodisch wirkte, sondern eher steril und zeitlos. Zu ihrem Erschrecken hatte man ihre Kleidung entfernt, einschließlich der Unterwäsche. BH und Unterhose fehlten bei der neuen Ausstattung.

Mit zittrigen Bewegungen streifte sie das Unterkleid über ihren nackten Körper. Als sie sich komplett angezogen hatte, klopfte sie an die Tür, und ihre Wächterin öffnete direkt.

»Sehr gut. Du kannst direkt mit nach oben kommen. Nimm nur zuerst noch diese Medizin hier.«

Sie holte mit einer geübten Bewegung eine kleine, braune Glasflasche aus ihrem Ärmel.

Dana hatte das Gefühl, aus einem ziemlich intensiven Albtraum zu erwachen, als sie wieder in ihrer Zelle zu sich kam. Sie fühlte sich unglaublich schlapp und müde. Für einen Moment spürte sie in sich hinein, ob sie sich in irgendeiner Weise … komisch fühlte. In ihr summte die Angst, jemand könnte ihr und ihrem Körper etwas angetan haben, während sie bewusstlos gewesen war, aber sie verspürte keine Schmerzen. Nur ihr Rücken rebellierte gegen die unzumutbare Schlafstatt auf dem Boden, welche man ihr hier zumutete.

Taumelnd kam sie auf die Beine und stolperte in Richtung der Wand mit dem Luftschacht, um nach Owen zu flüstern. Die Antwort kam sehr schnell – wie sich herausstellte, hatte sich ihr Mitgefangener Sorgen gemacht und war froh, nun wieder von ihr zu hören.

»Ich glaube, ich habe Julys Kollegen Matt gehört«, berichtete Owen, als ihnen klar wurde, dass Dana aufgrund der KO-Tropfen nichts Sinnvolles erzählen konnte. »Er hat einen der Wächter angeschrien und mit seinen Kollegen gedroht, wenn ich das richtig verstanden habe. Ich glaube, sie haben ihn daraufhin geschlagen und weggesperrt. Als die beiden Wächter an meiner Tür vorbeikamen, redeten sie.«

Dana schwirrte der Kopf, doch sie wollte hören, was Owen erfahren hatte. Leider waren die Neuigkeiten nicht sehr gut, weshalb er ein wenig zögerte, ehe er damit rausrückte.

»Sie unterhielten sich darüber, dass Vanderbeck den Captain an der kurzen Leine hätte und dass wir hier eher verrotten, bis jemand von der Polizei kommen und uns retten würde.« Erneut dauerte es einen Moment, bis Owen weitersprach. »Ich glaube, hier holt uns niemand raus. Wir müssen uns selbst was überlegen.«

In den nächsten Stunden warfen sie alles zusammen, was sie über die Abläufe an diesem Ort wussten. Es gab dreimal am Tag Essen, und zwar immer eingepackte Sandwiches, Wasser und *Medizin*. In ungefähr der Hälfte der Fälle brachten Wächter die Vorräte und führten sie auch zweimal am Tag sowie auf Zuruf auf die Toilette. Zack war bisher nicht wieder aufgetaucht. In den anderen Fällen waren es Frauen, mindestens drei verschiedene, die sich recht ähnlich verhielten wie die, die Dana zuvor begleitet hatte.

Vor dem Waschraum führte eine Treppe nach oben in einen unbekannten Bereich des Gebäudes. Unten schien sich, außer den Gefangenen, niemand aufzuhalten. Entweder gab es eine leise Wache oder eine Abhöreinrichtung, die jemanden alarmierte, wenn sich einer der Gefangenen bemerkbar machte. Sie waren sich einig, keine Überwachungskameras auf dem Flur gesehen zu haben.

Dana und Owen hatten keine Möglichkeit, mit Matt oder einem der anderen Gefangenen zu kommunizieren. Zudem wussten sie nicht, welche Tageszeit es war, und wie der weitere Weg ab der Treppe aussehen würde.

Owen glaubte, er könnte einen der Wächter überwältigen, wenn er fit und ausgeruht wäre. Doch er war geschwächt, sodass er das Risiko selbst mit Überraschungsmoment als sehr groß einschätzte. Deutlich einfacher erschien es ihm, eine der Frauen auszuschalten. Diese waren, soweit sie wussten, unbewaffnet. Immerhin hatten sie jedoch scheinbar Schlüssel zu den Zellen.

Auch wenn Dana große Angst hatte, stimmte sie ihm zu. Abwarten würde ihre Lage vermutlich nicht verbessern, also warfen sie ihre erschreckend wenigen Optionen in einen Topf und entwickelten einen Plan.

Einige Zeit nach der vermutlich letzten Mahlzeit des Tages klopfte Owen an die Tür und rief lautstark, um auf sich aufmerksam zu machen. Dana horchte aufmerksam auf die Schritte auf dem Flur. Anhand der Geräusche fiel es ihnen leicht, die Männer von den Frauen zu unterscheiden. Die Vereinbarung war, dass sie nur dann loslegen würden, wenn es eine der Wächterinnen war, die zu Owen kam.

Die Schritte kamen näher – sie waren leicht, mit gut hörbaren Absätzen. Damenschuhe, keine schweren Stiefel.

Dana wartete, bis die Schritte langsamer wurden, dann hörte sie, wie die Tür nebenan sich öffnete. Sie begann zu zählen.

Als sie im Kopf die Dreißig erreicht hatte, stieß sie einen spitzen Schrei aus und warf sich vor die Tür. »Hilfe! Hilfe!« kreischte sie, als ob sie sich in heller Panik befinden würde. Dann huschte sie zum Luftschacht und horchte aufmerksam auf die Geräusche aus dem Nebenraum.

Es waren leise Stimmen zu hören, ein dumpfer, unterdrückter Schrei, der schnell abgeschnitten wurde. Es polterte, als zwei Körper vor eine Wand geworfen wurden, dann war ein leises, gedämpftes Keuchen zu hören. Nach vielleicht zehn Sekunden war wieder alles ruhig.

»Hab' sie«, flüsterte Owen durch den Luftschacht. »Ich bin gleich bei dir.«

Danas Augen wurden groß und sie antwortete ein wenig zu laut: »Super! Du bist der Beste!«, ehe sie sich erschrocken den Mund zuhielt.

Wenige Minuten später hörte sie den Schlüssel in ihrer Tür und sah dort einen Mann in einem weißen T-Shirt und einer Trainingshose stehen. Owen trug einen Dreitagebart und sah bleich und abgekämpft aus. Doch für den Moment hielt er sich aufrecht und bemühte sich, Zuversicht auszustrahlen. Über dem Arm trug er eine helle Hose und eine Bluse.

»Schön dich kennenzulernen, Partnerin«, sagte er und klopfte ihr vor die Schulter.

»Was ist mit der Frau?« Danas Blick wanderte in Richtung der Nebenzelle. Owen zog eine Augenbraue hoch. »Sie ist bewusstlos. Ich habe sie gefesselt und dafür gesorgt, dass sie so schnell keinen Lärm macht. Ewig wird das nicht halten, aber sie ist aktuell unser geringstes Problem.«

Dana schluckte und nickte. »Alles klar. Wie machen wir weiter?«

Die Wächterin hatte einen kleinen Schlüsselbund bei sich getragen, den Owen ihr abgenommen hatte. Schnell schlossen sie die Räume entlang des Gangs auf. Hinter der ersten Tür starrte Matt sie finster an. Sein auf der rechten Seite von einem Fausthieb dunkel gefärbtes Gesicht hellte sich auf, als er die beiden erkannte. Dann sprang er auf und blickte sich unruhig um.

»Was ist der Plan?« fragte er.

»Wir müssen es irgendwie rausschaffen«, antwortete Owen. »Ich habe ein Gespräch zwischen zwei Wächtern belauscht. Wir werden keine Unterstützung bekommen.«

Matt sah aus, als wollte er eine Frage stellen, nickte dann aber nur und stand auf. »Okay. Das klären wir später. Für den Moment konzentrieren wir uns auf die Flucht.«

Alexis war im Gegensatz zu ihm unversehrt und direkt begeistert von der Idee zu fliehen.

»Es gibt hier kein Sicherheitssystem und die Wächter kommen fast immer alleine«, sagte sie. »Ich glaube, die sind hier nicht auf so viele Gefangene eingestellt. Vor allem nicht, wenn die noch etwas auf dem Kasten haben, wie wir.«

Dana fragte sich für einen Moment, was sie selbst denn auf dem Kasten hatte. Dann riss Owen sie aus den Gedanken, indem er Matt und sie befehlsgewohnt anwies, die restlichen Räume zu durchsuchen, während er den Gang bewachte.

Von Espérance und July fehlte jede Spur. Auch schien es in den weiteren Räumen keine Gefangenen zu geben.

Mit Owen und Matt hatten sie jetzt immerhin zwei Profis auf ihrer Seite, doch waren sie immer noch unbewaffnet und vermutlich in der Unterzahl.

Jeder aus der Gruppe kannte den Gang zumindest bis zur Toilette und zum Waschraum. Alles Weitere würden sie erkunden müssen, ohne auch nur eine Ahnung zu haben, wie viele Wachen sie erwarteten.

Als Alexis anmerkte, dass nur Dana halbwegs glaubwürdig wie eine der Wächterinnen aussah, rutschte dieser das Herz beinahe in die Hose. Aber es stimmte – keine der Frauen, die sie bisher gesehen hatten, war dunkelhäutig gewesen. Also zog Dana die Kleidung an, die Owen der Wächterin abgenommen hatte. Dann machte die Studentin sich mit zitternden Knien auf den Weg zu der Treppe, die das Gefängnis vom Rest des Gebäudes abtrennte. Die anderen versteckten sich währenddessen in der Nähe des Waschraums.

Als sie die ersten Stufen hinaufstieg, war Dana überzeugt, ihre Beine würden einfach unter ihr einknicken und sie würde ohnmächtig die Treppe herunterfallen. Irgendwie schaffte sie es dennoch, die Treppe Schritt für Schritt zu nehmen. Langsam näherte sie sich der Tür, die oben auf sie wartete. Es war eine massiv wirkende Kassettentür mit einer bronzefarbenen Klinke, die sich erstaunlich einfach herunterdrücken ließ. Kein Geräusch war dabei zu hören. Auch die Tür selbst glitt lautlos auf und gab den Blick in einen altmodisch eingerichteten Flur frei, der auf der einen Seite von mehreren großen Fenstern flankiert wurde. Das schwache Licht einer Gartenbeleuchtung erhellte den Teppich und die dunklen Möbel ein wenig. Es war keine Beleuchtung eingeschaltet und glücklicherweise befand sich auch niemand in diesem Flur.

Dana spähte in beide Richtungen. Der Flur endete jeweils vor einer Tür, die ähnlich aussah wie jene, durch die sie gerade gekommen war. Links von ihr gab es einen weiteren Raum. Von irgendwoher hörte sie leisen Gesang – vermutlich ein Kirchenlied.

Für einen Moment wollte sie einfach schnell die anderen herbeirufen, damit diese eine Entscheidung treffen konnten. Doch sie wusste, dass Zeit mehr als kostbar war. Jeden Moment konnte jemand in den Flur kommen, sie bemerken und so das Leben aller ihrer Mitgefangenen gefährden. Also schlich sie zu einem der Fenster und prüfte, ob es sich öffnen ließ. Wenn das der Fall war, konnte dies ihr Weg in die Freiheit sein.

Der Riegel löste sich mühelos und sie schob den Flügel nach oben. Die Öffnung, welche dadurch entstand, war nicht komfortabel, doch groß genug, um hindurchzuschlüpfen. Auch Matt würde durchpassen. Sie wandte sich um und wollte wieder die Treppe hinablaufen, um den anderen leise Bescheid zu geben.

In diesem Moment sah sie *ihn* in der Tür stehen. Er stand da wie ein Kleiderständer, der in den Augen eines Kindes zu einem Monster wurde – regungslos, schattenhaft, lauernd.

Dann bewegte er leicht seinen Kopf und öffnete seinen Mund.

XXIX

Wer durch das Schwert lebt

Zuerst waren es einzelne Momente gewesen, in denen sie ihn gespürt hatte. Es war ein wohlbekannter Duft in ihrem Geist gewesen, ein Aroma, das man jederzeit wiedererkennen konnte. Und es war jene Stimme, von der sie in der Kirche plötzlich ausgefüllt gewesen war. Kurz hatte sie angenommen, den Verstand zu verlieren und sich die Stimme eines Heiligen oder Märtyrers einzubilden. Inzwischen spürte sie: Es war keine Einbildung, die da zu ihr gesprochen hatte - es war ein Mann. Ein Mann, der ihr sehr vertraut war, jemand, den sie gut kannte. Ihn zu hören fühlte sich an wie Heimat.

Er sprach nicht fortlaufend zu ihr, war mittlerweile eher eine wohlbekannte, ruhige Präsenz irgendwo hinten in ihrem Verstand. Sie hatte das Gefühl, dass er bei ihr war und ihren Gedanken zuhörte. Dieser Eindruck gab ihr Sicherheit.

Sicherheit, die sie auch dringend nötig hatte.

»Ich weiß, dass man dir die Erinnerungen genommen hat, Es. Man hat mir nicht gesagt, wieso. Aber irgendjemand hat dich hier definitiv im Blick. Du erinnerst dich tatsächlich kein bisschen an mich? Oder an meinen Boss?«

Espérance setzte sich auf einen der beiden Sessel, welche man zwischen dem Hotelbett und dem Fenster auf wenig Raum untergebracht hatte.

Der Name des Mannes, der sie aufgespürt und so unvermittelt vor ihrer Tür gestanden hatte, war Octavio de la Ruiz. Die Geschichte, die er ihr zögernd vermittelte, war haarsträubend.

»Ich verstehe fast nichts von dem, was du da sagst. Dein Boss? Wer soll das sein?«

Nun zog er den anderen Sessel ein wenig hervor, rückte ihn zurecht und nahm seufzend vor ihr Platz. Dabei murmelte er: »Wundert mich nicht wirklich, dass er die Erinnerungen an ihn derart gründlich gelöscht hat …«

Schließlich fügte er ein vages Lächeln ein, atmete kurz durch und begann zu erzählen.

»Okay. Also: Wir beide kennen uns seit drei Jahren. Ich weiß, im Moment erscheint dir das nicht greifbar, doch wir haben einige intensive Dinge zusammen erlebt. Du erinnerst dich sicher an die Klosterschule, auf der du gewesen bist? Dort hat man dir sehr spezielle Fähigkeiten beigebracht. Wir arbeiten für so eine Art

Geheimorganisation der Kirche. Es ist unsere Aufgabe, Bedrohungen des Glaubens zu bekämpfen.«

Seine Augen verfolgten aufmerksam, wie Espérance ihre Hände aneinander rieb. Sie begann, jeden Finger einzeln mit Daumen und Zeigefinger der anderen Hand zu bearbeiten. Als sie seinen Blick bemerkte, hielt sie inne,

»Du willst mir sagen, wir beide sind so etwas wie … Inquisitoren? Das ist doch absurd. Oder nicht?«

Octavio musste grinsen, als sie dieses Wort erwähnte. »Wir sind keine Inquisitoren. Eher eine Art Geheimdienst. Um ehrlich zu sein, ist das noch nicht alles, aber wir müssen das jetzt im Moment langsam angehen. Für den Augenblick ist nur wichtig: Du bist hervorragend ausgebildet und kannst eigentlich deutlich besser auf dich aufpassen, als du vielleicht denkst. Und weil du das aber nicht mehr wusstest, bin ich hier. Okay?«

Espérance blickte den Spanier offen misstrauisch an. Da war etwas, ein Gefühl, ein Vertrauen – er kam ihr nicht gänzlich vor wie ein Fremder. Der Gedanke, etwas mit ihren Erinnerungen könnte nicht stimmen, war ihr nicht neu. Und doch war diese Geschichte wirklich schwer zu glauben.

»Nehmen wir an, ich glaube dir, Octavio de la Ruiz. Dann erkläre mir bitte ein paar Dinge. Warum bin ich hier und weiß nichts über meine Ausbildung, während ich scheinbar in Gefahr bin? Bin ich so eine Art Schläferin? Sagt bald jemand die geheime Wortkombination und ich sprenge irgendwas in die Luft? Das ist doch irrsinnig.« Ihre Finger begannen unwillkürlich wieder mit ihrem nervösen Tanz. »Ich erinnere mich daran, was in den letzten Jahren passiert ist. Ich habe mein Bac gemacht und dann einige Zeit damit verbracht, Europa zu bereisen. Ich war unsicher, was ich studieren möchte und habe – weil ich an Medizin dachte – in einem Krankenhaus gearbeitet, und in einer Psychiatrie. Dann habe ich mich breitschlagen lassen und war zur Ausbildung in der von dir erwähnten Klosterschule, ja. Aber man hat mich dort ganz sicher nicht zu so einer inquisitorischen Agentin ausgebildet. Diese Einrichtung dient eher der Charakterformung, der Vorbereitung auf das Leben. Ich war eine schwierige Person. Daher entschied meine Familie sich dafür, mich dorthin zu schicken.«

Octavio blickte sie an und sah irgendwie traurig aus. Dann fragte er: »Wie hieß denn das Krankenhaus, in dem du gearbeitet hast?«

Espérances Mund öffnete sich ein wenig und ihre Augen weiteten sich, als sie nach der Antwort auf diese Frage suchte. Auf diese naheliegende und einfache Frage. Doch sie fiel ihr nicht ein. Sie schien ihr auf der Zunge zu liegen, doch sie konnte den Namen einfach nicht greifen.

»Welche Länder hast du besucht auf deiner Europareise? Hast du jemanden kennengelernt unterwegs?« setzte Octavio nach. Sein Blick war voller Mitgefühl, fand Espérance. Sie schluckte, als sie erneut auf Erinnerungen stieß, die im Nebel lagen.

»Deutschland«, antwortete sie. »Belgien. Vielleicht auch die Schweiz oder Skandinavien?« Für einen Moment machte sich die Angst in ihr breit, dass sie an einer Krankheit litt. Einer früh auftretenden und schnell fortschreitenden Demenz oder so etwas.

»Warum … warum weiß ich das denn nicht?«, flüsterte sie.

Es war nun nicht Octavio, der antwortete.

Die Prüfung, die dir auferlegt ist, ist schwer, Espérance. Es war die Stimme, die vertraute Stimme. Der Mann, den sie zugleich nicht und doch sehr gut kannte. *Du musst Vertrauen haben. Ich habe dich zum Teil eines größeren Plans gemacht und schulde es dir, dies zu erklären. Aber jetzt ist dazu nicht der richtige Zeitpunkt. Hab Vertrauen in Octavio.*

Sie schloss die Augen, öffnete sie wieder und blinzelte in Richtung ihres unerwarteten Besuchers, der davon unbeirrt blieb. Ganz so, als wisse er von ihrer telepathischen Verbindung zu einem Unbekannten. Ganz so, als sei ihm alles geläufig und ihr nichts. Ihr schauderte.

»Ich verstehe dich nur zu gut, Es. Das ist viel zu viel und ich freue mich nicht gerade über meine Aufgabe hier. Ich zerbreche mir ständig den Kopf darüber, was du vielleicht noch weißt und was nicht. Und was jetzt in diesem Moment überhaupt relevant ist.« Sie blinzelte und starrte Octavio an. Es war, als würden zwei Personen gleichzeitig auf sie einreden. Dabei war nur eine im Raum. Er musterte sie nun doch etwas aufmerksamer.

»Alles klar, so weit?«

Es war so seltsam, dass er sie wie ein Vertrauter beobachtete und so viel über sie zu wissen schien, während ihr Kopf so leer war in Bezug auf ihn. Espérance schüttelte kurz die Benommenheit und Verwirrung ab, die all dies in ihr verursachte, und nickte.

»Ich glaube, mir bleibt wenig übrig, als mich erst einmal auf diese absurde Geschichte einzulassen. Als Erstes habe ich eine Frage: Wie zum Teufel hat dieser – *unser* – Kirchengeheimdienst mein Gedächtnis gelöscht? Ich habe noch nie von so einer vollständigen Gehirnwäsche gehört - außer vielleicht in einem Comic oder einem Science-Fiction-Roman.«

»Es gibt da draußen so viele Dinge, die du nicht weißt. Die keiner *von uns* weiß. Doch das ist jetzt nicht entscheidend. Ich beantworte dir deine Frage später. Wir müssen dich jetzt hier wegbringen. Dieser Prediger, Cornelius Vanderbeck, ist ein gefährlicher Mann. Ich befürchte, sie werden nicht allzu lange brauchen, um dich zu finden. Zu zweit können wir es nicht mit ihnen aufnehmen und Verstärkung gibt es im Moment nicht.«

Espérance setzte sich auf. »Ich gehe hier nicht weg, ohne Dana und die anderen dort rauszuholen. Sie sind wegen mir in dieser Situation. Ich kann sie damit nicht allein lassen.«

Octavio blickte sie mit einem schwer zu deutenden Gesichtsausdruck an. Sie fand, es sah aus wie eine Mischung aus Schmerz, Mitleid und Anerkennung. In jedem Fall war es ein Blick, der sich wieder sehr vertraut anfühlte.

»Das ist ausgeschlossen. Deine Sicherheit hat für mich absolute Priorität. Ich darf nicht zulassen, dass du dich für ein paar Fremde in Gefahr begibst.«

»*Du* bist hier der Fremde, Octavio. Du und dieser Geheimdienst.« Sie wagte es nicht, die Präsenz in ihrem Kopf zu erwähnen. »Das sind meine Freunde, wenigstens einige von ihnen. Ich habe Verantwortung ihnen gegenüber. Ich lasse sie nicht einfach von einer Psychosekte wegsperren und haue ab, weil es mir zu gefährlich ist. Wenn du keine weitere Verstärkung hast, gehen wir eben zur Polizei.«

Erneut dieser vertraute Blick.

»Die Polizei ist keine Option. Vanderbeck hat sie unter Kontrolle. Das haben dir vermutlich deine beiden Polizistenfreunde auch schon gesagt, oder?« Als sie nichts erwiderte, fuhr er fort. »Ich würde dich gegen deinen Willen außer Landes schaffen, doch das ist in Amerika extrem aufwändig. Und es ist nicht so, als würde ich nicht verstehen, was in dir vorgeht. Aber meine Befehle sind eindeutig.«

Für einen Moment regte sich Empörung in ihr. Außer Landes schaffen, als sei sie ein Gepäckstück oder ein geheimes Dokument. Als sie sah, wie Octavios Blick nachdenklich aus dem Fenster glitt, schwieg sie jedoch. Nach vielleicht einer Minute griff er in die Tasche seines Sakkos und zog ein Mobiltelefon hervor.

»Ich rufe kurz jemanden an und kläre, was ich für dich tun kann.«

Er stand auf, wählte eine Nummer, welche er offensichtlich auf Kurzwahl hatte, und ging ins kleine Badezimmer ihrer Unterkunft. Dort begrüßte er seinen Gesprächspartner auf Spanisch und schloss die Tür. Danach konnte Espérance nicht mehr viel verstehen, doch sie schnappte immerhin ein paar Eindrücke auf. Zuerst redete Octavio leise und eindringlich, später schien er aufgeregt und fast wütend zu sein, bis er in einem militärisch wirkenden Tonfall einen Befehl bestätigte. Er legte jedoch nicht auf, sondern schien in der Leitung zu bleiben. Wenn sie sich nicht verhörte, hatte er zuletzt mit »Bien, esperaré« geantwortet. Dies bestätigte sich, als er das Gespräch nach einer Pause wieder fortsetzte.

Espérance wendete sich mit ihrer Aufmerksamkeit von dem Telefonat ab, da es offensichtlich ein längeres Gespräch zu werden schien. Sie fühlte sich entwurzelt und verwirrt – ein Gefühl, das sich wie ein roter Faden durch ihr bisheriges Leben zog. Die aktuellen Ereignisse allerdings waren selbst für jemanden wie sie, die einiges gewohnt war, schwer zu ertragen. Und dann spazierte dieser Spanier hier herein und behauptete, er hätte Befehle von irgendjemandem, die sie beträfen. Sie begann angespannt mit ihren Fingern zu spielen und starrte dabei auf die Wand.

Nach vielleicht fünf Minuten beendete Octavio das Gespräch und kam aus dem Bad. »In Ordnung. Mein Vorgesetzter ist bereit, jemanden zu aktivieren, der sich um Vanderbeck und diese Sekte kümmert. Das dauert vielleicht eine Woche. Es wird also jemand für deine Freunde dort sein. Aber du musst mich begleiten.« Er pausierte kurz und blickte sie an. »Was hältst du von diesem Angebot?«

Anstatt Octavio zu antworten, schloss Espérance die Augen. Sie wusste nicht, mit wem er da am Telefon gesprochen hatte. Mit diesem *Boss*, den er zuvor erwähnt hatte? Das Ergebnis war jedenfalls nicht zufriedenstellend. In einer Woche konnten

Dana und die anderen längst tot sein, wenn diesen Sektierern klar wurde, dass sie, Espérance, nicht mehr hier war. Das war einfach keine Option. Sie tauchte in ihren Geist.

Du kannst mich hören, nicht wahr?

Die Antwort war nur ein Hauch, kein Wort. Doch sie bedeutete *Ja*.

Wenn du mich wirklich kennst, wer auch immer du bist, dann weißt du, dass ich keine Unschuldigen für mich bezahlen lassen kann. Wenn du wirklich da bist, wenn du nicht nur eine Schutzfunktion meines langsam zerbröckelnden Verstandes bist, dann musst du etwas tun können, um mir zu helfen.

Die Antwort war ein langes, kühles Schweigen. Espérance blickte in Octavios fragendes Gesicht und dann zu Boden. Vielleicht verlor sie tatsächlich einfach nur den Verstand. Vielleicht war da niemand, und dann konnte ihr auch niemand helfen. Dann waren Octavio und sein Geheimdienst ihre beste Option.

Sie schüttelte dennoch den Kopf, zuerst langsam, dann entschlossener.

»Wenn ich irgendetwas verstanden habe in diesem Spiel, dann ist es, dass Vanderbeck eigentlich mich will. Diese Leute sperren Menschen ein, haben wahrscheinlich Studentinnen vergewaltigt und jemanden getötet. Die haben nichts zu verlieren. In dem Moment, in dem ich nicht mehr da bin, sind meine Freunde nur noch Ballast und Gefahr. Es ist mir egal, warum ich für euch so wichtig bin und warum wer-auch-immer bereit ist, all diese Menschen für mich zu opfern.« Sie machte eine kurze Pause und setzte sich noch aufrechter hin. »Ich werde diesen Kuhhandel nicht akzeptieren.« In ihrem Kopf fügte sie wiederholend hinzu: *Wer immer du auch bist – wenn du mich wirklich kennst, weißt du, dass ich das nicht kann.*

Wieder an Octavio gerichtet, ergänzte sie: »Wir brauchen einen anderen Plan.«

Der Spanier zog eine Augenbraue hoch und seufzte.

»Das war *so* klar. Du hast schon immer für die gerechte Sache eingesteckt.« Sein Blick war erneut warm und vertraut. Dann holte er sein Telefon hervor und schaltete es aus. »Du bringst mich gerade in richtig große Schwierigkeiten, das ist dir hoffentlich bewusst, oder?«

†

Sie verbrachten den Rest des Nachmittags damit, ihre Möglichkeiten durchzugehen und Pläne zu schmieden. Octavio teilte ihr die taktischen Informationen mit, die er bereits hatte. Er ging davon aus, dass insgesamt höchstens zehn Leute dauerhaft auf dem Gelände der Kirche waren. Die meisten von ihnen waren Männer, ehemalige Soldaten oder Paramilitärs, die von der Sekte angeheuert worden waren. Diese Personen waren gefährlich, aber keine Vollprofis oder zumindest mittlerweile eingerostet.

»Dennoch haben sie eine erhebliche Überzahl – aber die sind nicht unser eigentliches Problem. Es gibt noch drei Frauen, die vermutlich keine Gefahr darstellen. Zumindest wirken die eher wie Haushälterinnen oder so. Die echte

Gefahr sind Cornelius Vanderbeck und Benjamin Vermont. Und wenn welche von deinen Collegefreunden da sind, wäre das auch nicht toll.«

»Vermont hat irgendwelche … Superkräfte oder so. Richtig?« Sie kam sich irrsinnig dabei vor, diese Frage zu stellen. »Ich habe gesehen, wie er meterweit auf ein Hausdach gesprungen ist. Wie ist so etwas möglich?«

Octavio nickte. »Vermont ist viel stärker als ein normaler Mensch. Das liegt an einer speziellen Droge, die er von Vanderbeck bekommt. Es gibt ein paar andere, die dieses Zeug auch manchmal bekommen, aber die Wächter normalerweise nicht. Mit denen werden wir schon fertig.«

Espérance blickte ihn zweifelnd an. »Wenn das ehemalige Soldaten sind, in der Überzahl – was macht dich da so sicher?«

Octavio griff neben sich nach der Reisetasche, die er mitgebracht hatte. Er öffnete den Reißverschluss und holte eine kleine, in Leder eingebundene Schatulle hervor. Darin befanden sich in einem grauen Futteral aus Schaumstoff sechs braune Fläschchen mit Papieretikett, auf denen handschriftlich lateinische Wörter notiert waren.

»Ich bin mir sicher, dass wir mit den Söldnern fertig werden, weil wir dieses Zeug auch haben.«

Espérance griff nach einem der Fläschchen und drehte es langsam in der Hand. Das kleine, braune Glasgefäß war erstaunlich vertraut für sie. Seit ihrer Kindheit bekam sie regelmäßig ihre Medizin aus ähnlichen Apothekenfläschchen. Vorsichtig begutachtete sie die Beschriftung: *Multiplex – Potestas magnus – Non fides.*

»Was bedeutet das?«

Octavio nahm das Fläschchen wieder entgegen und drückte es zurück ins Futteral. »Dass es richtig gutes Zeug ist.«

Espérance rief sich ihre Lateinkenntnisse in Erinnerung. *Multiplex* bedeutete einfach *vielseitig. Potestas magnus* hieß wahrscheinlich so etwas wie *größte Kraft.* Vielleicht war diese Droge besonders hoch dosiert? Auf *non fides* konnte sie sich keinen rechten Reim machen. *Fides* konnte alles Mögliche bedeuten – Glaubwürdigkeit, Treue, sein Wort halten oder auch ehrlich und gewissenhaft. Also war der Inhalt *nicht vertrauenswürdig? Nicht treu?*

Sie beobachtete ihn, während er ihre Geheimwaffe wieder einpackte und die Reisetasche verschloss, ehe er fortfuhr.

»Vermont hat dieses Hilfsmittel auch und ist uns daher vermutlich ebenbürtig. Dafür sind wir aber zu zweit. Vanderbeck ist noch stärker als er und auf andere Arten gefährlich. Also müssen wir einen Zeitpunkt abpassen, wann er nicht im Haus ist.«

»Auf andere Arten gefährlich? Meinst du damit dieses Gehirnwäsche-Hypnose-Ding? Muss ich noch etwas über ihn wissen?«

Octavio zögerte für einen Moment und schien nachzudenken. Was immer ihm durch den Kopf ging, er entschied, es nicht mit ihr zu teilen, sondern fuhr einfach mit der Planung fort.

»Ich habe das Haus schon eine Weile lang beobachtet. Sie verlassen es nicht besonders oft und haben nicht gerade das, was man einen regelmäßigen Tagesablauf nennt. Der einzige Fixpunkt, der die ganze Gruppe betrifft, ist die Messe am Samstagabend.«

»Das wäre morgen«, sagte Espérance ruhig. Octavio nickte.

»Wir werden keinen anderen Zeitpunkt finden. Das ist unsere beste und einzige Option.«

†

Espérance kam es noch immer irrsinnig vor, was sie hier eigentlich gerade tat. Sie lag auf dem Dach eines zweistöckigen Wohn- und Geschäftsgebäudes in der Nähe der Eternal Haven Church. Von dort spähte mit einem Spezialfernglas auf das in der Abenddämmerung daliegende Gemeindehaus und die Kirche. Octavio hatte einiges an Ausrüstung herbeigeschafft – offensichtlich besaß er weitaus mehr als die Reisetasche – und hatte sie mit einem Funkgerät, dem Fernglas und einer Pistole ausgestattet. Er wirkte dabei sehr zuversichtlich, dass sie mit der Waffe umgehen konnte. Deutlich zuversichtlicher als sie selbst. Außerdem hatte er ihr eine Flasche der seltsamen Droge gegeben, die er als *Essenz* bezeichnete.

Der Plan war einfach: Sie wussten, dass man über den Seitenflur des Hauses unbemerkt eindringen konnte. Dies war auch der Weg gewesen, den Espérance für ihre Flucht verwendet hatte. Octavio hatte durch seine Observation bereits herausgefunden, dass regelmäßig Essen durch den Flur gebracht wurde – abgepackte Sandwiches und Wasserflaschen, dreimal am Tag. Wenn da nicht jemand eine schräge Vorliebe dafür hatte, von früh bis spät dasselbe zu essen, war dies ein Indikator dafür, dass die Gefangenen irgendwo in der Nähe festgehalten wurden. Vermutlich aus akustischen Gründen im Untergeschoss. Sie mussten also nur unbemerkt in den Flur eindringen, einen Weg in den Keller finden und mit eventuellen Wachen fertig werden – am besten, ohne dass Vermont oder Vanderbeck dies bemerkten.

»Ein Kinderspiel«, hatte Octavio dies grinsend kommentiert und ihr ein Auge geknipst. Dann hatte er einen Beobachtungsposten in der Nähe bezogen, um den Parkplatz und den Haupteingang des kleinen Gebäudekomplexes im Blick behalten zu können. Wenn vorn alles ruhig war und gerade keine Wächter Patrouille liefen, würden sie über die Westseite der Mauer klettern und durch den Flur den Weg in den Keller suchen.

»Je dois être stupide«, flüsterte sie, während ihr Blick durch das Fernglas über das Haus glitt. »Je dois être stupide.«

»Okay, die letzten gehen langsam rein«, meldete Octavio per Funk. »Der Parkplatz ist voll, ich habe unter den Besuchern auch ein paar der Wächter erkannt. Die meisten dürften also gleich in der Kirche sein. Bestimmt ist aber noch irgendwer im Haus.«

»Hier ist alles ruhig«, antwortete Espérance leise. »Ich sehe niemanden im Garten.«

»Confirmatus.« Die Stimme aus dem Ohrhörer wirkte vertraut und verlieh ihr Zuversicht.

Fünf Minuten später berichtete Octavio, vorn sei niemand mehr zu sehen. Auch keine Wachen mehr auf dem Weg um das Gemeindehaus.

»Sieht so aus, als wäre alles sauber. Wir treffen uns an der Westmauer.«

Espérance wollte gerade ihren Beobachtungsposten aufgeben, als sie einen kurzen, spitzen Schrei hörte. Auch wenn sie nicht sicher war, schien er aus der Nähe des Hauses zu kommen. Schnell presste sie das Fernglas wieder vor ihre Augen und ließ es über den Garten schweifen.

Eine Veränderung machte sie nur an der Fensterfront aus, durch die sie gleich eindringen wollten. Wo vor kurzem noch alles ruhig und reglos dagelegen hatte, konnte sie nun eine Gestalt ausmachen.

Schnell fixierte sie die Fenster und verschaffte sich durch die Restlichtverstärkung von Octavios Fernglas einen besseren Eindruck. Da stand jemand im Flur, eine schmale Gestalt, vermutlich eine Frau. Sie hatte die Hände vors Gesicht geschlagen und schien offensichtlich in Panik. Espérance konnte nur ihre Umrisse erkennen, doch ihre Silhouette und Körperhaltung sorgten dafür, dass sich ihr Bauch vor Angst verkrampfte. War das etwa Dana?

Die Frau wich zurück, wobei sie abwehrend die Hände hob und für Espérance den Blick auf ihr Gesicht freigab. Die Entfernung war groß und die Sicht schlecht – dennoch war sie fast sicher, es handelte sich um ihre Kommilitonin.

Dana blickte über den Flur und schien noch immer von schrecklicher, haltloser Panik erfüllt. Espérance beobachtete entsetzt, wie die junge Frau auf die Knie sank und schützend ihre Hände über den Kopf zog.

»Ich sehe Dana«, berichtete sie in ihr Funkgerät. »Sie ist auf dem Flur und hat scheinbar jemanden getroffen. Sie ist in Panik.« Ihre Stimme bebte und Espérance spürte, wie sich ihre Augen mit Tränen füllten.

»Mane«, antwortete Octavio per Funk. »Ich meine abwarten. Ich rücke vor.«

Die Fensterfront konnte durch die Bäume und Sträucher im Garten sowie die hohe Mauer nicht eingesehen werden. Espérance befand sich in der einzigen Position, die einen zuverlässigen Blick auf diesen Bereich des Hauses lieferte. Atemlos spähte sie weiter, um Octavio berichten zu können.

Über den Flur näherte sich langsam eine Gestalt, größer als Dana und dunkler gekleidet. Es war ein Mann in einem Priestergewand, der ohne Eile auf die zusammengekauerte Frau zuschritt. Espérance erkannte ihn auf den ersten Blick – es war Cornelius Vanderbeck.

»Vanderbeck«, flüsterte sie also ins Funkgerät.

»Me cago en todo!« Octavios Antwort war kurz. Sie sah ihn mittlerweile als kleinen, dunklen Schemen in der Nähe der Mauer. »Abbruch. Wir gehen nicht rein, wenn Vanderbeck da ist. Verstanden?«

Ehe Espérance antworten konnte, sah sie plötzlich eine weitere Gestalt in den Flur stürmen. Es war ebenfalls ein Mann, größer als Vanderbeck und massiger, und er warf sich zwischen den Priester und die zitternde junge Frau. Sie konnte beobachten, wie der Mann Vanderbeck einen geübt und kräftig aussehenden Fausthieb versetzte. Doch der Priester ging nicht zu Boden und wurde auch nicht zurückgeworfen – stattdessen packte er den großen Mann am Arm und schleuderte ihn scheinbar mühelos durch die Fensterfront in den Garten. Holz und Glas zerbarsten und Splitter regneten in den Garten. Das Krachen des Fensters war bis zu ihrer Position zu hören.

Espérance starrte noch für einen Herzschlag auf die zusammengekauerte und zitternde Gestalt ihrer Freundin. Dann griff sie in ihren Rucksack und nahm das Fläschchen heraus, das Octavio ihr gegeben hatte.

Die Flüssigkeit war erstaunlich warm und bitter. Sie fühlte sich im Hals an wie ein schlecht schmeckender Likör aus Zutaten, die sich nicht für ein Lebensmittel eigneten.

Kaum hatte sie das Mittel geschluckt, begann Espérance die Feuertreppe hinabzuklettern und sprang die letzten Stufen runter auf die Straße. Ihre Bewegungen fühlten sich mühelos und präzise an, und ihr Geist war klar und fokussiert. Sie glaubte, die Welt würde sich langsamer bewegen. Was auch immer das für ein Zeug war, es war wirklich gut.

Mit schnellen, langen Schritten stürmte sie über die leblose Straße auf die Mauer zu. Alles lief so schnell ab, es war beinahe wie ein Rausch. Sie lief nicht mehr wie ein Mensch - sie war ein schnelles, präzises Raubtier, und sie war auf der Jagd.

Sie hörte, wie Octavio sie per Funk anwies, nicht reinzugehen, doch seine Stimme war nur ein Raunen und sie hörte nicht auf ihn. Stattdessen raste die Mauer auf sie zu. Mit einem Sprung ergriff sie die obere Kante und zog sich hoch. Espérances rechte Hand fühlte sich plötzlich feucht an. Sie bemerkte mit Erschrecken, dass sie wohl in eine der scharfen Metallkanten gegriffen hatte, die ein Überklettern der Mauer verhindern sollten. Schmerz fühlte sie keinen.

Espérance zog sich mit den Armen an der Mauerkante hoch und holte gleichzeitig mit den Beinen so viel Schwung, dass sie mit einem kurzen Abstoßen oben in einem Satz über die Mauer springen konnte. Als sie im Garten gelandet war, blickte sie kurz auf ihre Hand. Ihre Finger waren voller Blut, doch konnte sie erstaunlicherweise keine Verletzung erkennen. Das war in diesem Moment alles, was zählte.

»Du darfst da nicht reingehen, Es! Mit Vanderbeck kannst du es nicht aufnehmen! Scheiße!« Octavios Stimme war überhaupt nicht mehr cool – es war offensichtlich, dass ihm die Kontrolle über die Situation entglitten war. Der Funkkontakt brach ab.

Espérance löste die Pistole, die er ihr gegeben hatte, aus dem Holster. »Je dois être stupide«, flüsterte sie erneut und lief los.

Der Weg durch den Garten war kurz, besonders in dem aufgeputschten Zustand, in dem sie sich gerade befand. Nach wenigen Schritten stand sie vor der Szenerie, die sie vor wenigen Momenten noch aus der Ferne beobachtet hatte. Matt Delegato lag regungslos vor der Fensterfront inmitten von Holz und Glas. Eines seiner Beine hing halb in einem Busch und er schien im Gesicht zu bluten.

Im Flur sah sie Cornelius Vanderbeck, der eine weitere Frau an die Wand gepresst hatte. Es sah fast so aus, als würde er sie am Hals küssen, während sie regungslos in seinem Griff hing. Espérance erkannte auch sie – es war die Polizistin July Wilbur. Rechts von ihr sah sie einen schlanken Mann in einem T-Shirt, der zu einem Tritt in die Seite des Priesters ansetzte. Hinter ihm stand mit weit aufgerissenen Augen Danas Freundin Alexis.

Espérances Sinne waren so geschärft, dass sie für einen Moment an ihrem Gesicht hängen blieb. Alexis hatte nicht einfach nur Angst, weil sie in einen Kampf verwickelt war. Diese Augen hatten etwas gesehen, das so schrecklich war, dass es ihre ganze Welt erschüttert hatte.

Der Unbekannte traf den Priester mit einem Tritt in die Seite, der ihm eigentlich hätte die Luft aus den Lungen treiben müssen. Stattdessen nahm er die Wucht regungslos hin wie ein Baumstamm und wandte nur kurz den Blick in Richtung des Angreifers. Der Mann stolperte zurück, und seine Augen weiteten sich. Im nächsten Moment beobachtete Espérance entsetzt, wie er die Hände vors Gesicht schlug und auf die Knie sackte. July hing noch immer wie eine Puppe in den Händen von Vanderbeck. Ihr Hals war voller Blut.

»Scheiße, scheiße, scheiße!« hörte sie plötzlich wieder Octavios Stimme aus dem Funkgerät. »Komm da auf der Stelle raus, Es! Er wird dich töten!«

Espérance blickte kurz über die Szenerie, die sie vor sich sah. Matt Delegato war bewusstlos, oder Schlimmeres. July hing regungslos im Griff des Predigers. Der Unbekannte war ebenfalls außer Gefecht – er kniete vor Vanderbeck und Blut quoll zwischen den Fingern hervor, mit denen er sein Gesicht verdeckte. Dana hatte sich am Ende des Flurs zitternd zusammengekauert und Alexis schien gar keine Ahnung zu haben, was sie tun sollte.

Zwischen all den verletzten und panischen Menschen stand Cornelius Vanderbeck, regungslos, beinahe – *genüsslich*. Es war, als sauge er den Schmerz, die Angst und nicht zuletzt das Blut um ihn herum auf.

Ehe sie nachdenken konnte, hatte Espérance in einer erschreckend natürlichen Bewegung den Sicherungshebel umgelegt, umfasste den Griff mit beiden Händen und sank auf ein Knie herunter. Dann rief sie: »Mister Vanderbeck!«

Der Prediger richtete seinen Kopf auf und blickte sich um. Sein Mund löste sich von July. Als er auch seinen Griff um ihre Schultern öffnete, sank sie kraftlos an der Wand hinab und hinterließ eine erschreckend breite Blutspur. Espérance atmete aus und fokussierte sich für einen Herzschlag. Dann gab sie drei Schüsse ab.

Alle Kugeln fanden den Weg in ihr Ziel. Sie sah die Einschläge in Schulter, Kopf und Nacken. Der Kopf des Priesters kippte auf skurrile Weise zur Seite, und unter seinem Haar bildete sich ein roter Krater. Er taumelte, und aus der Kirche weiter hinten hörte man Schreie.

Espérance wollte sofort zu den Verletzten eilen – doch irgendetwas hielt sie davon ab, direkt nach vorn zu stürmen. Stattdessen blieb sie in Schussposition und richtete weiter die Waffe auf Vanderbeck, der zwar schwankte wie ein Schiffsmast im Sturm, doch der bis jetzt einfach nicht fallen wollte. Zu Espérances Entsetzen drehte er sich langsam um und blickte in ihre Richtung. Sein linkes Auge war nur noch eine blutige Ruine und sein Hals war blutverschmiert. Warum war er nicht tot?

»Da bist du ja endlich, Dienerin«, sagte er langsam. Seine Stimme war kratzend wie ein Reibeisen. »Ich hätte mir gewünscht, dass es ein anderes Ende zwischen uns nimmt.«

Espérance zögerte nicht und fuhr suchend mit der Waffe an seinem Körper herunter. Dann feuerte sie einen Schuss in sein rechtes Knie. Vanderbeck taumelte erneut, und sein Bein knickte nach innen ein. Absurderweise hielt er sich weiterhin aufrecht.

»Hör auf!« Seine Stimme war nicht laut und schien dennoch den ganzen Garten zu füllen. Vanderbeck war verletzt, er war wütend, aber er war kein Mensch, der gerade von vier Kugeln getroffen worden war.

Die rechte Flurtür flog auf und zwei Wächter stürmten herbei. Einer von ihnen lief zu Vanderbeck, während der andere durch das zerborstene Fenster sprang und auf Espérance zustürmte. Aus irgendwelchen Gründen gelang es ihr nicht, die Waffe auf ihn abzufeuern. Sie wurde zurückgeworfen, als der mindestens einen Kopf größere und dreißig Kilogramm schwerere Mann sich auf sie warf.

»Du bringst sie mir lebend«, rief Vanderbeck, und seine Stimme hörte sich beinahe normal an. Keine Spur mehr von dem Reibeisenklang, den er noch einen Moment zuvor an sich gehabt hatte.

Der Wächter versuchte Espérance mit seiner Masse und Kraft zu überwältigen. Sein Angriff hatte sie unvermittelt getroffen und sie befand sich unter ihm, einen Arm über ihren Kopf verdreht, einen Ellenbogen würgend auf ihren Hals gepresst.

Sie drehte ihre Hüfte ein wenig zur Seite und stieß sich mit den Beinen vom Boden ab. Die Droge verlieh ihr noch immer Kraft, und so konnte sie den Mann auf diese Weise seitlich von sich werfen. Im nächsten Moment rollte sie sich ab und kam wieder auf die Beine.

Der große Wächter rappelte sich auf und setzte zum nächsten Angriff auf sie an. Im nächsten Moment zerfetzten zwei kurze Schusssalven die Dunkelheit im Garten und er stürzte getroffen zu Boden. Espérance blickte hinter sich.

Vor der Gartenmauer stand Octavio und richtete ein futuristisch aussehendes Sturmgewehr an ihr vorbei auf den Flur. Er bewegte sich mit geübten, tiefen Schritten durch den Garten auf sie zu.

»Hinter mich!« rief er und feuerte an ihr vorbei. Espérance sah, wie Cornelius Vanderbeck den zweiten Wächter gepackt hatte und ihn wie einen Schutzschild vor sich hielt. Dabei hatte er seinen Mund seitlich an den Hals des Mannes gelegt. Es sah aus, als würde er ihn *beißen*. Wie ein Löwe eine Antilope, dachte Espérance.

Fassungslos bemerkte sie, dass Vanderbecks Gesicht zwar blutverschmiert war – aber es war nichts zu sehen von der Kopfverletzung, die sie ihm wenige Momente zuvor zugefügt hatte.

Schreie aus der Richtung der Kirche beantworteten die erneuten Schüsse. Schnelle Schritte waren zu hören, und Espérance war sich fast sicher, dass jeden Moment weitere Wächter durch die Tür stürmen würden.

»Rückzug!« rief Octavio erneut und brachte den Körper des Wächters mit zwei kurzen Salven zum Erbeben. Espérance zögerte – doch ihr war klar, dass sie zu zweit nicht mehrere Wächter und Vanderbeck gleichzeitig würden aufhalten können, der offensichtlich bis zum Anschlag mit dieser Supersoldatendroge vollgepumpt war.

Plötzlich fiel der Wächter zu Boden und Vanderbeck richtete sich hinter ihm auf. Er stand aufrecht wie ein junger Baum. Sein Blick fixierte Octavio.

Espérance hatte ihre Pistole in dem Handgemenge verloren und konnte sie nicht sehen. Zu ihrem Entsetzen bemerkte sie nun, wie Octavio zitternd seinen Gewehrlauf in ihre Richtung zu bewegen begann. Seine Augen waren weit aufgerissen. Zwei weitere Männer kamen aus der Flurtür und richteten Pistolen auf Espérance. Offensichtlich waren diese beiden schlau genug gewesen, sich zu bewaffnen, ehe sie zu einer Schießerei stürmten.

»Sieht so aus, als könnten wir uns endlich in Ruhe unterhalten, Dienerin.« Cornelius Vanderbeck intonierte seine Worte langsam und genüsslich. Sein Mund war blutverschmiert, sein linkes Auge ebenfalls. Er sah aus, als sei er gerade aus der Hölle heraufgestiegen, wo er im Blut von Unschuldigen gebadet hatte.

Espérance hörte Octavio hinter sich stöhnen und hörte ein metallisches Klackern. Nach einem kurzen Blick erkannte sie, dass er seine Waffe entladen hatte. Das Magazin lag vor ihm auf dem Boden. Nun presste er die Hände an seinen Kopf, als hätte er einen Migräneanfall. Da zwei Wächter ihre Pistolen auf sie richteten, machte das nicht wirklich einen Unterschied.

»Erlauben Sie mir, die Verletzten zu versorgen. Dann sage ich ihnen, was sie wissen wollen.« Espérance sprach ruhig und langsam. Vanderbecks Antwort war ein heiseres Lachen.

»Die sind bedeutungslos. Du stellst hier keine Forderungen mehr. Stattdessen nimmst du endlich deinen Platz ein.«

Die beiden Wächter näherten sich, ihre Pistolen im Anschlag. Espérance hob die Hände – es half niemandem, wenn sie hier und jetzt erschossen wurde. Sie wunderte sich selbst über dieses kühle Kalkül.

In Wirklichkeit wollte sie nur die Hände heben. Beinahe erstaunt bemerkte sie, wie ihre Arme regungslos blieben, woran auch die auffordernd kurz angehobenen Pistolen der Wächter nichts änderten. Sie spürte weit hinten in ihrem Geist eine fremde und dennoch vertraute Präsenz. Sie sagte nichts, doch ihr Schweigen bedeutete:

Ich bin hier.

†

Octavio erinnerte sich an sein Training und an die vielen Gelegenheiten, in denen er sein Können bereits erprobt hatte. Er fokussierte sich auf sein Restbewusstsein, das Vanderbeck mit seinem Blick nicht hatte wegfegen können. Es war unmöglich, sich in dieser Situation vollends gegen die Kontrolle aufzulehnen. Doch wenn man geübt war, konnte man auf einen Moment der Ablenkung oder Schwäche warten.

Der Preis für diesen Widerstand waren Schmerzen, die sich wie Messer in seinen Kopf bohrten. Er nahm sie, wie er es gelernt hatte, als Hilfsmittel, um sich in seinem Körper zu verankern. »Wenn du Schmerzen hast, bist du ganz im Moment«, sagte sein Boss immer. »Nutze das für dich.«

Seine Hände begannen zu zittern. Schweiß lief ihm die Stirn herab. Er blieb da, hielt die Welle aus, mit der Vanderbeck ihn hinfortspülen wollte. Dann endete der geistige Angriff so schnell, wie er begonnen hatte.

Als Octavio sich verwirrt umsah, fiel sein Blick auf Espérance. Seine Partnerin stand aufrecht und furchtlos vor Vanderbeck und schien das Chaos um sie gar nicht zu beachten. Der blutige Priester musterte sie einen Moment verwundert. Dann deutete er auf den bewusstlosen Mann, der vor dem zerborstenen Fenster lag, und wandte sich an die Wächter, die Espérance bedrohten.

»Erschießt ihn«, sagte er langsam und ohne die Augen von ihr abzuwenden. Octavio konnte nicht sehen, was in Espérances Gesicht vor sich ging. Als einer der Wächter seine Waffe auf den Bewusstlosen richtete, sagte sie nur: »Nein.«

Ihre Stimme war lauter und auf eine seltsame Weise verändert. Sie hörte sich an wie eine völlig andere Person, und doch war ihr Klang eindeutig wiederzuerkennen. Das Erstaunlichste war allerdings nicht, was Octavio hörte, sondern was er sah. Der Wächter, ein kräftig aussehender Mann, verdrehte seine Augen und brach zusammen wie eine Marionette, deren Fäden man durchtrennt hatte.

Octavio nutzte die Ablenkung, um ein neues Magazin in sein Sturmgewehr einzulegen und nahm den zweiten Wächter ins Visier.

»Der Zorn Gottes wird vom Himmel herab offenbart«, erhob sich Espérances Stimme erneut, und nun war ihr Klang fest und laut wie Donnerhall. »Wider alle Gottlosigkeit der Menschen, die die Wahrheit durch Ungerechtigkeit niederhalten.«

Der Brief an die Römer. Octavio erkannte die Bibelstelle leicht. Sie handelte von Gottes Zorn über die Fehlbarkeit der Menschen. Espérance oder das, was immer da in sie gefahren war, fuhr fort.

»Unterwirf dich dem Willen des Herrn, Cornelius Vanderbeck, oder du wirst vom Schwert gefressen.«

Trotz der beeindruckenden und offensichtlichen Macht, die seine Partnerin gerade ausstrahlte, traute Octavio seinen Augen kaum, als er Vanderbecks Reaktion sah. Der Erhabene warf sich vor Espérance auf den Boden wie ein Sünder vor den Höllentoren. Seine Augen waren weit aufgerissen und die Zähne – eben noch für das geübte Auge gut zu erkennen – waren wieder ein normales, menschliches Gebiss. Währenddessen sagte er nichts, sondern sah aus, als sei er von einer göttlichen Erscheinung ergriffen. Octavio bemerkte, wie der zweite Wächter die Hände hob und vorsichtig seine Waffe ablegte. Beide waren in dieser Auseinandersetzung nur noch Statisten. Er kam sich mit seinem Sturmgewehr seltsam deplatziert vor, als Espérance die Hand hob und langsam auf Vanderbeck zuschritt. Der Priester kniete und hatte die Hände wie zum Gebet erhoben.

Sie beugte sich zu ihm nach vorn und flüsterte etwas in sein Ohr. Im nächsten Moment verdrehte er die Augen und warf seinen Kopf in den Nacken. Sein Mund öffnete sich und er begann seltsame Silben in einer fremdartigen Sprache hervorzustoßen, die Octavio nicht erkannte. Dann brach er wie der Wächter zuvor zusammen.

Espérance drehte sich um und blickte zu Octavio. Ihr Gesicht war ruhig, ausdruckslos, wie eine lebendig gewordene Statue. Als sie nun zu ihm sprach, war ihre Stimme immer noch nicht die ihre.

»Du musst ihr jetzt helfen, Octavio«, sagte sie langsam. »Meine Verbindung endet hier.« Bei diesen Worten fasste sie sich überrascht an den Kopf. Noch einmal sagte sie fragend seinen Namen. Er stürzte nach vorn, um sie aufzufangen, als sie das Bewusstsein verlor.

XXX

Der kalte Hauch

»Sie werden Fragen haben. Jede Menge Fragen. Ich darf nicht einmal die von Espérance beantworten. Ich weiß nicht, wie du dir das vorstellst.« Octavio starrte angespannt vor sich auf den Boden. Er kannte die angenehm dunkle und melodische Stimme, die ihm aus dem Telefon antwortete, gut.

»Ich möchte nicht betonen, dass ich dir davon abgeraten habe, Octavio.« Eine kurze Pause. »So etwas geschieht, wenn wir uns in Vorgänge hereinziehen lassen, die außerhalb unseres Einflussbereiches liegen.«

»Ich weiß.« Es war nicht leicht, bei so einer Erwiderung nicht kleinlaut zu klingen. Doch Octavio war überzeugt, dass es ihm gelang. »Sie hat mir keine andere Wahl gelassen. Espérance war nicht bereit, Ihren Vorschlag zu akzeptieren.«

Erneut eine kurze Pause im Telefon.

»Ich verstehe. Da wir beide ihren Idealismus ja durchaus schätzen, wirst du nun wohl den Dreck aufräumen müssen, den du aufgewirbelt hast.«

Octavio stand auf und begann, beim Telefonieren langsam zu gehen. »Das widerspricht allem, was Sie mir beigebracht haben. Wir würden ein Pulverfass hinterlassen. Bei den Gefangenen war auch ein FBI-Agent.«

»Nach eurer Fehlentscheidung werdet ihr es nicht mehr hinbekommen, keine Spuren zu hinterlassen. Doch ihr könnt immerhin so viel wie möglich verwischen. Verfügst du noch über genug Ausrüstung oder soll ich dir etwas schicken? Es dauert allerdings mindestens einen Tag.«

»Ich werde die Unbeteiligten priorisieren. Dann sollte es ausreichen. Allerdings kann es sein, dass wir Espérance nicht mehr länger unter dem Bann halten können.«

Erneut dauerte es einen Moment, bis eine Antwort aus dem Telefon kam.

»Das ist primär das Problem meines alten Freundes, nicht unseres. Kümmere dich jetzt um die Dinge, die ich angeordnet habe. Solltest du etwas benötigen, werde ich Claudio anweisen, dir alles zur Verfügung zu stellen. Und wenn du auf Hindernisse stößt, die sich nur lokal bearbeiten lassen, erwarte ich Kreativität von dir.«

Octavio bestätigte nüchtern, dass er die Anweisung verstanden hatte. Dann machte er sich an die Arbeit.

Als Erstes trug er die bewusstlosen Personen aus dem Van. Er hatte sie auf die hinteren Sitzreihen gesetzt und angeschnallt. Blutungen hatte er mithilfe von Essenz schnell stoppen können, doch die Kleidung der armen Teufel war teilweise dreckig oder blutverschmiert. Allerdings hatte er keine Zeit, dies zu ändern. Also holte er wenigstens eine Schüssel mit Wasser und reinigte Gesicht, Hals und Arme, wo es notwendig war.

Besonders übel hatte es July Wilbur erwischt. Cornelius Vanderbeck hatte sie einfach fallen lassen, so dass ihr Blutverlust erheblich gewesen war, bis er sich um sie hatte kümmern können. Körperlich war das schnell in den Griff zu bekommen, doch das Blut hatte sie ziemlich eingesaut.

Octavio fragte sich, ob die Erhabenen hier unvorsichtiger waren als in Europa oder ob er es bei Cornelius Vanderbeck einfach mit einem besonders größenwahnsinnigen Exemplar zu tun hatte. Noch größenwahnsinniger als der Rest von *Ihnen*.

Er begutachtete die regelmäßig atmende junge Frau für einen Moment. Dann beschloss er, dass er sie nicht in diesem Zustand lassen konnte, und schob ihr das ehemals weiße, nun weitgehend rote Kleid die Beine hoch. Zu seinem Unbehagen bemerkte er, dass sie darunter völlig nackt war.

»Malditos pecadores«, murmelte er, während er den feuchten Stoff mit etwas Mühe über den Kopf der Bewusstlosen zog.

Eine Stimme riss ihn aus den Gedanken und er spannte sich erschrocken an.

»Was machst du da?«, fragte Espérance. Sie war scheinbar selbst aus dem Wagen gestiegen und starrte ihn an. Ihrem Gesicht konnte man die Erschöpfung und Verwirrung durch ihren Zustand noch ansehen. Doch offensichtlich war sie präsent genug, um zu erkennen, wie unangemessen das aussah, was Octavio gerade tat.

»Ich muss sie waschen und ihr etwas anderes anziehen«, antwortete er. »Sie bekommt sonst den Schock ihres Lebens, wenn sie aufwacht.«

Espérance beobachtete ihn für einen Moment skeptisch, dann nickte sie.

»Ich wasche sie. Du kannst mir die Sachen geben, die ich ihr anziehen soll.«

Er fragte sich, was in diesem Moment in ihrem Kopf vor sich ging. Dann nickte er und überließ ihr Tuch und Waschschüssel. Es gab schließlich genug andere Dinge zu tun.

Octavio ging zum Kofferraum des Vans und holte die große, braune Tasche heraus, in der er seine Spezialausrüstung mit sich führte. Dieser Part war im Vergleich zu dem, was er bei der Kirche tun musste, noch relativ einfach.

†

Wie zu erwarten, hatte noch niemand die Sicherheitstechnik umprogrammiert. Mindestens heute war diese Organisation ohne Kopf, und das war eine Schwäche, die er schnell und effizient ausnutzen musste. Octavio wusste nicht, ob Cornelius Vanderbeck in der Nacht bereits wieder bei Kräften wäre – doch auszuschließen war es nicht.

Er öffnete die hintere Eingangstür in das große Gemeindehaus mit der Chipkarte, die er einem der bewusstlosen Wächter abgenommen hatte. Der schmale Flur dahinter war dunkel und das Haus war ruhig. Er ging durch eine der Türen und musterte die Person, die ihn schweigend erwartete.

»Ist alles vorbereitet?«, fragte er.

»Ja«, sagte der Mann mit ruhiger Stimme. Benjamin Vermont war groß und schweigsam. Viele Menschen hätten die leichte Veränderung seines Verhaltens möglicherweise übersehen. Doch wenn man sich wie Octavio der Einflüsterung bewusst war, konnte man die Anzeichen gut erkennen: der verlangsamte Lidschluss, das unbewegliche Gesicht, die matten, erschöpften Bewegungen.

Octavio zog sein Messer aus der kleinen Halterung an seinem Rücken und hielt es Vermont mit dem Griff zuerst hin.

»Ich möchte, dass du dir in deine linke Hand schneidest. Nicht sehr tief, nur bis zum ersten Blut.«

Der große, kahlköpfige Mann nahm das Messer und legte die Schneide in die Handfläche seiner linken Hand. Octavios Augen folgten seinen Bewegungen genau. Wenn die Einflüsterung abgefallen war und Vermont ihn nur in eine Falle locken wollte, würde es den Hauch eines Zögerns geben, ehe er sich selbst verletzte. Das war das konsistente Ergebnis zahlreicher derartiger Proben, die Claudio und sein Boss in ihrer langen Zusammenarbeit durchgeführt hatten.

Vermont zog die scharfe Schneide über seine Haut und hinterließ einen dünnen, blutigen Faden. Dann hielt er Octavio das Messer ebenso hin, wie er es vor einem Moment empfangen hatte.

»Sehr gut«, sagte Octavio und steckte die Waffe wieder ein, nachdem er sie mit einem Tuch gereinigt hatte. »Dann kannst du sie herrufen.«

Nachdem Vermont eine Textnachricht verschickt hatte, führte er ihn ins Untergeschoss. Es war eigentlich unglaublich, dass er dies tun konnte, dachte Octavio. Einen Diener durch eine Einflüsterung dazu bringen, sich gegen seinen Herrn zu wenden. Doch es schien so zu sein, wie sein Boss es ihm prophezeit hatte – Vanderbeck befand sich in einem geistigen Gefängnis, und alle Maßnahmen, die ihn normalerweise vor einem solchen Verrat geschützt hätten, waren hinfällig.

Im Untergeschoss tippte Vermont eine Zahlenkombination in ein Codefeld und öffnete die Tür in ein Arbeitszimmer.

»Ich brauche dich noch für die weiteren Sicherungen«, sagte Octavio und deutete auf die Tür. Der Predigerassistent ging ohne eine Reaktion in den Raum und stellte sich im Dunkeln neben einen großen Schreibtisch.

Jetzt wurde es kompliziert. Er musste sich beeilen und musste gleichzeitig eine ganze Reihe von Dingen in die Wege leiten. Seine einzige Unterstützung war der tumb wirkende Vermont.

»Du gehst hinauf in die Kirche und nimmst die Gäste in Empfang, die wir eingeladen haben. Sage ihnen, dass Cornelius bald zu ihnen kommen wird und sie warten sollen.«

»Ja«, sagte Vermont und drehte sich um.

»Moment«, unterbrach Octavio ihn. »Zuerst entriegelst du noch die Tür zu seinem Zimmer.«

Der Raum war in vollkommene Dunkelheit getaucht. Es gab kein Fenster und keine Lichtquelle. Nur ein Hauch von Helligkeit schaffte es aus dem Flur durch das Arbeitszimmer. Selbst Octavios geschärfte Sinne reichten nicht aus, um sich in dieser Schwärze zu orientieren.

»Okay«, murmelte er, nachdem Vermont nach oben verschwunden war. »Jetzt werde ich sehen, wie gut du deinen Freund wirklich kennst, Boss.«

Die Erhabenen waren nur selten tagsüber aktiv, doch sie reagierten schnell, wenn es ungewöhnliche Veränderungen in ihrem direkten Umfeld gab. Wenn Vanderbeck hier war und sein Boss sich in Bezug auf seinen Zustand irrte, war er erledigt. Octavio zog eine kleine Taschenlampe aus seinem Gürtel und schaltete sie an.

Seine Augen folgten dem erschreckend hellen Licht durch das Zimmer. Die Wände waren schmucklos und aus hellem Beton. In der Mitte des Raumes befand sich eine große, altarartige Liege aus Stein, auf der ein Mann lag.

Cornelius Vanderbeck war umgezogen und gereinigt worden. Er trug einen schwarzen Anzug und ein Hemd mit Priesterkragen. Seine Arme lagen gerade neben seinem Körper.

Zu Octavios Erleichterung reagierte er überhaupt nicht auf das Licht, das ihn streifte. Er lag weiter da wie ein aufgebahrter König aus alter Zeit.

Octavio blickte auf seine Uhr. Er hatte ungefähr dreißig Minuten, um seine Arbeiten hier unten zu beenden. Dann würde er die Sache oben zum Abschluss bringen müssen. Die Zeit reichte aus, doch er konnte sich keine Verzögerungen erlauben.

Er näherte sich der regungslos daliegenden Gestalt und streifte die Schutzhandschuhe über, die er zu diesem Zweck eingepackt hatte.

Dann holte er den dafür vorbereiteten Umschlag aus seiner Weste und führte das Papier zu Vanderbecks Hand. Bevor er ihn berührte, zögerte er noch einmal. Er machte diese Arbeit schon so lange, dass alle Erinnerungen an die Zeit davor in einem Nebel verschwunden waren. Er hatte viele Dinge getan, an die er sich lieber nicht erinnern wollte, und die er tief in seinem Unterbewusstsein vergraben hatte. Jedoch hatte er sich bisher nie einem Erhabenen während der Ruhezeit genähert und ihn berührt.

Er schluckte, dann nahm er Vanderbecks Finger und legte sie um den Briefumschlag. Für einen Moment drückte er sie zu, so dass die Haut sich fest auf das Papier presste. Dann löste er seinen Griff, bewegte den Umschlag ein wenig und wiederholte die Prozedur.

Als Nächstes holte er ein kleines Heftchen mit Briefmarken hervor. Er klappte es auf, löste eine der Marken aus dem geriffelten Papier und blickte für einen Moment auf das kleine Bildchen. Es zeigte ein Feuerwerk und die amerikanische Flagge. Dann öffnete er den Mund des Predigers und legte die Marke vorsichtig mit dem

Zeigefinger auf Vanderbecks Zunge, wo er sie ein wenig hin und her bewegte. Nachdem er sicher war, dass die Gummierung ausreichend befeuchtet worden war, nahm er die Marke vorsichtig auf, presste sie auf den Briefumschlag und ließ diesen wieder in seiner Weste verschwinden.

Im Erdgeschoss befand sich mittlerweile niemand mehr, da Vermont hinüber in die Kirche gegangen war. Octavio öffnete die Tür, stellte sicher, dass sie aufgesperrt blieb, und prüfte, ob sich niemand mehr auf dem Parkplatz befand. Aus der Kirche war Licht zu sehen – Vermont hatte die Beleuchtung angeschaltet und hielt die übrigen Personen vermutlich dazu an, auf Vanderbeck zu warten. Octavio bekreuzigte sich, dann ging er zu dem Van, den er in der Nähe des Eingangs geparkt hatte, und öffnete den Kofferraum.

†

Er war sehr erleichtert, als er die Nachricht bekam. Zack hatte gehört, dass einiges schiefgelaufen war gestern Abend. Doch da Gabe sich nicht meldete, wusste er nur das, was Ruth ihm hatte erzählen können. Und wie üblich war sie in die wesentlichen Vorgänge nicht eingeweiht worden.

Mittlerweile war offensichtlich, dass der Erhabene richtig gelegen hatte mit seiner Sorge. Cornelius hatte sie gewarnt, dass Espérance Lerot nicht ohne Grund in die USA gekommen war – sondern dass sie den Hass und die Gier ihrer Herren aus der Alten Welt mitbrachte. Wie es schien, war es dieser hinterlistigen Dienerin gelungen, nicht nur seinen Freund und Vertrauten Gabriel in eine Falle zu locken, sondern sogar Cornelius Vanderbeck zu hintergehen. Sie war ja auch nicht allein gekommen. Mindestens ein weiterer Dieneragent war ihr wie ein Schatten gefolgt und hatte ihr erlaubt, die Sicherheitsvorkehrungen zu unterlaufen, die die Gemeinschaft zu ihrem Schutz vorgenommen hatte.

Vielleicht wäre das alles nicht passiert, wenn nicht Ryan Decker gleichzeitig durchgedreht wäre. Ryan war einer von ihnen gewesen – doch weder die Gabe des Erhabenen noch die neuartige Essenz war ihm jemals gut bekommen. Er hatte Potenzial gehabt – wenige hatten so viel Kraft und Einfluss aus der Gabe ziehen können, wie er – doch sein Geist war immer befleckt gewesen. Zack erinnerte sich nur zu gut an die Notwendigkeit, vor einigen Jahren die Spuren zu verwischen, die Ryan hinterlassen hatte, während er Studentinnen nachstellte. Als er nun völlig den Verstand verloren hatte – da war es nur konsequent gewesen, ihm ein Ende zu bereiten.

Jetzt, nachdem Cornelius sich von dem Angriff erholt hatte und die Polizei die Ermittlungen einstellen würde, konnte vielleicht wieder Normalität einkehren. Immerhin würde er nicht mehr versuchen müssen, die Scharade mit Espérance und Dana aufrechtzuerhalten. Ob der Erhabene ihm erlauben würde, sich um die Französin zu kümmern? Er hatte in den letzten Tagen Respekt vor ihr bekommen. Doch am Ende hatte sie nur davon profitiert, dass sie unerwartet gekommen war und aus den Schatten Unterstützung hatte. Wenn er wirklich gegen sie vorgehen durfte, würde er sie in seine Gewalt bringen und sie für all den Ärger zahlen lassen, den sie ihm bereitet hatte. Am Ende war sie doch nur eine Frau. Und das würde er sie spüren lassen …

Die Pforte zur Kirche stand einen Spalt offen und er trat in den großen Hauptraum. Eine kleine Gruppe junger Männer aus seiner Gemeinde stand zusammen und unterhielt sich leise. Gabriel war nicht dabei.

»Gesegneten Abend, Brüder«, sagte er und stellte sich zu ihnen. Die anderen blickten ihn aufmerksam an, da er der Älteste und Ranghöchste unter ihnen war.

»Der Erhabene wird uns gleich in seine Pläne einweihen«, sagte er mit einem Seitenblick auf den Altar. »Ich weiß im Moment auch nicht mehr als ihr.«

»Hat er uns wegen der Dienerin aus der Alten Welt gerufen?«, fragte Luke. Zack konnte Anspannung, aber auch Wut und Gier in den Augen des jungen Mannes funkeln sehen. Keiner der anderen war so tief eingeweiht worden wie er selbst. Doch dass die Herren der Alten Welt eine Dienerin geschickt hatten, um gegen Cornelius und seine Lehren vorzugehen, erzürnte sie. Sie wussten nur wenig davon, wie aufwändig eine derartige Reise für einen Erhabenen war.

»Cornelius hat sie gestern Abend erneut getroffen. Ich gehe davon aus, dass es Neuigkeiten gibt rund um sie.«

»Neuigkeiten«, murmelte Luke. »Vielleicht hat er sie eingesperrt und wir …«

Plötzlich tippte Christian ihm auf die Schulter.

»Was ist das für ein Geruch?«

Zack blickte erstaunt auf. Jetzt konnte er es auch wahrnehmen. Es lag etwas Rauchiges in der Luft, als würde man nicht ordentlich getrocknetes Holz in den Kamin werfen.

»Hier riecht es verbrannt«, bemerkte jetzt auch Jeremiah.

Innerhalb weniger Momente wurde Zack klar, dass der Geruch zu schnell intensiver wurde, als dass er von einer Kerze oder einer verkohlten Speise in der Küche des Gemeindehauses kommen konnte.

Plötzlich deutete Luke auf die großen Glasfenster und riss die Augen auf. Die anderen folgten seiner Geste und sahen das charakteristische orange-rote Wabern von Flammen.

»Das Gemeindehaus brennt!«, rief jemand – Zack konnte nicht einmal mehr die Stimme erkennen. Sein Geist wurde erfüllt von einem Ruf, den er noch nie so deutlich gespürt hatte.

Komm zu mir, ich bin in Gefahr, rief Cornelius. Doch da waren nicht wirklich Worte in Zacks Kopf. Stattdessen übernahm sein Instinkt die Führung und er rannte zur Kirchenpforte wie eine Mutter, die ihr Kind beschützen wollte. Er drückte die Klinke herunter und stieß die Tür auf. Wollte die Tür aufstoßen – denn stattdessen krachte er vor den schweren Holzflügel, als sie sich nicht bewegen ließ. Das Holz gab ein dumpfes, gequältes Klopfen von sich.

»Die Tür ist versperrt!«, rief er und warf sich mit einem kurzen Anlauf davor. Die Schmerzen in seiner Schulter bemerkte er kaum. Doch selbst mit der Kraft, die ihm die lange Verbindung zu Cornelius Vanderbeck verliehen hatte, vermochte er den wuchtigen Flügel nicht zu bewegen.

»Zur Sakristei!«, rief er und stürmte durch die Kirche. Hinter dem Altar gab es eine kleine Tür, die in den privaten Bereich führte, der dem Prediger vorbehalten war. Von dort aus gab es eine zweite Tür in den Hof.

Komm zu mir, schrie es in ihm. Kreischte es in ihm. Er konnte Hitze spüren, Hitze, die seinen Körper nicht berührte. Und doch war sie so intensiv, dass sie schmerzte.

Mit schnellen Schritten durchmaß er den Raum, in dem Cornelius seine Predigten vorbereitete, und die drei Stufen bis zur Tür in den Hof. Er packte die Klinke, drückte vor die Tür – und schrie frustriert auf, als diese sich nicht bewegte.

»Verrat!«, brüllte er. »Wir sind in eine Falle gelockt worden!«

Draußen leckten die orange-roten Lichter nun auch an den Fenstern in den Hof. Die Hitze wurde intensiver und mittlerweile erreichte sie auch seinen Körper. Zachary Adams spürte einen Schrei in seinem Kopf – einen schrillen, wütenden und empörten Schrei, der gleichzeitig so viel Entsetzen und Verzweiflung ausdrückte. Er spürte, wie sein Herr gegen die Flammen kämpfte, wie er verstand, dass es kein Entkommen für ihn gab. Dass er die Zeit überdauert hatte und heute dennoch sein Ende finden würde.

Während Luke und Jeremiah sich krachend vor die Tür warfen, sank er auf die Knie, vergrub sein Gesicht in den Händen und begann zu schluchzen.

✝

»Wo bist du gewesen?«, fragte Espérance, als Octavio aus dem Auto stieg. Er sah angespannt und müde aus.

»Ich … hatte etwas zu erledigen. Tut mir leid, dass ich dich allein gelassen habe. Alles in Ordnung bei euch?«

Espérance lächelte schwach.

»Was erwartest du? Sie sind verwirrt, wütend, ängstlich. Haben Fragen, die ich nicht beantworten kann und du vermutlich auch nicht. Aber sie haben sich darauf eingelassen, erst einmal abzuwarten. So wie ich.«

Octavio blickte auf seine Weste, als sich sein Telefon mit einem Vibrieren bemerkbar machte. Er las mit regungsloser Miene eine Nachricht.

»Was ist los?«, fragte Espérance.

Er steckte sein Telefon wortlos wieder ein. Sein Mund, der sich gerade für einen Moment bewegt hatte, verhärtete sich.

Mit einem Mal war da eine Gewissheit in ihr.

»Du … hast etwas Schreckliches getan«, sagte sie.

Espérance sah nicht mehr den freundlichen und höflichen Mann vor sich, der ihr geholfen und ihr dann eine schräge Geschichte erzählt hatte. Sie sah einen Schatten über sein Gesicht huschen und spürte dann einen kalten Hauch in ihrem Nacken.

»Du hast sie ermordet«, sagte sie. Sie erkannte diesen Ausdruck, sie erkannte die Kälte, die ihn umgab. Octavio de la Ruiz hatte getötet, und das nicht zum ersten Mal. Sie schluckte und blickte über ihre Schulter.

»Ihnen tust du aber nichts«, sagte sie. Ihre Worte klangen viel zu sehr nach einer Frage.

»Wir beide tun, was von uns erwartet wird, Es«, sagte er düster. Als sie sich ihm in Weg stellte, zog er die Augenbrauen hoch.

XXXI

Der Teufel erwacht

Sie konnte diesen Ort nicht leiden. Das Haus war ein seltsamer, eiskalter Palast, in dem es ein normaler Mensch überhaupt nicht aushalten konnte. Doch Richard war gewöhnliche Gemütlichkeit natürlich vollkommen gleichgültig. In all den Jahren, die sie mittlerweile für Laurent und damit auch für ihn arbeitete, war Mathilde zu der Überzeugung gekommen, dass es sogar aus genau diesem Grund so gestaltet war. Die hellen Wände, die wenigen weißen Möbel, die kalten Marmorböden – den Eleven erzählte man etwas von *Licht in der Dunkelheit*. In Wirklichkeit sollte es irritierend und fremdartig aussehen. In einer derart reinweißen Umgebung kam man nicht umhin, sich schmutzig und klein zu fühlen.

Der Grund für ihre Anwesenheit sorgte nicht dafür, dass sich ihre Laune verbesserte. Laurent hatte sie mitten in der Nacht zu einem Meeting gerufen. Die Uhrzeit war weniger verwunderlich, als vielmehr die Tatsache, dass es völlig ohne Vorwarnung geschehen war. Und er hatte dazu nicht einmal ein Telefon verwendet. Sie hasste es, wenn er das tat. Dann hatte er sich von ihr – von ihr allein – nach Lorient fahren lassen und nun stand sie hier mit Richards oberstem Lakaien und wartete darauf, was die Herrschaften zu besprechen hatten. Bestimmt hatte das mit diesen Vorfällen in den USA zu tun. Laurent teilte nicht alle Informationen mit ihr. Doch sie wusste, dass Richard einen seiner früheren Lakaien dort seit langer Zeit mit Essenz versorgte. Vor ein paar Monaten hatte dieser Prediger einen von seinen Dienern gefeuert und der hatte fortan keinen Stoff mehr bekommen. Und wie ein Junkie mit Höllenentzug hatte er dann versucht, sich den Nachschub auf natürliche Weise zu holen – nämlich aus dem Blut einer Frau, die er im Park angefallen und halb aufgefressen hatte. Das hatte eine Menge Staub aufgewirbelt und würde möglicherweise sogar bis hierher für Schwierigkeiten sorgen. Schwierigkeiten, die dann am Ende vermutlich sie ausbaden durfte.

»Du solltest an deiner Selbstbeherrschung arbeiten, Mathilde.« Seine Worte rissen sie aus den Gedanken und sie blickte zur Seite.

Aristide Machard lächelte sie spitz an.

»Ich beobachte deine Insubordination nicht zum ersten Mal. Ich weiß ja nicht, wie dein Herr es handhabt. Meiner legt großen Wert auf die Disziplin und Selbstkontrolle seiner Untergebenen.«

Mathilde blickte zu Boden. Er war eine Nervensäge, doch er hatte recht: Sich wütend oder aufsässig zu zeigen war niemals eine gute Idee in ihrem Job. Wenn dieser Lackaffe sie durchschauen konnte, so musste es ihr für Laurent wie auf die Stirn tätowiert anzusehen sein.

»Ich … wurde nicht gerade gut versorgt in letzter Zeit«, sagte sie entschuldigend. »Laurent ist sehr beschäftigt und das wirkt sich wohl auf meinen Gemütszustand aus. Ich danke dir für diesen Hinweis.«

Aristide zog eine Augenbraue hoch. Dann huschte ein schmales, irritiertes Lächeln über sein Gesicht, welches er sich sofort verbat. Er sah aus, als wenn er an etwas Unanständiges dachte, ging es Mathilde durch den Kopf.

»Stimmt, er versorgt dich ja persönlich«, sagte er leise. »Das ist natürlich … außergewöhnlich.« Seine Augen wanderten einmal an ihr auf und ab. Mathilde blickte konzentriert nach vorn, als sie leise antwortete.

»Er ist Chevalier, kein Mönch.«

Irgendwie klang das zu loyal, fand sie. Doch im Gespräch mit Aristide war das bestimmt nur ein Vorteil.

»Mhm«, machte Richards Primus und schaffte es, eine ganze Schubkarre Arroganz in diesen Ausdruck zu legen. Sie bewegte kurz ihre Füße, ließ ihren Blick durch den Flur schweifen und deutete dann mit dem Kopf auf einen der weißen Sessel.

»Ich werde mich setzen«, sagte sie.

»Wie du willst«, entgegnete Aristide.

Sie scrollte für eine Weile durch die Nachrichten auf ihrem Telefon und ignorierte, wie er weiter vorwurfsvoll und kerzengerade vor der Tür stand. Ihre Blicke trafen sich erst wieder, als ein Impuls aus dem Salon ihre Aufmerksamkeit auf sich zog. Mathilde spürte, dass Laurent sie nun sehen wollte. Und Aristide schien offensichtlich eine ähnliche Empfindung zu haben.

Sie stand auf, während er die Tür öffnete. Sofort schnappte sie die ersten Worte auf, die die beiden Erhabenen im Gespräch austauschten.

»... dass sie schwächer wird, Richard. Wir können uns nicht mehr darauf verlassen.« Laurents Stimme war eindringlich und gleichzeitig höflich, zurückhaltend. Mathilde konnte spüren, wie aufgewühlt er war.

»Das liegt einzig und allein an diesem Schwachkopf Vanderbeck«, entgegnete Richard zornig. »Es hat schon seinen Grund gegeben, warum wir ihn damals hinausgeworfen haben. Vielleicht war ich zu nachsichtig mit ihm.«

Nachdem sie beide eingetreten waren, schloss Aristide die Tür hinter ihnen. Wortlos stellten sie sich einige Meter entfernt auf und blickten erwartungsvoll in die Richtung ihrer Herren. Diese waren weiter in ihr Gespräch vertieft.

»Vanderbeck war kein Fehler. Du weißt, ohne ihn hätten wir sie direkt verloren. Deine Entscheidung war richtig. Doch es gab offensichtlich Faktoren, mit denen wir nicht rechnen konnten. Und einer davon ist die Tatsache, dass die Essenz schwächer wird in den letzten Jahrzehnten.«

Mathilde beobachtete die beiden Männer. Auch ohne die Verzerrung, der sie selbst vermutlich gegenüber Laurent unterworfen war, sahen die beiden sehr ungleich aus. Richard war beeindruckend, raubvogelartig und beherrschend. Laurent hingegen schön und schmeichelnd für das Auge. Das hatte sie auch so empfunden, ehe er sie sich zu eigen gemacht hatte. Daran erinnerte sie sich noch sehr genau.

»Du, Mathilde.« Das scharfe Gesicht des Großmeisters de Varaissant richtete sich auf sie.

»Ja, *Sublime*?«

»Wie ist deine Einschätzung zu dieser Beobachtung?«

Sie schluckte. Das war eine unangenehme Situation. Zum einen hatte sie nur einen Teil des Gesprächs mitbekommen. Zum anderen musste sie nun entscheiden, ob sie ihrem Herrn oder Richard widersprach. Denn beide schienen nicht einer Meinung zu sein.

»Die Familien sind weiterhin ein sehr effektives und wichtiges Instrument«, brachte sie diplomatisch hervor. »Doch es ist wahr, dass es einige Abweichungen gab. Auch und insbesondere bei den Lerots.«

Richard starrte sie für einen Moment finster an, dann nickte er.

»Es kommt zu viel zusammen. Revelyn hatte ihre aufsässige Phase, und zwei ihrer Kinder kommen nach ihr. Der Dritte ist ein Sodomist. Eigentlich macht nur Mahault, was sie soll. Vielleicht ist es an der Zeit, diese Familie einmal aus einer neuen Perspektive zu betrachten.«

Er schlug sich mit der Faust in die flache Hand und richtete sich in seinem Stuhl auf.

»Vanderbeck wird uns in dieser Sache nicht mehr helfen können. Wie es aussieht, muss ich das selber in die Hand nehmen. Aristide, kündige meinen Besuch bitte an.« Seine schmalen Augen wanderten zu Laurent. »Kümmere du dich in der Zwischenzeit um eine Audienz beim Patriarchen und organisiere eine Reise nach Rom. Wir haben einiges zu tun.«

»Natürlich, mein Freund«, sagte Laurent und erhob sich. »Mathilde, meine Liebe, du kommst mit mir.«

Als die weiße Tür hinter ihr zufiel, hatte sie das Gefühl, dass sich ihr Magen verkrampfte.

XXXII

Der einzige Weg ist Demut

Mittlerweile kannte er die Geräusche sehr gut. Zuerst kamen die ruhigen, leisen Schritte auf den massiven, alten Steinen. Dann das Klimpern der Schlüssel und das dumpfe, mechanische Schaben, wenn diese ins Schloss gesteckt wurden. Am Ende das Öffnen der Tür – ein leises Quietschen, dann in der Bewegung ein Knirschen. Dann vier Schritte, die verstummten, sobald die Füße den Teppich in dem Zimmer hinter der Tür erreichten.

Jeden Abend das Gleiche, dachte er. Avelian hatte zwar keine Uhr, die er danach stellen konnte. Doch das Zeitgefühl für die Tagesabläufe ließ ihn beinahe sicher sein, dass es jeden Abend zur gleichen Zeit nach dem Abendessen geschah.

Er selbst war in dieser Zeit im Arbeitszimmer. Es waren die einzigen Minuten des Tages, in denen er an diesem Ort verlässlich allein war. In der übrigen Zeit befand sich Venantius selbst ebenfalls im Raum und manchmal sogar der Prior. Auch wenn das nur geschah, wenn er bis spät in den Abend beschäftigt war.

Avelian fragte sich, wie viel altmodische, handschriftliche Korrespondenz und Buchführung Venantius eigentlich zu erledigen hatte. Mittlerweile war er jeden Tag wenigstens eine oder zwei Stunden als Assistent des Subpriors beschäftigt und erledigte Botengänge oder Büroarbeiten. Manchmal, wenn es scheinbar wenig zu tun gab, übernahm er auch Reinigungsarbeiten in diesem privaten Bereich des Klosters und staubte Regale ab oder säuberte die uralten Möbel vorsichtig und rieb sie danach mit einem würzig riechenden Holzöl ein. Und ansonsten stand er ruhig und leise im Arbeitszimmer und wartete, bis dem Subprior die nächste Aufgabe einfiel, bei der er sich nützlich machen konnte.

Avelian konnte sich an keine Aufgabe in seinem Leben erinnern, der er sich trotz allen Widerwillens mit solcher Hingabe gewidmet hatte. Normalerweise lehnte er Dinge ab, die ihn nicht sofort begeisterten, und fand alle möglichen Ausreden, um sich ihnen nicht intensiv widmen zu müssen. Wie jeder Jugendliche hatte er sich sein mangelndes Durchhaltevermögen oft vorhalten lassen müssen. Er hatte nicht genug Ehrgeiz besessen, um besser als durchschnittlich zu reiten. Im Fußballverein hatte er es ebenfalls nicht lange ausgehalten und den Klavierunterricht hatte er mit Fähigkeiten beendet, die man bestenfalls als uninspiriertes Geklimper bezeichnen konnte. Nur das Wurfscheibenschießen mit seinem Vater hatte ihm Freude gemacht

– allerdings war es so frustrierend schwer gewesen, dass er niemals allein Unterricht genommen hatte. Am Ende hatte sein Vater davon abgesehen, ihn mitzunehmen, weil er einfach nicht ausreichend geübt hatte.

Im Grunde genommen reihten sich alle Dinge, die ihm jemals Mühe bereitet hatten, wie eine Perlenkette der Misserfolge aneinander. Glücklicherweise hatte er sich als talentiert und intelligent genug erwiesen, um trotzdem einigermaßen durch die Schule zu kommen. Was ihn am Ende an diesen kalten und erbarmungslosen Ort gebracht hatte.

Irgendetwas war hier jedoch anders. Natürlich veränderten die Härte der Erziehung und die teilweise körperlichen Strafen die Perspektive auf die Zwänge, die man hier auf ihn ausübte. Es war eine Sache, keine Lust auf den Langlauf im Schulunterricht zu haben. Wenn man für seine Weigerung mit dem Stock verdroschen wurde, kam einem das Keuchen und Schwitzen plötzlich nicht mehr so schlimm vor.

Den wirklichen Unterschied in sich selbst nahm er jedoch wahr, seit er das Gespräch zwischen Venantius und dem Prior belauscht hatte. Es war nicht die Angst vor Strafen oder Repressionen, die ihn motivierte. Es war das Verlangen, endlich mehr über diesen Schatten zu erfahren, der sich seit seiner Kindheit wie eine schwarze Verästelung durch seine Familie zog. Seit seiner Kindheit – oder vermutlich schon länger.

Einige Tage nach dem Gespräch hatte es in Bersolet die ersten Befragungen gegeben. Sie hatten es anders angestellt, als es sonst ihre Art war – kein Zwang, keine Drohungen, keine Strafen. Stattdessen hatten sie es so aussehen lassen, als würde Schwester Claire-Bernadette sich für den geistigen Zustand und das Wohlbefinden der Schüler interessieren.

»Es fällt dir schwer, dich in dieses System einzufügen, nicht wahr?« hatte sie ihn mit verständnisvollem Blick gefragt. Wäre Avelian nicht bewusst gewesen, dass sie auf der Suche nach *Abweichlern* waren, wäre er ziemlich sicher voll in diese eigentlich durchschaubare Falle getappt. Selbst so fiel es ihm schwer, nicht auf diese Möglichkeit einzugehen, seine quälenden und brodelnden Gefühle auszusprechen. In Bersolet interessierten sie sich so wenig für das, was in einem vorging, dass die entwurzelten und verängstigten Studentinnen und Studenten vermutlich jede Gelegenheit zu einem Austausch nutzten, der sich halbwegs menschlich anfühlte.

Er wusste nicht einmal wirklich, wie sich die Studenten verhielten, bei denen die Gehorsamkeitstropfen zuverlässig wirkten. Doch er hatte sich in den Tagen zuvor ein geistiges Bild davon gemacht. Sie waren keine seelenlosen Roboter, denn jeder in Bersolet hatte offensichtlich mit sich zu kämpfen. Es gelang ihnen jedoch, in den Momenten der Unfreiheit und Demütigung, in denen er am liebsten zornig um sich schlagen wollte, einen anderen Weg zu nehmen. Die besten, leisesten von ihnen pressten ihre Lippen aufeinander, blickten zu Boden und fügten sich in diesen Momenten sehr schnell. Den Studentinnen schien dies im Allgemeinen leichter zu fallen als den jungen Männern. Also hatte er sich vorgenommen, diese zum Vorbild zu nehmen. Und erstaunlicherweise fühlte sich der Ausdruck, den sie bei Zurechtweisung einnahmen, schon bald wohlbekannt an.

Avelian hatte diese Vertrautheit erst kurz vor seinem ersten Vertrauensgespräch mit Schwester Claire-Bernadette verstanden. Es war ein leiser, unscheinbarer Moment gewesen, in dem sich dieser Eindruck in ihm verfestigt hatte. Eine der Studentinnen rückte ihren Stuhl zurück, verursachte dabei ein störendes Geräusch und fing sich dafür einen strafenden Blick ein. Sie saß direkt neben Avelian und erfasste für einen Moment seinen Blick, als würde sie etwas in ihm suchen. Dann glitten ihre Augen zur Seite und schließlich zu Boden.

»Oui, Madame«, sagte sie einsichtig und bewegte sich sehr langsam, während sie sich erhob.

Avelian beobachtete sie dabei verstohlen. Er hatte sie mittlerweile oft gesehen und wusste, dass ihr Name Marie war. Doch mehr als das hatte er dank der strengen Vorgaben von Bersolet nicht erfahren können. In diesem Moment sah er dort jedoch nicht eine Kommilitonin in diesem abwegigen Internat – er sah seine Schwester Espérance, wie sie sich nach einer Zurechtweisung durch ihre Mutter schweigend und gehorsam erhob.

In diesem Moment wurde ihm klar: Die Art und Weise, wie sich die wohlangepassten und erfolgreichen Studenten in Bersolet verhielten, war ihm deshalb so vertraut, weil er sie oft in Espérance gesehen hatte. Zumindest seit der Zeit, in der sie selbst an diesem Ort gewesen war.

»Ich arbeite an mir«, hatte er der Schwester in seinem Vertrauensgespräch geantwortet. Und dann brav und voller Ernst hinzugefügt: »Wenn ich einen unpassenden Eindruck erwecke, tut es mir leid. Ich werde meine Bemühungen um mehr Selbstdisziplin intensivieren.«

Kurz nach dem Gespräch hatte er befürchtet, dass man ihm nicht glauben und ihn stattdessen genauer unter die Lupe nehmen würde. Irgendwie kam ihm die Lüge – oder vielmehr das, was er selbst so bezeichnete – als zu einfach, zu durchsichtig vor. Doch aus irgendeinem Grund schienen der Prior, Venantius und Schwester Claire-Bernadette geneigt, ihm diesen Wandel abzukaufen. Vielleicht hatte Espérance eine ähnliche Entwicklung durchgemacht?

In den nächsten Wochen lernte er, seine starken und impulsiven Gefühle zurückzustellen, indem er sie seinem großen Ziel unterordnete. Er lernte, erledigte seine täglichen Pflichten, beteiligte sich an den Arbeiten und Ertüchtigungen. Dabei engagierte er sich jedoch stets nur so weit, als dass er nicht Gefahr lief, seine Maske doch noch auffliegen zu lassen. Schließlich durfte er nicht zu schnell vom Saulus zum Paulus werden.

Nach drei Wochen rief ihn der Prior wieder einmal abends zu sich. Im Gegensatz zu ihren letzten Begegnungen lobte er seine Entwicklung und befragte Avelian über seine Fortschritte in verschiedenen Kursen. Nachdem er sein Wohlwollen ausgedrückt hatte, eröffnete er ihm:

»Subprior Venantius hat kürzlich seinen Assistenten verloren. Er beendete seine Ausbildung und ist nun nicht mehr bei uns. Ich habe mich gefragt, ob du daran interessiert wärst, ihm zur Hand zu gehen.«

Das war nicht unbedingt die Entwicklung, auf die Avelian gehofft hatte. Lieber wäre er durch seinen Fleiß und Ehrgeiz näher an den Prior selbst herangekommen. Doch da es sich um eine offensichtliche Vertrauensbekundung handelte, konnte er dieses Angebot kaum ablehnen. Denn wenn er es tat, würde sicher kein zweites kommen, das ihm genehmer war.

»Ich würde mich geehrt fühlen, Herr Prior.«

Die grauen Augen des Vorstehers bohrten sich für einen Moment in ihn. Avelian hatte das Gefühl, dass sie regelrecht zu glimmen schienen – als würden sie für einen Moment von einem bleichen, körperlosen Licht erfüllt. Avelian blinzelte und der Eindruck verschwand.

»Du hast die Fragen von Schwester Claire-Bernadette ehrlich beantwortet«, sagte der Prior und erhob sich langsam. »Ich sehe, wie sehr dich Gehorsam und Demut mühen. Es ist anerkennenswert, dass du diesen Weg gehst. Möchtest du mir sagen, wie du ihn gefunden hast?«

Avelian schluckte. Durchschaute der Prior, dass er neben Anerkennung weitere Absichten verfolgte? Dass er sich zwar brav gerierte, doch tief in sich einen Kern von Rebellion bewahrt hatte?

Er wollte antworten, doch zu viele Gedanken schossen durch seinen Kopf. Gab es diesen Kern überhaupt noch? Oder passte er sich mittlerweile so gut an das Leben hier an, dass sich diese Frage gar nicht mehr stellte?

»Du lässt dir viel Zeit mit deiner Antwort.«

Der Prior baute sich vor ihm auf, doch auf seinem Gesicht lag ein Lächeln. Ein seltener, irritierender Ausdruck.

»Es ist … die Antwort fällt mir nicht leicht, Herr Prior.«

»Es ist auch keine leichte Antwort, Junge.« Die Mundwinkel senkten sich und das Gesicht wurde wieder ausdruckslos. »Übernimm diese Aufgabe und beweise deine Vertrauenswürdigkeit für eine Weile. Dann werde ich dich einem weiteren Curriculum zuführen.«

»Was bedeutet das?« Eine kurze Pause. Er war angespannt und aufgeregt ob dieser Äußerung. »Herr Prior.«

»Das wirst du erfahren, wenn wir zu dem Schluss kommen, dass eine Eignung für diesen Bereich vorliegt. Geh jetzt und melde dich im Büro des Subpriors. Er erwartet dich bereits.«

Avelians Gedanken rasten, während er durch den Flur ging. Ein weiteres Curriculum – das konnte nur bedeuten, dass er Einblicke in einige der Geheimnisse von Bersolet bekommen würde. Geheimnisse, in die vor ihm seine Schwester eingeweiht worden war. Und die sie doch niemals mit ihm geteilt hatte.

†

Der Weg zu diesen Geheimnissen begann denkbar mühsam. Venantius, der mit seiner altmodischen Tonsur ein wenig aussah, als sei er aus einem Mittelalterfilm gefallen, war der Herr über ein großes Schreibzimmer, die angeschlossene Bibliothek sowie das Archiv von Bersolet. Alle drei Räume zusammen waren vielleicht so groß wie die Wohnung der Garcias, doch durch die hohen Wände und die zahlreichen Schränke und Regale wirkten sie deutlich eindrucksvoller. Während die Bibliothek größtenteils mit antiken Regalen eingerichtet war – vermutlich waren sie einfach schon so lange dort, dass sie praktisch vor Ort zu einer Antiquität geworden waren – hatte man das Archiv deutlich modernisiert. Beide Räume waren naheliegenderweise durch schwere Brandschutztüren gesichert. Doch im Archiv gab es ganze Reihen von grauen Metallschränken, die mit modern wirkenden Schlössern gesichert waren.

Avelian bekam keine Gelegenheit, sich in diesem Raum allein aufzuhalten. Dafür verbrachte er umso mehr Zeit in der Bibliothek. Dort gab es einen Teil, in dem moderne Bücher aufbewahrt wurden, die man auch in jeder anderen Universitätsbibliothek hätte finden können. Die Themen deckten Philosophie, Geschichte, Kulturwissenschaft, Literaturwissenschaft und Kunstgeschichte ab, aber auch Psychologie, Wirtschaftswissenschaften und Politik. Der zweite Teil der Bibliothek wurde durch eine Glaswand gesichert. Diese war das einzige sichtbar moderne Element in diesem Bereich. Wie Avelian später erfuhr, verbarg sich dahinter noch eine große Menge an Technik, denn ein System von Sensoren und Lüftungen überwachte Temperatur, Feuchtigkeit und Zusammensetzung der Luft und reinigte regelmäßig den gesamten Bereich hinter der Abriegelung.

»Die Bücher dort sind sehr alt«, eröffnete Venantius ihm bei seiner ersten Führung. »Wenn du dich später dort aufhalten darfst, wirst du eine Reihe von Vorkehrungen treffen, damit keine schädlichen Einflüsse auf diese Werke eingehen können.«

Im Zentrum dieses gesicherten Teils der Bibliothek befand sich ein hölzernes Pult. Irgendwie kam es Avelian in den Sinn, dass es nicht dem Zweck diente, dort zu lesen – denn dafür gab es andere Stehtische am Rand des Raumes. Es sah eher so aus, als würde man dort besonders wertvolle Bücher ausstellen oder vielleicht untersuchen. Im Moment war es jedoch leer.

»Wofür ist dieses Pult?«, fragte Avelian. Venantius blickte ihn für einen Moment schweigend an und runzelte dann die Stirn.

»Das ist im Moment alles, was du über diesen Bereich wissen musst, Discipuli.«

Dies war scheinbar der Anlass, Avelian über seine Aufgaben in dem Bereich von Venantius' Domäne zu informieren, in dem er sich bereits aufhalten durfte.

»Die Regale hier sind offen. Dadurch stauben die Bücher zügig ein. Dem wirst du entgegenwirken, indem du alle Regale einer gründlichen Reinigung unterziehst und diese fortlaufend beibehältst.«

Was der Subprior sich unter einer gründlichen Reinigung vorstellte, demonstrierte er, indem er eines der Bücher entnahm und zuerst mit dem Finger über den Einband und dann über den Regalboden fuhr, wo es eben noch gestanden hatte. Auf beiden Oberflächen hinterließ der Finger eine Spur.

Avelian musste sich zurückhalten, damit er nicht nach der Arbeit des früheren Assistenten fragte. Wie schnell staubten Regale denn ein? Er musste zugeben, dass er damit keinerlei Erfahrung hatte. Wie oft hatte das Personal in La Fôret wohl genau diese Arbeit gemacht?

Weiterhin war er dafür verantwortlich, die Böden und die anderen Möbel sauber zu halten sowie die Dokumente zu fotokopieren, die Venantius während seiner Schreibarbeit durchging, und Botengänge zu erledigen. Fenster, die man ihn vielleicht hätte putzen lassen, gab es im gesamten Bereich nicht.

Avelian erinnerte sich in diesem Moment und in den kommenden Wochen immer wieder an den Plan, dem er sich selbst verschrieben hatte. Die Arbeit als Venantius' Assistent war nicht einmal merklich unangenehmer als die sonstigen Bedingungen in Bersolet, doch die häufige Nähe zu dem schweigsamen Subprior verhinderte die seltenen Momente der Ruhe, die er während der gewöhnlichen Unterrichtsabläufe erlebt hatte. Avelian hatte das Gefühl, nur noch in seinem Zimmer und während der seltenen Zeiträume allein zu sein, in denen Venantius sich durch das Kloster bewegte.

Dennoch waren es genau diese kurzen Erledigungen, die der Subprior selbst vornahm, die Avelians Aufmerksamkeit weckten. Er führte bei seinen Arbeiten ein kleines Notizbuch mit sich, in dem er Aufgaben notierte und sich früher die notwendigen Abläufe im Kloster notiert hatte. Mittlerweile benötigte er es seltener, doch er steckte es dennoch jeden Tag ein, ehe er zu seiner Arbeit als Assistent antrat.

Auf den letzten vier Seiten vermerkte er die Abwesenheit von Venantius in einem einfachen Code. Zwei gekreuzte Linien ohne Beschriftung markierten Wochentag und Uhrzeit. Mit einem kleinen Kreuz markierte er in den jeweiligen Feldern jeweils 15 Minuten Abwesenheit. Sollte man jemals Einsicht in dieses Büchlein fordern, würde er einfach erklären, dass er nach diesem Muster die Notwendigkeit vermerkte, in der bestimmte Bereiche der Bibliothek besonders sorgfältig gereinigt werden mussten. Doch hielt dies für eine weitgehend unnötige Sicherheitsvorkehrung – die Leitung des Internats schränkte die persönliche Freiheit der Bewohner ohnehin so weit ein, dass eine solche individuelle Kontrolle normalerweise nicht notwendig erschien.

Nach den ersten vier Wochen lag er abends auf seinem Bett und starrte in den letzten Minuten vor der Nachtruhe auf seine Markierungen. Ein Muster war nicht zu erkennen – Venantius verließ seinen Arbeitsbereich nicht jeden Tag, dafür jedoch manchmal durchaus mehrmals. Avelian war teilweise wenige Minuten, teilweise aber auch beinahe eine halbe Stunde allein gewesen.

Es gab jedoch eine Konstante – die längeren Abwesenheiten waren stets dann gewesen, wenn der Prior abends zu Venantius gekommen war und ihn gebeten hatte, ihn kurz zu begleiten. Dies war einmal pro Woche vorgekommen, in einer Woche sogar zweimal. Wenn die beiden sich an dieses Muster hielten, würde er mindestens eine Viertelstunde für seinen Plan haben.

Als Nächstes galt es, das richtige Werkzeug aufzutreiben. Seine Ansprüche waren zum Glück nicht allzu hoch. Der Schlüssel zum Archiv befand sich in einer verschlossenen Schublade in Venantius' Schreibtisch. Den Schlüssel zu seinem Schreibtisch trug der Subprior allerdings um den Hals. Das war jedoch kein wirklich großes Hindernis – immerhin hatte Avelian sich das Öffnen von Schlössern für den ursprünglichen Einbruch in Saint Gabriel beigebracht. Der Schreibtisch war alt und das Schloss nie erneuert worden. Wahrscheinlich rechnete niemand damit, dass ein Schüler gleichzeitig so gehorsam war, dass er es in die Schreibstube schaffte, und so viel kriminelle Energie hatte, dass er über Lockpicking-Kenntnisse verfügte.

Avelian war überzeugt, dass er die Schublade mit einem kräftigen Draht aufbekommen würde. Glücklicherweise verfügte das Büro in einem der Schränke mit dem Arbeitsmaterial über Büroklammern, die ihm durchaus für diesen Zweck geeignet schienen.

Während einer ersten zufälligen Abwesenheit des Subpriors steckte er sich ungefähr zehn der kleinen Drahtgebilde ein. Abends in seinem Bett bog er testweise die ersten Spanner daraus – also den Teil seiner beiden Werkzeuge, der den Zylinder des Schlosses unter Spannung halten sollte. Beim Spanner war es besonders entscheidend, dass der Draht sich nicht verbog. Wenn die Büroklammern dafür nicht ausreichten, würde er sich etwas anderes suchen müssen.

Der erste Spanner verbog sich zu schnell, da Avelian nicht auf Anhieb die richtige Form gelang und er den Draht beim Zurückbiegen ausleierte. Der zweite Spanner fühlte sich jedoch nicht schlecht an. Das Problem war, dass es auch am Schloss lag, wie widerstandsfähig der Draht sein musste. Also stellte er noch drei weitere Spanner her, indem er die Büroklammern zu einer Art doppeltem rechtem Winkel bog. Dann kümmerte er sich um die sogenannten Picker, bei denen er die Büroklammer in die Länge aufbog und an der Spitze einen winzigen Haken herstellte. Dieser wurde dafür gebraucht, die einzelnen Pins im Schloss vorsichtig herunterzudrücken.

Als er mit den Vorbereitungen fertig war, drehte er einen der Picker für einen Moment in den Fingern. Er war sich plötzlich nicht mehr sicher, warum er eigentlich so unbedingt in das Archiv einbrechen wollte. Würde das, was er dort zu finden hoffte, wirklich einen Unterschied machen? Er wäre immer noch hier gefangen und dem Wohlwollen des Priors und seiner Leute ausgesetzt. War es nicht vielleicht besser, die Idee fallenzulassen und weiter daran zu arbeiten, sein Ansehen und seine Karriere an diesem seltsamen Ort voranzutreiben?

In seinem Mund spürte er plötzlich den Geschmack der Essenz, die er an diesem Abend bekommen hatte. Er legte den Picker zu den restlichen neben sich auf die

Bettdecke. Es war nicht sein freier Wille, sich hier einzuordnen und anzupassen. Es war auch nicht Espérances freier Wille gewesen. Er musste einfach herausfinden, warum der Prior eine so besondere Aufmerksamkeit für sie gehabt hatte und welche Verbindung es zwischen den beiden gab.

Die Spanner und Picker trug er nun in einem notdürftig gefalteten Umschlag mit sich, den er fest unter den Einband seines Notizbuches gesteckt hatte. Er hatte die Öffnung nach innen gedreht, sodass es praktisch unmöglich war, dass er sich aus den Ecken des Einbands löste. Die Idee war nicht ideal, doch an einem Ort ohne nennenswerte Privatsphäre gab es nicht viele gute Verstecke. Und so konnte er immerhin sicher sein, dass er seine Werkzeuge stets griffbereit hatte.

Einige Abende später klopfte es und Venantius entfernte sich kurze Zeit später mit dem Prior. Avelian starrte für einen Moment auf die Tür und blickte dann langsam auf den dunklen, alten Schreibtisch.

»D´accord«, murmelte er. »Dann wollen wir mal.«

Er wartete ungefähr zwei Minuten, um sicherzustellen, dass Venantius nicht etwas vergessen hatte und spontan zurückkam. Dann klappte er sein Notizbuch auf, hockte sich vor die Schublade und begann mit seiner Arbeit.

Der Spanner glitt zügig ins Schloss und schien die passende Größe zu haben. Doch seine ersten beiden Picker verbogen sich sofort. Avelian zog sie heraus und fragte sich, ob der Draht möglicherweise nicht fest genug war für das Schloss. Wenn die Büroklammern nicht funktionierten, würde er sich ein anderes Hilfsmittel besorgen müssen. Das kostete bestimmt eine Menge Zeit.

Doch sein dritter Anlauf fühlte sich besser an. Der Draht blieb fest und schien die Pins bewegen zu können. Er tastete sich durch das Schloss, drehte mit dem Picker und schob ihn vorsichtig über Spanner und Pins. Bei dieser Arbeit hieß es ruhig und geduldig sein – eine Einstellung, die ihm jetzt noch schwerer fiel als bei seinen Übungen zu Hause oder auch dem Einbruch in Saint Gabriel. Er atmete tief durch und konzentrierte sich darauf, nicht an all die Schwierigkeiten zu denken, die er bekam, wenn er heute nicht erfolgreich war.

Nach einer unangenehm langen Fummelei gab das Schloss nach und er öffnete die Schublade. Neben einigen Stiften und Papieren sah er auch den Schlüssel, an dem ein bronzefarbenes Metallschild hing, in das in altmodischen Buchstaben das Wort *Archiv* geprägt war. Er hielt für einen Moment inne und horchte, dann nahm er den Schlüssel und öffnete die Tür.

Er hatte bisher nur einen kurzen Blick in diesen Raum werfen können. Es gab dort bestimmt zehn große Schränke, die womöglich vollgestopft waren mit Akten und Papieren. Die Idee, dort innerhalb von zehn Minuten etwas Sinnvolles zu finden, erschien ihm plötzlich absurd. Er würde es wahrscheinlich nicht einmal schaffen, die Organisationsstruktur zu durchschauen, geschweige denn eine hilfreiche Information zu finden.

Es half ja nichts – nun war er drin und musste sich wenigstens auch umsehen. Er wählte einen Schrank aus und zog eine der Schubladen heraus. Diese war mit sorgfältig beschrifteten Hängeregistern gefüllt. Die Ordnung schien auf Namen zu basieren, denn in diesem Schrank fand er als Erstes eine Akte mit der Bezeichnung »Macdonald«, gefolgt von »Macia« und »Mackenroth«. Namen aus allen möglichen Ländern, nicht nur aus Frankreich, ging es ihm durch den Kopf. Doch die Studenten, die er kannte, trugen französische Namen. Archivierte man hier Akten, die zu Personen gehörten, die überhaupt nicht in diesem Kloster gewesen waren?

Die Ordnungsstruktur half ihm. Er identifizierte den Schrank, in dem die Akten mit dem Anfangsbuchstaben »L« aufbewahrt wurden, und blätterte sich durch diese. Kurz hinter den Namen »Lester« und »Lermen« fand er seinen eigenen Namen. Vorsichtig schob er die Hängemappe auf und blickte auf eine ganze Reihe von einzelnen Akten, die noch einmal nach dem Vornamen sortiert waren. Die Erste trug die Bezeichnung »Lerot, Revelyn«, gefolgt von »Lerot, Mahault« und »Lerot, Nazaire«. Die Dokumente zu seinem großen Bruder waren nicht sehr umfangreich, fiel ihm auf. Dann zog er den braunen Ordner mit der Beschriftung »Lerot, Espérance« hervor.

Als Venantius kurze Zeit später zurückkehrte, widmete Avelian sich bereits wieder den ewig nach Reinigung verlangenden Büchern. Er hatte den Schlüssel zurückgelegt und die Schublade mit einiger Mühe wieder verschlossen. Seine Gedanken rasten, doch er bemühte sich, keinen Verdacht zu erwecken.

»Avelian?« sprach Venantius ihn an, kaum dass er das Schreibzimmer wieder betreten hatte.

»Ja, Herr Subprior?«, antwortete Avelian und wandte sich um. Der Schweiß klebte kalt unter seinen Achseln und er war sicher, dass man seine Anspannung nicht übersehen konnte. Venantius schien jedoch keine Notiz zu nehmen.

»Der Prior möchte dich noch kurz sprechen. Gehst du bitte direkt zu ihm? Er erwartet dich.«

Während er durch die niedrigen Gänge des Klosters ging, hatte er das Gefühl, die alten Steine würden näher und näher kommen. Venantius mochte zu sehr mit seinen eigenen Aufgaben beschäftigt sein. Doch der Prior würde niemals übersehen, wie aufgewühlt er war. Wie aufgewühlt – und wie gierig nach Antworten! Wie sollte er nur unter diesen Umständen eine Begegnung mit ihm überstehen?

Als er vor dem Schreibtisch des Vorstehers stand, überlegte er für einen Moment, seinen Einbruch zu gestehen. Ihn zu gestehen und dadurch auch zu verlangen, dass der Prior ihn über das aufklärte, was er mit Espérance getan hatte. Vielleicht würde er einsehen, dass er ihm Antworten schuldete?

»Du bist sehr angespannt heute Abend, Junge«, sagte Andrièl de Clermont-Ferrand beiläufig. »Geht es dir nicht gut?«

Natürlich ging es ihm nicht gut, natürlich war er angespannt! Wie sollte er auch …

Avelian nahm einen ruhigen Atemzug und blickte zu Boden.

»Verzeiht, Herr Prior. Ich ließ mich von den täglichen Aufgaben ablenken. Doch wenn Ihr mich sprechen wollt, sollte ich mit den Gedanken hier sein.«

Der Mund des Priors bewegte sich sacht. Avelian konnte nicht verstehen, ob der leichte Schwung Anerkennung oder Misstrauen ausdrückte, oder etwas ganz anderes. Er bemühte sich auch, nicht zu neugierig zu starren. Offensichtlich reichte seine Reaktion aus, damit der Prior sich wieder auf das konzentrierte, was er mit ihm besprechen wollte.

»Ich wollte dich informieren über eine Veränderung, die es in Bersolet geben wird. Wir werden demnächst einen Gast empfangen.«

Avelian sagte nichts und wartete nur ab.

»Einen Gast, der dir gut bekannt ist, Junge. Dein Patenonkel wird uns für einige Tage die Ehre erweisen. Ich möchte, dass du deine Pflichten als Assistent des Subpriors abgibst und dafür deinen Onkel bei seinem Aufenthalt unterstützt.«

Avelian schluckte. Er hatte das Gefühl, dass ihm kalt wurde. Gleichzeitig verhärtete sich sein Bauch. Der Prior beobachtete ihn aufmerksam.

»Es wird für dich kein erfreuliches Wiedersehen, nicht wahr?« Die grauen Augen musterten ihn intensiv, herausfordernd. War das eine Art Test? Wollte der Prior sehen, ob er ausrastete oder durchdrehte ob dieser Ankündigung?

Avelian erinnerte sich an das, was er in der Akte seiner Schwester gelesen hatte. Als er antwortete, konnte er nicht verhindern, dass seine Stimme gepresst klang.

»Ich werde diese Aufgabe mit der gleichen Demut annehmen wie jede andere. Haben Sie besondere Anweisungen für mich, die ich in Gegenwart meines Patenonkels beachten sollte?«

Als er an diesem Abend in sein Zimmer kam, wollte er in sein Kissen schreien. Nicht einmal die ewig wiederkehrenden Gehorsamkeitstropfen verschafften ihm Erleichterung. Wie sollte er das, was er heute herausgefunden hatte, schweigend in sich behalten? Noch dazu, wenn sein schrecklicher Onkel zu Besuch kam?

Avelian ließ sich auf sein Bett fallen. Es war still wie an jedem Abend in seinem Zimmer. Daher fiel ihm das Geräusch auf, auch wenn es leise war. Es war ein Knistern wie von einem Blatt Papier, das jemand unter seine Decke geschoben hatte. Er setzte sich auf und tastete über den Stoff. Als an einer Stelle erneut das Geräusch von Papier zu hören war, griff er darunter und zog ein einzelnes, in der Mitte gefaltetes Blatt hervor.

Du musst diesen Ort verlassen. Es ist hier bald nicht mehr sicher für Dich. In den nächsten Tagen werde ich Dir Anweisungen schicken. Wenn Du Dich an diese hältst, kannst Du sicher aus Bersolet entkommen.

Avelian starrte auf das Papier. Es war an einem Computer oder einer modernen Schreibmaschine geschrieben worden und enthielt keine Unterschrift.

»Ist mir ganz egal, wer du bist«, murmelte er leise. »Wenn du mich hier rausbringst, bin ich dabei.«

XXXIII

Patrón

Carlos und Alexander waren noch immer nicht ganz offen zu ihr. Flora war mit ihnen zusammen nach Almagro zurückgekehrt. Die Fahrt war holprig gewesen, der Empfang dafür umso tränenreicher und schöner. Maite und Samy trauten ihren Augen kaum, als sie zusammen mit dem Mädchen durch die Tür kamen. Die Mutter stürmte auf die Kleine zu, hob sie hoch und drückte sie schluchzend an sich. Samy starrte freudig und ungläubig zwischen Carlos und Flora hin und her.

»Was habt ihr da nur gemacht? *Wie* habt ihr das gemacht?« Er umarmte seine Frau und seine Tochter, ebenfalls schluchzend, und Flora musste auch weinen, während sie die drei beobachtete.

»Kümmert euch erst einmal um eure Tochter«, sagte sie mit belegter Stimme und setzte ein von Bewegtheit und Überforderung zittriges Lächeln auf. »Wir reden später, in Ordnung?«

Als sie hinter sich aus der Tür blickte, sah sie Carlos bereits in ein Gespräch mit dem Kommissar verwickelt, der sichtlich verdutzt – und scheinbar auch ein wenig verärgert – zu der kleinen Familie blickte. Sie warf Agustina einen Kuss zu, als sich ihre Blicke kurz trafen, dann ging sie hinaus zu ihrem Vater.

Drei Polizeibeamte standen vor ihm, wobei nur der ranghöchste – ein kleiner und glatzköpfiger Mann mit einem altmodischen Schnauzbart – zu sprechen schien. Carlos Benmayor wirkte zerknirscht und schuldbewusst.

»... haben einen Hinweis bekommen und wollten nachsehen«, war das Erste, was sie beim Näherkommen verstehen konnte. »Dann hat sich eines zum anderen ergeben, die Entführer haben Agustina scheinbar ohne Forderung laufen lassen. Wir haben sie schnell hergebracht.«

»Verschwenden Sie nicht meine Zeit, Señor Benmayor.« Die Antwort war kühl und fordernd. »Diese Geschichte stinkt zum Himmel. Wer ist der Mann hinten bei ihnen im Auto?«

»Ein alter Freund von mir. Sein Name ist Alexander Keller. Er ist der Besitzer des Weinguts.«

Der Kommissar spuckte verärgert ein wenig Luft aus und wandte sich an seine uniformierten Begleiter. »Bereiten sie die Befragung der drei vor. Getrennt bitte. Ich fange mit diesem Alexander Keller an.«

Flora blickte Hilfe suchend in Richtung ihres Vaters, der ihr aufmunternd zulächelte. Er schien sich nicht allzu viele Sorgen zu machen, weil sie eigenmächtig ein Entführungsopfer befreit hatten und nun mit einer hanebüchenen Geschichte heimkehrten. Als einer der Beamten sie vorsichtig, aber bestimmt am Handgelenk griff, sah sie Maite aus dem Haus gelaufen kommen. Das Gesicht der Frau war tränenüberströmt und es war überdeutlich zu erkennen, dass sie von ihren Gefühlen vollkommen überwältigt war. Sie warf sich vor Flora auf die Knie und blickte mit gefalteten Händen zu ihr auf.

»Danke, Florencia! Ihr habt unser kleines Mädchen wieder gebracht! Ich habe dir noch gar nichts sagen können, weil …« Sie zögerte und ihre Stimme brach. Einen Moment später sprach sie etwas leiser weiter. »Weil ich sie überhaupt nicht mehr loslassen wollte. Ich kann dir gar nicht genug danken. Möge Gott dich und deinen Vater in alle Ewigkeit segnen! Ich werde von nun an jeden Tag für euch beten!« Sie bekreuzigte sich und begann sofort leise ein Gebet zu sprechen, als wollte sie ihr Versprechen direkt in die Tat umsetzen.

Der Polizist, ein junger Mann in Floras Alter, war von diesem Gefühlsausbruch offensichtlich überfordert und stand einfach nur da. Ihr Handgelenk hatte er losgelassen, und sein Pflichtbewusstsein, zuvor angestachelt von seinem verärgerten Vorgesetzten, schien den guten Wünschen einer dankbaren Mutter nicht standhalten zu können. Flora hockte sich zu Maite und strich ihr über den Kopf.

»Gott hat seine Hand über deine Agustina gehalten. Wir haben nicht viel getan.«

Er hat einen dunklen Engel geschickt, ging es ihr plötzlich durch den Kopf. Gott hat einen Engel der Nacht geschickt, um Agustina zu beschützen.

Sie gab Maite noch einen Kuss auf die Stirn, erhob sich wieder und blickte den jungen Polizisten fragend an.

†

Auch wenn Flora nicht so recht verstehen konnte, wie – Alexander hatte dem Kommissar offensichtlich eine plausible Erklärung geliefert. Kurz nachdem alle drei befragt worden waren, verabschiedeten sie sich. Natürlich mit der Auflage, nicht das Land zu verlassen, und für weitere Fragen zur Verfügung zu stehen. Flora fand das beinahe witzig – sie war in ihrem ganzen Leben nicht mehr als 50 Kilometer vom Almagro entfernt gewesen und hatte sicher nicht vor, gerade jetzt damit anzufangen.

Doch die Polizisten waren natürlich nicht ihre einzige Sorge. Denn so sehr sie sich auch freute, momentan erst einmal nicht unter Verdacht und Beobachtung zu stehen – sie konnten kaum davon ausgehen, dass das Kartell einfach so Ruhe geben würde.

Am nächsten Abend, als Maite alle Bewohner des Weinguts zur Feier von Agustinas Rückkehr zu einer *Cazuela Nogada* eingeladen hatte, wartete sie den richtigen Moment ab, um das Thema bei ihrem Vater anzusprechen. Sie hätte gerne auch mit Alexander gesprochen, doch der war den ganzen Tag nicht zu sehen gewesen.

Carlos Benmayor schaute sie zerknirscht an und setzte dann ein Lächeln auf, das durch den dichten, schwarzgrauen Bart ein wenig grimmig wirkte.

»Pájarita, ich will nicht sagen, dass Alexander die Sache ein für alle Mal geklärt hat. Aber er versicherte mir, dass ein paar Freunde von ihm den Konflikt mit dem Kartell für uns aus dem Weg schaffen werden.«

Flora blickte zweifelnd. »Ich will euch das gerne glauben, Papá. Glaub' mir, nichts will ich lieber. Aber wenn ich eines über solche Menschen gelernt habe, dann dass sie nicht einfach so Ruhe geben. Du weißt, sie sind Teufel in Menschengestalt. Vor allem aber haben sie Angst voreinander und fallen sich in den Rücken, wenn sie Schwäche zeigen. Und sich einfach so von uns – von Alexander – vertreiben zu lassen, das wäre doch wohl Schwäche, oder?«

Sie zögerte kurz, dann schaute sie demonstrativ über die fröhliche und im Vergleich zu ihr unbeschwerte kleine Gesellschaft. Agustina saß bei ihrer Mutter auf dem Schoß und biss gerade in ein Stück knallgelbes Maisbrot, während Samys Bruder Felipe zum wiederholten Male einen immer ausführlichen Trink- und Segensspruch intonierte und dabei sein Weinglas schwenkte.

»Wo ist er eigentlich?« Sie lächelte in die fröhliche Runde und schaute wieder ernst zu ihrem Vater.

»Er kommt nachher. Du wirst sehen, er ist ein seltsamer Eigenbrötler. Aber er ist im Herzen ein guter Mensch.«

Felipe näherte sich, sichtlich angetrunken, und stolperte mit einem Honigkuchenpferdlächeln auf Flora zu. »Patróna!« rief er und breitete die Arme aus. »Bitte, erweise mir die Ehre und tanz mit mir!«

Im Hintergrund drehte Samy die Musik auf und winkte ihr aufmunternd zu. Es spielte ein Lied, das sie in diesem Jahr schon viele Male im Radio gehört hatte – für Floras Ohren klang es irgendwie irisch, und sie hatte sich bereits gefragt, wie dieser Song es eigentlich in die Charts geschafft hatte. Sie glaubte, er hatte irgendeinen biblischen Namen - *Babel* oder so?

Doch auch wenn sie die Musik mochte, war sie eigentlich gerade nicht in der Stimmung zu tanzen. Die anderen gaben jedoch keine Ruhe. Felipe klatschte vor ihr rhythmisch in die Hände, tanzte ein wenig hin und her und begann schließlich zu rufen: »Patróna! Patróna!«

Samy, Maite, Agustina und die anderen stimmten ein, ebenfalls klatschend und johlend, so dass ihr nichts übrig blieb, als vermutlich hochrot anzulaufen und sich auf Felipes charmante Aufforderung einzulassen.

Eine Viertelstunde später löste sie sich lachend und unter Applaus der ganzen Gesellschaft von dem jungen Mann. Felipe vollführte eine völlig übertriebene Verbeugung und kippte dabei fast vornüber, hätte Samy ihn nicht lachend aufgefangen.

Flora schaute sich um – vielleicht war es auch länger als eine Viertelstunde gewesen, denn der Abend war schnell gekommen. Sie ging kurz in die Küche, um sich eine Flasche Cerveza Cristal zu holen. Bier wurde auf dem Weingut nur selten gereicht, doch jetzt war ihr nach einem Getränk, das gleichzeitig erfrischend und alkoholisch war. Die Luft aus dem Kühlschrank war angenehm, so dass sie einen Moment länger vor der offenen Tür stand als nötig. Als sie sich schließlich mit einer goldenen Flasche in der Hand umdrehte, stand Alexander in der Tür.

»Guten Abend«, sagte er leise. Obwohl sein plötzliches Auftauchen und überhaupt seine ganze seltsame Art ihr hätten Angst machen müssen, blieb sie ruhig.

»Sie haben wohl ein Faible für seltsame Auftritte, wie?« Ihre Augen wanderten gleichzeitig neugierig und skeptisch an ihm herab. Er lächelte sie freundlich an und versuchte offensichtlich, diesen Eindruck ein wenig zu korrigieren.

»Ich bitte um Entschuldigung. Ich bin gerade erst heimgekommen, und da habe ich Licht in der Küche gesehen.«

Flora blickte kurz zum Kühlschrank. »Möchten Sie ein Bier?« Dabei hob sie ihre eigene Flasche fragend an. Alexander schüttelte den Kopf.

»Nein, vielen Dank.«

Als er dazu keine weitere Erklärung abgab – viele Menschen hätten wohl etwas gesagt wie »Ich trinke kein Bier« oder »Ich bin nicht durstig« – nickte Flora nur. Dann fragte sie weiter: »Wo … wohnen Sie denn jetzt eigentlich? Ich meine, Sie wohnen doch wohl kaum in diesem alten Herrenhaus?« Sie musste sich stoppen, um nicht weiterzufragen. Wie kamen Sie dorthin? Woher kennen Sie meinen Vater? Warum kennen Sie mich als kleines Kind und sehen aber aus wie Dreißig?

»Vorübergehend habe ich dort mein Lager aufgeschlagen. Ich bin nicht sehr anspruchsvoll.«

»Das können Sie da auch wirklich nicht sein. Ich meine, wenn ich Papá richtig verstanden habe, sind sie eigentlich der Patrón hier? Sie können natürlich bei uns im Haus schlafen. Das dürften sie ohnehin, auch wenn Ihnen das Haus nicht gehören würde.«

Sie hatte sich an die Küchentheke gelehnt und nippte dort an ihrem Bier. Alexander stand ziemlich reglos in der Tür, doch wirkte er dabei ungewöhnlicherweise nicht deplatziert, wie es die meisten Personen getan hätten. Auf eine eigenartige Art bildete die weiße Türzarge eine Art Rahmen um ihn – er wirkte wie ein altes, zeitloses Gemälde von sich selbst.

»Nun, ich bin auch nur eine Art Verwalter. Sie wissen ja vielleicht, das Land hier gehört der Kirche und wird seit Jahrhunderten von Pächtern genutzt. Mittlerweile gibt es jedoch einige Weingüter, die kommerziell arbeiten. Die Kirche agiert sozusagen als unser Gesellschafter.«

»Und wie sind Sie an diesen Job gekommen? Ich meine, wenn man wie Sie Leute beauftragt und selbst kaum …« Sie zögerte, und er setzte ihren Satz mit erstaunlicher Präzision fort.

»... Hand anlegen muss? Das ist ziemlich privilegiert, finde ich. Sehen Sie das auch so?«

Flora nippte erneut an ihrem Bier, um Zeit zu gewinnen. Ihr war nach dem Tanzen noch heiß, und ein Schweißtropfen lief ihr die Stirn hinunter. Alexander beobachtete sie aufmerksam – ein wenig zu aufmerksam, fand sie.

»So meinte ich das nicht. Ich habe mich nur gefragt, wenn Sie hier der Verwalter sind, warum ich Sie in den letzten Jahren nie gesehen habe.«

»Ich habe diese Aufgabe mehr oder weniger aus Versehen bekommen.« Ein Lächeln huschte über sein Gesicht. Flora fiel auf, dass Alexander nicht nur attraktiv, sondern regelrecht schön war. Er strahlte etwas Kühles und Unnahbares aus, doch das minderte seinen Reiz nicht wirklich. Sie schüttelte kaum merklich den Kopf, um diese fehlplatzierten Gedanken abzustreifen, während ihr Gegenüber fortfuhr.

»Ich vertraue Carlos vollkommen. Es war schlicht und einfach nicht nötig, dass ich mich selbst hier einmische. Und mit Ihnen hat er ja jede Unterstützung, die er benötigt.«

Seine blauen Augen suchten die ihren, und Flora mühte sich, den Blick nicht zu lange und auffällig zu erwidern. War sie diesem Mann gegenüber nicht eigentlich misstrauisch und ablehnend?

»Patróna!«, rief plötzlich jemand vom Haupteingang her. Es war Felipe. »Wolltest du nicht Bier holen? Kannst du mir eins mitbringen?«

Alexander lächelte und trat zur Seite. Nachdem sie eine zweite Bierflasche genommen hatte, folgte er ihr langsam nach draußen.

Wie sich herausstellte, nahm Alexander das Angebot, zu ihnen ins Haupthaus zu ziehen, zumindest vorübergehend nicht an. Er kam jedoch abends öfter zu Besuch und unterhielt sich mit Carlos und manchmal auch mit Flora. Drei Tage später kündigte er an, dass er bald Besuch bekommen würde, dass sie sich jedoch keine Sorgen machen sollten. »Das sind nur ein paar alte Freunde.«

Ohne diese Vorwarnung wären die Bewohner von Almagro in Anbetracht der drei schwarzen SUV, die abends in geübter Kolonne am Weingut vorbei auf das alte Herrenhaus zusteuerten, vermutlich in Panik verfallen.

Flora sah sich immer öfter Fragen und unangenehmen Blicken der anderen Bewohner ausgesetzt. Man war wohl allgemein überzeugt, dass Alexander sich Dank verdient hatte, doch dass er es durch sein seltsames Verhalten niemandem leicht machte, ihm diesen auch entgegenzubringen. Ein oder zweimal wurde sie auch verstohlen gefragt, wie lange er denn wohl noch bleiben würde.

Die Personen, die mit den drei Wagen gekommen waren, konferierten bis spät in die Nacht, dann fuhren sie schnell und zügig davon, ohne dem Rest des Weinguts oder gar seinen Bewohnern Aufmerksamkeit zu schenken.

Irgendwann bemerkte sie, dass es neben den seltenen Besuchen von Alexander im Weingut einige Gelegenheiten gab, bei denen Carlos seinen alten Vertrauten besuchte. Ihr Vater blieb dann meist bis spät in die Nacht verschwunden, doch wirkte er am nächsten Morgen nicht müde oder ausgelaugt.

Nachdem ihr dies aufgefallen war, spähte sie aus dem Fenster und bemerkte, wie die beiden Männer über eine schmale Hügelstraße davonfuhren. Offensichtlich waren es keine ruhigen Treffen zwischen alten Freunden, sondern eher nächtliche, gemeinsame Ausflüge.

»Wir fahren in die Stadt, was trinken«, war die wortkarge und für Flora nicht wirklich aufschlussreiche Antwort ihres Vaters.

†

Das Leben auf Almagro ging in normalen Bahnen weiter, und irgendwann empfanden alle wieder halbwegs die Sicherheit, dass die Probleme mit dem Kartell der Vergangenheit angehörten.

Alexander lebte sehr zurückgezogen, doch hatten er und Carlos immerhin ein paar Arbeiter engagiert, die Arbeiten am Nebengebäude des alten Herrenhauses vornahmen. Flora konnte gut verstehen, dass nicht das gesamte Haus renoviert wurde – es wirkte regelrecht baufällig und sie konnte sich nicht wirklich vorstellen, wie Alexander eigentlich darin lebte. Doch irgendwie schienen sich die Bewohner von Almagro relativ schnell darauf geeinigt zu haben, dass sie einige Fragen gar nicht stellen wollten. Die trotz allem Misstrauen vorherrschende Dankbarkeit war sicher einer der Gründe dafür.

Manchmal kam Alexander zu Carlos und Flora ins Haus, um Dinge mit ihrem Vater zu besprechen, über die die beiden dann Stillschweigen bewahrten. Flora redete meist ein paar Worte mit ihm, doch sie hatte nach und nach das Gefühl, dass ihr etwas entglitt.

Vielleicht einen Monat nach Agustinas Rettung saß sie an dem kleinen Schreibtisch im Wohnzimmer und organisierte eine Bestellung auf ihrem Notebook, als Alexander durch den Nebeneingang hereinkam.

»Guten Abend, Flora.« Seine Begrüßung war freundlich und höflich – nicht mehr so *seltsam* wie bei ihrer ersten Begegnung im Haus.

»Hallo, Alexander«, sagte sie und drehte sich auf dem Küchenstuhl herum, den sie für die Arbeit umgestellt hatte. »Bist du auf der Suche nach Carlos? Ich glaube, er ist noch draußen unterwegs.« Sie waren vor einiger Zeit dazu übergegangen, sich zu duzen, was ihnen mittlerweile sehr natürlich vorkam.

Flora prüfte die Uhrzeit und bemerkte, dass es relativ spät war. Doch bei all der Fläche, die sie auf dem Weingut bearbeiteten, war es nicht allzu ungewöhnlich, dass jemand bis nach Einbruch der Dunkelheit unterwegs war.

Alexander nickte und blickte sich um. »Darf ich auf ihn warten?«

»Natürlich. Aber ich muss dich warnen – ich muss noch eine Bestellung fertigmachen. Ich werde keine tolle Gesellschaft sein.« Sie blickte kurz in Richtung der Küche. »Darf ich dir etwas zu trinken anbieten?«

Der unerwartete Gast schüttelte nur lächelnd den Kopf. »Vielen Dank, ich hatte vor kurzem erst etwas. Lass dich bitte nicht stören.« Mit diesen Worten ließ er sich auf dem großen Lesesessel nieder, den Carlos sich vor ein paar Jahren angeschafft hatte und den er doch nie zum Lesen verwendete.

Flora scrollte weiter durch den Onlineshop und verglich die Zusammensetzung der Düngemittel mit den aktuellsten Bodenmessungen, die sie vor kurzem vorgenommen hatten. Auch wenn Carlos behauptete, dass sein Bauchgefühl völlig ausreichen würde, hatte sie den Nährstoffbedarf der verschiedenen Weinberge sorgfältig berechnet und war nun auf der Suche nach der richtigen Mischung zu einem guten Preis.

»Du betreibst gerade Online-Shopping, richtig?« Alexanders Stimme riss sie aus ihren Gedanken, und einen Moment später lachte sie. Er blickte aus dem Sessel in ihre Richtung und sah regelrecht neugierig aus. Flora musste lachen.

»Online-Shopping, das wären wohl eher neue Kleider oder Schuhe. Ich kaufe Düngemittel für die Weinberge.«

»Aber das tust du im Internet?«

Sie warf ihm einen skeptischen Blick zu. Wie er da saß, eine hellhäutige, blonde Gestalt im weißen Hemd auf Carlos' schwerem Ledersessel. Er sah irgendwie verloren aus und die seltsamen Fragen, die er stellte, verbesserten diesen Eindruck nicht gerade.

»Die Verkäufer im Großhandel nehmen mich nicht ernst. Außerdem möchten sie einem immer etwas aufschwatzen, was man eigentlich gar nicht braucht. Seit ich diesen Spezialshop entdeckt habe, bestelle ich zweimal im Jahr da. Bis jetzt klappt es ganz gut.«

Alexander nickte langsam, so als kenne er dieses Problem nur zu gut. Dann nahm er sich eine Zeitung vom Tisch und ließ sie weiterarbeiten. Doch nach vielleicht zehn Minuten wandte er sich erneut an Flora.

»Im Internet kann man nach allen möglichen Dingen suchen«, postulierte er, als wäre dies eine Neuigkeit. Flora schaute erneut über ihre Schulter zu ihm.

»Ja, natürlich. Das ist doch quasi genau seine eigentliche Eigenschaft. Man findet da alles Mögliche.«

Ein Nicken und dann ein Blättern in der Zeitung war die Antwort. Doch statt sich in einen Artikel zu vertiefen, fragte Alexander: »Dürfte ich bei Gelegenheit wohl einmal deinen Computer verwenden?«

»Ja, klar. Ich bin hier gleich fertig. Was brauchst du denn?«

»Ich würde gerne nach etwas suchen. Aber es wäre sehr freundlich, wenn du mir zeigen könntest, wie das geht. Ich kenne mich nicht mit Computern aus.«

»Wow, man kann sich in deinem Alter nicht mit Computern auskennen?« Flora konnte nicht vermeiden, dass ihr Blick erneut neugieriger und zudringlicher war, als sie es eigentlich beabsichtigte.

»Ich habe diese Kenntnisse für meine Aufgaben nie benötigt. Es wäre sehr freundlich, wenn du mir erklären würdest, wie ich eine Suche vornehme. Falls es nicht zu viele Umstände macht.«

»Irgendwie wirkst du viel älter, als du aussiehst.« Flora grinste. »Klar, lass mich das hier eben fertigmachen, dann gebe ich dir deinen Internetkurs, *nono*.«

Eine halbe Stunde später hatte sie ihm erklärt, wie er den Browser benutzte und wie er von einer Seite zur anderen wechselte. Alexander stellte sich erstaunlicherweise mit dem Computer nicht ungeschickt an – auch wenn ihm das Touchpad ein paar Schwierigkeiten bereitete. Nur der Umgang mit dem Internet schien ihm komplett fremd zu sein.

Als er die Grundlagen verstanden hatte, bat er sie darum, seine Suche allein ausführen zu dürfen. Flora sagte ihm dies natürlich zu und ging ins Badezimmer, um ihn allein zu lassen. Als sie eine halbe Stunde nach einer ausgiebigen Dusche und Haarkur zurückkam, war Carlos bereits wieder da und stand hinter Alexander. Dabei blickte er ernst auf den Bildschirm. In dem Moment, wo er sie bemerkte, tippte er über Alexanders Schulter und klickte schnell eine Seite weg.

Alexander blieb an diesem Abend nicht sehr lange, und auch Carlos zog sich in sein Schlafzimmer zurück. Flora wollte sich ein Buch nehmen und noch etwas lesen, doch konnte sie die Augen nicht von dem zugeklappten Computer auf dem kleinen Schreibtisch lassen. Irgendwie war sie sich relativ sicher, dass die beiden Männer nicht genug Erfahrung im Umgang mit dem Internet hatten, um den Browserverlauf zu löschen. Aber das wäre natürlich sehr indiskret, wenn sie dies ausnutzen würde, versicherte sie sich selbst. Das war doch alles eine Frage der Privatsphäre.

Sie legte sich in ihr Bett und wälzte sich doch nur herum. All die kleinen Seltsamkeiten der letzten Wochen summierten sich in ihrem Kopf auf und stellten eine gemeinsame Rechnung an, in der es vielleicht doch nicht *völlig* unangemessen war, einmal einen Blick auf ihren Computer zu werfen. Immerhin war es ja schließlich auch ihr eigener, oder?

Sie stand auf und ging in die Küche, um sich als Alibi zuerst ein Glas Wasser zu nehmen. Dann setzte sie sich an den Rechner und klappte ihn langsam auf. Es war kurz vor Mitternacht, verkündete die kleine Uhr rechts auf dem Bildschirm. Carlos schlief sicher schon tief und fest.

Vorsichtig bewegte sie den Cursor über das kleine Browsersymbol und öffnete das Programm. Ihre Startseite – sie hatte vor einiger Zeit die Santiago Times eingestellt – zeigte ein paar aktuelle Schlagzeilen, denen sie jedoch keine Beachtung schenkte. Stattdessen klickte sie auf die Einstellungen des Browsers und navigierte zum Verlauf der besuchten Seiten. Ehe sie auf die Liste klickte, zögerte sie noch einen Moment. Doch irgendwie war ihr klar, dass sie gegen ihre Neugier nicht ankommen würde unter diesen Umständen. Also gab sie schließlich nach.

Die letzte besuchte Seite war auf Französisch – zumindest glaubte Flora das, denn sie verstand die Sprache leider nicht vollständig. *La Bersolet de Notre Redempteur*, stand dort, gefolgt von einem ebenso unverständlichen Auszug von der eigentlichen Seite.

Zuvor hatte Alexander wohl mehrere Suchen vorgenommen, bei denen er unterschiedliche Wörter mit dem Begriff *Lerot* kombiniert hatte. Eine der Kombinationen war *Nicolas Lerot*, ein Name, den sie schon irgendwann einmal gehört hatte. Vielleicht in den Nachrichten? Lerot war also vermutlich ein französischer Familienname.

Unter den Suchergebnissen waren auch einige Nachrichtenseiten. Auf den zweiten Blick entpuppten sich diese eher als Klatschmagazine, von denen einige glücklicherweise auch englische Ausgaben hatten. *Gaston im Liebesglück – hat er eine Neue?* hieß es da zum Beispiel. Auch den Namen Gaston Fauré hatte sie schon einmal gehört, ein französischer Schauspieler oder so. Das Klatschblatt verkündete die exklusiven News, dass dieser junge Mann eine Frau namens Mahault Lerot datete, und führte ein paar Schnappschüsse von mittlerer Qualität als Beweis an.

Das alles machte für Flora so ziemlich überhaupt keinen Sinn. Die Familie Lerot schien in Frankreich zu sein – doch Alexander war mit Sicherheit nicht auf der Suche nach Tratsch gewesen. Nur konnte Flora überhaupt keine Verbindung zwischen ihm und diesen Personen herstellen.

Um ein wenig Licht ins Dunkel zu bringen, begann sie selbst nach den Lerots zu recherchieren. Auch Nicolas' Ehefrau Revelyn war das Ziel von Alexanders Recherchen gewesen. Wie es schien, hatte das Ehepaar Lerot gemeinsam vier Kinder. So hieß es zumindest in dem Wikipedia-Eintrag des Ehemannes.

Der Suchverlauf wechselte dann zu einer Bildersuche nach Revelyn Lerot. Flora klickte auf den Link und kam zur Ergebnisseite einer Suchmaschine, die einige Fotos einer eleganten französischen Dame zeigte, die sich wohl in der Lebensphase befand, die man höflich als die *besten Jahre* bezeichnete. In einer der Telenovelas, die sie manchmal schaute, hätte Revelyn die glamouröse Schwiegermutter der Protagonistin darstellen können. Sie sah dabei aus wie ein Filmstar, der in seiner Blütezeit vermutlich noch ein bis zwei Kategorien über den Darstellern solcher Serien rangiert hätte. Flora wunderte sich über Alexanders Verbindung zu dieser Frau. Er war doch wohl kaum an Geschichten über französische Prominenz interessiert?

Sie merkte auf, als sie zwischen den Ergebnissen ein Foto entdeckte, das auf den ersten Blick wirkte wie ein gemeinsames Bild der beiden. Es handelte sich um ein wohl arrangiertes Foto anlässlich einer wohltätigen Veranstaltung, bei dem Nicolas und Revelyn Lerot mit einigen Personen vor einem neu eröffneten Zentrum für Obdachlose posierten. Eine der Personen schien Alexander zu sein – zumindest, bis man sich das Bild genauer ansah. Dann erkannte sie, dass der blonde Mann neben Revelyn Lerot zu jung war, um Alexander selbst zu sein – auch wenn er ihm beinahe aus dem Gesicht geschnitten schien. Die Ähnlichkeit war frappierend.

Flora klickte auf den Original-Link und kam auf eine französische Seite. Sie konnte sich erschließen, dass der Text unter dem Bild wohl die Personen darauf benannte. Der Name des Mannes war entweder Nazaire oder Avelian Lerot, je nachdem, aus welcher Richtung das Foto beschriftet war. Beides waren Söhne von Revelyn Lerot.

»Oh verdammt …«, murmelte sie leise, als ihr klar wurde, was dieses Bild vermutlich bedeutete.

»Du arbeitest ja immer noch«, brummte es da überraschend aus der Küche. Flora, die angespannt wie ein Kind bei einer heimlichen Untat vor ihren Spionageergebnissen gesessen hatte, stieß vor Schreck unwillkürlich einen kleinen Schrei aus und klappte hastig den Rechner zu.

»Ich bin's doch nur«, murmelte Carlos und musste gleichzeitig lachen und husten. »Keine Sorge!« Der große Mann stand in einem karierten Schlafanzug vor dem Kühlschrank und hatte ein Glas Milch in der Hand.

»Du hast mich vielleicht erschreckt, Papá!« Jetzt musste auch sie lachen, oder sie nutzte vielmehr die Gelegenheit, um zu lachen. Denn ein Teil von ihr kam sich immer noch vor wie eine Spionin, die sich zu allem Überfluss auch noch hatte erwischen lassen.

»Ich gehe jetzt aber auch wieder ins Bett. Irgendwie konnte ich nicht einschlafen.«

»Nimm meine Milch«, sagte Carlos und hielt ihr das Glas entgegen. »Ich nehme mir eine neue.«

†

Drei Tage später wurde die Ruhe auf Almagro erneut unterbrochen, als Alexanders Bekannte wieder zu Besuch kamen. Die großen, schwarzen Fahrzeuge rollten in der Abenddämmerung einschüchternd auf das immer noch verfallen aussehende Herrenhaus zu. Flora, die zu diesem Zeitpunkt zusammen mit Samy in der Scheune gearbeitet hatte, blickte der Kolonne hinterher. Dann legte sie kurzentschlossen die Bürste, mit der sie gerade den Rebenhäcksler gereinigt hatte, auf den Tisch neben ihr.

»Ich bin gleich wieder da«, sagte sie. Samy schob sich seinen Hut in den Nacken und schaute sie ratlos an.

»Was hast du denn vor, Flora?«

Statt einer Antwort schwang sie sich in den Jeep und fuhr schwungvoll rückwärts aus der Scheune.

Da sie wusste, wohin die Fahrzeuge unterwegs waren, brauchte sie sich nicht zu sehr zu beeilen. Der Weg zum alten Herrenhaus dauerte etwas mehr als eine Viertelstunde, und sie hatte nicht vor, die unbekannten Besucher vorher einzuholen. Stattdessen stellte sie ihren Wagen in einiger Entfernung ab und legte die letzten wenigen hundert Meter durch den Wald zu Fuß zurück.

Die Geländewagen parkten wie lauernde Krokodile vor dem Eingang des Hauses. Vier Personen waren ausgestiegen – drei Männer und eine Frau – und blickten auf ihre Telefone oder rauchten. Alle von ihnen hatten etwas an sich, dass Flora nicht genau beschreiben konnte - sie sahen irgendwie aus, als wären sie fehl am Platze.

Die Frau hatte eine elegante, altmodische Wasserwellenfrisur und trug dazu einen modernen Hosenanzug. Bei den Männern gab es einen, der wie ein vernarbter Ex-Soldat aussah, und einen mit dunkler Haut im Anzug. Der letzte der vier war ein hochgewachsener blonder Mann im schwarzen Mantel, der erstaunlicherweise einen Kollar als Kragen trug. Was hatte denn ein Priester mitten unter diesen Leuten zu suchen?

Alle vier schienen zu warten. Etwas an ihrem Verhalten deutete darauf hin, dass sie dies gewohnt waren – ihre Körperhaltung und ihre Zeitvertreibe hatten etwas Wohlbekanntes, Ritualisiertes. Während man drei der vier vielleicht noch als Angestellte irgendeiner Art einordnen konnte, wirkte der Priester skurril, wie er lässig an dem Auto lehnte und eine Zigarette rauchte. Flora fragte sich bei diesem Anblick, ob Geistliche überhaupt rauchen durften.

Auch wenn es seit einiger Zeit dunkel war und die Aufmerksamkeit der Wartenden sich auf das marode Herrenhaus richtete, wollte sie kein Risiko eingehen und ging vorerst nicht näher heran. Am Waldrand konnte sie gut versteckt bleiben und hatte dennoch eine ausreichende Sicht auf das Geschehen.

Der Wald endete rund fünfzig Meter vom Haus entfernt. Dahinter folgte eine Wiese, die einstmals eine Parkfläche gewesen war. Einzelne Bäume waren teilweise von wildem Efeu überwuchert, und irgendwo zwischen diesem verwilderten Grün lagen auch einige große Steine, die vielleicht einmal eine Dekoration oder eine Mauer in diesem Park gewesen waren. Links neben dem Haus standen einige Baumaschinen vor dem Nebengebäude, dessen Renovierung schnell voranschritt.

Nach einiger Zeit blickte der Priester prüfend auf die Uhr und dann zum Himmel. Dann sagte er scheinbar etwas und näherte sich dem großen Haupteingang des Hauses, der von der verfallenen Veranda überspannt wurde. Die Frau mit der Wasserwelle öffnete die Tür des Fahrzeugs neben ihr. Es dauerte einen Moment, bis aus diesem eine weitere Passagierin stieg und sich langsam umblickte. Ihr weiter, weinroter Mantel schwang hinter ihr, als sie sich dem Haus näherte. Keiner der anderen sprach mit ihr, doch die Art und Weise, wie sie die schwarzhaarige Frau beobachteten und ihr Platz machten, verlieh ihr eine ehrfurchtgebietende Autorität. Flora schaute der Erscheinung, die eher auf dem Weg in die Oper denn zu einem baufälligen Haus schien, fasziniert hinterher.

Dann fiel ihr auf, dass es schon beinahe zu dunkel war, um auf diese Entfernung noch etwas zu erkennen. Die Nächte kamen zu dieser Jahreszeit schnell, und wenn es Wolken am Himmel gab, was heute der Fall war, so waren sie abseits der Städte auch sehr finster. Doch mit den Beobachtern vor dem Haus wagte sie sich nicht näher heran.

Ihre Gelegenheit kam, als die Frau im roten Mantel an den Vordereingang klopfte und ihr geöffnet wurde. Alle Besucher setzten sich in diesem Moment in Bewegung und beabsichtigten wohl, ihr in das Haus zu folgen. Also wartete Flora, bis sie verschwunden waren, und begann sich in einem Bogen an das Haus heranzuschleichen. An diesem ganzen Abend konnte sie sich nicht beantworten, was sie hier eigentlich gerade tat – doch die seltsamen Ereignisse und Beobachtungen hatten einen Durst in ihr geweckt, den sie nur durch Wissen stillen konnte. Und sie wusste, dass man ihr das Wissen nicht freiwillig geben würde. Also folgte sie ihrem wagemutigen Instinkt und versuchte, es sich zu nehmen.

Im Schatten eines Schaufelbaggers spähte sie durch eines der Fenster, das nur noch unzureichend von einem herabhängenden Laden bedeckt wurde. Die vier Begleiter der Frau standen in ziemlicher Dunkelheit im Eingangsbereich des Hauses. Weiter hinten konnte Flora vage Alexander und die mysteriöse Frau erkennen. Sie stand regungslos da, während er so aussah, als versuche er sie behutsam zu überzeugen.

Das Gespräch dauerte nicht sehr lang. Am Ende sank Alexander auf ein Knie herab und schien die Hand der Unbekannten zu küssen. Dann kamen die Fünf wieder aus dem Vordereingang, und Flora musste sich unter den Bagger werfen, um unentdeckt zu bleiben. Alexander schloss die Tür hinter ihnen, und die Fahrzeuge rauschten davon.

Am nächsten Tag stoppten die Bauarbeiten, und innerhalb der nächsten Woche entfernte die Firma die Baumaschinen. Carlos erklärte, dass Alexander doch nicht in das Nebengebäude ziehen würde, da er bald abreisen wollte. Doch mehr war ihm dazu nicht zu entlocken.

Florencia beschloss, abends zu Alexander zu gehen, um mehr über diese seltsame Wendung zu erfahren. Auch wenn sie relativ sicher war, dass er in seinem maroden Zuhause war, öffnete der wahre Vorsteher von Almagro erst nach einer langen Weile. Ein schwerer Riegel schob sich zur Seite, dann blickte der blonde Mann sie mit seinem hellen Gesicht an.

»Dein Besuch ist überraschend, Florencia.« Er war reserviert, aber freundlich. »Wie kann ich dir helfen?«

»Ich würde gerne wissen, warum du abreist, und wohin.«

»Nach Europa.« Alexander lächelte schwach. »Wie du leicht erkennen kannst, habe ich Verwandte dort und es hat sich eine familiäre Notwendigkeit ergeben.«

»Eine familiäre Notwendigkeit? Was bedeutet das denn?«

»Es sind ein paar Dinge schiefgegangen bei entfernten Verwandten von mir. Ich kann dir keine Details nennen, doch fühle ich mich verpflichtet, dem nachzugehen.«

»Wer sind die Leute, die dich besucht haben? Werden wir weiterhin sicher sein hier? Mein Vater meinte, dass du für unsere Sicherheit sorgen würdest. Ich mache mir Sorgen, wenn du gehst.«

Sie hatte in den letzten Wochen zunehmend verwirrende Gefühle gegenüber Alexander gehabt. Ein Teil davon war eine irgendwie entwurzelte Anziehungskraft gewesen, die er auf sie entwickelt hatte – doch ihre eigene Distanziertheit und sein kühles Wesen hatten leicht dafür gesorgt, dass daraus nichts Maßgebliches geworden war. Die eigentliche Verunsicherung rührte von all den Seltsamkeiten her, die Carlos geflissentlich übersah und über die keiner der anderen zu sprechen wagte. Alexander war nun eine Art Schutzpatron von Almagro, und er war freundlich und verlangte nichts dafür. Aber er war trotzdem im Herzen für alle ein Fremder, weshalb Teile von Flora es begrüßten, wenn er ging – denn nur dies konnte der Weg in ein normales Leben sein. Und doch war der Gedanke beängstigend, denn sie hatten kaum die Mittel, sich gegen ein rachsüchtiges Kartell zu wehren. Bis jetzt war nur Alexander ihr Schutz gewesen, zumindest war es das, was sie vermutete.

»Es gibt weitere Personen, die ich auf euch aufmerksam gemacht habe, kleine Flora«, sagte er ruhig. »Die meisten von euch kennen mich nicht gut, und mir ist sehr wohl bewusst, dass ich fremd bin und wenig unternommen habe, ein gewöhnlicher Teil eurer Gemeinschaft zu werden. Aber ich würde euch nicht einfach schutzlos zurücklassen.« Mehr als diese unbefriedigende Antwort war ihm zu diesem Thema nicht zu entlocken, und Flora musste sich schließlich selbst dazu zwingen, sich damit zufriedenzugeben.

In den nächsten Tagen brachte ein sichtlich verwirrter Kurier einen großen, abschließbaren Schrankkoffer, mit dem Alexander vermutlich seine komplette Garderobe transportieren wollte. Wie viele weiße Hemden und beige Hosen besaß er eigentlich? dachte Flora für sich, als sie den Abtransport des Möbels beobachtete.

Als sie am nächsten Morgen in die Küche kam, war die letzte Spur ihres Gastes ein Brief, der auf dem Tisch lag.

Epilog

»Dann ist es also vorbei?« Dana stocherte gedankenabwesend in ihrem Salat. Um sie herum lärmten und lachten die anderen Gäste des Ratty und schoben Stühle und Tabletts umher. Früher war ihr niemals aufgefallen, wie laut es hier mittags war.

July Wilbur legte ihre Hand auf Danas und streichelte sie kurz.

»Es muss vorbei sein, weil es niemanden mehr gibt von ihnen. Die ganze Sekte … sie ist tot. Sie haben sich das Leben genommen, oder besser, der Prediger hat dies getan. Wir haben eine Menge Arbeit vor uns, um das zu einem Abschluss zu bringen. Aber für euch – war's das, würde ich sagen.«

Dana tauschte einen Blick mit Espérance aus, die schweigend neben ihr saß. Ihre weiße Haut wirkte im Moment irgendwie noch bleicher als sonst. Sie sah aus wie ein schönes Gespenst, fand Dana.

»Ich weiß, das darf ich nicht denken, aber mich beruhigt das. Sie hätten uns wahrscheinlich nicht in Ruhe gelassen, und selbst wenn, dann wären sie eine Gefahr für andere gewesen.«

»Wir werden dieser Gemeinde und der Fraternity nicht nachtrauern«, bestätigte July. »Doch natürlich gibt es Angehörige, die Fragen haben, und Menschen, für die dies eine Tragödie ist. Ich werde zu jedem anderem nur sagen, dass es sich um einen schrecklichen Fall von religiöser Verblendung handelte.«

»Es war also ein Massenselbstmord?«, fragte Espérance tonlos. Julys Blick wanderte zu ihr.

»Es gibt Hinweise darauf, dass nicht alle Toten auf dem Grundstück freiwillig gestorben sind. Dann wäre es ein erweiterter Suizid. Wobei man Vanderbeck theoretisch wegen Massenmordes anklagen könnte. Nur macht das eben nicht mehr viel Sinn, da er selbst tot ist.«

»Dass Cornelius Vanderbeck Selbstmord begangen hat, ist sicher?«, fragte Espérance. July nickte.

»Wir haben einen Abschiedsbrief mit seinen Fingerabdrücken und sogar seiner DNS. Viel eindeutiger wird es normalerweise nicht in solchen Fällen, um ehrlich zu sein. Zumal die Gedanken, die Vanderbeck in seinem Brief beschreibt, plausibel sind.«

Dana schob nun den Teller von sich weg. Sie hatte ohnehin nur wenig Appetit gehabt, jetzt war er ihr völlig vergangen. Sympathie empfand sie für Vanderbeck nicht. Doch der Gedanke, dass Zack oder Gabe oder ihre Freunde bei so einem schrecklichen Brand ermordet worden waren, verstörte sie.

»Was steht denn in dem Brief?« Espérance schien das Unwohlsein, das sich in Dana breitmachte, komplett zu übersehen.

»Darüber darf ich nicht sprechen«, antwortete July in entschuldigendem Tonfall. »Sagen wir es so, ihm ist wohl klar geworden, dass die jungen Männer unter seiner Führung zum wiederholten Male Unrecht begangen haben. Und aus dieser Erkenntnis hat er sehr extreme Schlussfolgerungen gezogen.«

Espérance nickte mit versteinerter Miene. Etwas stimmte da doch nicht, ging es Dana durch den Kopf. Ihre Freundin blickte nicht mit den gleichen Gedanken auf diesen Vorfall wie sie. Vielleicht fühlte sie sich für die Toten verantwortlich, weil diese Sekte es aus irgendeinem Grund speziell auf sie abgesehen hatte?

»Also, ich habe euch schon mehr gesagt, als ich durfte«, meinte July und nippte noch einmal an ihrem Kaffeebecher. »Der Captain wird die Ermittlungen schnell zum Abschluss bringen wollen. Da wir uns alle zur fraglichen Zeit im Lagerhaus befunden haben, ist für euch nicht viel zu erwarten. Aber wenn doch noch Fragen kommen sollten, wundert euch bitte nicht. Das wird vermutlich jemand aus der Task Force für den Decker-Fall machen. Matt und ich sind da raus.«

»Und was ist mit deinem Freund vom FBI?«, fragte Dana. Sie hatte in den wenigen gemeinsamen Stunden mitbekommen, dass July und Owen sich durch die gemeinsame Arbeit gut kennengelernt hatten.

»Den haben sie vorerst nach Washington gerufen. Er meinte, er bekommt entweder einen Orden oder einen Arschtritt. Mit leichter Tendenz zum Arschtritt.« Während sie das sagte, grinste sie versonnen. Dana musste unwillkürlich lächeln.

»Danke, dass du uns das gesagt hast, July. Wir wissen das wirklich zu schätzen, oder, Es?«

»Mais oui«, sagte Espérance. »Vielen Dank.«

Nachdem July sich verabschiedet hatte, schwiegen sie für eine Weile. Das Ratty begann sich zu leeren, als ihre Kommilitonen sich auf den Weg zur ersten Nachmittagsvorlesung machten. Dana blickte auf ihr Telefon und wollte ebenfalls aufstehen, als ihr auffiel, dass Espérance sich nicht bewegte.

»Was ist los?«, fragte sie. »Wir sind jetzt auch dran. Anatomie …«

»Ich gehe nicht hin, Dana«, sagte Espérance. »Ich habe noch etwas zu erledigen. Wir sehen uns heute Abend.«

Mit diesen Worten stand sie auf und ging zügig auf den Ausgang zu, ohne sich umzublicken.

†

Über den Ruinen der Eternal Haven Church kräuselte noch immer ein wenig Rauch. Der Brand war gelöscht und die Gegend gesichert, doch das Ausmaß des Feuers auf dem großen Grundstück musste erschreckend gewesen sein. Rund um das Gelände schirmte die hohe Mauer Schaulustige weitgehend ab, so dass es auch Espérance nicht leicht fiel, mehr als einige geschwärzte Balken und Steine zu sehen.

Also beschloss sie, wieder die Beobachtungsposition auf dem Dach einzunehmen, von der aus sie Cornelius Vanderbeck im Garten gesehen hatte. Sie ging in den

Hinterhof des Gebäudes und stieg leise die Feuerleiter hoch, bis sie hinter der niedrigen Mauer auf dem Flachdach in Deckung ging.

Nun konnte sie das gesamte Grundstück und die Verwüstung sehen. Das Feuer hatte beinahe nichts von den Gebäuden übrig gelassen. Wände waren eingerissen, Dachbalken zerstört und Ziegel hinabgestürzt. Die Intensität des Brands in Kombination mit der in den USA üblichen Bauweise hatten das Anwesen in eine postapokalyptische Hölle verwandelt. Vielleicht genau die Hölle, in die Vanderbeck seine Jünger angeblich hatte schicken wollen. Bis darauf, dass das eine geschickt inszenierte Verschleierung war, von der sie nicht wusste, ob July und ihre Kollegen sie nicht durchschauten – oder nicht durchschauen wollten.

Ich bin hier, flüsterte sie in ihrem Kopf und schloss ihre Augen. Wer auch immer du bist – du schuldest mir Antworten.

Der Unbekannte in ihrem Geist hatte bisher immer geschwiegen, wenn sie sich an ihn gewandt hatte. Als würde er die Verbindung, die sie immerzu spüren konnte, einfach ignorieren. Oder als sei sie nur ein Kanal in eine Richtung – er konnte in ihr sprechen und alles Mögliche mit ihr anstellen, sie konnte nicht einmal Fragen stellen.

Die Stille in ihr machte sie wütend. Wurde sie schon wieder allein gelassen, aufgewühlt von Traumfetzen und Erinnerungsnebeln? Warum stieß er sie allein in dieses Labyrinth, wenn er doch offensichtlich in der Lage war, Einfluss auf sie zu nehmen? Wer war diese Präsenz überhaupt und wie kam sie in ihren Kopf?

Ein Geräusch hinter ihr ließ sie herumfahren. Espérance spürte, wie ihr Herz raste, und ihre Augen sprangen hektisch umher, bereit, Gefahren einzuschätzen und Fluchtwege zu erkunden.

Doch da stand nur Octavio. Er trug Jeans und ein graues Sweatshirt der Brown University. Über seiner Schulter hing der Riemen eines Rucksacks.

»Er wird dir nicht antworten, Es«, sagte er und kam langsam näher.

Sie stand auf und starrte ihn wütend an. »Ich bin überhaupt nicht seinetwegen hier«, log sie.

»Doch, das bist du«, sagte Octavio und warf seinen Rucksack neben sich auf den Boden. »Das ist auch kein Wunder. Aber so funktioniert das Spiel leider nicht, wenn es überhaupt irgendwie funktioniert.«

Espérance setzte sich auf die Mauer. Für einen Moment schoss ihr der Gedanke durch den Kopf, sich einfach nach hinten fallen zu lassen. Doch dann verdrängte sie ihn und fragte sich selbst, wie sie auf diese Idee gekommen war.

»Wie funktioniert *dieses Spiel* denn dann?«, fragte sie. »Warum waren diese Leute hinter mir her und warum bist du hier, um mich zu beschützen? Das alles macht überhaupt keinen Sinn. Nicht für mich.«

»Du machst hier weiter, studierst, lebst dein Leben. Diese Episode ist beendet. Du solltest nun deinen Frieden haben, denke ich.«

Octavio legte den Kopf schräg und beobachtete sie aufmerksam, während er das sagte. Er sah in diesem Moment eher aus wie ein guter Freund oder ein gelegentlicher Liebhaber als ein geheimer Bodyguard, fand sie.

»Das ist doch nichts, was man einfach beenden kann. Ich kann doch nicht auf all diese Dinge stoßen, die an mir hängen wie giftiger Klebstoff, und dann einfach weitermachen. Ich brauche Antworten, Octavio!«

Sie war vor Aufregung aufgestanden und hatte sich ihm genähert. Ein trauriges, mitfühlendes Lächeln zog sich über sein Gesicht.

»Welche Antworten du bekommst, ob du überhaupt welche bekommst, das entscheide nicht ich.«

Wer entscheidet das denn dann, schoss es ihr durch den Kopf. Wer entscheidet über mein Leben?

»Du weißt, wer er ist«, sagte sie stattdessen. »Ist es dieser Mann, den du immer ›Boss‹ nennst?«

Warum erscheint es dir eigentlich überhaupt nicht absurd, dass ich eine Stimme in meinem Kopf habe? Sie sprach diese Gedanken nicht aus, sondern beobachtete Octavio nur aufmerksam. Der Spanier zog die Augenbrauen hoch und schüttelte den Kopf.

»Nein«, sagte er. »Mein Boss hat mit dieser Geschichte hier nur am Rande zu tun, um ehrlich zu sein. Ich bin nur Ausdruck seiner lange eingeübten Paranoia.«

»Du willst überhaupt nicht, dass ich etwas von dem verstehe, was hier vorgeht, oder? Für dich ist es völlig in Ordnung, mich hier im Dunkeln tappen zu lassen.« Diesmal konnte sie die Worte nicht in ihrem Kopf halten. Während sie sprach, machte sie herausfordernd einen Schritt auf Octavio zu.

»Vielleicht sollte ich nach Frankreich zurückgehen«, murmelte sie dann und wurde lauter. »Vielleicht sollte ich mich nicht einfach hier parken lassen in diesem Labyrinth aus Lügen und Gehirnwäsche!«

Sie verschwieg ihm, dass sie spürte, dass der Urheber dieser Stimme in ihrem Kopf ebenfalls in Frankreich war. Dass sie Antworten von ihm wollte, ja, dass Teile von ihr ihm aber auch einfach nahe sein wollten.

»Ich halte das für keine gute Idee«, sagte Octavio. Nach einem Moment fing er die Verunsicherung ein, die sie mit ihrem fordernden Auftreten in ihm ausgelöst hatte. »Das ist sogar eine sehr dumme Idee. Das wird er niemals zulassen.«

»Wer?« stieß sie hervor und erreichte ihn mit einem weiteren Schritt. Dabei stieß sie ihn vor Wut vor die Brust. »Wer wird das nicht zulassen? Was will er denn tun? Mich wieder *channeln* oder was auch immer das war? Oder schickt er noch ein paar Agenten von unserer komischen Inquisition? Oder befiehlt er dir, mich aufzuhalten?«

»Irgendwas davon«, sagte Octavio trocken und sah dabei sehr traurig aus. »Tut mir leid, Es.«

»Das hilft mir gar nicht!« empörte sie sich. »Ihr könnt mich nicht einfach in so ein Chaos werfen, dann alles abfackeln und mir befehlen, wieder brav an die Uni zu gehen! Ich glaube, ich verliere langsam den Verstand!«

Espérance spürte, dass unter ihrer Wut eine verzweifelte Hilflosigkeit emporkroch. Plötzlich kämpfte sie mit den Tränen und konnte nicht weiterreden, weil sie sich diese Blöße nicht geben sollte. Octavio streckte eine Hand nach ihr aus, doch sie schlug diese weg.

»Du bist auch nicht besser als die«, stieß sie hervor.

»Hab' ich auch nie behauptet«, sagte er und machte einen Schritt nach hinten. Sie konnte sehen, dass er überlegte. Vermutlich dachte er darüber nach, ob es noch sinnvoll war, weiter mit ihr zu reden. Dann blickte er verwundert auf seine Hosentasche. Espérance hörte das leise, rhythmische Vibrieren eines Telefons in Stummschaltung.

»Geh' ruhig ran«, sagte sie bissig. »Ist vielleicht dein Boss mit neuen Anweisungen.«

Octavio holte das Telefon hervor und blickte auf das Display. Seine Augen weiteten sich verwundert ein wenig, dann nahm er das Gespräch an und meldete sich in geübtem Französisch. Espérance ging der Gedanke durch den Kopf, warum er sich bisher nicht berufen gefühlt hatte, mit ihr in ihrer Muttersprache zu reden.

»Oui, Monsieur le Prieur?«

Nach der Begrüßung hörte er einen Moment zu. Währenddessen blickte er zu Espérance und wieder zu Boden. Dann machte er einen Schritt auf sie zu.

»Es ist für dich«, sagte er leise. Espérance nahm mit kalten Fingern das Telefon entgegen.

»Guten Tag, Espérance«, meldete sich eine dunkle Männerstimme am Telefon.

»Guten Tag«, antwortete sie tonlos.

»Ich dachte mir, es ist besser, wenn wir auf diesem Weg sprechen«, fuhr die Stimme fort. Espérance bekam eine Gänsehaut. Der Klang in ihr, die Worte, sie waren körperlos gewesen. Wie Stimmen in einem Traum. Nun rief die Stimme, die ihr als ein Schatten in ihrem Geist erschienen war, sie an.

»Wer sind Sie?« fragte sie. Ihre Worte waren nicht viel mehr als ein Flüstern. Sie hatte ihren Zorn vergessen, hatte den Brand vergessen und ihren Streit mit Octavio. Ihre ganze Aufmerksamkeit war auf diese Stimme fokussiert.

»Mein Name ist Andrièl de Clermont-Ferrand. Ich habe dich ausgebildet«, antwortete die Stimme, die nun einen Namen hatte, leise.

Espérance spürte, wie ihr flau wurde. Ihre Beine wurden weich und sie fürchtete, dass sie ihr einfach den Dienst versagen würden. Also setzte sie sich mit fahrigen Bewegungen auf den Boden. Octavio beobachtete sie und es lag Sorge in seinem Blick.

»Ausgebildet wofür?« fragte sie nach einer langen Sprechpause.

»Für das, wofür Gott dich vorgesehen hat.«

Sie schluckte. Die tiefe Überzeugung, die aus den Worten dieses Mannes sprach, erschütterte sie. So sprachen doch heute nur noch religiöse Fanatiker – Menschen, die das angebliche Wort Gottes für ihre eigenen Zwecke missbrauchten.

»Warum erinnere ich mich nicht an diese Ausbildung? Wie … kann ich zu etwas ausgebildet sein, wenn in mir alles im Dunkeln liegt?«

»Ich habe dich ohne Erinnerung an deine Ausbildung und Aufgabe nach Providence geschickt. Du warst in Frankreich nicht mehr sicher.«

Espérance blickte auf die rauchenden Ruinen auf der anderen Straßenseite.

»Hier fühle ich mich auch nicht sehr sicher«, sagte sie langsam.

»Dafür bitte ich dich um Vergebung, Espérance. Ich habe unterschätzt, wie lang der Arm unserer Feinde ist.«

Nach jeder Antwort, die Andrièl de Clermont-Ferrand ihr gab, entstand zwischen ihnen eine Pause. Ich bewege einen Spielstein, er bewegt einen Spielstein, dachte Espérance. Sie sprach weiter.

»Unsere Feinde. Meinen Sie damit Cornelius Vanderbeck und seine Sekte?«

Sie warf einen Seitenblick auf Octavio, der sie stumm beobachtete. Seine Hände steckten in den Taschen seines Sweaters. Der von Wolken und Rauch graue Himmel dräute über ihm.

»Dieser Mann ist nur ein Lakai gewesen. Er diente unseren Feinden, ja, doch er hatte nur einen geringen Platz in ihrem Plan.«

Espérance erinnerte sich daran, wie Vanderbeck Matt wie eine Puppe durch das Fenster geschleudert hatte. Wie er July mit einem Blick in die Knie gezwungen hatte. Wie Benjamin Vermont, sein Diener, aus dem fünften Stock gesprungen und dann einfach davongelaufen war.

»Sie haben Dinge getan, die kein Mensch zu tun vermag. Sie waren gefährlich und haben Unschuldige getötet. Mir kommt das nicht so unbedeutend vor.«

»Menschen tun die schlimmsten Dinge aus scheinbar unbedeutenden Gründen, weil sie den Schmerz in sich selbst nicht ertragen können. Nur, weil jemand viel Leid verursacht, macht das ihn oder seine Handlungen nicht bedeutungsvoll.«

Espérance dachte für einen Moment über diese Antwort nach. Die Sinnlosigkeit schrecklicher Taten war für die Menschen, die sie betrafen, oft genauso schlimm wie die Taten selbst. Doch er hatte – wie bei seinen anderen Antworten – nur auf den Aspekt ihrer Frage geantwortet, den er sich aussuchte, und nicht auf die ganze Frage.

»Woher hatten diese Leute ihre Fähigkeiten? Warum … konnten sie solche Dinge tun? Warum können Sie in meinem Kopf sein? Das ist nichts, was Menschen tun können.«

Erneut stieg ein Bild in ihr auf. Cornelius Vanderbeck, wie er seinen Mund von Julys Hals nahm und sie mit einem blutigen Lächeln anblickte.

»Erinnere dich an die Worte, Espérance«, sagte die Stimme im Telefon langsam. »Ich habe sie dich oft sagen lassen.«

Sie schluckte und atmete schwer. Als sie sprach, war ihre Stimme kaum mehr als ein Flüstern.

»Ich muss überantwortet werden an die Kinder der Finsternis, die das Licht nicht sehen. So werde ich erhöht und kann alle zu mir ziehen, denn das ist der Wille des Vaters. Der Vater und ich aber sind eins. Doch die Welt kann das Licht nicht überwinden am Tag – sie braucht dazu die Nacht.«

»Das sind die Worte des Herrn«, bestätigte die Stimme langsam.

»Die Kinder der Finsternis«, wiederholte Espérance.

»Du musst in Providence bleiben«, klang es aus dem Telefon.

»Ich will das nicht«, antwortete sie. Ich will bei dir sein, fügte ein Teil von ihr im Geist hinzu.

»Ich weiß. Und ich verstehe deinen Wunsch. Doch es gibt Gründe dafür, die unüberwindlich sind. Kannst du mir vertrauen, Espérance?«

Ich kenne dich gar nicht, wollte sie sagen. Ich kenne dich nicht und du bist nur eine Stimme in meinem Kopf, die sich jetzt in ein Telefon geschlichen hat.

Stattdessen öffnete sich ihr Mund und sagte: »Ja.«

»Ich danke dir«, entgegnete er. »Die Zeit wird kommen, in der du zu uns zurückkehrst. Doch für den Moment muss ich dich weiter verbergen vor unseren Feinden.«

»Wer sind diese Feinde?« fragte sie leise.

»Jene, die das Licht Gottes nicht sehen. Die es völlig verloren haben. Sie dürfen dich nicht in ihre Hände bekommen.« Eine kurze Pause, in der sie überlegte, eine weitere Frage zu stellen. Doch bevor sie zu einem Ergebnis kam, fuhr Andrièl fort.

»Bitte gib mir noch einmal Octavio.«

»Warten Sie«, sagte Espérance. »Ich …«

Ihre Augen suchten kurz den Spanier, der ihr den Rücken zugewandt hatte und auf die rauchenden Ruinen des Kirchengeländes blickte.

»Bitte tu, was ich dir sage«, insistierte die Stimme im Telefon. Espérance ging mit kurzen Schritten zu ihrem schweigenden Begleiter. Ehe sie ihm das Telefon gab, zögerte sie noch einen Moment.

»Sie sehen das Licht auch nicht immer«, flüsterte sie.

»Das ist leider wahr«, entgegnete die Stimme. Dann nahm Octavio das Telefon mit einem Stirnrunzeln entgegen.

»Ja, Herr Prior?« meldete er sich.

Espérance beobachtete, wie Octavio zuhörte und kurz angebunden bestätigte. Mehrmals sagte er leise »Ja« und »Ja, Herr Prior«.

Schließlich steckte er das Telefon ein und blickte Espérance an.

»Ich werde für eine Weile bleiben, Es«, sagte er dann. »Hast du eigentlich noch genug von deiner Medizin?«

Du willst mehr über Espérance Lerot erfahren?

Die Vorgeschichte zu "Die das Licht nicht sehen":

Das Haus des verlorenen

Lichts

Diese alten Mauern verbergen mehr als nur eine lange Geschichte.

Das Angebot, in einem geschichtsträchtigen Anwesen für ein gutes Gehalt die Bibliothek zu archivieren, ist für den jungen Absolventen Matthieu verlockend. Sein Auftraggeber, der mysteriöse Monsieur Machard, lädt ihn in das alte Haus ein. Bald beginnt Matthieu mit der Arbeit und wird der Familie Lerot vorgestellt, in deren Besitz sich das Haus befindet.

Er lernt die siebzehnjährige Tochter Espérance kennen, die seine Leidenschaft für Bücher und Geschichte teilt. Als das Mädchen in seiner Gegenwart einen Anfall bekommt und altertümliche Gebete aufsagt, schottet die Familie ihn ab. Doch die seltsame Begegnung lässt Matthieu keine Ruhe und er beginnt, über die Familie nachzuforschen – bis er auf Aufzeichnungen stößt, die ihn zu einem verstörenden Geheimnis führen …

Eine Mystery-Novelle über Familiengeheimnisse und die Dunkelheit, die diese verbirgt

Abonniere unser Autorenprofil oder melde Dich unter www.diedaslichtnichtsehen.com an, damit wir Dich über weitere Veröffentlichungen informieren können!